Königin Giovanna muss vor einem furchtbaren Verdacht aus Neapel fliehen: Sie soll ihren Gatten umgebracht haben. Erst in Avignon kann sie aufatmen. Dort kommt die junge Provençalin Alix in ihren Dienst und wird bald zu ihrer Vertrauten. Die Frauen verbringen einen unbeschwerten Sommer in der blühenden Provence, und Alix verliebt sich unsterblich in den neapolitanischen Gefolgsmann Benevent. Doch dann muss sich Königin Giovanna vor dem päpstlichen Schwurgericht verantworten. Eine abenteuerliche Reise beginnt …

»Sabine Korsukéwitz erweist sich in ihrem farbenprächtigen historischen Roman erneut als exzellente Kennerin der Provence, der Magie und der Menschen dieser Landschaft.«
Sächsische Zeitung

Sabine Korsukéwitz wurde 1953 in Berlin geboren, wo sie als Radiomoderatorin und Buchautorin arbeitet. Sie verbringt so viel Zeit wie möglich in der Provence. Im Fischer Taschenbuch Verlag sind ihre historischen Romane ›Das Lied der Zikaden‹ (Bd. 14602) und ›Der Zauber des Windes‹ (Bd. 15165) erschienen.

Unsere Adresse im Internet: www.fischerverlage.de

Sabine Korsukéwitz

Königin Giovanna

Roman

Fischer Taschenbuch Verlag

Veröffentlicht im Fischer Taschenbuch Verlag,
ein Unternehmen der S. Fischer Verlag GmbH,
Frankfurt am Main, September 2004

Lizenzausgabe mit Genehmigung des
Krüger Verlags, Frankfurt am Main

Satz: Pinkuin Satz und Datentechnik, Berlin
Druck und Bindung: Clausen & Bosse, Leck
Printed in Germany
ISBN 3-596-16158-4

Ero lou tèms de la bono reino Jano …
Es war zur Zeit der guten Königin Jeanne …

Das erste Haus d'Anjou im 14. Jahrhundert

Robert I., König von Neapel und Jerusalem, Graf der Provence ⚭ Sancia von Aragon

Carlo, Herzog von Kalabrien ⚭ Marie de Valois

Giovanna, Königin von Neapel und Jerusalem, Gräfin der Provence
⚭ Andrea von Ungarn
⚭ Loisi di Taranto
⚭ Jaime II.
⚭ Otto von Braunschweig

Catharina † Françoise † Carlo-Martello

Maria, Kaiserin von Konstantinopel ⚭ Carlo Durazzo

† Sohn (?) † Sancia † Maria Margherita

Die Durazzo

Herzog Carlo Durazzo ⚭ Agnès de Périgord

Carlo Loisi Roberto

Carlo (Giovannas Mörder)

Die Taranto

Herzog Filippo di Taranto ⚭ Catarina de Valois

Roberto Loisi (Giovannas 2. Gatte) Filippo Margherita Maria

Die Ungarn

König Carobert von Ungarn ⚭ Elisabeth

Lajos Andrea (Giovannas 1. Gatte) Etienne

1.

Als man mir befahl, nach Avignon zu kommen, um der Königin von Neapel zu dienen, da hatte ich einen Groll gegen sie. Nicht genug damit, dass sie sich in ihrer ganzen Regierungszeit kaum um die Provence gekümmert hatte, dieses kleine Anhängsel ihres fernen Reiches, sie besaß auch noch alles, was mir mangelte: außerordentliche Schönheit (Gerüchten nach), Bildung (wahrscheinlich), Reichtum und Macht (ganz gewiss). Ich muss zu meiner Scham gestehen, dass ich Neid hegte gegen alle diese hohen Herrschaften und besonders gegen die Frauen unter ihnen.

Mein Name ist Alix de Simiane-Beaucourt und meine Familie und ich, wir wühlten buchstäblich im Dreck. Mein Vater war wohl von Adel, *noblesse de champ* – Wiesenadel, wie es heißt. Uns gehörte ein elendes Dorf mitsamt klappriger Ölmühle und einem Brotofen, in dem freitags das ganze Dorf buk, aber die Einnahmen reichten nicht einmal dazu, meine Brüder für den Kriegsdienst auszustatten. Francis bekam von wohlhabenden Verwandten Schlachtross und Waffenrock geschenkt und dient jetzt unter Arnaud de Cervolle. Alain musste notgedrungen Pfaffe werden. Immerhin hat er es zum Sekretär des Erzbischofs von Cavaillon gebracht. Für mich aber gab es keine Aussteuer und für niemanden einen Grund, sich mit uns zu verbinden. Ich konnte mir also gut ausmalen, wie mein Leben aussehen würde. Ich war schon sechzehn und nicht verheiratet.

Wir besitzen eine Burg an der Südseite des Luberon-Gebirges, mit dem Rücken an die blauschwarzen Flanken des Bergs gedrückt. Sie muss einmal stolz gewesen sein: dick und kühl ihre Mauern aus Feldstein, dunkel die Schießscharten und Furcht erregend die steinernen Ungeheuer an den Traufen. Übrig von der alten Pracht sind noch die grün, gelb und schwarz glasierten Ziegel der Dächer, die in der Sonne glänzen und der Strenge dieses alten Kastens einen Anflug von Heiterkeit verleihen. Fort Beaucourt sieht ein wenig aus wie ein narbiger, alter Soldat, der beim Anblick eines jungen Mädchens ganz fein lächelt.

Da ist ein geräumiger Innenhof und eine Treppe. Ich stellte mir oft vor, wie die Standarten und farbigen Bänder im Wind wehten und die schönen Ritter an der Freitreppe den Damen ihre Aufwartung machten – früher einmal, vor meiner Zeit. Vier Türme gab es, davon steht heute nur noch einer. Die anderen drei sind zu verschiedenen Malen zusammengeschossen und geschleift worden und ragen jetzt hohl und geschwärzt in den Himmel.

Im Hof tummeln sich statt der Ritter, die ich mir ausmalte, Schweine und Gänse und machen einen ganz und gar unedlen Lärm. Von den Zimmern und Sälen sind nur noch wenige in Gebrauch. Die Wandteppiche sind ausgefranst und verblichen. Durch die Gänge pfeift der Wind und auf dem Speicher tummeln sich die Eulen. Auf meinem Bett lagen im Winter gegerbte Felle statt Wolldecken oder gar gefüttertem Damast, schlimmer als bei den Barbaren. Für uns Kinder war es lustig, wenn wir unter den Häuten zusammengekuschelt lagen, der Wärme wegen. Wir umarmten uns und erzählten uns Geschichten, gruselige Geschichten vom Momon-ohne-Kopf, dem Drachen von Tarascon oder dem *Loup Garou*, und eines versuchte das andere mit erdachten Scheußlichkeiten auszustechen, bis keines mehr einschlafen mochte. Wir spielten mit den Dorfkindern und störten uns nicht an unseren Lumpen.

Unserer Minderwertigkeit bewusst wurden wir uns nur, wenn die Verwandtschaft sich einfallen ließ, uns zu besuchen. Dann mussten Leute aus dem Dorf zu Hilfe gebeten werden. Wir borgten Mehl, ein Fässchen Wein oder einen Schinken. Mein Vetter Fabien zog mich an den Haaren und nannte mich eine Schweineprinzessin. Ich hätte ihn am liebsten vergiftet und bildete mir ein, diese Besuche geschähen eigens, um mich zu demütigen. Einmal habe ich tatsächlich eine tote Ratte in Wein eingelegt und ihm davon zu trinken gegeben. Er beschwerte sich aber nur über den Geschmack des Gebräus und schüttete es unter den Tisch.

Wir tun alle Arbeiten selbst, wir Simiane-Beaucourt, wie gewöhnliches Volk. Es gibt nur zwei Mägde und einen Stallburschen, der gleichzeitig Vaters Kammerdiener ist. Aber Gerome ist schon so alt und gebrechlich, dass mein Vater morgens ihm in die Kleider hilft statt umgekehrt. Vater jagt für die Küche und nicht zum Zeitvertreib. Mutter nimmt das Viehzeug aus, kocht und bäckt unser Brot. Und außer dem Wildbret gibt es tagein, tagaus immer die gleiche dicke Kornsuppe mit Zwiebeln. Die Leute aus dem Dorf geben, was sie können, aber es sind eben nicht viele und sie sind arm. Auf den Feldern gibt es mehr Steine als Ackerboden. Und dann haben wir ein Wetter, dass man meinen möchte, es ginge zu Ende mit dieser Welt: eisige Winter, Stürme und schon drei kalte und völlig verregnete Sommer hintereinander. Die Mandelblüten erfrieren und das Korn verfault am Halm.

Deshalb sind wir bitterarm, obwohl Adel von Geblüt. Für den Namen kann man sich nichts kaufen in diesen Zeiten. Mein Vater war daher über die Maßen froh, dass er durch meinen frommen Bruder diese Stelle für mich ergattern konnte. Der Erzbischof hatte nämlich dem Konzil der Regenten angehört und hielt sich mehr in Neapel auf als in seiner Diözese – und mein Bruder mit ihm.

»So, nun mach eine fröhliche Miene, meine kleine *escargot*, mein Schneckchen! Du wirst es gut haben, satt zu essen, feine Kleider und anregende Unterhaltung! Ach, ich wollte, ich könnte mitkommen«, rief meine Mutter.

Ich lächelte und küsste alle zum Abschied, doch sobald wir durch das Tor waren, fiel das Lächeln aus meinem Gesicht wie ein abgeschlagener Eiszapfen.

Ich grollte also meiner zukünftigen Herrin und fühlte mich wie ein Schaf auf dem Weg zum Schlächter, als meine Begleiter mich auf ein Maultier setzten und mich den langen Weg vom Luberon nach der Stadt Avignon trieben. Königin, ha! Ich hatte schon so allerlei von ihr gehört: wie sie seit ihrem sechsten Lebensjahr bei ihrem Großvater, dem König Robert von Neapel aufgewachsen war, einem zügellosen Mann, jedenfalls sagten alle, dass er zügellos gewesen sei, ein Verschwender und Frauenheld bis zu seinem letzten Atemzug. Und die Enkelin sei in allem seine Schülerin, hieß es. Manche nennen ihn auch ›den Weisen‹. Aber wartet nur, bis ich mit meiner Geschichte am Ende bin. Dann sagt, ob er weise gehandelt hat.

Es war Januar, und das ist der unwirtlichste Monat, den man sich vorstellen kann in der Provence. Ein eisiger *marin* pfiff und heulte über das Land. Der Boden war von unten gefroren und oben aufgeweicht. Ich war zwar in einen Umhang aus Kaninchenpelzen gehüllt, aus dem nur meine Nasenspitze hervorsah, aber auf dem Maultier konnte ich mich kaum bewegen. Abends, wenn wir bei einer Herberge angelangt waren, mussten mich meine Begleiter aus dem Sattel heben, so eingefroren war ich. Wenn die Wirtsleute freundlich waren, brachte man mir eine Kohlenpfanne aufs Zimmer. Das geschah aber nur zweimal. Wir passierten Cavaillon, und von der Strecke gibt es nichts weiter zu berichten, außer dass wir das Glück hatten, nicht irgendwelchem Söldnerpack zu begegnen, und die Bettler ließen uns in Ruhe. Sie sahen wohl, dass es nicht lohnte, und meine Begleiter machten grimmige Gesichter.

Endlich tauchte in der Ferne Avignon vor uns auf, ein für mich unbegreiflicher Häuserhaufen, ein steinernes Gewächs in der Landschaft. Schon von weitem konnte man sehen, wie Rauch aufstieg von den vielen Herdfeuern und sich über der Stadt zu einer Wolke verdichtete. Die berühmten Weinberge der Päpste sahen jetzt im Winter nicht weiter beeindruckend aus. Weinstöcke sind schwarz im Winter, bis auf das alte Holz zurückgeschnitten. Sie wirken hart und von Dürre verzogen. Man glaubt nicht, dass daraus noch einmal Leben wachsen wird. Das Licht andererseits, wenn die Sonne herausbricht – und das tat sie, nachdem der *marin* sich ausgewütet hatte –, dieses Winterlicht ist Gold und Hoffnung. Es ergießt sich über die bräunlich-schwarze Landschaft, und das ergibt einen seltsamen Zauber – als sei alles mit Kohle und Rötel auf Pergament gezeichnet und gar nicht wirklich da.

Avignon kam näher und leuchtete golden in diesem Licht, seine gezackten Mauern zeichneten sich scharf gegen den Himmel ab. Von der Rhone, breit, dunkel und träge, drückten sich die Häuser aneinander und krochen hoch bis zur Felskrone, dem Mittelpunkt der gläubigen Welt. Ein Schwarm Krähen umflatterte den Papstpalast, faseriges Schwarz auf Braun, Braun auf Gold; alles zerteilte sich in Hell und Dunkel, Umrisse verwoben sich und bildeten neue, ungekannte Formen. Es war ein verwunschener Anblick. Ich ließ die Männer innehalten, um ihn in mich aufzunehmen. Sie murrten. Es war ihnen kalt und sie zogen eine warme Wirtsstube und einen Krug Wein der Schönheit hier draußen vor.

Auf dem schlammigen Ende der gepflasterten Römerstraße zogen wir in die Stadt ein. Ich war schon einmal in einer bedeutenden Stadt gewesen, in Apt, und ich hatte mich trotz meines Ärgers auf buntes Treiben gefreut. Doch anders als im Sommer sah man jetzt nur wenige Menschen auf der Straße. Sie hatten ihre Gesichter unter Hauben, Hüten und dicken Tüchern verborgen und hasteten vorbei, um so schnell wie möglich wieder ins Warme und Trockene zu kommen. Ich sah nur hier und da ein Kinn oder einen verkniffenen Mund unter den Tüchern hervorschauen und Hände, die sich Wärme suchend verschränkten. Viele Bettler sah ich, mehr als je zuvor, ebenso unverschämt wie verzweifelt, und auch Huren, die in der beißenden Kälte nach Kundschaft Ausschau hielten. Es gab sie in allen Preislagen, darunter eine alte Vettel, die ihre ledrigen Brüste vor den Reitern entblößte und zahnlos dazu lachte.

»Hehe! Kommt, kommt, ihr jungen Ritter, ihr kräftigen Burschen! Mit mir ist es wie mit der dicken Milch: Mögt Ihr das Obere nicht, dann nehmt halt das Unt're!« Sie griff einem unserer Pferde in die Zügel und machte eine obszöne Gebärde. Ich mag nicht wiedergeben, was sie sonst noch schrie. Mein Begleiter wollte mit der Peitsche nach ihr schlagen, aber ich verbot es ihm. Dass Avignon verrucht sei und lasterhaft, davon hatte ich schon gehört. Obwohl es doch Gottes Hauptstadt auf Erden ist. Es ist schon so: Himmel und Hölle sind vertraute Nachbarn, das Gute zieht das Böse an. Aber das hier war doch nur eine hungrige alte Frau, und ich wollte nicht dulden, dass man Gewalt gegen sie gebrauchte. Ich warf ihr eine kleine Münze hin. Sie bückte sich danach, rasch, rasch, ehe man sie ihr wegschnappen konnte, und ihr Dank gellte mir nach.

Zweimal mussten die Söldner anhalten und nach dem Weg fragen, ehe wir das Palais d'Anjou, das Stadthaus der Königin, fanden. Wir waren daran vorbeigeritten, weil es so verfallen aussah. »Doch, doch! Das ist es. Ihr seid schon richtig«, versicherte uns eine Nachbarin. »Dieses dort und das andere daneben gehören der Comtesse de Provence schon seit Ewigkeiten. Ach, kommt sie selbst?!« Eine Spur Schadenfreude kroch in ihre Stimme. »Ich fürchte, die Dame wird vom Zustand nicht begeistert sein. Der Verwalter hat sich aus dem Staub gemacht. Er hat das Geld veruntreut, mit dem er die Häuser hätte instand halten sollen. Das eine da soll in besserem Zustand sein, da hat er selber gewohnt bis letzte Woche …«

Wir bedankten uns für die Auskunft, und einer meiner Männer pochte heftig gegen das Tor des bezeichneten Gebäudes. Ich blieb vorerst auf dem Maultier hocken und besah mir meine künftige Heimstatt: ein schönes großes Haus, dreistöckig mit gemeißelten Simsen, Säulenreliefs und spitz zulaufenden, bleiverglasten Doppelfenstern. Aber das Bleiglas war zum Teil zerbrochen, die Steinmetzarbeiten beschädigt, die Stufen ausgetreten. Das Haus machte einen verwahrlosten Eindruck.

Endlich öffnete sich die Tür und eine Magd schaute heraus, misstrauisch und ängstlich. Eine zweite sah ich im Halbdunkel der Halle hinter ihr stehen.

»Was wollt Ihr?«, fragte sie barsch.

Man erklärte ihr, wer ich war.
»Ach, eine Hofdame der Königin!« Sie öffnete die Tür ein wenig weiter und deutete einen Knicks an. »Das ist gut! Dann kommt nur herein. Es wird auch Zeit, dass sich jemand um alles hier kümmert. Monsieur de Ferassière« – das schien der geflohene Verwalter zu sein – »hat uns mit allem sitzen lassen und die Bank gibt uns natürlich nichts.« Sie stieß ein bitteres, kratziges Lachen aus. »Die Tuchhändler wollen erst Geld sehen, die Wäscherinnen streiken und es sind Mäuse auf dem Speicher, und deshalb Gnade uns der Himmel, wenn morgen die Königin kommt!«
Ich konnte mir ein Stöhnen nicht verkneifen, als man mir aus dem Sattel half. Mein hochwohlgeborenes Hinterteil tat mir weh. Drinnen sah es nicht nach einem königlichen Palais aus, aber auch nicht so arg, wie die Magd es beschrieben hatte. Wenn die gewusst hätten, wie es bei mir zu Hause zuging! Es war durchaus etwas zu retten. Aber damit würde ich mich morgen befassen.
Man brachte mich zu einer Flucht von Räumen, die für die Königin vorgesehen waren. Die Zimmer waren kalt und leer.
»Wann soll sie denn eintreffen?«, fragte ich.
»Oh, wir hatten sie spätestens zu Weihnachten erwartet. Sie schickte einen Kurier voraus. Das war im November ...«
Da hatte sie aus Neapel fliehen müssen mit ihrem feinen Geliebten; die Geschichte war der Skandal der Saison gewesen und hatte sogar uns auf unserem abgelegenen Dorf erreicht.
Die ältere Magd war gegangen, um in der Küche Bescheid zu sagen, dass drei Mäuler mehr zu stopfen seien. Die Jüngere blieb und half mir, mich in der fensterlosen Kammer einzurichten, die mir zustand.
»Sagt, was ist denn das für eine Geschichte mit der Flucht der Königin?«, raunte sie mir zu. »Mir erzählt ja keiner was ...« Sie war ein freundliches Mädchen mit wachen Augen, und ich mochte sie gleich lieber als den alten Besen.
»Na, sie soll doch ihren Gatten haben umbringen lassen, Andrea von Ungarn.«

»Nein! Was Ihr nicht sagt! Dann musste sie vor den Bütteln fliehen?«
»Nicht doch – wer wollte denn eine Königin vor Gericht stellen? Nein, die Ungarn kamen mit einem großen Heer. Der Bruder von Andrea, der König von Ungarn, wollte den Ermordeten rächen. Er hatte kaum von der Tat erfahren, da ließ er all seine Ritter sammeln und sie zogen gegen Neapel.«
»Einfach so, mitten durch Italien? Ja, geht denn das«, wunderte sich die Magd. Sie hatte es sich auf einer Truhe bequem gemacht und ich setzte mich dazu. So konnte ich die Tür besser im Blick behalten. Es ging schließlich nicht an, dass ich beim Tratschen über meine Herrin erwischt würde.
»Sie sind nicht durch Italien gezogen, sondern durch Dalmatien. In Zeng haben sie sich eingeschifft, die Adria überquert, und waren dann schon fast vor den Toren Neapels.«
»Ein ganzes Heer? Ein Krieg? Alles wegen einem Ehekrach?«
»Na hör mal: Schließlich war es ein Mord. Das war auch nicht irgendeine Ehe! Also schau, das war so: Andrea von Ungarn, der jüngere Bruder des ungarischen Königs, wurde mit Giovanna von Kalabrien verheiratet, als sie erst sieben war. Giovanna ist eine gebürtige Anjou, die Ungarn sind auch aus dem Haus Anjou – so bleibt der Besitz in der Familie. Jetzt war aber Giovanna die Erbin von König Robert. Als der König gestorben war, wollte Andrea in Neapel unbedingt mitregieren, was ihm nicht zustand. Und deshalb wurde er von Anhängern der Königin erwürgt.«
»Erwürgt, uh!« Das Mädchen schüttelte sich.
Es gab noch ein anderes Gerücht, weniger politisch motiviert, danach hat die Königin den Mord selbst befohlen, weil sie sich einen anderen Bettgenossen erkoren hatte. Aber das behielt ich für mich. Es wäre nun wirklich etwas weit gegangen, so etwas über meine Herrin bei der Dienerschaft zu verbreiten. Später lernte ich, dass die Diener im Allgemeinen besser informiert sind als die Herren. Einstweilen verhielt ich mich loyal. Aber grübeln tat ich schon: Wenn es wirklich so gewesen war? Ich malte mir aus … ein dämmriges Schlafgemach, die zarten Vorhänge des

Himmelbettes flattern leicht im Luftzug vom Fenster her. Eine raue Hand zieht den Stoff zurück, man erkennt die Züge des Schlafenden. Auf dem Rücken liegt er, die Arme ausgebreitet, muskulöse Schultern. Dunkle Locken kräuseln sich auf dem Kissen; seine Lider zucken, die Mundwinkel bewegen sich nach oben. Er träumt etwas Angenehmes, von der Liebe vielleicht, murmelt leise im Schlaf, sein Hals ist entblößt – schutzlos! Da packen ihn harte Hände, zu zweit, nein, zu dritt fallen sie über ihn her, halten ihn nieder; er ist stark, wehrt sich heftig, nur zu dritt können sie ihn niederringen. Eine Seidenschnur legt sich ihm um die Kehle. Erbarmungslos wird sie zugezogen. Es ist kein leichter Tod, das Erwürgt werden, ich habe es bei Hinrichtungen gesehen. Es dauert lange. Seine verräterische Braut, die ihm ein Schlafmittel in den Wein gegeben und die das Schlafgemach für die Mörder geöffnet hat, steht daneben, ganz kalt. Sie hegt noch nicht einmal Entsetzen, nicht einmal jetzt, in dem Augenblick, da es geschieht. Sie schaut zu, reglos, bleibt noch einen Augenblick lang am Bett stehen über dem Ermordeten. Will vielleicht sichergehen, dass er tot ist und nicht plötzlich wieder Atem holt, aufsteht und sie anklagt. Es ist vorbei. Sie geht hinter den Mördern hinaus, schließt die Tür. Den Leichnam soll morgens ein Diener finden. Und Geschrei anstimmen. Sie wird nicht schreien und nicht weinen. Sie steigt einfach wieder ins Bett ihres Geliebten und lässt sich von ihm wärmen. ›Und – alles gut gegangen?‹, fragt der Schuft. ›Sicher‹, sagt sie … (Könige können sich alles erlauben.)

»Und wieso kommt die Königin gerade hierher?«

Ich fuhr zusammen, so sehr hatte ich mich von meinen düsteren Phantasien ablenken lassen.

»Wie? Ach, nach Avignon. Nun, ihr Zweig der Anjou-Familie ist dem Heiligen Stuhl verbunden. Sie haben ihre Stellung und ihr Land durch die Päpste erhalten und sind ihnen treu. Deshalb sucht Giovanna Schutz beim Heiligen Vater. Und wohin sollte sie auch sonst gehen, welche andere Stadt in der Provence hätte so viel Kunst und *divertissement* zu bieten. Alles kommt nach

Avignon, sogar Meister Petrarca, obwohl er ständig gegen die Stadt wettert. Avignon blüht, während Rom zerfällt. Die Römer würden uns den Krieg erklären, wenn sie könnten …«

»Die arme Königin! Ich hoffe, dass sie bald beim Heiligen Vater in Sicherheit ist. Ich bin ganz für Papst Clemens«, empörte sich die Magd. »Warum bilden sich die Römer denn ein, dass sie das Recht auf den Papst gepachtet hätten. Wenn er doch Franzose ist! Da kann er ja wohnen, wo er will, oder?«

Das fand ich auch, aber aus anderen Gründen. Frankreich ist mir gleich. Die Provence liegt mir am Herzen.

»Ich wundere mich bloß«, fing das Mädchen wieder an, »wo die Königin abgeblieben ist. Und wie sie überhaupt aus Neapel fliehen konnte mit der ungarischen Armee davor und allem! Hoffentlich ist ihr nichts passiert!«

»Wir werden es erfahren.«

Am nächsten Tag verabschiedete ich die beiden *gens d'armes* und ging in das Bankhaus, von dem Agnès meinte, hier habe Monsieur de Ferassière immer die Wechsel der Herrin eingelöst. Ich zeigte ein Papier vor, das meine Anstellung bewies, unterschrieben von einem Nicola de Conca. Dennoch wollten die Geldsäcke mich abweisen. Es gelang mir jedoch, ihnen vor Augen zu führen, wie die Situation war: Wenn die Königin ihr Haus in diesem Zustand vorfände und erführe, dass ihr Bankier weitaus komfortabler wohne als sie selbst, dann könne man sich auf einiges gefasst machen. Das wirkte. Das Geldhaus schickte eigene Bedienstete, um das Palais in Augenschein zu nehmen. Prompt bekamen wir die nötigen Mittel, um mehr Personal einzustellen, das Haus vom Keller bis zum Dachboden zu putzen und einigermaßen herzurichten.

Inmitten des Getümmels kam die ältere Magd, von mir kurzerhand zur Haushälterin ernannt, mit einer Schneiderin im Schlepp. Meine altmodische, ländliche Kleidung gefiel ihr nicht. Mir ebenso wenig. Ich wurde vermessen, gekniffen, gestochen und bekam innerhalb weniger Tage eine schöne neue Ausstattung, wie ich sie noch nie besessen hatte. Da lagen nun Kleider in

meiner Truhe, die waren ein halbes Jahreseinkommen meines Vaters wert. Das stimmte mich bereits milder gegenüber meiner neuen Herrin. Ich bekam es nicht satt, mich im Spiegel zu betrachten, und wünschte nur, meine Mutter könnte mich so sehen. Sie wäre stolz auf mich gewesen. Aber diese eitle Beschäftigung nutzte sich nach einer Weile ab. Und dann hieß es warten, lange Tage, immer warten. Ich war Müßiggang nicht gewohnt und vertrieb mir die Zeit, indem ich mich, von zwei frisch eingestellten Pagen begleitet, auf den Straßen der großen Stadt umschaute. Ich ging in die Färbergasse, wo sich trotz des Winters die Wasserräder drehten und es krapp und grün und bräunlich gelb in den Bottichen dampfte. Ich sah den Wäscherinnen zu, wie sie mit rot gefrorenen Händen ihre Nachen über die Seitenarme der Rhone stakten. Für ein Kupferstück bekam ich geröstete Kastanien für die zwei Pagen und mich, wofür sie mich nicht wenig liebten. In eine Gasse wollten die Jungen mich nicht hineinlassen, aber in meiner Neugier ging ich trotzdem. Die Fenster hatten so prächtige rote Vorhänge, und über allen Eingängen hingen Laternen. Wir waren erst ein paar Schritte gelaufen, da sprach uns auch schon ein Herr an: »Wie viel für das ganze Gespann?«
»Bitte?!«
»Na, was verlangt Ihr für eine Nacht? Ich nehm alles, Euch und die Knaben.«
Jetzt begriff ich … und floh mit hochrotem Kopf.
Avignon! Ich habe noch nie so viele Goldschmiede und Putzmacher und Hurenhäuser zusammengedrängt gesehen wie an dieser heiligsten Stätte der Christenheit.
Einmal sah ich von weitem den Papst vorüberreiten, auf seinem weißen Esel, inmitten einer großen Schar von Mönchen und Kirchenbeamten. Zwei Kardinäle waren auch dabei. Mein Bruder hatte bei seinen gelegentlichen Besuchen zu Haus allerlei von der Pracht der hohen Geistlichkeit erzählt, doch nichts hatte mich darauf vorbereitet, was ich hier zu sehen bekam: All diese Prälaten, die sich um den Heiligen Vater tummelten, kamen mir vor wie ein Schwarm Pfauen. Sie troffen nur so von Gold, ihre Ge-

wänder waren steif von Stickereien, Edelsteinen und Pelzbesatz. Man erkannte nur an den Brustkreuzen und den roten Kardinalshüten, dass es keine weltlichen Fürsten waren. Seine Heiligkeit war dagegen vergleichsweise schlicht gekleidet: in weiße und violette Kleider und einen Umhang von Hermelin. An ihm wirkte alles elegant, aber nicht überladen. Eigentlich glich er einem freundlichen Onkel. Clemens VI. war recht klein, hatte ein rundes, joviales Gesicht, eine rote Nase vom Wein und Lachfalten um die Augen. Feist wirkte er nicht. Seine Bewegungen waren leicht und munter. Er disputierte im Reiten mit den Kardinälen, die auf ihren Pferden viel höher thronten als er auf seinem Esel.
Als Hofdame der Königin war es mir erlaubt, um Nachrichten von meiner Herrin im Sekretariat des Papstes nachzusuchen und also, wenn ich wollte, den Palast zu betreten und mich umzuschauen. Ursprünglich war er als Festung angelegt gewesen. Der jetzige Besitzer gab sich alle Mühe, diesen Eindruck zweckmäßiger Wehrhaftigkeit vergessen zu machen. Der ganze Komplex gliederte sich in mehrere Innenhöfe, Mauern und Befestigungsanlagen, aber wie schnell zusammengeworfen, ohne Sinn für Harmonie. So wie wir in der Provence eben Häuser bauen: Wird ein neuer Raum gebraucht, baut man ihn einfach an. Gemildert wurde der Anblick durch Gärten und nachträglich angebrachten Stuck und Steinmetzwerke. Es gab sinnreiche Erfindungen wie die pyramidenförmigen Kamine und den Latrinenturm, der zwar zur Schönheit nichts beitrug, dafür das Leben hier angenehm machte, besonders im Sommer. Es ist ein Turm, in welchem sich eine Reihe von steinernen Latrinensitzen befindet. Darunter fließt ein Wasserlauf, den man von der Rhone abgezweigt hat, und trägt den Unrat augenblicklich fort, sodass nichts bleibt und Gestank verbreitet, wie es sonst überall unvermeidlich ist. Das hat mich sehr beeindruckt und ich überlegte schon, ob sich so etwas bei uns zu Hause nicht einrichten ließe. Türme hatten wir ja genug.
Im Palast gab es außer den Empfangsräumen und den Wohnräumen mehrere Küchen, Kanzleien, Bibliotheken, Bankettsäle, eine Kapelle und die Schatzkammern. Die Letzteren waren daran zu

erkennen, dass zu jeder Zeit Söldner davor standen und niemanden hindurchließen. Es gab auch ein Dampfbad, aber natürlich nur für den Klerus – und in die öffentlichen Badestuben traute ich mich nicht hinein.
Dafür ging ich täglich in den päpstlichen Gärten spazieren, die sicher außergewöhnlich sein würden, wenn erst der Frühling käme. Einstweilen war es starr und still in ihnen. Die kahlen Äste und ihre Verzweigungen zeichneten Netze am Himmel, in denen sich Sterne fingen, und das einzige Grün kam von den Buchsbaumhecken, dunkel mit schwärzlichen Schatten.
Ich genoss die Abwesenheit von menschlichem Lärm: von Laufen und Hasten, Schwatzen, Rufen, Lachen, Streiten, Poltern und Türenwerfen. Die Stille eines Gartens im Winter dagegen hat etwas Verwunschenes, nicht wie die einschüchternde Ruhe eines Friedhofs, sondern voller Erwartung des Lebens. Ich kam gern hierher, besonders auf die Rhoneseite, wo der Hügel steil abfällt zum Fluss. In mehrere Schichten Kleidung und einen geliehenen Mantel gehüllt, stand ich dort unter dem marmornen Engel und schaute auf den dickflüssig kriechenden Strom, auf dem auch im Winter noch Schiffe fuhren. Dann aber fiel dicker, nasser Schnee, und ich musste drinnen bleiben, weil mein Schuhwerk durchgelaufen war und noch kein neues fertig gestellt.
Vor lauter Langeweile ließ ich mir schließlich Stickzeug geben, eine Arbeit, die ich normalerweile mied. Ich war eher Gröberes gewohnt. Daheim hatte es zu meinen Aufgaben gehört, Ziegen zu melken und Gänse zu hüten. Meine Stickereien waren ungleichmäßig. Ich musste sie oft auftrennen und zerstach mir die Finger. So brachte ich meine Tage herum.
Und dann kam sie. Sie wurde von zwei Männern gestützt, so erschöpft war sie, zart und schmal, kleiner als ich. Ihre Hände waren blau gefroren. Sie humpelte, hatte wahrscheinlich Frostbeulen an den Füßen. Ihre Kleidung war zerschlissen, die feinen Schuhe voller Löcher. Da stand ich in meinen neuen Sachen und sah auf meine Königin herab.
»Majestät.« Ich fiel auf die Knie.

Sie ergriff meine beiden Hände und zog mich hoch:
»Lass uns auf Formalitäten verzichten heute. Ich bin so furchtbar müde!«
Ich sah, dass sie kurz davor war, in Tränen auszubrechen.
»Rasch einen kleinen Zuber mit warmem Wasser und dazu einen Eimer mit kochendem!«, sagte ich zu Henriette, der jungen Magd, mit der ich mich angefreundet hatte.
Draußen in der Gasse und vor den Gemächern gab es ein wildes Durcheinander von Gepäck und Leuten, die herumstanden. Weil es sonst niemand tat, nahm ich die Sache in die Hand.
»Dies dahin und dies dorthin! Jemand soll frische Kleider und Wäsche bringen. Und etwas Leichtes zu essen: eine Hühnersuppe und Brot – du da: Lauf in die Küche und besorge das. Wein auch, gewärmt und mit Gewürzen! Schnell!«
Alles beeilte sich, froh, dass jemand Ordnung hineinbrachte, und in kurzer Zeit saß meine Königin in einem bequemen Sessel und hatte die Füße im Bottich stecken. Nach und nach goss ich heißeres Wasser dazu, so macht man es bei erfrorenen Füßen, sonst besteht die Gefahr, dass die Zehen abfallen.
Auf ihrem Schoß hatte sie eine Schüssel mit Brot und Käse, in beiden Händen hielt sie die Schale mit Brühe, die sie mit genussvoll geschlossenen Augen schlürfte. Ja, schlürfte. Das also war die berüchtigte Giovanna von Neapel.
»Ah! Das tut gut«, sagte sie nach einer Weile. »Danke ... wie heißt du? »
»Alix – Alix de Simiane-Beaucourt«, antwortete ich.
»Danke, Alix.«
Gleich darauf wollte sie schon zu Bett gehen, so wie sie war. Nur unwillig ließ sie sich die Kleider ausziehen, hob die Arme, stieg aus dem Rock, wie man es ihr befahl, ließ sich ein frisches Hemd überstreifen. Wie eine Schlafwandlerin taumelte sie zum Bett, fiel hinein und war auch schon eingeschlafen. Ich zog die Vorhänge zu und warf einen kurzen Blick auf ihr Gesicht. Mein Vorsatz, sie nicht zu mögen, verflog im Wind.

2.

Als ich am nächsten Morgen erwachte, in meiner stillen, fensterlosen Kammer, dachte ich sofort an sie. Ich stand auf und zog mich an, um rasch nach meiner Königin zu sehen. Aber als ich ihre Gemächer betrat, war dort bereits ein Gewimmel von Kammerdienern und Pagen und einem ganzen Gänsetrupp von Hofdamen, die alle mit meiner Herrin in irgendeiner Weise beschäftigt waren: Eine reichte ihr eine Schale mit Mandelmilch, die nächste Zuckerbrot. Eine hielt ihr das Überkleid entgegen, eine andere zog ihr die Schuhe über die Füße und wieder eine Dame legte ihr eine Auswahl an Schmuck vor. Eine Zofe frisierte sie. In all diesem hektischen Treiben saß sie ganz ruhig in anmutiger Haltung auf einem Schemel und scherzte mit denen, die ihr zunächst waren.

Da meine genaue Funktion noch nicht festgelegt worden war, hatte ich Muße, meine Herrin zu betrachten. Man erzählte sich bei uns in der Provence, dass Giovanna, unsere *Reino Jano*, über die Maßen schön sei. Das singen die Troubadours von jeder hohen Dame, aber in ihrem Fall entsprach es ganz und gar der Wahrheit, ich kann es ohne Neid zugeben: Sie war damals 22 Jahre alt, schlank und zierlich mit einer Taille, die man gewiss mit zwei Händen umfassen konnte, mit kleinen und festen Brüsten. Dunkelblondes Haar umrahmte ein feines, ovales Gesicht, mit jenem zarten, olivfarbenen Teint der Italienerinnen. Unter langen Wimpern warf sie mir einen Blick zu. Die Augen waren dunkel und voller Humor und Intelligenz. Sie war schön, doch ich dachte mir, dass ich nur ungern ihr Missfallen auf mich gelenkt sähe. Denn man erzählte sich bei uns in der Provence ja nicht nur, wie schön sie sei, sondern schmähte sie auch als »*diablesse*«, Teufelin, wegen des Mordes an ihrem Gatten. In der Provence war man schnell bereit, Übles von ihr anzunehmen. Hier sind die Männer sehr auf ihren Vorteil bedacht. Sie schätzen die Frauen gering und es passte ihnen nicht, von einer regiert zu werden. Der französische König hatte kürzlich ein Gesetz erlassen, nach dem keine Frau mehr den Thron erben darf, und das war so ziemlich das Einzige, worin unsere Männer mit den Franzosen übereinstimmten. Nein, sie trauten unserer Königin nicht, trotz ihrer großen Schönheit.

Jemand zupfte mich am Ärmel. »Und, gefällt sie dir? Die Haare sind gelb wie Stroh; sie ist zu mager und braunverbrannt wie eine Bäuerin«, krähte eine Stimme neben mir. Ich schaute mich entsetzt um und erblickte eine Zwergin an meiner Seite, unkleidsam in gelbe Seide gepresst, bunte Schleifen im Haar. Ich wollte sie eben für ihre Frechheit rügen, da kam von der Königin ein Kissen geflogen, und traf die Kleine so, dass sie hintenüberfiel und auf ihrem korpulenten *cul* landete.

»Kein Nachtisch heute, Lucchina!«, rief Giovanna, und Lucchina veranstaltete ein großes Geheul: »Gnade, oh oh oh! Gnade – lasst mir den Kopf abschlagen, Euer Hochheit, aber gebt mir Nachtisch!«

»Wo willst du ihn hintun, den Nachtisch, wenn du keinen Kopf mehr hast, Lucchina«, rief es von allen Seiten. Die Zwergin schlug Purzelbäume quer durch den Raum.

»Schlagt den Kopf halt nach dem Essen ab«, schrie sie frech.

Zu mir sagte sie: »Ich krieg ja doch Dessert. Ich krieg alles, was ich will.«

Die Königin war fertig angezogen und frisiert.

»Komm, Alix«, rief sie. »Ich will dich den anderen vorstellen.«

Ich ging zu ihr und beugte das Knie. Sie zog mich an den Schultern hoch und drehte mich von sich fort, sodass ich mich den berechnenden Blicken stellen musste.

»Meine Lieben, hier ist Alix de Simiane-Beaucourt. Sie hat liebenswürdigerweise eingewilligt, mir zu dienen, solange wir uns in der schönen Provence aufhalten. Seid freundlich zu ihr. Ich weiß, ihr werdet sie mit offenen Armen empfangen.«
Ein frommer Wunsch, wie sich weisen sollte. Danach nahm sie mich beiseite.
»Was für ein Amt soll ich dir geben? Mundschenk und *panettiere* sind schon vergeben, ich habe jemanden, der mich weckt und jemanden, der mich zu Bett bringen darf ... hm ... ich weiß: Willst du dich um meine Garderobe kümmern?«
»Oh, ich kann nähen – aber nur einfaches Zeug, und sticken kann ich gar nicht gut ...«, stotterte ich. Sie lachte laut auf. Köpfe fuhren herum, eifersüchtige Blicke trafen mich wie Hagelkörner: Ich hatte die Königin zum Lachen gebracht.
»Nein, nicht doch. Du sollst natürlich nichts selbst tun, nur die Schneider und die Näherinnen beaufsichtigen, dass sie gut arbeiten und dass die verwendeten Stoffe nicht minderwertig sind oder Fehler haben. Und achte darauf, dass sie auch wirklich so viel Goldfaden, Juwelen und Perlen verarbeiten, wie sie anschließend berechnen. Dass sie schnell machen und bald liefern ... Und dass das Zeug gereinigt wird, wenn nötig, darauf hast du auch zu achten. Bei Banketten darf ich nie in einem Kleid erscheinen, das man bereits gesehen hat. Es muss also immer mindestens ein neues da sein. Ist das zu viel für dich? Du musst es ja nur den Mägden und den Näherinnen auftragen, und sie werden es erledigen.«
Ich stieß innerlich einen Seufzer der Erleichterung aus. Nicht nähen und sticken, der heiligen Anna sei Dank!
»Mit Geld hast du auch nichts zu tun, das macht Andrea de Conca. Du musst ihm nur sagen, was du brauchst. Und wenn du etwas für dich haben willst, dann gib es einfach in Auftrag und es wird mitbezahlt.«
Ich machte große Augen: »Danke vielmals, Euer Hoheit. Ihr seid großzügig.«
»Ach was! Ich sehe es dir an, dass du mein Vertrauen nicht ausnutzen wirst, wie gewisse andere, die ich nennen könnte«, dies

Letztere so laut, dass die Umstehenden es hörten. Ein oder zwei Damen, bildete ich mir ein, drehten sich rasch weg und senkten die Köpfe.
Nun hatte ich also ein Hofamt – eine große Ehre und eine nicht geringe Einkommensquelle dazu. Vielleicht reichte es sogar, um eine Aussteuer anzusparen. Mutter würde sich freuen.
Ich stürzte mich mit Feuereifer in die Arbeit. Es war auch genug zu tun: Die Kleidung der Königin war durch die lange und beschwerliche Seereise in schlechtem Zustand. Alles musste gewaschen, vieles ausgebessert und manches sogar weggeworfen werden. Ich besprach mich mit Herrn de Conca, und er gab mir darin Recht: Die unbrauchbar gewordenen Kleider sollten nicht einfach verschenkt werden. Die finanzielle Lage der Königin war nicht rosig nach dem Verlust von Neapel. Ich ließ also die Juwelen säuberlich abschneiden und sammeln und die Goldfäden der Stickereien, soweit möglich, auftrennen, um sie wieder zu verwenden. Das machte mich bei den Näherinnen unbeliebt. Ich weiß, dass sie mich hinter meinem Rücken als Geizhals schmähten, aber es war mir gleichgültig.
Weniger gleichgültig war mir die Behandlung, die ich durch die anderen Hofdamen erfuhr. Sie schnitten mich und steckten die Köpfe zusammen. Ständig hörte ich sie leise und boshaft lachen, wenn ich vorüberging.
»Ssst! Da kommt das Lumpenmädchen!«
»Hier, soll ich dir einen Faden schenken? Ich brauche ihn nicht mehr!« ... und Lachsalven.
Gingen wir mit der Königin im Park spazieren, dann schlossen sich vor mir die Rücken zu einer Mauer zusammen, sodass ich meine Herrin weder sehen konnte, noch zu ihr gelangt wäre. Bei Tisch wurde mir mehr als einmal hart die Bank in die Kniekehle gestoßen. Aus dem Nichts tauchte plötzlich ein Hindernis auf, ein Stock, ein Fuß, sodass ich stolperte ...
»Nein, wie ungeschickt. Das Landpomeranzchen kann nicht laufen.«
»Wahrscheinlich ist es gewohnt, auf einer Sau daherzureiten!«

»Man muss ihm erst Manieren beibringen« ... und so fort.
Die Einzige, die mir Freundlichkeit entgegenbrachte, war Delphine de Sabran, Provençalin wie ich. Sie hatte die beneidenswerte Gabe, mit allen gut auszukommen, und war schon am Hof von Neapel gewesen. Delphine redete mir gut zu, ich solle nur abwarten. Anfangs ginge es eben allen Neuen so. Das sei nur Neckerei und nicht weiter bös gemeint. Sie würden sich schon bald an mich gewöhnen.
Mit all dem wurde ich schwer fertig, und mir verging der Appetit. Ich magerte ab und wurde blass, hatte heftiges Heimweh nach meinem Dorf, meinen Eltern und der klaren, würzigen Luft des Luberon.
Seit der Ankunft meiner Herrin war ich nicht mehr in die Unterstadt gegangen. Wir hatten von vereinzelten Pestfällen gehört und hielten uns lieber im Park des Papstpalastes und an den Uferwiesen auf. Dann jedoch musste ich ein Kleid für die Königin abholen, und es blieb mir nichts anderes übrig, als mich in das Gewirr der Gassen zu begeben. Zwei Ritter der Königin begleiteten mich. Es war inzwischen April. Bei dem milden Wetter und dem Sonnenschein, der die Straßenschluchten aufheizte, stieg vom Pflaster ein atemberaubender Gestank auf, den man im Winter nicht wahrgenommen hatte. Überall vor den Häusern und in der Gosse lagen Unrat und Fäkalien herum und Schlimmeres.
Unsere Befürchtungen bewahrheiteten sich: Es schien doch mehr zu sein als ein paar Einzelfälle. Hier wurde eine in Tücher gewickelte Leiche aus dem Haus getragen, dort brannte ein Feuer mit den Habseligkeiten eines Verstorbenen, fette Rauchschwaden zogen über die Dächer. Aus einer Tür erscholl Wehklagen, von nebenan betrunkener Gesang. Wir sahen einen maskierten Pestarzt, vermummte Priester. Sonst waren die Straßen leer gefegt, nur fette Ratten liefen emsig umher und ließen sich nicht stören. Vorsorglich hatten auch wir uns Tücher vor den Mund gebunden, getränkt mit Lavendelessenz. Wir sahen uns an und begannen zu laufen, so schnell es mit Würde möglich war. Als wir in die Schneiderwerkstatt kamen, war es sauber und kühl. Nur ein

beißend-süßes Gemisch von Harzen und Kräutern schwelte in einer Räucherpfanne. Sechs Frauen saßen und gingen ihrer Arbeit nach, als sei nichts geschehen.
»Habt ihr denn keine Angst?«, fragte ich.
»Wir schützen uns, so gut es geht. Gottes Wille wird geschehen.«
»Habt ihr keine Verwandten auf dem Land, wohin ihr gehen könnt?«
»Dann plündert man uns die Werkstatt, und wovon sollen wir auf dem Land leben? Die Bauern brauchen keinen Luxus.«
Wir nahmen das Kleid der Königin in Empfang und ich prüfte es, zählte die Perlen und die Juwelen verschiedener Farben, schätzte die Menge des Goldfadens und erklärte schließlich die Arbeit für gelungen und den Preis für angemessen. Ich nickte Herrn Benevent, einem der Ritter, zu. Er zählte die Goldstücke auf den Tisch, während ich Maß nehmen ließ für eine ›Jacke‹. Das war zu der Zeit ein neuartiges Kleidungsstück, eine Art kurzer und auf den Leib geschnittener Mantel, mit dem man sicher besser reiten und sich bewegen konnte, als mit den voluminösen Umhängen, die bisher üblich waren. Ich war erfreut über diese Erfindung.
»Stickereien? Hermelin, meine Dame?«
»Nein, nichts derart Aufwändiges. Es ist nur für mich.«
»Wenigstens ein paar Tiergestalten aus Silbergarn? Ihre Hoheit hat sicher nichts dagegen. Ihr müsst doch auch repräsentieren, seid Teil ihres Hofstaats …«
Aufgrund meiner Erziehung fiel es mir schwer, Geld für persönlichen Luxus auszugeben, aber sie hatte wohl Recht.
»Also gut … Dann nehmt Eichhörnchenfell als Besatz, und vielleicht ein paar springende Füchse mit Augen aus Gagat, aber nicht zu viel, hört Ihr?!«
Die Schneiderin lachte: »Keine Sorge, es wird zwischen den Rechnungen Eurer Herrin gar nicht auffallen. Und warum sollt Ihr nicht auch etwas Hübsches haben, Ihr seid doch schließlich eine junge Frau …« Sie stand auf und strich über mein Haar, ging um mich herum:

»Ihr habt wunderbares, nussfarbenes Haar, Demoiselle *La Garde-Robe*, grüne Augen und eine Figur – oh làlà! Ihr dürft Euch ruhig auch etwas gönnen.«
Sie lachte mich kokett an, und es tat mir gut, Freundlichkeit von einer Frau zu erfahren, auch wenn es vielleicht nur aus Geschäftstüchtigkeit geschah.
Und weil es so schön war, Komplimente zu bekommen, bestellte ich doch tatsächlich eine komplette Jagdrobe für mich. Ich wählte mit Bedacht die Farben meiner Heimat: Goldocker für das Unterkleid – ein Unterkleid mit seitlichen Schlitzen, da ich Männersättel vorzog –, ein ebensolches Überkleid in hellem Rotocker, wie man es im Tal des Calavon findet, und dazu einen schmalen Gürtel aus geflochtener Seide im hellen Grün der Eichen im Frühjahr. Dazu kam die Jacke in einem dunklen Ziegelrot. Ein Schuster war plötzlich da und nahm Maß für ein Paar Stiefel aus weichem, grünem Leder. Am Ende hatte ich viel mehr bestellt als beabsichtigt. Doch wenigstens begnügte ich mich mit den preiswerteren Stoffen, Satin und Serge aus Florenz.
»Wollt Ihr nicht auch einen warmen Umhang aus Samt? Eurer sieht arg abgestoßen aus, wenn ich das sagen darf.«
Ich blickte an mir herab. Sie hatte Recht.
»Also gut, aber aus Wolle.«
»Nein! Nein! Das geht nun wirklich nicht! Wolle ist für das einfache Volk. Ihr gehört zum Hofstaat der Königin!«
Ganz versunken war ich in die Debatte mit der Schneiderin.
Als ich hochschaute, lehnte Herr Benevent in der Tür und beobachtete mich amüsiert. Da fielen mir zum ersten Mal seine hübschen Augen auf, hellblaue Augen mit einem dunklen Rand. Ein gut aussehender Mann und freundlich ... na, wenn schon.
Ich nahm das Kleid der Königin – sie wollte es am Abend tragen, zu einem Diner des Kardinals von Ceccano –, und wir eilten zurück zum Palais d'Anjou. Nach dem Aufenthalt bei den Näherinnen, umgeben von Duft und schönen Stoffen, fiel es mir umso mehr auf, wie drückend die Angst auf den Bürgerhäusern lastete. Es kam mir vor, als seien alle Geräusche gedämpft und gefiltert,

als seien meine Ohren verstopft, die Augen verklebt und ich bekäme kaum noch Luft.
Wie war ich froh, als wir die Anhöhe erklommen hatten und von der Rhone her eine frische Brise den bösen Gestank vertrieb.
»Sollte ich der Königin berichten, was in der Stadt vorgeht?«, fragte ich.
»Nein, sie hat genug Sorgen«, meinte Herr Benevent. »Wir werden es de Conca sagen, der wird sich erkundigen, wie gefährlich die Lage tatsächlich ist, und der Königin zu gegebener Zeit berichten.«
Ich schnupperte an der Robe der Königin und bildete mir ein, von dem Pesthauch der Stadt sei etwas daran hängen geblieben. Deshalb wohl brachte ich das Kleid nicht gleich in den Ankleideraum der Königin, sondern hängte es auf der Loggia über einen hohen Stuhl. Die Loggia öffnete sich auf einen grünen Innenhof, in dem verschiedene Pflanzen für gute Luft sorgten. ›Was für ein unvergleichlich herrliches Kleidungsstück‹, dachte ich und ließ noch einmal meine Fingerspitzen über den Brokat gleiten. Das Unterkleid war grün, mit silbernen Lilien bestickt, das Überkleid rosé, mit einem feinen Netz von Flussperlen überzogen und am Dekolleté noch mit tropfenförmig geschliffenen Grünsteinen verziert. Die Ärmel schimmerten in feinster Seide, weich und überlang, sodass man sie um die Ellbogen herum in Falten arrangieren würde, und dann fielen sie immer noch über die halbe Hand. Ich steckte innen mehrere Lavendelsäckchen fest und legte den Stoff sorgfältig aus, sodass er ein erfrischendes Bad im Wind nehmen konnte, ohne etwa an einem rauen Mauervorsprung hängen zu bleiben und beschädigt zu werden. Ein letzter Blick auf das Wunderwerk, und dann ging ich beruhigt mit gutem Gewissen in die päpstlichen Gärten, wo meine Herrin und ihre Gefährtinnen spazieren gingen.
Wir betrachteten die Veilchen, die Schlüsselblumen und gelbe Wildtulpen auf den Wiesen, sowie die Kübel mit blühenden Zitronenbäumchen, die in Gewächshäusern vorgetrieben waren.

Vor diesen blieb die Königin lange stehen. Als sie sich zu uns umwandte, hatte sie Tränen in den Augen.
»Wann werde ich wohl die Zitronenhaine von Kalabrien, wann Neapel wieder sehen! Ah, Napoli!«
Und ich begriff, dass auch eine Königin inmitten ihres allzeit bewundernden Hofes und all ihres Reichtums vor Heimweh nicht geschützt ist.
Um unsere Herrin abzulenken, gingen wir mit ihr auf eine Wiese und spielten das Kugelspiel. Delphine und ich demonstrierten, wie man es hier bei uns spielt. Wir werfen die Kugeln weit und hoch und lassen sie nicht einfach über das Gras kullern. Es gab viel Gelächter, und Lucchina tat so, als hätte sie eine der Kugeln verschluckt. Wir mussten uns eine abgelegene Ecke des Parks suchen, denn solche Kurzweil war hier kaum angemessen. Einige vorübergehende Mönche warfen uns finstere Blicke zu. Aber wir ließen uns das bisschen unschuldige Freude nicht verderben. Lucchina erschien bester Laune und machte Faxen. Und die Damen waren erstmals recht höflich, ja einige lächelten sogar und wechselten Worte mit mir.
Es war ein schöner Nachmittag, heiter und entspannt. Das düstere Avignon hatte ich ganz vergessen.
Am frühen Abend ging die Königin mit einigen der Damen, um im Keller des Hauses ein Bad zu nehmen. Ich blieb zurück, um ihr das schöne neue Kleid zurechtzulegen. Voller Vorfreude lief ich in meine Kammer und von dort auf die Loggia. Das Kleid lag am Boden – vom Wind heruntergeweht? Es war dämmerig, und so sah ich das ganze Ausmaß des Schadens erst, als ich die Robe hereingebracht hatte in das von Öllämpchen hell erleuchtete Ankleidezimmer. Ich hielt es vor mich und starrte es an, konnte nicht fassen, was ich sah. Das Blut sackte mir augenblicks aus dem Kopf in die Füße; es wurde mir gleichzeitig übel und kalt. Meine Hände begannen zu zittern. Das Kleid der Königin, ganz neu und so viel wert wie unser Haus und Hof zusammen, es war zerrissen, vollkommen zerstört. Säume waren aufgetrennt, ein Ärmel halb abgerissen, Perlen hatten sich gelöst. Ich blickte mich

um und bemerkte erst jetzt, dass ich offenbar vom Laubengang bis in dieses Zimmer eine Spur von Perlen hinterlassen hatte. Hinter mir öffnete sich die Tür. Unmöglich mich zu rühren, ich vermochte kein Wort hervorzubringen, keinen Laut.
»Ha! Sieh nur, jetzt wirft es gar mit Perlen!«
»Wessen Perlen? Es hat doch gar keine.«
»Die Perlen der Königin! Aber man darf ihm das nicht übel nehmen. Das Landpomeranzchen hat wohl gedacht, es muss die Hühner füttern.« Gelächter.
»Und schau, was es mit dem Kleid der Königin gemacht hat! Oooooch!«
Sie umringten mich und zupften an der Robe, während ich verzweifelt versuchte, die Risse zu verbergen und die Weiber fern zu halten.
»Man muss ihm verzeihen, es weiß nicht, wie man mit solchen Dingen umgeht! Es hat das nicht gelernt!«
»Oh, schade um das teure Kleid!«
»Jetzt heißt es, marsch zurück in den Hühnerstall!«
»Hört auf!«, rief es von der Tür her. Es war Delphine de Sabran. »Was geht hier vor?!« Sie kam näher und sah die Bescherung. »Schämt ihr euch nicht, das Mädchen so zu quälen? Ich habe gedacht, ihr neckt sie nur, aber das geht entschieden zu weit.«
»Wir haben doch nichts getan, das war sie selbst, die Kleider der Königin sind doch ihre Verantwortung …«
»Schweigt! Man wird herausfinden, wer es war, und dann wird es, wett ich, nicht Alix sein, die gehen muss! Glaubt ihr, ich habe nicht gesehen, wie ihr sie verfolgt habt mit Dünkel und Eifersucht? Ich dachte, ihr lernt sie kennen und mögen und gebt Ruhe. Aber nein. Ihr konntet nicht aufhören, auf der Neuen herumzupicken! Jetzt wird es schlimm enden! Böse Weiber seid ihr, ich schäme mich für euch! Hinaus!«
Noch nie hatte man Delphine zornig gesehen. Die Hofdamen wichen vor ihr zurück, eine nach der anderen verließ den Raum. Ich brach weinend zusammen.
»Sieh doch nur, Delphine! Was soll ich nur machen?! Es ist un-

rettbar zerstört! Ich weiß nicht, wie das passieren konnte. Ich hatte es auf der Loggia neben meiner Kammer aufgehängt, damit es frisch duften sollte. Wie …«

»Wie, das kann ich mir schon denken. Hör auf zu weinen. Dass du es nicht getan hast, das ist nur allzu offenbar. Eine dieser Schranzen hat's getan aus Eifersucht und Arroganz. Das ist schändlich und unchristlich, eine schwere Sünde!«

Ich schaute sie mit schreckgeweiteten Augen an.

»Meinst du? Vielleicht hat es doch der Wind heruntergeweht. Ich hätte nicht weggehen dürfen.«

»*Drôle d'un vent*, seltsamer Wind, der Ärmel abreißt und Stickereien auftrennt. Nein. Das war ein menschlicher Wirbelwind.«

»Aber ich habe ihnen doch nie etwas getan.«

»Du bist neu, du bist fremd, du bist nicht von ihrer Art. Dummen Menschen genügt das. Du hast ein Amt bekommen, das eine von ihnen gern gehabt hätte. So einfach ist das. Jetzt lass uns sehen, wie wir die Situation retten.«

Von ›wir‹ konnte keine Rede sein. Ich war außerstande, etwas zu tun. Aber immerhin zeigte ich Delphine, welches andere Kleid für den Abend in Betracht käme und sie legte nach meinen Anweisungen alles auf dem Bett zurecht.

»Sie wird wütend sein, dass das neue Kleid verdorben ist, nicht wahr?«

»Und ob!«, Delphine lachte dazu und ihre Augen funkelten. »Aber der Blitz wird nicht dich treffen, verlass dich drauf.«

Als Giovanna kam, hörte sie sich die Geschichte ruhig an, von meinen Schluchzern unterbrochen. Delphine sagte auch ein paar Sätze dazu.

»Ich hätte besser aufpassen müssen, nicht in den Garten gehen … Ich werde versuchen, es zu ersetzen, mit der Zeit. Morgen packe ich meine Sachen, heute Nacht, wenn ihr wollt …«, heulte ich zum Abschluss.

»Du wirst nichts dergleichen tun.« Königin Giovanna stand auf und ging hinaus. Und da brach über die versammelten Hofdamen ein Sturm los. Die Königin, eben noch ruhig, schrie und wetterte. Und Worte gebrauchte sie, ich hätte nicht im Traum gedacht, dass einer Königin so ein Vokabular zur Verfügung stünde. Ein paar Mal krachte es; ich glaube gar, sie hat Gegenstände nach den Frauen geworfen. Ich fuhr selbst jedes Mal zusammen. Delphines Lippen zuckten verräterisch. Sie war zwar schon eine halbe Heilige, doch herzhafter Gerechtigkeit nicht abgeneigt: »Na, was willst du – sie ist eine Neapolitana! Das war so fällig wie ein Gewitter im August. Das haben sie verdient!«, sagte sie und horchte mit Genuss.

Giovanna kam wieder herein und lächelte zufrieden. Zu mir sagte sie: »Hör auf, so ein Büßergesicht zu machen. Ich ziehe eben ein anderes Kleid an. Da ist doch noch so ein blaues, nicht wahr? Ich bin sicher, der Kardinal kennt es noch nicht.«

Am nächsten Tag fehlten zwei der Damen. Sie waren noch in der Nacht nach Hause geschickt worden. Die anderen mochten mich deshalb nicht besser leiden, aber wenigstens hörten die alltäglichen Beleidigungen und Angriffe auf.

Ich begann mich besser zu fühlen.

Wohl um ganz deutlich zu machen, wer derzeit ihre Gunst besaß und wer nicht, nahm Giovanna dann zu ihrer Audienz beim Papst nur Delphine und mich mit. Das war hart für die Damen: Die Neapolitanerinnen sind außerordentlich gläubig und hatten allesamt auf diese besondere Ehre gehofft. Ich hätte meinen Platz gern getauscht, wäre lieber beliebt gewesen statt bevorzugt, aber ich wurde nicht gefragt. Also schlich ich hinter Delphine und meiner Herrin her, neue Schwierigkeiten für mich befürchtend.

Ein Dominikanermönch in strengem Schwarz und Weiß nahm uns am Tor in Empfang, um Giovanna I. zum Heiligen Vater zu geleiten. Fürsten, Prälaten und Gelehrte kamen in Scharen aus aller Welt, um mit Seiner Heiligkeit zu sprechen und seinen Segen zu empfangen. Es war nicht verwunderlich, dass sogar eine Königin viele Tage warten musste, ehe sie zu ihm vorgelassen wurde. Er strafte sie damit für den Skandal. Als Königin von Neapel und Sizilien war der Papst ihr direkter Lehnsherr.

Für die Audienz hatte sich Giovanna schlicht gekleidet und allen

Schmuck fortgelassen bis auf einen goldenen Stirnreif mit einem einzelnen Topas in der Mitte. Über das allzu tiefe Dekolleté hatten wir ihr ein Brusttuch gelegt und mit einer Nadel mit dreizehn weiteren Topasen geschlossen. Der Dominikanermönch streifte Giovanna mit einem fast verächtlichen Blick, sagte kein Wort, sondern wies uns mit einer knappen Handbewegung an, ihm zu folgen. An einer vergoldeten Tür hielt er an und klopfte dreimal. Wir wurden eingelassen; es ging durch einen Vorraum, in dem nicht weniger als zwölf Sekretäre saßen und schrieben, und dann in einen hohen, gewölbten Raum, dessen Fenster zur Rhone hinaussahen. Die Wände waren wunderbar bemalt: mit Weinranken und Vögeln auf blauem Grund.
Das Wetter war frühlingshaft warm geworden, die Sonne schien herein. Und doch saß Clemens VI. zwischen zwei Kaminen an der gegenüberliegenden Wand. Zwei Feuer loderten und verbreiteten eine unerträgliche Hitze im Raum. Diener warfen von Zeit zu Zeit trockenes Thymiankraut hinein, was gut roch, aber die Glut noch verstärkte. Seine Heiligkeit war ganz rot im Gesicht und fühlte sich offensichtlich unwohl.
»Meine närrischen Leibärzte haben mir dieses Inferno verordnet. Sie behaupten, es würde die Pest fern halten«, murrte der Vater der Christenheit.
Nachdem wir, eine nach der anderen, vor ihm niedergekniet waren und seinen Ring geküsst hatten, einen fabelhaft großen und prächtigen Rubin, durften wir Platz nehmen: Giovanna dem Papst direkt gegenüber auf einem Sessel, Delphine und ich auf niedrigen Schemeln hinter unserer Herrin.
»Giovanna, meine Liebe, wie war die Fahrt? Ihr seid spät gekommen. Wir fürchteten schon, Euch sei etwas zugestoßen.«
»Ach, Vater, es war grauenvoll. Ich hatte Euch ja geschrieben, wie ich mich vor der langen Fahrt und vor Seeräubern fürchte, und ich hatte Recht damit.«
»Ja, geschrieben habt Ihr das, aber es war doch wohl eher eine Ausflucht, um zu verhindern, dass Ihr und Andrea zusammen in Avignon gekrönt würdet. Hier hättet Ihr ihm die Krone nicht

verweigern können! Aber lassen wir das. Wie war also die Reise und wie ist es Euch überhaupt gelungen, aus Neapel herauszukommen? Warum habt Ihr so lange gezögert?«

»Ich wollte meine Stadt nicht im Stich lassen, wollte kein schlechtes Beispiel geben und die Verteidiger entmutigen.«

»Ach Giovanna! Und dann war es fast zu spät. Aber erzählt: Was ist geschehen?«

»Zuerst dachten wir, dass wir König Lajos von Ungarn schon auf dem Weg durch die Berge aufhalten könnten, doch einige der Barone hatten sich auf seine Seite geschlagen. Andere ließen ihn einfach passieren, um nicht in den Streit hineingezogen zu werden. Und dann, eines Morgens im November, schaute ich von der Stadtmauer und die Felder waren von eisernen Ähren bedeckt. Hassrufe gellten mir entgegen und Pfeile flogen!

Rauchschwaden lagen in der Luft. Sie hatten die Heuschober und Kornspeicher angezündet in der Ebene vor der Stadt. Ich hoffe, Lajos lernt eines Tages den Hunger kennen und denkt an das Korn, das er verbrannt hat! Gott verfluche ihn für diese Barbarei – verzeiht mir!« Sie bekreuzigte sich. »Man hörte schon das Gebrüll und das Dröhnen der Hufe. Steine flogen über die Mauern und Brandfackeln; die hölzernen Räder der Belagerungswagen ächzten und knarrten, die Wagen schwer beladen mit Türmen und Leitern, mit Wurfmaschinen und Rammböcken. Neapel ist gut geschützt durch seine vier Burgen und hohen Mauern. Ich wollte bleiben, um wenigstens zu erfahren, wie es meinem Loisi ergangen war, der mit seinen Männern in Aversa saß, um die Ungarn aufzuhalten. Da das nicht gelungen war, musste ich annehmen, er sei tot. Meine treuesten Männer beschworen mich, ich sollte mich in Sicherheit bringen. Sie hatten zwei Marseiller Galeeren versteckt hinter den Felsen des Posilippo. Und so ließ ich rasch das Nötigste zusammenpacken. ›Mein Kind!‹, rief ich – Carlo-Martello war ja mit seiner Amme im Castel del'Ovo untergebracht. Es sei unmöglich, ihn da herauszuholen, sagten sie mir. Der Kastellan lässt keinen herein und der Herzog Durazzo keinen heraus.

›Durazzo will ihn als Pfand, um sich beim Madjaren damit einzuschmeicheln, mit meinem Kind!‹, klagte ich. Aber es half nichts, wir mussten fort.«
»Ohne den Erben! Wie konnte das nur geschehen?! Wir haben doch geraten, das Kind unbedingt mit in die Provence zu bringen.« Der Papst wischte sich die Stirn mit einem Seidentuch. »Wenn Ihr doch nur auf Unseren Rat hören würdet, einmal nur!« Er seufzte.
»Ja, ich weiß. Ich hätte auf Euch hören sollen. Nun ist es geschehen. Mein Kind ist in den Händen Lajos', und wer weiß, was dieser Barbar mit ihm anfangen wird.«
Seine Heiligkeit beugte sich vor und tätschelte Giovanna die Hand.
»Er wird ihm nichts tun. Es ist auch das Kind seines Bruders. Er braucht ihn als Legitimation, um das Königreich an sich zu bringen. Aber das werden Wir nicht gestatten. Und wie ging es dann weiter?«
»Wie es weiterging? Im letzten Augenblick bekam ich eine Nachricht von Loisi. Ein einzelner Reiter hatte die ungarischen Linien umgehen können, eine mutige Tat. Im Hafen holte er uns ein und brachte eine kurze Note, darin hieß es: ›Aversa ist in Lajos' Hand. Wir sind entkommen. Flieh, Giovanna, nach Avignon, und begib dich unter den Schutz des Papstes. Ich werde nachkommen, so bald ich kann.‹
Wir ließen also in der Nacht und in der bitteren Winterkälte auf das tyrrhenische Meer hinausrudern. Die Ruderer waren wohl die Einzigen, die es jemals warm hatten auf dieser Fahrt. Die See war dunkel und zäh wie ein Brei und der Himmel tiefgrau. Gelblicher Schaum trieb auf den Wellen. Unser kleines Schiff wurde hoch in die Lüfte gehoben und fiel wieder hinab in die gurgelnden Tiefen. Für zehn Ellen, die die Ruderer vorankamen, fielen wir fünf wieder zurück. Wolken lagen vor der Sonne alle Tage. In den Nächten trieben Fetzen vor dem Mond.
Bei Gaeto nahmen wir zum ersten Mal Proviant an Bord. Um Rom machten wir einen weiten Bogen. Wir fürchteten uns vor

römischen Galeeren. Die römische Wölfin ist hungrig und verzweifelt, wie Ihr wisst. Und sie zürnt uns, weil wir zu Avignon halten. Doch wir blieben allein auf dem Meer bis auf ein paar Fischerboote, die sich nahe der Küste hielten, und bis auf die Möwen, deren hässliche Stimmen in unsren Ohren klangen wie das Gespött unserer Feinde. Einmal erblickten wir eine fremde Galeere am Horizont und dachten, dass wir verfolgt würden.
Nachdem wir Livorno einige Tage hinter uns gelassen hatten, gerieten wir in einen furchtbaren Sturm. Das Wetter war bis hier schon kalt und unfreundlich gewesen, aber nun brach die Hölle los: Der Himmel bezog sich in rasender Geschwindigkeit, ein riesiger Wolkenberg türmte sich über unseren Köpfen auf, ein himmlischer Amboss. Es wurde pechschwarz. Die Luft erschien uns entsetzlich drückend. Die Haare standen uns zu Berge. Die ganze Zeit war es noch still.
Dann plötzlich brach ein Blitz durch die Wolken und schlug direkt vor uns ins Wasser. Es gab ein Geräusch wie das Reißen von Stoff und unmittelbar darauf einen Donnerschlag, der mich von den Füßen riss, mich und alle, die keinen festen Stand hatten. Das Gewitter brach los und mit ihm ein Sturm; so machtvoll packte der Wind unser Schiff, dass wir keinerlei Gewalt darüber hatten. Wie ein Spielzeug wurden wir über die Wellenberge getrieben.
Mit einem Schlag riss das Hilfssegel in der Mitte durch. Und als ob das alles noch nicht genug sei, erschien auch noch ein geisterhaftes Feuer an Bord: Blaue Flammen liefen die Taue entlang und tanzten auf dem Mast. Die Rudersklaven schrien und heulten, sie würden keinen Schlag mehr tun. Das Schiff sei durch meine Anwesenheit verflucht, der Teufel sei gekommen, um die ›Mörderin‹ Giovanna zu holen.
Weil wir nun nicht mehr in der Lage waren zu navigieren, wurde das Schiff quer zum Wind getrieben. Es fuhr in ein tiefes Tal hinein und begann voll zu laufen. Wir dachten nicht anders, als dass wir nun sterben müssten, und begannen zu beten.
Ich weiß nicht, wie lange uns der Sturm auf der tintenschwarzen, öligen See herumwarf. Irgendwann spürten wir einen gewaltigen

Ruck und Sand unter dem Kiel. Wir wurden alle umgeworfen und an Deck herumgekegelt, blieben aber durch Gottes Hilfe weitgehend unverletzt. Als wir uns aufgerichtet hatten und über die Bordwände hinuntersahen, erwies sich, dass wir an einem felsigen Strand gelandet waren. Wir waren gerettet, doch um welchen Preis!

Sieben Ruderklaven waren an ihren Ketten ertrunken und drei Soldaten nicht mehr aufzufinden. Wir mussten annehmen, dass sie über Bord gespült waren. Wir waren hungrig, erschöpft und vollkommen durchgefroren, weil wir viele Stunden kein Feuer gehabt hatten. Da seht Ihr, dass es keine Ausflucht war, die Reise zur See zu fürchten!«

Als so furchtsam hatte ich meine neue Herrin gar nicht eingeschätzt, allerdings war ich auch noch nie auf dem Meer gefahren und hatte nicht vor, es je zu tun.

»Ihr habt es schlecht getroffen, weil Ihr durch Umstände und Euren Eigensinn gezwungen wart, Euch zum ungünstigsten Zeitpunkt auf den Weg zu machen. Meine Kardinäle und andere, mit denen ich sprach, haben die Reise zur See recht angenehm gefunden. Wie dem auch sei: Ihr habt mein Mitgefühl! Danken wir Gott, dass Er Euch geleitet hat. Sagt, an welche Küste hat der Sturm Euch getragen? Fandet Ihr dort Hilfe?«

Er gab ein Zeichen, und ein Diener bot Giovanna einen Becher Wein. Sie trank und sprach schließlich weiter.

»Wo wir gelandet waren, das war zunächst nicht herauszubringen. Wir kauerten in unserem Unglück oberhalb eines steinigen Strandes in einem Pinienhain. Unter den tief nach unten gezogenen Zweigen war es trocken und einigermaßen windgeschützt. Ich ließ die Rudersklaven von ihren Bänken lösen und mit Fußfesseln aneinander gebunden ebenfalls in den Schutz der Bäume bringen. Wein und Brot wurden verteilt, für jeden so viel, wie er mochte. Meine Männer machten Feuer mit Treibholz. Auf diese Weise hoffte ich, Krankheit durch Unterkühlung zu verhindern. Am Morgen aber zitterten drei der Soldaten im Fieber, auch einige der Sklaven. Und wir sahen, dass die Boote in einem schlimmen Zustand waren: die Segel zerfetzt, etliche Ruder gebrochen, die Aufbauten davongetragen. So würden wir niemals nach Marseille gelangen.

Als wir da bei unseren Galeeren standen und uns beratschlagten, da kamen ein paar Fischer zum Strand. Die wollten ebenfalls nach ihren Booten schauen, kleinen, unsicheren Nachen, die hoch auf dem Strand im Tang lagen. Sie erblickten uns und gingen durch den feuchten Sand auf uns zu. Wir sahen ihnen mit Misstrauen entgegen – und ihr Misstrauen war mindestens so groß wie das unsere.

Wir standen uns gegenüber, meine Männer mit der Hand am Schwert, sie mit Messern und Enterhaken.

Schließlich sprachen wir sie an, und als sie Neapolitanisch hörten, da warfen sie die Arme in die Luft, lachten und kamen rasch heran. Wir wiederum freuten uns zu hören, dass sie provençalisch mit uns redeten: Wir waren an der Küste meiner geliebten Provence gelandet!«

›Geliebte Provence?‹, dachte ich. ›Dafür hat sie sich wenig genug blicken lassen.‹

»Es erwies sich«, fuhr meine Herrin fort, »dass der Sturm uns bei Hyères auf Land geworfen hatte, auf eine Halbinsel namens Brégançon.

Wir sagten nur, dass wir vor den Ungarn geflohen seien und dass wir Hunger hätten. Und schon führte man uns ins Dorf. Erst später gab ich mich zu erkennen. Die Einwohner von Brégançon baten uns in ihre Häuser, und alle, auch die Rudersklaven, konnten sich wärmen und erholen. Sie gaben uns Fischsuppe und Gerstenfladen zu essen und sauren Wein zu trinken.«

Giovanna schüttelte den Kopf, ganz in Gedanken: »Stellt Euch bloß vor: Ich selbst bin mit meinen Damen im Haus eines Fischhändlers untergekommen. All unsere Kleider waren in der Stube zum Trocknen ausgebreitet. Kein Stuhl, keine Bank und keine Truhe blieb unbelegt! Und ich kroch fast in den Kamin, so herrlich war es, wieder warm zu sein. Bitte schließt diese guten Menschen in Eure Gebete ein, Heiliger Vater, sie haben sich als besser

und treuer erwiesen als Fürsten, Heerführer und alle, an die ich geglaubt habe.
Der Sturm tobte noch fast eine Woche, und als wir nach unseren Schiffen sahen, da waren sie in noch schlimmerem Zustand als vorher. Ich bezweifelte, ob sie jemals wieder fahren könnten. Mich verließ ganz der Mut, aber der Dorfvorsteher schickte sogleich seine Bootsbauer los, um mit den Reparaturen zu beginnen. Wir blieben drei Wochen lang bei den Leuten. Stellt Euch vor, wir verbrachten Weihnachten dort. Das Festessen bestand aus Gerstenbrei mit Zwiebeln und Fisch. Zum Nachtisch gab es einen Käse, der war so kräftig, dass ich es nicht über mich brachte, davon zu essen, aber meine Männer waren so ausgehungert, sie verschlangen alles, was man ihnen vorsetzte. Die Menschen zündeten Talgkerzen an und warteten unter Mühen bis Mitternacht. Ich sage ›unter Mühen‹, weil sie gewöhnlich sehr früh aufstehen und ihnen abends vor Müdigkeit die Augen zufallen. Wir beteten. Danach ließ ich den Weihnachtsscheit, den *bûcher*, herumtragen, mit Öl begießen und unter Segenswünschen ins Feuer legen. Das hat ihnen sehr gefallen.«
Sie schwieg eine Weile. Das Feuer fauchte in den Kaminen.
»Und ist es nicht schön, dass sich gleich etwas ergab, wie ich es ihnen vergelten kann? Ich habe sie gefragt, ob ihre Königin etwas für sie tun kann. Und sie sagten: ›Schick uns Hilfe gegen die Piraten.‹ Es scheint, dass diese Küste besonders schlimm von Piraten heimgesucht wird, die immer wieder die Dörfer und kleinen Städte überfallen, plündern, morden und die jungen Frauen verschleppen. Damit soll jetzt Schluss sein: Ich werde eine Garnison Soldaten dorthin beordern und das alte Fort wieder aufbauen lassen, das sie mir gezeigt haben.«
»Das ist gut«, sagte Clemens, »aber erst müsst Ihr wieder in Neapel sein.«
»Ja, ich hoffe, dass es mit Gottes Hilfe gelingen wird.«
»Und warum hat es noch so lange gedauert, bis Ihr in Avignon eingetroffen seid? Da war die Entfernung doch nicht mehr so groß und das offene Meer überwunden.«

»Wie ich schon gesagt habe: So eine Seefahrt im Winter ist keine angenehme Sache. Aber ich will Euch nicht mit der Schilderung aller Gefahren und Beschwerlichkeiten langweilen, die uns noch begegneten. Ein weiterer Ruderer starb an Erschöpfung. Ihr könnt Euch sicher die Freude und Erleichterung vorstellen, die wir alle empfanden, als endlich, endlich die weißen Felsen von Marseille vor uns auftauchten. Dort wechselten wir die Rudermannschaften und nahmen noch einmal Proviant an Bord. Und wie großherzig wurden wir dort empfangen! Als sich herumsprach, dass ich gelandet war, da zogen bald Ströme von jubelnden und palmblattschwenkenden Menschen vor das Palais, in dem ich untergebracht war. Was für ein Empfang in der Provence – und wie haben mich meine Neapolitaner verjagt, als sie mir die Schuld an ihrem Unglück gaben! Nun, ich blieb nicht lange in Marseille. Vor der Rhonemündung kreuzten ungarische Kriegsschiffe und versuchten, uns an der Einfahrt in den Fluss zu hindern. Hier kam uns das graue Wetter zupass. Es gab Nieselregen und Nebel. Kurz: Es gelang uns, die Blockade zu durchbrechen. Und hier bin ich nun und empfehle mich demütigst Eurem Schutz an. Ich bin traurig und müde.«
Ich muss gestehen, ich hörte mit großem Interesse zu: ›Demütigst‹? ›Müde, traurig‹? Suchte sie etwa hier einen anderen Eindruck zu erwecken, einen schutzwürdigen und schwachen Eindruck? Dieselbe Frau, die neulich noch getobt hatte wie eine *tsigane*? Schau an. Was war sie doch wechselhaft, meine Königin, und was hatte sie doch für verschiedene Gesichter.
»Worüber seid Ihr mehr bekümmert: über den Verlust Eures Reiches oder über den Tod Eures Ehemannes?«
»Über Andreas Tod! Er lastet auf meiner Seele. Immer wieder frage ich mich, ob mich eine Mitschuld trifft, ob ich irgendwen ermutigt habe ...«
»Habt Ihr?«
»Nein! Bei allen Heiligen! Dennoch werde ich erst wieder froh sein können, wenn Ihr mir die Absolution erteilt. Ich bitte Euch ...«

Der Papst hob beide Hände.
»Giovanna, ich kenne Euch, seit Ihr ein Kind wart. Und ich habe immer Anteil an Eurem Werdegang genommen. Gern würde ich Euch hier und jetzt die Absolution erteilen. Aber Ihr wisst, in diesem Fall sind mir die Hände gebunden. Zu viele Menschen hängen von dem ab, was Ihr tut, was Eure intrigante Verwandtschaft tut. Das politische Gleichgewicht in Italien, Frankreich, Dalmatien und Ungarn hängt davon ab, wie man Euch sieht, ob Euer Anspruch auf den Thron noch gerechtfertigt ist – nicht nur vor den Menschen, Giovanna, sondern auch und besonders vor Gott.«
»Was muss ich tun?«
»Ihr müsst Euch einem Kirchentribunal stellen, Giovanna.«
Sie fuhr zusammen. Jetzt erst war sie wirklich demütig.
»Ein Kirchengericht? Aber es ist doch schon alles genauestens untersucht worden. Heiliger Vater, ich schwöre …«
»Habt keine Angst, meine Tochter. Es wird Euch nichts geschehen, es sei denn, Ihr hättet mich in Euren Briefen belogen.«
Er schaute sie lange an. Sie schwieg, hielt aber seinem Blick stand.
»Wir müssen diese Sache öffentlich verhandeln, wir müssen jeden Schatten eines Zweifels beseitigen. Nur so kann Frieden erreicht werden. Seht Ihr das ein?«
Ihre Schultern strafften sich. »Ja.«
»Gut. Kardinal Annibaldo Ceccano, mein Legat und Euer Mentor höchstpersönlich, wird Euch verteidigen, und Bertrand Rodulphe de la Bréole darf ihm dabei helfen. Auch die Anwälte der Gegenseite wissen, was ich will – und das spielt eine Rolle, glaubt mir. Es wird alles gut gehen. Ihr werdet als weiße Taube aus dem Verfahren aufsteigen. Das ist es, was wir brauchen. Seid tapfer, Giovanna, und betet.«
»Herr de la Bréole ist ihr eigener Advokat und ihr Bevollmächtigter in der Provence«, raunte mir Delphine zu. »Das ist sehr gut, dann kann es nicht fehlgehen.«
›Und was, wenn sie es doch war‹, dachte ich bei mir, zum wiederholten Mal.
Seine Heiligkeit war inzwischen zu einem weiteren Streitpunkt

übergegangen: »Aber was habt Ihr Euch nur dabei gedacht, diesen Halunken von einem Taranto zu heiraten. Gleichgewicht, Giovanna, Gleichgewicht! Ich habe Euch geschrieben, Ihr sollt Witwe bleiben! Hat Euch denn Ceccano gar nichts beigebracht?!«
»Witwe bleiben und ohne Schutz?! Wie stellt Ihr Euch das vor? Nach Andreas Tod wurde ich von allen Seiten bedrängt. Die Ungarn rüsteten ein Heer gegen mich. Die Familien umwarben und bedrohten mich gleichzeitig. Ich brauchte Verbündete. Und Loisi gefiel mir am besten.«
Der Papst schnalzte mit der Zunge: »Gefiel Euch am besten … Giovanna! Das ist doch kein Kriterium. Allmählich glaube ich auch, dass man Frauen nicht an die Regierung lassen sollte.« Mit einem Lächeln nahm er dem Satz die Schärfe.
»Männer heiraten, wen sie müssen, und vergnügen sich, mit wem sie wollen«, sagte Giovanna. Ich hielt die Luft an, so etwas zum Heiligen Vater!
Aber er lachte nur. »Meine Liebe! Wir alle wissen, dass diese Welt ungerecht ist. Wo ist denn dieser schöne Loisi jetzt?«
»Ich weiß es nicht. Er hat Capua tapfer gehalten, bevor er sich mit den Verteidigern zurückziehen musste. Das ist jetzt über zwei Monate her.«
»Hm. Er wird schon noch auftauchen. Ich denke nicht, dass Gott dir zumutet, zwei Ehemänner in einem einzigen Jahr zu verlieren. Gut. Wir sind uns also einig: Ich werde das Verfahren vorbereiten lassen, und wir werden dich vor aller Welt rein waschen. Ein neapolitanisches Gericht können sie anzweifeln, ein päpstliches nicht. Und was den Ungarn betrifft: Ich habe ihn vor die Wahl gestellt, Neapel zu verlassen und meinen Schiedsspruch abzuwarten, oder exkommuniziert zu werden. Ach! Diese Hitze!« Er griff nach einem Buch und wedelte sich verzweifelt Luft zu. »Da habt Ihr aber auch ein schönes Durcheinander angerichtet, meine liebe Giovanna! Heiliger Stefan! Jeder gegen jeden: Madjaren, Albaner, Sizilianer – was für ein Schlangengezücht! Man muss die Politik schon sehr lieben, um nicht an ihr zu verzweifeln. Aber Wir machen das schon! Wir machen das schon.«

3.

So schrieb Abd El Melik Ben Hischam: *»Als die Habessinier Mekka belagerten mit ihren Kriegselefanten, da waren die Einwohner von Mekka tief verzagt. Die Männer blickten von den Mauern herab auf ein Heer von grau gepanzerten Riesenleibern, die die ganze Ebene bedeckten, so weit man blicken konnte. Nicht einmal der Tapferste, kein Dolch, kein Schwert konnte etwas gegen sie ausrichten. Die habessinischen Krieger saßen obenauf und sahen zu, wie die mächtigen Tiere alles niedertrampelten, wie sie die Lehmmauern einrissen mit ihren Stoßzähnen, auf die man Spitzen aus gehämmertem Metall gesetzt hatte, damit sie noch schärfer, noch tödlicher würden.*
Die Frauen schauten nicht einmal mehr. Sie kauerten in ihren Häusern am Boden und weinten, denn sie wussten, welches Schicksal auf sie wartete. Die Lage war aussichtslos. Da schlossen sich die Bewohner von Mekka zu einem inbrünstigen Gebet zusammen und flehten Allah um Hilfe an. Drei Tage und drei Nächte beteten sie ohne Unterlass.
Am vierten Tag entsetzten sich die Belagerer sehr, denn aus der Richtung des Meeres kam eine schwarze Wolke auf sie zu. Als die Wolke näher kam, erkannte man, dass es Vögel waren. Und als die Vögel noch näher kamen, da warfen sie schwarze Steine, die sie in ihren Schnäbeln und Klauen getragen hatten, auf die Belagerer herab.
Die Steine waren nicht groß, aber wer getroffen wurde, erkrankte an einem unbekannten und schrecklichen Leiden. Unter den

Befallenen war der Führer der Habessinier, Abraha. Schwarze Beulen bildeten sich binnen Stunden an seinem ganzen Körper. Die Befallenen wurden fiebrig und schwach. Abraha ließ das Heer wenden, aber er erreichte seine Heimat nicht. Seine Glieder faulten und fielen nach und nach ab, und zum Schluss öffnete sich seine Brust, sodass man sein ungläubiges Herz sehen konnte. So kam die Pest in die Welt.«

Ende April waren wir noch in Avignon, doch die Lage wurde immer unerträglicher. Die Königin ließ pfundweise Räucherharze kaufen und das kostete sie nicht wenig, da die Preise dafür sich verdreifacht hatten seit dem Ausbruch der Pest.
Von einem Termin für das Tribunal war noch lange nicht die Rede. Die Prälaten ergingen sich, glaube ich, in Spitzfindigkeiten. Sie versuchten auch, Giovannas Barone zu Aussagen zu bewegen, doch verständlicherweise gab sich keiner dazu her.
Meister Petrarca hatte die Königin besucht. Sie war seine Schülerin beim Studium der antiken griechischen Philosophen gewesen, und sie hatten lange Briefwechsel gepflegt. Ich hatte ihn mir anders vorgestellt, den berühmten Dichterkönig von Rom, den seufzenden Verehrer von Laura, um dessen Gunst ganz Europa buhlte – irgendwie feiner, von stiller Nachdenklichkeit und Bescheidenheit. Und dann … was für ein komischer Kauz! Ein rundlicher Mann von Mitte vierzig, auch der Kopf wie eine Kugel, ebenso massig wie fleischig, rote Nase, geplatzte Äderchen im Gesicht vom übermäßigen Weingenuss. Er trug gern ein rotes Tuch um den Kopf gewickelt, darauf hatte er sich einen Lorbeerkranz aus Gold gezwängt – kurz, eine lächerliche Gestalt, und doch einer der klügsten Köpfe unserer Zeit!
Bevor er kam, hatte Giovanna uns ermahnt: »Dass mir ja keine Aristoteles erwähnt!« Wir kicherten. Der Dichterfürst hätte sich nämlich Aristoteles, den abtrünnigen Schüler des Sokrates, als abschreckendes Beispiel erwählt, an dem er erkläre, was er über lebende Personen und heutige Verhältnisse nicht sagen könne, ohne den Kopf zu verlieren – lorbeerbekränzt oder nicht. Wie

nämlich immer noch so viele propagierten, ohne Gott könne man nichts wissen, wie sie Wissen und Glauben vermengten; wie sich die Scholastik auf Gedankenkonstruktionen ausruhte, anstatt die Sinne, das Experiment und die Lebenserfahrung heranzuziehen zur Erkenntnis der Welt.

Wenn sie so leichthin über Philosophie und Wissenschaft sprach, dann wünschte ich mir zum wiederholten Male, wir hätten mehr Geld für Bücher gehabt. Mein Vater hätte mir das Studieren sogar gestattet, aber unsere Verhältnisse waren eben nicht so.

Meister Petrarca kam also hereingeschossen wie eine Bouleku-gel. Er winkte den Damen geziert mit einer Hand, umarmte die Königin und fing augenblicklich an, sich zu beklagen.

»Komm, lass uns in den Garten gehen, meine Liebe. Es ist absolut unerträglich in diesen Räumen. Wie hältst du das nur aus? Ach, wie ich Avignon hasse! Der Schmutz, die Menschen, dieses eitle Treiben! Es ist alles so ermüdend.«

Sein ganzer Lebensunterhalt kam von Avignon, und wenn es irgendwo eitel und bewegt zugeht, dann ist er mittendrin und dirigiert das Ganze. Dennoch: »Wie widerwärtig ist mir diese Stadt! Sie ist voller Habgier und Lärm! Wie sie stinkt und schwärt unter dem Gold und Flitter! Schau, sogar die marmornen Engel halten sich die Nasen zu und wünschten, sie wären anderswo. Doch sag, schöne Giovanna, wie ist es dir ergangen?«

Sie spazierten zusammen im Garten und sprachen lange miteinander. Im Schatten eines Glyziniengeflechts saßen sie auf einer Steinbank. Man brachte ihnen Rosensirup, *julep rosat*. Doch hatten sie auch in dieser lieblichen Umgebung keinen Frieden. Von der Stadt herauf qualmten beißend die Totenfeuer. Man hatte inzwischen Mühe, alle Leichname aus der Stadt zu schaffen und verbrannte sie einfach auf öffentlichen Plätzen. Ich ging nicht mehr in die Stadt hinunter, sondern die Schneiderinnen, die Goldschmiede und Putzmacherinnen schickten ihre Sachen mit Boten herauf. Die Boten wechselten von Tag zu Tag.

»Geh fort Giovanna! Ich rate dir ernstlich: Verlass die Stadt! Ich glaube nicht, dass irgendwer hier sicher ist. Die schädlichen

Dünste steigen doch herauf. Und was willst du auch hier, Giovanna, geh aufs Land! Ich jedenfalls reise morgen ab. Mich zieht es in die Frische des Vaucluse, in das einsame und liebliche Tal, wo die Königin aller Bäche entspringt, die Sorgue. Du solltest es sehen, komm doch mit mir, Giovanna«, mit einem finsteren Blick zu uns hin; »... aber lass deine Gänse hier.« Wir hörten es wohl. Manch eine von uns drohte ihm mit dem Finger und zog eine Schnute, und er lachte uns aus.

Petrarca verabschiedete sich am nächsten Morgen, nicht ohne ein Geldgeschenk von der Königin huldvoll in Empfang zu nehmen. Ich konnte ihr ansehen, dass sie am liebsten gleich mitgegangen wäre. Es war nicht nur die Angst vor dem schwarzen Tod, vor dem wir hier wahrscheinlich so sicher waren wie irgendwo anders auch. Aber vor ein paar Tagen hatte die Königin in der Eingangshalle des Papstpalastes eine beunruhigende Begegnung gehabt.

Wir gingen gerade zu einem Treffen mit Kardinal di Ceccano, der den Prozess vorbereitete. »Alix! Ksst!« Giovanna blieb plötzlich stehen und zog mich am Arm hinter eine dicke Säule. Durch das Hauptportal und zielsicher auf die Gemächer des Heiligen Vaters zu ging eine Abordnung von Männern. Sie waren fremdartig gekleidet, trugen weite, rote Pluderhosen, grellfarbige Schärpen und grüne Brokatwesten. Ich wusste nicht, wo ich sie einordnen sollte, solche Tracht hatte ich noch nie gesehen. Ihre Gesichter machten einen grimmigen und entschlossenen Eindruck.

»Ungarn!«, zischte Giovanna. »Lajos' Abgesandte!«

»Aber hier können sie Euch doch nichts tun«, versuchte ich sie zu beruhigen.

»Du kennst meine Familie nicht!«

Und ein, zwei Tage später: »Ich hatte Recht. Der Kardinal von Périgord, ein Bruder der Herzogin von Durazzo, hat mir erzählt, was die Ungarn vom Papst fordern. Hör dir das an, sie sind völlig maßlos: Ich soll persönlich als Mörderin angeklagt werden, soll vom Thron entfernt und für alle Zeiten aus Neapel verbannt werden. Die Prinzen von Taranto und Durazzo, meine Vettern, sollen allesamt der Beihilfe zum Mord angeklagt werden. Er ist verrückt geworden, sie waren nicht einmal in der Nähe, als es geschah! Lajos verlangt Bußgelder von allen neapolitanischen Familien. Meinen Sohn hat er in seine Gewalt gebracht, ich wusste es! Ein Kind von nicht einmal zwei Jahren hat er wie eine Kriegsbeute gen Ungarn schaffen lassen, hat es auf dem Höhepunkt des Winters der Gefahr eines Schiffbruchs auf dem Adriatischen Meer, den Anstrengungen einer Reise durch die Berge und dem ungarischen Eis und Schnee ausgesetzt! Ich befürchte das Schlimmste!«

Sie hatte Tränen in den Augen. Ich dachte zwar immer noch, wie seltsam es war, dass sie den kleinen Carlo-Martello zurückgelassen hatte. Ihre Erklärung schien mir nicht schlüssig. Aber davon sagte ich nichts und bemühte mich, so gut es ging, meine Königin zu trösten.

Verspätet traf nun auch die Nachricht ein, wie es den Prinzen von Neapel unter König Lajos ergangen war: Die Königin las die Depeschen mit steinernem Gesicht und erzählte niemandem, was darin stand.

Die ungarische Gesandtschaft gab sich mit Worten nicht zufrieden. Hofdamen und Kammerdiener beschwerten sich über Belästigungen, Rempeleien auf der Straße und im Park. Ein madjarischer Offizier hielt mich am Ärmel fest: »Wie kann ein anständiges Mädchen wie du so einer Hure dienen?!« Ich riss mich los und ging schnell davon. Was für ein unverschämter Patron!

Es kam heraus, dass man sogar versucht hatte, der Königin Personal zu bestechen, um in ihr Haus zu gelangen. Wir führten unsererseits Klage beim Kardinal Talleyrand du Périgord und wurden beschwichtigt. Doch abends konnte man sich nicht mehr auf die Straße wagen. In den Schatten, hinter Bäumen und Hausecken, in den Einmündungen der Gassen lauerten die Flüsterer: »Mörderin! Teufelin! Du wirst deiner Strafe nicht entgehen! Brenne, Königin Giovanna!« Verstohlene Dolche blitzten im Schein der Fackeln. Gingen wir, so folgten uns Schritte, hielten

wir an, so war es still. Rannten wir mit klopfendem Herzen, so eilten die Schatten mit. Ihr höhnisches Gelächter folgte uns bis in den Schlaf.
Einmal gingen ein paar von uns zusammen mit der Königin auf die Brücke von Avignon, um die Boote anzuschauen. Es war schön, hier zu stehen, hoch über dem Wasser in der Sonne, während der Wind uns durch die Haare blies. Wir schwatzten und lachten und zeigten uns, was wir entdeckt hatten: schnelle Segler, Fischernachen, schmerbäuchige Handelsschiffe, beladen mit Waren aus Venedig, Genua und Marseille. Es wäre ein schöner Ausflug gewesen, hätte nicht unsere Herrin plötzlich Stimmen gehört, Fischer mit eindeutig neapolitanischem Akzent. Was machten die hier? Giovanna wurde kreidebleich und floh zurück in das Palais d'Anjou.
»Genug! Wir gehen fort! Ich halte es hier nicht mehr aus! Avignon kommt mir vor wie ein steinerner Sarg, in dem ich sitze und darauf warte, dass meine Feinde mich finden. Ich will leben«, rief sie.
»Aber draußen wütet die Pest!«, rief die Barilli aus, eine der zaghafteren unter den Damen der Königin.
»Auf dem Lande ist man sicherer, das sagen alle Ärzte!«
»Und der Prozess? Wird man nicht denken, dass Ihr Euch dem entziehen wollt, und daraus eine Schuld konstruieren?«
»Ich rede mit Ceccano!« Giovanna breitete die Arme aus: »Ich muss hier raus! *Via! Via!* Ich ersticke!! Ich reise morgen früh. Wer mich begleiten will, der soll packen. Nur das Nötigste! Was man hinter den Sattel schnüren kann. Wenn eine von euch nicht mitgehen will, dann werde ich es niemandem nachtragen. Ich weiß nicht, wohin wir gehen. Es kann sein, dass Gefahr und Entbehrungen warten. Also, entscheidet euch und seid sicher, dass ich niemandem einen Vorwurf mache, der bleibt.«
Seine Exzellenz, der Kardinal Annibaldo di Ceccano riet zu meinem Erstaunen nicht ab:
»Ich verstehe, Giovanna, geht nur. Dann wird hier wieder Ruhe einkehren, und ich kann den Prozess ohne Störungen vorberei-

ten. Keine Sorge, ich sehe keine Schwierigkeit darin, deinen Namen rein zu waschen. Und wenn du nicht dauernd vor ihrer Nase entlangspazierst, dann werden diese Ungarn sich auch beruhigen. Lass mich wissen, wo ich dich erreichen kann.«

»Ich weiß noch nicht ... Zuerst dachte ich an Les Baux, wohin zu kommen man mich schon lange drängt. Aber nachdem Meister Petrarca mich besucht hat, sehne ich mich mehr und mehr nach der ländlichen Einsamkeit, die er mir so vorteilhaft geschildert hat. Vielleicht nach St. Rémy, das Schloss dort liegt außerhalb auf einem Hügel.«

In der ersten Dämmerung war selbst der Papstpalast noch still. Von der Kapelle her tönte dünn und zaghaft der Klang eines Glöckchens zum Morgengebet. Unsere Gasse am Felsen schien verlassen. Von den Ungarn, die täglich hier herumlungerten, noch keine Spur. Wir hofften, unbehelligt aus der Stadt zu kommen.

In der Nacht hatte es geregnet. Morgennebel lag über dem ganzen Land, sodass man auch von hier oben kaum Einzelheiten ausmachen konnte. Flüsse und Täler, Hügel, Baumgruppen und Felder waren nur helle und dunkle Flecken. Die Bergkuppen schwammen auf dem Dunst. Geräusche drangen aus der Stadt herauf, vereinzelter Hufschlag, das Knarren von Wagenrädern.

Wir standen im Stall versammelt, diejenigen, die sich entschlossen hatten, die Königin zu begleiten. Die Knechte hatten, wie befohlen, alles für uns vorbereitet, die Pferde gesattelt, die Packesel mit Proviant beladen, mit Zelten und Ballen. Ein vierrädriger Planwagen mit Lucchina auf dem Kutschbock trug Geschirr und Waschbecken, Küchenutensilien, Truhen voller Kleider, Wäsche, Teppiche, Kissen und dergleichen – ein wenig Komfort wollte man auch auf dem Lande haben. Unsere persönlichen Bündel wurden hinter die Sättel geschnürt. Meines war reichlich klein.

Wir waren schon aufgestiegen, Herr de Conca wollte eben das Zeichen zum Aufbruch geben, da kam eine der Wäscherinnen über den Hof gelaufen. Zwei von Giovannas Beschützern sprangen wieder ab und stellten sich ihr in den Weg. Sie waren seit dem

Vorfall an der Brücke sehr bestürzt und ließen nicht einmal eine Maus vor, die keinen Passierschein hatte.
»Halt, wohin so eilig, Mädchen?«
»Ich muss zur Königin, lasst mich! Nehmt eure Pfoten weg!«
Die Garde wollte sie nicht vorlassen, aber Giovanna winkte sie zu sich heran. Man ließ die Frau los. Sie knickste vor der Königin.
»Majestät, ich muss Euch warnen. Ich habe erfahren, dass die Ungarn Euch auflauern und Euch gefangen nehmen wollen, außerhalb der Stadtmauern, wo Ihr keine Hilfe zu erwarten habt.«
Sie hatte einen neapolitanischen Akzent.
»Und woher willst du das wissen?«, fragte de Conca misstrauisch.
Die Wäscherin wurde verlegen:
»Ich habe einen Freund unter den ungarischen Soldaten, einen Leutnant …«
Wahrscheinlich war es nicht nur der eine. Die Wäscherinnen verdienten manchmal Geld dazu, indem sie die Herren auch anderweitig versorgten.
»Es sind nicht alles Barbaren … Jedenfalls hörte ich, wie er mit einem Kameraden sprach, und sie sagten: ›Morgen, bei Sonnenaufgang, da kriegen wir die Verräterin. Sie will ans Meer entfliehen zu ihren Kumpanen von Les Baux, aber das wird ihr nicht gelingen. Wir werden schon da sein.‹ Das habe ich selbst mit angehört.«
»Und warum soll die Herrin dir glauben, wenn du schon mit einem von denen Kredenz hast?«
Die Wäscherin blies sich auf vor Empörung und streckte Herrn de Conca ihren mageren Busen entgegen: »Du magst ein großer Herr sein, aber kleine Leute haben auch ihren Stolz! Ich bin Neapolitanerin, und ich halte zu meiner *riggina*!«
»Es ist gut, Andrea, ich glaube ihr.« Und zu der Wäscherin: »Ich danke dir.« Und zu ihrer Kammerzofe: »Gib ihr ein Goldstück.«
»Nein, Herrin«, sagte die Wäscherin. »Dafür will ich kein Gold. Ich wünsche Euch alles Gute«, und ging davon. Wie sie gesagt hatte: Auch einfache Leute haben Stolz.

»Wir müssen den Umzug abbrechen«, sagten die Offiziere. »Es ist zu riskant.«
»Nichts da«, antwortete die Königin. »Hier bleiben wäre noch schlimmer. Wir nehmen einfach einen anderen Weg.«
Wir verließen also die Stadt nicht in südlicher Richtung, um über die Durance zu setzen, sondern stahlen uns durch eins der östlichen Tore hinaus ins Vaucluse in Richtung des wilden Landes oberhalb von Nizza. Langsam ging unser Zug aus dem Tor, klappten die Hufe auf dem Kopfsteinpflaster, die Pferde schnaubten, und ihre Schweife fegten zischend durch die Luft. Die eisenbeschlagenen Räder von Lucchinas Karren wetzten an den Bordsteinen und schlugen gelegentlich Funken. Wir selbst waren still und voll gespannter Erwartung. Die Aussicht fortzukommen, egal wohin, tat allen gut. Die Zurückbleibenden hatten geweint, und ich beneidete sie nicht. Wir waren nur eine Hand voll Frauen, Delphine und ich für die Provence und dazu drei edle Damen, die ihre Königin aus Neapel ins Exil begleitet hatten: Mariano Vulcano, Galgano Capita und Margherita Mileto – zu meinem Glück hatte ich mit diesen nie Streit gehabt. Dazu die treue Lucchina, einige Mägde und Knechte, Pagen und Kammerfrauen, Dom Pancrazio, Giovannas Kaplan, ein Koch und dessen Gehilfen sowie zu unserem Schutz dreißig *gens d'armes*, darunter Ursoleone Benevent und die Brüder Nicola und Enrico Caracciola. Andrea de Conca blieb zurück, um die Angelegenheiten der Herrin in Avignon zu versorgen.
Von den Ungarn war nichts zu entdecken. Sobald wir das Gebiet von Avignon hinter uns gelassen hatten, begannen wir schon freier zu atmen. Hier draußen konnten wir endlich ermessen, dass Frühling war, trotz Pest und Elend das Leben irgendwie weiterging.
Am Horizont tauchte der Mont Ventoux auf, mein geliebter Ventoux mit dem weißen Gipfel, von dem Meister Petrarca sagt, dass es Kalksteingeröll sei und kein Schnee, wie ich immer dachte. Er behauptet ja, selbst nach ganz oben gestiegen zu sein mit seinem Bruder Gerardo. Vielleicht ist er das wirklich, vielleicht ist er

auch nur ein Stück weit hinaufgelangt. Es erscheint mir schwer vorstellbar, so hohe Berge zu erklimmen, und auch nicht von Gott gewollt: Wenn wir die Gipfel erreichen sollten, dann hätte Er sie nicht so hoch gemacht.

Delphine und mir wurde es ganz leicht, als hätten wir Wein getrunken. Wir sangen unseren Gefährten provençalische Lieder vor – Dom Pancrazio sang mit – und wir erzählten jeden Tag eine Sage aus der Gegend.

»Komm, reite neben mir, Alix«, lud mich die Königin ein. »Unterhalte mich. Weißt du etwas Interessantes zu berichten? Gestern hat Delphine von den Buckelmännern in den Bergen erzählt – heute würde ich gern etwas über den großen Fluss hören, die Rhone.«

»Die Rhone, Herrin? Erst dadurch, dass ich in Euren Dienst gerufen wurde, habe ich sie ja zum ersten Mal gesehen. Aber ich wüsste schon etwas, eine alte Legende über eine Insel der Glücklichen.«

»Wie die, von der Platon berichtet?«

»Das weiß ich nicht. Ich hatte nie Gelegenheit, Platon zu lesen. Aber wenn ich meine Geschichte erzählt habe, könnt Ihr selbst urteilen.«

»Erzählt!«

»Sehr gern: Vor langer Zeit soll in den Sümpfen der Camargue ein Königreich gelegen haben mit dem Namen Pamparigouste. Die Fischer dieser Zeit kannten es wohl. Sie hatten herausgefunden, dass bei Stürmen das Gewässer um Pamparigouste ruhig blieb, sodass sie dort mit ihren Booten Schutz suchten. Sie betraten aber nie das Land, denn sie hatten Angst vor dem Feenvolk, das dort lebte.

Eines Tages geriet der Ritter Jean der Bär an diese Gestade – zu dieser Zeit war Morgane Königin der Feen. Ich weiß nicht, ob es ein Unglücksfall war oder eine Mutprobe: Jean und seine Männer gingen in dem Feenreich an Land. Statt sie zu strafen, verliebten sich die Feen in die Sterblichen, und einige von ihnen vermählten sich mit den Männern. Morgane wählte für sich selbst

Jean l'Ours, Jean den Bären. Für die Kinder, die aus dieser Begegnung hervorgingen, erschuf Morgane eine Insel. Auf dieser Insel war alles perfekt: Es gab herrlich bunte Vögel, blühende Bäume zu jeder Jahreszeit, fruchtbare Gärten und in der Mitte einen prächtigen Palast. Die Bewohner dieser Insel waren nun natürlich nicht mehr unsterblich, aber sie lebten in Weisheit und Gesundheit lange und zufrieden.
Für die Heirat der Söhne hatte Morgane genaue Regeln festgelegt: Ein Prinz von Pamparigouste musste die Insel verlassen und auf dem Festland nach einer Braut suchen, die des Throns würdig war. Und so suchten die Prinzen, manchmal als Fischer verkleidet, als Bauer oder Händler. Gefiel ihnen ein Mädchen, dann fragten sie auf dem Gut ihrer Eltern um Arbeit nach, um es besser kennen zu lernen. Und wenn es so gut war wie schön, dann hielten sie um seine Hand an.
Nun hatte aber Morgane unter dem Feenvolk eine Todfeindin, die schöne blonde Titania. Als der letzte Prinz von Pamparigouste auf Brautschau ging, da versteckte sich Titania im Schilf. Als sie sich ihm zeigte, verliebte er sich in sie, sodass es ihm unmöglich war, je eine andere Frau zu heiraten. Sie hatte aber nicht die Absicht, ihn zu erhören. Stattdessen ließ sie ihn aufs Meer hinaus verschleppen, und als der arme Prinz viele Jahre später wieder in seine Heimat zurückgelangte, da konnte er die Insel Pamparigouste nicht mehr finden. Seitdem sind diese Halblinge von Pamparigouste ausgestorben. Niemand hat je wieder die glückliche Insel gesehen.«
»Da habt ihr es«, rief Lucchina. »Es bringt nur Unglück, wenn Könige sich verlieben.« Sie saß verkehrt herum auf dem Maultier, das den Karren zog. Ein Wunder, dass dieses brave Tier nicht den Dienst verweigerte. »Das klang wie eine Parabel auf unsere werte Giovanna: Einmal den falschen Ehemann genommen, und schon seid Ihr aus dem Paradies vertrieben.«
»Sehr freundlich von dir, mich daran zu erinnern, Lucchina. Ich habe mir das alles nicht ausgesucht, wie du weißt!«
»Den zweiten Ehemann habt ihr Euch wohl ausgesucht, und der ist schlimmer als der erste.«

»Lucchina mag Loisi nicht. Ich denke immer noch, dass sie sich in ihm irrt.«
Wir ritten unterhalb des Ventoux entlang und rasteten in Ile sur Sorgue, einem Städtchen, dass ich meiner Herrin gern zeigen wollte: von zwei Flussarmen umfangen, an denen große hölzerne Wasserräder sich drehten und modernste Mühlen betrieben. Dann passierten wir Cavaillon, den Sitz des Bischofs, dem mein Bruder dient, aber es war keine Gelegenheit, Alain zu sehen. Ich wusste nicht einmal, ob er aus Neapel entkommen war – ich hoffte, dass sein Dienstherr weniger lange gewartet hatte als Giovanna. Am dritten Tag unserer Reise kamen wir in das Tal der Quellen, meine Heimat. Meist mieden wir die Städte und suchten nur die Schlösser und Burgen auf dem Lande auf, wo man uns freundlich aufnahm. Die Großen meiner Heimat ebenso wie kleine Noble vom Schlage meiner Eltern waren höchst überrascht und erfreut, ihre Königin bei sich zu sehen.
»Wann gibt's was zu saufen?«, brüllte Lucchina, wann immer ihr die feinsinnigen Begrüßungen zu lange dauerten.
Ich bot allerdings nicht die Gastfreundschaft meiner Eltern an. Zu sehr schämte ich mich unserer Armut. Stattdessen verbrachten wir die Nacht in Cucuron bei den Bolliers – *ma foi*! Das war der Königin angemessener.
Das Wetter war umgeschlagen. Statt des grauen Regenwetters, das uns in Avignon so viele Tage verdorben hatte, erfreuten wir uns jetzt herrlichen Sonnenscheins. Ich wies meine Begleiter auf die Pflanzen und die Blumen am Wegesrand hin, blaue Iris, die zwischen den Steinen hervorquoll, Klatschmohn und wilden Salbei.
Doch wieder wurde uns die Freude verdorben. Wir hatten eine Furt der Durance erreicht, kurz vor dem Zufluss des Verdon. Unser Zug hielt. Giovanna betrachtete misstrauisch die strudelnde Wasserfläche und besprach sich mit den Männern.
»Donna Alix, kennt Ihr die Furt? Kommt man mit dem Wagen hier hinüber?«, rief Herr Benevent.
»Diese Furt kenne ich nicht, doch hier sind ja die Markierungen

der Schäfer, seht Ihr!« Ich wies auf die Steinhaufen an beiden Ufern. »Wenn sie hier mit ihren Herden queren, dann ist es für uns eine Kleinigkeit!« Übermütig trieb ich mein Pferd hinein, ritt ans andere Ufer, dass es spritzte und gleich wieder zurück. »Da! Es ist ganz flach.«
»Es scheint, Ihr habt Recht«, rief Giovanna. »Aber das Wasser ist doch sehr wild.«
»Ach, das ist gar nichts. Ihr solltet die Durance bei Hochwasser sehen! Da reißt sie ganze Häuser fort, mitsamt Mensch und Vieh. Das hier sind nur noch die letzten Tropfen von der Schneeschmelze aus den Bergen, und im Sommer kommt man fast trockenen Fußes hinüber. Lucchina braucht keine Angst zu haben. Das Flussbett ist voller Kieselsteine, sie wird nicht einsinken mit dem Karren.«
Und wie wir noch so standen und schauten, da sahen wir aus der Ebene hinter uns eine große Menge Reiter herankommen, ein dunkles Knäuel, in Staub gehüllt. Sie ritten schnell.
»Was ist das?«, fragte Giovanna.
Unsere Nachhut kam heran: »Ungarn!«, riefen sie. »Hundert oder mehr!« Ich riet, wir sollten uns aufteilen. Mit den schlechteren Reitern und dem Wagen hätten wir keine Chance.
»Sollen etwa die Schwächeren unseren Feinden in die Hände fallen?«, fragte Herr Benevent.
»Nein, natürlich nicht. Seht Ihr dort den Eingang zur Schlucht des Verdon? Es ist eine sehr lange und verwinkelte Schlucht voller Grotten und Höhlen, in denen sich leicht ein Wägelchen verstecken lässt. Dort können wir Lucchina lassen und alle, die unsicher im Sattel sind. Sollten sie gefunden werden, dann gibt Delphine an, ein adliges Fräulein auf dem Weg zu ihrem Verlobten zu sein. Das ist glaubwürdig, sie kommt ja von hier. In jedem Fall verhalten sie sich ganz still, während wir die Verfolger auf uns lenken.«
»Und dann locken wir sie in die Irre? Das gefällt mir«, mischte Giovanna sich ein.
»Ja, Herrin, in der *garrigue* kenne ich mich aus. Wir werden ih-

nen eine wilde Jagd liefern, und wenn ihnen die Zunge aus dem Hals hängt, verschwinden wir und lassen sie zurück.«
Mit aller Anstrengung schafften wir den Karren in eine Grotte, über eine erhöhte Schwelle hinweg und dann einen kleinen Abhang hinunter. Hinten in der Grotte war es sandig und trocken. Lucchina sprang ab und verwischte die Spuren von Rädern und Tieren. Sie konnte sehr praktisch sein, wenn sie wollte. Solange die Tiere sie nicht verrieten, waren die Zurückbleibenden in Sicherheit. Zehn Soldaten blieben bei ihnen. So groß war die Höhle, dass all die Menschen, Tiere und der Wagen mühelos Platz fanden. Von außen aber war nichts zu sehen.
»Wir sehen uns in Castellane!«, rief ich ihnen zum Abschied zu. Lucchinas Kopf verschwand hinter den Felsen.
Wir anderen saßen auf und warteten an der Flussbiegung auf die Verfolger. Kaum hatten sie uns gesehen, da ritten wir auch schon los, in die Schlucht hinein. Die Schlucht des Verdon ist tief in den Berg eingefressen, sodass Sonnenlicht nur zur Mittagszeit den Grund erreicht. Meist herrscht dort ein kühles, grünes Dämmerlicht. In den Ritzen der Steine wachsen nur bleiche Farne und Moos. Es tropft von den Seitenwänden, und im nassen Geröll glänzt es weiß und safranfarben. Im Frühjahr und im Herbst strömt das Wasser mit solcher Gewalt hindurch, dass es jedes Jahr mehr vom Felsen mit sich reißt.
Weiter und weiter lockten wir die Madjaren in die Schlucht, viele Stunden. Schließlich machten wir uns durch einen Seitenarm davon, eine enge Klamm, in der wir absitzen und die Pferde führen mussten. Die Felsen wichen wieder auseinander. Nachdem wir auf den Hufschlag der Verfolger gelauscht hatten – er ertönte weit hinter uns und weniger eilfertig als zu Beginn –, saßen wir wieder auf. Lachend brach Giovanna aus den Schatten und der Enge hervor ans Sonnenlicht. Das würde die Ungarn lehren! Sie war es leid, sich hetzen und bedrängen zu lassen in ihrem eigenen Land. Giovanna saß vorzüglich zu Pferd, meine Königin, obwohl sie im Damensitz ritt.
Nach der düsteren, unheimlichen Schlucht führten wir die Mad-

jaren in die Hügel. Nach dem Überfluss sollten sie nun den Durst kennen lernen. Hier in den Hügeln ist das Wasser selten, und man muss wissen, wo es zu suchen ist. Wir hetzten sie also, bis sie sich nicht mehr orientieren konnten, mehrere Tage lang, und verschwanden dann vor ihren Augen wie Blendwerk auf den alten *carreiros*, den Hirtenpfaden.

Endlich gaben sie auf und zogen gen Nizza davon, wo vermutlich die ungarischen Kriegsgaleeren lagen, die die Königin schon auf der Herfahrt belästigt hatten. An der Straße nach Castellane sahen wir auf einem Mäuerchen eine zwergenhafte Gestalt sitzen. Sie steckte unter einem breitkrempigen Strohhut und schien eingeschlafen zu sein.

»Lucchina!«, rief ich und lenkte meine Stute zu der Zwergin hin. »Schläfst du?«

»Ja, sicher. Was soll man auch sonst tun, wenn ihr so lange trödelt. Wir hocken schon seit gestern in Castellane und warten! Was habt ihr denn bloß gemacht solange, Gold gesucht?«

»Du bist gut! Wir haben mit den Ungarn Katz und Maus gespielt, während du deinen faulen Bauch in die Sonne gehalten hast.«

Lucchina sprang von ihrem Steinhaufen, wo sie gesessen hatte, die kurzen Beinchen ausgestreckt. Da sah man, dass sie sich ein schönes, dickes Kissen mitgebracht hatte für die Wartezeit.

»Von wegen, fauler Bauch! Ich musste ja auf Eure ängstlichen Hofdamen und diese ganze jammerhafte Brut von Dienerschaft aufpassen und Acht geben, dass die Soldaten sich nicht voll laufen lassen und Streit anfangen. Keine ruhige Minute hatte ich. Deshalb bin ich aus der Herberge geflohen.«

Sie freute sich aufrichtig, ihre Herrin wieder zu sehen, so schien es, und machte ihrer Rührung in Gezeter Luft. »Majestät! Wie konntet Ihr Euch nur so in Gefahr begeben! Und die Unbequemlichkeit! Nein, was habe ich für Ängste ausgestanden!« Und nachdem sie pflichtschuldigst ihrer Besorgnis Ausdruck gegeben hatte, fragte sie gleich: »Also, wie ist es gegangen?«

»Alles ist gut«, antwortete Giovanna. »Wir haben diese ausländischen Wegelagerer mit Leichtigkeit abgehängt. Schließlich hatten

wir eine gute Führerin in dem rauen Gelände.« Ihre Augen leuchteten. »Ach, das hat mir einmal Spaß gemacht, Alix!«
Ich ritt neben ihr, und sie berührte mich freundschaftlich an der Schulter. Eifersüchtige Blicke trafen mich seitens der Damen Vulcano, Capita und Mileto.
»Den Ungarn hängt die Zunge aus dem Hals und wir sind ganz frisch – seht ihr!« Der junge Enrico Caracciola ließ sein Pferd steigen und auf der Hinterhand tanzen. Herr Benevent fiel ihm in die Zügel.
»Lass es gut sein, Enrico. Die Tiere haben mehr geleistet als wir.«
Enrico schmollte. Aber in der Freude, die Verfolger los zu sein, befahl die Königin eine kurze Rast. Also gingen wir, die Reittiere hinter uns herführend, nach Castellane hinein auf den Marktplatz, wo wir sie im Schatten alter Platanen ausruhen ließen. Wir selbst fanden eine Wirtschaft, wo man uns einfache, aber schmackhafte Kost vorsetzte, Kornsuppe mit Speck und frisches Brot. Giovanna hatte uns befohlen, nicht zu verraten, wer sie war. Wir hatten sie mit ›Madame d'Anjou‹ anzusprechen.
Zum ersten Mal, seit ich sie sah, erlebte ich meine Herrin so fröhlich und entspannt, der beklemmenden Sphäre von Avignon ebenso entkommen wie ihren Feinden – für eine kleine Weile. Sie war heiter und scherzte mit allen; ihre Haut war rosig von dem wilden Ritt und der frischen Luft; die Augen leuchteten.
Erst am Nachmittag zogen wir weiter Richtung Küste. Die Wege waren schlecht, oft mit Brombeerranken und Gräsern völlig überwuchert, sodass man Mühe hatte, sie überhaupt zu finden. Ich ritt an der Spitze des Zuges zusammen mit Herrn Benevent und Barral de Baux. Immer wieder hielten sie an und konsultierten mich. Aber ich konnte ihnen kaum helfen, da ich noch nie in dieser wilden Gegend gewesen war. Immer wieder schaute ich mich um nach dem Luberon, um eine Orientierung zu bekommen.
So gelangten wir schließlich in die Nähe von Coaraze zu einem Ort namens Rocca Sparviera. Wir waren weit von unserem ursprünglichen Ziel abgekommen. Aber die Königin erinnerte sich,

dass sie hier wohl ein Schloss besaß. Wir fanden es erst nicht, es wurde schon Abend und wir zweifelten bereits an seiner Existenz. Aber da stand es mit einem Mal und hob sich dunkel gegen den violetten Himmel ab. Gespannt ritten wir in den Hof ein. Das Schloss war verlassen. Verwilderte Ziegen bewohnten die große Halle. Aus den Schießscharten des Turms flog eine Wolke von Fledermäusen auf, von unserem Eintreffen aufgescheucht. Die massive Eingangstür knirschte in den verrosteten Angeln, sie war lange weder bewegt noch geölt worden.
Giovanna lachte – erstaunlicherweise. Sie besah sich die Bescherung und lachte so, dass sie sich auf ein Mäuerchen setzen musste, das bröselnd unter ihr nachgab.
»Das kommt davon, wenn man nie da ist!«
»Willkommen im Palast der Königin. Herrrreinspaziert!«, rief die unerschütterliche Zwergin. »Erfreut Euch an der Eleganz dieser Fresken ...«, es gab keine, »dem Gleichmaß der schlanken Säulen ...«, zwei fette, klobige Kalksteinträger rechts und links des Eingangs, »labt Euch, meine Gefährten, am köstlichsten Wein ...«, brackiges Wasser in einer übermoosten Viehtränke, in der Frösche schwammen, »... für das leibliche Wohl ist gesorgt.«
Giovanna konnte nicht aufhören zu lachen. Das mit dem leiblichen Wohl war immerhin nicht so falsch: Nicola hatte geistesgegenwärtig die Ziegen eingesperrt. Der Koch mit seinen Gesellen war im Hof dabei, zwei von ihnen auszunehmen, auszubluten und für den Spieß vorzubereiten.
»Na, dann an die Arbeit«, sagte Delphine kopfschüttelnd. »Ein Gutes hat das Ganze«, flüsterte sie mir zu. »Hier werden uns die Ungarn bestimmt nicht vermuten.«
Im schwindenden Licht fertigten wir eilig etwas Ähnliches wie Besen aus Stöcken und Reisig. Es gelang uns, zusammen mit den Mägden, im oberen Stockwerk drei Zimmer einigermaßen zu säubern. Es gab Mobiliar, nur konnte man im Halbdunkel nicht erkennen, in welchem Zustand es sich befand. Alles war mit einer dicken Schicht Staub bedeckt. Die Tücher, mit denen man die Stühle abgedeckt hatte, waren so morsch, dass sie wie Spinnwe-

ben unter unseren Händen zerrissen. Was an Stoffen und Matratzen überdauert hatte, war schmutzig und mottenzerfressen. Man konnte es nur noch aus den Fenstern werfen. Wir baten die Männer, nach Schilf oder Gras zu suchen, weil wir uns in der Dunkelheit fürchteten. Aber sie brachten es fertig, genug davon zu sammeln, sodass wir ein einigermaßen bequemes Bett für die Königin herrichten konnten. Wir tranken Quellwasser, dass sich als sauber und wohlschmeckend erwies, nachdem der Zufluss einmal gereinigt war, und aßen geröstetes Zicklein zum Abend. Zum Frühstück gab's das Gleiche.

Die guten Leute von Rocca Sparviera mögen nicht schlecht gestaunt haben, als sie aus dem alten Gemäuer Rauch aufsteigen sahen. Wahrscheinlich vermuteten sie, dass eine Bande von Wegelagerern sich darin eingenistet hatte. Am späteren Vormittag sahen wir eine Abordnung von ihnen den Hügel heraufkommen. Erst sah man die Spitzen der Heugabeln und Sauspieße über der Kuppe auftauchen, gefolgt von einigen Filzhüten, einem zerbeulten Helm sogar, dann die misstrauischen, braun gebrannten Gesichter, breite Schultern, muskulöse Arme, Kittel, ausgefranste Beinkleider und zuletzt die baren Füße.

Giovanna trat vor. Eine Frau trat ihnen entgegen, das machte sie mutiger. Die Gruppe kam herangetrottet.

»Männer von Rocca Sparviera! Ich grüße euch. Ihr habt von uns nichts zu befürchten. Ich bin Giovanna de Naples, Königin von Neapel und Sizilien, Comtesse de Provence.«

»*La Reino Jano!*«, flüsterten sie untereinander, aber ich hörte auch sagen: »*La diablesse!* Was will sie hier?«

»Lasst eure Spieße sinken. Eure Königin wird zu Unrecht von ihren Feinden verfolgt. Ich brauche eure Hilfe.«

Da konnte ja jede kommen, von ein paar bewaffneten Halunken begleitet, und behaupten, sie wäre die Königin. Aber Giovannas Haltung und die Autorität in ihrer Stimme wirkten überzeugend. Einer nach dem anderen machten sie ihren Kniefall vor ihr.

»Was können wir tun? Wie können wir dienen?«

»Ich muss mich mit meinen Gefährten einige Zeit hier verbergen.

Zunächst einmal brauchen wir eure Verschwiegenheit – und natürlich Lebensmittel.«
Die Gesichter wurden lang. Sie hatten vermutlich selber wenig genug. Ich sagte es ihr.
»Meine Männer werden jagen, sodass wir euch nicht ungebührlich belasten, und von dem Wildbret auch ins Dorf bringen.«
»Ihr seid großzügig ...« Sie drehten die Hüte in den Händen und grinsten erfreut.
»Ich bitte einige von euren Frauen, zu kommen und uns zu helfen, damit wir das Schloss einigermaßen herrichten können.«
Die Frauen aus dem Dorf kamen und nahmen die Sache in kompetente Hände. In kurzer Zeit waren die Räume gefegt, Spinnen, Käfer und Skorpione an die Luft befördert, die Wände frisch gekalkt und sauberes Stroh auf den Böden verteilt. Das Mobiliar, bei Tag besehen, war massives, klobiges Zeug aus Nussholz, aber brauchbar. Es gab Betten, geflochtene Stühle, Tische, Bänke und Truhen, in die wir unsere Besitztümer legen konnten.
Strohsäcke wurden uns gebracht, um darauf zu schlafen. Korn und Mehl erschienen auf wunderbare Weise, ebenso ein Sack Erbsen, Eier, Ziegenkäse, Öl und Schinken – aber kein Tropfen Wein, zu Dom Pancrazios übergroßem Kummer. Ich betrachtete den wachsenden Berg guter Lebensmittel und wusste, was das für die Bauern bedeutete. Ein Schinken, das war der Vorrat für das ganze Jahr. Das hieß: kein Fleisch, allenfalls einmal einen gewilderten Hasen.
»Ihr würdet den armen Menschen hier viel Gutes tun, wenn Ihr Ihnen das Jagen gestattet und dazu das Recht, Holz zu schlagen«, sagte ich zu meiner Herrin.
»Ja, sicher, warum nicht. Jagdprivilegien auf ein Jahr und Holzeinschlag für den eigenen Bedarf für immer. Benevent soll gleich ein Papier aufsetzen.«
Ich ging zu ihm und sagte es ihm. Er lachte mich an, sodass es mir ganz warm und hell wurde.
»Das ist doch dein Einfall, Mädchen, was? Brauchst dich nicht zu schämen, dass du aus kleinen Verhältnissen kommst. Das sind oft

die Besten.« Und er berührte meine Hand – zärtlich, etwa? Nein, eher so wie bei einer kleinen Schwester. Das musste es sein. Ich drehte mich um und floh. Alle Heiligen! Ursoleone hat mich berührt. Ich hätte mich am liebsten nie mehr gewaschen an dieser ehrwürdigen Stelle. Mein Gesicht glühte und ich pfiff vor mich hin, während ich zur Mistgabel griff. Die Ziegen hatten im Vorratskeller überwintert, und das viele Jahre schon. Der Kot lag mehr als knöchelhoch, war festgetreten und ganz trocken. Ziegenkötel riechen kaum. Sie sind ein guter Dünger für Gemüsegärten. Man hätte sogar die Kamine oder den Küchenherd damit beheizen können, aber das kam im Haushalt einer Königin wohl nicht in Frage.

Schon nach wenigen Tagen hatten wir mit Hilfe der Frauen aus Rocca Sparviera das verlassene Schloss einigermaßen bequem hergerichtet. Und ich muss sagen, nach der Pracht von Avignon hatte dieses Provisorium seinen ganz eigenen Reiz.

Der Hof war angenehm, jetzt von Tierkot, Gras und Brombeerranken befreit. Es gab Ställe für die Pferde, eine steinerne Tränke, die von einer Quelle gespeist wurde. Klares Wasser sprudelte aus dem Maul eines Löwen. Rechts und links des Eingangs gab es berankte Lauben, von deren Streben satt die hellblauen Trauben der Glyzinie herabhingen und einen zarten Duft verbreiteten. Wildrosen drängten über die Mauern. Angelegte Beete, Veilchen und Iris kamen zum Vorschein, nachdem das Unkraut beseitigt war. Die Küchenherde zogen wieder, nachdem man ein Storchennest vom Kamin geholt hatte (die Störche gab es gebraten auf Kastanien). Ein Kupferkessel und mehrere Bratspieße tauchten auf. Die Dörfler hatten den Kessel zum Metbrauen ausgeliehen. Besteck und Becher fanden sich im Wagen, und als Teller benutzten wir Brotscheiben, wie es in den einfachen Herbergen üblich war.

Abends saßen wir um die lange Tafel, auf der Mariano und Galgano Sträuße von Ginster arrangiert hatten. Goldene Becher und juwelenbesetzte Messer schimmerten im Kerzenschein und standen in seltsamem Kontrast zu den Feldblumen und der rohen Ta-

fel. Dom Pancrazio sprach die Gebete vor dem Mahl, segnete die Speisen. Wir aßen geröstetes Wild, Fische und Krebse aus dem Bach, Wildsalate, die Delphine und ich gesammelt hatten, Brunnenkresse, Löwenzahn und *rapounchoun* – es ging uns gut. Nach dem Essen wurde eine aus der Runde aufgefordert, eine Geschichte zu erzählen, oder besser noch: Dom Pancrazio konnte überredet werden zu singen. Er hatte eine herrliche Stimme, tief und voll. Sein neapolitanischer Akzent trug dazu bei, mich vollends zu verzaubern.
Delphine bemerkte, dass alles ›Neapolitanische‹ dazu angetan sei, mich zu verzaubern, neuerdings.
»Ach, gar nicht, was du nur erzählst!«
Dennoch konnte ich Herrn Benevent quer über den Tisch nicht anschauen, ohne in unkontrollierbares Gekicher auszubrechen; er musste mich für eine Idiotin halten. Wenn ich allein war, dann murmelte ich seinen Namen vor mich hin, mit rollendem »r« – »Urrrrrsoleone«. Dabei war es doch zwecklos. Er würde mich nie heiraten. Ich würde mich von seinen unverschämten Blicken nicht ins Unglück stürzen lassen. Nein. Nein. Nein! Gute Nacht, dumme Kuh!
Die Tage wurden jetzt schlagartig heiß. In der Sonne konnte man sich kaum noch aufhalten. So ist es hier bei uns: Es ist entweder kalt und stürmisch oder es ist glühend heiß – wir kennen keine Mäßigung. Der Sommer war mit einem Schlag da.
Ich hatte in einer schattigen, kleinen Schlucht eine Stelle entdeckt, wo sich das Wasser in ausgewaschenen Steintrögen sammelte und man angenehm sitzen konnte, mit den Füßen im Wasser. Giovanna, Lucchina und Delphine waren mir hierher gefolgt.
»Warum erzählt *Ihr* keine Geschichten?«, fragten wir Giovanna.
»Sie kennt nur eine, und die ist traurig. Ach! Von Seelen schwarz wie die Nacht, von Verrat und Bosheit, eine Tragödie!«, rief Lucchina mit langer Miene.
Giovanna: »Sie hat Recht, wisst ihr.«
»Was für eine Geschichte könnte so traurig sein, dass man sie nicht erzählen kann?«, fragte ich Giovanna und blickte Delphine

hinter ihrem Rücken an. Ich hätte ja nun wirklich gern gewusst, was dran war an all den Gerüchten und Behauptungen über unsere Königin.
»Vielleicht«, warf Delphine ein, »wird die Geschichte weniger traurig, wenn man sie erzählt.«
Giovanna stieß ein kurzes Lachen aus. »Ah! Ich weiß, worauf ihr hinauswollt. Ich soll Euch mein Herz erleichtern. Aber ihr werdet euch langweilen, ich schwör's.«
»Niemals«, beteuerten wir beide.
»Und ihr wollt das wirklich hören?«
Lucchina: »Oh Himmel, nein!«
Wir zwei: »Oh bitte, erzählt!«
Meine Herrin lehnte sich zurück gegen einen Felsen. Sie betrachtete einen gebänderten Kiesel in ihrer Hand, rollte ihn in den Fingern.
»Wisst ihr, solche Augenblicke wie dieser, die erinnern mich an meine Kindheit, als ich noch keine Bürde spürte, außer der, für meine Ziervögel zu sorgen. Und meine Schwester ...«
Es schien ihr schwer zu fallen, über ihre Schwester zu sprechen.
»Ich bin geboren in Kalabrien, das ist die Spitze des italienischen Stiefels. An die ersten Jahre erinnere ich mich nicht, leider auch nicht an meine Mutter, nur an ihr Zimmer, in dem ich spielen durfte, wenn ich brav gewesen war. Das ganze Zimmer war mit nachtblauem Samt bezogen, der mit goldenen Löwen und Lilien bestickt war: Löwen für Kalabrien, Lilien für Anjou. Mein Vater, das war eine raumfüllende und dröhnende Präsenz, etwas, das plötzlich auftauchte, mich hochhob und auf Riesenarmen durch die Lüfte sausen ließ. Dazu lachte er laut. Ich erinnere mich schwach an borstige Küsse, an einen schwarzen Bart und dunkle Augen. Meine Schwester, Maria nach unserer Mutter benannt, ist zwei Jahre nach mir geboren, aber wir waren wie Zwillinge. Was ist nur mit uns geschehen?«
»Habt Ihr Eure Schwester geliebt?«
»Ich habe sie so sehr geliebt wie niemanden sonst auf der Welt. Wir hatten ja nur einander. Nein, das ist ungerecht. Unsere El-

tern haben für uns gesorgt, gewiss. Man sagt, Mutter sei sanft und schön gewesen. Aber sie waren uns nicht sehr nahe. Wir hatten ein Heer von Kindermädchen, Lehrern, Bediensteten, aber mir wurde bald klar, dass sie bezahlt waren, viele aufrichtig freundlich und doch ... Maria und ich, wir verbrachten jeden Tag unseres Lebens gemeinsam und schliefen nachts im selben Bett. Wir versteckten uns vor Gisolda, Gisolda Poderico, der Hausdame. Sie war damals schon korpulent, sie aß gar zu gern, und wir beiden kleinen Bestien jagten die Arme durch alle Räume, ließen sie uns hinterherlaufen, bis sie außer Puste war und in einen Sessel sank. Da hockten wir hinter demselben Sessel und prusteten durch unsere kleinen Hände. Das war ein Spaß!
Mit fünf, behauptet Gisolda, zog ich Maria hinter mir her, die damals gerade drei war, vor meinen Vater.
›Papa, Maria und ich wollen heiraten.‹
Papa lachte sein übliches dröhnendes Lachen.
›Warum willst du denn Maria heiraten?‹
›Damit wir immer zusammenbleiben.‹ Gisolda muss mir erzählt haben, dass die Frau bei einer Hochzeit ihre Familie verlässt und eine neue bekommt. Die Aussicht missfiel mir.
Ein Jahr später starb Papa. Mama war schon tot. Ich kann mich nicht daran erinnern, nicht an den Schmerz, meine ich. Man wird uns abgelenkt haben, nehme ich an. Dann kamen wir ja auch sofort zu Großpapa Robert und Großmama Sancia nach Napoli.«
Sie sprach von König Robert I., den man den Weisen nannte.
»Großmama Sancia versüßte uns den Umzug und nahm uns schnell die Angst. Sie schenkte Maria ein hölzernes Pferd und mir ein richtiges. Ach, war das eine Freude! Am Tag nach unserer Ankunft nahm sie uns mit zu den Pferdeställen des Castel Nuovo. Wir wurden hochgehoben und durften über die hölzernen Halbtüren schauen. In einem der Ställe stand ein Fohlen, haselnussbraun, mit einer weißen Blesse auf der Stirn. Es kam ganz vertrauensvoll zu mir getrabt und fraß mir Rüben aus der Hand, schnaubte warm und feucht in meine Handfläche, und ich war ganz verzaubert.

›Das da gehört dir‹, flüsterte Sancia. ›Aber das wollen wir Maria nicht sagen. Sie ist noch zu klein. Sie kriegt später auch eins, ja?‹
›Ja!‹, flüsterte ich zurück und hatte zum ersten Mal ein Geheimnis vor Maria. Mit der Zeit lernte ich, dass ich ihr noch mehr voraushatte: Ich war Großpapas Erbin, die Thronfolgerin, Maria nicht.«
»Stand das zwischen Euch?«
»Nein, nein! Überhaupt nicht. Sie war ja erst vier. Ich versprach ihr, dass sie die Krone auch mal aufsetzen dürfte und mit den Juwelen spielen, mehr wollte sie nicht. Nichts und niemand sollte zwischen uns kommen.
Wir hatten unser eigenes Haus in der Stadt, ausgestattet mit einem eigenen Hofstaat: Kammerdiener, Zofen, Sekretäre, Schneider, Portier, Pagen, Küchenpersonal, Kellermeister, Soßenmeister, Sommelier, einen Beauftragten für das Brot und einen für die Desserts – der war bei uns besonders beliebt.
Wir vergnügten uns den ganzen Tag mit Murmel- und Versteckspiel und brachten unseren Puppen Manieren bei. Unser Hauslehrer war ein Franziskanermönch, Gott sei Dank ein fröhlicher. Nur durch die Verlockung von Spielen kann es ihm gelungen sein, uns zu den kleinsten Anstrengungen zu ermuntern. Wenn ich in der Bibliothek erschien, dann nur, so fürchte ich, um nach bunten Bildern zu fragen, nach Miniaturen vom Leben der Heiligen, der Geburt Adams und dergleichen. Lesen lernte ich mit Marco Polos Abenteuern. Mein Latein ist heute noch beklagenswert! Stellt euch vor, im Schlosspark, wie die Edlen ernst und zierlich auf gekiesten Wegen ritten, und plötzlich brechen die zwei königlichen Blagen hinter einem Rosenstrauch hervor und spielen zwischen den Pferdehufen Fangen. Alles musste höflich lächeln, und sie hätten uns doch so gern den Hintern versohlt!
Ja, und dann wurde ich verheiratet, mit sieben, an meinen ungarischen Vetter Andrea. Ich hatte ihn ein- oder zweimal gesehen: ein schlanker, zarter junger Mann, dunkler Typ, schmales Gesicht und schmale Hände. Er wirkte oft abwesend. Wenn er mich ansah, kam es mir vor, als nähme er mich gar nicht wahr. Er war

zehn Jahre älter als ich und sicher nicht begeistert von der Aussicht, mit einem Kind verheiratet zu werden.
Zur Hochzeit kam Adel aus ganz Europa, leider auch die Verwandtschaft aus Buda. König Carobert kam mit einem immensen Gefolge. Noch bevor er angekommen war, erreichte uns ein Brief vom Papst, in dem Carobert aufgefordert wurde, baldmöglichst wieder abzureisen! Ja, ja, die Ungarn hatten damals schon Appetit auf Neapel.
Stellt euch vor: Jedes Haus in der Stadt, das ein Bett zu vergeben hatte, nahm Hochzeitsgäste auf, jeder Winkel war zum Bersten gefüllt. Vor den Toren erstreckten sich die Zeltstädte der Ungarn, Deutschen und Franzosen; es gab eine Gesandtschaft aus Prag, und selbstverständlich war halb Italien vertreten: Venezianer, Genuesen, Florentiner und so weiter. Es war ein heilloses Getümmel, aber alle hatten sich in ihren schönsten Staat gekleidet und behandelten einander mit äußerster Höflichkeit. Es gab eine großartige Zeremonie im Duomo, bei der ich einschlief. Anschließend gab es einen Austausch von Geschenken, mit dem allein man mich wieder wachrütteln konnte: für Andrea mehrere wertvolle Turnierpferde, silberne und juweleninkrustierte Sporen, kostbare Teppiche und Möbel mit Intarsien von Elfenbein, eine Kollektion Smaragde, Gefäße aus Gold und dergleichen mehr, dazu einige Dörfer und kleinere Fürstentümer. Von all dem Tand, den ich bekam, kann ich mich nur noch an ein riesiges Vogelei erinnern, gefasst in ein goldenes Gebilde, das den Fuß eines Vogels darstellte. Das Ei ließ sich oben öffnen und man konnte eine Kerze hineinstellen, wodurch auf wundersame Weise ein kunstvolles Muster sichtbar wurde, das man in die Schale hineingekratzt hatte. Andrea bekam ein Porträt von mir und ich eines von ihm, und damit waren wir vorerst fertig miteinander. Denn natürlich sollte die Ehe erst bei Erreichen meines sechzehnten Lebensjahres vollzogen werden. So lange wohnte ich lustig weiter mit Maria, die zum Trost – sie hatte in der Kirche furchtbar geheult – zur Herzogin von Kalabrien ernannt worden war. Das fand sie schön. Nun hatte sie etwas, das *ich* nicht besaß, und

konnte mir großherzig versprechen, dass ich sie jederzeit im Palast unserer Eltern besuchen dürfe.
Alles war schön, alles war gut. Großpapa regierte weiter. Wir genossen, was das Leben zu bieten hatte. Unsere Gespielen waren Cousins und Cousinen von beiden Seiten. Die Durazzo, blonde Albaner, waren drei: Carlo, Loisi und Roberto. Auf der Taranto-Seite gab es fünf Kinder: Roberto, Filippo, Marguerita, noch eine Maria und noch einen Loisi, den ich zur bessren Unterscheidung manchmal Lolo nannte, versteht ihr, mein jetziger Mann.
Findet ihr das nicht langweilig? Und könnt ihr die vielen Carlos, Robertos und Loisis überhaupt noch unterscheiden? Na, wartet nur: Das Leben pickt sie einen nach dem anderen weg. Für jetzt hab ich genug – lasst uns sehen, was sie uns zum Abendessen bringen.«

4.

Iss nicht so viele Süßigkeiten, Maria, sonst wirst du fett wie Gisolda!«

»Gisolda ist alt.«

»Gisolda ist dreißig. Sie ist nicht alt, sie frisst nur zu viel. Wie du.«

Die beiden Mädchen saßen im Ankleidezimmer vor dem hohen, goldgefassten Spiegel, um sie herum verteilt ihre Schätze: Schatullen, aus denen Schmuck hervorquoll, Kleider und bunte Tücher, Schals und Hüte, auf den Tischen, über den Stühlen und über den Spiegel selbst gehängt, ein Strudel von Farben, ein Kaleidoskop von Juwelen.

»Schau!« Maria, unverdrossen kauend, hielt sich einen Federbusch hinter den Kopf.

»Siehst aus wie ein Turnierpferd.«

»Ach, du bist ja blöd. Halt, das ist *meine* Kette!«

»Borg sie mir für morgen, ja? Du kannst dafür meine seidene Schärpe haben, die rote.«

»Gut. Aber ich fresse *nicht* zu viel!«

Es war Juli. Der Hofstaat von Neapel war vor der sommerlichen Schwüle aufs Land geflohen. Die Sommerresidenz Quisisana bei Aversa lag auf einer Anhöhe inmitten weiter Kornfelder, die zu dieser Zeit staubig gefärbt waren. Dazwischen schimmerten bläuliche Olivenhaine und Flecken von hellgrün flimmernden Korkeichenwäldern.

»Hast du schon gehört, Maria: Carlo von Durazzo ist gekommen.«

Maria legte das Konfekt zurück, das sie gerade in den Mund stecken wollte, und wandte sich atemlos zu ihrer Schwester um: »Oh Himmel! Ist das wahr! Nein, dann geht das alles nicht!« Sie stand auf, wischte die Kleider vom Stuhl, wühlte in den Truhen und kam mit neuen Kandidaten zurück. »Giovanna, bitte! Du musst mir helfen. Ich muss morgen unbedingt gut aussehen, wie ein Engel! Ist das nicht wunderbar: Carlo wird dabei sein! Vielleicht kann ich es erreichen, neben ihm zu reiten. Sag, dass du mir hilfst!«

Giovanna lachte. »Warum nicht. Aber was findest du nur an ihm?«

»Ich finde, er ist der netteste Mann der Welt. Und er sieht gut aus! Ich mag seine blonden Locken. Und er ist so höflich und freundlich und brüllt nie mit der Dienerschaft herum. Er beachtet mich und behandelt mich nicht wie ein Kind. Und interessanter als dein Stockfisch von Ehemann ist er alle Mal!«

»Das ist nicht schwer«, antwortete Giovanna einigermaßen bitter. »Aber du begeistere dich nur nicht allzu sehr für Carlo von Durazzo. Du weißt genau, du bekommst ihn nicht.«

»Bloß, weil Großpapa es so will?«

»Weil es nicht gut wäre. Wie oft muss ich es dir noch erklären: Wenn du einen Durazzo oder einen Taranto heiratest, dann ist die jeweils andere Familie tödlich beleidigt. Das gibt Mord und Totschlag.«

»Na ja, es wird schon nicht zum Krieg kommen, bloß weil ich neben Carlo reite. Hier, iss eine kandierte Kirsche, die sind gut!«

»Ach Maria ... na schön ... hm! Die sind wirklich gut!«

Kichernd rückten die beiden Mädchen auf der Bank vor dem Spiegel zusammen, barfuß, in Samt und Satin, schwer behängt mit all ihren Kostbarkeiten, die Münder mit rotem Sirup verschmiert.

Der Morgen brach an. Noch war der Tag kühl vom Tau, der Himmel rosig, die Sicht klar. Unternehmungslustig saß die Jagdgesellschaft zu Pferde, dazu die Pagen und Falkner und die Hundeführer. Ein rot und gold bemalter Wagen würde folgen, mit allem, was für eine angenehme Vesper nötig war. Wimpel wehten, Satteldecken blitzten von Goldstickereien, silberne Glöckchen am Zaumzeug klingelten, Hunde jappten. Man hatte die jungen Leute unter sich gelassen, die darum umso ausgelassener waren. König Robert fühlte sich matt seit einigen Wochen, Sancia blieb bei ihm.

»Da, schau dir Andrea an. Er ist wieder angezogen wie für einen Trauerzug!«

Der junge Ungar hob sich ab in der bunten Schar wie ein Mönch in einer Gruppe von Spielleuten, in dunkles Taubenblau gekleidet, silberbesticktes Wams, weiße Federn am Hut. Sein heller Teint erschien leblos in solch unvorteilhaften Farben. Andrea lenkte sein Ross neben das seiner Gemahlin und küsste ihr artig die Hand.

»Geht es Euch gut, meine Liebe? Wie habt Ihr geschlafen?«

»Hey-ja!«, rief Loisi di Taranto und ließ die Peitsche knallen. *»Andiamo!«*

Silberne Sporen gruben sich in die Flanken seines Pferdes. Es schoss davon, dass die anderen Mühe hatten zu folgen. Und dann aus vollem Lauf riss Loisi das Tier derart am Zügel, dass es stieg und auf den Hinterbeinen tanzte. Er stieß einen Jubelschrei aus.

»Was will er denn mit den Sporen? Das ist ein Jagdausflug, kein Rennen«, murrte Andrea leise.

Aber Giovanna war voller Bewunderung. ›Ein guter Reiter, wild und schön!‹, dachte sie bei sich. ›Er versteht es, zu leben.‹

Es wurde rasch heiß jetzt, die fernen Hügel begannen im Dunst zu verschwimmen, ihre Umrisse zu verschmelzen mit dem Gleißen des Himmels. Zerrbilder von Wasserstreifen erschienen im Staub des Wegs. Geistergestalten tanzten im trockenen Korn, dessen Halme knisterten.

Loisi hatte bereits ein Reitpferd verschlissen; er raste wild vor und zurück und jagte um seine Begleiter herum. Das erste Pferd, zitternd und schweißüberströmt, hatte er den Dienern überlassen, und war auf ein anderes gewechselt, das sein Page für ihn mitgeführt hatte.

»Loisi ist ein fabelhafter Reiter«, bemerkte Giovanna.
Andrea schüttelte mürrisch den Kopf. »Er ist unnötig hart zu den Tieren.«
»Er ist eben ein wenig wild. Meinst du nicht, dass sich das legt mit der Zeit? Er braucht vielleicht nur eine Frau, die ihn besänftigt und leitet.«
Andrea schüttelte den Kopf, sagte aber nichts weiter.
Sie hielten an und schauten sich um.
»Ho! Lasst uns hier unser Glück versuchen.«
Die Falkner brachten die Vögel zu ihren Herren. Giovanna ließ sich den Lederschutz auf den linken Unterarm schnüren und nahm ihren Sperber Eli in Empfang, einen hübschen, kleinen Vogel, weiß und silbergrau. Er trug eine Kappe aus weißem Leder, mit Lilien bestickt und von Silberperlen gesäumt, mit gelben und himmelblauen Bändern daran.
Andrea nahm einen mächtigen Gerfalken entgegen. Der Vogel wog an die drei Pfund. Mächtige Krallen schlossen sich wie Schraubzwingen um Andreas Unterarm; er zuckte zusammen, machte eine hastige Bewegung, sodass der blinde Vogel fiel und flügelschlagend am Handschuh hing. Zum Glück war der Falkner so geistesgegenwärtig, den Falken wieder aufzurichten, bevor er sich einen Flügel brach. Andreas blasses Gesicht war leicht gerötet; er schaute sich um, ob etwa einer seiner Gefährten das Missgeschick mit angesehen hatte.
Giovanna tat so, als habe sie sich die ganze Zeit über mit Eli befasst. Sie strich dem Tier beruhigend mit einer Feder über die Brust und dachte: ›Andrea ist so ungeschickt. Ich glaube gar, er hat Angst vor dem Falken. Warum nimmt er dann keinen kleineren, der leichter zu beherrschen wäre?‹
Wenigstens für den Rest des Ausflugs gelang es Andrea, einen einigermaßen passablen Jäger vorzustellen und nicht zurückzuschrecken, wenn der Räuber ihm blutige Beute brachte.
Giovanna legte den Kopf in den Nacken und beobachtete Eli, wie er mühelos am Himmel seine Kreise zog. Zikaden lärmten in den Bäumen, der Sperber schwebte lautlos, ab und zu ein Schwanz-

rucken, ein Flügelschlag. Die Aufwinde über den Feldern trugen ihn. Weiter und weiter hinauf, weit – in solcher Vollkommenheit, dass Giovanna nicht wahrnahm, wie eine Träne ihre Wange hinabkroch.

Unbemerkt hatte Andrea sein Ross neben das ihre gelenkt. Sie fühlte seine Hand auf ihrer Wange, wie sie die Träne fortwischte mit sanften Fingern. Seine grauen Augen blickten sie forschend an.

»Du möchtest wohl am liebsten selbst dort oben sein – frei«, sagte er leise. »Ich auch.«

»Frei, ja!«, seufzte Giovanna. Aber sie wusste, dass es Zeit war, den Vogel zurückzurufen, zurück unter die Haube und in Gefangenschaft. Es brach ihr fast das Herz. Was Andrea betraf: Er war ein guter Mann, freundlich, zurückhaltend und empfindsam. Sie sollte Gott danken, dass sie ihn bekommen hatte.

Ihr Blick schweifte zu Loisi, der mit blutbeschmierten Fingern seinem Falken das Herz eines Hasen zu essen gab.

Maria, wie vorherzusehen, hatte nur Augen für Carlo. Irgendwie hatte sie die Kammerfrauen dazu überredet, ihr pausbäckiges Kindergesicht zu schminken. Einen Jagdvogel besaß sie noch nicht. Aber sie wich nicht von Carlos Seite und stellte ihm Fragen. Giovanna sah amüsiert zu, wie sich der Mann zu der Kleinen herabbbeugte, ihr seinen Falken zeigte. Offenbar erklärte er ihr alles über die Vögel, ihre Eigenschaften und wie man sie behandeln müsse. Maria hatte sich nie zuvor für die Falknerei begeistern können und sogar geweint, wenn sie ein totes Kaninchen sah. Von nun an, da war Giovanna sich sicher, würde Maria über nichts anderes reden.

Jetzt gab er ihr sogar seinen eigenen Falken zu halten. Giovanna hielt den Atem an. Aber es ging gut. Maria hielt sich tapfer und lächelte, den mörderischen Schnabel nur eine Handbreit von ihren Augen entfernt. Und reichte den Vogel graziös zurück. Giovanna atmete wieder aus.

Die Knechte waren inzwischen mit dem Wagen nachgerumpelt gekommen. Loisi, der vorausgeritten war und die Gegend erkun-

det hatte, winkte von weitem und brüllte, er habe den idealen Platz gefunden. Alles müsse ihm folgen. Und tatsächlich, nicht weit gab es einen grasigen Fleck im Schatten, am Rand eines Korkeichenwäldchens.
Erleichtert stiegen alle ab, während die Knechte flink Decken und Kissen im Gras ausbreiteten. Sie legten Tischtücher aus, deckten sie mit silbernem Tafelgeschirr und murrhinischen Bechern, Trinkgefäßen aus schimmerndem Flussspat geschnitten. Wie von Zauberhand erschienen Schalen mit Feigen, Melonen und Weintrauben, Mandeln vom vergangenen Jahr, Walnüsse in Honig, kalter Braten und geräuchertes Geflügel, Pasteten, Käse und weißes Brot. Heller Wein war in feuchten Tonkrügen transportiert worden und noch angenehm kühl.
Faul und benommen nach dem reichlichen Mahl lehnte man sich zurück in die Kissen.
»Eine gute Jagd«, bemerkte Féraud de Majorque.
»Pah! Kinderkram! Wachteln und Kaninchen«, rief Loisi. »Lasst uns am Nachmittag etwas Richtiges jagen: ein Reh oder eine Wildsau!«
»Das geht nicht«, warf Carlo beschwichtigend ein. »Erstens sind wir dazu nicht ausgerüstet und außerdem haben wir Kinder dabei.«
»Ich bin kein Kind mehr«, kam es prompt von Maria.
»Du bist noch zu klein für die Jagd auf Großwild!«, sagte Cousine Marguerite Durazzo.
»Bin ich nicht!«
»Bist du doch«, meinte Giovanna. »Du fängst bloß wieder an zu heulen, wenn du ein totes Reh siehst.« Worauf Maria prompt anfing zu heulen und Giovanna sie in den Arm nahm. Loisi sprang auf.
»Dann geh ich eben allein. Ihr könnt ja im Gras ein wenig Murmeln spielen.«
»Warte!« Carlo stand auf. »Ich begleite dich, wir können ja nachschauen, ob wir überhaupt Wild finden am helllichten Tag.«
Loisi schrie nach den Hundeführern und ließ sich aus dem Wa-

gen einen Jagdbogen bringen, den er dort versteckt hatte. So zogen sie los, Carlo und Loisi und schließlich, um nicht als Feigling dazustehen, auch noch Féraud. Die Herren zu Pferd, die Knechte mit den Hunden zu Fuß vorneweg. Es dauerte nicht lange und man hörte die Hunde anschlagen.
»Sie haben tatsächlich etwas aufgescheucht«, sagte jemand.
Immer aufgeregter bellten die Hunde. Die Zurückgebliebenen richteten sich auf und lauschten gespannt. Man hörte Rufen, verstand aber kein Wort. Das Gebell erreichte ein wütendes Crescendo, schlug um in ängstliches Jaulen, brach ab. Stille setzte ein. Man hörte lange nichts mehr. Endlich, nach einer guten Stunde kamen die Jäger zurück. Zwei von drei Hunden fehlten. Die Hundeführer schleppten zwischen sich eine Bahre. Einer der Knechte lag darauf, bleich und still.
»Was glotzt ihr so?! Ein Eber hat ihm das Bein aufgerissen. Er wird's schon überleben.« Übellaunig warf sich Loisi ins Gras und griff nach einem Weinkrug.
Andreas Gesicht färbte sich dunkel vor Zorn.
»Das war wohl nötig«, sagte er.
Darauf Loisi, gelassen: »Man kann sich natürlich auch vor der Welt verstecken; dann passiert einem garantiert nichts. Gar nichts.«
»Es gibt einen Unterschied zwischen mutig und verrückt. Mit einem Jagdbogen einen Eber zu belästigen, das ist verrückt. Wo ist denn die Beute?«
Loisi schwieg.
»Davongelaufen. Dacht ich mir's doch.«
»Andrea«, Giovanna legte ihm die Hand beschwichtigend auf den Arm. »Lass es gut sein.«
Die kleine Maria schaute verwirrt von ihren Honignüssen auf. Ihre Blicke gingen zwischen den bösen Mienen hin und her. Die Mundwinkel bebten. Carlo setzte sich zu ihr und streichelte ihr die Wange, lächelte: »Sei nicht traurig, Maria. Es ist nun einmal so, dass die Großen sich zanken. Zankst du nie mit deiner Schwester?«

»Doch«, schniefte Maria in ihren steifen Kleidern, die dicken Beinchen lang vor sich ausgestreckt.
»Und hast du sie deshalb nicht lieb?«
»Doch!«
»Siehst du. Am Ende vertragen sich alle wieder.«
»Kommt der Mann wieder in Ordnung?«
»Aber ja.«
Loisi grinste und prostete Andrea mit dem Weinkrug zu.
»Im Übrigen hab ich ihm das Leben gerettet, stimmt's nicht, Paolo?!«
Der Angesprochene kam wieselflink: »Ja, Herr, ich meine ja, die Herren und die Damen. Der Herr von Taranto hat sich mit seinem Pferd zwischen den Eber und meinen Kameraden gestellt, sonst hätte er ihn gewiss zerrissen!«
Féraud klopfte ihm auf die Schulter: »Fabelhaft. Das hätte ich nicht fertig gebracht!«
»Ist ja schon gut!« Loisi entfernte ein unsichtbares Stäubchen von seinem Wams. Er hielt den Kopf gesenkt, als sei die Sache gar nicht der Rede wert, aber seine Mundwinkel waren zufrieden nach oben gerichtet, und er beobachtete die Freunde unter halb gesenkten Lidern.
Es war der Sommer, in dem König Robert starb. Die Thronerbin war acht Jahre alt.
»Gehst du jetzt weg?«, fragte Maria ihre Schwester. »Wohnst du jetzt im Castel Nuovo?«
»Nein. Ich werde wohl vorerst hier bleiben. Ich bin ja noch nicht volljährig.«
»Aber du bist doch Königin!«
»Eigentlich ja, aber gekrönt werde ich erst in ein paar Jahren. Und so richtig regieren werde ich noch nicht. Das macht der Rat der Regenten. Aber sie müssen auf mich hören, glaube ich.«
»Wirst du mich noch lieb haben, wenn du richtig Königin bist?«
»Ja, Maria, ich werde dich immer lieb haben. Du bist doch meine Schwester.«
Die alten Berater des Königs, Sanseverino und d'Alife, versuch-

ten, das Unheil fern zu halten, jetzt, da die Wölfe aus ihren Verstecken kamen. Eine Kindkönigin! Da konnte man versuchen, Urteile rückgängig zu machen, Einkommen zu verbergen, neue Pfründe zu fordern mit gezogenem Hut und Kratzefuß. Ein wenig schmeicheln, ein wenig drohen, sehen, was zu machen war. Aber noch war die Zeit der Wölfe nicht gekommen.

Der Papst schickte einen Legaten, der die Sache in die Hand nehmen sollte. Giovanna sprach mit ihm und erlaubte sich dann zum ersten Mal in ihrem wohlerzogenen Leben einen Wutanfall. Sie warf mit kostbaren Vasen und schrie, bis sie heiser wurde.

»Ich will ihn nicht. Nein, ich will ihn nicht! Das soll mein Lehrer werden? Er hat Augen wie eine Schlange, die bei einem Kaninchen Maß nimmt. Er verachtet Frauen. Und außerdem stinkt er aus dem Mund. Wie kann man es wagen!«

Der Legat hatte vor allem gewagt, bereits am ersten Tag seiner Anwesenheit die Entfernung von Fra Giovanni zu fordern. Fra Giovanni gehörte zu den Franziskanern, den Minderen Brüdern, deren Armutsorden gedieh, obgleich man zur Abschreckung mehrere von ihnen als Ketzer hingerichtet hatte. Der Papst war besorgt: ein Ketzer als Lehrer einer Königin! Doch Giovanna hielt an Fra Giovanni fest. Nichts da!

Der Legat musste abreisen, zurück nach Avignon, und Giovanna stand fassungslos vor dem Spiegel – fassungslos, dass sie es tatsächlich geschafft hatte, sich durchzusetzen. Sie war also, in gewissen Maßen imstande, erwachsenen Männern zu befehlen, eine angenehme neue Erfahrung. Der Papst schickte neue Legaten, diesmal gleich zwei, sorgfältiger ausgewählt: zwei diplomatische ältere Herren von großer Vertrauenswürdigkeit und ausgefeilter Rhetorik, Kardinal Annibaldo di Ceccano und Kardinal Améry de Chartres.

Giovanna also hatte Geschmack an dem Gedanken gefunden zu regieren, Entscheidungen zu treffen. Jeden Morgen ließ sie sich zum Castel Nuovo geleiten und nahm im Kronsaal neben den Regenten Platz.

Auftritt einer Gesandtschaft von Genua: »Verehrte Herren,

hochgnädigste – äh – Königin! Wir sind außerordentlich geehrt und erfreut zu sehen, dass Ihr, Madonna Giovanna, höchstpersönlich unserem Anliegen Eure Aufmerksamkeit schenkt! Allein, dass Ihr zugegen seid, Herrin, lässt uns vertrauen und hoffen, dass Gerechtigkeit geschieht ...«

Der Vortragende, ein schmalziger Advokat mit Perücke, schwitzte in seiner werggefütterten Jacke und den aufgeplusterten kurzen Hosen, die den Eindruck erwecken sollten, er habe eine stattliche Figur, sei breitschultrig und nicht nur feist.

Die Kardinäle saßen wie steinerne Götzen da. Man sah ihren Mienen nicht die geringste Regung an. Giovanna war geneigt zu glauben, was sie hörte:

»Meine Herren, Hohe Dame: Wir schätzen über alles die guten Beziehungen und die Freundschaft, die zwischen Neapel und Genua seit langen Jahren besteht ...«

Und so weiter und so fort. Das war dreist. Gute Beziehungen, die gab es gar nicht. Man war dem Konkurrenten spinnefeind, gerade eben Kaufmanns genug, um das Geld nicht in einem sinnlosen Waffengang zu verpulvern.

»Zu unserem übergroßen Schmerz mussten wir leider erfahren, dass einer unserer Bürger, ein Handelsherr aus Savona, auf seinem Weg zu den Häfen der Levante zu Schaden kam. Als nämlich seine Galeere auf der Heimfahrt die Höhe von Neapel erreichte, da kam hinter den Felsen eine Anzahl von neapolitanischen Kaperschiffen hervor. Sie überfielen und enterten das friedliche Handelsschiff, plünderten es aus, töteten den Patron und ließen die Mannschaft hilflos zurück.«

Giovanna traute ihren Ohren nicht. Bürger von Neapel taten so etwas? Piraterie in Sichtweite der Stadt?! Am liebsten hätte sie befohlen, sofort Ersatz zu leisten, aber sie hatte gelernt zu schweigen und abzuwarten.

»Ihr habt sicher eine Liste der geplünderten Waren? Soso. Getreide aus Sizilien.«

»Und vergesst nicht das Leben jenes Unglücklichen, seine zahlreichen Kinder, nun verarmt und ohne Unterhalt! Wir bedauern leider zu sagen, da dies nicht das erste Mal war, dass genuesische Schiffe von Neapolitanern geplündert wurden: Wenn nicht adäquater Ersatz geleistet wird, dann wird Genua den Krieg erklären!« Mit einem Lächeln an Giovanna: »Aber es wäre uns lieber, wenn es nicht dazu käme.«

Sie zogen sich unter Verbeugungen zurück.

»Nun, was meinst du, Giovanna?«, fragte Annibaldo.

»Wir müssen natürlich sofort und großzügigst Ersatz leisten. Und man muss nach den Schuldigen suchen, um sie hart zu bestrafen. Die Ehre Neapels steht auf dem Spiel.«

Annibaldo lachte in sich hinein. »Und was sagt Ihr, Améry, verehrter Kollege?«

»Das haben sie unter König Robert auch schon versucht, der Trick ist so alt, dass er von hier bis nach Palermo riecht«, sagte Améry. »Ich will nicht bezweifeln, dass es unter den Armen von Neapel auch Räuber und Piraten gibt. In diesem Fall aber handelt es sich wahrscheinlich um eine Rebellion der Mannschaft gegen ihren Patron. Es fällt doch auf, dass nur ihm und keinem sonst etwas geschehen sein soll.«

Erstaunt blickte Giovanna ihre Lehrer an.

»Diese Schurken! Und das wollen sie uns in die Schuhe schieben! So eine Unverschämtheit. Dann soll man diese so genannte Gesandtschaft in hohem Bogen auf das Pflaster werfen! Keinen Dukaten werden sie bekommen!«

»Im Gegenteil, Giovanna. Wir werden auf ihr Spiel eingehen und ihnen eine Summe geben, die ihnen ermöglicht, erhobenen Hauptes nach Hause zu gehen.«

»Niemals!«, brauste Giovanna auf. »Warum denn?«

»Weil diese Summe eine Lappalie ist und der Frieden mit Genua sehr wertvoll.«

»Hat Großpapa ihnen denn etwas gegeben?«

»Nein. Aber sie sind hier, weil du die neue Herrscherin bist und sie sehen wollen, wie wichtig dir der Frieden ist.«

Sie musste die Kröte schlucken. Die Genueser wurden wieder hereingebeten und bekamen einen Schadensersatz, der für einen

echten Schaden deutlich zu niedrig bemessen war, für eine Schurkerei aber noch hoch genug. Sie zogen unter weiteren tiefen Verbeugungen, Gunstbezeugungen und Komplimenten wieder ab. Giovanna verschränkte die Arme und rauchte förmlich vor Wut. Das hatte sie sich anders vorgestellt.
Der nächste Fall war noch weniger zufrieden stellend: ein Hilferuf des Königs von Mallorca, der von Aragon überfallen worden war. Man beriet über eine Anzahl von Söldnern, die hinzuschicken waren, über ihren Sold, über die Transportmittel und die Verpflegung unterwegs – von allem zu wenig, wie der mallorquinische Gesandte klagte. Wieder sah sich Giovanna in ihren Absichten gehindert: »Aber ich möchte Onkel Jaime gerne helfen. Hat er nicht zwei Kinder?«
»Wir können ihnen nicht so viele Soldaten schicken«, hieß es. »Das wird zu teuer, Giovanna. Neapel hat dort keine Interessen. Aragon wird ohnehin siegen, warum also mehr Gold und Leben verschwenden, als unbedingt notwendig? Wir machen eine schöne Geste und damit genug.«
Weitere Beschwerden kamen wegen Zwischenfällen auf See, diesmal mit venezianischen Schiffen. Venedig wollte weiter Handel mit Neapel, weil es nur auf diesem Wege an die großen neapolitanischen Getreidevorräte kommen konnte. Gleichzeitig forderten die Venezianer, die südlichen Häfen für alle außer ihnen selbst zu schließen, um ihre Monopolstellung im Gewürzhandel zu wahren – und das kam natürlich nicht in Frage.
Briefe aus Florenz mussten beantwortet werden wegen der Eröffnung neuer Handelshäuser, für die die Florentiner das Privileg der Jurisdiktion wünschten, also kleine Stücke Florenz auf neapolitanischem Gebiet.
»Das ist so eine Sache, Giovanna. Wenn dann ein Mann aus diesen Faktoreien in Neapel ein Verbrechen begeht, dann muss er nur in das florentinische Haus laufen und ist vor dem Zugriff der Stadtwache geschützt. Das können wir den Florentinern gewähren, weil es lange und gute Beziehungen zwischen unseren Städten gibt. Doch die Genueser wollen für ihre Niederlassungen

dasselbe Recht. Sie bekommen es aber nicht. Du hast ja erlebt, wie sie sich aufführen. Glaubst du, sie würden deshalb mit uns Krieg anfangen?«

»Nein. Aber wir haben Bankhäuser in Genua, die könnten sie schließen.«

»Brava! Schnelle Auffassungsgabe! Du hast eine natürliche Begabung für die Politik.«

Das war eine Schmeichelei, das Stück Zucker nach getaner Arbeit. Eigentlich fiel ihr das lange Stillsitzen im Thronsaal schwer. Und zu der Politik der Geldsäcke kamen auch noch die Anfragen von Bauern und Handwerksgilden: Errichtete einer an einem Fluss eine Sägemühle, dann beschwerte sich der andere flussabwärts über den Schmutz. Doch das Holz wurde gebraucht – was war zu tun? Oder woher sollten die Handwerker die Steine für die neue Treppe des Schlosses Castellammare nehmen? Bei der Dienerschaft hatte es sich rasch herumgesprochen, dass die kleine *Riggina* die Geschäftsführung erlernte. Noch in den Gängen von Castel Nuovo sprach man sie an mit Bagatellen, mit Bitten und Betteleien, ob sie sich für den Sohn des Oberhofmeisters verwenden könne; für das uneheliche Kind der Wäscherin Anna; für die Küche sei grünes Holz geliefert worden, die Teppiche im Flur seien verschlissen ... ja, wie hatte man das denn alles vorher geregelt?

Ob man sie wohl absichtlich so überlud, um ihren Eifer zu dämpfen? Konnte es sein, dass bei den Sitzungen, in denen die junge Königin zugegen war, gerade die verwirrendsten und langweiligsten Fälle verhandelt wurden? Immer öfter sagten ihr die Regenten:

»Geh nur ausreiten, Giovanna, wir schaffen das auch allein.«

»Es ist so heiß. Mach doch einen Ausflug aufs Meer.«

»Der Abgesandte von Padua hat dir ein schönes Pferd mitgebracht. Willst du es nicht gleich ausprobieren?«

Einmal wollte sie wirklich etwas erreichen, das war bei einem Besuch Petrarcas. Er bat sie, sich für die Gräfin Altamura einzusetzen, die abgesetzt und ihrer Ämter enthoben worden war. Sie

saß mitsamt ihren Söhnen in Festungshaft. Die Legaten lehnten es ab, die Dame freizulassen. Giovanna schrieb einen Brief nach Altamura und befahl höchstpersönlich die Freilassung der Gräfin. Ohne Ergebnis. Petrarca reiste wütend ab.
Immer seltener besuchte Giovanna die Sitzungen des Regentenrats oder empfing die Bittsteller persönlich.
»Hast du nicht Besuch? Kümmere dich doch ruhig darum. Wir sind ja da.«
König Roberts Geist und seine hinterbliebene Beraterschar hatten die Welt unter sich aufgeteilt, und noch ging es nach ihrem Willen. Großmutter Sancia dirigierte aus dem Hintergrund. Die Königin vergnügte sich immer öfter am Strand.
»Maria, Maria! Schau, was für eine schöne Muschel ich gefunden habe!«
»Meine ist schöner!«
Mit Besitzerstolz horteten die Mädchen gemeine Seemuscheln neben den Kronjuwelen. Loisi Taranto, Carlo Durazzo, Roberto dei Cabanni und die anderen jungen Gecken winkten vom Wasser her. Sie hatten die Hemden ausgezogen und standen mit nacktem Oberkörper und ohne Strümpfe im Wasser. Maria betrachtete Carlo sehnsuchtsvoll.
»Kommt! Wir wollen auf die Boote – eures gegen das unsere!«
Sie hatten zwei Langboote organisiert, jedes mit zehn Ruderbänken. Die Ruderer standen in einer Reihe am Strand und grinsten. Sie kannten das Spiel. Die Prinzen und die Prinzessinnen durften abwechselnd Männer für ihre Mannschaft aussuchen: »Ich will den!«
»Ich nehm diesen!«
»Du da, Jacobo, her zu uns!«
Am Ende waren die Männer verteilt. Die Prinzen nahmen auf dem Vorderdeck Platz, auf dem sonnengewärmten Holz. Man ruderte langsam hinaus auf das Meer bis auf die Höhe des Posilippo. Maria stand auf und hob wie vereinbart das Fähnchen.
»Ein Goldstück für jeden Mann auf dem Gewinnerboot!«, rief Loisi.

Maria ließ den Wimpel herabsausen und die Männer legten sich ins Zeug. Die Jugendlichen schrien. Sie schlugen mit flachen Händen im Takt auf die Planken. Das türkisfarbene Wasser spritzte und flog unter den Booten dahin.
»Lahme Schnecken!«
»Wiedersehn auf der Isola Nisida!«
»Los, schneller!«
Je näher sie dem vereinbarten Ziel kamen, desto lauter kreischten die Kombattanten. Loisi stand jetzt auf Deck und schwenkte sein Hemd.
»Los! Los! Los! Ihr schafft es! Ich lass euch peitschen, wenn wir nicht gewinnen! Und zieht, und zieht, und zieht! Ja, ja! Jaaaaa!«
Es war nur ein Glück, dass sein Boot gewonnen hatte, sonst wäre es seinen Ruderern schlecht ergangen und er hätte den Rest des Tages üble Laune verbreitet.
»Ihr bekommt Silber«, sagte Giovanna hoheitsvoll zu ihrer Mannschaft. »Ihr habt euch gut geschlagen.«
Andrea kam und reichte ihr die Hand, damit sie bequem vom Boot heruntersteigen konnte. Carlo hob Maria vom Boot und trug sie durch die Wellen.
»Püppchen«, sagte er, »nicht, dass du mir nass wirst.«
»Maria«, bemerkte Giovanna abends im Bett. »War das nicht ein schöner Tag?«
Maria seufzte. Sie bürstete sich das Haar, dass es schimmerte und in einem seidigen Heiligenschein von ihrem Kopf abstand.
»Komm ins Bett. Du bürstest dir das Haar noch ganz aus!«
»Ja.«
»Maria, du machst schon wieder solche Kuhaugen. Ich habe dich gewarnt: Verlieb dich nicht in Carlo von Durazzo. Du kannst ihn nicht haben.«
»Ich weiß. Aber solange ich frei bin, kann ich doch machen, was ich will.«
»Ach, Maria!«
Arm in Arm schliefen die Schwestern ein.

5.

Heiliger Sankt Augustin, du hast gesagt, Askese sei Hochmut. Ich bin gewiss nicht hochmütig!«

Der arme alte Dom Pancrazio! Wenn man das Bettelleben früh beginnt, ist es leicht, sich daran zu gewöhnen. Man geht im härenen Hemd, liegt auf Stroh, ernährt sich von Brot und von Wasser. Der junge Körper ist widerstandsfähig und hat ohnehin weniger Masse zu erhalten. Der junge Geist ist willig, alle Gefahren und Entbehrungen auf sich zu nehmen, einfach weil er's noch nicht besser weiß und alles wörtlich nimmt, was man ihm auftischt. Da hat man die Seligkeit vor Augen, der Himmel ist zum Greifen nah. Geht man den umgekehrten Weg und kommt von einem irdischen Himmel derart auf den Hund, ist es hart.

Dom Pancrazio, der seiner Herrin über See und Land gefolgt war, bis hierher in die Einöde von Rocca Sparviera, dem taten alle Knochen weh. Er vermisste bitter sein weiches Bett und noch bittrer den Wein. In diesem Alter kann man ohne sein Maß Wein nicht einschlafen. Der harte Boden und einzelne Strohhalme finden immer einen Weg durch Decken und Häute, um einen zu quälen.

»Oh, lieber Herr, was habe ich getan, dass ich auf meine alten Tage so geprüft werde? Lieber Herr Jesus: Auf all deinen Wanderungen, wie arm du auch warst, so hast du doch wenigstens Wein gehabt. Sogar bei deinem letzten Mahl hattest du welchen. Selbst Judas trank Wein! Guten vermutlich, den er sich von seinen Silberlingen gekauft hat! Und ich – ich habe keinen! Ich bin so ausgetrocknet und ohne Trost, ich bitte dich, hab Erbarmen.«

Dorf und *chateau* lebten im Frieden miteinander. Anfangs hatte wohl mancher gemurrt, von seinen mageren Vorräten das Beste herausgeben und dann noch Frondienst leisten zu müssen, aber die Königin hatte dafür Steuerfreiheit für ein Jahr in Aussicht gestellt. Und einen besonderen Vorteil hatte man auf der Stelle: In Rocca Sparviera gab es keinen Priester, die Gemeinde war einfach zu klein. Sonntags las der Vikar eine einfache Andacht für Coaraze und die umliegenden Weiler. Das war alles. Es gab keine Musik.

Dom Pancrazio nun, gewahr, dass auch die Königin sich zu langweilen begann, schlug vor, man solle doch sonntags nach Coaraze reiten. Er sei bereit, den Vikar zu unterstützen, und dann könne man auch ein richtiges Hochamt halten, was den guten Leuten, ihren Untertanen, gewiss abginge in ihrem Bemühen um Treu und Frömmigkeit.

Der Königin gefiel dieser Vorschlag. Es war eine Gelegenheit, die schönen Roben einmal auszuführen. Sie mochte auch von der Erinnerung geplagt sein. Also, am Sonntag im ersten Morgengrauen – den Hähnen im Dorf war der Feiertag gleichgültig (lautes, lümmelhaftes Federvolk), war im Schloss alles auf den Beinen. Eine Stimmung freudiger Erwartung machte sich breit. Die guten Wämser waren gewaschen und geflickt, die Bärte gestutzt. Die Damen flochten an kunstvollen Frisuren.

Doch als man aufbrechen wollte, wer fehlte? Dom Pancrazio. Man rüttelte ihn wach.

»Was? Wo? Ich bin doch eben erst eingeschlafen.«

»Die Messe in Coaraze, Hochwürden! Ihr habt versprochen, sie selbst zu lesen!«

»Was?! Jaja! Ich komme schon, gemach! Sie können schließlich nicht ohne uns anfangen.«

Dom Pancrazio erhielt im Stehen seine Mandelmilch, wurde angezogen und bekam das Stroh aus den Haaren gezupft, während er sie schlürfte.

Welch ein Bild: In den ersten Strahlen der Morgensonne ritt die Königin mit ihrem kleinen Hofstaat über blumengesprenkelte

Felder. Wilder Lavendel blühte neben Klee und Margeriten; Klatschmohn färbte ganze Wiesen blutrot. Giovanna ritt einen schneeweißen Zelter mit silbernem Zaumzeug. Der Rock ihres dunkelblauen Kleides schleifte fast am Boden. Um ihren schlanken, weißen Hals trug sie eine silberne Kette, an der ein handtellergroßes Kreuz hing, mit Saphiren, Rubinen und Bergkristallen besetzt. Saphire blitzten auf der samtenen Kappe. Eine gewöhnliche Ausstattung meiner Herrin, nichts Besonderes eigentlich, für die Menge allerdings, die nach Coaraze geströmt war, muss sie eine Erscheinung aus dem Märchen gewesen sein. Ich wette, sie sprechen heute noch davon. Eine willkommene Abwechslung war es in jedem Fall.

Die Glocke rief die Schäflein zusammen. Wir ließen die Pferde zurück und gingen in die Kirche hinein, die bis auf den letzten Stehplatz gefüllt war. Der warme Geruch ungewaschener Leiber, von Schweiß, Ziegenmilch und Knoblauch stand so fest in der Luft wie ein junger Käse. Meine Herrin roch ab und zu verstohlen an einem Tüchlein mit Lavendelwasser, das ich ihr vorsorglich gegeben hatte, sonst aber lächelte und nickte sie so huldvoll in die Menge, wie man es von einem guten Souverän erwarten darf.

Dom Pancrazio aber ging außen um das Kirchlein herum und kam zum Seiteneingang hinein; er besah sich den Altar, blumengeschmückt, sehr schön; und er schaute in die herrlichen silbernen Gefäße, die dort standen. Er schaute noch einmal, schüttelte den Kopf, winkte dem Vikar mit dem gekrümmten Finger. Beide verschwanden in der Sakristei. Nach kurzer Zeit hörte man erregte Stimmen. Der Vikar erschien und winkte nun seinerseits dem *syndic*, dem Patriarchen von Coaraze. Wiederum erregte Stimmen. Die Menge wurde unruhig. Der *syndic* steckte seinen Kopf aus der Tür der Sakristei und winkte seinem Sohn.

»Was machen die denn? Die halten da wohl ihren eigenen Gottesdienst ab.«

»Eher spielen sie Würfel.«

Endlich schritt Dom Pancrazio zum Altar, so würdevoll, wie es

nur ein Neapolitaner kann. Ich hatte ganz vergessen, wie wundervoll er aussehen konnte in einem richtigen Messgewand.
Wie er sprach! Und welche große Freude, ihn singen zu hören. Ein paar Flöten und ein Trumscheit waren aufgetrieben worden – Musik! Alle Spottlust, alles eitle Geschwätz, alle Gedanken fielen von uns ab und wir lauschten seiner tiefen und vollen Stimme, wie sie den Herrn lobte und ehrte. Als ich wieder zu mir kam und um mich schaute, da sah ich nicht wenige, die mit offenen Mündern saßen. Vielen Anwesenden liefen die Tränen nur so herab. Es war ein unvergesslicher Gottesdienst.
Dann war die Wandlung an der Reihe. Die Königin und nach ihr die ganze Gemeinde kniete nieder. Wir beteten inbrünstig mit gesenkten Häuptern. Inzwischen hatte der Sohn des *syndic* still und leise, während der Kaplan sang, den Kelch gefüllt, der hinter ihm auf dem Altar stand. Das war es also gewesen: Es war kein Messwein da. Das ging natürlich nicht.
Dom Pancrazio segnete den Wein und nahm einen langen Zug aus dem Kelch. Er trank und trank, und schluckte und … – alles sah ihm gespannt dabei zu, als er den Kelch mit schwungvoller Geste auf den Altar zurücksetzte, atmete er tief und erleichtert aus.
»Lob und Dank dem Herrn, Unserem Gott! Hallelujah!«
»Hallelujah!«
Er brach das Brot und winkte dem Jungen: »Ksst! Hier!« Der junge Mann schenkte nach, und Dom Pancrazio stärkte sich. Niemand missgönnte ihm seine Labsal. Er hatte schließlich so schön gesungen.
Doch als der Kaplan der Königin begann, öfter und öfter, auch mitten in der Woche, Messen anzusetzen, wurde es den Bürgern von Coaraze zu viel. Sie lieferten zwei Fässchen Wein zum Schloss und ließen die artigsten Grüße ausrichten: Wenn Hochwürden einen Durst zu löschen habe, so müsse er dafür nicht extra in die Kirche gehen. Ein Fässchen bekam die Königin, eines behielt der Dom, der es eifersüchtig hütete und jeden mit Hölle und Fegefeuer bedrohte, der es wagte, sich daran zu vergreifen.

Inzwischen waren unbemerkt von Giovannas Männern Fremde im Ort aufgetaucht, *bouscatié* angeblich, Köhler. Sie hatten schwarze Gesichter, wie es sich gehörte, aber ihr *patois* hatte einen entschieden neapolitanischen Klang. Diesen Klang kannte man und man schätzte ihn nicht: Nur allzu oft hatten die sizilianischen Herren den Provençalen ihre Verwandtschaft auf den Hals geschickt, hatte Posten und Pöstchen an sie vergeben, die ganze Verwaltung so mit ihnen durchtränkt, dass der Provence die Italiener aus allen Knopflöchern troffen. Man konnte den Leuten von Rocca Sparviera also nichts vormachen, was das betraf.

»Eure Königin sitzt da oben im Schloss. Warum geht ihr nicht hin und macht ihr eure Aufwartung?«

»Ach nein, damit haben wir es nicht so eilig. Seht uns doch an. Wir sind arme Hunde, wie ihr.«

»Eh bèh?« Das nun grade nicht. »Wofür halten die uns? Köhler, die mehr zu fressen haben als wir!«

»Sechs arbeitslose Köhler mitten im Sommer, *ma foi*!«

Die angeblichen Köhler ließen sich per Maultier versorgen, von Nizza, wie es schien. Da kamen Schinken, Säcke mit Mehl, Schläuche voll Wein – doch da sie mit Letzterem nicht geizig waren, ließ man sie gewähren. Die neuen Nachbarn waren ziemlich hilfsbereit. Sie beteiligten sich sogar an den Abgaben für die *Reino Jano.* Sie baten nur darum, man möge den ewig hungrigen Soldaten nichts davon erzählen, um deren Appetit nicht noch anzustacheln.

Es dauerte nicht lange und die Männer des Dorfes saßen mit den ›Köhlern‹ am Feuer beisammen. Man erzählte sich so einiges. Bald waren die Neuen bestens informiert über alles: wie viele Männer die Königin hatte, wer sonst bei ihr war, was sie so trieb den ganzen Tag.

Die seltsamen Waldleute kamen und gingen. Manchmal waren sie eine ganze Woche oder länger verschwunden und man meinte, sie nicht wieder zu sehen. Dann waren sie plötzlich wieder da, kampierten in einer Scheune am Ortsrand und ließen die Schläuche herumgehen.

In solch ein freundschaftliches Treffen stolperte der gute Dom Pancrazio, immer auf der Suche nach einer flüssigen Spende. Die Gastgeber wurden plötzlich schweigsam. Man begrüßte ihn höflich, aber die Gespräche erstarben. Der Weinschlauch wurde ihm gereicht, aber es war so still, dass man seine Schlucke hören konnte, bis ganz hinunter.
»Wie geht es der Herrin, Hochwürden?«
»Gut, danke.«
»Wie geht es den Damen?«
»Erfreuen sich bester Gesundheit. Und wie geht es im Dorf?«
»Alles bestens. Danke.«
Dom Pancrazio wusste, wann er fehl am Platze war. Aber merkwürdig kam ihm die Sache vor. Die Männer waren sonst viel gesprächiger und zu groben Scherzen aufgelegt. Und diese schüchternen Waldbewohner! Er verabschiedete sich freundlich, wünschte eine gesegnete Nacht und ging; entfernte sich geräuschvoll, zog die Schuhe aus und schlich zurück. Was ihm nicht leicht fiel in seinem Alter und mit dem Schlummertrunk im Wanst.
Es war bereits dämmrig, ein schöner warmer Sommerabend. Das Scheunendach hob sich dunkel gegen den Nachthimmel ab, an dem der erste Stern leuchtete: Estella, der Schäferstern. Durch die Ritzen der Holztür drang der Schein einer Öllampe und außerdem Gewisper.
»Geht ihm nach. Haut ihn über die Rübe!«
»Er ist ein heiliger Mann!«
»Quatsch – heilig! Er ist ein versoffener, alter Pfaffe!«
»Ich rühr keinen Priester an! *Dio mio, perdona me!*«
Dom Pancrazio lief so schnell er konnte ohne Schuhe, mit gelupfter Soutane, da konnte der Teufel mal sehen, wo er blieb. Schon zehn Schritte vor dem Tor signalisierte er mit den Armen: Feinde, Verrat, Feurio! Zusammen mit dem Hauptmann trat er vor die Königin.
»Neapolitaner? Seid Ihr sicher?« Die Königin wurde kreidebleich: »Das sind Lajos' Handlanger! Sie sind gekommen, um mich zu ermorden.«

»Aber es ist doch nur eine Hand voll.«
»Wer weiß, wie viele noch in den Wäldern lauern. Ach, nun werde ich auch noch in dieser Einsamkeit von Rachsucht verfolgt. Was schlagt Ihr vor, Hauptmann?«
Er schlug vor, sofort hinzureiten und die Verdächtigen zu greifen.
Während die Männer fort waren, umringten wir Frauen die Königin.
»Ängstigt Euch doch nicht so.«
»Ich bin sonst nicht so leicht zu schrecken. Es ist nur, diese furchtbare Mordnacht, dann die Belagerung, die Flucht über die See, die Feinde in Avignon und jetzt sogar hier ...«
Wir warteten. Als die Männer wiederkamen, brachten sie nur einen Einzigen. Sie hatten ihn übel zugerichtet. Die fortgesetzte Flucht machte uns alle entweder verzagt oder überaus zornig.
»Herrin! Ich will alles gestehen. Bitte, hört mich an: Messer di Taranto hat uns geschickt, Euer Mann. Wir sollten nichts Böses tun.«
»Warum mich dann überhaupt verfolgen?«
»Er wollte alles über Euch wissen, Herrin: wo ihr Euch aufhaltet und mit wem. Wen ihr trefft. Wie euer Stand hier bei den Leuten ist. Ob Ihr Bündnisse eingeht hinter seinem Rücken. Verzeiht, es ist nicht meine Schuld, lasst nicht zu, dass sie mir etwas tun. Ich bin doch nur ein Diener!«
Der Hauptmann trat ihn, dass er mit dem Gesicht in den Staub fiel.
»Lügner!«
Doch Giovanna hob die Hand. Sie schwieg lange.
»Ich glaube, er spricht die Wahrheit. Das sieht Loisi ähnlich«, sagte sie dann. »Bindet ihn los.«
Er stand auf.
»Ist der Herr von Taranto in Avignon?«
»Ja, seit zwei Wochen.«
»Dann ist Neapel also verloren.«
»Ja. Aber mein Herr sagt, er wird es wiedergewinnen.«

Sie nahm ihr Brusttuch ab, ein durchsichtiges Stück rosenfarbener Seide, und reichte es dem falschen Köhler.
»Gebt ihm dies von mir und sagt, ich lasse ihn herzlich grüßen.«
Ich wusste, welche Botschaft sich darin verbarg: ›Sei mein Beschützer, nicht mein Feind.‹ Sie wollte ihn an die ehrenhaften Formen der Turniere erinnern, da sich die Ritter Pfänder ihrer Damen an die Schilde steckten.
Delphine und ich schauten uns an: Was für ein seltsamer Ehemann!
»Wie ist er?«, fragte ich unsere Herrin an einem der folgenden Tage. Wir saßen mit Giovanna, Mariano und Galgano zusammen im Schatten eines Felsens. Ich zerdrückte Thymian in meiner Hand. Die neapolitanischen Damen zogen zweifelnde Gesichter.
»Was für ein Mensch ist er?«
»Loisi? Er ist stark und voller Leben. Er sieht genau so aus, wie ich mir als junges Mädchen den Bacchus vorgestellt habe. An einer alten Stätte der Römer habe ich einmal ein Wandbild gesehen: der Gott des Weins und der Fröhlichkeit, vielleicht nicht fern von Pan, seinem griechischen Bruder, dem Gott der Raserei …
Ein volles, rundes Gesicht mit Grübchen in Kinn und Wangen, von Locken gerahmt, dunkle Augen dazu und ein großzügiger Mund, geschwungen wie die Flügel eines Vogels.«
»Wer, Bacchus?«
»Nein, Loisi – Bacchus, wie ich ihn mir vorgestellt hatte. Mochte Maria den kühlen, berechnenden Durazzo verehren oder den ernsten, mönchischen Andrea. So wie ich es liebte, auf den feurigen Ätna hinaufzureiten und auf die Pforte der Hölle zu blicken, so zog Loisi mich magisch an. Wie den Bacchus damals auf dem Relief, so habe ich mir die Liebe vorgestellt, die Liebe, wisst ihr, das Lachen, das Leben, alles Kraftvolle und Überbordende überhaupt. Er war alles, was ich nicht sein durfte. Und dann kam Loisi an den Hof und war plötzlich unter meinen Spielgefährten. Ich hab immer nur ihn angeschaut.«
»Aber Ihr habt Andrea heiraten müssen.«
»Es war mir klargemacht worden, dass ich nicht nach meinen

Wünschen heiraten konnte, weil ich ja Königin werden würde. Deshalb konnte ich mich ja dennoch an seiner Gegenwart freuen.«
»Und jetzt habt Ihr ihn doch geheiratet.«
»Keine gute Entscheidung, politisch gesehen. Ich habe zu viele Ritterromane gelesen, fürchte ich.« Ein kurzes Auflachen.
»Abgesehen von der Politik … ist er so, wie Ihr ihn in Erinnerung hattet?«
Sie zögerte.
»Was ist schon so, wie wir es uns ausmalen? Doch, ja. Er sieht immer noch gut aus.«
»Aber …«
Sie schlug mit dem Fächer nach mir.
»Alix! Quälgeist! Er hat ein wenig rasch damit begonnen, Ämter und Ländereien einzufordern. Für jeden Kuss eine Stadt … Seine Brüder und seine garstige Mutter werden ihn dazu getrieben haben. Ich gab ihm, was er wollte, damit sein stolzes Herz befriedigt sei. Schließlich will ich nicht denselben Fehler noch einmal machen: Hätte ich nicht aus sündigem Stolz Andrea die Krone verweigert, dann wäre er vielleicht noch am Leben. Gott vergebe mir.«
Die Königin zeigte uns meist ein lächelndes und gelassenes Gesicht, aber ich spürte: Sie hatte Angst. Traute sie dem Papst nicht? Er hatte beteuert, es handele sich nur um einen Schauprozess, um ihren Namen rein zu waschen vor der Welt. Was, wenn es leere Worte waren? Vier Jahre lang hatte Kaiser Ludwig von Bayern sich geweigert, dem Papst zu gehorchen, und dann hat Clemens ihn doch gefällt. Am Ende hat er seine Kaiserkrone hergeben und sich demütigen müssen. Papst Clemens ist ein schlauer alter Mann, hart wie Stahl. Kaiser und Könige tun gut daran, ihn zu fürchten.
»Hat sie es getan?«, fragte ich insgeheim Galgano und Mariano. »Ihr müsst es doch wissen, ihr wart dabei.«
»Wir waren natürlich nicht dabei, Dummerchen, sonst hätte man uns aufgehängt. Wir alle, der ganze Hofstaat, waren in jener

Nacht im Lustschloss in Aversa. Die Königin und Prinz Andrea hatten eine Flucht von Gemächern im ersten Stock, zwei Schlafzimmer und dazwischen eine Loggia, die zum Garten hin offen war. Unsere Kammern lagen zum Glück auf der anderen Seite des Hauses. So konnten wir nichts hören und nichts sehen. Am anderen Morgen war plötzlich ein großes Geschrei. Ausgerechnet die alte Amme unseres Herrn hat ihn tot im Garten gefunden. Das war alles.«

»Was tat er denn in der Nacht im Garten?«

»Das fragen sich alle! Es heißt, er habe merkwürdige nächtliche Gewohnheiten gehabt.«

»Was für Gewohnheiten? War er mondsüchtig? Hat er sich nachts mit Frauen getroffen?«

»Mit Frauen wohl nicht ... Jetzt ist es aber genug. Wir wissen nicht mehr und damit Schluss. Weißt du übrigens, dass die Königin morgen ein Fest gibt?«

»Ein Fest?«

»Hast du's noch nicht gehört? Der Page Aubépin ist eingetroffen! Er war am Hof in Neapel einer unserer besten Sänger. Wir werden endlich etwas Kultur haben in dieser Einöde«, sagte Mariano, und Galgano stichelte: »Landpomeranzchen, da kannst du was lernen!«

»Kannst du überhaupt tanzen?«

»Pass nur auf, dass du nicht über deine eigenen Füße fällst!« Kichernd liefen sie davon. Ich war verlegen.

»Was denn? Kannst du's etwa nicht?«, fragte mich Delphine.

Ich schüttelte den Kopf. »Ich kann ländliche Tänze, die *branle*, den Reigen, *la volte*, den Kreistanz und dergleichen Tobereien, aber ich habe keine Ahnung, was man bei Hof tanzt. Wir konnten keine Gesellschaften geben. An Erntedank bin ich mit den Bauernjungen herumgesprungen. Am besten, ich sage, dass ich Kopfschmerzen habe.«

»Unsinn, ich bringe dir bei, was du brauchst. Gib mir die Hand!« Ich schaute mich um, aber wir waren allein auf der Waldlichtung. Delphine führte mich, zu einer imaginären Musik.

»Eins und zwei, und eins und zwei … und drehen, und den Partner anlächeln, zierlich und gesittet, siehst du, es ist ganz leicht. Man nennt es *gaillarde*. Die höfischen Tänze sind gar nicht so verschieden von den ländlichen, nur langsamer.«
Wir fassten uns erneut an den Händen und drehten uns in den flirrenden Schatten. Zikaden schrillten in den Bäumen. Der Sommerduft der *garrigue*, von Pinien und Staub, hüllte uns ein und wir drehten uns, drehten, drehten … Uns wurde schwindelig, und wir lachten und fielen uns in die Arme. Delphines Körper war warm und nahe. Sie trug nur ihr Unterkleid, weit ausgeschnitten, und ich sah die Ansätze ihrer festen Brüste. Dorthin küsste ich sie, und sie, statt mir zu zürnen, strich mir über die Haare. Wir umarmten uns und küssten uns auf den Mund. Es war keine sündige Lust dabei, ich schwöre es, nur die pure Freude am Leben. Es war einer jener vollkommenen Augenblicke, ein Geschenk, das wir nie vergessen würden. Ohne ein Wort gingen wir Hand in Hand zurück zum Schloss. Den Vorfall haben wir niemals wieder erwähnt.
Am nächsten Abend nach dem Diner saßen wir allesamt voll gespannter Erwartung im großen Saal. Es war ein weiter Raum mit einer einfachen tonnengewölbten Decke, an der noch Reste von Malerei zu sehen waren. Sechs Doppelfenster, deren Verglasung teilweise fehlte, unterbrachen auf einer Seite das Mauerwerk. Geschnittenes Mondlicht fiel herein und verlor sich im Schein von Öllampen und Fackeln. Anstelle der fehlenden Wandteppiche hatten wir Girlanden geflochten, aus Buchs und Feldblumen, und die Wände damit geschmückt.
Ich sah einen Jungen von etwa dreizehn Jahren bei der Königin stehen, ein dunkelhaariges Kind mit schlaksigen Gliedern wie ein Fohlen, mit glänzendem, dunklem Haar und vollen Lippen.
»Ist er das?«, fragte ich Delphine. »Er sieht hübsch aus, aber was ist denn nun so Besonderes an ihm? Und woher ist er so plötzlich aufgetaucht?«
»Aubépin hat eine der schönsten Stimmen, die ich je gehört habe, warte es nur ab! Und außerdem ist er ein Poet. Er hat nur Augen

für die Königin und dichtet nur für sie, und das nicht um seines Vorteils willen! Als sie aus Neapel floh, musste sie ihn zurücklassen und denk dir: Er ist ihr über all diese Entfernung und durch alle Unbilden gefolgt, bis er seine Herrin wieder gefunden hatte. Das nenne ich wahre Minne!«

Das war also Aubépin! Meine rührseligen Landsleute haben später die Legende daraus gemacht, in Neapel habe er der Herrin versprochen, ihr zu folgen und am Weihnachtsfest wieder für sie zu singen. Auf dem Weg ins provençalische Exil sei er jedoch ums Leben gekommen. Aber an Weihnachten sei ihr sein Geist erschienen und hätte für sie gesungen, bevor er endgültig ins Reich der Toten entschwand. Das ist natürlich nicht wahr, ganz gleich, was man woanders erzählt. Aubépin war mager; um seine dunklen Augen lagen bläuliche Schatten. Wer weiß, was er durchgemacht hatte, aber er war höchst lebendig, und es war auch nicht Weihnachten.

Und dann sang er und begleitete sich selbst dazu auf einer Laute.

»Meine Herrin hat, so meine ich,
lachende braune Augen, dunkle Augenbrauen,
Haar, das schöner ist als Gold,
eine schöne Stirn, die Nase gerade und wohlgeformt;
Farben wie Rosen und Lilien,
einen lieblichen roten Mund;
der Hals ist weiß, nicht sonn'verbrannt,
der Busen strahlt vor Weiße.
Sie ist liebenswürdig, freundlich und heiter;
so hat sie unser Herrgott geschaffen.«

Es war ein schönes Lied, und jedes Wort davon wahr. Aubépins Stimme war klar und von mittlerer Tonlage, mit jenem süßen Schmelz, der macht, dass man ihr alles glauben will.

»Man hat ihm vorgeschlagen, sich kastrieren zu lassen, damit er seine schöne Stimme behält«, flüsterte Delphine mir in einer Pause zu.

»Und?«
»Er hat nein gesagt.«
»Kluger Junge! Ich finde, das geht zu weit. Vielleicht ist seine Erwachsenenstimme ja ebenso schön.«
Er sang und trug noch mehrere Gedichte vor, die er alle während der langen Herfahrt geschrieben hatte. Mein dummes, maßloses Herz zwickte mich heimtückisch. ›Sei still!‹, sagte ich ihm. ›Ich weiß ja, dass ich niemals so verehrt sein, niemals heiraten werde. Meine Haare sind keineswegs wie Gold, eher wie das Fell einer Haselmaus, und meine Haut ist vom Gänsehüten sonnengebräunt. Und meine Aussteuertruhe ist so leer wie der Speicher im März. Aber das soll mich nicht hindern, vom Leben zu genießen, was es mir bietet.‹
Nun kam der Teil des Abends, auf den ich sehnlichst gewartet hatte. Der Page Aubépin legte die Laute aus der Hand, um sich zu Giovannas Füßen hinzukauern. Sie reichte ihm einen Becher Wein, und sie sprachen leise miteinander. Aus Coaraze waren passable Spielleute gekommen und spielten einen der Tänze, die ich eingeübt hatte.
Ich zögerte wohl ein wenig zu lange.
»Los, ran!«, pikste mich Lucchina.
Aber ehe ich mich entschließen konnte, da ging zu meiner Überraschung Mariano zu Herrn Benevent und bat ihn einfach zum Tanz. Dabei hatte ich mich doch schon den ganzen Tag darauf vorbereitet, dasselbe zu tun. Ich hatte tanzen geübt, sprechen geübt, hatte Delphine gebeten, das Beste aus meinem widerborstigen Haar zu machen. Und da kam Mariano und war schneller als ich. Am liebsten hätte ich sie in die Hacken getreten und ihr das alberne rote Kleid zerfetzt. Wie konnte sie es wagen?! Ich wartete in einer Ecke auf meine Gelegenheit. Irgendein junger Mann brachte mir Rosenwasser. Der Arme, ich habe ihn gar nicht angesehen dabei. Mein Blick war an einem gewissen rot und gelb gestreiften Wams festgeknüpft. Mit winzigen Schlucken trank ich das *julep rosat*. Irgendwann musste sie ja einmal müde werden! Aber sie wurde es nicht. Ich muss wohl so ein finsteres Gesicht

gemacht haben, dass sich auch keiner von den anderen Herren mehr traute, mich anzusprechen. Kurzum: Es war ein Desaster. Ich zog mich tief in die dunkelste Ecke zurück. Dort stand ich allein, kam mir hässlich und ungeliebt vor und kämpfte mit meinen Tränen.
Tanz um Tanz und Runde um Runde schwebte Mariano am Arm von Herrn Benevent vorbei und lächelte mich boshaft an. Ich hatte genug. Ich drehte mich um und rannte hinaus, um mich allein auf dem Dachboden auszuheulen.

6.

*E**ure* Schwester Maria, wie sieht sie aus?«

Delphine und ich waren mit unserer Herrin ausgeritten. Ich war froh, dass Galgano und Mariano schlechte Reiterinnen waren und sich nicht beteiligt hatten. So hatten wir Giovanna für uns.

»Sie sieht mir sehr ähnlich. Mein Gesicht ist länglicher, ihres etwas runder, sonst sind wir uns gleich. Ein anderer Gesichtsausdruck, vielleicht.«

Wir waren abgestiegen und hatten uns auf die Kuppe eines Hügels gesetzt, von wo wir einen schönen Ausblick hatten auf den Flickenteppich von Wäldern und Feldern und auf die kleinen Dörfer um Coaraze. Herr Benevent hatte uns das Geleit gegeben mit dreien seiner *gens d'armes*. Mich würdigte er aber keines Blickes.

»Was hat er nur? Ich habe ihm doch nichts getan«, flüsterte ich Delphine zu, und sie raunte zurück: »Du hast nicht mit ihm getanzt. Jetzt meint er wohl, er sei dir nicht gut genug, weil er Italiener ist ...«

»Wie sollte ich denn mit ihm tanzen, wo er doch den ganzen Abend an Mariano klebte?«

»Oder sie an ihm.«

So ein Unsinn! Wenn er beleidigt sein wollte, dann sollte er. Ich sah ihn auch nicht mehr an. Bitte sehr.

»Ihr wolltet uns von Euch erzählen«, bat Delphine die Königin. »Wir sprachen von Eurer Hochzeit das letzte Mal, und wie Ihr weiterhin mit Maria zusammengelebt habt ...«

»Und ihr wollt wirklich mehr davon hören?«
»Ja!«
»Liebe Freundinnen, ich warne euch noch einmal: Es ist keine schöne Geschichte.«
Wir blickten sie erwartungsvoll an.
»Also gut. Als ich sechzehn wurde, geschahen zwei Dinge: Meine Ehe wurde vollzogen, und ich wurde gekrönt. Ich zog zusammen mit Andrea ins Castel Nuovo an den Hafen. Die Hochzeitsnacht war für uns beide unbequem, glaube ich. Wir hatten jetzt so lange als Freunde und Spielgefährten miteinander verkehrt, dass dieser plötzliche Wechsel zu ›Mann und Frau‹ uns sehr verwirrte und in Verlegenheit brachte. Andrea war sanft und taktvoll, doch war ich froh, als die Prozedur vorüber war. Und all das Getue am anderen Morgen – widerlich! Das Schwerste daran, Königin zu sein, ist sicher, dass praktisch alles in der Öffentlichkeit geschieht. Ich kann nicht gähnen, ohne dass es bemerkt und notiert wird und man sich fragt, welche Folgen es hat!«
Sie gähnte. Und lachte. »Seht ihr, nun wird wahrscheinlich ein Krieg ausbrechen, weil ich die Provence beleidigt habe. Ja, meine Hochzeitsnacht ging einigermaßen glimpflich ab, und Andrea hat mich danach nicht allzu oft belästigt.
Aber das war die letzte Gnade. Kurz darauf wurde ich offiziell in meine Ämter eingesetzt. Auf einer Wiese vor der Stadt, die groß genug war, um alle Gratulanten zu beherbergen, waren Zelte aufgebaut, so weit die Blicke reichten. Fahnen und bunte Bänder flatterten im leichten Wind. Alles trug festliche Tracht, manche Rüstung. Wappen und Farben blitzen auf, Hausfarben, in die die Knappschaft gekleidet war.
Gruppen von Reitern zogen unterhalb der königlichen Tribüne vorbei, die rechte Faust über dem Herzen, so grüßten sie mich. Kleine und große Fürsten beugten das Knie und leisteten den Treueschwur. Nur der Herzog von Taranto, Loisis Vater, zögerte auffällig lange. Er erschien erst Tage später im Castel Nuovo. Seinen Eid sprach er unwillig, fast zähneknirschend. Er leitete durch Familienbande einen Anspruch auf die Krone ab und meinte,

dass sein Sohn Roberto an meine Stelle gehörte. Seine Frau Catharina war gar nicht erst mitgekommen. Die Familie Durazzo, mit ähnlichen Ansichten, war immerhin zugegen, und sei es nur, um ihre zersetzenden Lügen unter den Festgästen zu verbreiten. Abgesandte von Florenz, Venedig, Genua, Padua und viele andere überbrachten Segenswünsche und Geschenke.

Andrea war Zuschauer und trug es mit freundlicher Würde. Nach Großvaters Testament sollte er nur den Titel haben, aber keinerlei Amtsgewalt. Ich blickte ihn an und war froh. Er lächelte zurück und winkte mir. Offenbar nahm er es nicht übel. Andrea war kein unmäßig stolzer Mann. Ich nahm mir vor, darauf zu achten, dass es ihm an nichts fehle. Er hatte seinen eigenen Hof, seine Besitztümer, ein Haus in Neapel, Pferde, Diener, und all seine Ausgaben wurden bezahlt. Ich meinte also, er müsse zufrieden sein.

Maria fehlte mir. Statt diesem plötzlich so fremden Mann in meinem Bett wünschte ich mir meine Schwester her. Wie eng vertraut hatten wir oft im Bett gelegen, zufrieden und beieinander geborgen, hatten über die Ereignisse des Tages geschwatzt. Jetzt, neben Andrea, kam ich mir linkisch vor und war mir meines weiblichen Körpers auf eine unangenehme Weise bewusst. Andrea war freundlich und gut, aber Vertrautheit wollte sich nicht einstellen. Kaum waren die Krönungsfeierlichkeiten vorbei, da lud sich schon Agnès de Périgord, die Herzogin von Durazzo, in das Castel Nuovo ein, mitsamt ihren Söhnen. Sie kommandierte meine Dienerschaft herum und nahm das Szepter wie selbstverständlich in die Hand, ließ sogar Möbel umstellen.

Ich kochte innerlich, wagte aber zunächst nichts einzuwenden. Weder auf Kardinal von Améry noch auf Kardinal von Ceccano, die päpstlichen Legaten, hörte sie:

›Papperlapapp! Tun Sie Ihre Arbeit, Ceccano, und ich tue meine. Das hier sind familiäre Angelegenheiten! Kscht! Kscht! Hinaus!‹ Und sie schob ihn einfach körperlich aus dem Wohntrakt. Er war empört, ich erinnere mich noch genau: Sein Gesicht war rot, und ich hörte ihn brummen, während er den Rücktritt antrat: ›Ein grässliches Weib! Die ist bestimmt nicht aus einer Rippe gemacht, sondern gewiss aus einem A...!‹«

Giovanna führte es so lebendig vor, dass wir lachen mussten. Und sie fuhr fort:

»Es kam noch schlimmer. Plötzlich erschien sie in meinen Privatgemächern, unangemeldet versteht sich – sie behandelte mich demonstrativ immer noch wie ein Kind.

›Sieh, was ich hier habe‹, rief sie und wedelte mir ein Papier entgegen. Ich wollte meinen Augen kaum trauen: Es war doch tatsächlich ein päpstlicher Dispens für ihren Sohn Carlo, der ihm erlauben würde, eine enge Blutsverwandte zu heiraten. ›Ist das nicht schön! Nun können sich Carlo und Maria ihren Traum erfüllen!‹ Was für eine Unverschämtheit.

›Aber Tante Agnès, du weißt, dass König Robert es verboten hat auf seinem Totenbett.‹

›Ach, was! König Robert war ein hartherziger alter Mann. Und jetzt ist er tot und hat nichts mehr zu melden. Du wirst doch deiner Schwester ihr Glück nicht verbauen?!‹

Als Kind hatte Maria Carlo angebetet, ja, aber Carlo war zwanzig Jahre älter als sie und hatte sich nicht zu seinem Vorteil entwickelt. Ich fand ihn hinterhältig. Und außerdem stimmte ich in diesem Punkt mit Großpapa überein: Maria war nicht irgendeine junge Frau, sondern meine Erbin. Stieße mir jetzt etwas zu, dann würde sie Königin. Wäre sie mit Carlo verheiratet, kämen die Durazzo an die Macht. Nein, das ging einfach nicht.

›Nein‹, sagte ich. ›Es kommt nicht in Frage. Schlage dir das aus dem Kopf, Tante Agnès. Im Übrigen habt ihr selbst ein Palais, direkt nebenan. Wann willst du dorthin zurückkehren?‹

›Wie?‹, kreischte sie. ›Freche Göre! Wie sprichst du denn mit mir? Bildest du dir ein, dir gebührt Respekt, nur weil du ein Stück Blech auf dem Kopf trägst? Respekt muss man sich verdienen.‹

Carlo kam, um mich zu bearbeiten. Maria ließ er Schmuck und Süßigkeiten schicken.

Großmama Sancia, die ihre Zeit schon mehr im Kloster Santa

Chiara denn im Palast verbrachte, kam, um zu vermitteln. ›Robert hat es ausdrücklich verboten‹, sagte sie bestimmt. ›Maria soll Etienne d'Anjou heiraten, um die Verbindung mit Ungarn zu stärken. Ein Vertrag wurde geschlossen, und es wäre nicht gut, ihn zu brechen und sich Carobert zum Feind zu machen.‹
›Senile Alte, was scheren uns die Ungarn‹, giftete die Herzogin von Durazzo.
Ich befürchtete das Schlimmste und bat Maria, zu mir ins Schloss zu ziehen, was sie gern tat. Natürlich musste sie jetzt eigene Gemächer haben, da ich mit meinem Mann zusammenwohnte. Das war ein Fehler. Jetzt war sie mit den Durazzo unter einem Dach. Aber wie hätte ich ahnen können ... wie konnte ich annehmen, dass sie so unter aller Augen ... Mein Fehler! Bei einem Durazzo muss man auf alles gefasst sein!«
Nacht im Castel Nuovo. Alle Fenster stehen weit geöffnet, um die kühle Brise vom Meer hereinzulassen. Vorhänge bauschen sich, schleifen mit leisem Wispern über die Marmorfliesen. Alles schläft, bis auf die Wachtposten, die nach des Nachtwächters Stundenrufen ihre Runden gehen.
Aus den Gemächern der Durazzo kommt ein hoch gewachsener Mann mit bereits schütterem Haar: Carlo von Durazzo. Raschen Schritts geht er durch die langen Gänge, vorbei an den Schlachtszenen vergangener Zeiten, vorbei an blakenden Kandelabern. Immer wieder schaut er sich um. Er will nicht zur Unzeit gestört werden. Ein schlechtes Gewissen hat er nicht. Er öffnet eine ihm wohl bekannte Tür und tritt verstohlen ein. Allein das ist ein Verbrechen. Jetzt ist er schon so weit gegangen, es kommt nicht mehr drauf an. Er tritt ans Bett, zieht den zarten Vorhang zurück, schaut auf die Schlafende herab. Weich und kindlich sind ihre Züge. Sie hat eine Puppe im Arm. Er wird ihr bald ein lebendiges Püppchen machen. Der Bettrand senkt sich, als er sich setzt und die bloße Schulter der Schläferin berührt.
»Maria, Maria, sei still! Fürchte dich nicht. Ich bin's: Carlo.«
»Was tust du hier in der Nacht?«
»Ich musste dich sehen!«

»Giovanna wird wütend sein. Dann schüttelt sie mich wieder!«
»Sie wird dich nie wieder schütteln. Maria, ich habe dir so oft gesagt, dass ich dich liebe und verehre. Ich will dich zur Frau. Ich kann nicht länger warten.«
»Aber Giovanna hat es verboten.«
»Sie gönnt dir nicht, dass du auch eine Fürstin wirst. Sie will allein im Mittelpunkt stehen.«
Maria ist verwirrt. Aber Giovanna hat sie doch lieb, oder nicht? Sie hat ihr gesagt, dass sie das Beste für sie will.
»Willst du nicht Herzogin von Durazzo werden eines Tages? Komm mit mir, kleine Maria. Wir werden viel Spaß miteinander haben. Und Giovanna wird sich damit abfinden müssen. Sie wird dir verzeihen. Lass dich nicht länger von deiner Schwester und der alten Frau herumkommandieren. Nun?«
Und Maria lässt sich hochheben und davontragen aus dem Castel, vorbei an den Wachen, die unsicher dreinschauen. Wie sollen sie sich verhalten? Sie haben kein Recht, dem jungen Herzog oder der Thronerbin Vorschriften zu machen. Es scheint nicht recht, was hier geschieht. Ob sie die Königin wecken sollen? Doch Maria ist keine Gefangene im Palast. Oben auf einem Balkon, unbemerkt von allen, steht Agnès. Sie beobachtet alles und zieht sich mit einem feinem Lächeln zurück in ihr Bett.
Maria fühlt sich fortgetragen durch den Garten. Es ist fast Vollmond, ein orangefarbener Honigmond, Bougainvillea blüht und Jasmin. Die Luft ist lau. Und da werden im Palast der Durazzo Tatsachen geschaffen. Am Morgen sind Carlo und Maria getraut, die Hochzeit ist vollzogen.
»Bist du jetzt froh?«, schreit Giovanna ihre Tante an. »Wirst du jetzt endlich packen, du Kupplerin! Verlass mein Haus!«
Während die Albaner ausziehen, weint Giovanna in ihrem Thronsaal.
»Oh, meine Schwester, meine kleine Schwester! Was haben sie dir angetan!« Sie glaubt nicht, dass Carlo die Schwester liebt. Er liebt die Erbin.
Die Familie Taranto ist außer sich, als sich die Nachricht verbrei-

tet. Sie sieht sich düpiert. Catharina, Herzogin von Taranto, schreibt einen Brief:
›Liebe Giovanna, arbeite daran, Unstimmigkeiten zwischen unseren Häusern zu vermeiden, die dir sehr schaden könnten ...‹ und sie beschwert sich beim Papst, dass ihr Sohn Robert übergangen worden sei – obgleich weder er noch Carlo Durazzo je in Frage kamen! Sie streiten sich um Maria wie zwei Hühner um einen Wurm. Arme Maria!
»Die Taranto glaubten wohl tatsächlich«, sagte die Königin im Nachhinein amüsiert, »dass alles mit meinem Einverständnis geschehen sei. Ich konnte sagen, was immer ich wollte, niemals ließen sich die Taranto von meiner Unschuld in dieser Sache überzeugen. Erst jetzt sind sie mit mir versöhnt, nachdem ich einen der ihren genommen habe. Jetzt ist die Welt in Ordnung: Taranto liegt wieder vorn.
Die Legaten schrieben in meinem Namen an die Durazzo, an Agnès, Carlo und Maria, und forderten sie auf, meine Gunst wiederzuerlangen, indem sie mir Ehrerbietung zeigten. Ich hätte ihnen gleich sagen können, dass dieses Papier ganz verschwendet war. Carlo füllte Maria die Ohren mit Versen über ihre Klugheit, Schönheit und Weisheit – ich weiß, wo er die Verse kaufte – und redete ihr ein, sie hätte Königin werden sollen an meiner statt. Wenn wir uns nun in der Folge trafen, zum Beispiel auf der Straße, dann ging es:
›Oh, guten Tag, Frau Königin. Bitte, Euch gebührt der Vortritt.‹
›Maria! Sprich doch nicht so mit mir. Hat eine Nacht im Bett von diesem Büffel dich so verändert?‹
›Der Büffel hat mir die Augen geöffnet!‹
›Maria, ich bitte dich. Ich möchte nicht, dass diese Heirat zwischen uns kommt.‹
›Ist sie schon. In aller Ehrerbietung.‹
›Möchtest du nicht eine Reise mit mir unternehmen? Lass uns ein paar Tage in Castellammare verbringen. Wir könnten Boot fahren, Muscheln sammeln und uns aussprechen. Es wäre wie früher ...‹

›Nein danke, Schwester. Ich habe jetzt einen Mann, mit dem ich meine Zeit verbringe.‹
Es war sinnlos. Ich machte also gute Miene zum bösen Spiel und überschrieb Maria die Grafschaft Alba, so wie es in Roberts Testament vorgesehen war. Von ihrem Bräutigam bekam sie nur eine unbedeutende Apanage und ein Schloss auf einer Halbinsel, wo sie von den Durazzo völlig abhängig war.
Immerhin unterzeichneten Carlo und Agnès ein Papier, nachdem sie Roberts Testament anerkannten und auf die Königswürde ein für alle Mal verzichteten. Es gab einen allgemeinen Austausch von Zusagen und Versprechungen, allein der Riss zwischen Maria und mir war nicht zu kitten.«
»Was für bösartige Weiber!«, rief ich und hielt mir gleich die Hand vor den Mund. Es stand mir nicht zu, so hohe Persönlichkeiten zu beschimpfen.
»Ganz recht! Ich nenne sie die ›Schwiegermütter‹«, meinte Giovanna.
»Warte, bis du die dritte kennen lernst«, sagte Lucchina, und senkte die Zähne in eine Möhre, als bisse sie einen Kopf ab.
»Konntet Ihr nicht mit der Zeit eine Versöhnung mit Maria erreichen?« Das traurige Zerwürfnis der königlichen Schwestern ließ mir keine Ruhe. Ich dachte an meine kleine Schwester, ebenfalls zwei Jahre jünger als ich. Ich habe sie sehr lieb gehabt. Im Alter von neun Jahren war sie an einem fiebrigen Ausschlag gestorben. Nie hätte ich mich mit ihr entzweit.
»Erst musste es ein Unglück geben, bevor es besser wurde zwischen uns. Carlo muss Maria gleich in der ersten Nacht geschwängert haben. Es verging kein halbes Jahr, und sie trug stolz ihren geschwollenen Leib vor sich her. Carlo machte ein großes Aufheben um sie. In der Kirche, wo wir in derselben Reihe saßen, auf den Plätzen, die für die königliche Familie reserviert sind, da setzte sie sich unter großem Geächz und Geseufz hin und warf mir dabei stolze Blicke zu, als wollte sie mir bedeuten: ›Ich bin erfolgreich, ich werde Mutter, und du? Warum bist du noch nicht schwanger?‹

Nun, Andrea bemühte sich nicht sehr, und ich bestand auch nicht darauf. Ich hatte den Eindruck, dass er mir seine jungen Männer vorzog.«

Ich zog scharf die Luft ein bei diesen Worten.

»Ja, ja! Alix, nun schau nicht so schockiert. Die Kirche stellt es zwar dar als eine Teufelei und Todsünde, aber es kommt unter jungen Männern viel häufiger vor, als man zugeben will. Vielleicht waren sie auch einfach nur Gefährten. Mir zeigte er jedenfalls keine Leidenschaft, und das war mir ganz recht so: Ich schätzte ihn als Freund und Vertrauten, nicht mehr und auch nicht weniger.

Maria also demonstrierte ihre Fruchtbarkeit und natürlich sorgte Agnès für bösartiges Geschwätz bei Hofe. Ich glaube, sie fühlte sich einfach nicht wohl, wenn sie nicht irgendwie für Zwietracht sorgen konnte. Und Carlo präsentierte mir die Rechnung für seine Bemühungen: Er warte immer noch auf die Mitgift von 36 000 Unzen Gold. Diese Frechheit verschlug mir die Sprache: Nie, niemals war irgendwo von solchen Summen, ja, überhaupt von Geld die Rede gewesen. Hätte mich Maria um irgendetwas gebeten, ich hätte es ihr nicht verweigert – aber Carlo! Ich hätte vor Ärger zerspringen mögen. Keinen Pfennig, kein einziges Kupferstück sollte er erhalten.

Das Jahr schritt voran. Die Durazzo und ich sprachen nicht miteinander. Die Taranto waren beleidigt. Andrea machte eine Pilgerreise zu den heiligen Stätten, zu den Gräbern der Apostel in Rom, nach St. Bartholomaeus di Benevent, St. Mathaeus, Salerno, St. Andrea und Amalfi. Er war also mit Reisen und Beten beschäftigt, und ich trug die Regierungsgeschäfte auf den Schultern.

Ich wusste, dass Marias Zeit bald kommen würde, und hatte schon, in der Hoffnung, zu ihr vorgelassen zu werden, allerlei Geschenke gekauft: goldgewirkte Babyschuhe und ein ebensolches Taufgewand, dazu ein Käpplein, allerliebst, mit winzigen Perlen bestickt, buntes Spielzeug, eine bunte Rassel und dergleichen mehr. Oft nahm ich die kleinen Dinge in die Hand und freute mich daran. Es fiel mir jetzt ein, dass ich doch gern ein eigenes Kind hätte, aber ich gönnte Maria ihr Glück.

Dann, an einem stürmischen und regnerischen Märzabend, kam ein Bote aus dem benachbarten Palais Durazzo.
›Majestät! Eure Schwester verlangt nach Euch. Sie hat heute Morgen einen Sohn geboren, aber er ist soeben gestorben, der Herr sei seiner kleinen Seele gnädig!‹
Gütiger Himmel! Meine arme, geliebte Schwester! Wie grausam konnte das Leben sein!
Ich ließ die Geschenke achtlos liegen, die ich vorbereitet hatte. Sie waren nun sinnlos geworden. Meine Schwester rief mich! Ich eilte zu ihr, durch den eisigen Regen. Die Herzogin empfing mich an der Tür. Sie weinte. Wir fielen uns in die Arme.
›Agnès! Es tut mir so Leid! Wie geht es Maria?‹
›Sie ist furchtbar niedergeschmettert, aber körperlich wohlauf.‹
Man brachte mich zu ihrem Zimmer. Ich öffnete die Tür und sah hinein. Da lag Maria, meine kleine Maria in ihrem Prachtbett, halb aufgerichtet und zurechtgemacht wie eine Puppe. Ich eilte zu ihr und nahm sie in die Arme. Wir hielten uns fest und weinten zusammen.
›Du bist noch jung‹, sagte ich.
›Ja‹, flüsterte Maria. ›Ich werde noch andere Kinder bekommen. Aber es tut so weh. Ich habe ihn doch schon in meinen Armen gehalten, ein so hübscher kleiner Junge.‹
Es gab nichts, was ich hätte sagen können. So saß ich einfach nur da, hielt ihre Hand und streichelte ihr das Haar, bis sie einschlief. Auf Zehenspitzen verließ ich ihr Zimmer. Im Gang begegnete ich Carlo. Er sah betrübt aus. Ich sprach ihm mein Beileid aus und mehr:
›Carlo, lass uns diese unnütze Feindschaft beenden zwischen unseren Häusern. Das Vergangene soll vergessen sein.‹ Er nickte ernst. Traurig, aber auch voller Hoffnung ging ich zurück.«
Wie großherzig die Königin war. Ich hätte diese scheußliche Verwandtschaft auf eine einsame Insel verbannt, wo sie sich von Fisch hätte ernähren müssen. Und Giovanna, kaum ging es ihnen schlecht, vergab alles. Ich habe eine Menge Fehler, aber Nachgiebigkeit gehört nicht dazu, wie man gleich sehen wird.

Wir hatten nun einige Zeit bescheiden gelebt in dem lange unbewohnten Schloss. Nun fiel es aber der Königin ein, dass sie ein paar Stoffe wollte, um Tisch und Wände zu verschönen, auch einen oder zwei Wandteppiche eventuell. Das war ja nun meine Aufgabe, und ich wurde losgeschickt nach Coaraze, wo es einen Stoffhändler gab. Zur Begleitung und zum Schutz gaben sie mir ausgerechnet Ursoleone Benevent mit. Delphine winkte mir vom Tor aus nach und machte eine auffordernde Handbewegung: ›Ran an den Feind …‹

Ich schüttelte den Kopf, winkte ab – und musste lachen.

Herr Benevent sah mich von der Seite an. Ich aber nahm mich zusammen, hielt den Kopf hoch und die Augen geradeaus.

Auf halbem Wege nach Coaraze wurde das Schweigen ungemütlich, und er versuchte, ein Gespräch anzufangen.

»Seid Ihr nicht aus der Gegend?«

»Ja.«

»Woher genau, Alix?«

»Von da.« Ich zeigte vage in eine Richtung.

»Wie heißt der Ort? Erzählt mir mehr.«

»St. Jean des Aigues. Da gibt's nichts zu erzählen. Es ist nur ein Dorf. Ganz uninteressant für einen hohen Herrn wie Euch.«

»Ja, was zum Teufel, Mädchen! Was ist denn in Euch gefahren?«

»Der Herr tanzt nicht mit einer wie mir. Da kann es auch nicht von Interesse sein, wo eine wie ich herkommt.«

Verblüfft starrte er mich an und brach dann in schallendes Gelächter aus.

»Das war es also. Ich habe mich schon gewundert. In Avignon wart Ihr viel freundlicher. Und ich war Euch gram, weil Ihr mich der Vulcano überlassen habt.«

Jetzt war es an mir, zu starren.

»Ich dachte, Ihr zieht sie mir vor.«

»Warum denn das? Sie ist eine Klatschtante und hat mir den ganzen Abend lang auf den Füßen herumgetreten. Meine Füße sind jetzt eine Elle lang und dünn wie Pergament! Und das ist Eure Schuld, mein Fräulein!«

Er streckte mit einem schmerzlichen Ausdruck seine Stiefel vor sich hin.
»Füße sind doch nicht aus Nudelteig, mein Herr, dass man sie walzen und treiben kann, wie man will.«
Wir mussten beide lachen.
»So!«, sagte er. »Das gefällt mir besser. Und wenn es wieder einen Tanzabend gibt, dann müsst Ihr mich befreien, wenn die Vulcano wieder schneller ist! Lasst Euch was einfallen, setzt ihr eine Spinne auf den Hals oder fallt in Ohnmacht, sodass ich Euch retten muss – versprochen?«
»Versprochen.«
Danach schwatzten wir ungezwungen miteinander und konnten einander nicht genug ausfragen. Er wollte alles über meine Leute wissen, und ich erzählte ihm stolz von meinen Brüdern, von Francis, der inzwischen Leutnant war, und von Alain, dem Augustinermönch und Sekretär des Erzbischofs von Cavaillon. Von unserer Armut zu sprechen vermied ich, aber ich log auch nicht. Dann erzählte Ursoleone mir von seiner Familie, die wohl recht zahlreich war, und das erschreckte mich ein wenig.
»Wie verstehen sie sich untereinander?«, fragte ich.
»Gut, wir lieben uns alle ...«, er bemerkte meinen ungläubigen Gesichtsausdruck. »Ach, Ihr denkt an das schlechte Beispiel der fürstlichen Familie. Aber wir sind nicht alle so, das müsst Ihr nicht glauben!«
»Kann überhaupt irgendeine Gemeinschaft halten, wenn Gold und Macht im Spiel sind? Manchmal denke ich, dass es notwendigerweise die Menschen schlecht macht. Wer etwas haben will, muss sich gegenüber anderen durchsetzen. Da gibt es kein Pardon. Und wer etwas hat, der muss es halten. Und wieder heißt es hauen und stechen, oder aus dem Rennen geworfen werden. Ist es nicht so?«
»Wer oben ist, muss weniger hauen und stechen, als wer dorthin gelangen will, falls Ihr an unsere Herrin denkt. Und was meine Familie betrifft, da gibt es einiges, worum zu kämpfen sich lohnen würde. Wir haben Benevent und umliegende Ländereien. Es

geht uns gut. Aber wir sind nicht auf die Krone aus und brauchen nicht zu katzbuckeln und zu intrigieren.«
Ich schluckte. Da gingen meine Hoffnungen hin. Ein Sohn aus einer solchen Familie würde gehalten sein, eine Braut mit einer anständigen Mitgift nach Hause zu bringen, keine wie mich. Dennoch fühlte ich mich sehr zu ihm hingezogen, und da das nun einmal so war, wollte ich die Stunden, die ich ihn für mich allein hatte, in aller Anständigkeit genießen.
Als wir nach Coaraze hineinkamen, war gerade Markttag, aber es kam uns weniger belebt vor als sonst. Manches Haus war still, Fenster und Türen vernagelt. Viele Leute gingen verschleiert oder trugen Masken vor Mund und Nase. Auch hier begann sich die Pest zu verbreiten.
Wir sprachen nicht weiter davon. Keiner wollte den schönen Tag verderben. Ich schaute ihn an und dachte: ›Was, wenn ihm etwas geschehen würde!‹ Im Gegenteil: Jetzt, da wir uns der neuen Gefahr bewusst waren, schien uns das Leben kostbarer als je zuvor. Eine Marktfrau bot bunt gefärbtes Mandelkonfekt feil und Gewürzkuchen. Ich kaufte ihr eine große Menge für meine Herrin und ihren Hof ab. Es wäre eine willkommene Abwechslung für die Tafel. Und für die Zwergin kaufte ich *pate de coings*, Quittenbrot, das sie über alles schätzte. Eine kleine Papiertüte mit Leckereien nahm ich, um sie auf der Stelle zu verspeisen.
»Hebt mir die Sachen auf. Wir kommen später, sie zu holen. Oder habt Ihr jemanden, der sie zum Mietstall tragen kann?« Dort standen unsere Pferde und der Packesel.
»Aber ja, Madame. Ich schicke gleich meinen Sohn, dann findet Ihr Eure Einkäufe bei Eurer Rückkehr dort vor.« Die Frau war zufrieden. Ich hatte fast ihre gesamten Vorräte gekauft.
Ich hängte mich bei Ursoleone ein und fütterte ihn mit den Süßigkeiten.
»Da! Probiert das! Schwarzes Nougat aus Honig und Mandeln. Und das Mörserbrot! Ist es nicht gut? Ist das nicht himmlisch? So schmeckt die Provence, seht Ihr!«
Er ließ es sich gutmütig gefallen, kaute Konfekt, während ihm

sein gefährliches Schwert an der Seite baumelte. Herr von Benevent war ein großer Mann, breite Schultern, schmale Hüften, und das gefiel mir gut. Am meisten aber gefiel mir seine offene, ungekünstelte Art.
Coaraze war eine kleine Stadt, die vom Handel lebte. Weizen, Honig, Öl und Mandeln wurden hier umgeschlagen – und Waid, jene rote Färberwurzel, die mehr und mehr in Gebrauch kam und den unerschwinglichen exotischen Purpur ersetzte. Die Häuser der Hauptstraße ließen bescheidenen Wohlstand ahnen, besaßen ein bis zwei Stockwerke, bronzebeschlagene Türen und bunt bemalte Fensterläden. Unter den überstehenden Ziegeln der Dächer klebten graue Schwalbennester.
Auf drei Seiten um den Marktplatz verliefen schattige Arkaden, und hier fand ich, zwischen Apotheke und Schneiderwerkstatt, das Magazin des Stoffhändlers. Er führte fast ausschließlich Leinen und preiswerte Wollstoffe von der Art, wie sie die Landbevölkerung braucht und sich leisten kann: feste und unempfindliche Gewebe in Beige und Braun. Doch Giovanna hatte etwas bei ihm bestellt, und er war stolz, dass es ihm gelungen war, das Verlangte aufzutreiben:
»Seid gegrüßt, edle Dame, tretet ein!«
Er wollte mir Wasser und Wein anbieten, einen Sirup, getrocknete Feigen, aber ich lehnte höflich ab. Ich wollte meinen Begleiter nicht ungebührlich warten lassen.
»Wie Ihr wollt. Wenn Ihr Eure Meinung ändert, dann scheut Euch nicht, es zu sagen! Ich kann fast alles besorgen. Es dauert nur etwas.« Er ging an die hintersten Regale und zog ein paar in Wachstuch eingeschlagene Ballen heraus, dazu ein paar kleinere Pakete, in einer kleinen, ordentlichen Handschrift markiert.
»Da, ich habe alles beschaffen können, schaut!«
Er öffnete die Verpackung und zeigte mir die Schätze. Liebevoll strich er über die Ballen: blauer und gelber Mailänder Satin, Brokatstoffe für Vorhänge und Kissen, weiße Leinwand für Tischtücher, Bänder in verschiedenen Farben.
»Ist das nicht ein Fest für die Augen? Sagt Eurer Herrin, wie

dankbar ich bin, dass ich einmal solche Dinge beschaffen durfte. Am liebsten würde ich sie hier behalten und meine Augen und Fingerspitzen daran erfreuen. Ihr wisst gar nicht, wie das ist, die Kenntnis von solchen herrlichen Sachen zu haben, eine Liebe dafür und den Geschmack – und dann immer nur braune Wolle zu verkaufen. Allenfalls ein paar bunte Flachsfäden zum Sticken!«

Schwatzend und immer wieder den Stoff liebkosend, packte er ihn ein.

»Es war nicht leicht, so rasch an die Ware zu kommen! Die Pest, Ihr wisst …«, raunte er. »Man bekommt keine Leute: Arbeiter und Maultiertreiber sind entweder tot oder so eingeschüchtert, dass sie ihr Haus nicht mehr verlassen.« Und weiter laut, während er alles wieder fest verschnürte: »Der Handel ist fast zum Erliegen gekommen. Wie soll man da seinen Unterhalt verdienen? Nun, ich habe es jedenfalls geschafft und wünsche viel Freude an den schönen Farben! Gott segne die Königin! Teppiche bekomme ich hoffentlich nächste Woche und bringe sie dann selbst. So, da wären wir.«

Ich zahlte und wir verabredeten, dass die Ballen später zum Stall gebracht werden sollten.

Als wir aus dem Laden gingen, hörten wir Lachen und Lärm. Wir schauten in die Richtung, aus der der Lärm kam, und gingen hin. Eine Menschentraube hatte sich um den Wagen von Puppenspielern gebildet, einen grell bemalten Kasten mit einem großen Fenster auf einer Seite, aus dem heraus gespielt werden konnte. Gerade in Zeiten der Angst war Abwechslung willkommen.

Wir hörten Pfiffe, Klatschen, Zurufe. Noch näher und mir blieb fast das Herz stehen. Wie konnten sie es wagen, dieses Stück zu spielen! Hatte ihnen niemand gesagt, dass ein Ritter der Königin in der Stadt war? Es hieß *»La Reino inamorato«* und ließ an Eindeutigkeit und Derbheit nichts zu wünschen übrig. Ich hatte davon gehört. Es war im letzten Jahr aufgekommen und nun, da die Königin im Lande war, zur Attraktion geworden. Hatten sie uns denn nicht gesehen?

»Ach, das ist ... mir zu grob, zu kindisch, ich habe Kopfschmerzen?« Mir fiel nichts Rechtes ein in der Hast, um meinen Begleiter wegzulocken.
»Kommt, lasst uns gehen, Benevent. Ich bin müde. Ich habe keine Lust auf ein Puppenspiel.«
Er hatte den Braten schon gerochen.
»Warum denn, meine Liebe. So etwas ist im Allgemeinen amüsant. Es wird Euch aufmuntern.« Und er zerrte mich in die Zuschauermenge hinein.
Die Leute um uns herum waren aufgeregt und lachten, aber es war ein gehässiges Lachen. Die Stimmung war nicht gut.
Gerade trat eine Puppe auf mit einem wahren Putzwedel aus gelb gefärbter Schafswolle als Haar, darauf ein Reif aus Papier. Sie sollte offenbar Giovanna vorstellen. Eine andere Puppe im Fürstengewand tauchte auf aus den Tiefen des Wagens, mitsamt hölzernem Schwert und einem Helm auf dem Kopf; kein Zweifel: Das sollte Taranto sein. Die beiden Puppen drängten aneinander, und die Spieler hinter der Wand gaben obszöne Seufzer und Kussgeräusche von sich. Die Menge johlte und brüllte nach mehr. Kein Mensch beachtete uns. Ängstlich sah ich zu Herrn Benevent. Das konnte er nicht durchgehen lassen, aber er war allein. Es wäre nicht das erste Mal, dass eine Menge aufgebrachter Bauern einen Ritter mit Stöcken und bloßen Händen zur Strecke gebracht hätten. Mein Herz klopfte mir im Hals. Ich legte meinem Begleiter besänftigend die Hand auf den Arm. Wenn er jetzt nur nichts Unbedachtes tat, als Italiener und ganz allein.
Eine dritte Puppe kam endlich dazu, in rote und grüne Lumpen gekleidet, mit schwarzem Schnurrbart: Andrea, der Ungar. Die Puppe Giovanna zeigte auf ihn, Loisi hob sein Schwert und ...
Jetzt hatte Ursoleone genug. Mit gezogenem Schwert stürmte er zum Wagen und die hölzernen Stufen hoch.
»Verleumderische Bastarde! Das ist Hochverrat!« Die Zuschauer stoben kreischend auseinander, blieben aber in einiger Entfernung stehen, in der Hoffnung auf ein blutiges Schauspiel. Ich hielt den Atem an.

»Raus! Fort, Lumpenbande! Verkommenes Gesindel!«, hörte ich ihn brüllen, dazu noch ein paar saftige neapolitanische Flüche. Drinnen hörte man es krachen. Das Wägelchen schwankte, Kulissen kamen durch das Fenster geflogen. Zur Tür heraus und das Treppchen herab rannten halb und stolperten drei Schausteller, die lächerlichen Puppen noch auf den Händen, und jagten immer im Kreis um den Wagen herum, während Herr Benevent sie verfolgte.
»Halt! Aufhören! Was fällt Euch ein, unser Eigentum zu zerstören ... bloß weil Euch das Stück ... nicht ... gefällt!«
»Schämt ihr euch nicht, eure Königin so herabzusetzen. Sie ist eine fromme und sanftmütige Frau und hat nichts von dem getan, was ihr hier unterstellt! Feige Sudelbarden! Denkt euch geschwind ein anderes Stück aus, ein lustiges Stück! Sonst gibt es den ›Mord von Coaraze‹!«
Immer wenn er einen erwischte, setzte es Hiebe mit dem flachen Schwert auf den Hintersten. Einer drehte sich um und warf ihm eine Puppe an den Kopf, was Herrn Benevent nicht hinderte, sie weiter zu verfolgen. Quer über den Marktplatz ging die muntere Hatz. Am Ende stellte er sie, an einer Mauer. Und begnügte sich damit, ihnen die Hosenbänder aufzuschneiden, sodass sie es plötzlich ziemlich luftig hatten. Die Menge lachte, treulos wie immer. Sie zeigten mit den Fingern und verspotteten die, für die sie eben noch gemordet hätten. Einige klatschten, als Ursoleone mir seinen Arm bot und wir würdevoll davonschritten.
»Ich – ich habe gedacht, Ihr würdet sie auf der Stelle köpfen«, sagte ich, immer noch kichernd.
»Ach was, wenn man alle Dummköpfe gleich köpfen wollte, da hätte man viel zu tun. Ich glaube nicht einmal, dass sie es böse gemeint haben. Sie machen halt grobe Witze. Aber das ging einfach zu weit. Dennoch ist es manchmal nützlicher, etwas lächerlich zu machen, als gleich draufzuhauen.«
Er war nicht nur ein tapferer Kriegsmann, er war auch noch klug. Ich musste ihn bewundernd anschauen.

»Wir sollten der Herrin nichts von dem Spiel erzählen. Es würde sie unnötig kränken«, sagte er.

»Ich werde den Vorfall nicht erwähnen«, versprach ich. »Es war sehr diplomatisch, wie Ihr die Situation gelöst habt. Das Volk hätte sich auf Seiten der Schauspieler gestellt, wenn Ihr ernstlich versucht hättet, sie in Gewahrsam zu nehmen.«

»Das Volk, oh ja!«, schimpfte er. »Es lässt sich leicht beeinflussen, je nachdem, wer gerade spricht. Und es ist nur zu leicht bereit, Schlechtes von Fürsten zu glauben.«

Auch ich erregte mich jetzt und entgegnete gereizt: »Was sonst sollen sie auch glauben? Selten genug kommt etwas Gutes von den Großen dieser Welt. Steuern und Kriege und alles nur, um deren Reichtum und Stolz zu blähen.«

»Junge Dame, es gibt Männer in der Garde der Königin, die Euch das nicht durchgehen ließen. Hat Euch denn die Königin so wenig Gutes erwiesen? Habt Ihr sie nicht gern?«

»Doch! Ich habe sie gern. Sie hat mein Herz erobert, mehr als es mir lieb sein konnte. Und dennoch: Das kleine Puppenspiel war zwar grob, aber woher weiß man, dass es nicht ein Körnchen Wahrheit enthält.«

»Es ist gelogen, schmutzige Lügen! Die Königin hat es gesagt.«

»Ach, Ursoleone! Jetzt lasst uns nicht von der Königin sprechen. Sonst bringt Ihr mich noch wegen Hochverrats hinter Gitter. Aber nehmen wir an: Einer sagt so und einer so, und Ihr wart selbst nicht dabei. Wem glaubt Ihr? Demjenigen, dem Eure Sympathien gehören, nicht wahr? Ihr glaubt, was Euch am besten gefällt. Aber wissen könnt Ihr nichts.«

»Spitzfindigkeiten«, brummte er.

»Ich bin also spitzfindig, ja?«

»Nein, doch, ich meine: Wir kennen unsere Herrin. Wie kann man ihr nur so eine Niederträchtigkeit zutrauen? Und sie herrscht gerecht. Das Wohl des ganzen Volkes liegt ihr am Herzen. Warum sollte man sie nicht lieben?«

»Weil man sie hier nicht kennt. Dies ist das erste Mal, das sie überhaupt die Provence betreten hat.«

»Und warum nicht zuerst das Gute annehmen? Aber nein: Wenn das Volk die Wahl hat, nimmt es von vornherein von jedem nur das Schlechte an.«
»Weil ihnen Schlechtes widerfährt«, entgegnete ich hitzig. »Das sind die einzigen Dinge, die sicher sind im Leben: Betrug, Unglück und Tod! Wer sich drauf einstellt, der ist gewappnet. Schöne Gedanken kommen von einem schönen Leben. Das haben sie nicht.«
»Nur gut, dass Ihr das Volk versteht«, sagte er brummig. Ach so! Das war nun wohl eine Anspielung auf meinen Stand.
»Nur gut, dass Ihr die Fürsten versteht«, gab ich schnippisch zurück.
»Was habe ich jetzt gesagt?!«
Ich antwortete nicht.
»Weiber!«
Ich warf den Kopf in den Nacken und drückte meine Füße in die Flanken meines Pferdes, sodass ich vor ihm zu reiten kam. So! Und ich hatte gedacht, er sei klug und empfindsam. Ich hatte gedacht, er bringe mir ein klein wenig Gefühl entgegen! Die Herrin stellte er auf *solch* einen Podest. *Sie* konnte nichts Falsches tun. Da durfte man sich nicht einmal seine Gedanken machen.
Ich liebte meine Herrin. Doch sie war ja auch ein Mensch und fehlbar. Ich konnte nicht glauben, dass so ein Verbrechen geschehen war, direkt neben ihr, und sie davon unberührt wie ein neugeborenes Kind. Sie hatte doch davon profitiert: Den ungeliebten Ehemann war sie los und kriegte dafür ihren ›Bacchus‹! Ach, was war Benevent naiv! *Sie* war ein Engel für ihn und ich nicht viel besser als eine Bauerndirne! So redete ich mich innerlich in Zorn.
Und so kam es, dass wir genau so wieder eintrafen, wie wir fortgeritten waren: in eisigem Schweigen. Delphine, die gerade im Hof stand, warf mir einen Blick zu und zog die Schultern hoch: ein ganzer Tag allein mit ihm. Was ist denn schief gelaufen?
Am Abend hörte ich ihn leise singen. Er saß vor dem Tor und

zupfte wie zufällig auf einer Laute, als ich noch einmal frische Luft schnappen wollte.

»Vuelh un descort comensar
d'amor, per qu'ieu vauc aratges;
Q'una dona-m sol amar,
mas camjatz l'es sos coratges,
per qu'ieu fauc dezacordar
los motz e-ls sos e-ls lenguatges!«

»Ich muss einen Missklang der Liebe anstimmen,
weil ich verzweifle, an einer Dame, die mich liebte,
aber so wie ihr Herz veränderlich ist,
so mache ich die Worte missklingend,
die Töne und die Sprachen!«

Rasch ging ich wieder ins Haus hinein und hielt mir die Ohren zu.

7.

Liebte Carlo meine kleine Maria? Nein. Er liebte nur die Erbin. Es musste so sein. Sonst wäre ja nur ich allein ein Opfer der Politik. So dachte ich; unwürdige Gedanken! Ich sprach mit Dom Pancrazio darüber; er hieß mich den Armen die Füße waschen am Sonntag vor der Kirche. So wurde mir vergeben.
Doch die alte Vertrautheit wollte sich nur noch selten einstellen zwischen uns. Maria war empfindlich geworden und schnell beleidigt. Sprach ich von Regierungsgeschäften, dann sagte sie mir: ›Von solchen Dingen verstehe ich nichts. Ich bin ja keine Königin.‹ Lud ich sie ein, mit mir aufs Land zu kommen, dann hieß es: ›Ach, kannst du dir das leisten? Hast du keine wichtigen Regierungsgeschäfte?‹ Ich nehme an, täglich der bösen Zunge von Carlos Mutter ausgesetzt zu sein, das würde noch einem Engel Hörner wachsen lassen.
Nur manchmal war es wie früher. Nie werde ich jenen Sommer in Castellammare vergessen: Wie so oft war es zu heiß geworden in Neapel, und der Hofstaat wich aus in die Provinz. Auch dorthin liefen mir die Pflichten nach. Vormittags empfing ich Bittsteller und Gesandte und ließ mir von meinen Ratsherren Papiere vorlegen, die unterzeichnet oder abgewiesen werden mussten. Kardinal Améry war dabei und Nicola d'Alife, dessen Rat ich sehr schätzen gelernt hatte, weil er modern gesinnt war, ein selbstbewusster und nüchtern urteilender Humanist.
Nachmittags ging ich mit Maria am Strand spazieren. Ich hatte mir ausbedungen, dass man uns ein wenig allein ließ, wenigstens

ein oder zwei Stunden am Tag. Meine Schwester hatte inzwischen ein weiteres Kind bekommen, ein Mädchen, Sancia genannt nach unserer Großmutter. Und Maria war schon wieder schwanger. Bei mir zeigte sich nicht das geringste Anzeichen.
Sancia stolperte auf ihren dicken Beinchen durch den Sand. Alle paar Schritte hockte sie sich nieder, ein kleiner weißer Frosch. Dann war ihre Aufmerksamkeit ganz von einer Muschel gefangen oder einer der roten Krabben, die dort in Scharen herumlaufen und mit den Scheren drohen. Kind und Krabbe saßen sich gegenüber wie zwei Kämpfer im Ring. Es kam, wie es kommen musste: Das Kind versuchte, die Krabbe zu greifen, die kniff mit der Schere zu – großes Geheul. Die Amme des Kindes, die in einigem Abstand hinter uns herspazierte, stürzte herbei, um ihren Liebling zu trösten. Wir lachten, Maria und ich.
Manchmal schenkte Sancia mir etwas: ein gebleichtes und gerundetes Stück Schwemmholz von merkwürdiger Form oder ein glitzerndes Steinchen. In einem Moment war sie ganz weltvergessen, im nächsten schaute sie hoch und stakste zielgerichtet auf mich zu. ›J'anna! Da!‹ Sie hielt mir die Faust mit dem Schatz entgegen. ›Danke schön, Sancia, das ist aber ein besonders hübscher Stein!‹ Wie freute ich mich an dem Kinderlächeln. Nicht viele Menschen brachten mir solches Vertrauen und echte Freundlichkeit entgegen, seitdem ich Königin war. Sancias Geschenke bewahre ich bei meinen Juwelen auf.
Die Diener schafften Stühle und Tisch herbei und servierten uns Getränke, im Wasser gekühlt, dazu Trauben oder hauchdünne Melonenscheiben. Das Meer erstreckte sich türkisfarben und weiter draußen dunkelblau. Die letzten Ausläufer der Wellen überzogen den Strand mit schmutzig weißem Flaum.
›Denkst du, ich sollte Jerusalem zurückerobern?‹, fragte ich verträumt.
›Ach, Jerusalem!‹, meinte Maria, die mich gut kannte. ›Das wäre ein Vorwand. Du willst doch nicht Krieg führen. Du willst reisen.‹
Es stimmte, dass uns Jerusalem nur dem Namen nach gehörte.

Nicht einmal mein Großvater Robert hatte gewagt, dort gewaltsam vorzugehen.
›Du hast Recht. Aber ich würde es doch gern einmal sehen, die Heiligen Stätten, das Grab Jesu und die Moscheen. Ich möchte die Gesänge der Heiden hören, durch ihre Straßen gehen, die bunt und geheimnisvoll sein sollen.‹
›Wird dir die Bürde zu schwer?‹, fragte Maria, meine kluge Maria.
›Manchmal … Maria, komm lass uns packen und uns heute noch einschiffen!‹
Und wir malten uns die Reise aus, fuhren hinaus, während die Wellen, ermattete Boten unbekannter Weiten, um unsere Füße spielten. Aber natürlich mussten wir zurück, wollten es auch, Maria zu ihrer Familie, so zweifelhaft ich diese Familie auch fand, und ich an meinen Platz.
Und dann, eines Morgens, sah man vor Neapels Mauern ein Dickicht von Zelten. Ungarische Fahnen wehten darüber. Und ich hatte wieder einmal unliebsamen Besuch im Castel Nuovo: Andreas Mutter, Königin Elisabeth von Ungarn, war ungeladen angereist – was Robert sich ausdrücklich verbeten hatte –, um für ihren Sohn nach dem Rechten zu sehen. Im letzten Winter hatten wir Nachricht erhalten, dass König Carobert gestorben war. Nun hatte Andreas Bruder Lajos die Regierung angetreten.
Und Elisabeth hatte sich auf ihrem kleinen Familienbesuch von 400 Soldaten geleiten lassen. Ich empfing sie mit wenig Begeisterung.
›Warum habt Ihr so viele Soldaten mitgebracht, Schwiegermutter? Ihr seid hier nicht in Feindesland.‹
›Hier nicht‹, sie tat ganz harmlos, während sie in meinem Zimmer auf und ab schritt, alles betastete, den Vorhangstoff zwischen die Finger nahm (›Das war sicher teuer!‹) und sogar meine Kleidertruhe öffnete. ›Hier nicht, das hoffe ich doch sehr. Aber Ihr wisst ja selbst, was unterwegs für Gefahren lauern.‹ Ihre Stimme bewegte sich immer nach oben, bis sie zum Satzende hin umzuschlagen drohte.

›Schwiegermutter, erweist mir die Güte: Nehmt Platz.‹
›Ach ja, ja.‹ Sie setzte sich mir gegenüber in einen Sessel, nur um gleich wieder aufzuspringen. Sie war erstaunlich agil für ihr Alter und leider voller Energie.
›Wo bleibt denn Andrea? Habt Ihr ihm nicht gesagt, dass ich da bin?‹
›Ich habe Boten losgeschickt. Er ist mit seinem Hof in Aversa. Wir konnten schließlich nicht ahnen, dass Ihr kommt.‹
›Ich wollte meinen Andrea überraschen! Es ist doch bald sein dreißigster Geburtstag. Ich werde dir helfen, die Feierlichkeiten vorzubereiten.‹
Jetzt hatte sie meine Juwelen gefunden und polkte Klein-Sancias Gaben heraus.
›Was ist das! Das ist doch ein gewöhnlicher Kieselstein. Weg damit.‹
Ich fiel ihr in den Arm.
›Nein, Schwiegermama, der bleibt, wo er ist.‹ Energisch klappte ich die Schatulle zu. Wo blieb denn bloß mein Ehemann?
›Und – seid Ihr endlich schwanger?‹
›Nein, noch nicht.‹
Sie betrachtete mich wie ein Rosshändler eine Stute.
›Ihr seid zwei Jahre Mann und Frau! Das verstehe ich nicht, Kind. In meiner Familie sind alle fruchtbar. Bei uns kommen nur Jungs auf die Welt! Einer nach dem anderen! An Andrea kann es also nicht liegen. Habt Ihr es schon mit einer Pilgerreise versucht? Nein? Oder Ihr umarmt in der Johannisnacht eine alte Eiche. Ich schicke Euch vom Quellwasser der Donau!‹
Und so schwatzte sie immer fort ohne jedes Feingefühl. Andreas Mutter ist so diplomatisch wie eine Axt. Von ihr kann Andrea seine feine und stille Art nicht haben.
Ich musste Königin Elisabeth durch alle Räume begleiten, ihr alles zeigen und erklären, sogar die Schlossküchen wollte sie besichtigen – oder besser: kontrollieren. In der Küche gab sie gleich Anweisungen. Sie wollte genauso essen wie zu Hause. Überhaupt wusste sie alles besser:

›Was ist denn das? Das soll ein Kuchen sein? Na, ich schicke euch meinen Koch, der wird euch beibringen, wie das geht.‹ Und …
›Öl! Dafür nimmt man doch kein Öl! Das gehört mit Butter. So etwas könnte ich nicht herunterwürgen, und wenn ich Hunger leiden müsste.‹
Sie sah aber nicht aus, als ob sie je Hunger gehabt hätte, eher wie eine gestopfte Gans.
Ich musste der schlauen alten Frau sogar das Waffenarsenal zeigen. Sie wollte wissen, was wir hatten, obwohl es damals noch keinen Schatten einer Feindseligkeit zwischen uns gab.
Endlich, endlich (!) kam Andrea und befreite mich. Ich hatte ihn noch nie so sehnsüchtig erwartet. Er begrüßte mich höflich, nahm seine Mutter in den Arm und führte sie davon.
Im Davongehen hörte ich noch, wie sie zu ihm sagte:
›Andrea, mein Liebling, wie siehst du blass und kummervoll aus. Behandelt sie dich nicht gut?‹
Was mein Mann antwortete, das hörte ich nicht.
Königin Elisabeths Gefolge hatte den Palast übernommen. Wo man ging und stand, stolperte man über Ungarn. Zu essen gab es nichts als Fleisch, Zwiebeln und Paprika. Mir behagte das gar nicht. Solange wir verheiratet waren, hatte Andrea nun sein eigenes Leben geführt. Er hatte immer noch sein Stadthaus, wohin er sich häufig zurückzog. Jetzt wohnten alle im Castel Nuovo und es gab kein Entrinnen.
Kam ich morgens in den Thronsaal, um meine Pflicht zu tun, dann war Elisabeth schon da und unterhielt sich mit meinen Beratern. Sie fragte sie aus, kein Zweifel, und wusste schon binnen kurzem über Wirtschaft und Kronvermögen Bescheid.
Die Sitzung begann. Elisabeth saß wie selbstverständlich neben mir.
›Wäre es nicht gut für Euch und für das Königreich, wenn Euch Euer Mann bei der Regierungsarbeit entlastete?‹, bohrte sie. ›Was wollt Ihr tun, wenn Ihr schwanger werdet? Dann wird es Euch schwer fallen, Tag für Tag hier zu sitzen.‹
›Ich bin nicht schwanger, Schwiegermama. Wenn ich es werde

oder sonst ermüde, dann habe ich einen ganzen Kreis von klugen Männern, die schon zu König Roberts Zeiten die Geschäfte geführt haben.‹

›Aber es geht doch nichts über einen König‹, erwiderte sie. ›Ich habe nie verstanden, warum Andrea so ausgeschlossen werden musste.‹

›Es war Roberts letzter Wille und steht so in unserem Ehevertrag. Er wurde damals klaglos unterzeichnet. Warum ihn jetzt anzweifeln?‹

›Weil es ein schlechter Vertrag war, voller Missgunst und unehrenhaft für den Bräutigam. Und warum wollt Ihr Euch allein den Kopf zerbrechen, wenn Ihr doch Hilfe haben könnt. Berater sind gut, aber sie sind nicht Eure Familie. Euer Ehemann sollte Euch doch näher sein.‹

›Er hat nie besonderes Interesse an der Regierung bekundet.‹

Elisabeth verlegte sich darauf, mir etwas einreden zu wollen.

›Ihr seht müde aus. Es ist eine schwere Verantwortung für eine Frau. Armes Ding, wann habt Ihr zum letzten Mal Zeit für Euch gehabt?‹

Andreas Geburtstag wurde vorbereitet, viel prächtiger, als es der Brauch war. Wir feiern Geburtstage nicht besonders, nur Geburten und Todestage. Aber da es Elisabeth so wollte, wurde ein Fest ausgerichtet.

Elisabeth hatte reiche Geschenke aus Ungarn mitgebracht, darunter sogar ein wildes Tier: einen zotteligen Bären. Der war mit einer roten Weste bekleidet und tanzte auf den Hinterbeinen, wenn man ihn an dem Ring in seiner Nase zog. Ich kam mir ganz ähnlich vor.

Der Hofstaat war begeistert. Andreas Leute standen in einer Ecke um ihn gedrängt. Mein Gefolge stand mit mir in der anderen.

Mein Geschenk bestand aus einer neuen Jagdmontur: ein edles Pferd mitsamt vergoldetem Zaumzeug und Satteldecke, dazu hirschlederne Gewänder, Gürtel und Jagdmesser, dessen Scheide mit Rubinen besetzt war – dazu ein brauner Sakerfalke, ein herr-

liches Tier. Freigebig genug, nicht wahr? Andrea dankte mir kühl und ließ meine Geschenke von Dienern fortbringen.
Schon am frühen Morgen hatte es einen Zwischenfall gegeben: Wir gingen zum Gottesdienst in die Kirche Santa Anna Anunciata. Unser Gefolge vermischte sich und war guter Stimmung. Auf dem Platz vor der Kirche hatte sich viel Volk versammelt, Müßiggänger, die immer da sind, um einen Blick auf die schönen Kleider zu erhaschen. Sie jubelten meinem Mann genauso zu wie mir und warfen Blumen.
Die Stufen zum Portal breiteten sich im Halbrund vor uns aus. Wir stiegen hoch, Andrea an der einen, ich an der anderen Seite, was ganz natürlich war. Wir hatten nicht die Gewohnheit, Hand in Hand zu gehen. Elisabeth folgte dicht nach uns mit einigen ihrer Damen. Zu beiden Seiten standen und knieten Bettler, zerlumpte Gestalten, Männer, Frauen und Kinder mit gelben, mageren Gesichtern, manche mit Schwären auf Kopf, Wangen und auf den Händen, die sie uns entgegenstreckten. Ich griff, wie es Sitte war, in das Almosentäschchen an meinem Gürtel, legte Kupfer und Silbermünzen in die Handflächen. So eine Silbermünze entspricht dem Jahresverdienst eines Fischers oder eines Bauern. Es gibt welche, die bekommen in ihrem ganzen Leben nie eine solche Münze in die Hand.
›Gott schütze euch, Majestät.‹
›Gnädige Königin. Gesundheit und Glück!‹
Ähnliche Rufe kamen von der anderen Seite.
Aber als wir die Kirche betraten, drängte sich Elisabeth neben mich. Ihre Miene war eisig. Sie zischte:
›Du hast zwei Unzen gegeben, Andrea aber nur eine Unze und acht *tarins*!‹
Ich sah sie erstaunt an, denn ich hatte nicht darauf geachtet, wie viel Andrea gespendet hatte. Er konnte geben, was er wollte. Es wurde ja alles aus dem königlichen Schatz bezahlt. Manchmal hatte man mir Rechnungen vorgelegt, so wusste ich, dass Andrea nie maßlos war: Wir bezahlten ihm seine Dienerschaft, seinen Haushalt, ein großzügiges Taschengeld, Bücher, Kleider, Pferde,

Teppiche, Schalen aus Alabaster, Becher aus venezianischem Glas, Humpen aus Gold, seine Vergnügungen – er hatte die Wechsel nur an uns zu schicken, und ich unterzeichnete oder der Legat, ohne groß nachzuschauen. Er machte hohe Rechnungen bei den Händlern von Gewürzen und Parfüms. Zum Beispiel liebte er es, sich mit Rosenessenz zu waschen und seine Gemächer damit zu besprühen. Es war ihm nichts vorenthalten worden. Ich begriff nicht, worauf Elisabeth hinauswollte.
Ich sollte es bald erfahren.
›So bestichst du also das Volk, dass sie dich mehr lieben als mich‹, hielt Andrea mir erbittert vor, als wir den Palast wieder erreichten. Seine Mutter hatte den ganzen Rückweg lang auf ihn eingeredet. ›Und neulich, zu Sankt Andrea, an meinem Namenstag, da hast du zweiundzwanzig *tarins* gegeben und ich nur elf!‹
›Aber Andrea …!‹, rief ich, ›… woher willst du das wissen. Ich zähle selbst nicht so genau‹, doch er war schon mit seiner Hexe von Mutter verschwunden. Ach, sie war eine große Zählerin: wie viele Kleider ich hätte und wie viele Roben Andrea, ließ sie sich berichten; wie viele Pferde ich hatte, wie viele ihr Sohn … Ich besaß also ein eigenes Schiff, Andrea musste es sich borgen, wenn er einen Ausflug machen wollte … Jeder Anlass wurde sofort ergriffen, um Gräben zu ziehen, wo vorher keine gewesen waren. Ich erwischte eine Ungarin, wie sie in meiner Wäsche stöberte, ließ sie am Schlafittchen packen und hinausbefördern. Dann befahl ich, Königin Elisabeth zu mir zu bringen, notfalls mit Gewalt.
›Schwiegermutter‹, sagte ich ihr. ›Jetzt ist es genug. Wir sind uns mit Liebe und Respekt begegnet, Andrea und ich – bis Ihr gekommen seid. Jetzt herrscht Krieg. Was hofft Ihr damit zu erreichen? Glaubt Ihr, Euer Sohn wird ein besseres Leben haben, wenn er mit mir in Feindschaft lebt?‹
Sie wurde bleich. ›Nein, nein! Das habe ich nicht gewollt. Er ist ein guter Junge! Aber Ihr demütigt ihn so.‹
›Demütigen? Ich bin überrascht. Er lebt hier in Ehren. Immerhin trägt er den Königstitel.‹

›Ein hohles Wort! Er hat nichts zu sagen und keine Freiheit! Das ist demütigend für einen Mann. Überlegt doch: Warum wollt Ihr nicht teilen? Geteilte Ehre – geteilte Bürde, und dazu ein Mann, der Euch aufrichtig dankbar ist.‹

›Was ist mit Roberts Vermächtnis? Und mit den Taranto und den Durazzo?!‹

›Es ist ein ungerechtes Testament, und deshalb seid Ihr nicht daran gebunden. Was die Taranto und Durazzo betrifft: Sie müssen sich beugen, wenn Ihr es befehlt.‹

›Ich bezweifle, dass sie das tun würden. Ihr verkennt die Verhältnisse hier. Und das Königreich Neapel und Sizilien ist ein Lehen des Papstes. Auch er ist dagegen.‹

Jetzt hatte sie mich, wo sie mich haben wollte.

›Ach, Kindchen, was kann es denn schaden, dem Papst zu schreiben? Fragt ihn, ob nicht der Titel, den Andrea sowieso schon hat, sich umwandeln lässt in einen mit echten Vollmachten.‹

Ich sah ein, dass ich sie anders nicht loswerden würde und schrieb an Clemens, während sie mir über die Schulter sah. Als ich das Pergament versiegelt hatte, standen schon ihre Botschafter bereit, um es eigenhändig nach Avignon zu bringen.

Nun, es ist nicht möglich, ein gesprochenes Wort in den Mund zurückzuholen, ebenso wenig konnte ich diesen Brief zurückholen. Immerhin war ich Elisabeth los. Da sie glaubte, für ihren Sohn erreicht zu haben, was sie für angemessen hielt, reiste sie ab. Zurück blieben zertrampelte Wiesen und verletzte Gefühle.

Kaum, dass die Schwiegermutter fort war, schickte ich den ungarischen Boten eigene nach. Sie hatten einen Brief in der Tasche, in dem ich den vorigen widerrief. Jetzt, da ich erlebt hatte, wie mein Mann unter der Fuchtel seiner Mutter stand, war ich weniger denn je geneigt, die Macht mit ihm zu teilen. Ein Fehler vielleicht. Aber dafür muss Elisabeth beim Schöpfer grade stehen.

Es war nicht leicht, sich mit Andrea zu versöhnen. Wie einen Schildwall hatte er ständig seine Hofschranzen um sich, bis ich die Geduld verlor.

›Fort mit euch!‹, schrie ich sie an. ›Lasst mich mit meinem Gatten allein!‹ Sie flohen. Andrea blieb zurück. Er sah mich misstrauisch an, seine ein wenig volle Unterlippe bebte unmerklich. Ich nahm scine beiden Hände in meine.

›Andrea, Lieber! Ich bin dir doch gut!‹

›Dann gib mir Ehre!‹

›Die hast du. Und höre bitte auf, Erbsen zu zählen wie deine Mutter. Das hast du vorher nicht getan. Es steht dir nicht. Du warst doch immer zufrieden.‹

Er schmollte.

›Sei mein Vertrauter, mein Ratgeber, hilf mir – nur nach außen müssen wir die Verhältnisse lassen, wie sie sind. Du weißt, dass ich Recht habe.‹

Ich sorgte dafür, dass wir einander wieder näher kamen. Wir machten gemeinsame Ausritte und Bootsfahrten. Ich ließ intime Diners arrangieren. Es war fast wie früher. Fast.

Elisabeth von Ungarn hatte ebenso wie ich dem bewussten Brief einen zweiten hinterher geschickt – ich hätte es mir denken können. Auch ich hatte meine Augen und Ohren in Avignon. In dem zweiten Brief forderte sie, der Papst möge Andrea nicht nur königliche Befugnisse geben neben mir, sondern er solle ihm überdies gesondert Sizilien und Jerusalem verleihen.«

»Und?«, riefen wir, die wir Giovanna umringten auf unserem schattigen Platz im Hof unter den Glyzinien. »Was hat der Papst entschieden?«

»Er hat ... Es ist ja fraglich, ob er das eigentlich zu entscheiden hatte ...«

In diesem Augenblick, zu unserem großen Bedauern, wurden wir gestört.

»Verzeiht, Herrin, da sind ein paar Bauern, die sich nicht abweisen lassen!«

»Nicht? Nun, sie sind unsere Ernährer. Führt sie herein.«

In einer Mischung von Schüchternheit und Entschlossenheit drängte eine Gruppe von Männern zum Tor herein. Ihre Gesichter und Hände waren frisch gewaschen. Sie trugen Hosen und

Kittel aus Sackleinen und Wolle von undefinierbarer Farbe, dazu selbst geflochtene Sandalen – Sonntagskleidung.
»Ich grüße euch«, rief Giovanna, »was führt euch her?«
»Ihr sollt etwas entscheiden, *Domna*, wir können es nicht allein.«
»Wer führt den Streit?«
»Nur er«, der Wortführer zeigte auf einen Mann, »und ich. Die anderen sind Verwandte, die mitgekommen sind, um uns zu unterstützen.«
»Gut. Es sollen aber nur die Streitenden reden. Tretet vor. Worum geht es?«
»Um eine Wiese. Eine gute Wiese.«
»Eigentlich um zwei gute Wiesen«, sagte der Widerpart. »Die Grenze ist nicht mehr festzustellen.«
»Die Wiesen liegen nebeneinander und man weiß nicht, wo die eine anfängt und die andere aufhört.«
»Richtig, Herrin. Da ist ein Bach, der fließt mitten hindurch und bildet natürlicherweise die Grenze. Nun hat dieser Bach aber schon so oft seinen Verlauf geändert, dass meine Wiese immer kleiner geworden ist und seine …«, er zeigte mit dem Daumen auf seinen Nachbarn, »… immer größer.«
»Warum steckt ihr die Grenze nicht neu ab, so, wie sie vorher war?«, fragte Giovanna.
Die Männer murmelten untereinander.
»Weil der eine dann seinen Zugang zum Bach verliert«, flüsterte ich ihr zu. *Aigo es oro* – Wasser ist Gold in dieser Gegend.
»Ah! Kann man die Wiesen nicht einfach in der anderen Richtung aufteilen, quer durch, sodass jeder ein Stück Bach hat?«
»Ja, Herrin, das wäre eine gute Idee. Aber auf der einen Seite steht ein schöner, alter Kirschbaum, und wer soll nun diese Seite bekommen?«
Der andere Bauer trat vor: »Wir haben uns ja auch die ganze Zeit nicht gezankt, wir zwei, um ein Stück Wiese, aber unsere Kinder, die wollen es plötzlich genau wissen. Da kann leicht ein böser Zwist draus entstehen. Nachher entzweien sich noch unsere Fa-

milien darüber! Und deshalb soll jetzt ein für alle Mal entschieden werden, wem was gehört.«
Giovanna lächelte schmerzlich: »Ja, das verstehe ich. Ich möchte es mir ein paar Tage überlegen und mir die betreffende Wiese anschauen. Dann gebe ich euch meinen Schiedsspruch bekannt. Werden beide Seiten ihn annehmen?«
»Ja.«
Die Delegation entfernte sich.
»Lasst den Kirschbaum umhauen«, rief Lucchina, die Närrin. »Dann ist nichts mehr da, worum zu streiten lohnt.«
Wir lachten und bewarfen sie mit kleinen Kieseln. Giovanna schüttelte den Kopf.
»Alix, hilf mir. Du kennst dich mit Bauern besser aus als ich und auch mit den hiesigen Gepflogenheiten. Willst du die Sache in die Hand nehmen?«
»Gern, Herrin. Es wird gut sein, noch mit ein paar anderen Leuten im Dorf zu reden.«
Ich ging also zu dem Wiesenstück und besah es mir. Dass es Neid erweckte, war leicht zu verstehen. Fetter, schwarzer Boden! Hier konnte man mehrere gute Heuernten im Jahr einfahren, Viehfutter für den Winter. Und das Wasser ließ sich in die Zwiebelfelder zu beiden Seiten ableiten.
Ein junges Mädchen kam mit ihren Gänsen. Sie ging auf die schmale Seite und sammelte Brunnenkresse, während das Federvieh sich den Wanst mit Schnecken, Würmern, Fröschen und Kräutern voll schlug. Das Bächlein quabbelte leise. Die Gänse patrouillierten auf ihrem Teil des Terrains und ließen ab und zu ihr Schnattern und Trompeten hören. Das Mädchen holte einen Spinnrocken hervor und begann, Wolle aus ihrer Umhängetasche zu zupfen und zu verzwirbeln. Sie war ein hübsches Ding, überall rund, wo es sich gehört, dazu eine pralle, rosige Gesichtshaut und glänzende schwarze Locken.
Ein junger Mann erschien auf der anderen Seite, ein ansehnlicher junger Mann mit breiten Schultern, einem runden Gesicht und einem rotbraunen Haarmopp obendrauf. Geräuschvoll setzte er

seine geflochtene Kiepe ab und wetzte seine Sense mit so viel Kunstverstand, als hinge sein Leben davon ab. Immer wieder erprobte er die Schärfe des Blattes. Endlich schien es ihm scharf genug. Er schnitt Heu. Der würzig-saftige Geruch trieb zu uns herüber, man hätte Kuh sein mögen.
Die Fliegen brummten. Wasserkäfer liefen auf der spiegelnden Oberfläche des Baches hin und her. Die Sense machte ›swisch, swisch‹. Die beiden jungen Leute würdigten sich keines Blickes. Hm. Das konnte alles Mögliche bedeuten, aber ich mochte nicht glauben, dass es wegen einer Wiese geschah.
Ich schlenderte ins Dorf hinein. Vor einer strohgedeckten Hütte saß eine alte Frau und pellte dicke Bohnen.
»Guten Tag, Großmutter«, sprach ich sie an.
Sie nickte mir zu und rückte ein wenig beiseite auf ihrer Bank.
»Kommt ihr zurecht, mit all den Leuten der Königin, die ihr durchfüttern müsst?«, fragte ich, während ich mich neben sie setzte.
Sie warf mir einen schlauen Blick zu. »Es geht schon, vor allem mit den Jagd- und Holzprivilegien, die man uns zugestanden hat. Das war recht. So kann ich mich auch mal auf einen Hirschbraten freuen im Winter. Und Wildschweine gibt es sowieso mehr als genug. Sie verwüsten uns die Gärten und die Felder. Aber wir durften uns ihrer nicht erwehren, damit genügend Wild da war, wenn die Herren ihr Vergnügen haben wollten. Jetzt machen wir Schinken aus ihnen – aus den Schweinen, nicht den Herren – hehee! Deine Königin ist eine vernünftige Frau, kannst es ihr ruhig weitersagen.«
»Werd ich tun. Sagt, *mémé*, ihr kennt doch sicher jeden hier.«
»Kann sein.« Sie wandte sich von mir ab und spuckte.
»Die Aicard und die Maurin … die mit der Wiese. Was ist denn mit deren Kindern los?«
Die Alte ließ ein keckerndes Lachen hören: »Was soll schon los sein? Sie sind verliebt.«
»Das sieht man ihnen aber gar nicht an.«
»Sie haben sich verzankt, und kein Zank ist erbitterter als der von Verliebten, wisst Ihr das nicht?«

Oje! Und ob ich das wusste!
»Und da soll nun die arme Wiese als Exempel herhalten, und die Väter werden aufeinander gehetzt.«
»Wie heißen denn die beiden?«
»Rosette und Jean.«
Ich bedankte mich für die Auskunft und ging davon.
Kurz darauf ließ Giovanna die zerstrittenen Familien rufen. Alle kamen, ein kleines Heer. Sie füllten unseren Hof mit ihrem Knoblauchgeruch so solide wie eine Lehmmauer.
»Werdet ihr mein Urteil annehmen?«, fragte die Königin noch einmal. Sie hatte sich für dieses Ereignis auf einen weinbekränzten Stuhl gesetzt und trug einen Goldreif auf der Stirn. Sie wollte ihren Spaß haben.
»Ja«, sagten sie alle. »Wir werden uns fügen.«
»Dann erkläre ich hiermit, dass ich kraft meiner Königswürde der Familie Aicard das besagte Wiesenstück am Bach entziehe ...«
Es erhob sich ein großer Lärm. »Nein! Wieso?!! Auf keinen Fall! Kommt gar nicht infrage! Diese Wiese ist Familienbesitz seit über hundert Jahren!«
»Ich schenke diese Wiese ...«, fuhr Giovanna fort, »der Rosette Maurin ...«
Jubelgeschrei bei der Gegenpartei. Die Aicard krempelten schon die Ärmel hoch. Rosette schaute verwirrt.
»Halt! Ich bin noch nicht fertig.« Der Radau legte sich ein wenig. »Ich schenke diese Wiese der Rosette Maurin unter der Bedingung, das sie den hier anwesenden Jean Aicard heiratet und die besagte Wiese insgesamt und ungeteilt als Mitgift in die Ehe bringt. Zudem gewähre ich dem jungen Paar Steuerfreiheit für drei Jahre.«
»Ist das übertrieben?«, raunte sie mir zu. »Nicht, dass da jemand neidisch wird!« »Nein«, flüsterte ich zurück. »Das ist ein gutes Maß. Da können sich die frisch Vermählten sorglos einrichten.«
Jean und Rosette, die vorher mürrisch aneinander vorbeigesehen hatten, flogen sich in die Arme. Die Väter blickten kurz indigniert – da hatte doch nicht etwa schon etwas stattgefunden?

Kurz: Es entstand ein solches verwandtschaftlich herzliches Getümmel, dass Giovannas Soldaten die ganze Gesellschaft sanft hinausdrängen mussten.
Natürlich wurde Giovanna zur Hochzeit eingeladen. Wir waren alle eingeladen. Dom Pancrazio vollzog die Trauung in der winzigen Kapelle von Rocca Sparviera. Giovanna schenkte dem Brautpaar einen Esel und ein Goldstück. Wir blieben so kurz wie möglich, um die Gäste nicht allzu lang am ordentlichen Feiern zu hindern. Es gab Vergnügungen, die kamen eben nicht recht in Gang mit Respektspersonen dabei. Dom Pancrazio blieb und war am nächsten Tag kaum wachzurütteln. Man hielt ihn schon für tot, aber er hatte nur eine neue Weinquelle ausgemacht.
Ach ja, und ich nahm die Gelegenheit wahr, um Ursoleone Benevent zum Tanz zu bitten. Er war ein wunderbarer Tänzer, kräftig und dennoch leichtfüßig. Wenn er mich berührte, zitterte ich. Aber ich werde mich dennoch nicht verlieben. Daraus könnte doch nichts werden.

8.

Si l'Aze fouguess' un ouseu,
l'Er serie tout plen de Musico.

Wenn der Esel ein Vogel wäre,
dann wäre die Luft von Musik erfüllt.

Ich dachte viel über das ›wenn‹ nach, in diesen Tagen. Ich dachte auch an das ›wäre‹, während ich verstohlen Ursoleone Benevent betrachtete, seine muskulösen, runden Schultern, sein braunes Haar, das sich vom Schweiß im Nacken kräuselte, wenn er sich mit seinen Männern im Schwertkampf übte.

Am Rande eines lichten Eichenwäldchens unterhalb der Burg hatten sich die Soldaten einen kreisrunden Platz geschaffen, das Buschwerk gerodet und die gröbsten Gesteinsbrocken aus dem Wege geschafft. Der Lehmboden war jetzt flach und hartgestampft von ihren Füßen. Herr Benevent bestand darauf, dass sie jeden Tag trainierten.

»Es ist besser für die Disziplin«, sagte er. »Soldaten langweilen sich schnell. Sie brauchen einen festen Tagesablauf, sonst kommen sie auf dumme Gedanken.«

Ich saß oben auf dem Hügel inmitten von blühendem Eselspfeffer und schaute zu.

Ursoleone kämpfte mit einem Messer und einem Kurzschwert gegen drei Angreifer. Noch nie hatte ich jemanden so fechten sehen: Er sprang und drehte sich, flink wie ein Akrobat, lachte noch dazu und scherzte mit den Männern, obgleich das Hemd auf seinem Rücken dunkle Flecke zeigte. Die Sonne stach so, dass man sie fühlte wie ein Gewicht. Nach diesem Kampf gingen die niederen Ränge in den Ring. Herr Benevent stand mit dem Hauptmann dabei. Sie kommentierten Fehler, die ich nicht sah, gingen wohl auch zu den Männern hin und korrigierten sie. Ihre Füße trommelten einen dumpfen Rhythmus auf den Lehmboden. Roter Staub stieg auf.

Als die Übungen beendet waren, wusch sich Herr Benevent den Oberkörper an einem Trog und zog ein frisches Hemd an, das er sich hatte bringen lassen.

Erst dann stieg er den Hügel hoch und näherte sich mir.

»Madonna …«

»Messire …«

Wenn ich doch nur weniger schüchtern wäre! Wenn meine Familie nur nicht so bitterarm wäre, ein Gespött aller feinen Leute! Wenn der Esel ein Vogel wär … Er musste mich ja für beschränkt halten oder für unhöflich.

Herr Benevent verbeugte sich vollendet vor mir und lächelte – ach! – dieses Lächeln, bei dem sich seine Mundwinkel heben wie die Flügel eines Schmetterlings. Dieses Lächeln, bei dem mein armes Herz einen Satz macht. Warum verbietet man nicht, dass Männer solch ein Lächeln haben?

»Darf ich irgendetwas für Euch tun?«

Ich atmete tief durch und ergriff die Gelegenheit beim Schopf: »Wenn Ihr wollt … Ich habe die Königin gebeten, Heilkräuter sammeln zu dürfen. Morgen ist Sankt Johannis, für viele Pflanzen die richtige Zeit, wisst Ihr. Die Vorräte sind aufgebraucht. Die Herrin hat mir gesagt, ich soll einen Beschützer mitnehmen. Wenn es Euch also nicht zu läppisch erscheint …?«

»Nichts, was Ihr tut, könnte meiner Mühe unwert sein, verehrte Dame. Verfügt über mich.« Er versuchte es ernst und höfisch vorzubringen, aber seine Augen lachten.

So fanden wir uns bei Sonnenaufgang an Sankt Johannis zuerst in den Wiesen am Bach.

»Da, seht, ein prächtiges Johanniskraut, das wir hier *millepertuis* nennen, wichtig gerade für Kriegsleute wie Euch, obgleich die meisten Soldaten die Kräuterlehre verachten und lieber heldenhaft am Wundbrand sterben. Man kann das Kraut, Blätter, Blüten und Stängel, in Olivenöl einlegen und gewinnt daraus ein gutes Heilmittel für Wunden und Prellungen.«

Ich bückte mich nach ein paar kniehohen Pflanzen mit unscheinbaren lanzettförmigen Blättern, auf denen sich bei näherem Hinsehen feine schwarze Punkte zeigten, den Dampflöchlein unserer Haut ähnlich. Obenauf saß ein scheinbares Durcheinander dunkelgelber Blüten – sie waren aber spindelförmig um den Stängel angeordnet. Niemand würde sich bücken, um sie für einen Strauß zu nehmen. Und doch sind sie höchst wirkungsvoll. Ich rieb den Stängel zwischen meinen Fingern.

»Ist das dieses rote Zeug, mit dem man mir neulich die geprellte Rippe behandelt hat?«, sagte er, erstaunt über die unscheinbare Pflanze. »Es hat gut getan.«

»Ja. Und schaut hier, ebenfalls sehr nützlich für Soldaten unterwegs, wenn keine andere Pflege zu haben ist: Eisenkraut – für entzündete und vereiterte Wunden und Abszesse. Bei Letzteren muss man das Eisenkraut kochen und es so heiß wie möglich in etwas Mull auf die Beule geben. Dann geht sie auf, und wenn der Eiter …«

Ich hielt inne. Ursoleone, mein tapferer Krieger, war etwas weiß um die Nasenspitze geworden. Männer! Anderen können sie Arme und Beine abhauen und sich täglich in Gewalttätigkeiten üben, aber wenn man ihnen vom Heilen spricht, dann fallen sie um.

»Schon gut«, sagte ich. »Ich sehe, das Thema macht Euch Unbehagen. Aber merkt Euch das Kraut, es kann Euch einmal helfen. Wisst Ihr, was Ihr nehmen könnt, wenn Ihr Fieber oder Schmerzen habt?«

»Nein. Wir hatten immer einen Arzt in der Stadt und auch beim Heer. Der kam, wenn es nötig war.«

»Dennoch ist es gut, sich selbst helfen zu können. Ihr wisst nie, in welche Situation Ihr einmal kommt.«
»Das ist wahr.«
»Also: Bei Fieber und Schmerzen nehmt Ihr ein wenig Weidenrinde und kocht sie in Wasser. Davon trinkt Ihr zu wiederholten Malen. Es schmeckt scheußlich, aber es gibt nichts Besseres gegen Schmerzen und Entzündungen. Wenn Ihr das nicht habt, dann nehmt Ihr Eibisch, den ihr über Nacht in Essig eingelegt habt. Den Essig verdünnt man dann mit Wasser und trinkt ihn.«
»Woher kennt Ihr Euch so gut mit Pflanzen aus?«
»Das war meine Aufgabe zu Hause, weil ich das einzige überlebende Mädchen bin. Meine Mutter hat mir alles beigebracht, was sie wusste. Und sie hatte es von der Großmutter. Wir führen seit Generationen über alles Buch, was wir entdeckt haben. Ich trage immer mein kleines Buch mit mir herum, hier seht Ihr.«
Ich zog es aus meiner Gürteltasche: eine Sammlung Pergamente mit Hanfschnur gebunden, voller Zeichnungen und Notizen. Manches hatte ich abgeschrieben, vieles selbst ausprobiert. Manchmal hatte ich davon geträumt, Heilerin zu werden oder wenigstens Hebamme, aber das Erstere schickte sich nicht für eine Dame von Stand und für das Letztere hatten wir kein Geld. Im Übrigen stand mir da meine Weiblichkeit im Wege: In ganz Frankreich und der Provence ist keiner Frau das Studium der Medizin gestattet. Ich bückte mich.
»Ah! Minze, die lege ich in den Kräuterbeutel zwischen meine Kleidung – damit sie frisch duftet.«
Ich pflückte einen kleinen Vorrat davon. So frisch und voller Saft war sie, dass sich meine Finger grün färbten.
Ursoleone blätterte in meinen Notizen, während wir weiter hinaufgingen in trockenes Land, zwischen die Felsen, um andere Arten von Kräutern zu finden.
Dort sammelte ich *sarriette*, den Eselspfeffer, trocken und heiß, gegen Gliederschmerzen, Mariendistel zur Stärkung des Herzens, Salbei gegen Hals- und Brustweh, Thymian und Wermut für den Magen. *Santoline* und Eisenkraut gemischt sind auch gut

gegen Zahnweh, das bei wohlhabenden Leuten öfter vorkommt als bei den Armen.
»Es ist besser«, erklärte ich, »die Kräuter vor der Blüte zu sammeln, es sei denn, man will gerade die Blüten haben, wie bei Kamille und Königskerze. Aber wir haben die wenigen Vorräte verbraucht, die ich bei mir hatte. Und so muss es jetzt eben mit einer zweiten Ernte gehen.«
Ursoleone rupfte, meinem Beispiel folgend, einen Stängel Lavendel ab und zerrieb die Blüten zwischen den Handflächen. Er hob die Hände vor sein Gesicht und sog den Duft tief ein. Die Blüten waren noch nicht so weit, obwohl die Knospen schon violett schimmerten.
»Hmm! Und warum sammelt Ihr gerade heute?«
»Heute ist Sankt Johannis. Da sind die Kräuter besonders wirkungsvoll. Dem Brauch nach pflückt man sie in der Nacht, aber das tue ich nicht. Man sieht ja gar nicht, was man da erwischt, im Fackelschein. Das ist eher ein Spaß als ernsthaftes Sammeln. Ihr werdet es sehen.«
»Wie? Will die Königin etwa nachts spazieren gehen?«
»Ja. Hier! Nehmt, riecht daran! Das ist eine besondere Art Thymian …«
Er nahm mir das Zweiglein mit seinen großen Händen ab, in denen es fast verschwand, und hielt es sich unter die Nase. Das sah irgendwie unpassend aus, wie dieser große, muskelbepackte Soldat an einem Pflänzlein roch. Ich musste heimlich lachen.
»Hmm, ja! Es duftet nach Zitronen! Merkwürdig. Und was findet nun heute Nacht statt?«
»Lasst Euch überraschen!«
»Da! Was ist das?!« Er hatte etwas Merkwürdiges entdeckt. »Ein Stein, der wie eine Muschel aussieht. Es ist eine Muschel! Was tut die hier oben auf den Hügeln, weit vom Meer?«
Ich nahm sie in die Hand und wog sie. Sie war grauweiß wie Kalkstein und rundherum etwas abgeschliffen.
»Wer kann das sagen? Muscheln und Schnecken im Fels, solche Dinge sind mir hier schon öfter aufgefallen. Es kann doch eigent-

lich nicht anders sein, dass sie von der Sintflut hierher getragen wurde, als die ganze Welt überschwemmt war.«
»Madonna!« Ehrfurchtsvoll bekreuzigte er sich und steckte das Ding in die Tasche. »Wir sollten es Dom Pancrazio zeigen.«
Wir traten den Rückweg an. Ursoleone trug mir den Korb, der inzwischen gesteckt voller Pflanzen war. Ich würde sie später sortieren und an einem luftigen, aber schattigen Platz im Turm zum Trocknen aufhängen.
»Ihr seid so ernsthaft und begabt«, sagte er mir. Das freute mich so, dass mein Herz schneller klopfte. Obwohl: Ist das etwa ein Kompliment für eine Frau?
»Warum habt Ihr nicht Heilkunde studiert?«
Ich lachte bitter auf. »Ich bin eine Frau, Ursoleone. Ich nehme an, das ist Euch nicht völlig entgangen.«
»Und?«
»Frauen dürfen nicht studieren, schon gar nicht Medizin.«
»Bei uns schon!« Ich machte große Augen. »Die *mulieres salernitates* sind doch berühmt in aller Welt. Ja: In Salerno studieren auch Frauen Medizin. Dort könntet Ihr hingehen, wenn Ihr es wünscht.«
Wenn ich es wünschte? Und ob ich es wünschte! Aber da war mir wieder das vermaledeite ›wenn‹ im Wege: Wenn mein Vater ein besseres Einkommen hätte … dann wäre ich längst verheiratet und hätte Kinder. Ob ich wirklich in der Ferne hätte studieren können? Ich kannte keine einzige studierte Frau. Mit der Heilkunst könnte so eine der Familie von Nutzen sein. Ach, lernen zu dürfen, das wäre ein solches Glück für mich gewesen. Ich hatte von marmorverkleideten Hallen geträumt, in denen Dutzende von Studenten sich über kostbare Handschriften beugten, die Weisheiten von Galen, Gregor von Tours und Ar Razi nach Belieben vor sich ausgebreitet. Bei richtigen Ärzten das Handwerk zu lernen! Aber das hatte ich mir längst aus dem Kopf geschlagen. Warum wegen unerfüllbarer Träume verbittern?
»Ich würde gern, aber es geht über unsere Verhältnisse. Es macht ja nichts: Ich kann auch so meine Beobachtungen machen und

helfen, wo es nötig ist. Bei uns zu Hause musste selten ein Arzt gerufen werden.«

Wir stiegen die Hügel wieder hinab und kamen zum Schloss. Ein paar der Soldaten lungerten an der Mauer herum. Sie verspotteten Benevent, als sie ihn so erblickten mit einem Körbchen am Arm.

»Huch! Benevent! Wo habt ihr Euer Hütchen gelassen! Ihr verderbt Euch noch den Teint!«

»Was habt Ihr denn da im Körbchen? Blumen – wie nett!«, und Gebärden und Lachsalven. Ursoleone zeigte ihnen die Faust, lachte aber gutmütig mit. Wir betraten den schattigen Hof. Er gab mir meinen Korb zurück und verbeugte sich, bevor wir uns trennten.

Die Königin hatte es sich zur Gewohnheit gemacht, am Vormittag auszureiten. Die Zeit der größten Hitze verbrachte man dann meist im Schatten beim Geschichtenerzählen und bei Glücksspielen. Am späten Nachmittag ging es in die lichten Eichenwälder zum Spazieren, oder die Soldaten veranstalteten Schaukämpfe, ein kleines Turnier, so gut, wie es mit den beschränkten Mitteln hier auf dem Lande eben zu machen war. Ich glaube, Giovanna vermisste ihren Hof, den Prunk und die Abwechslung, die sie dort hatte. Wahrscheinlich vermisste sie sogar die lästigen Regierungsgeschäfte.

Der kleine Hofstaat freute sich auf die Johannisnacht, eine willkommene Unterhaltung. Die Italiener kannten ja unsere Bräuche nicht.

Delphine empfing mich im Hof. Sie schaute Benevent hinterher und legte ihren Arm um mich. »Wie steht es denn nun mit dir und Benevent?«, flüsterte sie.

Ich versteifte mich augenblicklich.

»Wir sind gute Freunde, denke ich.«

»Ach ja?!«, Delphine zog die Augenbrauen hoch. »Nennt man das so? Du kannst mir doch nichts vormachen! Du bist bis über beide Ohren verliebt, und er macht auch nicht gerade den Eindruck, als ob er dich verabscheut.«

»Er ist eben höflich.«
»Blödsinn! Willst du ihn nicht?«
»Hör auf mich zu quälen, Delphine. Es ist doch keine Frage von wollen oder nicht wollen. Ich bin sechzehn und niemand hat um mich angehalten, weil es niemandem Gewinn verspricht, sich mit meiner Familie zu verbinden – kein Geld, keine Pfründe, keine interessanten Ländereien. Und wer hätte schon von einer Hochzeit aus Liebe gehört. So was gibt es doch nur im Märchen.«
»Warte nur ab.«
»Man soll sich keine falschen Hoffnungen machen. Dann wird man hinterher auch nicht enttäuscht.«
Die Johannisnacht war warm, die Luft so weich und dick wie süße Eiercreme. Im Licht des Vollmonds sah man flackernde Grüppchen von Öllampen durch die Hügel schweben, Gelächter und Rufe flogen zwischen den Gruppen hin und her. Die Frauen des Dorfes waren unterwegs, um wundertätige Johanniskräuter zu sammeln: Mariendistel, *millepertuis*, Bibernell, Minze und Melisse. Wir mischten uns unter sie.
Normalerweise ist das Sammeln eine Frauenangelegenheit. Aber natürlich konnte die Königin nicht ohne männlichen Schutz sein.
»Ihr seid ja unermüdlich«, sagte eine leise Stimme an meiner Seite. Jemand berührte meinen Arm, sodass ich vor Schreck aufschrie.
»Ach, Ihr seid es, Ursoleone. Ja, aber dies hier ist wirklich mehr zum Spaß als nützlich. Da, schaut, wie sie rupfen im Dunklen. Die Öllampe macht ja kaum Licht. Die Hälfte muss man am Morgen wegwerfen, aber das macht nichts. Und ist es nicht wunderbar, wie wir in dieser einen Nacht unsere Scheu vor den Geistern ganz vergessen?«
»Die Kirche sagt, es gibt keine bösen Geister, außer dem Teufel. Alles andere sei heidnischer Aberglauben und Ketzerei.«
»Ah! Aber die Kirche sagt auch, dass wir an Hexen glauben sollen, an *succubi* und andere Zauberwesen. Und wenn man die Bilder in den Kirchen anschaut, da kann es einem angst und bange werden.«

»Habt Ihr Angst in der Nacht? Wenn ja, dann biete ich Euch hiermit meinen Schutz.«

Winzige pulsierende Funken tanzten über der *garrigue*, Glühwürmchen. Ein Dachs lief irritiert davon und schimpfte, was hatten Menschen in der Nacht da zu suchen?

Nach und nach kamen die Trupps zurück, die Arme voller duftender Kräuter von zweifelhaftem Nutzen, die Füße ermüdet, hungrig und zufrieden. Die Männer hatten inzwischen Holz aufgeschichtet für das Johannisfeuer. Als alle zurück waren, wurde es entzündet. Weinschläuche machten die Runde, zu Dom Pancrazios Freude. Man packte aus, was die Küchenmeister vorbereitet hatten, und ließ auch die Dörfler teilhaben. Wir hatten weißes Brot und Pasteten, geräucherten Fasan und Wildschweinschinken, Forellen in Aspik, Feigen in Wein eingelegt, Mandelbrot, Aprikosen in Honig und *pompes*, süße Kuchen mit Öl gebacken. Die Leute von Rocca Sparviera trugen zu Ehren von Giovanna einen Tanz vor. Man sang und erzählte Geschichten. Und endlich verschwanden die jungen Leute Arm in Arm. Manch eine Frau aus dem Ort ging allein in die Hügel. Und mancher Soldat folgte. Leises Lachen schallte aus den Hügeln zu uns herüber.

Ich fühlte Ursoleones Anwesenheit neben mir und betete, dass er mich nicht bitten würde, mit ihm zu kommen ins Mondlicht, in die Nacht. Ich hätte nicht widerstehen können. Aber er tat es nicht. Er ließ sich eine Laute geben und spielte und sang.

Vaqui perqué, dins lou reiaume de la sau,
Vira de-vers la mar espère ta vengudo,
Pèr te miès apara, pèr te presta d'ajoudo,
Me siéu fa gardo-bèstio e cante prouvençau.

Hier ist der Grund, warum im Königreich des Salzes,
gen Meer gewandt, ich deine Ankunft erwarte:
Um dich besser zu beschützen, dir meine Hilfe anzubieten,
habe ich mich zum Hüter der Bestien gemacht, und ich singe in Provençalisch.

Hatte er das erst hier gelernt, provençalisch zu singen? Etwa um meinetwillen? Heilige Mutter Anna – diese Stimme, tief, männlich und dennoch sanft! Heilige Anna, beschütze mich vor Herzeleid! Mir war so schwach in den Knien, nur gut, dass ich saß. Mein ganzes Inneres flatterte wie tausend Schmetterlinge. Ich fühlte die Hitze seines Körpers, ganz ohne ihn zu berühren. Sein Duft wehte zu mir herüber, nach Leder und Lavendel und darunter seine eigene herbe Süße. Ich konnte an nichts anderes mehr denken, als wie es wäre, dieses Leinenhemd aufzunesteln und meine Hand hineingleiten zu lassen, die Rundungen der Brustmuskeln, das schlagende Herz zu ertasten, dann wieder hinauf zu der Kuhle über dem Schlüsselbein, am Schlüsselbein entlang zu den Schultern, rund und fest, und endlich zu dem zarten, weißen Dreieck zwischen Schultern und Hals, worüber ich mich beugen wollte, um es mit den Lippen zu liebkosen. Das Sehnen wurde fast unerträglich. Es braucht keinen Teufel, um uns Menschen zu verführen, nur einen anderen Menschen.

9.

»Was ist das denn mit Benevent und dir?«
Lucchina trippelte mit ihren kurzen Beinen neben mir her.
»Es sieht doch jeder Blinde, dass ihr ineinander verschossen seid.«
»Ach, Lucchina!«, seufzte ich. Meine Brust drückte ganz fürchterlich. Vielleicht hatte ich zu schwer gegessen.
Lucchina machte eine obzöne Geste und seufzte ebenfalls: »Ach und Ooh! Ooh und Ach! Das ist ja nicht zum Mitanhören, Mädchen! Was quälst du dich denn so, du bist doch keine Nonne, und nicht mal die versagen sich das Vergnügen! Oder woher, meinst du, kommen in den Klöstern die ganzen ›Findelkinder‹? Nun geh endlich und rolle dich mit ihm im Heu!«
»Nein, Lucchina, das geht nicht, verstehst du: Dann hätte er ein kurzes Vergnügen und würde mich nicht mehr achten.«
»Woher willst du denn das wissen? Welche Amme hat dir denn das erzählt? Hat er dich etwa unsittlich berührt, hat er versucht, dich ins Heu zu zerren?«
»Nein …«
»Siehst du. Und ich glaube bald, im Grunde wünschst du dir's, dass er dir die Entscheidung abnimmt. Soll ich mal mit ihm reden?«
»Nein! Um Himmels willen, Lucchina. Versprich mir, dass du mich nicht verrätst.«
»Tsk!«
»Oder vielleicht doch? Meinst du, du könntest vielleicht … ganz vorsichtig und diplomatisch, ähm, nur in Erfahrung bringen …«

»Ob er dich liebt? Das kann ich dir auch so sagen. Euch beiden sind ja Eselsohren gewachsen und Kuhaugen macht ihr; es ist ein abscheuliches Schauspiel! Ob er gewillt ist, dich zu heiraten, ja? Ist es das, was du willst?«

Ich nickte.

»Also das weiß ich nicht. Und was hat denn Liebe mit Heirat zu tun? Das eine schließt das andere doch praktisch aus. Denk mal nach: Bist du unverheiratet, haben deine Liebhaber dich nicht in der Hand. Sie müssen sich um dich bemühen. Sie müssen bei jedem Dreckswetter unter deinem Fenster stehen und singen. Obwohl das nicht immer eine Freude ist, das Singen. Und sie müssen dir Geschenke machen.

Bist du dagegen in der Ehe gebunden, dann kann dein Mann tun, was ihm beliebt. Du musst ihm jederzeit zur Verfügung stehen. Und hat er schlechte Laune, dann darf er dich prügeln. Er soll es sogar! Die Pfaffen predigen es von der Kanzel: Der Mann soll sein Weib regelmäßig züchtigen. Und hast du schon gehört? So folgsam sind die Männer in diesem Punkt, dass die Kirche vor kurzem hinzufügen ließ: Der Mann solle sein Weib *mit Vernunft* schlagen, weil nämlich zu viele Frauen von ihren Gatten totgezüchtigt worden sind. So! Da hast du die Ehe. Warum in aller Welt, du Schäfchen, willst du dir das antun?«

Wir saßen auf einer Hügelkuppe im Schatten einer Eiche und blickten über das Land. Ich malträtierte eine unschuldige Blume, bis sie ohne Blütenblätter, zerrupft und am Stängel zerknickt in meinen unruhigen Händen baumelte – und warf sie dann angewidert weg.

»Weil … weil alle heiraten. Außer mir. Mich will keiner haben, weil ich keine Mitgift bekommen werde, gar keine!« Und ich fing an zu weinen.

»Ooooch!« Lucchina zog ein riesiges *fazoletto* aus ihrem Dekolleté, sodass ihr Busen gleich viel flacher erschien. Ich schnäuzte mich geräuschvoll.

»Ach, und weil es ›alle‹ tun, willst du es auch?«

»Nein, weil mit Ursoleone alles anders wäre!«

»Natürlich.«
»Er ist nicht so!«
»Glaub mir, am Anfang sind die meisten Männer nicht *so*.«
»Was soll ich denn tun?«
»Nicht heiraten. Du hast ein Hofamt und damit ein eigenes Einkommen. Was meinst du, was die Ehefrauen dich beneiden! Du kannst dir Liebhaber erwählen und sie behalten, bis sie langweilig werden. Dann nimmst du einen neuen.«
»Und was ist, wenn ich …«
»Wenn du schwanger wirst«, schrie die Zwergin heraus, was ich nicht einmal aussprechen wollte. Ich schaute mich um. »Psst, nicht so laut, Lucchina!«
»Ach was, papperlapapp! Ich bin seit zehn Jahren schwanger, es hat mir nicht geschadet!« Sie strich sich über ihren fetten Bauch. Lucchina kniff mich in den Oberarm. »Da gibt es doch Möglichkeiten! Bist du nicht so ein schlaues Kräuterweib? Da wirst du doch was gegen haben in deiner Hausapotheke.«
»Ja-a …«, aber es war doch eine Todsünde, vor Gott unverzeihlich. Ich bekreuzigte mich.
»Nein, auch nicht ersäufen, wenn's doch passiert. Du legst es einfach den Nonnen vor die Tür, dann wird dein Kind noch frömmer als du. Wär das nicht schön?!«
Trotz ihrer groben Worte war mir Lucchina gut. Ich hatte sie lieb gewonnen.
»Lucchina, wo kommst du her?«
»Aus Pisa. Ich bin die Tochter einer Goldstickerin. Mein Vater war bei der Stadtwache. Zuerst wurde ich im Gewerbe meiner Mutter ausgebildet. Aber sobald es feststand, dass ich nicht mehr wachsen würde, haben sie mich an einen Fürsten verkauft.«
»Verkauft?! Deine eigenen Eltern?«
Ich wunderte mich über Lucchinas heitere Miene. Sie schien es gar nicht übel zu nehmen.
»Konntest du nicht einfach als Goldstickerin arbeiten?«
»Ach, gütiger Himmel! Mir die Finger blutig stechen Tag für Tag und die Augen verderben, um dann am Ende eines mühseligen

Daseins blind zu sein und Hungers zu sterben? Ich bin meinen Eltern dankbar. So geht es mir viel besser.«
»Aber du bist nicht frei.«
Lucchina machte mit den Händen eine flatternde Bewegung.
»Frei, frei – frei sein heißt, in Unsicherheit und Sorge zu leben. Mir geht es gut. Der Herzog von Pisa verschenkte mich seinerseits an Giovanna, und da sitz ich nun wie die Katz im Schmalztöpfchen! Ich brauche mein Lebtag lang nichts Nützliches zu tun, werde beköstigt und gekleidet, und wehe, wenn die kostbare Zwergin einmal niest – du sollst mal sehen, wie sie dann nach dem Leibarzt schreien.«
»Macht es dir nichts aus, dass du so … klein bist?«
»Du!« Lucchina kniff mir wieder in den Arm. Ich war schon ganz blau und grün auf der Seite. »Du hast es immer noch nicht kapiert: Das ist doch mein Kapital! Du dagegen bist eine lange Bohnenstange mit Liebeskummer. Gar nichts Besonderes. Hast einen Kerl und willst ihn nicht. Hah! Oder willst ihn doch, aber nicht so – huh! Oder wie oder was?!«
Ich umarmte die Zwergin. Sie brachte mich zum Lachen mit ihrer groben Art.
»Liebe Lucchina. Danke.«
»Wofür? Es geht dir noch genauso dreckig wie vorher.«
Ja, heute weiß ich: solange man in den Schmerzen und Turbulenzen der Liebe gefangen ist und in ihnen herumgewirbelt wird, hilflos wie der berühmte Korken auf dem Wasser, da jammert man und wünscht sich Ruhe für das arme Herz. Später dann, wenn sie vorbei sind und man in ruhigen Gewässern dümpelt, da sollte man froh und glücklich sein. Doch was tut der Mensch: Er sehnt sich nach den früheren Schmerzen zurück und meint nicht anders, als sei es die pure Seligkeit gewesen.
Inzwischen hatte sich die Anwesenheit der Königin herumgesprochen, und Vertreter verschiedenster Gruppen kamen, um daraus ihren Vorteil zu ziehen.
Die Minderen Brüder von Castellane reisten an, um Verzierungen für ihre Kirche einzufordern, die ihnen schon von Königin

Sancia versprochen worden waren. Nun, nach so vielen Jahren, war endlich ein Vertreter des Hauses Anjou in Reichweite, an den sie sich halten konnten. Giovanna schrieb einen Wechsel auf eine ihrer Banken in Nizza.
Viele kleine Gemeinden protestierten gegen Willkür und Bereicherungssucht der königlichen Offiziere, die jahrzehntelang ungestört hatten hausen können, wie es ihnen beliebte. Giovanna versprach, die Klagen prüfen zu lassen.
Eine Abordnung von Franziskanern kam aus dem Nordosten, sechs Mönche mit Wanderstock und Bettelsack, deren haarige Beine unter ihren schwarzen Kutten hervorsahen. Ihre Sandalen waren von schlechter Qualität.
»Den Segen des Herrn!«, sagte der älteste von ihnen. Seine Nase schaute wie ein Habichtschnabel über dem filzigen, grauen Bart heraus. »Der Herr schenke Euch Gesundheit; die Liebe Eures Volkes und Sein Segen sei mit allen Euren Unternehmungen. Amen.«
»Ich danke euch, ihr guten Mönche. Setzt euch bitte und nehmt ein paar Erfrischungen an. Wo genau kommt ihr her?«
»Aus einem Ort namens Sisteron, Majestät.«
»Erzählt, wie sieht es dort aus?«
Er zeigte in Richtung der hohen Berge, weit ins Land hinein.
»Die Stadt liegt an einem seltsamen und erstaunlichen Engpass der Durance, wo der Herr in seiner Macht die Felsen durcheinander geworfen und wieder aufgestülpt hat. Es hat Ihm gefallen, dort seinen Zorn zu zeigen am ewigen Stein. Graue Berge – müsst Ihr Euch denken – türmen sich schroff über winzigen menschlichen Behausungen und sind gefaltet wie Papier. Es gibt die Furcht erregendsten Spitzen, mächtige Überhänge, Klüfte und Gefälle aus Stein, gewalttätig und doch wunderbar. Das ist eine Gegend, Majestät, die den Menschen Demut lehrt.
Am Ufer des Flusses führt die einzige Karrenstraße von Norden nach Süden diesseits der Alpen, leicht zu kontrollieren. Die Felsen bilden einen engen und tiefen Einschnitt, durch den drängt sich machtvoll die Durance. Im Frühjahr rauscht sie sehr laut und

höhlt mit ihrer Kraft die Felsen aus, schafft Grotten und reißt ganze Blöcke polternd mit sich fort. Im Sommer ist sie friedlich und träge. Die Kinder baden in ihr und die Frauen bringen die Wäsche zum Fluss. Rechts und links an den Ufern erstrecken sich saftige, blühende Wiesen, die steil zu den Berghängen ansteigen. Es ist ein schönes Land, wenn auch karg. Die Stadt lebt gut von den Zöllen, die sie erhebt.«

»Ich danke dir für diese schöne Beschreibung, ehrwürdiger Bruder. Und jetzt sagt, was kann ich für euch tun?«, fragte Giovanna.

Sie sahen sich untereinander an, und es gab ein Räuspern und ein Scharren mit den Füßen. Der Alte sah verlegen zur Seite.

»Nun? Worum handelt es sich, was macht euch solchen Kummer?«

»Nun ja, es handelt sich um eine delikate Angelegenheit. Seht Ihr: Sisteron ist auf und an den Felsen gebaut. Man kann nicht einfach gehen, wo man will, sondern man ist auf die festen Straßen angewiesen. Viele der Straßen sind gleichzeitig Brücken, und es gibt nur einen Weg aus dem Franziskanerkloster hinein oder hinaus, es sei denn, wir wollten über die Felsen klettern wie Gämsen.«

»Und ihr wünscht eine zweite Straße.«

»Oh, ja, wir bitten sehr darum. Wir möchten einen anderen Wegverlauf, damit wir nicht mehr gezwungen sind, den ersteren Weg zu nehmen. Der Stadtrat von Sisteron weigert sich, eine zweite Straße für uns anlegen zu lassen.«

»Was ist denn an der ersten verkehrt?«

Einer der jüngeren Mönche wurde puterrot.

»Es befindet sich dort ein öffentlicher Schlafsaal«, fuhr der Alte fort. »Man könnte ja in die andere Richtung sehen, aber es finden dort unter den Brückenpfeilern ... ähm ... unpassende Szenen statt.«

»Und ihr müsst ständig daran vorbei?!«, sagte Giovanna mit einem leichten Anklang von Gelächter in der Stimme.

»Jedes Mal, wenn wir zu unserem Kloster hinein- oder hinauswollen. Und leider haben die schlechten Weiber einen besonderen Gefallen daran gefunden, sich gerade dann ... aufzuführen,

wenn wir vorübergehen. Die Räte, die uns, dem Kloster, den Besitz gewisser Wiesen neiden, verlachen uns und sagen, es täte den Mönchen nur gut, wenn sie etwas Erziehung in weltlichen Dingen erhielten. Es schadet der Disziplin, besonders unter unseren jüngeren Brüdern.« Ein scharfer Blick in Richtung des jungen Mönches, der rot geworden war.
»Das kann natürlich nicht geduldet werden. Seid unbesorgt. Noch heute Abend schreibe ich einen Brief an meinen Statthalter in Sisteron und befehle ihm, entsprechende Maßnahmen einzuleiten. Eure andächtige Konzentration darf nicht länger gestört werden.«
Platz gab es ja genug in diesem alten Schloss, und so wurden die Mönche untergebracht, bis sie mit dem Brief in Händen zufrieden wieder abziehen konnten.
Ein anderes Mal kam nicht eine, sondern es kamen gleich zwei Delegationen aus Apt. Apt ist eine große und schöne Bischofsstadt an der Nordseite des Luberon. Sie hat den sanften Hügel im Rücken, lichte Pinienwälder, und überblickt das Tal des Calavon. Auf edlen Rössern näherten sich drei Notable, Abgesandte dieser Stadt. Keinen Blick gönnten sie den drei Maultierreitern, die in einigem Abstand hinter ihnen herzuckelten. Doch auch diese wollten zur Königin.
Giovanna empfing die beiden Gruppen gemeinsam.
»Gnädigste Königin«, begannen die Stadträte. »Wir erbitten das Recht, eine Steuer auf das Brotbacken erheben zu dürfen, so wie es zur Zeit der Konsuln üblich war.«
»Wir sind Bäcker, Euer Majestät«, sprachen die anderen auf Giovannas Zeichen. »Und wir protestieren auf das Schärfste gegen dieses Ansinnen. Die Gemeinde erhält einen Zehnten von jedem Bürger, der Einkommen hat. Die Kirche kassiert einen weiteren Zehnten, und die Krone auch noch einen. Und dann kommen die Salzsteuer, die Gendarmensteuer, die Streitsteuer und die Kirchturmsteuer. Wozu also noch weitere Sondersteuern erfinden? Sie haben doch ihren Zehnten schon und mehr dazu.«
»Um die Ausgaben der öffentlichen Hand zu decken, du Narr!«,

wandte sich einer der Abgesandten der Stadt, der *receveur*, ein Finanzbeamter, ärgerlich an den Bäcker. »Das haben wir doch oft genug erklärt. Wir lassen Wege und Brücken und öffentliche Gebäude bauen, unterhalten die Justiz und die Stadtwache …«

»… die nichts Besseres zu tun hat, als unsere Weiber zu belästigen. Und ein Heer von Beamten, die uns schikanieren und ihre Nasen in alles stecken, was sie nichts angeht, nur weil es ihrer so viele sind, dass sie nichts Sinnvolles mehr zu tun finden. An diesen Ausgaben wäre wohl manches einzusparen.«

»Majestät«, sagte der *receveur* kopfschüttelnd. »Gerade Ihr werdet verstehen, welche Kosten eine gute Verwaltung macht und dass der Bürger, der davon profitiert, nicht zu Unrecht um sein Scherflein gebeten wird.«

»Wenn es das nur wäre, dann würden wir ja gerne zahlen«, schrie erregt ein zweiter Bäcker und der dritte: »Ja, das würden wir. Aber seht nur, wohin das Geld fließt, das sie den fleißigen Bürgern abpressen! Keineswegs in die segensreiche Verwaltung, sondern in *ihre* privaten Häuser, die so prächtig sind wie das irgendeines Fürsten; in den Unterhalt ihrer Vergnügungen wandert das Geld, Pferde, Falken, reiche Kleidung, Dienerschaft und Tische, die sich unter den Köstlichkeiten biegen, während die einfachen Leute sich zum Essen nichts leisten können als eben Brot! Und das wollen sie jetzt auch noch besteuern!«

Mit verächtlicher Miene hatte der Finanzbeamte den Ausbruch angehört.

»Wilde Beschuldigungen, durch nichts zu halten. Majestät: Alles wird teurer, auch das Material und die Dienstleistungen, die die Gemeinde bezahlen muss, um ihren Pflichten zu entsprechen. Die Gemeinde hat drückende Schulden. Und wir suchen nach einem gerechten Weg, wie man alle Bürger an ihrer Begleichung beteiligen kann.«

»Gerecht?! Was ist das für eine Gerechtigkeit! Welchen frommen Namen Ihr Euch auch immer einfallen lasst, jede weitere Steuer ist doch nur ein anderer Name für Wegelagerei. Hände weg vom Brot, sag ich!«

Der *receveur* wandte sich von den Bäckern ab wie von Leuten, die nichts verstehen und die man nicht ernst nehmen muss. »Er sieht nur sein kleines Feld und begreift nicht so wie Ihr die Zwänge des großen Ganzen. Ich bitte, erlaubt die Brotsteuer. Sie schadet wenig und hilft viel.«
»Nein«, sagte Giovanna. »Ich erlaube es nicht, dass man die Ärmsten der Armen mit einem einzigen Kupferstück mehr belastet. Brot ist das Grundnahrungsmittel, das schon in der Bibel erwähnt wird. Von einer Brotsteuer steht da nichts zu lesen. Nein, meine Herren. Ihr müsst euch schon etwas anderes einfallen lassen. Ich überlege allerdings, Apt den offiziellen Stadtstatus zu verleihen. Damit entfiele die *taille*.«
Die Bäcker jubelten; auch die Ratsherren sahen erfreut drein.
»Ich werde euch allerdings einen *contrôleur des deniers communs* senden …«, einen Kontrolleur der Gemeindegelder.
Die Gesichter der Räte wurden lang: Das war ein königlicher Beamter, der ihnen auf die Finger sehen und nebenher nach Einkünften für die königlichen Truhen schielen würde. Was der Wegfall der Einkommensteuer an Vorteilen brächte, das ginge bald für andere Abgaben drauf.
»Ich habe da einen gewieften Mann im Auge …« (ein Italiener, da war ich mir sicher), »… der euch aus euren finanziellen Schwierigkeiten helfen kann. Ihr werdet sicher Beamte entlassen und Eigentum der Stadt verkaufen müssen. Und eure Verwaltung wird geprüft, um herauszufinden, wie es zu den Schulden kommen konnte. Keine Brotsteuer und auch keine andere Steuer, die die Armen trifft. Ich habe entschieden.«
Der Hofstaat klatschte, die Stadtverordneten verbeugten sich mit saurer Miene, die Bäckermeister weinten vor Freude. Sie ließen es sich nicht nehmen und es durfte gar nicht anders sein, als dass sie einmal für die Königin Brot buken, um ihre Dankbarkeit zu zeigen.
Und so schmückten die schönsten Gebilde ihrer Kunst unsere Tafel: weißes Brot aus dreimal gesiebtem Mehl, geflochten, gedreht, mit Oliven oder Rosinen gefüllt, gewürzt mit Fenchel, Ko-

riander, Kümmel, Nüssen, Honig; zu Figuren geformt, Blättern und Blüten, Tiergestalten – Hasen, Rehe, Schafe, Schwäne und Tauben – und dazu ein Gebilde, das niemanden anderes darstellte als die Königin selbst: die Königin in butterglasiertem Brotteig gebacken, mit einer Krone aus Mandelpaste. Giovanna bedankte sich und ließ jedem ein Goldstück geben. Es versteht sich aber von selbst, dass das ›königliche‹ Brot nicht gegessen wurde. Wer von uns hätte es gewagt, in den Kopf Ihrer Majestät zu beißen? Also blieb das Gebilde übrig, trocknete und wellte sich, bekam Risse und wurde endlich ehrfurchtsvoll in die Schlossküche getragen, wo es Staub sammelte und nach unserem Wegzug von Mäusen und Ratten verzehrt wurde – mit gebührendem Respekt vermutlich.

Es begann in diesen Tagen, dass Lucchina mir Briefchen zutrug.

»Psst! Alix, schläfst du schon?«

»Nein, komm herein.«

Ich lag auf dem Rücken, die Hände hinter dem Kopf gefaltet, und betrachtete den Mond, der vor meinem Fenster vorbeivagabundierte. Wenn er in dieser Phase war, abnehmend, dann erschien er mir als ein betrunkener Alter: zwinkernd und ein wenig krumm. In dem schwachen, milchigen Licht, das er in meine Kammer warf, besaßen die Gegenstände keine klaren Umrisse. Und ebenso hatte mein Leben keine klaren Umrisse in dieser Stunde, in diesem Licht. Ich konnte träumen und alles, was am Tage unabänderlich festgelegt und geordnet war, umformen nach meinem Wunsch. Man kann sich denken, wie das aussah.

»He!« Die Zwergin setzte sich zu mir auf meinen Strohsack. »Schau, was die liebe, gute Lucchina dir gebracht hat!« Sie ließ ein versiegeltes Briefchen vor meiner Nase baumeln. Ich griff danach. Lucchina versteckte es hinter ihrem Rücken.

»Nichts da! Du musst mir etwas dafür geben!«

»In der Truhe, obenauf ist Zuckerzeug. Nimm es, du Gierschlund, unbarmherzige Kreatur, und gib mir den Brief!«

Sie gab ihn mir und holte sich ihre Belohnung. Kauend setzte sie sich wieder zu mir. Ich hatte mich aufgerichtet und brach mit zitternden Fingern das Siegel.

»Was steht drin?!«
»So weit bin ich noch nicht … es ist von Ursoleone! Lucchina, du bist ein Schatz!«
Ich umarmte sie.
»Weiß ich doch. Los, lies vor!«
»Kommt gar nicht infrage, das ist privat.«
»Ph! Den Boten darf ich spielen, aber vom Spaß krieg ich nichts ab!« Lucchina spielte die Beleidigte und rückte von mir ab, während sie meinen Vorrat an Konfekt dezimierte.
»Edle Frau!«, begann der Brief. Ich musste kichern, so sprach man bei uns zu Hause nicht. Und es ging weiter in dem Stil: *»Du bist so wohlgeboren und voller weiblicher Zucht, dass ich mich traue, dir mein Herz zu offenbaren. Du wirst, so denke ich, mich nicht verspotten und meine Liebe nicht unglimpflich entfacht haben.*
Ich muss dir sagen, Schönste: Die Lieb und Treue aller Menschen zusammen ist nicht so groß wie meine Lieb und Treu zu dir. Doch du meidest mich. Warum? Was nämlich ein Mann begehrt mit ganzer Kraft, das macht ihn furchtbar betrübt und verloren, wenn er es nicht erlangen kann …« Dazu noch ein paar höfliche Floskeln von Minnedienst und dergleichen mehr.
»Oh«, rief ich, »daher weht der Wind. Das ist ja sehr direkt. Hör dir das nur an, Lucchina!«
»Jetzt soll ich doch?«
»Komm! Sei nicht bös, du musst mir helfen eine Antwort zu geben, die ihn in seine Schranken weist, aber nicht ein für alle Mal davonjagt.«
»Also gut. Dann wollen wir den Stier ein wenig reizen. Hast du Pergament und Tinte da? Schreib.«
Ich stand rasch auf und kramte Tintenstein und Feder aus meiner Truhe. Es traf sich gut, dass alles noch frisch war, da ich am Abend meinem Bruder geschrieben hatte.
»Schreib also: *›Edler Mann, das ist wohl schön‹*, nein! Warte: *›Edler Mann, das ist zu loben, dass du deinen Wunsch in hübsche Worte kleidest. Du bist von adliger Geburt und mit einer ange-*

nehmen Gestalt geziert.‹ Na? Das ist der Zucker vorneweg. Jetzt machen wir ihm klar, dass er sich schon etwas bemühen sollte: *›Für das Angebot deines Dienstes meinen Dank. Du darfst mich gerne täglich sehen, doch was Weiteres du verlangst, kann ich dir nimmermehr geben. Zu sehr fürchte ich die Pein und Marter der Liebe.‹«*

»Ja, gut!«, rief ich, »und es stimmt sogar. Jetzt muss er Farbe bekennen.«

Lucchina trug mein Brieflein treulich aus und brachte an einem der folgenden Abende ein neues zurück.

»Dann müssten Lieb und Minn ja vom Erdboden verschwinden, wenn alle schönen Frauen aus Angst sich davon enthielten. Und wäre es nicht schade, da doch alle Zucht und guten Taten auf Erden nur von der Minne kommen?«

»Nicht so«, antwortete ich, *»die Taten werden ja vorher getan. Ich aber fürchte, durch die Minne die Freiheit des Handelns zu verlieren. Sieht man nicht der Liebe Narren überall nur Amors Geboten folgen und nicht mehr selbst zu entscheiden vermögen? Man sagt, in der Lieb gibt es kein Unrecht. Deshalb erachte ich die Minne als ein Tor zur Hölle, in das jedermann hinein-, aber keiner wieder herauskommt.«*

In dieser Weise flatterten die weißen Vögel hin und her. Manche Nacht habe ich mit Lucchina auf meinem Strohsack Antworten ausgeheckt, im Kerzenschein. Begegnete ich Ursoleone im Hof oder auf der Wiese, so ließen wir uns nichts anmerken.

Ich fand es sehr viel einfacher, meine Gedanken zu Papier zu bringen, als sie einem anderen Menschen ins Gesicht zu sagen.

Und dann, an einem Vollmondabend, sagte Lucchina zu mir: »Alix, ich habe solche Lust, ein wenig im Mondschein spazieren zu gehen. Begleitest du mich?«

»Ja gern«, gab ich zurück, »ich will mir nur ein Tuch aus der Kammer holen. Mich fröstelt so leicht.«

»Hol dir nur dein Tuch, ich gehe schon vor – dort unten, unter der großen Eiche, siehst du, da warte ich auf dich.«

Ich ging in meine Kammer und holte mir ein Tuch aus weißer

Wolle, das ich mir um die Schultern schlang. Als ich vor das Tor kam, war Lucchina nirgends zu sehen.

»Lucchina?«

Sie antwortete nicht. Ich lief auf die Eiche zu, die unten an dem Hügel stand, auf dem das Schloss gebaut war, vom Tor aus kaum zu erkennen. Das Mondlicht versilberte die Blätter. Grillen stimmten ihren Nachtgesang an.

»Lucchina?«

Ein Schatten löste sich vom Stamm der Eiche, und es war nicht Lucchina, natürlich: Es war Herr Benevent. Und ich, was tat ich blöde Kuh? Ich wandte mich um und rannte davon.

10.

Hätte ich doch auf einen Teil der Macht verzichtet. Was ist schon ein Königreich!«, rief Giovanna.
»Gebt's mir! Ich wüsste schon was damit anzufangen«, krähte Lucchina.
»Und was, bitte sehr, würdest du wohl damit tun?«
»Ich würde befehlen, dass es zum Frühstück nur Kuchen geben dürfte. Am Sonntag gäbe es für jede Familie ein Huhn in den Topf. Streiten dürften die Untertanen sich nur am Donnerstag, und auch nur eine Viertelstunde nach dem Mittagessen.«
»Lucchina!«, sagte ich. »Da sind sie alle faul und voll gefressen und haben keine Kraft zum Streiten!«
»Eben. Dann würde ich festlegen, dass das Volk Kriegssteuern nur zu zahlen braucht, wenn es auch *will*, dass Krieg geführt wird. Die Pfaffen würde ich verpflichten zu heiraten und eine Familie zu unterhalten. So wüssten sie wenigstens, wovon sie predigen. Bibliothekare und Kopisten, Lehrer und Künstler würden verehrte und hoch bezahlte Beamte werden. All die anderen adligen Herumsteher, Nachttopfhalter und Nasebohrer könnte man abschaffen.«
»Lucchina, du bist eine Aufrührerin, wehe dir, wenn das der Konstabel hört!« Giovanna stieg vor uns den Hügel hinauf und hob die Röcke an, um nicht im Gestrüpp hängen zu bleiben. Ich hatte versprochen, der Königin und meinen Freundinnen etwas zu zeigen. Von halber Höhe bis zur Hügelkuppe standen verlassene Häuser rundlich und primitiv – heute verlassen –, *bories*. Sie

waren niedrig und fensterlos, ohne Mörtel aufgeschichtet, graue Buckel mit nur einem Eingang. Schäfer und Köhler benutzten sie manchmal als Unterschlupf, wenn sie bei Unwetter im Freien überrascht wurden. Am Verwitterungsgrad der Steine und an den Flechten, die sich darauf angesiedelt hatten, ließ sich ermessen, dass sie schon lange hier standen. Die alten Leute konnten sich daran erinnern, dass sie bereits zu ihrer Zeit lange leer gestanden hatten. Ich konnte nicht aufrecht darin stehen.

»Solche gibt es auch in Sizilien«, rief die Königin überrascht. »Nur größer als diese. Ob einst ein Feenvolk darin gewohnt hat?«

»Feen, Trolle oder solche wie du, Lucchina! Vielleicht hat es einmal mehr von deiner Art gegeben.«

»Dann ist es schade, dass ich in der falschen Zeit geboren bin. Mehr von meiner Art, das würde mir gut gefallen.« Sie verschwand in einem der Buckelhäuser. Wir anderen setzten uns in die Kräuter, die einen herben, pfeffrigen Geruch verströmten.

»Eselspfeffer, *pèbre d'Aze*«, erklärte ich. »Es soll die Liebe anfachen, nein, eher das Begehren, sollte ich sagen.«

Das brachte das Gespräch auf Männer, und ich werde nicht verraten, was gesagt wurde, nur so viel: Wir lachten. Delphine spielte der Königin auf einer Laute vor, ich sang. Doch all unsere kleinen Ablenkungen fruchteten nicht. Die Herrin war melancholisch und still.

»Ihr habt uns neulich vom Besuch der Königin Elisabeth von Ungarn erzählt«, fragte schließlich Delphine und ließ die Laute ins Gras sinken. »Und wie Ihr an den Papst geschrieben habt, erst, dass er Andrea an der Regierung beteiligen möge und dann habt Ihr's widerrufen. Wie hat er denn entschieden?«

»Das war nicht ganz deutlich: Es kam ein Brief aus Avignon, darin hieß es, Andrea und ich sollten zusammen gekrönt werden. Das hieß ja noch gar nichts – man kann ja einen Titel, aber nicht die Amtsgewalt haben. Und Seine Heiligkeit schrieb wörtlich: ›Himmlische Privilegien sollen den jungen König für das entschädigen, was ihm auf Erden versagt bleibt.‹ Meine Berater legten das dahin gehend aus, das alles beim Alten bliebe. Die Krönung sei nur eine Formalität und Bestätigung durch meinen Lehnsherrn. Natürlich hätte der Papst gern gehabt, dass wir dazu nach Avignon kommen: Die Könige müssen zum Papst reisen, um herauszustreichen, wer der eigentliche Herrscher ist. Aber nichts da!«

Lucchina kam hinter uns aus dem *borie* gekrochen: »Und dann hat sie einen Tanz mit der Kurie veranstaltet. Sie schrieb zurück, die Krönung müsse doch nicht in Avignon abgehalten werden. Das könne doch genauso gut der päpstliche Legat von Neapel erledigen. Und was ihr alles an Ausreden einfiel. Mal gab es irgendein wichtiges Regierungsgeschäft, das sie in Neapel festhielt, mal war sie unpässlich. Der Weg sei zu beschwerlich für ein schwaches Weib, schrieb sie, die Reise übers Meer gefährlich ...«

»Was sie ja auch war, wie sich erwiesen hat. Nein, ich wollte Italien nicht verlassen und mich dem Willen und den Ränken der Kurie ausliefern. Ich bin auch nicht davon überzeugt, dass der Papst der oberste Herrscher über alle Länder und irdischen Güter ist, wie es immer heißt. Die Zeiten sind vorbei. Gott, was Gottes ist, und dem Caesar, was Caesars ist! Ich ließ mich also von Kardinal Améry krönen, beugte das Knie und leistete den Treueschwur.« ›Sie hat sich also widersetzt‹, dachte ich. »Aber es war nicht genug«, sagte Giovanna. »Clemens ordnete erneut unser beider *gemeinsame* Krönung an. Es half nichts, dass ich versicherte, keinem Menschen lägen Andreas Ehre und Interessen mehr am Herzen als mir. Ungarische Abgesandte arbeiteten gegen mich beim Papst. Und schließlich gibt es gewisse Fraktionen innerhalb der Kirche, die alle Frauen von der Macht entfernen wollen.«

Lucchina hatte sich einen Kranz aus Gras geflochten und führte damit spöttisch vor: »Krone rauf, Krone runter, Krone rauf, Krone runter ...«

»So ähnlich«, fuhr Giovanna fort. »Es war ein furchtbares Durcheinander und ein unwürdiges Schauspiel. Ich habe immer versucht, Ordnung und Beständigkeit in meine Regierung zu bringen, und seht, was sie daraus gemacht haben. Es war ein heilloses Chaos.

Und in alldem lief Maria mit zwei Kindern und ihrer Amme herum. Zwei kleine Mädchen: Sancia war jetzt drei Jahre alt und ein vollendeter kleiner Engel; mit den blonden Locken ihres Vaters und bernsteinfarbenen, fast goldenen Augen war sie ebenso hübsch wie ungewöhnlich. Das andere Mädchen, Maria, war gerade neugeboren, ein rosiges Spielzeug am Busen der Milchamme. Ich liebte die beiden, aber sie brachten mich in Verlegenheit: Zwölf Jahre verheiratet – na ja, die ersten acht galten nicht – und immer noch kein Thronfolger! Stellt euch vor, der große Thronsaal im Castel Nuovo, marmorverkleidete Säulen, prächtige Teppiche an den Seitenwänden, die die Taten unserer Vorfahren zeigen, Banner zwischen den Fenstern. Maria schritt durch den hohen Saal, ihre Tritte hallten leise, die Gewänder schleiften hinter ihr über den Steinboden mit Einlegearbeiten, auf Ranken lief sie, auf Blumen und Sternen, blühend, die verkörperte Mutterschaft. Manch hohe Dame bückte sich, lächelte, winkte, versuchte die Aufmerksamkeit der Kinder zu erhaschen. Die Blicke der Höflinge ruhten auf ihnen, flogen verstohlen zu mir und rasch wieder fort. So angestrengt waren sie damit beschäftigt, sich nichts anmerken zu lassen, dass ihre Gedanken fast sichtbar im Raum standen:

›Warum hat sie noch kein Kind? Ist sie unfruchtbar?‹

›Sie ist pflichtvergessen, ohne Gottes Gnade.‹

›Ohne Fortune.‹

›Maria hat schon zwei Kinder …‹

›Wie unglücklich, dass sie Königin ist und nicht die Gemahlin eines Königs. Sonst könnte man die Scheidung verlangen und eine neue Königin bekommen – eine, die fruchtbar ist.‹

Der Papst schrieb wieder, diesmal in energischem Ton: Ich solle mich unverzüglich nach Avignon begeben, wo wir beide gekrönt werden sollten, und ich dürfe nicht länger zögern, Andrea einen ehrenvollen Anteil zu geben an der Verwaltung des Königreichs. Andernfalls wolle er Pfründe und Privilegien aller meiner hohen

Offiziere einziehen. Ich ruiniere mit meinem Zögern den Staat, so warf er mir vor.«
»Das Gegenteil war aber doch der Fall«, wandte Delphine ein.
»Ja, richtig. In meiner Umgebung wurde der Papstbrief sehr schlecht aufgenommen. Sowohl die Taranto als auch die Durazzo stürmten in den Thronsaal und verlangten Garantien von mir. Ich dürfe auf keinen Fall darauf eingehen. Keine Macht für Andrea von Ungarn! Sie verboten mir geradezu die Pilgerfahrt nach Avignon, und ich hatte auch nicht die Absicht, dem Verlangen der Kurie nachzukommen. Wieder half mir, so meinte ich, der Zufall, denn ich entdeckte, dass ich endlich schwanger war.«
»Noch nie ist eine morgendliche Übelkeit freudiger begrüßt worden als die der Königin!«, rief Lucchina. »Sie war richtig glücklich, dass sie kotzen musste!«
»Lucchina! Du Klotz! Aber es stimmt. Ich hätte singen mögen. Und ihr wisst ja noch nicht, wie man sich dadurch verändert. Morgens war es mir zwar übel, aber sonst fühlte ich mich so wohl wie nie. Ganz erstaunlich! Ich hatte immer gedacht, Schwangerschaft sei eine Last, aber die Güte Gottes hat es so eingerichtet, dass man sich glücklich fühlt und aufblüht, dass man eine innere Harmonie erreicht wie nie zuvor. Je weiter mein Leib anschwoll und ich mir eigentlich plump vorkam, desto mehr Komplimente bekam ich zu hören: Mein Gesicht sei rosig, mein Haar hätte den seidigsten Glanz, mein Blick sei tief und sanft.
Ich glaube sogar, dass alle Entscheidungen, die ich in dieser Zeit traf, von diesem Gefühl geprägt waren. Und deshalb sage ich auch, dass ich unmöglich an dem Verbrechen beteiligt sein kann: Wie hätte ich denn den Vater des Sohnes, der in meinem Leib heranwuchs, wie hätte ich diesen Vater, meinen Ehemann ermorden können? Wie kann man nur so etwas von irgendeiner Frau glauben?! Es ist vollkommen unmöglich!«
Die Königin war jetzt sehr erregt, und wir umarmten sie, bis sie sich beruhigt hatte. Es schien uns geraten, sie nicht nach Einzelheiten der Mordnacht zu fragen.
»Bei Gott, Giovanna, ich glaube nicht einen Wimpernschlag lang,

dass Ihr zu irgendetwas so Teuflischem in der Lage wäret«, schwor Delphine. Ich selbst mochte mich nicht ganz so festlegen. Natürlich hatte sie ihm nicht eigenhändig den Dolch ins Herz gestoßen, auch nicht, wie ich es mir vorgestellt hatte, die Mordbande selber angeführt, das nicht. Aber vielleicht hatte sie von dem Komplott gewusst und es zugelassen, weil es ihren Absichten entgegenkam. Böses geschieht nicht nur durch Tun, sondern auch durch Nichtstun.

»Und dann?«

»Und dann ... brach die Hölle los. Als die Einwohner von Aversa von dem Mord erfuhren – im Lustschloss Quisisana ist es geschehen –, als das Wort in der Stadt die Runde machte, da weinten viele Menschen und schrien und zerrissen sich die Kleider, dann zogen sie zum Schloss. Sie schrien nach Rache, warfen Steine und tobten derart, dass die Wachen sich nach drinnen zurückziehen mussten und die Türen und Fenster verbarrikadierten. Ich hatte befohlen, dass gegen die Bürger von Aversa keine Gewalt gebraucht werden dürfe. Ich saß drinnen neben dem aufgebahrten Leichnam meines Ehemannes, sprach nicht, aß nicht, war überhaupt wie versteinert.

Ich betrachtete sein Gesicht, während draußen die Meute raste. Eigentlich wusste ich gar nichts von ihm. Er hatte sein eigenes Haus gehabt, seinen eigenen Hof. Seine Gedanken hatte er mir selten mitgeteilt. Ich wusste, er ist ein guter Mensch gewesen. Nur der Einfluss seiner Mutter und das Drängen seiner Lakaien hatten ihn in diese Lage gebracht.

In diesen ersten Tagen danach war ich außerstande, die Zügel zu ergreifen, und so wurde der Fehler gemacht, den Grafen von Terlizzi mit der Untersuchung des Verbrechens zu beauftragen. Man hatte einen Kammerherren des Königs ertappt, wie er zerrissene Kleidung fortschaffen wollte. Überdies hatte er eine Bisswunde an der Hand. Er gab vor, es sei sein Hund gewesen, doch sah man deutlich die Abdrücke eines menschlichen Gebisses.

Der Graf von Terlizzi, immerhin mein Seneschall, machte kurzen Prozess. Während ich noch tatenlos vor mich hinbrütete, wurde

Tommaso Mambriccio gefoltert. Vorher aber ließ ihm Terlizzi die Zunge herausschneiden. Ja! Ihr habt ganz Recht: Wie soll er ohne Zunge eine Aussage machen? Eine Woche nach dem Mord wurde Mambriccio hingerichtet: Man band ihn auf einem Karren fest, auf dem man auch eine Schale mit Glut angebracht hatte. Den ganzen Weg vom Gefängnis zum Richtplatz wurde der Verurteilte mit glühenden Zangen gemartert.

Bürger aus dem ganzen Land, besonders aus Neapel, waren gekommen, um den Mörder ihres Königs sterben zu sehen. Der Gerichtsplatz war so voller Leute, dass keiner vor- oder zurückkonnte. Sie hingen aus den Fenstern und von den Balkonen, die für gutes Geld vermietet wurden für diese Gelegenheit. Es saßen sogar welche rittlings auf den Dachfirsten.

Ich hatte keinen Zweifel an seiner Schuld, doch er konnte es ja nicht allein gewesen sein. Man versuchte, einen zu opfern, um andere zu schützen. Also riss ich mich aus meiner Erstarrung, ließ den Seneschall absetzen, und beauftragte Bertrand de Baux mit der weiteren Aufklärung.

Das Volk glaubt an Gerechtigkeit. Das Volk glaubt an Märchen. Es will glauben, dass die Gerechtigkeit ein Engel ist, so klar wie Bergkristall und hell strahlend wie Gold. Aber wir wissen: Gerechtigkeit kann furchtbar sein und ein Werkzeug des Teufels. Die Stadt stank geradezu nach Schwefel, kaum dass die Büttel losgelassen waren.

Armer Andrea! Gut, dass er nicht mehr sehen konnte, wie viele Männer aus seiner engsten Umgebung ihm Feind waren. Es waren alles hohe Beamte, die sich am Komplott beteiligt hatten: Marschalle, Amtsdiener, Kammerherren, Berater, Leibgarde. Und sogar so genannte Freunde, Männer, die mit ihm gescherzt und gegessen und die ihm mehr als einmal den Bruderkuss gegeben hatten, so wie der Graf Terlizzi.

Es traf mich selbst ins Herz, als auch einer meiner Favoriten sich unter den Mördern fand: Roberto dei Cabanni, ein Gespiele meiner Kindheit.

Marias Schreie gellten durch die Gänge. Es war früher Morgen.

Verschlafen rieb ich mir die Augen. Die Tür flog auf, Maria warf sich auf mein Bett, an meine Schulter, rüttelte mich.
›Giovanna, Giovanna, wach auf! Sie haben Roberto Cabanni verhaftet.‹
Ich fuhr hoch. Marias Gesicht war vom Weinen verschwollen.
›Das kannst du nicht zulassen!‹
Ich war wieder die große Schwester, zu der man lief, wenn man sich das Knie blutig gestoßen hatte, so ging es mir durch den Kopf. Aber hier handelte es sich um weit mehr als das. Es erschreckte mich; es schnitt mir tief ins Herz.
Ich zog mich an und ließ eine Sänfte kommen, damit ich aus meinem Schmerz kein Schauspiel machen musste. Meine Leibwache begleitete mich zum Stadtgefängnis.
›Wo ist Roberto Cabanni!?‹, fragte ich gebieterisch. Es musste sich um einen Irrtum handeln, es konnte nicht anders sein.
›Er ist hier, aber niemand darf die Gefangenen sehen‹, hielt man mir entgegen.
›Wie?! Was fällt dir ein, Soldat? Siehst du nicht, wen du vor dir hast?! Sofort führst du mich zu ihm!‹
Erschreckt gehorchte man mir. Ein Soldat schoss in die entgegengesetzte Richtung davon, um seinem Vorgesetzten Meldung zu machen. Sollte er nur! Zornig stapfte ich die Stufen hinab in die tiefen Verliese im Keller. Der Wachhabende schloss die eiserne Türe auf. Uringestank und Angstschweiß schlugen uns entgegen. Ratten stoben pfeifend davon. Man führte mich durch einen Gang. Zur Rechten und zur Linken lagen Kerkerzellen, aus denen uns flehentliche Bitten, Stöhnen und Flüche entgegenschallten. Nach ein paar Schritten erst gewöhnten meine Augen sich an das Dämmerlicht und ich erkannte menschliche Gestalten, Männer, manche an die Wand gekettet, andere durften im Stroh liegen und hatten nur Fußeisen.
Dann sah ich Roberto, meinen alten und lieben Freund. Man hatte ihn geschlagen. Seine Wange war geschwollen. Verkrustetes Blut klebte in den Mundwinkeln. Die Jacke war zerrissen.
Als er aufstand, zum Gitter kam und seine Hände um die Stäbe

legte, da bemerkte ich auch die Folgen der peinlichen Befragung: Er hatte keine Fingernägel mehr. Die Daumen waren eine blutige Masse. Ich legte meine Hände darüber, ganz sacht.
›O Roberto! Es tut mir so Leid! Das alles ist ein Irrtum! Ich werde dich befreien!‹
›Wohl kaum. Ich bin schuldig und habe es gestanden.‹
›Gestanden?!‹
›Ja, Giovanna. Warum sich der Folter aussetzen, wenn du am Ende ohnehin alles sagst. Verzeih! Ich bin schmerzempfindlich und habe mir den Rest erspart.‹
›Aber Roberto, warum?‹
›Ich habe es für dich getan, meine Königin‹, sagte er. ›Der ungarische Hund wollte, was ihm nicht zustand. Er hat versucht, dir deine Würde zu beschneiden.‹
›Roberto! Andrea hat nichts dergleichen getan. Es waren andere, die versucht haben, ihn als Marionette ihrer Machtspiele zu benutzen.‹
›Das Ergebnis war dasselbe. Giovanna: Dein Ehemann war dein Feind. Er gab denen eine Galionsfigur, die dich nicht respektieren, aus bekannten Gründen. Das konnte ich nicht zulassen.‹
›Ach, Roberto!‹
Ich habe versucht, ihn der Gerechtigkeit zu entziehen. Ich ging zum *grand justicier* Bertrand de Baux:
›Messire de Baux. Ihr müsst Roberto dei Cabanni freilassen. Er ist verblendet gewesen, aber ich bin sicher, er hat die Hand nicht gegen seinen König erhoben.‹
Messire de Baux saß in einem dunklen Raum mit einem einzigen Fenster hoch in der Mauer, das nur einen kraftlosen Lichtstrahl einließ, der den Boden nie erreichte. Auf einem Tisch, den zwei Männer nicht hätten heben können, stapelten sich Akten über Akten. Und über den Papieren, die so viel Schicksal, so viel Verbrechen und Leid enthielten, da thronte dieser gelbgesichtige, hagere Mann, ohne Humor, ohne Zweifel gerecht. Ach, ich hatte ihn ja selbst dorthin gesetzt, weil er Gerechtigkeit üben sollte. Das tat er jetzt.

›Es gibt mehrere belastende Aussagen gegen Herrn Cabanni. Und er hat selbst gestanden, erst heute Nacht. Kein Zweifel, dass er dabei war, Euer Hoheit.‹
›Aber es kann nicht sein! Ich kenne ihn!‹
Er warf mir einen langen, ernsten Blick zu.
›Unser Herr Andrea von Ungarn hat auch gedacht, er kenne alle diese Männer. Er kannte sie nicht.‹
›Die anderen sind mir gleich. An ihnen könnt Ihr Gerechtigkeit statuieren. Aber ihn gebt mir heraus. Es kommt doch auf einen mehr oder weniger nicht an.‹
›Madame, ich muss mich wundern. Euer Gatte ist zu Tode gehetzt worden ohne Gnade. Cabanni gehörte zur Meute. Da ist es gleichgültig, wessen Zähne sich am Ende in die Kehle gruben. Er ist schuldig.‹«
Meine Herrin senkte den Kopf und fuhr sich mit der Hand über die Augen.
»Und da versuchte ich es sogar mit Bestechung, ich schäme mich nicht, es zu sagen. Ich beugte mich über den Tisch und sprach leise:
›Es gibt da diesen gewissen Weinberg in Guigliani. Lasst Cabanni frei, und der Weinberg gehört Euch.‹
Zum ersten Mal sah ich Mitleid auf dem Gesicht des Obersten Richters. Er stand auf und ging zur Tür, die er für mich aufhielt. Bertrand de Baux, Herr über Leben und Tod, verbeugte sich tief vor mir und sagte:
›Euer Hoheit. Ich habe dies nicht gehört.‹
Mit Tränen in den Augen ging ich hinaus. Ich bestach den Kerkermeister, sodass mein alter Freund eine anständige Behandlung genoss, bis zu seinem baldigen Ende. Das war alles, was ich für ihn tun konnte. Ein Jahr später schenkte ich dem Richter seinen Weinberg, als Zeichen, dass er Recht hatte und ich Unrecht. Wenn Könige mit der Gerechtigkeit leichtfertig umgehen, wie könnte man denn von den Untertanen Besseres erwarten? Doch hätte ich meine Krone am liebsten ins Meer geschleudert an dem Tag, an dem Roberto dei Cabanni starb.

Sie wurden alle hingerichtet, zwölf Männer. Zwei weitere waren schon im Kerker gestorben. Unter den Beschuldigten waren auch zwei Frauen: Filippa la Cataniata und Sancia dei Cabanni. Sie sollen das Band aus grüner Seide geflochten haben, mit dem Andrea erwürgt wurde. Wenigstens Robertos Schwester konnte ich retten.

Das elendste Ende von allen hatte der Graf von Terlizzi. Einige der Verurteilten konnten die Sympathie des Volkes zurückgewinnen, indem sie einen guten und ergreifenden Tod starben. Roberto dei Cabanni stellte sich in seinen Ketten vor das Volk und hielt eine Ansprache über die Treue, und wie er nicht zu leben verdiene, weil er treulos gewesen war. Dann küsste er seinen Henker und sagte, dass er ihm vergäbe. Die Menge klatschte und weinte mit ihm. Frauen warfen Blumen.

Terlizzi dagegen wurde auf einem Karren quer durch Neapel gefahren, sodass alle ihn sehen konnten. Dabei folterte man ihn mit glühenden Zangen, so wie er es für seinen Kumpan angeordnet hatte, den unglücklichen Mambriccio. Zum Schluss zerrte das erboste Volk von Neapel noch seinen halb verkohlten und entkleideten Leichnam vom Scheiterhaufen; es war ihnen der Strafe immer noch nicht genug. Sie banden, was von ihm übrig war, an ein Pferd und trieben es durch die Stadt.

Die Häuser der Hingerichteten wurden geplündert und in Brand gesteckt.

Die Menge war völlig außer sich. Man sah sonst brave Bürger mit irrem Blick in die Häuser rennen und mit Armen voller Plunder heraus: Teppiche, Kleider, Vorhangstoffe, silberne Leuchter und Geschirr schleppten sie fort, andere warfen Möbel auf die Straße. Die Flammen schlugen schon aus den Dachstühlen. In diesem Augenblick ließ ich die Stadtwache auf die Menge los. Nur mit Mühe gelang es zu verhindern, dass die Brände auf benachbarte Häuser übergriffen. Irgendwann hatten sie sich ausgetobt und schlichen still nach Hause.«

»Eine schöne Unterhaltung hatte man da geboten. Und wie ging es weiter mit dem Fürstendrama?«, fragte Lucchina respektlos.

»Das weißt du doch, du warst dabei!«
»Soll ich weitererzählen?«, die Zwergin grinste.
»Versuchen wir's.«
»Gut, also: Da war nun diese appetitliche, wenn auch hochschwangere Königin-Witwe. Und Himmel, was hatte die alles zu bieten: Schlösser, eins in der Stadt, eins auf dem Land und eines am Meer. Sie besaß all dieses fruchtbare Land, eine Insel, noch ein Land und 'n Haufen Gold, da konnte sie sich obendraufsetzen und über alles rübergucken, wenn sie wollte.
Wollte sie aber nicht. Sie saß lieber im dunklen Zimmer und trauerte vor sich hin. Da kamen natürlich all die mitleidvollen Männer, um sie zu trösten: Loisi, noch ein Loisi, Roberto, Filippo und noch ein Roberto, alles Vettern, aber das machte nichts – für so was gibt es ja päpstlichen Dispens. Plötzlich konnte man nirgends mehr hintreten vor lauter Vettern. Und wie artig die jetzt alle waren:
›Hier, die Blumen, Giovanna, selbst gepflückt im Morgentau.‹
›Hier das Angelikakonfekt, Giovanna, es wird deine Schwermut vertreiben.‹
›Giovanna, du brauchst einen Mann.‹
›Giovanna, ich bin derjenige, der dir alle Schwierigkeiten aus dem Weg schaffen kann: Nimm mich!‹«
Während sie erzählte, veränderte die Zwergin ihre Stimme und ahmte die verschiedenen Vettern nach. Ein Stock wurde zum Degen, ein Thymianbüschel zum Blumenstrauß. Sie stolzierte durchs Gras und deklamierte:
»Endlich, endlich sind wir vereint. Immer schon habe ich dich geliebt. Ich bin ein Kriegsmann, Giovanna, ein gewalttätiger und genusssüchtiger Mann. Erhöre mich, du Schöne! Die Schönheit deiner Seele und deine Sittsamheit sollen mich adeln.«
»Genug!«, rief Giovanna. »Ja, das ist Loisi, wie er leibt und lebt. Er ist ein wenig pompös geworden und es stimmt, dass er sich selbst bewundert. Aber ihr werdet sehen, dass er aus meiner Sicht eine gute Wahl ist. Sie kämpften um meine Gunst, und besonders kämpften sie um die Vormacht untereinander. Roberto Durazzo

machte sich kurzerhand zu meinem Regenten, da ich ja schwanger war und daher zu schwach, die Geschäfte zu führen. Loisi Taranto warf ihn am Kragen hinaus.«

Giovanna lachte wieder, ein hilfloses Lachen ohne rechte Kraft.

»Könnt ihr euch das vorstellen?! Ich wusste oft nicht, ob ich lachen oder weinen oder gleich mit Kanonen schießen sollte. Sie machten mich ganz kribbelig, die Vettern, aber gleichgültig, was ich sagte, sie wichen nicht von meinen Fersen. Jeder hatte Sorge, er könnte eine Gelegenheit verpassen. Es war absolut lächerlich. Einmal gelang es mir, meine Verfolger abzuhängen: Ich befahl Frau Poderico, sich in mein Bett zu legen, mit dem Gesicht von der Tür abgewandt. Ganz nach oben musste sie die Decke ziehen, sodass nur noch ihr Haarschopf herausschaute.

›Aber was soll ich nur sagen, wenn die jungen Herren nachschauen kommen?‹, jammerte sie ängstlich. ›Herr Loisi wird immer so ärgerlich!‹

›Diese Rüpel sollen es wagen, sich dem Bett einer Dame zu nähern! Sei ganz ruhig, nur eine Stunde lang, und du kriegst ein Goldstück.‹

Ich zog mir die blaugrauen Kleider einer Wäscherin an und band mir ein ausgeblichenes Tuch um das Haar. Ein Wäschekorb auf der Schulter verbarg mein Gesicht. Ganz klein und krumm ging ich. So schlich ich an den Heiratslustigen vorbei und zum Tor hinaus. Ein Soldat schnauzte mich an, was mir einfiele, den Haupteingang zu benutzen!

›Bitte vielmals um Vergebung, Herr‹, murmelte ich. ›Ich bin neu. Es hat mir niemand gesagt.‹

›Na gut! Aber merk dir jetzt den richtigen Weg! Dieser ist für die Herrschaften!‹ Damit gab er mir einen Schubs, sodass ich stolperte. Na warte – den hab' ich mir gemerkt! Er wusste nicht, was ihn getroffen hatte: Zwei Wochen lang danach bekam er Doppelschichten aufgebrummt!«

Giovanna kicherte.

»Auf mich wartete im Hafen eine kleine Ausflugsgaleere, die einige meiner Gefährtinnen inzwischen besorgt hatten. Weg waren wir! Stimmt's Lucchina? Wir verbrachten einen ganzen herrlichen Herbsttag auf dem Wasser und niemand störte meinen Frieden. Mein Sohn bewegte sich in mir. Ich legte meine Hand auf meinen Leib und fühlte das neue Leben. Es war so wunderbar friedlich hier draußen. Mich hatte schon die Vorstellung geplagt, dass all diese schlimmen Ereignisse und Gefühle meinem Kind schaden würden: der Hass, die Verdächtigungen, das Leid und die gewaltsamen Tode. Ich verbrachte viel Zeit im Garten, wo ich mich dazu zwang, an Blumen zu denken, Wolken zu beobachten, schöne Eindrücke in mich aufzunehmen und diese Ruhe an mein Ungeborenes weiterzugeben – mit meinem Atem, mit meinen Gedanken und durch die Wärme meiner Handflächen auf meiner Leibeswölbung.

Aber viel Frieden hatte ich nicht. Meist erspähten mich meine ... wie soll ich sagen ... Verehrer? Die heiratswütigen Gockel? Die Wölfe? Und oben schauten die Schwiegermütter aus den Fenstern um zu sehen, ob ihre Söhne es auch geschickt anstellten.

Der Papst schrieb, ich solle unbedingt Witwe bleiben. So etwas rät sich leicht aus der Entfernung. Aber ich wusste, ich würde einen von ihnen nehmen müssen, wenn ich in meinem Leben je wieder einen ruhigen Moment haben wollte.

Und wenn es nur die Vettern gewesen wären! König Lajos von Ungarn hatte uns Rache geschworen. Kaum, dass er vom Tod seines Bruders erfuhr, ließ er verkünden, die Prinzen von Neapel seien allesamt Mörder. Meine Schwester Maria bezeichnete er als Hexe und mich als Wölfin, die die Krone von Neapel, Sizilien und Jerusalem verbrecherisch an sich gebracht hätte. Ach ja! Und Andrea sei für ihn ohnehin der König gewesen, der einzig rechtmäßige, und so weiter. Jetzt saßen wir erst recht in der Klemme. Was hatten sich diese Heißsporne nur dabei gedacht, Andrea aus dem Wege zu räumen. Es machte alles nur noch schlimmer!

Von Informanten erhielt ich eine geheime Depesche aus Ungarn – Lajos von Ungarn ließ ein Heer ausheben. Noch verhandelte er mit den italienischen Staaten über die Durchzugsrechte. Es war

Winter und es blieb uns eine Frist, aber der unvermeidliche Krieg rückte näher.
Ich saß am Fenster und blickte hinaus. Eine dünne Schneedecke überzog die königlichen Gärten. Ein Brief nach dem anderen traf ein von unseren Agenten. Ich fürchtete mich, die Siegel zu erbrechen, als seien es Pandora-Büchsen. Fast konnte ich erkennen, wie Rauch sich zwischen den Seiten kräuselte. Wenn ich diese Zeilen aufdeckte, wenn ich sie las, würde ich den Klang der Kriegshörner hören, das Rumpeln der Wagen und das Ächzen der großen hölzernen Gerüste mit den Steinschleudern, das metallische Klirren der Schwerter, das Sirren der Bogensehnen und das dumpfe Geräusch, wenn ein Pfeil eine Rüstung durchschlägt. Es kam auf uns zu.
Überall außerhalb Neapels waren die Abgesandten Ungarns unterwegs. In Mailand rannten sie offene Türen ein. Florenz versuchte zu taktieren. Sie schickten Abgesandte nach Ungarn. Lajos verhöhnte sie als feige. Ich fürchtete, die Genueser Kaufleute würden nicht standfest bleiben. Einzig Venedig fühlte sich stark genug, neutral zu bleiben in diesem Konflikt. Montferrat und Verona verhandelten noch. Keiner wollte sich vor uns stellen und Prügel für uns einstecken. Das war verständlich. Dennoch ließ ich energische Briefe schreiben, drohte mit dem Entzug von Handelsprivilegien, drohte, den Zugang zum sizilianischen Weizen zu sperren, die Vermögen ihrer Geldhäuser einzuziehen.
Mein Sohn ist Weihnachten geboren, wusstest du das, Alix? In all diesem Wirrwarr entschied er sich, am selben Tag die Welt zu betreten wie unser Herr Christus. Um mich herum war eine merkwürdige Stimmung – bedrückt, weil man ahnte, was uns erwartete, vorgeblich heiter mir zuliebe. Der Palast war mit Palmzweigen geschmückt. Im gelben Schein der Öllampen und Wachskerzen verschmolzen goldene Schalen mit dem polierten Nussholz, auf dem sie standen; mit den Orangen, die darin angehäuft waren, Orangen aus den Gewächshäusern von Castellammare. Man brachte mir Gewürzwein und Honigkuchen, aber ich vermochte nichts zu essen, nur zu trinken. Ich hatte

Angst. Für Maria waren die Geburten so schwer. Aber mein Carlo-Martello, der machte es seiner Mutter leicht. Am Weihnachtsabend kam er in die Welt und lachte mich gleich an, doch ich musste daran denken, dass nun kein glücklicher Vater an mein Bett treten würde. Ich war allein.«

Sie sah traurig aus.

»Ihr seid nicht allein«, sagte ich. »Viele Menschen lieben Euch. Ihr habt Loisi Taranto. Habt Ihr nicht gesagt, er sei der Beste von allen gewesen? Seht Ihr: Er wird Euch Neapel zurückerobern, und alles wird gut werden.«

Giovanna schüttelte den Kopf: »Neapel wird *mich* zurückbekommen. Ich frage mich, ob das gut ist. Bisher war ich nicht gerade eine erfolgreiche Herrscherin. Und dann ist da immer noch der Prozess …«

»… aus dem Ihr gestärkt und entlastet hervorgehen werdet«, sagte Delphine.

»Wenn es doch nur schon soweit wäre!«

11.

… Und erklären Wir hiermit, dass die Wölfin Giovanna, ihre Schwester Maria, Roberto di Taranto und seine Brüder, Carlo di Durazzo und seine Brüder Briganten sind, die die Krone von Neapel geraubt haben. Wir haben besagter Giovanna Blutrache geschworen und verlangen, dass Uns das Königreich Neapel, Sizilien und Jerusalem ohne Verzögerung und ohne jeden Widerstand übergeben wird. Diejenigen, die jetzt an der Regierung sind, haben durch ihr Verbrechen jedes Recht darauf verwirkt.
Besagte Giovanna wird sich Unserer Gnade ausliefern und ihre gerechte Strafe auf sich nehmen. Wo nicht, wird die Stadt Neapel geplündert und geschleift. Das Kind Unseres Bruders, Carlo-Martello, ist Unserer Obhut zu übergeben. Wir werden es an den ungarischen Hof bringen, wo es die christliche und vornehme Erziehung erhalten wird, die ihm in der Gesellschaft von Mördern und Verbrechern versagt bleiben muss …‹«, zitierte Giovanna.
»Was für eine Frechheit! Stellt euch vor: Der gesamte Thronsaal erstarrte. Die Fahnen und Bänder, die Trophäen und gestickten Embleme hingen schlaff wie Segel in einer Flaute. Die Höflinge standen unbeweglich und starrten mich an. Einen Augenblick lang war es so, als ob die Zeit selbst stehen geblieben wäre – nur ich, die Königin, allein lebte und dachte weiter, eine kurze Atempause. Wie hatten die Ungarn so schnell von der Geburt meines Sohnes erfahren? Dann waren ihre Agenten schon in der Stadt, an meinem eigenen Hof. Sicher – auch ich hatte meine Leute am Hof von Lajos. Aber wer konnte es sein? Ein bleiches

Meer von Höflingsgesichtern, hinter welchem verbarg sich ein Verräter?
Der ungarische Gesandte rollte das Pergament zusammen und ließ die Hände sinken. Er stand gerade, gelassen, die Füße leicht geöffnet. Er sah mich an. Auch sein Gesicht blieb nach außen unbewegt: Wäre Loisi König gewesen, er hätte ihm auf der Stelle den Kopf abschlagen und diesen zurücksenden lassen als Antwort. Ich tat es nicht. Er war ja nur der Überbringer, weiter nichts.
So fing ich an zu sprechen. Ein Raunen ging durch die Reihen meines Hofstaates. Loisi machte einen Schritt auf mich zu, die Hand am Schwertknauf. Carlo kam von der anderen Seite. Ich bedeutete beiden, dass sie mir fernbleiben sollten. Ihre Ansichten kannte ich zur Genüge.
›Weil ich nicht die mordgierige Wölfin bin, als die Euer Herr mich darstellen möchte, deshalb werdet Ihr, Messer, auf Euren eigenen Beinen davonstolzieren und Lajos von Ungarn Folgendes sagen von mir: Er ist es, der sich Rechte anmaßt, die ihm nicht zustehen. Wir bedauern den Tod des Prinzen Andrea zutiefst. Die Mörder wurden gefasst und bestraft. Doch ohne die Gier seiner Mutter und seines Bruders, die Unseren Gatten beständig angestachelt und gegen Uns aufgehetzt haben, wäre das alles nie geschehen. Und nun benutzt derselbe falsche und gierige Bruder die Gelegenheit, Uns anzugreifen, nicht zum Zweck der gerechten Rache, sondern aus Habgier. Wenn schon nicht durch den lebenden Bruder, so hofft er jetzt durch seinen Tod zu erlangen, was er immer schon begehrt hat.‹
Carlo Durazzo machte mir verzweifelte Handzeichen. Ich sollte mich mäßigen, Spielraum für Verhandlungen lassen. Doch ich hatte genug. Loisi sah zufrieden aus. Er lehnte an einer Säule, die Arme vor der Brust verschränkt, gekleidet in Purpur, darüber ein vergoldetes Kettenhemd, wie für einen Feldzug angetan.
›Wir gestehen Lajos von Ungarn keinerlei Rechte über Neapel zu, erklären sein Anliegen für ungerecht und alle seine Forderungen für null und nichtig. Wir fordern ihn auf, sein Heer sofort zurückzuführen und Neapel nicht länger zu bedrohen. Und, bei

Gott, er wird Unser Kind nicht bekommen. Wir haben es neun lange Monate in Unsrem Leib getragen, Wir haben ihm das Leben gegeben. Und bei Uns wird es bleiben. Carlo-Martello ist der Kronprinz Neapels. Lajos liegt nichts an seiner Erziehung und an seinem Wohlergehen. Er will ihn nur als Pfand, um die Krone umso sicherer an sich zu bringen. Wir werden diesen gottlosen Plan zu vereiteln wissen.‹

Die Feder des Schreibers kratzte hastig. Der Ungar würde meine Antwort mit Unterschrift erhalten, umwickelt mit Seidenbändern in den Farben Neapels, darauf mein königliches Siegel. Die Beschimpfungen, die Briefe, die Begründungen für die Forderungen, deren Zurückweisung und so fort, ich wusste: Das alles war nichts als ein ausgeklügelter Tanz, ein Sticheln, Vorgeplänkel mit dem Zweck, Stärke und Entschlossenheit des Gegners zu erfahren, seine Bündnispartner zu prüfen. Der Krieg war unausweichlich. Lajos war von meiner Schuld überzeugt, und er wollte Neapel. Wie weit aber konnte ich mich auf meine eigenen Verbündeten und auf meinen Hofstaat verlassen?

Die Vettern umwarben mich eifriger denn je und drängten auf eine Entscheidung. Immer hitziger wurde die Stimmung bei Hofe, kaum verhohlen noch die Feindschaft zwischen den Häusern. Ganz Neapel bis in die hinterste Region war gespalten. Filippo Durazzo kaufte ein Streitross, von dem er wusste, dass Loisi es haben wollte, nur um ihn zu ärgern. Filippo ritt niemals Streitrösser, er zog feingliedrige Araber vor. Loisi schloss ruinöse Verträge, um Korn zu kaufen, das die Durazzo dringend benötigten, er aber nicht.

Im Rat der Regenten blockierten die zwei Familien meine Entscheidungen. Was der eine bejahte, konnte für den anderen nicht akzeptabel sein.«

Lucchina krähte: »Sie sind uns alle mächtig auf die Nerven gegangen, schlimmer als Truthähne auf der Balz oder die Kater, die im Hof so schaurig lärmen. Wisst ihr, was ich hörte: Sogar die Huren der Stadt fragten vorher: Durazzo oder Taranto? Wenn sich nämlich herausstellte, dass sie es mit beiden trieben, dann konnte es sein, dass sie sich Prügel einfingen. So weit war es ja noch amüsant, aber dann ...«

Der Sonntag vor Ostern: Es war der Tag des heiligen Gennaro, jenes frühen Bischofs von Benevent. Zwei Ampullen seines Märtyrerblutes, getrocknet, wurden im Dom aufbewahrt. Zweimal im Jahr, wenn die Gemeinde inbrünstig betete, verflüssigte sich das Blut, und Neapel war für ein weiteres Jahr vor dem Vulkan geschützt.

Auch diesmal war der Kopf des Heiligen durch die Stadt getragen worden, grimmig und unbewegt hinter seiner goldenen Maske; hatten die Neapolitaner ihn mit all der Inbrunst angerufen, zu der sie allein fähig waren, und das war beträchtlich. Frauen hatten sich schluchzend in den Staub geworfen. Männer hatten die Stadt auf Knien durchquert. Mächtig waren die Chorgesänge in die Kuppel gestiegen, erhebend, mitreißend, so durchdringend und strahlend wie Sonnenlicht. Solange sie währten, war es leicht, an eine gute und geordnete Welt zu glauben. Doch das Blut hatte sich nicht verflüssigt. Verstohlene Blicke richteten sich auf Giovanna I., die auf ihrem geschnitzten und vergoldeten Stuhl thronte, und auf die zwei Familien, die sich noch beim Gottesdienst als feindliche Blöcke gegenübersaßen. Das Blut des Heiligen hatte sich nicht gerührt – ein schlimmes Omen!

Giovanna wusste wohl, dass man ihr alles anlasten würde, vom kalten Frühjahr über die Katzenkrätze bis zum Verlust eines einzelnen Fischerbootes. Sie empfing den Segen des Erzbischofs und lenkte ihre Schritte nach draußen. Das Portal wurde blockiert von Catharina de Valois und Agnès de Périgord:

»Ihr zuerst!«

»Nein, Ihr zuerst«

»Nicht doch, ich lasse Euch den Vortritt.«

»Aber nein, Gevatterin, Ihr seid älter als ich. Euch gebührt die Ehre.«

Ungeduldig unterbrach Giovanna das süß-saure Gefecht.

»Wenn Ihr Euch nicht entscheiden könnt, dann macht beide Platz.«

Und aus dem weihrauchgetränkten Halbdunkel, Gold, Stuck und Marmor, aus diesem betäubenden Ansturm von mildgesichtigen Heiligen, Wolken und Strahlenkränzen trat sie hinaus in den Tag. Zu ihrer Rechten schloss sogleich Filippo Durazzo auf, zur Linken Loisi Taranto, hinter ihnen nun endlich ihre Mütter und der Hof, doch nicht vermischt, wie es sonst üblich war, sondern ein geteilter Fluss von Gesichtern und Hausfarben, blau und gold für Durazzo, gelb und rot für Taranto. Die Gesänge waren noch nicht ganz verhallt. Noch klangen Giovanna Monsignores Ermahnungen von der christlichen Nächstenliebe in den Ohren, und wie Recht hatte er! Doch schon gellte ihr missklingender Lärm entgegen von aufeinander treffenden Klingen, noch bevor die Augen sich an das grelle Sonnenlicht gewöhnt hatten. Umrisse füllten sich mit Details, Bewegungen, Gesichtern.

»Feiglinge, hohle Schwätzer, du wie dein Herr!«

»Nein, Herr von Durazzo ... versucht ... Neapel den Krieg ... zu ersparen!«

»Indem er mit dem Feind ... verhandelt ... hinter dem Rücken der Königin!«

»Lügner!«

»Ihr taktiert, ihr Albaner ... wie die Pfeffersäcke! Ihr habt keine Ehre, nur Worte! Höret meine süße Rede ...«, und ließ einen lauten Furz folgen.

»Drecksack!«

»Schweinehund!«

Weit öffnete sich der Domplatz mit seinem schwarzweißen Pflaster, wie Fischschuppen gelegt. Aus den Fenstern der umliegenden Palazzi hingen Standarten. Die festlich gekleidete Menge hatte einen dichten Kreis um ein paar Streithähne gebildet und feuerte sie an.

»*Forza* Taranto!«

»Durazzo vor!«

Ein junger Mann aus dem Gefolge Filippos von Durazzo und einer aus Loisis Tross hatten jede Beherrschung verloren. Dem vorausgegangen waren wochenlange Beleidigungen, Rempeleien

auch der niederen Ränge. Mehrmals schon hatte Giovanna Roberto Taranto und Carlo di Durazzo als Familienoberhäupter ermahnt, für Frieden zu sorgen. Ohne Erfolg.
Bislang war es bei Faustkämpfen geblieben, durchschnittenen Sattelgurten, Keilen vor den Türen der Schlafsäle, plötzlichem Gülleregen, bösen Streichen. Auch die beiden jungen Burschen auf dem Domplatz hatten sich erst nur gestoßen und geprügelt. Dann plötzlich flogen aus der Menge zwei Kurzschwerter den Streitenden zu. Ein Faustkampf, das war doch nichts. Die Menge wollte Blut sehen – wenn schon nicht in der Kirche, dann wenigstens hier draußen.
»Halt!«, rief die Königin, doch ihre Stimme ging im Johlen der Menge unter. Die Streithähne in ihrer Wut waren ohnehin taub und blind. Giovanna versuchte, über die Köpfe zu sehen.
Einer der Streitenden war fünfzehn vielleicht, eine Haut wie Milch, nur ein dünner Flaum von einem Bart. Der andere war höchstens vierzehn, ein hübscher Junge, hätte nicht die Wut seine Züge verzerrt. Es waren Höflinge und keine Soldaten. Sie wussten kaum die Schwerter recht zu halten, hieben und stachen wild aufeinander ein und kamen sich heroisch dabei vor. Einen seltsam fließenden Moment lang schien es, als wäre es ein groteskes Theaterstück und geschähe nicht wirklich. Giovanna sah langsam die Vögel über den Platz fliegen, sah sich bewegende Münder, sah Carlo, der einen Zuschauer fortstieß, sah die Breitseite eines Schwertes, hoch erhoben, das in der Sonne gleißte.
Und dann ein Aufschrei der lüsternen Menge. Als Carlo und Loisi endlich den Kreis der Umstehenden durchbrachen, war es zu spät.
»San Gennaro!«
»Da seht ihr's, an diesem Tag muss Blut fließen!«, flüsterten die Gaffer.
»Ja! Sonst frisst uns alle der Vesuvio!«
Schweigend machten die Männer der Königin Platz. Einer der Kämpfer lag am Boden mit einer tiefen Wunde in der Brust. Es war der Milchbart.

»Es lebe … das Haus Durazzo«, flüsterte er, fanatisch bis zuletzt. Dann verließ ihn die Seele und der letzte Trotz seine Augen, und plötzlich wirkte er wie ein Kind. Giovanna dachte an seine Mutter, an ihr Kind, an den Krieg.

Sie wandte sich ab, die Hand vor dem Gesicht. Was für ein Irrsinn!

»Versteht ihr nun? Mein Entschluss stand fest«, berichtete Giovanna. »Um den Streit an meinem eigenen Hof zu beenden, musste ich heiraten, und so wie die Dinge lagen, schien mir Loisi die bessere Wahl. Ich wusste, Carlo taktierte wie ein Florentiner. Von ihm erwartete ich mir keine Hilfe in der Schlacht. Dass ein Krieg mit den Ungarn unvermeidlich sei, da war ich mir sicher. Gegen Lajos bedurfte es einer harten Hand. Loisi war schon als Kind keiner Auseinandersetzung, keiner Mutprobe aus dem Wege gegangen, hatte aber mit den Jahren auch an Verstand dazugewonnen.

Was hätte ich tun sollen – einen de Baux, einen Provençalen heiraten? Das wäre Roberts Lösung gewesen. Die Lösung des dritten Weges. Ihr seht, was uns das eingebracht hat. Meine Heirat mit einem Ungarn hatte das Reich ruiniert. Ich hatte keine Optionen mehr.

Als ich es Carlo Durazzo sagte, wurde er weiß im Gesicht vor Zorn.

›Carlo‹, sagte ich. ›Es ist die einzig gerechte Lösung. Ihr habt doch schon Maria. So muss ich also auf die Taranto-Seite gehen.‹

Ich verspürte einen Drang zu lachen: Nun sprach ich selbst schon so, als ob ein Tuch zerteilt würde.

Loisi sagte: ›Ich wusste es! Du bist eben meine kluge, schöne, unvergleichliche Giovanna. Es ist richtig, und außerdem liebe ich dich. Du wirst es nicht bereuen!‹

Gerade weil der Krieg vor der Tür stand, sollte unsere Hochzeit die rührendste und stolzeste werden in der Geschichte Neapels. Alle Glocken läuteten, alle Glocken in Neapel, und nach und nach schlossen sich ihnen alle Glocken des Königreiches an, eine Welle von Glockengeläut lief über das Land. Mein Herz schlug in der Kehle, so ergreifend war es.

Die Menschen in den Straßen jauchzten und warfen Blumen. Ich hatte verfügt, jedem Einwohner meines Königreiches an diesem Tag ein Kupferstück zu schenken. Sie sollten mir Glück wünschen.
Bei der Trauung im Dom runzelte seine Eminenz Orsini die Stirn, weil Loisi Sporen trug. Wenigstens beim Kirchgang hätte er sie ablegen sollen. Es war aber doch nur eine Eitelkeit: Loisi trug seine Kleidung sehr eng nach burgundischer Mode und dazu eben übertrieben große, silberne Sporen. Sollte er.
Zum Festmahl hatten sich so viele Leute hereingedrängt, dass es den Pagen fast unmöglich war zu servieren.« Giovanna lachte. »Mein Mundschenk wurde von hinten immer wieder an mich herangedrückt und entschuldigte sich in einem fort. Ich gab Anweisung, auf der Mole vor dem Palast noch einmal Geld zu verteilen. Daraufhin stob, was an Volk sich in den Festsaal gedrängt hatte, hinaus, und wir konnten endlich in Frieden speisen.
Eine unendliche Fülle und Abfolge von Speisen sollte unsere Gaumen und Augen entzücken, ich erinnere mich besonders an eine: Es gab einen Drachen aus Brotteig, den mussten sechs Diener auf einem Wagen hereinfahren. Als man ihn in die Mitte der Runde gebracht hatte, da öffnete der *panetier* das Maul des Drachen mit einem goldenen Messer und ein Schwarm weißer Tauben flog heraus, um sich gurrend im Gebälk niederzulassen, wo sie ihr Gefieder putzten.
Was ich Loisi schenken sollte, darüber brauchte ich mir allerdings nicht den Kopf zu zerbrechen. Er hatte mir schon vorher eine ellenlange Wunschliste überreicht. Darauf standen mehrere Städte und Grafschaften, drei Häfen, gewisse Steuer- und Handelsprivilegien; sodann wollte er an die Spitze des Regentenrats gesetzt werden und ein hohes Richteramt haben. Ich gewährte ihm alles. Hatte ich nicht aus übergroßer Zurückhaltung meinen letzten Mann verloren und war nicht der Krieg, der uns bevorstand, eine Folge meiner Unnachgiebigkeit?«
Wir mussten unserer Herrin halb und halb zustimmen. Die Wün-

sche des Herrn Loisi kamen mir maßlos vor. Aber wenn sie so ihren häuslichen Frieden hatte …

»Sieben Tage dauerten die Vergnügungen, es gab Bootsrennen, Spiele, Theatervorführungen und Tanz, nicht enden wollende Völlereien – unsere Köche waren hart geprüft, sich jeden Tag etwas anderes einfallen zu lassen, und ebenso hart geprüft waren die Bürger, die das alles zu bezahlen hatten.

Ich habe gern mein *divertissement*, jeder weiß, dass ich gern spiele, aber ich hätte das alles kleiner gehalten, angesichts des heranziehenden ungarischen Heers. Doch Loisi wollte es so – nun gut, es war ja auch seine erste Hochzeit.

Bei dieser Gelegenheit wurde mir übrigens ein junger Dichter vorgestellt, den mir Petrarca empfohlen hatte: Boccaccio, habt ihr von ihm gehört?«

Ich kannte ihn nicht. Es dauert oft Jahre, ehe Neuerungen und neue Namen uns auf dem Land erreichen.

Aber Delphine kannte ihn: »Ist das nicht der mit den gewagten Geschichten? Der, der die Mönche lächerlich macht?«

»Das kann man wohl sagen! Er hatte deswegen einen Zusammenstoß mit meinem alten Lehrer, Fra Giovanni. Das hättest du erleben sollen, Alix! So was gibt es wohl nur in Neapel! Lucchina war ja dabei, stimmt's? Also, es begann damit, dass Fra Giovanni, kaum dass er Boccaccios ansichtig wurde, ihn gleich als ›jenen schamlosen Lümmel‹ titulierte. ›*Sotus!*‹, gab Boccaccio zurück und warf dem Bruder vor, die Mönche seien alles Pharisäer. Darauf Fra Giovanni: Die Schreiber von heute würden die Menschen verderben und ihnen eine aufgeblasene Meinung von sich selbst einimpfen. Das sei unchristlich! Boccaccio zurück: Die Mönche hätten samt und sonders ein verengtes Verständnis des Christlichen. Die einen lebten in lästerlichem Luxus und trieben Unzucht, und die anderen – er meinte die Minderen Brüder – fielen den Armen auch noch auf die Tasche!

Ich sage euch, das war vielleicht ein Aufruhr! Der arme Bruder Giovanni wurde schließlich ganz blau im Gesicht, und ich fürchtete, er bekäme einen Schlaganfall. Aber er berappelte sich, nahm

einen Schluck aus irgendeinem Becher und jagte Boccaccio mit seinem Gebetsbuch um den Tisch.
Die gesamte Familie Durazzo blieb den Feiern fern. Nicht einmal meine Schwester schickte mir Grüße. Wahrscheinlich hatte es Carlo verboten oder auch diese Xanthippe, Agnès de Perigord. Ihre Gratulation bestand in einem Brief, worin sie schrieb, die Durazzo würden diese Heirat niemals anerkennen und ›tausend‹ Schwierigkeiten machen. War das nicht reizend?
In Ungarn rauchten derweil die Schlote der Waffenschmieden: Rüstungen, Kettenhemden und Helme wurden geschmiedet, Tausende von Vögeln für Helmbüsche gerupft. Tag und Nacht glühten jetzt die Feuer; rauchgeschwärzte, muskelbepackte Kerle stellten 200 000 Pfeilspitzen her, dazu Lanzen, Schwerter, Hellebarden.
Vor den Toren Neapels ging es nicht anders zu. Die Schmieden hatte Robert vor die Tore verlegen lassen, wegen der Brandgefahr. Jetzt erwies sich das als besonders vorausschauend. Ich war selbst in einigen Schmieden, um die Arbeiten anzusehen und mit meiner Anwesenheit die Gesellen zu Höchstleistungen zu ermuntern. Das war meine Hochzeitsreise, mein Plaisir. Wart ihr je in einer Schmiede – ich meine nicht in Friedenszeiten, wenn Hufeisen und Pflugscharen gefertigt werden –, sondern in einer Waffenschmiede, wenn der Feind fast vor den Toren steht? Wisst ihr, wie es dort raucht und stinkt und Funken spritzen, wie die Hammerschläge hallen? Da steht der Meister vorm Amboss und schlägt mit weit ausholenden, machtvollen Bewegungen den roten Stahl, dessen genaue Zusammensetzung nur er kennt. Er allein kennt das Geheimnis, weiß, wie oft ein Eisen abgelöscht und wieder erhitzt werden muss im Holzfeuer, wo es Kohlenstoff ansammelt, bis es genau die richtige Härte und genau die richtige Biegsamkeit erhält. Wird es zu oft getrieben, dann wird es spröde und bricht, zu wenig, dann wird es nicht hart genug. Schwerter zu schmieden ist eine hohe Kunst, so lernte ich dort. Loisi vergaß seine exquisiten Roben, seine seidenen Strümpfe. Sein Hemd riss er sich ungeduldig vom Leib und stand halb nackt da, wie die

Schmiedegesellen. Er verlangte eine dicke Lederschürze wie sie und ließ es sich nicht nehmen, selbst einen Dolch zu schmieden. Das brachte die Schmiede in Fahrt, dass ihr König sich nicht zu schade war, ihr Handwerk zu versuchen. Sie rannten zusammen und umringten ihn. Sie klatschten im Takt: ›Und Schlag! Und Schlag! Und Schlag!‹

Als das Stück fertig war, behielten sie es, um es für Loisi zu schleifen und zu polieren und einen Griff aus Gold dazu zu machen. Er trägt es bis heute bei sich. Da war er wieder, der Held meiner Kindheit. Loisi hat es immer verstanden, die Herzen der Unbändigen zu gewinnen.

Erneut bekamen wir Nachrichten von unseren Agenten am Hof in Buda, Warenlisten hauptsächlich. Wir wussten, dass Lajos 2000 Fässer Zwieback gekauft hatte und dazu genug Getreide, um noch einmal so viel backen zu lassen. 253 Rinder ließ er zusammentreiben auf den Steppen; 700 Hühner, Gänse und Kapaune hatte er bestellt, 87 Fass Olivenöl, Gerste, Trockenfisch und 1000 Fässer Wein vom Balaton, geräucherten Lachs, 300 luftgetrocknete Schinken, getrocknete Bohnen, Erbsen und Zwiebeln, 544 Käse, 900 Pfund Mandeln, 200 Pfund Zucker, zinnbeschlagene Holztruhen für Ingwer, Pfeffer, Safran, Zimt und Gewürznelken. Es sollte den Offizieren an nichts fehlen.

Diese Zahlen und Mengen studierte Loisi mit Fleiß. Sie sagten ihm, wie groß das Heer sein und wie schnell es vorankommen würde.

Ein ebensolches Heer von Handwerkern und Dienern aller Grade und beinahe jeder Gilde war von Lajos für die Vorbereitung des Feldzugs eingespannt: Die Küfer fertigten fieberhaft Fässer, um all den Zwieback aufzunehmen, Bäcker buken, Stickerinnen stickten die stolzen Banner und Standarten, Gerber und Schuster versuchten, all das bestellte Zaumzeug fertig zu stellen, Silberschmiede arbeiteten an den Glöckchen und Verzierungen, Näherinnen, Schmiede, Köche, Fleischer und Sattelmacher – all diese Leute wollten untergebracht und bezahlt werden. Die ungarische Krone sah sich vor leeren Kassen. Viele der Arbeiter wurden vertröstet, was sie nicht guten Mutes hinnahmen, denn die Bevölkerung von Buda und von Pescht nutzte die Lage auf ihre Weise: Die Lebensmittelpreise stiegen ins Unermessliche. Unsere Agenten schürten den Unmut in der Hoffnung, den Abmarsch des Heeres so weit zu verzögern, dass den Ungarn der Winter zuvorkäme. Doch Lajos war entschlossen. Die Ungarn setzten sich in Marsch mit ihren neuen Kanonen, den Fässern voller Schwarzpulver, den eisernen Kugeln. Ochsengespanne zogen die Steinschleudern und Flammenwerfer. Die Maschinerie war in Bewegung und würde sich so leicht nicht aufhalten lassen.

In dieser Lage erstaunte es mich doch sehr, dass Loisi und Carlo di Durazzo – nach außen hin doch verfeindet – miteinander Briefwechsel pflegten. Ich erfuhr es durch eine hübsche junge Magd, die ich auf Carlos Sekretär angesetzt hatte. Sie setzte sich ihm auf den Schoß und schmuste mit ihm, eine blutjunge Person – er war fünfzig. In dem Alter werden die Männer albern, danach fromm.

Nun, jedenfalls, sie mopste in einem schwachen Moment einen Brief, auf dem sie Loisis Siegel erkannt hatte. Ich belohnte sie mit Gold.

Als Loisi in unsere Gemächer kam, am Abend, hielt ich ihm das Papier unter die Nase.

›Wie kommt es, dass du Korrespondenz mit Carlo unterhältst hinter meinem Rücken?‹

Nur einen winzigen Augenblick lang sah er erschrocken aus. Er fing sich schnell.

›Wieso? Was hast du da?‹ Er griff nach dem Papier. Ich zog es weg.

›Wie kann ich dazu Stellung nehmen, wenn ich nicht weiß, worum es sich handelt bei dem Fetzen?‹

›Ein Fetzen ist es allerdings. Ich zitiere: … *Könnte ich mir überlegen unter gewissen Umständen, den von dir angedachten Weg … Konzessionen … Giovanna braucht davon nicht zu wissen* … Für was soll ich das halten, Loisi. Das ist Hochverrat.‹

›Ach, Unsinn, das verstehst du falsch. Wie kommt der Brief überhaupt in deine Hände?‹

›Angriff ist die beste Verteidigung, nennt man dein Spiel, Loisi. Woher ich den Brief habe, tut nichts zur Sache. Wichtig ist für mich: Du verbündest dich hinter meinem Rücken mit Durazzo!‹
›Nein, so ist es nicht. Durazzo schlägt ja nur vor, dass wir uns treffen. Er will mit den Ungarn lieber verhandeln. Und weil er weiß, dass du für Verhandlungen nicht zu haben bist, hat er sich an mich gewandt. Ich hatte vor, ihn persönlich zu überzeugen, dass man mit Lajos' Kriegsmaschine nicht mehr verhandeln kann. Carlo ist naiv.‹
›Und um was für Konzessionen geht es da?‹
›Ich wollte erreichen, dass die Durazzo unsere Ehe anerkennen und wenigstens zwischen unseren Häusern Frieden herrscht. Wir werden jede Unterstützung brauchen, Giovanna!‹
Er klang überzeugend. Aber zu seinem Ärger behielt ich den Brief, für alle Fälle. Er meinte, ich solle ihm vertrauen. Er ist mir lieb, doch vertrauen könnte ich ihm niemals.
Papst Clemens schickte den Legaten Bernard de Deux, um uns bei der Vorbereitung auf die Invasion zu helfen. Vermittlungsversuche waren fehlgeschlagen: Lajos hielt es mit dem Kaiser und England gegen den Papst. Da war nichts zu machen.
Täglich erhielten wir nun Berichte vom ungarischen Vormarsch: Zagrab, Zeng – dort waren sie zwei Wochen aufgehalten, um die Galeeren zu beladen, all ihre Tonnen von Kriegsgerät und Zwieback. Sie setzten über nach Pesaro. Wieder dauerte es lange, bis sie ihre Streitkräfte in Marsch setzen konnten. Und dann waren sie da. Ach, und wie schnell jetzt die Unentschiedenen fielen, wie Kartenhäuser brach ihre Treue zusammen. In der Emilia Romagna wurden Freiwillige geworben und das Heer schwoll an wie ein Fluss während der Schneeschmelze. Italiener mit Ungarn gegen Neapel! Der Teufel soll sie holen und er hat auch schon damit angefangen: Hinter Lajos her kamen die Plünderer, angezogen vom Krieg. Bauernkaten, Dörfer, kleine Städte gingen in Rauch auf. Die Diebe organisierten sich zu einer eigenen Truppe. Hatten sie genug zusammengestohlen, zogen sie einfach nach Hause, auf fremden Pferden, mit hoch beladenen Pack-

eseln oder auf Ochsenkarren voller Möbel und Säcken mit Korn.«

»Lajos ließ das Plündern doch verbieten. Er hat seine regulären Truppen auf die Diebe angesetzt«, wagte Lucchina ihre Herrin zu unterbrechen.

Giovanna schrak hoch. Ich glaube, sie hatte uns ganz vergessen, so eingenommen war sie von den düsteren Bildern, von ihrem Zorn.

»Du hast Recht, Lucchina. Das wenigstens muss man Lajos zugestehen. Das Piemont und die Lombardei nutzten die Gunst der Stunde und sagten sich von Neapel los. Eines Tages werden sie dafür bezahlen, ich schwöre es! Die Barone der Abruzzen kapitulierten einer nach dem anderen vor der rohen Macht und ließen die Ungarn passieren, froh, unbehelligt zu bleiben.

Loisi war unentwegt zu Pferde unterwegs. Er hatte seine Augen überall.

›Baut dort einen Wall!‹, rief er, und die Leute folgten ihm. Mit Feldsteinen und Erde errichteten sie Barrikaden. Schöne alte Pinien, die schon hundert Jahre an ihrem Platz gestanden hatten, wurden gefällt, um Wälle zu errichten.

Kam er nach Tagen in den Palast, dann nur für ein paar Stunden, um sich zu erfrischen und mir Bericht zu erstatten. Er schien aber nicht erschöpft, auch nicht unglücklich. Loisi war in seinem Element. Ich hatte mich in ihm getäuscht: nicht Bacchus glich er – sein Gott hieß Mars.

Es war Herbst. Bis zum letzten Tageslicht, sogar im Fackelschein, arbeiteten Soldaten zusammen mit den Bauern, um das Korn einzubringen und die unreifen Trauben. Die Bauern und ihre Familien, alle hatten Tränen in den Augen, als sie nach Neapel hineinfuhren auf beladenen Karren, das madjarische Heer im Nacken. Mit einem endgültigen Krachen fielen die Stadttore hinter ihnen zu. Ängstlich streifte ihr Blick die fremden, hohen Häuserfronten. Nun waren sie Flüchtlinge, hatten bereits alles verloren, bevor der Krieg begann.

Die Vettern waren alle wieder da. Sie umgaben mich dicht ge-

drängt, entweder um zu beweisen, dass sie mich nicht verrieten, oder, wie ich beinahe mehr vermutete, um mich umso besser verraten zu können.
Einzig Loisi kämpfte an vorderster Front und alle Berichte von dort lobten seine Tapferkeit. Doch die Ungarn waren uns weit überlegen, weil unsere Verbündeten uns im Stich gelassen hatten. Die Verteidiger wurden immer weiter zurückgedrängt. Loisi ließ mir die Botschaft bringen, ich solle fliehen, wie wir es besprochen hatten. Ich wartete, so lange ich konnte. Als die Madjaren und ihre deutschen Söldner vor Neapel standen, verließ mich mein Mut und ich bestieg die Galeere, die Hugues de Baux seit Wochen bereithielt. Das Letzte, an das ich mich erinnere, sind die Bürger Neapels, wie sie auf hölzernen Leitern emsig die Mauern auf- und abstiegen. Sie schleppten Krüge und Kessel mit ungelöschtem Kalk und siedendem Öl.«

12.

Alix!«, rief mich Lucchina. »Komm her! Zu mir ans Fenster! Dort unten im Hof ist einer deiner Verwandten.«

Ich war gerade dabei, meine Kleider zusammenzulegen, die ich zum Lüften ans Fenster gehängt hatte. Die Mauern des alten Schlosses waren feucht, und diese Feuchtigkeit zog in alle Räume, in die Decken und Felle und in die Truhen hinein. Ein Verwandter? Jemand aus St. Jean?! Einer meiner Brüder etwa? Ich ließ alles fallen und rannte zu Lucchina hin. Sie zeigte auf den Hof.

»Da!«

Ich beugte mich aus dem Fenster, sah aber nur ein Maultier im Schatten der Hofmauer Weinlaub abfressen. Offenbar schmeckte ihm diese Kost nicht, denn es schlug unwillig mit dem Schweif, trat einen Schritt zurück, streckte den Hals und ließ sein durchdringendes, misstönendes Geschrei ertönen.

»Wo ist ein Verwandter von mir?«, ich zog den Kopf wieder ein.

Die Zwergin hielt sich den Bauch vor Lachen. »Na da! Er hat sogar zu dir gesprochen, du Eselin!«

Das war so ganz Lucchina. Vielleicht hatte sie sogar Recht.

»Mädchen, du rennst, wenn du bleiben solltest, du stellst dich stocksteif und bockig, wenn du gehen solltest. Du tust immer das Gegenteil von dem, was vernünftig wäre, zu deinem eigenen Schaden. Da arrangiere ich mit viel Mühe ein Liebestreffen, und was tust du? Du rennst weg. Ich hatte ihn dir auf dem goldenen Teller serviert!«

»Aber es hat doch keinen Zweck.«
»Ach, komm, nicht wieder diese alte Leier!«
»Er ist mit dieser Vulcano spazieren gegangen«, brach es aus mir heraus.
»Warum auch nicht. Du hast ihn ja abgewiesen.«
»Wenn er sich so bald tröstet, dann kann ihm ja nicht viel an mir gelegen sein. Dann ist es nur gut, dass ich mein Herz nicht an ihn gehängt habe.«
»Bah«, Lucchina lief mir hinterher in meine Kammer und setzte sich auf mein Bett, während ich mit wütender Energie über meine Kleider herfiel.
»Klopf sie nicht so heftig, du wirst noch alles zerreißen. Klopf dich lieber selbst. Du bist die Einzige, die deinen Zorn verdient.«
»Ich hasse die Vulcano! Sie tut immer so fein und so nobel, und am Ende kommt immer eine Gemeinheit heraus.«
»Sie nutzt nur die Gelegenheit. Der Herr Benevent sieht gut aus, ist eine gute Partie und hat dazu noch ein angenehmes Wesen. Du willst ihn nicht, also nimmt sie ihn.«
»Ich will ihn ja.«
»Gib mir ein Kissen, ja? Sonst rutsch ich hier herunter, mit meinen kurzen Beinen – danke.«
Sie stopfte sich das Kissen in den Rücken und streckte sich behaglich aus.
»So, weißt du was? Ich glaube, dass man die Vulcano bemitleiden muss.«
»Wieso denn das?«
»Weil Herr Benevent sie nur benutzt, um dich zu ärgern, was ihm ja auch bestens gelingt.«
»Wenn das so ist, dann können sie beide zum Teufel gehen.«
»Psst, wenn man vom Teufel spricht.«
Und da kam auch schon Mariano Vulcano und sprach zuckersüß: »Ach, da haben sich die Richtigen gefunden! Die eine klein von Körper, die andere von Verstand.«
»Ach, Frau Vulcano – wenn Eure Liebenswürdigkeit so groß wär

wie Euer Schinken, dann wären es doch zu viel der Vorzüge«, sagte Lucchina blitzschnell.
Marianos falsches Lächeln verschwand.
»Lustig, lustig. Wie auch immer: Euch, Jungfer Landei, wollte ich nur wissen lassen, dass Herr Benevent mich um meine Hand gebeten hat. Offenbar denkt er anders von meiner Liebenswürdigkeit.«
»Nein!« Ich war aufgesprungen. »Das ist nicht wahr!«
»So? Meint Ihr? Wahrscheinlich seid Ihr noch schamlos genug, um ihn direkt zu fragen, ganz so als ob Ihr ein Recht hättet, es zu wissen. Aber da ich so … liebenswürdig bin, warne ich Euch, damit Ihr Euch nicht blamiert und Euch in Schwierigkeiten bringt. Er gehört mir.«
Mariano drehte sich um und rauschte davon. Ich stand wie eine Säule.
»Das glaube ich nicht«, sagte Lucchina. »Das ist doch nur wieder so ein hundsföttisches Spiel von ihr. Gleich gehst du hin und fragst ihn.«
Ich stürmte hinaus. Mariano stand im Hof und warf mir einen schlauen Blick zu: Trau dich doch, sollte das heißen. Ich warf den Kopf zurück und ging zum Tor hinaus.
Es war Hochsommer. Die Luft war heiß und trocken jetzt und die Sonne stach so unbarmherzig, dass einem der Schweiß ausbrach, wenn man nur ins Freie trat. Ganz im Gegensatz zu den nassen, viel zu kühlen Sommern vorher. Wer konnte, hielt sich im Schloss auf, wo es kühl war. Ich bedauerte die Mägde, die Wasser holen mussten, die Stallknechte und die Leute auf den Feldern.
Die Blumenpracht und das Gras war verdorrt, Halme brachen unter meinem Tritt. Die *garrigue* hatte sich, nach der kurzen, heftigen Pracht des Frühjahrs, wieder in ein bläuliches Einerlei verwandelt. Zikaden schrillten unaufhörlich, Tag und Nacht. Rasch bewegte ich mich von einem Baumschatten in den nächsten. Die Zikaden unterbrachen ihren Gesang abrupt, um ihn alsbald wieder aufzunehmen, wenn ich ihnen den Rücken kehrte. Ich erschrak, als eine bunte Echse plötzlich vom Weg aufsprang,

wo sie ihr Blut gewärmt hatte, und raschelnd in den Büschen verschwand.
Mein Ziel war der sandige Platz, wo die Männer täglich trainierten: Ringen, Bogenschießen und Schwertkampf. Wegen der Hitze hielten sie ihre Übungen jetzt nur noch am Morgen ab und dann noch einmal am späten Nachmittag. Sie hatten das Rondell inzwischen eingezäunt. Es waren jetzt immer Zuschauer da, Leute aus dem Dorf, aus der Dienerschaft, und auch für uns Frauen war es ein willkommener Zeitvertreib.
Messire Barral war auf den Einfall gekommen, im Dorf Holzschwerter herstellen zu lassen. Es gab hier eine Sorte Hartholz, das so schwer war, dass man damit fast die Ausgewogenheit eines echten Schwertes erreichen konnte, sodass bei den Übungen niemand übermäßig verletzt wurde. Blaue Flecke, Prellungen und Schrammen behandelte ich mit *oli rouge* oder kühlenden Kompressen mit Arnika. Bei tieferen Wunden, die genäht werden mussten, schickte ich die Patienten zu einem Kräuterweib im Dorf, das sein Handwerk bewundernswert verstand.
Ich hörte Lärm und Klatschen. Ursoleones Männer standen im Kreis um den kleinen, festgestampften Platz herum. Er demonstrierte etwas. Er hatte sein Hemd ausgezogen und stand mit bloßem Oberkörper unter der Sonne. Seine Haut glänzte von Schweiß. Ich blieb weiter hinten stehen und sah zu, an den Stamm einer Grüneiche gelehnt. Meine Kehle wurde eng. So schnell wirbelte er mit dem Schwert herum, schwerelos und geschwind wie die Smaragdechse, die vor mir davongesprungen war. Er mähte unsichtbare Angreifer nieder nach allen Seiten, verschmolz so harmonisch mit dem hölzernen Schwert, dass es wirkte wie ein Tanz. Wie anstrengend das war, sah man erst, als er innehielt, mit einer Verbeugung den Tanz beendete. Die Adern an seinem Hals standen hervor und sein Brustkasten hob und senkte sich heftig. Die Männer applaudierten.
Wie gern hätte ich ihm jetzt einen Trunk Wasser gebracht. Doch er schaute nicht zu mir hin. Jemand reichte ihm einen Becher, aus dem er tief trank und einen zweiten, dessen Inhalt er sich lachend

über den Kopf goss. Er winkte zwei seiner Männer heran und begann die Übung noch einmal, ganz langsam, zu demonstrieren.

Auf dem Weg zurück empfing mich Mariano mit spöttischem Blick. Oh, sie wusste recht gut, dass ich nicht gefragt hatte. Ich konnte ihr nicht in die Augen schauen und verkroch mich in den kühlen Mauern. Warum sollte sie gelogen haben, dachte ich mir. Die zwei passten besser zusammen, beide Italiener, beide aus gutem Haus. Ich fand Mariano fade und spitzzüngig und konnte mir einfach nicht vorstellen, dass Ursoleone sie wirklich mochte. Er hatte mir schöne Augen gemacht, sogar Briefe geschrieben oder nicht? Er hatte Lieder für mich gesungen. Und? Ich hatte mir ja von Anfang an gesagt, dass es keinen Zweck hatte zu hoffen. Und wie gut war es jetzt, dass ich mich nicht kompromittiert hatte. ›Hör auf!‹, sagte ich zu meinem Herzen. ›Du hast keinen Grund, so wehzutun.‹

»Es war nicht die Gelegenheit zu fragen«, sagte ich Lucchina. »Ich tue es ein anderes Mal.«

An diesem Abend entschloss sich die Königin, ihren Offizieren und uns mitzuteilen, was aus den Prinzen von Neapel geworden war. Die Brüder Caracciola waren da, Amiel de St. Maximin, Barral de Baux, Herr Benevent, drei seiner Leutnants und Dom Pancrazio.

»Liebe Gefährten«, sagte Giovanna. »Eine traurige Pflicht habe ich nun lange genug aufgeschoben, nämlich euch zu sagen, was in Neapel nach unserer Flucht geschah – so weit ich es aus Briefen rekonstruieren kann. Die Bürger des Königreichs Neapel haben tapfer gekämpft. Die Neapolitaner hätten sich bis zuletzt zur Wehr gesetzt, heißt es. So entschlossen war aber Lajos von Ungarn, dass er zwei Kompanien deutscher Söldner angeworben hatte: Werner von Urslingen und Conrad von Wolfsfurt.«

Ein Murmeln erhob sich unter den Männern. Sie kannten die Namen, wussten, das waren gefürchtete Kriegsherren, freie Söldner ohne Bindungen, ohne Pardon. Ihr einziges Lebensziel war es, am Leben zu bleiben und sich zu bereichern. Es ging ihnen

nicht um die gerechte Sache. Das gab ihnen den entscheidenden Vorteil.
»Die Prinzen signalisierten, dass sie sich unterwerfen wollten. Und König Lajos lud sie ein …«
»Die Einladung war immerhin höflich, was meinst du, Bruder?«, fragt Carlo.
Roberto blickt nach vorn. Er zieht seinen Pelzumhang enger um die Schultern. Die Pferde tragen wollene Satteldecken, die bis zur Erde hängen. Ihr Atem bildet weiße Wolken in der Luft und gefriert als Reifbesatz an Wimpern und Stirnhaaren.
»Ich weiß nicht, was davon zu halten ist. Freies Geleit gab er uns nicht.«
»Warum sollte er uns etwas zuleide tun? Es war Giovanna, die er haben wollte, und die ist über alle Berge«, meint Filippo Taranto, der sein Pferd neben die beiden treibt, auch er in kostbare Pelze gehüllt, einen Mantel aus Zobel mit einer Kapuze, die ihm bis in die Augen fällt. Er hat sich tief in seine Kapuze zurückgezogen, damit die anderen nicht sehen, wie zwanghaft er mit den Kiefern mahlt, wie wenig Mut er hat. Er schließt nur so dicht auf, weil er nicht allein sein will in dieser Stunde.
Silberne Glöckchen klingeln am Zaumzeug, für längere Zeit das einzige Geräusch neben dem gedämpften Hufschlag und dem Knirschen des Schnees.
»Hätten wir ihm nicht Geschenke mitbringen sollen?« Das ist Roberto Taranto, ein ängstlicher, wenn auch gelehrter Mann, ein Bücherwurm.
»Unsinn!«, gibt Carlo Durazzo zurück. »Das sähe ja nach Bestechung aus. Im Übrigen gehört ihm sowieso, was er will – der Sieger nimmt alles.«
Filippo: »Neapel hat er aber nicht einnehmen können, warum haben wir es ihm auf dem Silbertablett angeboten?«
»Hättest du dich etwa auf eine Belagerung einlassen wollen, du Idiot? Warst du denn gar nicht in den Straßen, Cousin? Hast du keine Augen im Kopf? Die Steinschleudern und die neuartigen Flammenwerfer haben große Schäden angerichtet. Die Bürger

haben es satt, für uns die Köpfe hinzuhalten und sind reif, selbst die Tore zu öffnen, ob wir es nun wollen oder nicht. Und die ungarischen Agenten sind längst in der Stadt. Sie sagen, dass wir unsere Rechte verwirkt haben und dass die Bürger lieber Lajos zum König machen sollen, zu ihrem eigenen Besten.«

»An all dem ist Giovanna schuld!«

Wieder herrscht lange Schweigen.

»Wisst ihr noch«, fängt Loisi Durazzo an, »wie wir als Kinder dort gespielt haben, in Quisisana? Königin und Ritter: Maria war die Königin. Der Goldreif auf dem Kopf rutschte ihr herunter und lag um ihren dicken Kinderhals. Und Giovanna maulte, weil sie nicht auch Ritter sein konnte. Und wir ritten Turniere auf Holzpferden.«

Auch die anderen denken an die glücklichen Zeiten, die Sommer auf dem Land, als ihre größte Sorge war, wie sie ihre Untaten vor der Kinderfrau verbergen sollten.

Hinter ihnen reitet der Tross der Dienerschaft und der Knappen, ein kleiner Trupp von vielleicht vierzig, fünfzig Personen: nicht weniger, als Prinzen von Geblüt zusteht zur Begleitung, aber auch um Gottes willen nicht einer mehr, um den Ungarn nicht zu reizen.

»Sein Vater, Carobert, soll ein friedliebender Mann gewesen sein.«

»Wo hast du das her? Ich habe gehört, er spielte Polo mit den abgeschlagenen Köpfen seiner Gefangenen.«

Daraufhin ist wieder Ruhe. Verschneit liegt die Ebene, die Kornkammer des Königreichs. Sie hat selten Schnee gesehen und Eis, aber das Wetter ist verhext seit ein paar Jahren. Es ist kälter geworden. Ein paar Hügel tragen Pinien, andere schwarze Reben.

Als sie unter einem Apfelbaum durchreiten, streckt sich Filippo und bekommt einen gelb verschrumpelten Apfel zu fassen, der noch im Geäst hängt vor dem blaugrauen Winterhimmel.

»Da hast du, Roberto!«, Filippo lacht.

Roberto schlägt ihm den Apfel mit einer ärgerlichen Gebärde aus der Hand.

»Alberner Fant.«
Der König von Ungarn empfängt sie höflich. Er hat die Tafel decken lassen, mit dem goldenen Geschirr, das die Brüder seit ihrer Kindheit nur allzu gut kennen.
Lajos sitzt am Kopfende und sieht ganz so aus, als gehöre er dorthin. Er steht auf, verneigt sich, weist den Gästen ihre Plätze.
»Ihr hattet einen angenehmen Ritt, hoffe ich?«
Die Prinzen bejahen.
»Die Winter hier sind gar nichts im Vergleich zu Ungarn. Dort liegt der Schnee jetzt mannshoch. Eiszapfen hängen von den Dachtraufen, so lang und so dick wie Männerarme. Die Flüsse sind monatelang zugefroren, könnt Ihr Euch das überhaupt vorstellen? Nein, ich glaube nicht – wenn ich sehe, was für klägliche Heizvorrichtungen ihr Italiener habt …«
Lajos ist guter Laune. Er erzählt von gemauerten Kachelöfen, auf denen Leute schlafen, von heulenden Wolfsrudeln, die Schlitten verfolgen, von Bären und von den herrlichen Pferden der Puszta. Über Pferde spricht er besonders gern.
Da können die Prinzen mithalten. Sie entspannen sich ein wenig. Lajos lässt nun ein Mahl auftischen, es gibt Wein. Man vergleicht italienische Spezialitäten mit ungarischen. Erst als das Beisammensein sich dem Ende zuneigt, fällt ein Wort über Neapel.
»Sire, die Neapolitaner haben Angst vor Euren Deutschen«, sagt Roberto Taranto ruhig. Die Übergabe der Stadt würden die Prinzen gern verzögern. Immerhin hat Neapel vier Festungen und äußerst starke Mauern. Es ließe sich noch eine lange Zeit halten. Und wenn dann der Papst eine Bulle schickt, dem Ungarn mit Exkommunikation droht; oder wenn Giovanna mit einer Flotte zurückkehrt?
»Es tut uns aufrichtig Leid um Euren Bruder«, sagt Carlo Durazzo. »Das müsst Ihr uns glauben. Er war unser aller Jugendfreund. Die Täter sind bestraft worden, nur Giovanna ist entwischt.«
König Lajos nickt nur.
»Wo ist Euer Bruder Loisi di Taranto?«, will er noch wissen. Das

kann ihm nun wirklich niemand sagen. Wo wird er gerade sein? Irgendwo auf dem Meer zwischen Neapel und Marseille.
»Und Andreas Kind?«
»Verzeiht, Euer Majestät«, sagt der Herzog von Durazzo vorsichtig. »Ich habe Anweisung gegeben, Euch das Kind zu übergeben. Ich bin ganz Eurer Ansicht, dass man es Giovanna nicht lassen kann. Aber es ist immer noch im Castel d'Ovo. Amiel de Baux, ein Provençale und fanatischer Anhänger der … äh, Giovannas, gibt es nicht heraus.«
»Er wird sich fügen müssen. Es ist gut.«
Während der Gespräche nimmt der Madjare immer wieder einen Brief auf, der neben ihm auf dem Tisch liegt, und spielt damit. Er trägt das Siegel des Erzbischofs Giovanni d'Orsini. Der Inhalt lautet:
›*Seid gegrüßt, Euer Hoheit, König Lajos der Große von Ungarn. Um die Stadt zu schützen und den Frieden so bald als möglich wieder herzustellen, möchte ich Euer Hoheit hiermit darauf hinweisen, dass die Prinzen von Durazzo und Taranto sehr beliebt sind in Neapel. Wenn Ihr nicht Carlo von Durazzo tötet und die anderen einsperrt, dann werdet Ihr hier nie Anerkennung finden. Im Gegenteil: Man wird sich zusammenrotten und Euch umbringen, so wie Euren armen Bruder.*‹
Lajos hört mehr zu, als selbst etwas beizusteuern; er lächelt und beobachtet.
Und so dürfen die Prinzen wieder nach Neapel zurück. Sie bleiben unbehelligt von den Söldnern, die überall am Weg und vor der Stadt kampieren. Die Standarten der Neapolitaner werden ignoriert.
»Na, bitte. Er scheint doch ganz vernünftig«, sagt Filippo di Taranto.
»Tatsächlich. Vielleicht kann man sich mit ihm sogar besser arrangieren als mit Giovanna«, meint sogar der grimmige Roberto di Durazzo, und sein Bruder Carlo spekuliert bereits: »Er kann ja auch nicht in Neapel bleiben, selbst wenn er das Reich für sich beansprucht. Irgendwann muss er zurück nach Buda, und dann

wird er Stellvertreter brauchen.« Andrea von Ungarn ist vergessen.

Zwei Tage später werden die Prinzen erneut eingeladen. Diesmal sind sie zuversichtlich, erscheinen in ihrem üblichen Gepränge. Bunte Seidenstrümpfe blitzen unter den Pelzen hervor. Die Handschuhe und die Stiefel sind besetzt mit Kristallsplittern und Silberplättchen. Über den wollenen Satteldecken liegen solche aus Silber- und Goldgewebe. Nicht einer trägt ein Kettenhemd.

Ihr Gastgeber erwartet sie im Lustschloss Quisisana. Diener eilen ihnen entgegen, um beim Absteigen zu helfen. Sie führen die Rösser fort.

Oberhofmeister und ein Dutzend Diener in ungarischer Tracht empfangen die Herren und nehmen ihnen die Pelzumhänge ab. Die begleitenden Offiziere werden zum Essen in einen eigenen Raum geführt. Das war schon beim letzten Mal so, und niemand denkt sich Arges dabei.

Der Hausherr – Hausherr! Der Usurpator! – empfängt die Prinzen freundlich.

»Und habt Ihr die Einwohner von Neapel beruhigen können?«

»Es wird eine Weile dauern, bis sie an einen Frieden glauben. Immerhin lagern noch zwei Kompanien direkt unter den Stadtmauern.«

»Aber sie benehmen sich doch gut, meine Soldaten. Die Plünderer, die dem Heer gefolgt sind, das waren Eure eigenen Landsleute.‹

»Römer und Abruzzesen! Das sind nicht unsere Landsleute!«

»Aha. Ja, das ist wahr. Aber man soll wissen, dass ich nicht gekommen bin, um Verwüstungen anzurichten. Im Gegenteil: Ich werde Giovannas Unfähigkeit wieder gutmachen.«

Die Prinzen nicken eifrig.

Und dann sind sie mit dem Essen beschäftigt. Lajos hat auftischen lassen: ungarischen Schinken in Weinsauce, geflochtene Brote, gesüßte Dickmilch, Wildpasteten im Teigmantel, gebratene Perlhühner, denen der Koch anschließend die Federn wieder

angeklebt hat, eine originelle Idee. Man spricht über die Wirtschaft und den Fortschritt.
»Dazu ist Frieden erste Voraussetzung«, sagt Carlo von Durazzo.
Ein Mundschenk – kennt er den Mann? – beugt sich zu ihm, und während der rote Wein aus dem Krug in das Trinkglas rinnt, da raunt dieser Mundschenk Carlo ins Ohr: »Messer Carlo! Flieht! Zögert nicht! Ihr müsst Aversa noch vor dem Ende des Mahls verlassen!«
»Was hast du gesagt?«
Lajos schaut herüber. Der Mann richtet sich auf und geht weiter. Carlo ist unentschlossen. Was hat das zu bedeuten? Ach, patati und patata! Da macht einer die Pferde scheu. Es ist doch alles glimpflichst verlaufen, glänzend sogar. Der Herzog schüttelt den Kopf und isst weiter.
Doch dann, statt des Desserts, werden Schwerter hereingetragen. Sie befinden sich am Arm von entschlossen dreinblickenden transsylvanischen Leibgardisten. Plötzlich stehen hinter jedem Prinzen drei von ihnen. Jetzt liegt den Männern der Schinken schwer im Magen. Sie wünschen sich, sie hätten weniger Wein getrunken.
König Lajos steht auf. Sein Stuhl kracht zu Boden hinter ihm. Statt des konzilianten Gastgebers bekommen sie jetzt einen anderen Lajos zu sehen, Lajos den Tyrannen, Lajos den Bluträcher. Er reißt am Tischtuch. Die Schüsseln und Speisen und die goldenen Becher poltern herab.
»Ihr habt genug gegessen!«, schreit er. »Nun kommt die Rechnung, meine Herren. Habt Ihr wirklich geglaubt, ich lasse mich von Schmeicheleien betäuben, wohlfeilen Höflichkeiten, zimperlichem Getue, aufgeblasenen Manieren?! Ich sehe hinter Eure Masken, Ihr Prinzen von Neapel. Mordgesindel seid Ihr allesamt und mit der Wölfin verschworen. Du!«, Carlo bekommt einen harten Stoß in den Rücken, als Vorgeschmack. Der Stuhl wird ihm fortgerissen; er wird auf die Knie gezwungen. »Du bist das größte Monster von allen. Nun bist du in meiner Hand, um die Strafe für deine Untaten zu erleiden. Erstens hast du, über deinen

Onkel, den Kardinal Talleyrand von Périgord, die Krönung Andreas absichtlich verzögert. Zweitens hast du die Frechheit besessen, Maria zu heiraten, die Thronerbin, obwohl du genau wusstest, dass sie meinem Bruder Etienne versprochen war durch das Testament von König Robert.
Drittens hast du einem meiner Getreuen, Messer Lalle, die Stadt Aquila weggenommen. Für alles das wirst du jetzt büßen.
Und Ihr anderen habt mit Taten oder feigem Wegsehen die Entehrung und den Tod meines Bruders betrieben zu Eurem Gewinn. Ihr werdet hier keinen Schaden mehr anrichten.«
Giovanna hatte einige Blätter in der Hand, der Bericht aus Neapel, von Seeleuten aus der Stadt geschmuggelt und auf Umwegen endlich zu ihr ins Exil gelangt.
»Es heißt hier, man habe Carlo gefoltert. Die Begleiter der Prinzen, und das war besonders ungerecht, wurden in Aversa einem aufgehetzten Mob übergeben. Jedem von uns ist klar, was das bedeutet, nicht wahr?«
Giovanna fuhr sich mit dem Handrücken über die Augen.
»Was hatten ihnen denn die Diener getan? Warum nur sind Menschen so grausam? Es braucht gar keinen vernünftigen Grund, um ihre Wut anzustacheln, nur eine Gelegenheit.
Nachdem also die Folterung nicht zum gewünschten Ergebnis geführt hatte, brachte man Carlo in jene Loggia, wo ich und mein Gemahl, Andrea von Ungarn, gewohnt hatten. Dort wurde Carlo enthauptet und sein Leib über die Brüstung in den Garten geworfen. Niemand durfte ihn wegtragen oder auch nur bedecken. Doch in der Nacht kamen Mönche des Klosters San Pietro Maiella und brachten den Leichnam fort. Ich denke wohl, sie wuschen und begruben ihn.
Nun, da die letzten Hindernisse beseitigt waren, zog Lajos in Neapel ein. Die Noblen, das wette ich, empfingen ihn mit vielen Verbeugungen und dickflüssigen Reden, die trieften vor Verbindlichkeit. Mit mir hatten sie es ja genauso gemacht, ich kann es mir also ausmalen. Einen Baldachin boten sie ihm an, unter dem sollte er reiten. Aber er lehnte es ab. Er sei kein verweichlichter Pfef-

fersack und sie könnten ihren Fetzen behalten. Dieser Ungar hat Stolz. Wenn er nicht mein Todfeind wäre, dann könnte ich ihn respektieren.
Lajos gab die Häuser der Prinzen zur Plünderung frei. Der Pöbel jubelte ihm zu, dasselbe Pack, das noch vor nicht langer Zeit uns zugejubelt hatte. Meine Schwester Maria musste mitten in der Nacht fliehen, halb nackt und mit ihren beiden Kindern im Arm. Die überlebenden Prinzen ließ er nach Ungarn bringen, wo sie als Geiseln neapolitanischen Wohlverhaltens bleiben sollen.
So, jetzt wisst ihr, was nach unserem Fortgang geschah. Und dann ließ Lajos seine Truppen in die Stadt.«
Nacht in Neapel. Wachfeuer brennen, die Söldner stehen eng beieinander um die Feuer herum. Sie spüren die Feindseligkeit und die Angst der Bevölkerung. Sie murren, dass sie nicht plündern dürfen, und sie wissen auch: In diesen engen Gassen kann schnell einmal einer verschwinden und schwimmt am anderen Morgen im Hafenbecken. Aber etwas wollen sie doch haben für ihre Mühe und für die Gefahr. Ein Soldat wird nicht alt in dem Beruf. Er muss sich rasch was zusammenraffen, damit er aufhören und ein ruhiges Leben führen kann.
Obwohl: Die meisten von denen hier würden verrückt werden in einem ruhigen Leben. Sie träumen und reden ständig davon, aber wahr machen werden sie es nie. Stattdessen geben sie das Gold für Huren aus oder beim Glücksspielen, oder investieren es in Seidenhemden und Schmuck, zu heißes Blut …
Nacht in Neapel. In den Gassen hastige Schritte. Man zündet keine Fackeln an, kennt das Pflaster auch mit verbundenen Augen. Im Haus eines Schusters sitzen acht ehrwürdige Männer. Es sind die *Capi di Napoli*, die Oberhäupter von Neapel. Sie haben diese Position nicht, weil sie adlig sind oder reich, sondern weil man ihnen vertraut. Nicht die Krone hat ihnen ihre Ämter verliehen, sondern die kleinen Leute, die, denen sie in ihren Notlagen beistehen, denen sie Rat geben, deren Kinder sie taufen. Es gibt viele, die sich den Befehlen der Königin widersetzen würden, aber keinen, der den *Capi* nicht aufs Wort gehorchte.

»Es geht nicht, dass die Stadt voller Soldaten ist. Sie werden sich nicht an die Befehle halten. Ich bin an welchen vorbeigegangen auf dem Weg hierher. Man fühlt geradezu, wie sie darauf brennen loszuschlagen. Das geht nicht gut.«
»Wir müssen uns verteidigen«, sagt einer, ein massiger Mann von sechzig, ein Steinmetzmeister mit Silberknöpfen auf seiner Jacke.
»Ja, genau, sonst tut es niemand, jetzt, wo die Prinzen weg sind.«
»Dieser ungarische Schuft. Glaubt er, das Volk wird ihn lieben, nur weil er ihnen die Prinzen zum Fraß vorwirft? Es herrscht eine üble Stimmung.«
»Die Soldaten müssen weg!«
»Und wie erreichen wir das, ohne dass es in einem Blutbad endet? Was können die Bürger gegen sie ausrichten? Fischer und Kaufleute gegen bezahlte Mörder?« Das sagt ein Ölhändler, ein unauffälliger kleiner Mann, der morgens nicht das Haus verlässt, ohne alle möglichen Abläufe und Hindernisse genau zu kalkulieren.
»Bete zu San Gennaro, Gevatter«, sagt der Schuster.
Etwas mehr tun sie schon, als zu beten. Zunächst einmal werden die Frauen in die Häuser eingeschlossen, wenn sie nicht klug genug waren, sich selbst zu verstecken. Aber man kennt ja die Weiber! Sie sind neugierig wie die Katzen, alles müssen sie sehen.
Soldaten erkunden die Stadt, es sind reguläre Truppen und diszipliniert, soweit das geht. Aber man hat ihnen Beute versprochen. Sie sind enttäuscht. Die Läden sind geschlossen, die Häuser verriegelt, Fenster mit Balken vernagelt.
»Wo sind denn alle?«, fragen sie sich. Durch die Läden hindurch werden sie beobachtet. Hinter jeder scheinbar stillen Tür stehen Bürger und spähen durch die Ritzen, hinter Vorhängen.
Barrikaden wachsen aus der Erde. In den Straßen stehen Gemüsekarren ineinander verkeilt, Kisten und Truhen sind in den Gassen aufgestapelt, Haufen von Unrat und Pferdemist, in die man unversehens tritt; zwischen den Häusern sind Fischernetze gespannt, in denen man sich verfängt und vor Schreck und Ekel zu strampeln anhebt wie ein richtiger Fisch.

»Da fehlen Pflastersteine!«, bemerken die Offiziere. Es fehlt der halbe Straßenbelag, genau gesagt, und ist in den Innenhöfen, in den Gärten, hinter den Mauern aufgestapelt als Wurfmunition. Waffen haben sich auch gefunden auf Dachböden und unter Matratzen: Messer, Spieße, Enterhaken, Jagdbögen. Alles ist vorbereitet. Die Ungarn können es so oder so haben.

Die *Capi di Napoli* ziehen zum Palast, wo nun Lajos Hof hält. An der Menge Volks, die hinter ihnen herzieht, ein Fackelzug, der die Via Toledo auf ihrer ganzen Länge und den Quai vor dem Schloss erhellt, an der Menge und dem Fackelschein erkennt man gleich, dass hier nicht irgendwer kommt. Die acht Männer werden nach kurzer Rücksprache hereingelassen und vor den König gebracht. Sie verneigen sich, sie sprechen ruhig und höflich, unaufgeregt, aber sie reden nicht lange herum. Unbehelligt verlassen sie das Castel Nuovo wieder und gehen seelenruhig nach Haus.

Und Lajos zieht die Söldner ab aus der Stadt. Er wird sie mit Geld und Gold beschwichtigen, das ist nicht schwer. Die Paläste hat er erobert, aber er braucht das Wohlwollen des Volkes.

13.

Es gab nur wenige Männer in Avignon, die wussten, wo Königin Giovanna sich aufhielt. Kardinal Talleyrand gehörte nicht dazu. Dennoch war er es, der ihr die Nachricht schickte, sie habe sich nach Avignon zu begeben. Die Ergebnisse der gerichtlichen Untersuchung lägen nun vor.

Giovanna erblasste. »Ausgerechnet Talleyrand! Als Bruder von Agnès kann er kein Interesse an meinem Wohlergehen haben. Agnès hat mir Blutrache geschworen, nach Carlos Tod. Ich glaube, sie hofft darauf, dass ich gar nicht wiederkomme. So könnte sie sich zur Regentin aufschwingen.«

»Regentin? Für wen?«

»Für Carlo-Martello, wenn er älter ist. Ach, ich möchte nicht nach Avignon! Es kommt mir vor, als ob ich freiwillig in einen Käfig fliege. Aber ich muss. Wenn mir nur die Ungarn nicht wieder auflauern. Sie haben noch weniger Interesse daran, dass ich zurückgehe oder gar von der Schuld freigesprochen werde.«

»Wir werden Späher vorausschicken, Euer Majestät«, schlug Nicola Caracciola vor. »Dann können wir notfalls ausweichen oder in einem der umliegenden Schlösser um Schutz bitten.«

»Ja, Nicola. Veranlasst es so.«

Schweren Herzens begannen wir das Packen. Es dauerte länger als für den Herweg. Giovanna hatte Dinge dazugekauft, an die sie ihr Herz gehängt hatte, weil sie sie an einen schönen und beinahe unbeschwerten Sommer erinnern sollten. Es kam ihr vor, als ginge sie von der Sonne in die Dunkelheit.

Da waren bäuerlich bestickte Kissen, die sie nicht missen wollte, bunte Kleider im provençalischen Stil, eine geschnitzte Truhe aus Nussbaumholz, eine gehämmerte Schale, eine Schafsglocke, ein kurioser Hirtenstock, mit dem sie gewandert war, Lavendel, den wir gesammelt hatten, glitzernde Kiesel, versteinerte Muscheln, die sie daheim den Gelehrten vorlegen wollte.
Uns anderen ging es ähnlich. Ich bestand darauf, außer dem üblichen *bric-a-brac* auch viele Beutel voller getrockneter Heilkräuter mitzunehmen, gute und seltene Kräuter, die ich in Avignon und auf dem Schiff vielleicht gut würde brauchen können.
»Willst du mit mir nach Neapel gehen, falls es dazu kommt?«, hatte mich Giovanna gefragt.
Das wäre für mich ein großer und gefährlicher Schritt. Ich sollte fort aus meiner Heimat, da ich doch nie etwas anderes kennen gelernt hatte? Weg von meinen Eltern und Brüdern und von den wenigen Freunden, die ich hatte? In der Fremde würde ich völlig von meiner Herrin abhängig sein. Wie käme ich nach Haus zurück, wenn ihr etwas zustieße? Und dass ihr etwas zustoßen würde, das war, nach allem, was sie selbst erzählt hatte, nicht unwahrscheinlich.
Aber dann überwog doch meine Neugier. Ich brannte darauf, das Meer zu sehen; ich wollte wissen, wie die Menschen auf der anderen Seite lebten, was sie für Kleider trugen, was sie aßen. Den feuerspuckenden Berg wollte ich unbedingt mit eigenen Augen sehen! Doch am meisten von allen Wundern stand mir eines vor Augen, das ich nicht wieder verlieren wollte.
»Ich werde Euch gern begleiten und Euch treu dienen«, sagte ich.
»Aber …?«, fragte Giovanna, die das Zögern in meiner Stimme richtig deutete.
»Wenn ich schon einmal dort bin, dann würde ich sehr gerne in Salerno das medizinische Kolleg besuchen. Hättet Ihr etwas dagegen? Es ist ja wohl nicht weit von Neapel …«
»Die Schule von Salerno? Ja sicher, warum nicht. Aber warum um alles in der Welt willst du dir das antun? Mir scheint doch die Medizin ein unerquickliches Geschäft. Ist das etwas für Frauen?«

»Ist das Regieren etwas für Frauen?«, fragte ich zurück. Sie schaute erst erstaunt, dann lachte sie.
»Ah, du hast natürlich Recht. Hm.« Sie lehnte sich zurück und betrachtete mich, als sähe sie mich zum ersten Mal. »Mut hast du, und du bist klug, kleine Provençalin. Klugheit sollte man nicht verschwenden. Aber ich dachte eigentlich, es stünde eine Heirat bevor … nein? Dann habe ich mich geirrt. Du kannst gern nach Salerno gehen, es ist nur eine halbe Tagesreise von Neapel. Und ich werde dich so ausstatten, dass du standesgemäß auftreten kannst. Ich werde stolz sein, eine studierte Frau unter meinen Damen zu haben!«
Sie umarmte mich. Ich war voller Jubel.
»Darf ich es meinen Eltern mitteilen?«
»Natürlich. Du wirst dich von ihnen verabschieden wollen. Wenn du willst, dann stelle ich dir ein paar Begleiter zur Verfügung. Ihr reitet einfach drei Tage eher fort. So kannst du Zeit mit deiner Familie verbringen und uns noch vor Avignon wieder einholen.«
So wurde es in die Tat umgesetzt. Meine kleinen Schätze und Kräuter hatte ich Delphine zu treuen Händen überlassen.
»Keine Sorge, es wird nichts zurückgelassen werden! Hab viel Freude mit deinen Eltern! Adieu, auf bald!«
Drei Männer saßen bereits im Sattel und warteten im Hof auf mich. Als ich sie sah, zögerte ich einen Wimpernschlag: Ausgerechnet Benevent musste es sein! Es war mir so peinlich, dass ich vor ihm davongerannt war in jener Nacht. Was musste er nur von mir denken. Aber wenn er mit eigenen Augen unseren Hof sah, dann würde er mich verstehen und von weiteren amourösen Annäherungen Abstand nehmen.
»Nur aufgestiegen«, rief er mir zu. »Oder wollt Ihr Euch wieder aus dem Staub machen, Jungfer Reh?«
Und er lachte mich auf eine Weise an, dass alles wieder gut sein sollte. Ich lächelte zurück und beschloss, was immer kommen möge, mir Freude und Freundschaft nicht mehr durch Furchtsamkeit verderben zu lassen.
Um auf das Pferd aufzusteigen, musste man mir eine Treppe aus

Holz heranschieben. Ich hatte die feinen neuen Kleider angezogen, das Jagdensemble, dass ich mir in Avignon hatte machen lassen, eine Pracht in Karmin, zartem Ockergelb und Fuchsrot, mit dem schönen grünen Gürtel und einer bestickten Tasche daran. Aber Rock und Ärmel waren so weit und so lang, dass ich es schwierig fand, anmutig das Pferd zu besteigen. Zwei Knechte halfen mir, und so thronte ich schließlich auf der fuchsroten Stute und arrangierte meine Röcke. Mariano stand an die Tür gelehnt und schoss giftige Blicke auf mich ab. Ich winkte mit der rechten Hand, eine knappe Geste nur, wendete das Tier und trabte zum Tor hinaus.

Wir mieden diesmal die tückische Schlucht des Verdon und nahmen die Furt bei Forcalquier. Das Land ist rau hier, voller Hügel und bizarrer Felsen, die aus der *garrigue* aufragen. Es wachsen nur die ausdauerndsten Pflanzen, Bäume, die ihre Wurzeln tief senken, Eichen und Aleppo-Pinien meist, daneben wenig belaubte Büsche: Ginster, *pistachier de Terebinthe* und Zistrosen, an Kräutern nur die mit bläulichen, haarigen Blättern. Sie allein scheinen gegen die Hitze gefeit zu sein.

Zur Mittagszeit verschmelzen blaue Schatten miteinander, helle Flächen im Sonnenlicht, gelbliches Weiß; die Umrisse der Dinge gehen neue Verbindungen ein und verändern ihre Form. Es gibt keine Zwischentöne, und die Augen werden genarrt.

Die Pferde waren bald schweißnass. In Forcalquier stiegen wir ab und zogen durch die Hauptstraße auf der Suche nach einer respektablen Wirtschaft. Wir fanden bald eine, ›Zum poetischen Lamm‹ hieß sie, welch absurder Einfall! Aus den Küchenfenstern zog ein verführerischer Duft, aber ich hatte wenig Appetit. Das lag sicher an Benevents Nähe.

Wir setzten uns in den Schatten einer Platane, nachdem wir unsere Tiere in einem Reitstall versorgt hatten.

Einer meiner Begleiter schrie nach Bier.

»Das werdet Ihr hier nicht bekommen«, sagte ich. »Und wenn, kann ich es nicht empfehlen. Im Allgemeinen habt Ihr da mehr zu kauen als zu trinken.«

»Und was könnt Ihr guten Gewissens anraten?«, fragte der Mann.
»Wein mit Wasser oder Cidre, ein Apfelwein. Er schäumt und ist recht erfrischend bei solchem Wetter.«
Wir tranken alle Apfelwein.
»Das ist gut!«, rief einer.
»Wir müssen unbedingt nach dem Rezept fragen«, ein anderer.
»Ich kann es Euch aufschreiben, ich habe schon oft Apfelwein gemacht«, platzte ich heraus. Sie sahen mich ein wenig erstaunt an. Die adligen Damen, die sie kannten, überließen das sicher einer Köchin oder Haushälterin.
»Ich mache das gern«, sagte ich ungerührt, da ich ja beschlossen hatte, mich nicht mehr zu verstellen. »Ich kann kochen und Brot backen. Es nimmt mir nichts von meiner Würde, wenn ich etwas Nützliches zu tun weiß.«
Da nickten sie zustimmend.
»Gut zu wissen«, bemerkte Benevent und zwinkerte mich auf eine seltsame Weise an.
Eine Magd kam, um unsere Bestellungen aufzunehmen. Die Männer wählten kalten Braten und Käse, ich eine Pastete mit Gemüsen und anschließend Kirschkuchen. Wir genossen die einfache Mahlzeit in zufriedenem Schweigen.
Als die größte Mittagshitze vorbei war, zogen wir weiter. Ich hatte noch Geschenke für meine Eltern gekauft: für meine Mutter einen Ballen himmelblaues Tuch, mit Waid gefärbt, und Silbergarn dazu, für meinen Vater hatte ich ein Buch über die Pferdezucht entdeckt. Das würde ihm sicher Freude machen. Und ein schönes Stück gelbes Leder für Stiefel. Für die wenigen Diener, die wir hatten, und die alle schon lange in der Familie waren, kaufte ich Kleinigkeiten: Süßigkeiten, Brusttücher, Lederhandschuhe. Damit waren meine mageren Reserven erschöpft.
Benevent hatte sein Tier neben mich gelenkt.
»Es ist hier nicht so anders als bei uns«, sagte er. »Das Klima bei uns ist ausgeglichener, die Winter weniger lang. Doch wenn ich mir hier so die Leute betrachte, dann denke ich, dass Ihr Euch in Neapel ganz wohl fühlen werdet.«

Ich dachte, dass er mich trösten wollte.
»Warum auch nicht«, antwortete ich. »Es gibt überall Schönes und Schlechtes. Auf Eure Heimat bin ich schon sehr gespannt. Wenn nur kein Krieg ist.«
»Ich glaube nicht, dass der Ungar sich bei uns lange halten kann«, meinte Benevent zuversichtlich. »Er ist weit von zu Haus.«
Wir passierten Kornfelder, auf denen die Leute bei der Arbeit waren. Die Männer schnitten, und die Frauen banden die Garben zusammen.
»Ich sehe gar keine Schafe«, sagte er.
»Weil sie alle in den Alpen sind von Juni bis Oktober. Da ist es hier unten zu heiß.«
So unterhielten wir uns leichthin, und es konnten auch lange Pausen eintreten, ohne dass es unangenehm wurde. Auch das gefiel mir an Ursoleones Gegenwart. Er war unaufdringlich, natürlich, und ich fühlte mich nicht so bäurisch und ungeschickt, wie manchmal in der Gegenwart anderer Höflinge.
Der Luberon rückte heran. Je näher man kam, desto breiter und höher erschien er. Wir passierten La Tour d'Aigues, wo die wahren Herren dieses Tals wohnen, die Bollier de Cental, eine reiche und mächtige Familie, die uns nicht zu ihresgleichen zählt.
Und dann sah ich unser Dorf, unsere Burg. Ich stieß ein Kriegsgeschrei aus und gab dem Pferd die Fersen. So stob ich in den Hof, dass die Gänse aufflatterten und die Schweine unwillig grunzend aus dem Wege sprangen. Eine Magd hatte auf den Stufen gesessen, um Gemüse zu putzen für *soupe au pistou*, unsere typische Gemüsesuppe mit allem, was der Garten hergibt, dazu Knoblauch, Olivenöl und Basilikum. Sie ist nur gut, wenn sie frisch ist. Aufgewärmt ist sie nur noch das halbe Vergnügen. Wir waren also zur richtigen Zeit eingetroffen. Elise sah von den Erbsen hoch, gab einen kleinen Kiekser von sich vor Erstaunen, sprang auf und schrie ins Haus hinein:
»Die Kleine ist da! Die Kleine ist da!«
Aus dem Stall kam ein mir unbekannter junger Bursche gerannt,

sommersprossig und rothaarig. Er half mir einigermaßen geschickt vom Pferd.
»Ist Gérome etwas zugestoßen?«, fragte ich.
»Nein, Mademoiselle. Aber er schafft die Arbeit nicht mehr. Ich bin sein Neffe Rambert, zu Euren Diensten.«
»Danke, ich werd's dir sagen, wenn ich deine Dienste brauche.« Dabei grinste ich ihn an. Er schien ein flinker junger Mann zu sein, und ich war froh, dass Vater sich endlich zu diesem notwendigen Schritt durchgerungen hatte. Der gute alte Gérome hatte sein Gnadenbrot verdient.
»Es kommen aber gleich noch drei Herren, für deren Pferde musst du Platz schaffen irgendwie. Kriegst du das hin?«
»Ja, Mademoiselle Alix. Das mache ich schon.«
Gut! Ich wollte nicht, dass meine Begleiter nachher schlecht über uns zu reden hätten. Und da kam auch schon meine Mutter aus dem Haus gestürzt.
»Alix! Um Gottes willen, hat sie dich schon entlassen?! Was hast du angestellt?«
Das war wieder typisch meine Mutter: Sie glaubte immer, ich würde versagen ohne sie. Ich würde alles falsch machen. Ich umarmte und drückte sie.
»Ich habe nichts angestellt, Mama, im Gegenteil. Sie will mich mitnehmen nach Neapel und ich wollte mich von Euch verabschieden …«
»Ach! Mein Kind!« Das war nun wieder zu erfolgreich. Mit Tränen in den Augen schrie sie nach meinem Vater. »Marius! Sie wollen uns unsere Tochter entführen!«
Meine Mutter ist immer ein wenig dramatisch. Mein Vater kam herausgerannt und stolperte fast über sein altes, rostiges Schwert, das er sich im Laufen umschnallte.
»Teufel auch! Wo sind die Schurken!?«
Ich ging ihm entgegen und küsste ihn herzlich.
»Es besteht keine Gefahr, Papa. Alles ist gut. Mutter veranstaltet nur ihre übliche Aufregung. Ich werde Euch später alles in Ruhe erklären. Aber jetzt muss ich Euch erst mal sagen, dass noch drei

Männer nachkommen, die hat die Königin mir zur Begleitung mitgegeben. Könnt ihr sie unterbringen? Wir bleiben nur einen Tag.«

»Ach Gott!«

Augenblicklich schoss meine Mutter davon, um das Notwendige zu organisieren. Sie macht zwar immer viel Gewese um alles, aber das tut sie, glaube ich, nur, damit auch jeder merkt, was sie alles tut. Dabei ist sie sehr effizient.

»Wie steht es mit den Vorräten? Falls es knapp ist, man kann ihnen nicht bloß Grünzeug vorsetzen – also könnte man sie sicher veranlassen, heute Abend zu jagen.«

»Werden sie auch nicht beleidigt sein oder uns für Knauser halten?«, fragte mein Vater.

»Ich glaube nicht. Sie sind es inzwischen gewohnt.«

So kam es, dass am Abend mein Vater und Ursoleone Benevent zusammen auf die Jagd gingen. Ich blieb bei Mutter und der Köchin in der Küche.

»Mireille, geh hinüber in den Gemüsegarten und hole noch Möhren und Zwiebeln. Alix, willst du vielleicht einen Brombeerkuchen backen? Das kannst du so gut. Mireille! Mireille! Bring auch Brombeeren mit! Dem Himmel sei Dank, dass ich gerade heute Morgen frisches Brot gebacken habe!«

Meine Mutter arbeitet mit atemberaubender Geschwindigkeit an verschiedenen Dingen gleichzeitig, ohne dass ihr je etwas misslingt. Ich glaube nicht, dass ich das je lerne.

»Erzähle, wie ist die *diablesse*? Hat sie's getan?«

»Nein, Mama. Das denke ich nicht. Sie ist eine kultivierte und freundliche Frau, das ist vielleicht ihr größter Fehler. Und andere nutzen diese Eigenschaften aus. Ich will damit nicht sagen, dass Sanftheit und Freundlichkeit Fehler sind.«

»Bei einer Herrscherin schon.«

»Sie hat es nicht leicht, weißt du. Sie scheint von allen Seiten belagert zu werden. Jeder zerrt an ihr. Ich möchte so nicht leben.«

»Ich schon!«, sagte meine Mutter. »Mit mir könnte man das nicht machen. Und hast du keine Angst, nach Neapel zu gehen? Ist es nicht überhaupt noch in ungarischer Hand?«

»Der Papst hat eine Bulle geschickt und Lajos befohlen, Neapel zu verlassen. Das hat mir Herr Benevent erzählt. Er hat es von dem Boten des Kardinals.«

»Aber ob er auch geht? Immer mehr Fürsten lehnen sich gegen die Herrschaftsansprüche der Päpste auf.«

»Ich weiß es nicht, Mutter. Ich muss mich wohl darauf verlassen, dass man mich beschützt.«

Ich musste an die Begleiter der Prinzen von Neapel denken, welches Schicksal sie gehabt hatten. Vielleicht reiste ich direkt ins Verderben hinein. Dennoch: Etwas Wagemutiges und eine große Neugier waren in mir geweckt. Ich hatte mich entschlossen. Die Reise nach Neapel, ich würde nicht davon zurücktreten.

»Sind alle gesund, hier und im Dorf, Mutter? Habt ihr Fälle von Pest gehabt?«

»Nicht im Schloss, allen Heiligen sei Dank! Im Dorf sind fünf Menschen gestorben, ein Mann, der allein lebte, der alte Schäfer und die Familie Roux. Aber das ist noch gar nichts. Wie man hört, wütet die Krankheit besonders in den Städten. Man gibt den Juden die Schuld!« Sie schüttelte den Kopf: »Was für eine grausame Verirrung. In Avignon haben sie das Judenviertel angesteckt und viele erschlagen. Angeblich hätten die Juden sich gegen die Christen verschworen, auch in anderen Ländern. Aus Toledo sollen Boten gekommen sein, die Gift bei sich trugen in engen, zugenähten Ledertaschen, hieß es. Dieses Gift sollen die Juden in die Brunnen geschüttet haben. Aber der Papst hat wieder eine Bulle herausgegeben, in der er Angriffe ohne Gerichtsverfahren verbietet. Er hat überall verbreiten lassen, dass die Juden schließlich im gleichen Maße wie die Christen Opfer der Pest würden. Wir werden sehen, ob man auf ihn hört.«

»Im Kirchenstaat wahrscheinlich schon.«

»Nun, ich bin jedenfalls dagegen, anderen Leuten den Schädel einzuschlagen, aus welchen Gründen auch immer. Lass uns über was Erfreulicheres reden. Erzähl vom Gefolge der Königin. Was

sind das für welche? Was habt ihr überhaupt getan all diese Zeit? Wo ist sie?«
Ich erzählte ihr von der Flucht aus Avignon, von Rocca Sparviera, Dom Pancrazio und Lucchina, und so verging rasch die Zeit. Zum Abendessen gab es Mireilles Kuttelwürste, Gemüseeintopf, das frische Brot meiner Mutter, cremige Ziegenkäse und warmen Brombeerkuchen. Mein Vater und Benevent hatten zwar etliche Fasane und ein junges Wildschwein erlegt, doch die waren zu frisch. Man musste sie wenigstens bis morgen ausbluten lassen. Wir alle fielen müde in unsere Betten nach dem langen Ritt.
Zu meiner Verwunderung bat Vater mich gleich am anderen Morgen in sein Studierzimmer. Meine Eltern waren beide dort. Aus alter Gewohnheit wurde es mir ein wenig weich in den Knien. Sie hatten so offizielle Mienen, wie sie sie nur aufsetzten, wenn ich Vetter Fabien Kletten unter die Satteldecke praktiziert oder mich mit den Dorfjungen geprügelt hatte. Aber das war schließlich zum letzten Mal vor sieben Jahren geschehen.
»Alix. Was ist das mit dir und diesem Herrn Benevent?«
»Wie bitte?« Mir fiel der Unterkiefer herab.
»Du hast mich schon verstanden. Na: nun!«
»Nichts! Es ist gar nichts, Vater. Er ist nett, wir plaudern, wir sind gute Freunde.«
»Feunde? Sonst nichts?«
»Nein. Er ist mit einer Dame aus Neapel verlobt, einer Dame aus Giovannas Gefolge. Er will gar nichts von mir.«
»So. Und warum hat er dann bei mir um deine Hand angehalten?«
In diesem Augenblick fiel mir der Himmel auf den Kopf. Ich musste mich setzen.
»Er hat was?«, fragte ich mit schwacher Stimme. »Wann denn?«
»Gestern nach der Jagd, da nahm er mich im Pferdestall beiseite, entschuldigte sich sehr für die unangemessene Zeit und Umgebung, und dann fragte er mich. Aber wenn der Schuft mit einer anderen verlobt ist, dann bringe ich ihn um!«
»Lass ihn leben. Es kann sein, dass er nicht mit dieser Dame ver-

lobt ist. Sie hat es zwar gesagt, aber sie hat vielleicht gelogen, um mich zu kränken.«
»Ja dann ... wir sind einverstanden, aber es ist deine Entscheidung. Darauf hat er bestanden übrigens. Ich finde das sehr seltsam. Was hat ein Mädchen da zu entscheiden? Aber er hat mich nur um das Recht gebeten, um dich werben zu dürfen. Macht man das so in Italien?«
Ich stürzte aus dem Raum. Im Stall fand ich ihn, wie er höchstpersönlich die Hufe seines Pferdes untersuchte auf Verletzungen, Verwachsungen oder Steine, die sich eingetreten haben konnten. So etwas überließ er nie den Knechten. Ich wies seinen Mann mit einer Kopfbewegung hinaus und hielt den Pferdefuß, den er gerade reinigte. Erstaunt sah er von der Arbeit auf.
»Und wie kommst du dazu, vor meinen Augen mit der Vulcano herumzuscharwenzeln?«, fragte ich zur Eröffnung.
»Aber ich habe doch gar nicht ...«
»Hast du wohl! So sehr hast du sie umworben, dass sie denken musste, ihr seiet verlobt! Das hat sie überall herumerzählt! Bist du so einer, der nur mit den Herzen spielt und Mädchen wehtut?!«
»Aber ich habe überhaupt nicht ...«
»Und hast du nicht versucht, mich in der Nacht hinauszulocken und zu verführen?«
»Aber nein, ganz und gar nicht ...«
»Nicht? War ich dir etwa nicht hübsch genug?!!«
»Aber ...«
»Und wie soll ich dir nun vertrauen, wenn du dich jetzt um mich bemühst, Ursoleone Benevent!«, schrie ich ihn an. »Das hast du dir so gedacht. Meinst du, es genügt, wenn du mal dieser und mal jener Verse vorsingst zu deiner Laute?! Wie zur Hölle soll man dir glauben?« Wir standen im Gang zwischen den Boxen. Sein Pferd, dessen Hinterlauf ich immer noch festhielt, drehte erstaunt den Kopf nach mir. Über einer der hölzernen Trennwände erschien der rote Schopf unseres neuen Stallburschen. Er starrte uns offenen Mundes an, die Szene war besser als jedes Puppenspiel.

Ich zitterte und merkte jetzt erst, wie sehr ich mich die ganze Zeit gegrämt hatte, obwohl ich mir einredete, ihn gar nicht zu wollen.
»Arme Mariano!«, seufzte ich.
»Soll ich *sie* heiraten?«
»Untersteh dich!!«
Jetzt hatte sogar das Pferd genug. Es entzog mir seinen Huf und trabte in seine Box zurück.
Da nun zwischen ihm und mir kein Hindernis mehr war, tat Ursoleone einen langen Schritt und zog mich an sich. Er roch nach Pferd und nach Leder und ach, so gut wie nur ein Mann auf der Welt riechen kann. Ich schloss die Augen. Und hier müsste ich jetzt eigentlich drei Seiten weißes Papier lassen, einen Zentner, einen ganzen Wald von Papier, denn wir sagten nichts und doch sehr viel. Und überhaupt werde ich euch davon nichts erzählen. Das gehört uns allein.
»Urs«, sagte ich, als wir später Hand in Hand nach draußen gingen. »Ich weiß aber nicht, wie du dir das alles vorstellst. Dass ich dir keine Mitgift bringe, das hast du nun gesehen.«
»Es ist mir gleichgültig.«
»In Neapel ist vielleicht Krieg, wer weiß, was für Zustände herrschen.«
»Es wird sich ein Platz für uns finden.«
»Aber ich will in Salerno studieren. Die Königin hat es erlaubt.«
Er hatte mich ja selbst auf diese Möglichkeit hingewiesen, doch jetzt, da ihm der Sinn nach Heiraten stand, rechnete ich fest damit, dass er es mir ausreden würde.
Aber Urs nahm nur meine Hand und antwortete seelenruhig: »Dann studierst du.«
»Und es stört dich nicht, dass ich Anatomie lerne? Ich werde männliche Leichen sehen, weißt du?!«
Er blieb stehen und drehte mich zu sich herum, wo er mir in die Augen sehen konnte.
»Suchst du etwa eine Ausrede, um nicht meine Frau zu werden?«
»Nein! Nein.«
»Dann sei ganz ruhig. Alles wird sich finden. Alles wird gut.«

Ich wusste, dass so wenig gut war im Leben und kaum je sich etwas ›fand‹, aber es tat mir gut, das zu hören, vorgebracht in einer ruhigen, selbstbewussten Stimme. Ich war willens zu glauben, das mein Ritter sogar das Schicksal bezwingen könnte. Wir gingen zusammen vor dem Tor spazieren. Ich pflückte ihm einen Strauß Grasnelken. Dann ging ich zu meinen Eltern zurück, um den Tag mit ihnen zu verbringen. Ursoleone Benevent konnte noch etwas warten, nachdem die Luft zwischen uns bereinigt war. Meine Eltern aber sah ich vielleicht heute zum letzten Mal. Ich gab ihnen die Geschenke, die ich in Forcalquier erstanden hatte. Meine Mutter war entzückt über den himmelblauen Stoff, wickelte ihn auf, hielt ihn sich an und betrachtete sich in unserem einzigen Spiegel. Mein Vater blätterte in dem Buch und war nicht mehr ansprechbar. Keine Frage, meine Geschenke waren gut angekommen.

»Du musst ja gut entlohnt werden, mein Kleines, wenn du so viel Geld ausgeben kannst«, sagte meine Mutter. »Wie lieb von dir, dass du dein erstes Geld für uns ausgegeben hast!«

Ich saß den ganzen Tag bei meinen Eltern, und auch sie ließen ihre Arbeit ruhen. Wir hatten noch tausend kleine Dinge zu besprechen.

»Willst du mein Brautkleid, Alix? Da schau ...«

Ich probierte es an.

»Wie gut es dir steht! Mir hat das auch einmal gepasst, nicht wahr, Marius!«

»Hmm«, brummte mein Vater.

»Nun werde ich bei deiner Hochzeit nicht dabei sein, Kleines.« Jetzt weinte sie ein bisschen. »Hier, der Schmuck! Ich möchte, dass du ihn nimmst.«

Am Nachmittag machten wir einen Ausritt, nur wir drei. Als wir zurückkehrten, da hatte man ein Festessen vorbereitet, so gut es eben ging. Es war ja praktisch meine Verlobung.

Sie hatten den Tisch mit Blumen bestreut, sogar das am Spieß gebratene Ferkel hatte Blumen im Maul. Es gab Fasane und Amselpastete, dazu Zwiebelkonfitüre; da waren gesottene Kuttelwürste,

Fasane *en tian*, im Tontopf geschmort, *bajano*, gekochtes Gemüse mit Essig aromatisiert, Selleriemousse, *brandade*, eine weiße Creme aus eingesalzenem Fisch; da waren, welche Seligkeit!, *fougasses*, jenes zarte, blattförmige Gebäck, das es sonst nur zu Weihnachten gab. Zum Dessert hatten sie sich auch etwas einfallen lassen, das unseren begrenzten Möglichkeiten entsprach und allen dennoch köstlich mundete: frische blauviolette Feigen auf Ziegenkäse, mit Honig überbacken. Die Tische im großen Saal bogen sich unter den ländlichen Delikatessen.

Ich wusste, was das bedeutete: Während meine Eltern mich aus der Küche fern hielten, hatten dort Elise, Mireille und so ziemlich alle Frauen aus dem Dorf geknetet, geschlagen und gemischt, gegart, gerührt, gebacken und den Bratspieß gedreht, bis allen der Schweiß den Rücken herunterlief. Und jeder unserer Bauern hatte etwas gegeben: ein paar Eier, einen Sack Weizenmehl, Würste, Mandeln, Trockenfisch …

Und nun waren sie alle hier, frisch geschrubbt und in ihre besten, steifen Kostüme gezwängt, kamen die Bauern, um meinen Zukünftigen zu begutachten. Ich beobachtete ihn gespannt. Doch er benahm sich so höflich und liebenswürdig wie bei Hofe. In seinem hart rollenden Provençou erkundigte er sich nach der Ernte, dem Wetter, den Gewohnheiten und Bedürfnissen der Ziegen. Ich musste lachen. Es fielen mir beim besten Willen keine Einwände mehr ein.

Wir aßen. Urs brach eine *fougasse* entzwei und reichte mir ein Stück. Ich trank ein Glas Wasser, in das mein Vater ein Goldstück hineingelegt hatte. Das Goldstück gab ich Urs. Es bedeutet, dass die Braut Segen und Wohlstand bringen wird – wenigstens symbolisch.

Das Essen verschwand bis auf den letzten Krümel.

»Oh, es ist alles so wundervoll, Mama!«, rief ich.

Kurz darauf, um die Stimmung aufzulockern, rückten ein paar Bauern mit Instrumenten heraus, und jetzt kriegten unsere Gäste einmal etwas Richtiges zu hören. Ich fand die höfische Musik schön, aber kraftlos. Hier ging es anders zu.

Tische und Stühle wurden beiseite gerückt. Vom Rest der Nacht erinnere ich nur noch das Kreisen, als Urs mich herumschwenkte. Ich fühlte es noch immer, als ich am Morgen die rote Stute wieder bestieg und wir zum Tor hinausmussten.

Ich hatte allen Dienern die ihnen zugedachten Geschenke gegeben, nur für den neuen Stallburschen, Rambert, hatte ich nichts. »Ich habe ja nicht von dir gewusst, als ich herkam«, sagte ich ihm. »Ich möchte dir aber auch gern ein Andenken geben. Was hättest du denn gern? Ein Silberstück?«

Das wäre viel gewesen. Aber er zögerte, sah zu Boden.

»Nun? Sag's ruhig.«

»Wenn es nicht zu unverschämt ist«, brachte er hervor, »dann hätte ich gern Euer Brusttuch.« Und er errötete derart, dass seine Gesichtsfarbe die seiner Haare noch in den Schatten stellte.

Wie hätte ich ihm solch artigen Wunsch verweigern können? Ich gab ihm das zarte Tüchlein, und er drückte es an sich und verneigte sich vor mir.

»Siehst du, Urs«, sagte ich im Davonreiten. »Auch Bauern können höfisch sein.«

»Ich habe es nie bezweifelt«, antwortete mein Herr von Benevent.

Wir trafen die Königin und den Rest unserer Gesellschaft bei Mazan, einem kleinen Ort, dessen reiche Kaufleute sich hinter einer dicken, kreisrunden Mauer verbargen und sich eine ständige Stadtwache leisteten.

Mariano sah Urs und mich zusammen reiten und roch den Braten gleich. Sie schnalzte mit der Zunge, warf den Kopf in den Nacken und ließ uns links liegen. Sie hatte es also nie ernst gemeint.

Die Bürger der Stadt kamen heraus und boten der Königin ihre Gastfreundschaft an. Sie bestanden sogar darauf.

»Ihr wart noch nie in unserer schönen Provence«, sagten sie. »Und wahrscheinlich werden wir Euch nie wieder sehen. Nun, da Ihr einmal hier seid, Majestät, da dürft Ihr uns nicht so enttäuschen und einfach vorüberziehen!«

Da es schon später Nachmittag war und Giovanna wenig Lust

verspürte, eine weitere Nacht im Zelt zu verbringen, willigte sie ein.

Giovanna und wir fünf Hofdamen wurden im Haus des Bürgermeisters aufgenommen und alle anderen über die besten Familien der Stadt verteilt. Der Bürgermeister von Mazan gefiel mir: Er war klein, nicht viel größer als Lucchina. Sein Haar war grau und ziemlich kurz geschnitten, und seine Augen waren rund, dunkel und funkelten schlau wie die eines Igels. Zudem hatte er einen Klumpfuß, was ihn aber nicht daran hinderte, mit großer Geschwindigkeit überall herumzulaufen und sich um alles selbst zu kümmern; er klagte nicht, sondern war hilfsbereit und gut gelaunt. Seine Frau, deutlich größer als er, blond, rund und so gelassen, wie er lebhaft erschien, führte uns in unsere Zimmer. Dort standen schon Schüsseln und Krüge mit warmem Lavendelwasser bereit, sodass wir uns erfrischen konnten, bevor wir hinuntergingen zum Essen. Wir waren in guten Händen. Am Abend vor dem Kamin fragte Giovanna unsere Wirtsleute über die Wirtschaft des Landes aus.

»Was exportiert man aus der Provence?«

»Salz aus den Salinen von Aigues-Mortes, Hyères und Saint-Victor; das geht hauptsächlich nach Frankreich, Savoyen und in die Alpenländer; ein wenig Wein, Öl, Waid und Wolle. Bei der Wolle machen uns die Spanier starke Konkurrenz. Und seit die französische Krone das Languedoc geschluckt hat, geht das Wollgeschäft nicht mehr so gut.«

»Kein Korn?«

»Kaum. Bei den Missernten der letzten Jahre, da reicht es gerade für den Eigenbedarf, und nicht einmal das. Die armen Leute haben oft keins.«

»Was essen sie dann?«, fragte die Königin.

»Kastanien«, sagte ich, die ich das Gericht allzu gut kannte. »Sie schmecken gar nicht schlecht, süß, mehlig, und machen satt.«

»Die Provence importiert einiges, nimmt aber selber wenig Geld ein«, meinte unsere Gastgeberin.

»Wir müssten mehr im Land produzieren und fertige Waren verkaufen statt nur Rohstoffe«, sagte der *syndic.* »Wir sollten Wollstoffe selbst herstellen.«

»Warum tut ihr es nicht?«

»Es geschieht ja, Majestät, aber noch zu wenig. Die Bauern weben ein wenig für sich selbst und verkaufen den Rest als Rohwolle. Man müsste Manufakturen gründen, um interessante Mengen herzustellen.«

»Ja, sicher«, sagte seine Frau. »Aber da müssten die Frauen den ganzen Tag kommen, jeden Tag. Und das wollen die Männer oft nicht erlauben, weil sie sonst auf dem Hof fehlen. Dabei käme auf diese Weise echtes Einkommen herein ... Sie werden es schon noch begreifen. Oder man baut eben solche Manufakturen nur in den Städten, dann aber werden die Menschen hier auf dem Land weiterhin am Wohlstand nicht teilhaben.«

»Und das hättet ihr gern. Gut. Ich werde mit meinen Verwaltern darüber reden. Es hört sich vernünftig an.«

»Majestät, könntet Ihr vielleicht ein Wort für uns einlegen bei unserem Fürsten, dem Herrn von Tarras. Er behindert unser Fortkommen, stellt unvernünftige Forderungen. So hohe Abgaben, solche Auflagen verknüpft er mit der Erlaubnis für eine Tuchmanufaktur, dass es sich für uns gar nicht lohnen würde. Könnt Ihr ihm nicht befehlen, vernünftig zu sein?«

»Der Comte de Tarras, ja? Gut, ich werde ihm einen Brief schreiben lassen.« Giovanna sah mich über die Schulter an. Ich nickte. Solche Herren gab es leider zu viele, überall, die nur an ihren Luxus und ihre Bequemlichkeit dachten und nicht daran, woher er rührte. Meine Herrin hielt einen Zinnbecher mit gewürztem Wein in der Hand, von dem sie kleine Schlucke nahm.

»Der Wein ist ungewöhnlich gut«, bemerkte sie.

»Importiert aus Bordeaux«, sagte der *syndic* mit einer gewissen Bitterkeit. »Hier gibt es nur wenige Güter, die ordentlichen Wein herzustellen wissen. Auch so ein Punkt. Die Bauern sträuben sich gegen Neuerungen, weil sie sagen, es sei alles gut, wie es ist. Wenn ihr Vater und Großvater diese Brühe gesoffen hätten – Verzeihung –, dann sei sie auch gut genug für den Sohn.«

»Es mangelt bei der Herstellung an Sauberkeit«, empörte sich seine Frau. »Die Fässer werden nicht ausgespült. Was glaubt Ihr, was da so zutage kommt! Wir haben einmal ein Fass abgenommen zum Weiterverkauf. Als wir es verkosteten, schmeckte der Wein so furchtbar, dass wir das Fass ganz leeren ließen. Und als wir es öffneten, war es voller schleimiger Ablagerungen von Jahren, und dazu war noch eine tote Ratte darin! Brrr!«
Der *syndic* schüttelte sich in Gedanken daran. »Pfui! Dem Mann, der uns das angedreht hat, sind wir mit der Stadtwache zuleibe gerückt, dem haben sie alle Fässer zerschlagen, und eine Geldstrafe musste er auch noch zahlen! Aber sie sind nicht alle so. Meist ist es eine Geldfrage. Man müsste investieren. Dann könnte man auch provençalischen Wein exportieren. Die Niederlande und England schreien nach südlichem Wein. Nachfrage gibt es schon. Aber auch da müsste man sich zusammenschließen. Für einen kleinen bäuerlichen Betrieb lohnt sich der Aufwand nicht.«
»Ich könnte Weinmacher aus Sizilien herschicken. Die verstehen ihr Handwerk, glaubt mir. Ich merke schon, es gibt eine Menge, über das ich mit Herrn de Baux sprechen muss.« Mit Interesse kostete sie ihren Wein und schnupperte daran.
»Aber sagt«, nahm sie das Gespräch wieder auf, »ihr erwähntet eingangs Aigues-Mortes. Ich erinnere mich, gehört zu haben, dass der Warenverkehr über Aigues-Mortes gesunken ist. Wisst ihr etwas darüber? Wie kommt das?«
»Die Häfen an dieser Küste versanden, auch Lattes und Agde. Letzten Endes ist das gut für uns: Es läuft jetzt immer mehr über Marseille und dann entweder auf der Rhone bis Lyon oder auf der alten Salzstraße durch den Luberon. So verdienen wir, das heißt, auch Ihr, allein am Durchgangsverkehr, ohne einen Finger dafür zu rühren.«
»Man müsste also Marseille fördern …«
»Das wäre in Eurem Interesse.«
Margherita Mileto hinter mir klappten dauernd die Augen zu. Auch Mariano und Galgano wirkten erschöpft.

»Geht nur zu Bett«, sagte ihnen unsere Herrin. »Alix wird bei mir bleiben.«

Galgano und Margherita standen sofort auf, dankbar, sich ausstrecken zu dürfen. Mariano, das wette ich, war mindestens so müde wie diese beiden. Aber die Aussicht, dass ich etwa wieder mit der Königin allein sein würde, machte es ihr unmöglich, das Angebot anzunehmen, so verlockend es auch war.

»Ich bleibe. Ich bin überhaupt nicht müde«, sagte sie und riss die Augen weit auf, um es zu beweisen.

»Gut, Mariano, wie du willst«, sagte Giovanna. Während sie sich ihrem Gesprächspartner wieder zuwandte, spielte ein Lächeln um ihre Lippen. Sie hatte also auch gemerkt, was los war.

Die Königin unterhielt sich weiter mit dem schlauen, kleinen Bürgermeister, der im Hauptberuf mit Wolle und Tuch handelte. Es war einmal eine ganz andere Sichtweise als die, die sie von ihren Verwaltern und Ratsherren unterbreitet bekam. Hier hörte sie, wie eigentlich die Wolle entstand, wie viel davon ein Schaf produzierte, wie man mit dem geschorenen Vlies anschließend verfuhr, vom Waschen, Spinnen, Walken, hörte zum ersten Mal von den verschiedenen Qualitäten, Haarlängen, vom Wollfett auch, das die Apotheker schätzten und auf das sie bisher nur unwissentlich in ihren Schminken und Salben gestoßen war.

»Du bist doch auch so eine halbe Apothekerin«, meinte Giovanna zu mir.

»Ach, das sicher nicht. Ich kenne nur ein paar Hausrezepte. Aber ich nehme das Wollfett auch gern, zum Beispiel mit Krauseminze und Lorbeer ergibt es ein hervorragendes Einreibungsmittel gegen Rheuma und Gicht. Und ich habe auch ein gute Salbe daraus hergestellt, um die Hände weich zu machen: abgekochtes Wollfett, Rosenöl und römische Kamille.«

»Das wird meine Frau interessieren. Bitte sagt ihr die Rezepte. Ich leide ein wenig unter Gliederschmerzen, und meine Frau hätte sicher gern eine gute Salbe für ihre Hände, die von der Hausarbeit leicht rau werden.«

Wir sprachen lange mit diesen guten Leuten. Mariano Vulcano

war natürlich doch eingeschlafen. Sie schnarchte leise auf ihrem Lehnstuhl und kippte schließlich mit Gepolter herunter. Es war ihr recht peinlich, als sie sich auf dem Boden wieder fand.

»Ich – ich – ich … habe nicht geschlafen, Euer Majestät!«

»Geh zu Bett, Mariano. Gute Nacht.«

»Ja, Majestät.«

Geschlagen wankte die Vulcano die engen Stiegen hoch.

Giovanna und ich kamen wenig später nach. Ich half meiner Königin, sich auszukleiden, brachte sie zu Bett und deckte sie zu.

»Setz dich noch ein wenig zu mir«, sagte sie.

Ich hielt ihre Hand.

»Ich habe Euch etwas zu gestehen«, flüsterte ich, um Mariano und Delphine nicht zu wecken, die auf Strohsäcken am Fußboden schliefen.

»Ursoleone Benevent und ich wollen heiraten. Ich wusste es nicht, aber er hat bei meinem Vater um Erlaubnis gebeten. Und er hat sie bekommen.«

»Und du willst auch?«

»Ja.«

Meine Herrin seufzte. »Ich beneide dich. Wie schön, sich so etwas aussuchen zu dürfen!«

Ich muss bestürzt dreingeblickt haben. Sie tätschelte meine Hand. »Ach, nun habe ich dir deine Freude verdorben. Das wollte ich nicht. Ich bin Königin, das bringt eben seine Pflichten mit sich. Ich wünsche dir Glück!«

Sie richtete sich im Bett auf und küsste mich auf die Stirn. Dann legte sie sich wieder hin und war schon eingeschlafen. Ich nahm die Öllampe mit, um zu dem mir zugewiesenen Bett zu finden. Ich liebe meine Königin, so weit ist es gekommen, und ich kann nicht glauben, dass sie zu einem üblen Gedanken in der Lage ist. Ich beginne, mich für meine Landsleute zu schämen, die sie als ›Teufelin‹ bezeichnen. Sie kennen sie nicht so wie ich. Wehe, wenn mir gegenüber jemand schlecht über sie redet! Der kann etwas erleben!

14.

Avignon. Die Festung Gottes – oder wenigstens seiner Stellvertreter – auf ihrem Felsennest. Darunter schwärte die Stadt ins umliegende Grün, Felder, mohngesäumte Weinberge, Wiesen. Das Wetter war umgeschlagen. Zur besten Erntezeit regnete es und war plötzlich kühl geworden. Sturmgewitter hatten das Korn umgeknickt, und es drohte auf den Äckern zu verfaulen. Wir ritten im Schritt, näherten uns widerwillig. Avignon wirkte bedrohlich auf uns alle. Die Stimmung war gedrückt.

Über der Stadt hing wieder eine einzige Rauchwolke aus vielen Feuern, von denen ölige Schwaden aufstiegen, um alsbald heruntergedrückt zu werden wie ein Opfer, das Gott nicht annimmt. Feuer im Sommer – ein schlechtes Zeichen.

Ein Reiter kam uns eilig entgegen, ein Mönch im braunen Gewand der Franziskaner auf einem Maulesel. Er hob beide Hände, gestikulierte, meinte uns: »Halt! Halt! Zurück!«

»Dom Pancrazio!«, rief einer, als der Reiter näher herankam. Er war es, und er hatte keine guten Neuigkeiten. Wir blieben auf der Straße stehen.

»Seid gegrüßt, Dom Pancrazio. Nicola sagte mir, dass er Euch vorausgeschickt hat. War das denn notwendig?«

Der Dom begann zu sprechen, krächzte, rollte die Augen und fasste sich an die Kehle. Jemand reichte ihm einen Weinschlauch. Er legte den Kopf in den Nacken und spritzte sich den Roten gekonnt und in hohem Bogen in den aufgesperrten Schlund.

»Aaah«, machte er. »Aah! So geht es besser. Das war ein langer

und staubiger Weg. Ich dachte auch nicht, dass hier, so kurz vor den Toren der päpstlichen Residenz, irgendeine Gefahr lauern würde. Aber hört: Die Ungarn sind ganz verrückt geworden. Dass Ihr ihnen damals entkommen seid, zum zweiten Mal entkommen, das scheint sie aufgestachelt zu haben wie einen Schwarm Hornissen. Erst wollten sie Euch in der Stadt festhalten. Jetzt haben sie sich einfallen lassen, dass Ihr nicht mehr wieder hineinkommen sollt.
Sie wollen unbedingt verhindern, dass Ihr vor dem Kirchengericht erscheint, damit Ihr vor den Augen der Welt nicht rein gewaschen werdet. ›Die Wölfin soll ihr Brandzeichen tragen‹, sagte mir einer der Madjaren-Offiziere. ›Dieses Verfahren ist doch abgekartet und dient nur dazu, sie ins Recht und meinen Herrn ins Unrecht zu setzen.‹ Sie werden Euch nicht hineinlassen, Herrin.«
»Ich muss aber doch!« Meine Königin war ärgerlich. »Ich soll und ich will! Ich muss das endlich hinter mich bringen! Dann reiten wir eben zu einem anderen Tor.«
»Das wird nichts nützen. Sie stehen überall. Ich habe mit mehreren Ungarn gesprochen, mit einem harmlosen Mönch reden sie ja. Und so habe ich genau erfahren, wie viel Mann an welchem Tor stehen.« Dom Pancrazio zog sich die braune Kutte über die Ohren und bestieg wieder sein weißes Pferd, das wir für ihn mitgeführt hatten. Den Weinschlauch behielt er gleich bei sich wegen der trockenen Luft.
»Dann verkleide ich mich eben als Knappe«, schlug Giovanna vor.
»Das halte ich nicht für sicher«, sagte Herr Benevent. »Die Offiziere haben Euch alle schon einmal gesehen. Und sie werden sie so verteilt haben, dass an jedem Tor einer ist, der Euch kennt.«
»Verflucht!« Die Königin schlug so auf ihren Sattelknauf, dass ihr Ross einen erschreckten kleinen Sprung mit beiden Vorderbeinen machte. Sie beugte sich herunter und tätschelte ihm beruhigend den Hals.
»Kommt, wir wollen wenden und ein Stück zurückreiten zum

nächsten Dorf. Irgendetwas muss uns einfallen. Ich muss einfach nach Avignon hinein. Das kann doch nicht sein: Diese Stadt gehört mir, dieses Land ist mein, und ich muss mich vor den Toren herumdrücken wie eine Aussätzige!«

In einem Fischerdorf unten an der Rhone hielten wir Rat. Wir saßen unter Bäumen im hohen Gras. Von den Ufern ins Wasser hinein hingen Netze an Stangen, und auf dem Fluss trieben Nachen, von denen aus Männer Fische fingen. Es war still hier, bis auf ein fernes Klopfen und Hämmern.

»Einer von uns muss hinein und dem Papst eine Nachricht zukommen lassen. Er wird den Ungarn verbieten, sich weiter einzumischen und uns Soldaten zum Geleit schicken.«

»Wenn er vorgelassen wird. Glaubt Ihr, der Papst weiß nicht, was sich vor seinen Toren abspielt? Warum lässt er es überhaupt zu, dass sich die Ungarn so aufspielen?«

»Ich könnte nach Les Baux reiten. Mein Vetter Hugues würde nicht zögern, sofort eine Truppe zusammenzustellen, um Euch zu Hilfe zu kommen«, schlug Barral de Baux vor.

»Das würde allerdings ein paar Tage in Anspruch nehmen.«

»Ich bin es leid! Ich bin es so leid – ich möchte allein hinreiten und sehen, ob die Burschen die Dreistigkeit besitzen, eine einzelne Frau vom Pferd zu zerren. Ich bin immerhin Königin!«

Das emsige Klopfen vom Dorf her – woran erinnerte es mich nur? Was für ein Geräusch war das? Eine Tischlerei! Da kam mir ein Einfall:

»Ihr müsstet sterben.«

Alle sahen mich entgeistert an.

»Ich meine: Dort hinten liegt eine Tischlerei. Wir könnten Euch für kurze Zeit in einen Sarg legen. Und dann ...«

Es erstaunte mich, wie schnell alle einverstanden waren, wahrscheinlich, weil es das einfachste und schnellste Verfahren war. Der arme Tischler erschrak, als er plötzlich die vielen vornehm gekleideten Menschen sah, die in seine Werkstatt traten und den Zugang zu seinem Haus versperrten. Er richtete sich von einem Balken auf, den er gerade zurechthobelte, und wurde kalkweiß im Gesicht. Das einfache Volk erwartet von den Noblen nichts Gutes.

»Wir brauchen einen Sarg«, kommandierte Barral.

»Wer braucht das nicht, dieser Tage?«, stammelte der Mann. »Man kommt ja mit der Arbeit kaum mehr nach. Aber, verzeiht, seid Ihr im richtigen Geschäft? Ich mache nur einfache Särge für einfache Leute. Die meisten Verstorbenen werden ohnehin nur verscharrt oder in den Fluss geworfen.«

»Wir nehmen, was du hast. Einen Sarg für diese Dame.« Barral wies auf Giovanna.

»Heilige Mutter Gottes!« Der Tischler bekreuzigte sich. »Aber die ist doch noch ganz lebendig!«

»Das soll deine Sorge nicht sein«, sagte Giovanna. »Ich muss nur ein Stück weit darin reisen. Polstere ihn ja gut aus, dass ich bequem drin liegen kann.«

»Und mache unten und an der Kopfseite Löcher hinein, damit sie atmen kann«, fügte ich hinzu.

Kopfschüttelnd vermaß der Tischler meine Herrin und zog einen Sarg aus seinem Lager. Er klopfte darauf: »Echt Kirschholz, der beste, den ich habe!«

»Ja, ja, schon recht.«

Giovanna ließ den Sarg öffnen und legte sich hinein, um die Länge zu probieren. Er passte. Der Tischler bohrte die verlangten Luftlöcher hinein, stopfte den Boden mit Wolle aus und legte ein Stück violetten Satin hinein.

»Eigentlich müsste ich das festnageln und die Wände auch verkleiden«, sagte er, sich den Kopf kratzend. Er war mit seinem Werk unzufrieden. »Das ist nicht, wie es sich gehört.«

»Wir sind zufrieden, Tischler, was ist man dir schuldig?«

Er nannte eine geringe Summe.

»Du bekommst das Doppelte, wenn du schweigst. Da!«

Der Mann nahm sein Geld und schwor bei allen Heiligen, die Sache zu vergessen, sobald wir sein Haus verlassen hatten. Und stand da in seiner harzduftenden und von Spänen übersäten Werkstatt, stand und konnte nicht aufhören den Kopf zu schütteln.

Wir halfen Giovanna, sich in dem Kasten auszustrecken. Der Tischler nagelte den Deckel zu und legte ein schwarzes Tuch mit einem silbernen, gestickten Kreuz darüber. Die Männer hoben Giovanna in ihrem Sarg auf den Wagen. Einiges von den Säcken und Kisten musste noch auf die Maultiere verteilt werden, bis genug Platz war, um den ›Leichnam‹ würdevoll zu transportieren. Lucchina klopfte gegen den Sarg. »Habt Ihr es bequem? Bekommt Ihr genug Luft?«
»Ja, ja«, ertönte die gereizte Stimme unserer Herrin. »Fahrt endlich los. Ich will nicht den Rest meiner Tage hier drin verbringen!«
»Hüah!« Lucchina knallte mit der Peitsche und die Ochsen zogen an.
»Au! Teufel! Fährst du nur über Steine?!«, beschwerte sich Giovanna alle paar Schritt. Und: »Ist es noch weit?«, »Ach, ist das heiß!« Ein unduldsamer Leichnam!
Wieder glitt Avignon auf uns zu, ein Luftgebilde aus Zinnen und Wimpeln, das sich flimmernd vom Boden gelöst hatte. Es kam mir vor wie das Schloss eines *drac*, eines bösen Zauberers aus unseren Märchen. Ich wollte dort nicht wieder hin, und doch ging kein Weg daran vorbei, nicht für mich und nicht für die Königin.
Von nahem verlor die Stadt ihren ominösen Schein, verankerte sich durchaus fest mit der schwarzen Erde des Schwemmlands. Hoch ragten ihre Mauern vor uns auf. Die Straße wurde vom Tor verschluckt.
»Sssst!«, zischte ich Giovanna zu. »Es ist soweit.«
»Anhalten! Wer seid ihr?« Eine Gruppe Madjaren hielt uns auf. Die Stadtwachen lehnten faul an der Mauer und sahen von weitem zu, ohne einzugreifen.
Wir stellten uns alle mit unseren richtigen Namen vor, sprachen sie aber französisch aus: Benvent, Caracciole, Vulcain, Capitain, Milette, und so fort. Unsere Herrin, das hatten wir vorher besprochen, sollte Delphine de Sabran sein.
»Was habt Ihr in Avignon zu schaffen?«

»Meine Herren, jetzt sind Sie unverschämt«, sagte Delphine mit ihrer hohen klaren Stimme. »Sie sind fremd hier, und ich bin Ihnen in meinem eigenen Land keine Rechenschaft schuldig.«
»Meinem Schwert sind Sie es schuldig«, rief der Ungar und zog die Waffe.
»Lächerlich«, erwiderte Delphine ganz gelassen. »Wir haben keinen Krieg mit Ungarn. Übrigens ist der Kardinal de Périgord mein Onkel, und er wird sehr interessiert sein, zu erfahren, wer mich belästigt hat. Wie ist Euer Name, mein Herr?«
Er sagte seinen Namen nicht, hörte aber auf, sie auszufragen. Dafür gab er seinen Kumpanen ein Zeichen zum Wagen hin. »Durchsuchen!« Zwei von ihnen ritten zum Planwagen und kletterten hinein.
»Hauptmann, hier ist ein Sarg!«, meldete gleich einer der beiden. »Wer ist da drin?«
»Meine liebe Tante Gyptis«, antwortete Delphine. »Sie ist leider vor drei Tagen verstorben.«
»Eure Tante Gyptis, ja?« Der Hauptmann machte schlaue Miene. »Öffnet den Sarg. Ich will sehen, ob es stimmt, was Ihr sagt.«
»Das ist nicht zu empfehlen, Messire! Sie ist an der Pest gestorben.«
»An der Pest!?« Die beiden Kerle kamen herausgesprungen.
»*Bien sure,* sie hat das Recht auf einen Platz in der Kathedrale. Um sie in die Stadt bringen zu dürfen, ist der Sarg innen mit Silber verkleidet, sodass nichts nach außen dringt. Bitte, wenn Ihr ihn öffnen wollt, dann tut es auf Eure Verantwortung und allein. Wir wollen nicht sterben.«
Bei diesen Worten hatten Delphine und alle ihre Begleiter ihre Pferde ein paar Schritte von dem Wagen fortgelenkt. Lucchina und ich sprangen vom Bock herunter und liefen unter Schreckensbekundungen ein gutes Stück weit davon.
»Öffnen!«, schrie der Hauptmann seine Soldaten an, aber die beiden Kerle verschränkten bloß die Arme und schüttelten die Köpfe: Kommt nicht infrage, Herr Hauptmann. Das dürfen Herr Hauptmann gern selber tun. Wir sind ja nicht irrsinnig.

Eine peinliche Situation. Sollte er jetzt seinen Kerlen die Köpfe abhacken? Oder einen Pestsarg öffnen? Misstrauisch blickte er vom Sarg auf die Untergebenen und wieder zum Sarg hin. Schließlich winkte er uns unwirsch. Lucchina und ich bestiegen wieder den Wagen. Nur mühsam konnten wir uns das Grinsen verkneifen.

»Es ist gut. Ihr dürft weiter.«

»Ihr seid zu gütig, Messire«, sagte Delphine spitz und noch im Davonreiten: »Es ist doch wirklich unglaublich, was man sich heutzutage gefallen lassen muss!«

Von der Torwache ließ sie sich die Namen geben. »Wie kommt es, dass Ihr hier feige herumsteht, wenn anständige Provençalen von ausländischem Gesindel belästigt werden?«

»Verzeiht, werte Dame, es sind die offiziellen Begleiter des ungarischen Botschafters. Wir haben Anweisung, nur einzugreifen, wenn es Ärger gibt. Der Hauptmann will den Frieden wahren.«

»Feiner Friede, in dem eine Dame in ihrem eigenen Land nicht reisen kann!«

»Lasst mich heraus!« Giovanna trommelte von innen gegen den Sargdeckel, aber wir bekamen ihn ohne Werkzeug nicht auf, und so musste sie drinnen bleiben, bis wir an einer Werkstatt vorbeikamen.

Bei diesem Tischler herrschte Müßiggang. Er saß auf einer Bank und schnitzte an einem Spielzeug herum, als wir den Sarg hereintrugen. Da sprang er auf und hob die Arme abwehrend vors Gesicht.

»Bah! Was fällt Euch ein, mir einen Toten hier hereinzutragen?«

Giovanna klopfte. Der Mann bekreuzigte sich und machte Anstalten, aus seinem Laden zu rennen.

»Beruhigt Euch, Meister«, sagte Enrico Caracciola und hielt ihn am Kragen fest. »Die Dame in diesem Sarg ist höchst lebendig. Sie musste sich vor einem eifersüchtigen Liebhaber verstecken. Jetzt glaubt er, dass sie gestorben ist und wird hoffentlich fernbleiben. Also bitte, guter Mann: Befreit sie!«

Giovanna hämmerte von unten gegen den Deckel und schrie, so-

dass es keinen Zweifel an ihrer Lebendigkeit geben konnte: »Lasst mich raus! Ich will hier sofort heraus, ihr Narren! Ich ersticke!«
Da nahm der Tischler sein Werkzeug und hatte in zwei Augenblicken die Kiste geöffnet. Er sprang aber zurück, als sich der Deckel hob – man konnte ja nicht vorsichtig genug sein. Giovanna erhob sich und strich ihre Kleider glatt. Sie stieg aus dem Sarg, reckte sich und streckte die Glieder.
»Bitte ein Glas Wasser für meine Herrin«, bat ich, was er sogleich brachte.
Die Königin trank das Wasser und bedankte sich.
»Wie ist die Lage hier in der Stadt?«, fragten wir den Tischler.
»Schlecht«, sagte er. »So schlecht, dass sich niemand mehr die Mühe macht, die Leichen in Särge zu tun. Es gibt keine Geschäfte mehr, niemand verlässt das Haus, nicht einmal die Gauner. Nur die Pestärzte schleichen mit ihren grässlichen Masken herum. Sie sind die Einzigen, die noch ehrliche Arbeit haben. Und das mit den Juden war schlimm!«
»Der Papst hat doch verboten, die Juden zu erschlagen und auszuplündern!«
»Schon, aber da war es fast zu spät. Er hat auch den Geistlichen überall im Land geboten, die Juden zu schützen, aber sie halten sich nicht daran. Oder der Pöbel ist stärker.«
»Hast du einen Juden gekannt?«
»Ja«, sagte er trotzig. »Ich bin ein guter Christ, aber ich hatte Freunde im Judenviertel. Es waren gute, freundliche Menschen, nicht anders als wir. Doch irgendwer soll eben schuld sein!«
»Hast du Familie, Tischler?«
»Ja, meine Frau und eine kleine Tochter. Noch sind wir alle verschont geblieben. Ihr solltet lieber die Stadt verlassen, ehe …«
»Ich fürchte, wir müssen hier bleiben, genau wie du. Danke für deine Hilfe. Den Sarg kannst du verkaufen, reicht das für den Aufwand?«
»Selbstverständlich, ich danke Euch, hohe Dame, und wünsche Euch viel Glück!«

So verließ Giovanna die Werkstatt und wir ritten durch die verödeten Straßen.
»Tante Gyptis! Wie bist du denn darauf gekommen, Delphine?«
»Eine Sage aus unserer Gegend. Gyptis war eine Prinzessin der Segobriden, die beherrschten vor langer Zeit unsere Küsten. Sie verliebte sich in den Phönizier Protis und bekam von ihrem Vater Massilia als Brautgabe.«
»So? Na, immerhin war Tante Gyptis eine Prinzessin.«
Als wir hügelan stiegen zur Straße unter dem Papstpalast, schickten wir Boten vorweg, damit unsere Gemächer gerichtet und Vorbereitungen zum Empfang der Königin getroffen werden konnten. So stand schon eine große Menge Menschen auf dem Pflaster vor dem Palais und drängte sich im Innenhof, als wir ankamen.
»Die Königin! Die Königin ist wieder da!«
»Willkommen!«
»*Viva! Viva* Giovanna!«
Man drängte sich um sie, kaum dass sie aus dem Sattel gestiegen war. Man umarmte und küsste sie, nötigte ihr Blumen auf, hielt ihr gekühlten Wein entgegen, von dem sie nippte und dann das Glas hochhielt, um einen Trinkspruch auszubringen: »Auf euch, meine lieben Gefährten, die ich so sehr vermisst habe wie diesen Wein auf staubiger Straße.«
Noch mehr begeisterte Rufe hallten durch den Hof. Auch wir anderen stiegen nach und nach ab. Knechte führten die Pferde fort und bemächtigten sich des Gepäcks, ohne dass man ihnen Aufmerksamkeit schenkte.
Delphine, Mariano, Margherita und Galgano fielen sich mit ihren Freundinnen in die Arme. Es war solch ein fröhliches Getümmel von gesunden, gut gekleideten Menschen – welche Differenz zu dem Bild, dass sich nur wenige Schritte entfernt in den Straßen von Avignon geboten hatte.
Ich stand ein wenig abseits, wie so oft, und beobachtete das Ganze.
Ebenso wie ich, aus der Distanz und scheinbar unbeteiligt, betrachtete ein mir unbekannter Mann Giovanna. Er war prächtig

in Gold und Purpur gekleidet und trug die modischen spitzen Schuhe in einer so übertriebenen Länge, dass es ihm gewiss nicht möglich war zu gehen, ohne sich die Schuhspitzen mit eigens dazu angebrachten Kordeln an den Schienbeinen hochzubinden. Dieser Mann lehnte in einem Torbogen im Halbschatten, die Arme verschränkt. Unter halb geschlossenen Lidern hervor fixierte er Giovanna, mit einem katzenhaften Lauerblick, der mich frösteln ließ. Sollte das Loisi di Taranto sein? Aber meine Herrin hatte ihn so vorteilhaft beschrieben! Das war ihr Bacchus? Gewiss, er hatte dunkle Locken, überaus sorgfältig arrangiert. Da war auch das runde, volle Gesicht, ein wenig zu voll; die Augen waren so dunkel, wie sie sie uns ausgemalt hatte, aber es waren tiefe Tränensäcke darunter; und der Mund – nun, die Lippen waren aufgeworfen und ihr Schwung sinnlich, ja, doch die Unterlippe war schlaff, ein wenig verlebt; rechts und links des Mundes zeigten sich Falten, die nach unten führten, Falten der Unzufriedenheit. Mir kam er vor wie ein alt gewordenes, gieriges und nörgeliges Kind.

Mein Benehmen war unstatthaft: Ich hatte ihn zu lange betrachtet und wollte mich schnell abwenden, da hatte er mich bereits ertappt. Und starrte mich jetzt seinerseits an. Es war ein unerquicklicher Moment für mich. Ich stand da und fühlte mich nackt. Er musterte mich von den Füßen über die Taille zu den Brüsten, schien alles zu betasten, das Dekolleté, den Hals, Mund und Wangen. Sein Blick bohrte sich förmlich in meine Augen und ließ mich nicht los. Er war grausam, abschätzig, kalt, und doch nur ein Blick.

Ursoleone kam dazu, legte einen Arm um meine Schulter und fragte: »Ist dir nicht gut? Bist du erschöpft?« Dann sah er mein Gegenüber, zog seinen Hut, verbeugte sich. Taranto winkte, das Gesicht plötzlich ganz leutselig. Sicher hatte ich mir alles nur eingebildet.

Nun hatte auch Giovanna ihren Mann entdeckt und ging auf ihn zu.

»Giovanna.« Er küsste ihre Hände, ihre Stirn. »Wo hast du dich vor mir versteckt? Deine kleinen provençalischen Fürsten wollten dein Geheimnis nicht preisgeben. Hugues de Baux hat sich persönlich vor jedes Tor geworfen, um zu verhindern, dass ich dir folge.« Er sagte es leichthin und lächelte, doch ich glaubte darin jenen Unterton wahrzunehmen, den ich auch in seinem Gesicht gelesen hatte.

»Sie hätten dir nichts sagen können. Ich wollte nach St. Remy …«

»Da warst du nicht!«

»… lass mich doch aussprechen, Lieber. Nein. Bevor wir dorthin gelangen konnten, wurden wir von einer Hundertschaft Madjaren verfolgt. Sie waren festen Willens, mich gefangen zu nehmen. Also flohen wir ins Hinterland. Dort fanden wir eine Weile Unterschlupf in einem kleinen Schloss, an das ich kaum gedacht hätte, wären wir nicht durch Zufall in die Gegend geraten. Aber ich habe mich doch nicht vor dir versteckt.«

Er bot ihr seinen Arm. Während er sie davonführte, hörten wir ihn noch sagen: »Du hättest immerhin Nachricht schicken können …«

»Ich wusste ja nicht einmal, dass du hier warst.«

»Ich bin schon seit Wochen in Avignon und höre nichts von dir …«

»Du liebe Güte!« Ich sah Ursoleone an. »Muss die Königin jeden Schritt rechtfertigen?«

»Er ist eben besorgt. Schließlich ist es ungewöhnlich, wenn die Königin über Wochen hin nicht auffindbar ist«, verteidigte Urs seinen Herrn.

»Er klang nicht besorgt, nur beleidigt. Fange ja nie so einen Ton mit mir an, Urs, sonst …«

»Sonst? Willst du schon vor der Hochzeit zanken, Weib?« Und er küsste mich auf den Mund. Ein vorübergehender Mönch zischte uns an. Lachend und uns an den Händen haltend entwischten wir in den Garten.

In den nächsten Tagen war die Königin ständig in Begleitung von Taranto, umringt von Beratern, insbesondere Bertrand de Baux, dem Grand-Justicier, der ihre Anhörung vorbereitet hatte. Ich nahm mein Amt wieder auf. Die Kleider, die die Königin auf unserem Ausflug getragen hatte, waren nicht mehr zu gebrauchen. Die Stickereien waren vom Ritt durch Dornengebüsch zerrissen, die Rocksäume zerschlissen und fleckig. Ich ließ wieder die brauchbaren Fäden, Perlen, Juwelen und Pelzbesätze abtrennen und gab sogleich neue Roben in Auftrag. Gern hätte ich meine Herrin um Rat gefragt, aber sie wies mich kurz ab: »Alix, meine Liebe, du wirst das schon richtig machen. Dafür habe ich dir schließlich das Amt übertragen.«

Also gab ich fürs Erste drei neue Kleider in Auftrag: eines aus scharlachrotem Satin mit weißen Ärmeln und einem rosenfarbenen Unterkleid, das aus Schlitzen am Unterarm hervorlugen sollte. Der Rock des Unterkleids sollte mit bunten Vögeln bestickt sein. Dazu gehörte ein goldener Gürtel und eine goldene Kappe, wiederum mit Vögeln bestickt, die Augen aus Jett besaßen. Das zweite Kleid war aus goldgelber Seide mit Silberstickereien und Saphiren. Das dritte war ganz schlicht: dunkelblauer Samt aus Lucca, bestickt mit kleinen silbernen Lilien, sonst nichts. Den Ausschnitt ließ ich hoch anfertigen, dazu ein Brusttuch aus feinster Seide, blütenweiß, eine Kappe aus blauem Samt mit Silber und winzigen Perlen, wie Tau. Diese Robe würde Giovanna blass und sehr jung aussehen lassen. Sie war für den Auftritt vorm Tribunal bestimmt.

Es war schwer genug, Näherinnen zu finden, um die Arbeiten in der gewünschten Zeit auszuführen. Viele waren gestorben oder bereits krank. Jedes dritte Haus stand leer.

Giovanna lebte wie im Schlafwandel. Sie zog an, was ich ihr hinlegen ließ, und warf kaum einen Blick darauf. Einmal hielt sie mich am Handgelenk fest und sagte leise zu mir: »Ich habe Angst, Alix.«

»Es wird gut gehen«, antwortete ich, ohne echte innere Überzeugung. »Ist nicht schon in Italien ein Prozess gewesen? Bei dem hat man nicht einmal Euren Namen genannt. Warum sollte es hier anders sein, da Euch doch sogar der Papst gewogen ist?«

»Du hast wahrscheinlich Recht«, sagte sie, und das war das letzte

Mal, dass ich sie allein antraf. Danach war entweder Loisi di Taranto anwesend oder einer seiner Männer, angeblich, um sie zu beschützen.
Bertrand de Bréole kam mit Herrn von Monfort, Richter am Grand Cour von Neapel. Giovanna und Loisi schlossen sich lange mit ihnen ein.
»Sie werden Euch fragen, warum Bertrand Artus, der Sohn des Grafen d'Agata, Euch am Tag vor dem Mord aufgesucht hat. Was werdet Ihr sagen?«, hörte ich, als ich einmal hineinging, um Erfrischungen zu bringen.
»Ich werde sagen, dass es schließlich nicht ungewöhnlich ist, wenn einer aus meinem Gefolge mich aufsucht.«
»Hm – schwach. Er war der Rädelsführer. Es ist bekannt, dass er der anti-ungarischen Fraktion angehörte.«
»Aber er hat mir nichts von dem Vorhaben gesagt, kein Wort – sonst hätte ich es verboten.«
»Was also habt Ihr mit ihm gesprochen?«
»Angelegenheiten der Grafschaft Agata. Ich erinnere mich nicht mehr genau, worum es ging, um einen festen Liegeplatz im Hafen Pozzuoli, glaube ich.«
»Kein Wort über Andrea? Ihr müsst Euch erinnern. Sie werden Euch das fragen, Majestät!«
»Ach, Gott, ja, am Ende des Gesprächs fing er noch einmal an, sich über Andrea zu beschweren und die Einmischung durch die Ungarn, und dass der Papst sich nun plötzlich gegen uns stelle …«
»Was habt Ihr ihm geantwortet?«
Ich hatte mir so lange wie möglich am Tisch zu schaffen gemacht und Wein eingeschenkt. Loisi warf mir einen dieser Blicke zu. Ich floh.
Der Tag kam. Wir waren alle erleichtert, nicht froh. Ich ging mit den Zofen zu Giovanna, um sie anzukleiden. Sie ließ das weiße Unterkleid über ihren Leib gleiten und hob die Arme, sodass wir das dunkelblaue Samtkleid darüber streifen konnten. Es war sehr schicklich und gleichzeitig rührend schön.
»Ihr seht wunderbar aus und so unschuldig, wie eine Frau nur

sein kann!«, sagte ich ihr, als ich ihr das Brusttuch umlegte. Eine Zofe steckte ihr die Haare hoch und setzte die Kappe darauf. Der schlanke, bloße Hals wirkte verletzlich. Es war der Eindruck, den ich geplant hatte. Nun noch das silberne Kreuz umgehängt, sonst kein Schmuck – fertig.

Aber Giovannas Hände zitterten und ihre Augen schwammen in Tränen.

»Wie kann man mich so demütigen!«

»Nicht doch, Haltung, Majestät!«, sagte Delphine de Sabran.

»Ich habe gehört, dass nicht Ceccano, sondern der Kardinal Talleyrand de Périgord für mich sprechen soll«, flüsterte die Königin. Wir standen starr, welch eine vernichtende Nachricht!

»Er muss mich hassen, da mir alle die Schuld geben am Tod von Carlo Durazzo, seinem Neffen! Seine Schwester Agnès hat ihn gewiss instruiert. Welche Chance habe ich wohl noch, wenn mich dieser Mann verteidigt?«

»Niemand hat Carlo Durazzo gezwungen, sich bei Lajos einzuschmeicheln und sich selbst in seine Hand zu geben. Wäre er fortgeblieben, dann wäre ihm nichts geschehen. Das habt *Ihr* uns doch erzählt!«, sagte Delphine, und ich: »Vielleicht ist der Kardinal de Périgord ein vernünftiger Mensch, im Gegensatz zu seiner Schwester. Versucht Euch zu beruhigen! Ihr müsst ruhig sein, sonst hält man Euch für schuldig.«

»Und bin ich das nicht?«, sagte sie und sah tränenüberströmt zu uns auf.

War sie es – doch? Jetzt, da ich so fest an sie geglaubt hatte, fragte sie mich das? ›Ach Alix, du bist ein Schaf, ein Landpomeranzchen, wie sie dich zu Recht nennen‹, dachte ich mir. ›Weil du sie lieb hast, soll sie kein Wässerlein trüben können? Da hast du es mal wieder!‹ Jetzt aber hieß es zunächst helfen. »Eine Schale kochend heißes Wasser!«, befahl ich einer der Zofen, »rasch!«

Und ich suchte aus meinem Kräuterbeutel ein gewisses Pulver, das ich in dem Wasser auflöste.

»Hier, trinkt – es riecht abscheulich, aber es wird Euch beruhigen.«

Meine Königin zuckte vor dem abstoßenden Geruch des Gebräus zurück, trank es aber tapfer. Nach ein paar Augenblicken fühlte sie sich besser.
Sie ließ sich das Gesicht mit kaltem Wasser benetzen, stand auf und nahm die Schultern zurück.
»Was auch geschieht, ich werde meinen Feinden nicht die Genugtuung geben zu sehen, was ihr eben gesehen habt.«
Sie umarmte uns, Delphine und mich, Margherita Mileto, die auch da war, Mariano, Galgano und sogar die Zofen. Am Ende weinten wir alle, nur Giovanna nicht.
Es klopfte. Tarantos Mann, der nicht einmal im Schlafzimmer der Königin fehlte, öffnete einem Dominikanermönch. Die sind nie weit, wenn es gilt, über andere Gericht zu sitzen. Das ist schließlich der Grund ihrer Existenz, nicht wahr? Wir im Süden haben nicht vergessen, wie der heilige Domenikus die Katharer ans Schwert geliefert hat und das ganze Languedoc dazu. Viele Flüchtlinge kamen damals zu uns herüber. Dominikaner!
Er deutete eine Verneigung nur an. Hochmütig sind diese schwarzweißen Krähen. Sie halten sich für besser als jedermann sonst, insbesondere besser als die Frauen.
»Es ist Zeit.«
»Ich komme.«
Giovanna ließ nach Taranto schicken und nach ihren eigenen Männern. Und so sahen wir hinter ihr her, wie sie zum Tor hinausschritt, die Schultern zurückgenommen, die Hände ruhig an den Seiten, den Kopf hoch erhoben.
Taranto ging zu ihrer Rechten, Ursoleone zur Linken, Messire de Monfort, die Brüder Caracciola, Bertrand de Bréole und Barral de Baux umgaben ihre Königin wie ein lebender Schutzwall.
Eine Sänfte trug Giovanna hinauf zur Festung Gottes, zu einem Tribunal, das die Großen dieser Welt so vorladen konnte wie einen einfachen Bauern.

15.

Zwei Jahre davor, der 18. September 1346: Ein schöner Herbsttag, ermattetes Sonnenlicht, das Weinlaub leuchtet auf den Hügeln wie Smaragd und Karneol. Der königliche Hof hält sich in Aversa auf, um sich von der stickigen Enge Neapels zu erholen. Die Schwangerschaft setzt der Königin zu.

Dennoch lässt sie es sich nicht nehmen, am Vormittag Gesandte zu empfangen: Dubrovnik wünscht, direkt mit Neapel zu handeln statt über Albanien. Von Venedig wieder eine Beschwerde. Aus dem widerspenstigen Palermo neue Ausflüchte. Dann die angenehmeren Pflichten: Beschenkung von Günstlingen.

Die Familie Poderico tritt ein, zuvorderst Gisolda, die grauhaarig ist und so dick, dass sie von ihren Söhnen zu beiden Seiten gestützt werden muss. Kaum ist sie in Sprechweite, geht die Mühle auch schon los: »Giovanna, Kleines! Wie schön, dich wieder zu sehen. Ach, du hast ja jetzt keine Zeit mehr, hast Wichtigeres zu tun, als dich um ein einfältiges, altes Weib zu kümmern. Ich verstehe das. Ich bin ja nicht wichtig. Aber – ach Giovanna, wie bitter ist es, im Alter arm zu sein!«

Arm ist sie nicht. Gisolda bekommt eine fette Pension, eine von Giovanna und noch eine von Maria. Ihre Söhne könnten einen Beruf ausüben, aber sie halten sich für Edelleute und tun gar nichts. Sei es drum: Sie werden kleine Ämter erhalten, nur nichts, wo sie Schaden anrichten können; Verwalter des königlichen Parks, Hüter der Schwäne, Mundschenk? Nein, so nahe möchte man sie doch nicht bei sich haben.

Andrea von Ungarn darf seine eigenen Vergütungen austeilen. Man muss seine Gefühle schonen. Er vergibt das Amt eines *panetius*, ernennt einen neuen Haushofmeister seines Stadthauses, verschenkt eine Ölmühle, ein paar Fohlen von Rasse an den Verwalter des Gutes Aversa ... Es ist angenehm, schenken zu können. Andrea hofft, dafür geliebt zu werden, und spinnt seine Netze. Doch jeder weiß, woher das Gold kommt, das er so freizügig vergibt. Und manche fragen sich, wie sich die Verhältnisse ändern werden, wenn der Ungar echte Macht erhält. Die Aussicht gefällt ihnen nicht. Auf jeden Fall würden bestehende Ämter und Pfründe neu verteilt. Jeder neue Machthaber schafft sich zuerst seine Kamarilla.

Am Mittag ruht die Königin in ihrem abgedunkelten Zimmer. Andrea reitet aus. Wo immer er hinkommt, halten die Landarbeiter ein, die Bauern, die Winzer, und winken ihm zu. Andrea lächelt und winkt zurück.

Am Nachmittag, so hat er sich vorgenommen, wird er die Tänze auf dem Marktplatz anschauen. Es ist Weinfest. Aus den Fenstern hängen Wimpel. Bunte Bänder flattern in der leichten Brise. Unter den Arkaden, die rund um den Platz verlaufen, sind hölzerne Tische aufgebaut. Kuchen wird feilgeboten, Weintrauben, Traubensaft, Wein vom vergangenen Jahr, trockener Ziegenkäse und kleine, weiße Brötchen, in die Oliven eingebacken wurden.

Giovanna fühlt sich zu schwer und zu matt, um sich unters Volk zu mischen. Das Kind beginnt zu treten, als ob es sich seinen Weg freikämpfen wolle. Andrea legt seine Hand auf Giovannas Bauch: »Es wird sicher ein Junge. Nur Jungen sind so lebhaft und kräftig.« Giovanna verzieht den Mund, aber sie schweigt.

Andrea geht zum Markt. »Ich bring dir etwas Schönes mit«, ruft er. »Was willst du? Kuchen? Olivenbrot? Zuckerwerk?« Giovanna wird es übel.

Der König ist in heiterer Stimmung, ein schöner Tag. Begleitet, das weiß er nicht, wird er von seinen späteren Mördern. Sie haben sich verabredet, ihn aus dem Weg zu schaffen, noch in dieser Nacht. Doch jetzt gehen sie mit ihm, als seien sie seine besten

Freunde, scherzen, lachen mit ihm. Und der junge König ist so froh.
»Andrea! König Andrea!«, schallt es über den Platz, als er kommt. Hände strecken sich ihm entgegen, wollen sein Gewand einmal berühren. Die Gefährten bilden eine Gasse, damit er überhaupt vorwärts kommt. Der junge König ist beliebt, oder nicht? Was weiß das Volk von den Interessen der Höflinge?
An jedem Stand muss er anhalten und ein kleines Geschenk entgegennehmen, sonst wären die Inhaber gekränkt: ein Stück Kuchen, einen goldenen Apfel, Trauben – »Kostet! Kostet meine Trauben, Majestät! Köstlichere werdet Ihr nie finden!«
Hinter ihm schreit es bereits: »Kauft Leute! Kauft meinen Kuchen! Der König hat davon gegessen. Er ist gut für die königliche Tafel! Kauft meinen Kuchen!«
»Trinkt! Kauft meinen Wein, gute Leute! Der König fand ihn schmackhaft, meinen Wein! Kauft! Für ein Stück Kupfer mehr dürft Ihr sogar aus demselben Becher trinken!«
»Oliven! Oliven!«
»Kandierte Kirschen! So rot wie Eure Lippen, schöne Damen, kauft!«
Der König macht die Runde, schaut alles an, lacht über einen Sänger, der mit schnarrender Stimme freche Verse singt von geilen Priestern, schwangeren Nonnen, diebischen Wäscherinnen, von gewissen Fürsten, nachdem er sich vergewissert hat, dass sie nicht anwesend sind. Andrea wirft ihm ein Silberstück zu. Der Mann fängt es geschwind und dichtet aus dem Stegreif ein Loblied auf den jungen König, den guten, den großzügigen König …
Nicht nur zu essen gibt es auf dem Winzermarkt, sondern alles, wofür die Leute gern ihr Geld ausgeben an solchen Tagen: bunt gefärbte Lederwaren, Sandalen, Schuhe, Gürtel, Börsen; es gibt billig zusammengenähte Kittel, Filzhüte mit Federn daran, Ketten aus Holz- und Glasperlen, Schnitzereien, Puppen, Honigwaben und Gewürzbrot, Kräuter … Was soll Andrea seiner Königin kaufen? Etwas zu essen – will sie nicht. Einen Gürtel – da würde sie nur wieder weinen, wegen ihrer verdorbenen Taille.

Glasperlen – kommen wohl kaum infrage. Am Ende kauft er eine werggefüllte Puppe für das Kind.
Die Bauern aus dem Umland führen Volkstänze auf. Flöten, Trommeln und Trumscheit lärmen, bunte Röcke wirbeln im Kreis, die Burschen stampfen – Formationswechsel: Die Mädchen zu neuen Partnern, andersherum, drehen, stampfen, die Menge klatscht im Takt.
Andreas Gesicht ist gerötet, er lacht und klatscht mit, so wie seine Begleiter. Es ist einfach eine Gruppe von jungen Männern, die Wein trinken, Mädchen hinterherschauen, die viel und laut lachen.
Als sie wieder ins Schloss kommen, ist es spät. Die Königin hat sich in den Garten begeben, wo man einen Sessel für sie aufgestellt hat und einen Schemel, damit sie die Beine hochlegen kann.
»War es schön?«, fragt Giovanna, als Andrea über die Wiese zu ihr kommt und ihr einen Kuss gibt, der säuerlich nach Wein riecht.
»Ja, sehr! Schade, dass du nicht mitkommen konntest. Aber sei nicht traurig, Giovanna, nächstes Jahr gibt es wieder ein Fest. Und dann wirst du wieder dabei sein.«
Er hält ihr die bunte Stoffpuppe entgegen: »Da, schau! Die habe ich für unseren Jungen ausgesucht.«
»Wenn es ein Junge wird.«
»Ganz sicher. Fühlst du es nicht?«
»Nein, aber vielleicht hast du Recht. Ich bin nur froh, wenn es vorbei ist, egal, ob Junge oder Mädchen.«
»Arme Giovanna. Kannst du etwas essen? Es wäre besser, wenn du etwas isst, wenigstens eine bisschen Brühe.«
»Ich werde es versuchen.«
Andrea lässt einen Imbiss in den Garten bringen: weißes Brot und geräuchertes Geflügel, dazu Trauben.
»Versuch die Trauben! Sie sind gut und geben dir Kraft. Ich habe sie selbst auf dem Markt für dich gekauft.«
Giovanna kostet von den blauen Trauben, silbrig beschlagen wie von Eis. Sie schaut Andrea an und ist plötzlich traurig, unruhig, weiß nicht, warum.

Es wird kühl. Die Königin zieht sich in ihre Gemächer zurück. Später kommt Andrea und legt sich zu seiner Frau.
»Giovanna?«
Sie antwortet nicht. Ihr Atem geht tief und gleichmäßig.
Stille. Stille. Dann: ein leises Kratzen an der Tür. Jemand flüstert: »Majestät! Messer Andrea!«
»Was ist?«, fragt Andrea, während er aufsteht und barfuß zur Tür geht, die auf die Loggia führt. Nun erkennt er die Stimme, obgleich der Mann nur halblaut spricht. Es ist einer seiner Offiziere.
»Herr! Cabanni und Mambriccio haben Streit miteinander, sie kämpfen im Garten! Kommt schnell, Herr, und schlichtet den Streit. Sie bringen sich sonst um!«
Und Andrea geht hinaus, so wie er aus dem Bett gestiegen ist: ohne Schuhe und ohne Hemd. Er nickt dem Offizier zu, geht rasch zur Tür und auf den Gang. Jemand hat die Öllampen gelöscht. Im Halbdunkel legen sich ihm Hände vor den Mund, eiserne Handschuhe zerreißen ihm die Lippen, Arme schlingen sich von hinten um seinen Brustkasten. Er ringt, man hält seine Arme fest, es ist ein Gemenge von Leibern um ihn herum.
»So viele!«, denkt er flüchtig und bitter. Der junge König kämpft mit all seiner Kraft und kann sich noch einmal losreißen, rennt zurück in seine Gemächer, kommt bis zur Schlafzimmertür der Königin – hat er um Hilfe gerufen? Doch seine Mörder sind schon da, sie ringen mit ihm vor der Schlafzimmertür, ein gespenstisches Ballett. Eine grüne Seidenschnur legt sich ihm um den Hals, und er erstickt. Die Bewegungen werden schwächer, tief gräbt die Schnur sich ein in den weichen Hals, die Zunge quillt heraus, die Füße zucken. Seine Augen erlöschen – es ist vorbei.
Seine Mörder schauen sich an, einige haben Tränen in den Augen. Wortlos packen sie den Leichnam an den Armen und Fußknöcheln und tragen ihn durch den Gang, die Treppen hinunter in den Garten, wo ihn am anderen Morgen seine alte Amme findet.
»Andrea! Mein Liebling! Andrea! Mord, Mord! Zu Hilfe!«

Zwei Jahre danach, im Papstpalast von Avignon:
»Warum habt Ihr die Krönung Andreas d'Anjou verzögert?«
»Ich wollte seine gleichzeitige Amtseinsetzung verhindern. Sie war in Roberts Testament ausdrücklich ausgeschlossen. Andreas Familie hat bei unserer Heirat in alle Bedingungen eingewilligt. Ich wusste, dass eine Veränderung der bestehenden Verhältnisse die neapolitanischen Familien aufbringen würde.«
»Ihr habt es also um des Friedens willen getan?«
»Ja.«
»Nicht um des persönlichen Machtgewinns? Habt Ihr nicht den Grafen von Terlizzi zu Hilfe gerufen, als König Andrea in der Sache Gantelmo allein entscheiden wollte?«
»Es stand ihm nicht zu.«
»Was hätte es denn ausgemacht, Eurem Gatten ein paar Kompetenzen zu geben? Ihr wart also doch auf die Wahrung Eurer persönlichen Macht aus!«
»Nein, auf das politische Gleichgewicht.«
»Dennoch habt Ihr die Durazzo und Taranto an der Macht beteiligt.«
»Das musste ich. Sie hätten ebensolche Rechte auf den Thron gehabt wie ich. Es war Roberts Entscheidung, mich ihnen vorzuziehen.«
»Euer ungarischer Gemahl war also ein Störenfried.«
»Nein, nur seine ehrgeizige Mutter. Andrea war bescheiden und ein guter Mensch.«
»War er eine Gefahr für das politische Gleichgewicht?«
Giovanna zögerte. »Ja.«
Stunden ging das jetzt schon. Man befand sich in einem holzgetäfelten Saal von ovaler Form. Ein Kreuz hing an der Stirnseite, ein prächtiges, funkelndes Kreuz, vergoldet, voller Juwelen, eine herrliche Arbeit. Am Kopfende des Saales thronte seine Heiligkeit Papst Clemens VI., etwas seitlich von ihm befand sich eine Empore für die Mitglieder des Tribunals: die Kardinäle Talleyrand de Périgord, Kardinal d'Ostie, de St. Etienne, de St. Lucie, den Abt von St. Roche und Galhardt de la Mothe, die ihr unun-

terbrochen Fragen stellten. Erzbischof Kalocsa Eheinc Bük, Amtsrichter von Buda und Botschafter Ungarns, ließ Giovanna keinen Wimpernschlag aus den Augen. Sein Blick war offen hasserfüllt.

Zu den Seiten saßen die Edelleute und Prälaten, die der Anhörung beiwohnten, Männer allesamt, keine einzige Frau außer Giovanna. Frauen waren hier nur in einer Rolle zugelassen: als Angeklagte.

Immerhin hatte man ihr einen Stuhl zugestanden in der Mitte des Raums. Nur wenige Zeugen konnten gehört werden. Die Barone hatten sich geweigert, gegen ihre Königin auszusagen: »Was wollt Ihr denn?«, war meist die Antwort gewesen. »Ich war nicht dabei. Und von einem Komplott weiß ich nichts.«

»Habt Ihr den Mord angeordnet?«

Giovanna legte die Hand auf das gesegnete Kreuz, das man ihr zu halten gegeben hatte.

»Nein.«

»Habt Ihr davon gewusst?«

»Nein.«

»So viele Euch ergebene Männer, und sie sollen Euch nichts gesagt haben?«

»Es waren größtenteils Andreas Männer. Nein, mir hat keiner etwas angedeutet, sonst hätte ich es unterbunden.«

»Vielleicht habt Ihr es stillschweigend geschehen lassen, weil Ihr schon einen neuen Gatten erwählt hattet.«

»Das ist nicht wahr!«, rief Giovanna und erinnerte sich gleichzeitig daran, dass man ihr eingeschärft hatte, ruhig zu bleiben.

»Ihr schiebt diese Männer vor. Aber ist es nicht so, dass Eva Adam zur Erbsünde angestiftet hat, und ist es nicht so, dass – auch wenn sie selbst passiv bleiben – die Weiber hinter allen Übeltaten stecken?«, rief Kardinal d'Ostie.

»Nein, das ist nicht so. Ich habe nichts getan, niemanden angestiftet und nichts von dem Vorhaben gewusst!«, schrie Giovanna, alle Gelassenheit vergessend.

Aufgeregt sprang ein alter Mönch auf und zeigte mit dem Finger auf Giovanna, während er schrie: »Teufelin! So nennen Euch Eure Untertanen!«, giftete er. »*Diablesse*! Unglaublich, wie das schamlose Weib hier ihren Stolz vorführt! Seht, wie kostbar sie gekleidet ist, wie sie lockt mit schönem Gesicht, holder Gestalt und Wohlgeruch! Ich aber sage Euch: Misstraut ihr! Der Teufel benutzt die Schönheit, um seine Fäulnis darunter zu verbergen, und Wohlgeruch legt er über den Höllengestank!«

Clemens VI. klopfte mit seinem Hirtenstab auf den Boden. »Mäßigt Euch, Bruder!«

Der Alte setzte sich wieder, aber seine Augen fixierten Giovanna wie die einer Viper kurz vor dem Zustoßen, und seine Lippen bewegten sich weiter. Er wütete leise vor sich hin.

»Ihr habt in Euren Briefen an Florenz, andere Verbündete und an Seine Heiligkeit geschrieben, Euer Mann sei im Garten umgebracht worden und nicht in Eurem Vorzimmer. Erklärt das!«, setzte Talleyrand das Verhör fort.

»Ich dachte zu diesem Zeitpunkt, dass es sich so abgespielt habe, da er im Garten gefunden wurde. Ich musste ja sofort Nachrichten schicken, ehe sie von falscher Seite und verzerrt meine Verbündeten erreichten. Der tatsächliche Ablauf war mir noch nicht bekannt«, sagte Giovanna wieder ruhig.

»So! War Euch noch nicht bekannt! Ist es nicht vielmehr so, dass Ihr den wahren Tatort verheimlichen wolltet, weil er Euch in ungünstigem Licht erscheinen ließ?«

»Nein. Ich konnte zu diesem Zeitpunkt nicht wissen, was geschehen war und wo. Die Untersuchung hatte ja erst angefangen.«

»Eine Untersuchung, in der dem Hauptzeugen als Erstes die Zunge entfernt wurde. Sehr glaubwürdig!«

»Das war der Graf von Terlizzi, wie Ihr sicher wisst. Er hat sich damit selbst geschützt – und ist bestraft worden.«

Den alten Mönch hielt es nicht auf seinem Sitz. Wieder sprang er auf und geiferte: »Wölfin im Schafspelz! Seht, wie sie frech erhobenen Hauptes steht, die königliche Metze, und uns Unwissen, ja Unschuld vortäuscht. Doch sagt, wie kam es, da wir ja nun wissen, dass der Mord direkt vor Eurem Schlafgemach und keineswegs im Garten geschah, wie kam es, dass Ihr von solch einem Kampf, einem Kampf zwischen mehreren starken Männern, von Handgemenge, Ringen, Schnaufen und Stöhnen, wenn nicht Schreien, dann Flucht, neuem Handgemenge, dem Fallen eines schweren Körpers, dem gewaltsamen Sterben eines Menschen – Madame! –, dass Ihr von all dem keinen Laut gehört haben wollt?«

»Ich hatte einen Schlaftrunk genommen. Ich war im sechsten Monat schwanger und der Zustand erschöpfte mich sehr. Ich schlief sonst sehr schlecht.«

»Ha! Einen Tee!«, erregte sich der Alte weiter. »Jeder von uns hat schon Baldrian oder Hopfenaufguss getrunken. Davon schläft man nicht so tief, dass man einen solchen Lärm überhört! Habt Ihr Euch nicht vielmehr schlafend gestellt und dabei seelenruhig mit angehört, wie Eure Getreuen Euch ein Problem vom Halse schafften? Absolut kaltblütig«, er wandte sich an die Zuhörer, »mitleidlos hat dieses Weib ihren Gatten ermorden lassen und will uns weismachen, dass sie daran keinen Anteil hatte! Ich für meinen Teil, Madame, glaube Euch kein Wort!« Damit setzte er sich.

»Ihr habt nicht geweint, Königin Giovanna ...«, nahm Kardinal Talleyrand den Faden auf.

»Nicht jeder reagiert gleich. Ich habe nicht geweint, weil ich zuerst so entsetzt war, dass ich es nicht konnte. Später, als ich allein war, da habe ich wohl Tränen vergossen.«

»Dazu passt wenig, was Ihr über Euren Gemahl kurz nach dem Tod geäußert habt: Er sei selbst schuld. Er habe merkwürdige nächtliche Gewohnheiten gehabt.«

»Ich habe nicht gesagt, er sei selbst schuld. Wenn jemand schuld war, dann seine Mutter.«

»Eine Eurer Kammerfrauen hat mir die Äußerung im Vertrauen hinterbracht. Warum sollte ich ihr nicht glauben?«

»Wie kann ich das wissen, da Ihr mir den Namen nicht sagt. Sie wird irgendeinen Grund gehabt haben, oder meinen zu haben, mir Schaden zuzufügen. Das kommt vor.«

»Von was für ›nächtlichen Gewohnheiten‹ war da die Rede?«
Giovanna errötete und senkte den Blick. »Bitte erspart mir das. Es führt zu nichts. Ich möchte das Andenken meines Mannes nicht beschmutzen, indem ich seine Schwächen preisgebe. Er stand nachts häufig auf und ging fort, wohin weiß ich nicht. Ich habe ihn nie gefragt.«
»Traf er sich mit Frauen? Mit Männern?«
»Talleyrand!«, ein strenger Ruf von Papst Clemens.
»Verzeiht, Euer Heiligkeit. Ich habe mich bemüht, alles Fragliche und Fragwürdige zu bereinigen. Möglicherweise zu eifrig. Vielleicht wollt Ihr uns aber doch erklären, Hoheit«, dies wieder an Giovanna gewandt, »warum ihr nachgewiesenermaßen mit allen Tätern Umgang hattet. Ich habe hier eine Liste der Männer, die Euch in den Tagen vor der Tat entweder aufgesucht oder im Park oder in den Gängen mit Euch gesprochen haben. Wollt Ihr sie lesen?«
Givanna überflog das Schriftstück. »Ach ja. Gebt Messire de Baux eine Abschrift, bitte. Ich kann nur sagen, selbst wenn diese Liste, von wessen Spitzel auch immer gefertigt, korrekt ist: Es ist nur natürlich, dass diese Männer zu irgendeinem Zeitpunkt mit mir gesprochen haben. Sie gehörten ja entweder zu meinem oder zu Andreas Hof.«
»Und sie haben nicht Eure Zustimmung gesucht, nicht einmal etwas angedeutet?«
»Nein.«
»Sehr seltsam, findet Ihr nicht? Sie tun es für Euch, in Eurem Interesse und holen nicht einmal Euer Einverständnis?«
»Vielleicht wollten sie mich schützen, in schrecklich missverstandener Loyalität.«
»Das ist wohl gelungen. Und jetzt profitiert Ihr von der Tat.«
Giovanna schüttelte den Kopf.
»Ich befinde mich im Exil und im Krieg. Das würde ich nicht als Profit betrachten.«
»Damit habt Ihr sicher nicht gerechnet. Gut, aber weiter: Ihr habt Euch für einen der Mörder sehr eingesetzt!«

»Ja, ein Jugendfreund, fehlgeleitet. Ich hatte Mitleid mit ihm. Ist Mitleid eine Sünde? Ist es ein Beweis für meine Schuld?«
»Hattet Ihr eine ehebrecherische Beziehung zu diesem Jugendfreund?«
»Hattet Ihr eine ehebrecherische Beziehung zu Loisi di Taranto?«
»Hatte Euer Gemahl eine ehebrecherische Beziehung?«
Giovanna dachte, der Tag würde nie enden. Immer wieder versuchten sie, ihr kleinliche, sündige Motive nachzuweisen: Weib – sündig, das schien ein und dasselbe zu sein. Sie hätte aufstehen und sie alle anschreien mögen. Doch sie ertrug das Verhör mit untypischer Sanftmut, die höflich formulierten Fangfragen des Kardinals, das Gezeter des alten Mönches, die Fragen, die die Abgründe neapolitanischer Hofränke zu ergründen suchten und immer wieder das Bohren, um Sünden aufzudecken: Habsucht, Unzucht, Verschlagenheit, Betrug. Und die besondere Sünde: ein Weib an der Macht. Sie war einfach zu müde, um ärgerlich zu werden.
Die Fragen wiederholten sich, Gesichter verschwammen.
Und dann stand plötzlich Bertrand de la Bréole vor ihr, bot ihr einen Kelch mit verwässertem Wein. Sie griff danach, führte ihn mit beiden Händen zum Mund und trank tief.
»Kommt. Es ist vorbei.«
Bertrand führte sie hinaus, Loisi ergriff ihren Arm, und man brachte sie in den Hof, wo die Sänfte bereits wartete.
»Brava Giovanna! Es ist gut gegangen.«
»Aber Talleyrand ist gegen mich. Alle waren sie gegen mich.«
»Ihr habt Euch gut geschlagen. Man wird keine Lücke finden. *Brava*!«
Die ganze Schar aufgeregter Hofdamen empfing sie, dazu die Dienerschaft. Man umarmte sie, drückte ihre Hände. Taub ließ sie all diese Berührungen, Umarmungen und tränenreichen Beteuerungen über sich ergehen. Und schickte alle fort, bis auf mich.
Ich war es, die ihr half, die blaue Robe abzulegen, die Nadeln aus

der Frisur zu ziehen. Giovanna setzte sich auf einen Stuhl, und ich bürstete ihr die Haare, schweigend. Delphine kam herein und trug etwas in ihrer Hand, an die Brust gepresst. Es war ein junges Kätzchen, winzig, ganz täppisch und mit blauen Augen. Sie setzte es auf die Bettdecke. Giovanna und ich kamen heran mit kleinen Entzückensschreien. Wir legten uns alle drei aufs Bett, bildeten einen lebendigen Käfig um das Kätzchen herum, das ungeschickte Sprünge machte und an Giovannas Fingern saugte.

»Es ist reizend.«

Nachdem wir es einige Zeit bewundert und mit ihm gespielt hatten, begann es zu maunzen und Delphine nahm es auf: »Ich muss es wieder zu seiner Mutter zurückbringen. Wenn Ihr wollt, Herrin, dann können wir morgen den ganzen Wurf bringen lassen. Sie stammen aus der Küche, und die Leute unten meinten, es würde Euch vielleicht Freude machen.«

»Sag ihnen meinen Dank. Es war genau das Richtige, um mich nach diesem Tag ein wenig aufzumuntern.«

Delphine ging hinaus. Die Königin streckte sich aus, den Kopf auf einem Kissen, den Arm darunter. Sie blickte zur Decke.

»Habe ich dir erzählt, Alix: Carlo-Martello, mein Kind, ist gestorben. Es hat die Reise nach Ungarn nicht überlebt. Loisi hat es mir gesagt, gleich nachdem wir hier angekommen sind. Warum steht Lajos nicht vor Gericht? Warum ich? Er ist ein Usurpator und ein Kindsmörder. Er hat mein Land grundlos mit Krieg überzogen.«

›Wirklich grundlos?‹, fragte ich mich, als ich in meine Kammer ging.

Giovanna wurde von aller Schuld freigesprochen. Papst Clemens ließ in aller Welt verbreiten, dass er selbst und seine Rechtsgelehrten die Königin vernommen und alle Beweise und Aussagen eingehend geprüft und abgewogen hätten. Und sie sei ohne Fehl.

»Giovanna, seid Ihr nun nicht froh, dass wir den schweren Weg gegangen sind, statt die Zweifel bestehen zu lassen für jeden, der Eure Legitimität angreifen will?«

»Ja. Ihr habt Recht gehabt, ehrwürdiger Vater.«

In beiden Kaminen war nur noch Glut. Es herrschte eine erträgliche Temperatur im Raum.
»Wir haben Uns Unseren närrischen Ärzten gegenüber durchgesetzt. Wir denken nicht daran, im Sommer auch noch Höllenfeuer im Kamin zu ertragen, Pest oder nicht.«
»Dieser Sommer war besser als die vorigen, aber seht: Wie schnell ist er vorbei! Ob wieder so ein früher, harter Winter kommt? Schnee auf dem Vesuvio! Kalte Sommer, Überschwemmungen, das Korn knapp. Manche sagen schon, die Endzeit stünde bevor. Glaubt Ihr, dass Gott uns verlassen hat?«
»Aber nein! So etwas dürft Ihr nicht einmal denken. Wahrscheinlich ist es einfach schlechtes Wetter. Das kommt vor.«
»Eure Priester sagen den Leuten etwas anderes in den Dörfern. Da heißt es dauernd: Weltuntergang! Ein schlechter Sommer – Weltuntergang! Ein Komet – das Ende ist gekommen!«
Clemens lachte leise in sich hinein.
»Ach ja. Vielleicht denken sie: So harte Köpfe muss man auch hart schlagen, um etwas hineinzuprügeln. Wenn die Menschen Angst haben, sind sie frömmer. Und wenn ich ehrlich sein soll, diese Landpfarrer sind nicht immer Leuchten. Aber nun, meine Tochter, wie seid Ihr mit dem Beschluss des Tribunals zufrieden?«
»Ich bin erleichtert. Es wird vieles leichter machen. Aber ich verstehe immer noch nicht, der Abt von St. Roch, er wollte mich unbedingt für schuldig halten, ganz gleich, was ich sagte. Und Kardinal Talleyrand – es würde Agnès nur zu gut gefallen, käme ich nie zurück.«
Der Papst lächelte und tätschelte Giovannas Hand.
»Aber ich habe Euch doch gesagt, dass meine Wünsche zählen. Fra Emmanuele von St. Roch, nun, der ist ein bekannter Weiberfeind, immer schon gewesen. Gerade deshalb wollte ich ihn dabeihaben. Niemand wird behaupten, dass *er* Euch zu Gefallen war. Talleyrand hat nur die Fragen laut ausgesprochen, die jeder sich stellt. Er weiß so gut wie ich, was von Agnès de Périgord zu halten ist. Grässliches Weib! Intrigant, schrill und dabei noch hässlich. Ihr dagegen seid eine Augenweide.«

Mönche warfen Thymianzweige auf die rot glühende Holzkohle. In den Räucherschalen schwelte das Harz, sodass man ganz wirr im Kopf werden konnte. Der Papst hielt ein Dokument in der Hand, mit dem er sich Luft zufächelte.

»Und werdet Ihr Uns nun den kleinen Gefallen tun, um den wir Euch gebeten haben?«

»Avignon?«

»Ja, Avignon. Verkauft es Uns. Wir möchten es gern haben. Es liegt so günstig zum Comtat Venaissin und es ist ja ohnehin schon halb Unsere Stadt. Schaut, was wir daraus machen können!« Clemens stand auf und zog Giovanna in den Vorraum zu einem Tisch. Dort lag eine Karte ausgebreitet, eine Karte der Stadt.

»Wir haben den Palast verschönert und mit schönen Dingen angefüllt zu Gottes Ruhm und Ehre. Jetzt wäre die Stadt an der Reihe. Die Elendsviertel sind durch die Pest verwaist. Jetzt könnte man alles abreißen und neu und besser bauen. Schöne neue Häuser mit guter Belüftung und Licht, Abwasserrinnen in den Straßen! Dort eine Kirche, was meint Ihr? Eine Charité, noch einen Park. Wir haben die Pläne und die Mittel, diese Stadt zu einem Schmuckstück Europas zu machen.«

»Mein Großvater hat die Universität gegründet.«

»Und ich stifte eine in Prag. Muss Prag mir deshalb gehören?«

»Die Päpste haben doch die ganzen Jahre gut und bequem in Avignon gelebt. Warum wollt Ihr es auch noch besitzen?«

»Nicht ich, der Heilige Stuhl wird es besitzen. Aber es ist mein Wunsch. Es wäre befriedigend, den Besitz der Kurie in dieser Weise abzurunden.«

»Was wird der französiche König dazu sagen? Und meine provenzalischen Adligen. Sie werden es doch übel nehmen, wenn ich eine der wichtigsten Städte der Region fortgebe.«

»Pah, Philippe! Der wollte uns hier haben, da kann es ihm nur recht sein, wenn wir uns recht heimisch machen. Und was die Sorgen der Provençalen betrifft: Was heißt denn fortgeben, Giovanna? Die Stadt bleibt ja, wo sie ist. Eure Noblen, sie werden ihre Söhne auf Unsere Universität schicken, sie werden mit Uns

Handel treiben und Wir werden vielen Künstlern Arbeit geben. Unterschreibt, Giovanna.«

Er entfaltete das Papier, mit dem er sich Kühlung verschafft hatte, und breitete es auf der Karte aus, schnippte mit den Fingern. Ein Schreiber brachte Tinte und Feder.

»Ich habe mir erlaubt, schon etwas aufsetzen zu lassen.«

Die Königin unterschrieb.

Clemens hob die beringte Hand.

»Absolvo te …«

16.

Loisi, hier ist der Wechsel über 80 000 Florins.«
»Das ist alles? 80 000 für Avignon? Die Gunst des Papstes ist teuer!«
»Wird es reichen?«
»Nicht annähernd. Wir werden Galeeren ausrüsten und Neapel zurückerobern, schon bald, aber das kostet eine Menge.«
»Wir könnten Freiwillige anwerben.«
»Ach, Giovanna, bewahre. Was soll ich mit provençalischen Bauernlümmeln?«
Dass ich im Raum war und alles mit anhörte, rührte ihn nicht.
»Ich will Söldner haben, ein Heer von gut ausgebildeten Kämpfern, die ihre eigenen Waffen mitbringen und die wissen, was sie tun.«
»Aber ich bin sicher, die Provençalen würden kommen, wenn ich sie riefe, Neapel zu befreien.«
›Wie kann sie da so sicher sein?‹, dachte ich. ›Es ist nicht unser Krieg. In ihrem ganzen Leben hat die Königin nicht einen Fuß in mein Land gesetzt, bis jetzt, und nun meint sie schon, unsere jungen Männer müssten sich darum reißen, ihr Blut für sie zu vergießen. Obwohl – jetzt, nachdem sie vom Papst rein gewaschen wurde, erscheint sie vielleicht vielen als engelhafte Leitfigur: die schöne junge Königin, die von dem grausamen ungarischen Barbaren vom Thron gestürzt wurde, deren Kind er entführt und ermordet hat.‹
Meine Landsleute sind schnell entflammt und die Gewalt liegt

ihnen im Blut, besonders wenn die Sache ihnen gerecht erscheint. Deshalb war ich mehr erleichtert, denn in meinem Stolz getroffen, als Taranto ihr das Wort abschnitt.
»Das ist kein Kreuzzug, Giovanna. Die sind auch immer nur kläglich geendet. Sieh doch ein: Wir brauchen Männer, die kühlen Kopf behalten und eben gerade nicht mit dem Herzen dabei sind. Und wir haben keine Zeit, das menschliche Strandgut auszubilden, das solche Aushebungen heraufspülen.«
»Die Bollier de Cental wollen sechzig Bogenschützen schicken, die Herren von Arles und Villars haben ebenfalls Hilfe versprochen. Hugues de Baux rüstet drei voll bemannte Galeeren aus.«
»Les Baux! Immer les Baux!«
»Du wirst seine Hilfe annehmen, Loisi. Gerade ihn dürfen wir nicht vor den Kopf stoßen.«
Die Konkurrenz zwischen Taranto und Hugues de Baux war nicht zu übersehen. Seit wir wieder hier waren, umkreisten sich die zwei Männer. De Baux wahrte dabei immer die Höflichkeit, aber Tonfall und Gesten waren so knapp an der Provokation, dass man jeden Augenblick auf gezogene Schwerter gefasst sein musste.
»Von mir aus. Die Bogenschützen sind sehr willkommen. Ich nehme an, wir gelangen vom Meer her leicht in die Stadt. Man wird uns nachts die Tore öffnen. Da sind noch genug, die zu uns halten. Mit der Stadt im Rücken und einer zweiten Truppe vom Meer sollten wir die Ungarn dezimieren können. Ich will eine ganze Kompanie Bogen- und Armbrustschützen. Die Ungarn stützen sich vor allem auf leichte Reiterei. Sie haben diese zähen, kleinen Steppenpferde. Gegen die hatten wir es schwer das letzte Mal. Aber ich habe aus Fehlern gelernt. Wir werden mit den Bogen viel Schaden anrichten.«
Taranto war in seinem Element. Das sollte ich noch oft zu sehen bekommen. Fiebrig lief er auf und ab und sprach zu sich selbst, mehr als zu meiner Herrin. Seine Hände flogen und entwarfen unsichtbare Schlachtszenen. Er zählte Kompanien und Waffengattungen. In seinem Kopf hörte er wohl schon die Hufe der heranstürmenden Pferde, sah die Fahnen und Wimpel, hörte das

Zusammenkrachen der gepanzerten Tierleiber, das Klirren der Schwerter, die Schreie der Verwundeten. Vor einem Spiegel blieb er stehen und erblickte darin ganz sicher, fast sah ich es auch, ein schwarzes Streitross stampfen und schnauben, mit goldenem Zaumzeug, purpurner Satteldecke und vergoldetem Sattel; darauf sich selbst mit einem goldenen Helm, unter dem seine dunklen Locken hervorquollen. Er hob ein Schwert, das die Sonnenstrahlen zurückwarf. Einen Moment lang dachte ich, das Ross würde aus dem Spiegel hervorbrechen und ins Zimmer springen. Dann war es verschwunden, der Schlachtlärm nur Einbildung gewesen.

Loisi lächelte sich im Spiegel zu. Er kannte keine Furcht. Ihm würde nichts geschehen. Seltsamerweise war das so, ich sollte es noch lernen. Loisi de Taranto ging unverletzt aus allen Schlachten hervor, wieder und wieder. Mars liebte ihn.

»Giovanna. Ich muss fort und mit den Hauptleuten reden.«

»Soll ich mitkommen?«

Er winkte ungeduldig ab: »Nein, nicht, Giovanna. Was verstehst du denn vom Krieg! Du bist darin so hilflos und unerfahren, wie es einem Weibe ansteht. Lass mich das für dich tun.«

Damit verneigte er sich und küsste ihre Hände, zart.

»Nun, was hältst du von ihm?«, fragte mich meine Herrin, als er fort war. Oh, hätte sie mir das doch erspart. Selbst wenn ich meine Herrin nicht so geliebt hätte und es mir gleich gewesen wäre, was aus ihr würde, wie hätte ich da überzeugend lügen können

»Er sieht gut aus«, murmelte ich schließlich. Sie lachte.

»Du magst ihn nicht.«

Ihn nicht mögen? Schon beim ersten Blick verursachte er mir ein tiefes Unbehagen, eine heftige Antipathie. Bisher hatte er nichts getan, das mein Misstrauen rechtfertigte, aber in seiner Gegenwart versteifte ich mich. Die Nackenhaare standen mir förmlich zu Berge. Nicht einmal seinen Geruch konnte ich ertragen.

»Wie sollte ich Euren Gemahl nicht mögen? Das steht mir nicht zu. Und außerdem kenne ich ihn ja gar nicht.«

Und wollte ihn auch so wenig wie möglich kennen lernen. ›Ich

werde ja nicht viel mit ihm zu tun haben. Wenn Neapel wieder frei ist, dann heirate ich meinen Ursoleone, und er kann uns gar nichts tun‹, dachte ich.
Vorerst war Taranto beschäftigt. Er reiste nach Marseille, um dreißig Kriegsgaleeren auszurüsten, und man hatte seine Ruhe vor ihm. Leider war ihm auch Ursoleone gefolgt, um der Königin von Zeit zu Zeit Bericht zu erstatten. Die Werften an der Küste arbeiteten Tag und Nacht. Die Zwiebackbäcker bekamen wieder zu tun, die Räuchereien, die Weinhändler, die Waffenschmiede, die Gießereien, die Sattler, Tischler, Segelmacher und Taudreher. Die Sticker arbeiteten an dreißig Standarten und hundert bunten Wimpeln. Königin Giovanna würde in neuem Glanz zurückkehren.
Der Seneschall der Provence wurde beauftragt, Geld aufzutreiben. Er tat das durch Verkäufe von Schlössern, Burgen und Privilegien, erpresste die ohnehin schon hart geprüften jüdischen Gemeinden, verkaufte Verbrechern ihre Lossprechung. Silber und Gold kam in Tarantos Kriegskasse und er wirtschaftete damit, wie es ihm passte.
Als sich die Vorbereitungen ihrem Abschluss näherten, zog der kleine Haushalt Giovannas nach Marseille. Mir war das recht. Ich war es leid, unter den sauren und hochmütigen Mienen der Geistlichkeit zu leben. Und ich würde in Ursoleones Nähe sein.
Auf einer Londra, einem kleinen Segelschiff, glitten wir bequem die Rhone hinunter. Im Flussdelta sahen wir silberne Reiher bewegungslos im flachen Wasser stehen. Sie ließen sich von uns nicht stören. Einmal erblickten wir wilde Pferde, Geister der Sumpflandschaft. In einem fließenden Moment standen sie dort und schauten uns an, gleich darauf waren sie spurlos verschwunden. Ich musste an Pamparigouste denken, das verschwundene Königreich. War es hier irgendwo? Beobachteten die Feen uns unbemerkt? Was mochten sie vom menschlichen Treiben halten? Sie versteckten sich vor uns – das war wohl Antwort genug.
Je weiter wir uns dem Meer näherten, desto mehr Möwen verfolgten uns mit ihrem Gekreisch. Das Wasser unter dem Kiel

wurde unruhig, und die Farben vermischten sich, das dunkle Braungrün des Flusses mit dem Azur des hereindrängenden Meers. Es erschienen kleine gegenläufige Wellen und schlammige Strudel. Das Boot begann zu tanzen.
Ungeduldig hatte ich den Tag erwartet, an dem ich zum ersten Mal in meinem Leben das Meer erblicken würde. Mein Bruder Alain hatte mir davon erzählt. Er hatte diese Reise schon mehrmals gemacht, mit seinem Dienstherrn, dem Erzbischof, der im Regentenrat der Königin war. Sie hielten sich mehr in Neapel auf als in der Diözese Cavaillon.
Schon die Rhone war mir gewaltig erschienen, all die unglaublichen Mengen von Wasser! Und da tat sich nun trichterhaft die Flussmündung auf. Vor mir lag ein blaues Nichts. Weit und weit und weit! Eine solch endlose Leere hatte ich mir nicht vorgestellt. Nach Alains Reden trug ich eher ein Bild im Kopf von einem übergroßen Becken, in dem das Wasser von Fabelwesen kochte. Stattdessen: Stille – Weite.
Ich beugte mich über die Reling und sah auf das Wasser: In Küstennähe war es hell und saphirblau. Der ausfließende Schlamm der Rhone schrieb Kringel und Linien hinein, die sich veränderten und verblassten. Weiter draußen färbte sich das Wasser dunkel und es gab nichts darauf zu sehen außer ein paar Fischernachen, die wie Kork auf und ab hüpften, klein und hilflos.
Auch unser Boot hatte zu hüpfen begonnen. Es schwankte ganz Furcht erregend nach den Seiten, nach hinten, nach vorn; es kreiste und krängte. Mir wurde übel, und ich erbrach mein Frühstück, was die Möwen freute.
Als ich mich gefestigt und mir den Mund mit Trinkwasser gespült hatte, wagte ich es, einen Mann von der Besatzung anzusprechen, die in keiner Weise beunruhigt erschien. Daraus schloss ich, dass keine unmittelbare Gefahr bestand.
»Guter Mann, woher kommt diese heftige Bewegung?«
Er war ein alter Matrose mit verfilztem Haar und ohne Zähne. Ich hatte Mühe, ihn zu verstehen: »Das ist nicht ungewöhnlich«, oder so ähnlich sagte er. »Das Schiff tanzt mit dem Meer, so freut

es sich über das Wiedersehen. Und manchmal freut sich auch das Meer so, dass es in seinem Überschwang das Schiff packt und auf den Grund hinunterzieht.«

Entsetzt blickte ich ihn an. Er lachte keckernd. Ich ging zum Kapitän.

»Das Schlingern kommt, weil die Wellen am Strand gebremst werden und wieder zurücklaufen.« Er demonstrierte es mit den Händen. »Die zurücklaufenden Wellen unten im Wasser, seht Ihr, drücken gegen die, die oben von weit draußen kommen. Da streiten die Strömungen miteinander und das gibt die Unruhe, die Ihr verspürt. Ihr braucht Euch nicht zu schämen, falls Euch übel ist. Wir haben alle unter der Seekrankheit gelitten. Man gewöhnt sich dran. Und je weiter draußen man ist, desto ruhiger liegt das Schiff im Wasser – außer bei Sturm …«

Ich bedankte mich, setzte mich in eine Ecke auf eine Taurolle und überlegte, wie ich aus der Sache wieder herauskommen könnte. Drei oder vier Wochen auf diese Weise zu überleben, konnte ich mir nicht vorstellen.

Eine Weile ging es ruhig an der Küste dahin. Ich sah schroffe Kalkfelsen und verkrüppelte Bäume, die sich daran festhielten. Dann drehte das Boot bei und hielt wieder aufs Land zu. Prompt fing es wieder erschrecklich an zu schaukeln, und es ging mir nicht gut. Ich war sehr froh, dass Urs nicht bei uns war und mich sah.

Wir näherten uns dem Hafen von Marseille. Ich hatte oft davon sprechen hören, aber ich hatte mir nie vorgestellt, dass er so groß und so voller Menschen sein könnte. Als wir zum Ufer kamen, strichen die Männer die Segel, sodass wir Fahrt verloren. Ich beobachtete mit weit aufgerissenen Augen das Gewimmel. Das Hafenbecken war dicht an dicht von Gebäuden umgeben, zwei- und dreistöckigen Lagerhäusern, Faktureien und Läden, die sich um einen gemauerten Kai herum gruppierten. Viele Schiffe lagen im Hafenbecken, Galeeren und Galeassen, schnelle Segler, kombinierte Segel- und Ruderschiffe wie unsere Londra, Koggen, dickbäuchige nordische Handelsschiffe mit mehreren Segeln; kleine

Ruderboote glitten flink hin und her, um Menschen oder Waren zu transportieren. Und was für eine Kloake war dieses Hafenbecken! Es stank zum Himmel.
»Da staunt das Landpomeranzchen«, stichelte die Capita hinter mir. Ich ließ mich nicht ärgern.
»Ist der Hafen von Neapel auch so groß?«, fragte ich Galgano Capita.
»Viel größer, und wir haben mehrere davon.«
Ich hielt das für Aufschneiderei. Aber ich antwortete nicht, denn unser Segler legte an einer Mole an. Unten stand Ursoleone. Ungeduldig sah ich zu, wie man eine Laufplanke zu uns herauf hievte und wie Giovanna und ihre Damen langsam und ungeschickt hinunterbalancierten.
Unten und in den Straßen hinter dem Hafen wartete bereits viel Volk, um die Königin zu begrüßen.
»Viva! *Vive la Reino Jano!*«
Die ›Teufelin‹ war, schien es, gestorben. In dieser kurzen Zeit hatte Giovanna die Herzen meiner Landsleute für sich eingenommen, vielleicht weil wir nie eine eigene Königin hatten. Und jetzt erschien sie ihnen wie aus dem Märchen. Noch bis heute liebt man die *Reino Jano,* und in der Erinnerung werden die Geschichten, die man über sie erzählt, immer großartiger, ihr Reichtum und ihre Schönheit immer fantastischer.
In Marseille jedenfalls empfing man sie mit Jubel und Blumen.
Dann war der Steg frei für mich, und ich schoss mit gelupften Röcken hinunter. Urs hob mich hoch und schwenkte mich herum.
»Und ich dachte schon, du hättest Angst und man müsste dich heruntertragen, oder du wärst womöglich von Bord gesprungen.«
»Ich hatte keine Angst«, log ich, und irgendwelche Pläne, nach Hause zu flüchten, hatten nie existiert. Wir spazierten über den Kai und auf den Strand, wobei wir verliebten Unsinn redeten.
Ich sah fremdländisches Volk und alle erdenklichen Waren, Truhen und Kisten, Teppichrollen, sorgfältig in Wachstuch verpack-

te Stoffballen, Amphoren mit Öl und Wein, Krüge, Säcke, alles achtlos übereinander getürmt. Ich roch Gewürze und Pech, Harze, Wolle, Färbemittel. Wir schauten einem Makler über die Schulter, der wegen einer Ladung blauer Steine verhandelte.
»Verzeiht, Messire, was ist das?«, fragte ich den Mann.
»Lapislazuli. Das ist ein Stein aus Syrien, der sehr schöne blaue Farbe ergibt, wenn man ihn zu Pulver zerstößt. Man malt Zimmerwände damit an und färbt Stoffe. Er lässt sich aber auch zu Schmuck und Intarsien schneiden.«
Der Händler, ein kleiner dunkler Mann mit einem bunt gewirkten weiten Kittel und einem roten Tuch um den Kopf geschlungen, verneigte sich vor mir und reichte mir ein kleines Stück dieses Lapislazuli.
»Er sagt, es soll Euch Glück bringen«, übersetzte der Makler. Ich verneigte mich ebenfalls und dankte lächelnd. Im Weitergehen sahen wir uns das Geschenk an.
»Wie schade, ihn zu zerstoßen und einfach auf Wände zu schmieren«, sagte ich. »Schau, die kleinen Goldflitter – wie Sterne im Nachthimmel.«
»Wenn du willst, lasse ich ihn dir fassen und besorge dir eine Kette dazu. Dann kannst du ihn immer bei dir tragen, in Erinnerung an diesen Tag«, sagte Urs. Das gefiel mir.
Er brachte mich zu dem Stadtpalais, in dem meine Herrin untergebracht war. Ich räumte nur rasch meine Dinge fort und fragte, ob sie mich benötigte.
»Nein. Geh und schau dir mit Benevent die Stadt an«, sagte Giovanna.
Ich bedankte mich und eilte davon. Diesen Tag hatten wir ganz für uns. Wir spazierten durch die Straßen, fanden die Stadt aber eng und sehr schmutzig. Wie in Avignon standen viele Häuser leer, weil die Bewohner aufs Land geflüchtet oder an der Pest gestorben waren. Wir fürchteten die Ansteckung in der schlechten Luft und kehrten bald zum Hafen zurück. Von hier aus liefen wir den Strand entlang, zu den Windmühlen und weiter, in die grauen, zerklüfteten Felsen, wo wir Brot und hellgelben,

bröckeligen Schafskäse aßen, dessen scharfen Geschmack wir mit neuem Wein hinunterspülten.
»Was, glaubst du, wird uns in Neapel erwarten?«, fragte ich Ursuleone. Ich hatte nicht wenig Angst.
»Unmöglich, das zu sagen«, antwortete er, und schluckte einen Bissen Brot herunter. Er kaute ebenso bedächtig, wie er sprach, nahm einen Schluck Wein, schaute lange auf das weite Blau, ehe er sich zu einer ausführlichen Antwort herbeiließ. »Wir wissen nicht, wie fest Lajos im Sattel sitzt. Ich kann mir nicht vorstellen, dass ihn die Neapolitaner mit Freuden begrüßt haben. Die Prinzen waren sehr beliebt.«
»Der Papst hat Lajos befohlen abzuziehen.«
Ursoleone lachte: »Du Schäfchen! Das wird den Ungarn nicht erschüttern. Ja, eine Exkommunikation bringt Unannehmlichkeiten. Aber Lajos hält es ohnehin mit England und dem Kaiser gegen Frankreich und den Papst. Er würde eher nachgeben, weil ihm das Pflaster in Neapel zu heiß wird.«
»Kann Taranto ihn schlagen? Das letzte Mal ist es ihm nicht gelungen.«
»Ob Taranto ihn schlagen kann? Ich glaube doch. Die Ungarn und ihre Söldner werden lange genug gehaust haben, dass die Bevölkerung des Königreichs aufgebracht und verzweifelt ist.«
Ich wusste, wie es aussah, wenn Söldnerbanden durchzogen.
»Es wird viel zerstört worden sein. Ein Jahr Krieg und Besatzung …«, ich hätte mir auf die Zunge beißen können. Es waren seine Leute, von denen ich hier sprach. Musste ich ihn daran erinnern, gerade jetzt?
Er zauste mir das Haar. »Du denkst besonders an die Bauern, nicht wahr? Das gefällt mir an dir, deine Bodenständigkeit, dein Mitgefühl. Es ist selten unter unseresgleichen und wird immer seltener. Mache dir keine Sorgen, mein Lieb. Es wird schon alles gut werden.«
Das war für lange Zeit das letzte Mal, das ich ihn für mich hatte. Die nächsten Tage und Wochen war er oft fort, unterwegs mit Taranto, um die gekauften Kompanien zu inspizieren.

In unserem Marseiller Haus gab es ein Atrium, einen kleinen Garten mit einem gurgelnden Brunnen. Ein kühler Wasserstrahl lief aus dem moosbärtigen Gesicht eines Fauns. Weinreben spendeten Schatten und gute Luft. Hier hielten wir Frauen uns gern auf. Es erschien uns gesünder als die Straßen der Stadt.

Taranto kam. Ohne Umschweife hielt er Giovanna ein Bündel Briefe unter die Nase:

»Unterschreib!«

Man muss zu seiner Ehrenrettung sagen, dass er müde und erhitzt aussah. Er hatte Ringe unter den Augen, Haarsträhnen hatten sich aus seiner Frisur gestohlen und klebten an Stirn und Schläfen. Seine Kleidung war zerdrückt und in Unordnung, ein Zustand, den er selbst hasste.

»Was ist das?«, fragte Giovanna kühl.

»Es sind Depeschen an Provianteure entlang unseres Wegs, natürlich. Wir haben Pferde dabei. Die müssen alle paar Tage mit Heu und Gerste versorgt werden. Wir alle brauchen frisches Wasser, Mensch und Tier. Das will geplant sein, Giovanna.«

»Gut.« Sie überflog die Schreiben, hielt inne, ließ sie sinken.

»Was ist das? Das ist ein Brief an Genua«, sie schlug mit der flachen Hand auf das Bündel. »Und hier: Pisa, Livorno … Wie kannst du es wagen, an meine Verbündeten zu schreiben, ohne mich zurate zu ziehen? Zumal Genua! Wie mit denen umzugehen ist, das bestimmen meine Berater und ich allein! Wir haben noch nicht einmal Nachricht, wo Genua jetzt steht.«

»Ein Grund mehr, uns an sie zu wenden. Wie sonst willst du feststellen, ob sie Freund oder Feind sind?«

»Aber nicht hinter meinem Rücken!«

»Gut, ich war ein wenig vorschnell, aber es ist alles in deinem Sinne, Giovanna. Ich versuche *dein* Reich zurückzugewinnen. Du musst mir schon ein wenig vertrauen!« Er klang gereizt.

»Ich möchte, dass du diese Dinge mit mir besprichst. Deine Heeresangelegenheiten, gut, die überlasse ich dir. Aber nicht politische Entscheidungen.«

»Es ist gut, Giovanna. Lies die Briefe. Ich habe nur über unser

Vorhaben informiert und in deinem Namen um Unterstützung gebeten.«
Meine Herrin las die Dokumente und ließ sich Zeit. Taranto zitterte vor Wut.
»Warum wird Florenz nicht informiert?«
»Sie haben sich auf die Seite der Ungarn geschlagen, haben ihnen sogar Truppen zur Verfügung gestellt.«
»Warum weiß ich nichts davon?«
»Weil du irgendwo in der Provinz verschollen warst, *riggina*, darum. Und jetzt fand ich es angemessen, dass Florenz einen heilsamen Schrecken bekommt, wenn plötzlich dreißig Kriegsgaleeren vor seiner Küste liegen. Ich nehme an, dass es dir gefallen würde, die Geldsäcke wieder zu deinen Füßen zu sehen?«
Giovanna nickte nur knapp.
»Gut, Loisi. Ich werde unterschreiben. Aber«, und sie schaute ihm in die Augen, »das mit Florenz hättest du mir sagen müssen. Ich möchte nicht das Gefühl haben, dass du mir Informationen vorenthältst.« Ihre Blicke bohrten sich ineinander. »Unterschätze mich nicht. Und vor allem, lass mich nicht merken, wenn du es tust.«
Sie befahl, Tinte zu bringen und Siegelwachs zu erhitzen.
Taranto zog mit seinem Bündel Rollen wieder ab.
»Der nimmt sich ja einiges heraus«, sagte die Capita unterdrückt.
»Er hat ja auch einiges auf den Schultern«, gab die Vulcano zurück. Ich schaute sie verstohlen von der Seite an. Ich vermutete nämlich, dass Taranto eine Zuträgerin sogar unter den Damen meiner Königin hatte. War sie es?
Die Königin ließ den ihr ergebenen Hugues de Baux kommen. Sie schlossen sich lange im Studierzimmer ein. Ich denke, sie gab Befehl, einen Vertrauten unter Tarantos Männer zu mischen. Eine Wiederholung dieser Szene gab es aber nicht.
Wir waren bereit. Wieder einmal lagen unsere privaten Bündel geschnürt auf dem Pflaster. Träger kamen, um sie zum Schiff zu bringen. Die größeren Gegenstände waren bereits verladen. Die halbe Nacht hatte ich wach gelegen. Jetzt fühlte ich mich nieder-

gedrückt. Es war der zweite, der endgültige Abschied von allem, was ich kannte. Zuerst hatte ich meinen Eltern adieu gesagt. In Avignon wenigstens sah ich noch auf eine Landschaft, die mir bekannt war, sah vertraute Gesichter und Trachten, hörte meine eigene Sprache, aß Gerichte, die ich seit meiner Kindheit gegessen hatte. Sogar in Marseille war das noch der Fall. Und wenn wir in den Calanques spazieren gingen, dann roch es provençalisch: nach Thymian, Salbei und Lavendel und nach der roten Erde, die mich bisher ernährt und getragen hatte. Einen Leinenbeutel mit Lavendelblüten hatte ich mir zwischen die Kleider gelegt, um diesen Duft mit in die Fremde zu nehmen.
Und dann traf mich ein neuer Schlag. Delphine blieb zurück. Sie würde heiraten. Die Kehle war mir ganz zugeschnürt und in meinem Magen rumorte es jetzt schon. Wie sollte es erst da draußen auf dem Meer werden?
Delphine und ich umarmten uns und weinten. »Du wirst doch auch einen Ehemann haben«, schluchzte sie. Einen Ehemann ja. Ob der aber eine Freundin aufwog?
Sie trug den anderen Damen auf, für mich zu sorgen wie eine Schwester, aber ich bezweifelte, dass sie sich daran halten würden. Und dann ließ sich der Abschied nicht mehr hinausschieben. Pagen und Träger wimmelten, Bürger gafften oder warfen Blumen. Soldaten fluchten.
Es war nicht weit zum Hafen. Giovanna und die Neapolitanerinnen ließen sich in offenen Sänften tragen, um sich die Gewandsäume und die Seidenschuhe nicht zu beschmutzen. Aber ich lehnte ab. Ich wollte diese paar Ellen provençalischen Bodens mit den Füßen berühren, ehe ich ihn verließ.
Am Hafen wartete Ursoleone auf mich.
»Damit du es dir nicht anders überlegst«, sagte er und legte mir eine goldene Kette um den Hals. Daran hing der Lapislazuli, nur ein wenig zurechtgeschliffen, sodass er ein unregelmäßiges Oval ergab, gefasst als Medaillon mit goldenen Blättern. »Nun hast du auch ein Verlobungsgeschenk.«
Was blieb mir also übrig, als die Galeere zu besteigen, die auf uns

wartete. Sie war dickbäuchig und zweistöckig, unten waren die Ruderer angekettet, je drei für jedes Ruder. Im Zwischendeck gab es eine bequeme Kabine, in der das Königspaar schlafen würde. Neugierig schaute ich hinein: Da stand ein breites Bett mit Decken, Kissen und kostbaren Fellen bedeckt; es gab zwei Lehnstühle, einen runden Tisch mit Einlegearbeiten in Perlmutt und Elfenbein, einen Waschstand mit silberner Schüssel und passendem Wasserkrug, silbernes Nachtgeschirr, einen venezianischen Spiegel, einen zartgliedrigen Schreibtisch nebst Schemel und zwei Kleidertruhen. Als ich einen der Stühle berührte, stellte ich fest, dass alle Möbel am Boden festgenagelt waren. Es gab Landkarten, Bücher, Spiele, Weinkaraffen und Kelche von Kristall, Gebäck und Obst in goldenen Schalen.
Wir anderen würden in engen Kojen schlafen, nur durch Vorhänge voneinander getrennt, die Damen backbords, die Herren steuerbords. Auf dem Mittelgang, im Heck- und im Bugbereich des Zwischendecks waren auch Vorräte und Waffen verstaut, man konnte sich also kaum bewegen. Die Soldaten würden an Deck kampieren und waren damit im Sommer gar nicht so schlecht dran. Ich sicherte mir ein Bett nahe einem der Aufgänge, indem ich mein Bündel darauf warf. Rasch ging ich wieder nach oben, bei aller Angst und allem Trennungsschmerz wollte ich doch nichts verpassen.
Flanke an Flanke dümpelten die Galeeren, so nah es die Ruder zuließen. Weitere Schiffe warteten noch im Hafenbecken. Die meisten waren flacher und schmaler als unseres. Dort war kein Raum für Luxus verschwendet worden. Sie waren auf Schnelligkeit angelegt. Müßig betrachtete ich die langen Ruder, die herabhingen wie die Flügel toter Insekten. Was aber war das? Ich beugte mich weit über die Reling. Knapp über der Wasserlinie war unserem Schwesterschiff ein hölzernes Horn gewachsen; ich wies darauf.
»Das ist ein Rammsporn«, erklärte meine Nachbarin. »Damit reißen sie dem gegnerischen Schiff den Rumpf auf.« Ich war froh, dass uns keine Seeschlacht bevorstand – voraussichtlich.

Ein Schiff weiter schwankten und rumpelten die Planken des Laufstegs, als man Pferde an Bord führte. Sie scheuten sich davor, den hölzernen Steg zu betreten, der unter ihren Hufen nachgab, aber sie mussten doch herüber, alles Kopfwerfen und Schnauben half ihnen nicht.
Soldaten in langen Reihen gingen die Planken hoch, in voller Rüstung. Ich dachte, dass sie ertrinken müssten, wenn sie ins Wasser fielen, sie würden sogleich auf den Grund gezogen. Andere stiegen in Ruderboote, die sie zu ihrem Ziel bringen sollten. Ein Boot nach dem anderen wurde beladen und legte ab. Taranto stand am Ufer im Kettenhemd über roter Seide, ein roter Federbusch auf dem Helm, Beine breit, eine Hand über dem Herzen – eine Haltung, die dadurch verdorben wurde, dass er den kleinen Finger abspreizte. Er sah ein wenig geziert und lächerlich aus, und ich war zufrieden, wieder eine Unvollkommenheit an ihm entdeckt zu haben. Giovanna gesellte sich zu ihm, wir anderen schauten vom Bug herunter.
Endlich waren alle Schiffe beladen, mit all diesen Menschen und Tieren und Dingen, die sicherstellen sollten, dass Giovanna ihren Thron wieder einnehmen konnte. Die Banner wurden entrollt. Unser Schiff legte zuerst ab und gewann bald das offene Meer. Alle anderen folgten. Vom Unterdeck ertönte ein gleichförmiger Trommelschlag, den ich für den Rest meines Lebens in meinen Träumen hören werde, weil er uns von nun an drei lange Wochen Tag für Tag begleiten sollte. Bong-bong-bong-bong – Stunde um Stunde – bong-bong-bong-bong. Beim ersten Schlag hoben sich die Ruder aus dem Wasser in einer einzigen, bogenförmigen, leichten Bewegung – das Insekt erwacht –, Wasser lief von den Blättern, und die Ruder schwebten durch die Luft und tauchten wieder ein und hoben sich und tauchten. Man muss sich vergegenwärtigen, dass man die Elenden nicht sieht, die sie bewegen, dass nur die Ruder an beiden Seiten des Schiffs sich in zauberhaftem Gleichmaß heben und senken, eins mit dem Schiff. Ich schaute auf die Wasserfläche hinaus, auf die Galeeren, die nach uns kamen, und die Ruderbewegung nahm

mich gefangen mit ihrer ebenmäßigen Schönheit, auf und ab, auf und ab.

Die meiste Zeit des Tages verbrachte ich so, am Heck in eine Ecke gekauert, wo man mich in Ruhe ließ und ich den ganzen Schwarm sah, wie sie träge ihre Flügel regten, hölzerne Libellen, und hinab zu der Stelle, wo das Meer den Körper unseres Schiffes umfing. Es schäumte, quirlte, spritzte und gischtete. Wo die Bugwellen umschlugen und brachen wie dickflüssiges Glas, da rannen Figuren die blauen Dünen herab, perlten, galoppierten weiße Pferde. Hier draußen ist das Wasser dunkel, nur wenn Sonnenstrahlen auf der Oberfläche spielen, dann scheint es manchmal wie ein Weltauge, Opal, blau und grün mit feurigen Funken.

Meine Königin lachte und fragte, was ich gesehen hätte und ob ich Geschichten vom Meer zu erzählen wüsste. Aber ich hatte keine. Das Meer war nicht mein Element. Ich brachte kaum einen Bissen herunter. Lucchina puffte mich und entriss mir lachend die Schüssel: »Gib her! Wenn du's nicht willst, ess ich's!«

Erstaunlicherweise tat mir ihre Grobheit wohl: Wenn jemand dagegen mitleidig tat, dann kamen mir gleich die Tränen, und das wollte ich doch unter allen Umständen vermeiden.

Die Zwergin brachte den Kapitän zur Verzweiflung, einen würdevollen Mann, der nicht wusste, wie er mit der Närrin seiner Königin umzugehen hatte. Sie äffte ihn nach, schrie mit verstellter Stimme widersprüchliche Befehle, stahl ihm den Hut und stolzierte damit an Deck umher. Einmal begoss sie den armen Mann sogar mit Unrat aus der Kombüse. Sie war wie ein Teufel im Nacken für ihn, und er wird eine schöne Kerze gestiftet haben, als er sie los war.

In Savona und in Spezia nahmen wir frisches Wasser und Heu für die Tiere und in Livorno Proviant für uns. In Livorno machten wir mehrere Tage Rast, und das Königspaar schickte zwei Dutzend Reiter nach Florenz, das in harschen Worten aufgefordert wurde, seine Haltung zu erklären. Mit einer Übermacht an Kriegsgaleeren vor ihrer Küste waren die Florentiner dazu nur allzu bereit. Eine Gruppe talkgesichtiger Ratsherren erschien vor

Giovanna, um ihr unter vielen Verbeugungen ihre Treue zu versichern. Wenn etwa Freiwillige sich Lajos angeschlossen hätten, so sagten sie, dann ohne ihr Wissen und gegen ihr Interesse. Sie hätten schließlich 43 Bankhäuser in Neapel, die ausgeraubt worden seien. Und ob sie dafür entschädigt würden, das wollten sie wissen.

»Fragt Lajos«, riet Giovanna mit einem bösen Lächeln. »Wer mit einem Hund das Bett teilt, darf sich nicht wundern, wenn er Flöhe bekommt.«

Auf seiner Flucht hatten die Florentiner Loisi den Zutritt zur Stadt verwehrt.

Weiter ging es, vorbei an Elba.

»Geht es besser?«, fragte mich Galgano Capita, die sehr freundlich geworden war. Vielleicht macht das eine lange Reise: Selbst wenn man sich am Anfang noch misstraut und gänzlich unterschiedlicher Wesensart ist, so verbinden doch gemeinsame Erlebnisse und die verbrachte Zeit. Sie stimmen offenbar milder und lassen Differenzen verblassen. Sogar Mariano sprach wieder mit mir.

»Ja, danke.« Tatsächlich hatte ich mich so an die Bewegung des Wassers unter unseren Füßen gewöhnt, dass nun wiederum die feste Erde unter mir zu schwanken schien, wenn wir an Land gingen. Ich litt unter Heimweh und hatte Angst vor der Zukunft.

»Ich fürchte mich davor, was wir vorfinden werden«, sagte Galgano.

Wir standen beide an der Reling und schauten, wie das Land vorbeizog und die Berge tanzten, während sich unter uns die hölzernen Flügel hoben und senkten. Vor uns glitten andere Schiffe, und in ihrem Kielwasser funkelten die Wellen. Die Sonne wurde vom Wasser widergespiegelt und in Tausende von Funken aufgespalten. Ich kniff so lange die Augen zusammen und schaute in die Funken, bis sie alle zu einem gleißenden Licht verschwammen. In diesem Licht sah ich die Hügel meiner Heimat, meine Brüder, wie sie auf mich zuritten und winkten.

Ostia vor Rom: Ein solcher Tross von Schiffen war hier sicher, selbst wenn die Römer dem papsttreuen Neapel nicht wohlgesinnt waren. Die sechs provençalischen Galeeren hatten Avignoner Flaggen gesetzt aus Trotz, gegen die es nicht wenige feindselige Gebärden gab. Doch mehr geschah nicht. Wir nahmen Wasser und Proviant auf. Ein paar Galeerensklaven wurden ausgetauscht: erschöpft, verbraucht.
Wir hatten Glück gehabt bis hierher, keine gegenläufigen Winde, kein Sturm hatte unsere Fahrt behindert. Vor uns lag Neapel. Bevor wir von Gaeto zu unserer letzten Etappe aufbrachen, schickte Taranto ein paar Reiter los, um die Lage zu erkunden. Die Königin ließ einen Gottesdienst abhalten. Von einem grünen Hügel herab verlas Dom Pancrazio einen Brief des Papstes an die Soldaten, der ihnen noch einmal versicherte, dass sie für die gerechte Sache kämpften. Er segnete sie. Und Giovanna, in einem Kleid, korngelb mit Ärmelabschlüssen aus Goldgeflecht und Perlen, ging selbst herum und verteilte gelbe Seidenbänder unter den Soldaten. Die banden sie sich an ihre Bogen und Schilde oder verzierten ihre Schwertknäufe damit. So begeistert waren sie von dieser schönen Geste, dass sie die Waffen hoben und damit auf ihre Schilde schlugen.
Rufe wurden laut, »Giovanna, *viva la riggina!*«, »*Jano, nostra reino!*«
Wären sie in diesem Augenblick auf die Ungarn getroffen, ich glaube, ihr Kampfgeist wäre übermächtig gewesen.
Tarantos Reiter kamen zurück. Wenn es stimmte, was sie berichteten, würden die Männer nicht kämpfen müssen: Lajos hatte Neapel verlassen. Der Wind schien sich gedreht zu haben, zwar hatten die Honoratioren der Stadt ihm die Tore geöffnet, doch das Volk war wohl der Fremden schnell überdrüssig geworden. Von Unruhen und Anschlägen war die Rede. Und als Lajos selbst eine Pfeilwunde am Bein erlitt, sei er abgezogen, so hieß es.
Ich sah Hugues de Baux mit Ursoleone am Strand entlangspazieren und winkte ihnen zu. Sie winkten zurück und luden mich ein, mit ihnen zu gehen.

Hugues hob eine Muschel auf und warf sie in die anrollenden Wellen. Ich mochte den alten Mann – alt? –, er muss so alt wie mein Vater gewesen sein, also um die fünfzig. Er war hoch gewachsen und hatte breite Schultern. Den Helm hatte er abgesetzt und trug ihn unter dem Arm; die Haare standen borstig von seinem massigen Schädel ab, grau durchzogen.
»... und wenn es nichts mehr für uns zu tun gäbe – und das glaube ich nicht –, werde ich trotzdem nicht gleich wieder nach Hause fahren mit meinen Männern«, sagte er gerade, als ich dazukam.
»Hat Taranto das verlangt?«, fragte Urs.
»Aber ja! Das war sein erster Gedanke nach Erhalt der guten Nachricht. Am liebsten sollten alle Provençalen auf der Stelle umkehren. Und das stimmt mich misstrauisch. Warum hat er es so eilig, uns loszuwerden?«
»Taranto hat schon vor der Heirat Allianzen geknüpft.«
»Und die lassen für die Königin nichts Gutes erwarten.«
Dann sprachen sie von etwas anderem.
»Es wird eine Weile dauern, ehe ich dich zu meiner Familie holen kann, mein Lieb«, sagte Urs, während er seinen Arm um meine Schulter legte. »Auch wenn die Schurken abgezogen sind, so wird das Land doch in Unordnung sein, und wir werden viel tun müssen, bis es wieder so schön ist, wie es war. Glaube mir bitte, dass meine Absichten aufrichtig sind, auch wenn du auf die Hochzeit ein wenig warten musst.«
»Ich mache mir keine Sorgen, Urs«, sagte ich. »Ich vertraue dir. Und im Übrigen habe auch ich vor der Hochzeit noch einiges vor.«

17.

Verflucht!«, schrie Herr de Conca. »Wie soll man diese Stadt je wieder in den Griff bekommen ohne die Listen? Wo sind diese Listen?!«

Er stand in der Kanzlei, die an die Bibliothek angrenzte. Ich hatte mich mit einer medizinischen Abhandlung in die hinterste Ecke der Bibliothek zurückgezogen.

Unsere Armee war angekommen, aber die Ungarn waren bereits fort, ganz so, wie man es uns berichtet hatte. Die Unmöglichkeit, eine ihm feindliche Bevölkerung zu beherrschen, seine Verletzung und die letzte, in ungewöhnlich drohendem Ton gehaltene päpstliche Bulle hatten Lajos die Freude an der Eroberung versalzen. Und daheim hatte er wohl auch genug zu tun.

»Verzeiht, Herr! Die Ungarn haben die Steuerlisten mitgenommen. Oder verbrannt. Wir sind ja gerade dabei, den Bestand zu sichten, aber man findet nichts wieder, Herr«, stammelte angsterfüllt ein Kanzlist, und der Bibliothekar, ein bleicher Mensch mit hoch ausrasierter Stirn, pflichtete ihm bei: »Rechnet es uns nicht an, wir bitten Euch, Herr. Wir sind ja entlassen worden, sobald der Ungar in der Stadt war.«

»Ja, ja, das ist bekannt. Aber wie soll ich Steuern erheben oder Schäden einschätzen, wenn nichts, aber auch gar nichts Geschriebenes mehr existiert?!« Andrea de Conca raufte sich das volle schwarze Haar. »Dass sie Gold mitnehmen, damit hat man ja gerechnet, aber Papier? Ich brauche unbedingt diese Listen! Sofort hat jeder nur noch danach zu suchen!«

Nicht nur der Bibliothekar und sein Helfer waren von Lajos entlassen worden. Giovanna hatte nach ihrem triumphalen Wiedereinzug in die Stadt entdecken müssen, dass man alle ihre Getreuen aus Schlüsselstellen entfernt und bis hinunter in die Schreibstuben Personal ausgetauscht hatte. Nachdem sie das erste Abendessen gekostet hatte, schob sie die Schüssel von sich und rief: »Was ist denn da in der Küche los? Das ist nicht nach meinem Geschmack. Das hat niemand gekocht, der mich kennt.« Es erwies sich, dass auch die früheren Köche entlassen worden waren. Mägde und Küchenjungen waren geflohen. Giovanna ließ sie alle zurückholen.

»Euer Majestät! Wir wussten, dass Ihr zurückkommt!«, rief der Küchenmeister, der vertretungshalber für die ganze Küche nach oben geschickt worden war. »Jetzt wird alles wieder gut! Die Saukerle haben alles auffressen wollen. Die kostbaren Gewürze – nur das Beste durfte es sein. Barbarenpack! Sie sind sogar an Euer privates Konfekt gegangen. Zuckerwerk für ihre Huren!« Er war immer noch sehr aufgebracht. »Wir haben uns geweigert, neues für sie herzustellen, und daraufhin haben sie uns auf die Straße gesetzt. Unglaublich, was für Gesindel sie dann in meine Küche gelassen haben! Unvorstellbar! Die Öfen verrußt, die Töpfe und Bratspieße und Fettwannen verkrustet bis zur Unkenntlichkeit! Wir haben aber den Zucker und die Gewürze im Stall versteckt und die guten Töpfe im Brunnen versenkt. Es kommt nicht infrage, habe ich mir gedacht, dass die Halunken unsere guten Kupfersachen benützen oder sie gar wegschleppen. Wir werden alles wieder hervorholen und sind schon dabei, einmal ordentlich durchzuputzen, zu scheuern und zu kehren, und dann sollt Ihr mal sehen! Dann speist Ihr so gut wie vorher!«

»Ich danke Euch!«, sagte Giovanna. »Sagt es Frau Raimundo, wenn Ihr für diese Herkulesarbeit Verstärkung braucht. Ihr sollt alles haben. Und bestellt allen meine Grüße und wie froh ich bin, dass wenigstens die Küche mir treu geblieben ist.«

Ihre alte Haushofmeisterin, Filippa Raimundo, war tränenüberströmt niedergekniet und hatte Giovannas Rocksaum ergriffen:

»Giovanna! Giovannina! Dass Ihr wieder da seid! Ach, ich freue mich so. Ich habe es fast nicht mehr geglaubt! Und wie diese Barbaren in Eurem schönen Haus gewütet haben! Ich habe gekämpft gegen sie! Ich habe versucht, sie fortzuzerren mit meinen eigenen Händen …«, sie ließ den Saum los und hob der Königin die gekrümmten Hände entgegen. »Mit diesen Händen, Madonna! Und die mutterlosen Saukerle haben mich in den Staub gestoßen und sind über mich hinweggestiegen! Die schönen Betten! Die Teppiche! Die Vorhänge! Und von den Dienern sind die guten weggerannt und nur die faulen und diebischen geblieben!«

Sie hätte ewig so weiterlamentiert, zwischendrin immer Giovannas Rocksaum küssend – ich hatte den Verdacht, sich auch dran schnäuzend –, wenn diese sie nicht hochgehoben, umarmt und beruhigt hätte.

»Liebste Filippa, ich weiß, Ihr habt Euer Bestes getan. Und um ein paar Vorhänge und Bettdecken ist es nicht schade. Seht einfach, was sich reinigen und aufarbeiten lässt, fürs Erste. Vielleicht sind Dinge auf dem Dachboden, die sie übersehen haben. Ich vertraue Eurem Geschick! Das Personal kommt wieder, jetzt, da sie hören, dass ich zurückgekehrt bin. Es wird sich alles finden. Und jedem von meinen alten Getreuen ein Silberstück! Sie werden alle unter dem Krieg gelitten haben, jeder auf seine Weise.«

»Ihr seid zu gütig, Herrin. Ich werde gleich Boten schicken lassen zu denen, deren Aufenthalt ich weiß. Ihr sollt doch wenigstens im Schlafzimmer Leute um Euch haben, denen Ihr vertrauen könnt.«

Das schöne Castel Nuovo, von Robert I. gebaut, mit seinen vielen Suiten für Verwandte und Gesandte, mit Thronsaal, kleinen und großen Festsälen, Speisesälen und intimen Boudoirs, der Bibliothek, den Kanzleien und Spielzimmern, wirkte heruntergekommen auf mich. Offiziere und ihre Marketenderinnen hatten zeitweise vom Schloss Besitz ergriffen. Geschirr, Becher, Kandelaber, kleine Kunstgegenstände aus Gold, Silber und farbigem Stein waren verschwunden. Was nicht abtransportiert, war beschmutzt, die Fresken in den Treppenhäusern beschmiert. Die geschnitzten und vergoldeten Türen trugen im unteren Bereich deutliche Spuren von Stiefeltritten. Es war ein Jammer. Die Festungen, das Castel d'Ovo und die Stadtvillen der Königstreuen sahen nicht besser aus.

Aber die Königin hatte andere Sorgen. Das Land lag im Chaos. Lajos war zwar abgezogen, aber bequemerweise ohne die beiden deutschen Kompanien zu bezahlen. Conrad von Wolfurt und Werner von Urslingen hatten sich in Aversa und Acerra häuslich eingerichtet. Von dort aus kontrollierten sie die fruchtbare Ebene des Volturno, dort hielten sie Geiseln fest, Verwandte der Königsfamilie, honorige Bürger, Gelehrte. Loisi di Taranto und mit ihm mein Urs hatten doch noch ihren Krieg bekommen.

»Denk dir, sie wollen von uns, von *uns*, bezahlt werden, sonst behielten sie die Schlösser und nähmen die Feindseligkeiten wieder auf!«, tobte Taranto, und ich musste ihm ausnahmsweise einmal Recht geben. Diese Dreistigkeit: Erst das Land mit Krieg zu überziehen und dann dafür auch noch von denen bezahlt werden zu wollen, denen sie schlimmes Unrecht zugefügt hatten! Die Stimmung gegen die Deutschen war schlecht.

Der verräterische Erzbischof Orsini war nach wie vor im Amt. Getreide war knapp und der Winter stand bevor. Steuern wurden gebraucht, um Getreide von Genua zu kaufen und an die Ärmsten verteilen zu lassen.

»Wir können nicht einmal feststellen, wer der Krone noch etwas schuldet!« De Conca war ganz vernichtet angesichts dieses Mangels an Respekt gegenüber Jahrzehnten der Akribie, dieses Verbrechens gegenüber der staatlich-papiernen Ordnung.

»Nehmt, was von meiner Privatschatulle übrig ist«, sagte Giovanna. »Verkauft das goldene Geschirr – es ist noch da, man hat es versteckt. Das Volk muss essen. Und jeder, der Getreide hortet, wird bestraft. Wer irgend kann, muss seinen Beitrag leisten, gleich ob er schon einmal gezahlt hat oder nicht. Wir müssen diesen Winter irgendwie überstehen. Und die Bauern sollen Saatgut bekommen. Aber erst im Frühjahr, sonst fressen sie es auf.« Ihr

Blick fiel auf den Rost des Kamins. »Was ist denn das? Was hat man hier verbrannt?«
Herr de Conca nahm einen Schürhaken und stocherte ein paar Blätter heraus, die nur angekohlt waren.
»Da ist ja … eine Steuerliste! Es ist nur noch der Mittelteil zu lesen … scheint, als ob Lajos eigene Steuern erhoben hat, Kriegssteuern.« Er legte das Blatt weg und nahm ein anderes von weiter unten. »Offenbar waren sie in Eile und konnten nicht dabeibleiben, bis alles verbrannt war. Pfui, stinkt dieses Pergament! Das hier ist besser zu lesen: Ein Befehl, von allen neapolitanischen Familien Bußgelder einzuziehen, Namen und Summen … aber nach dem ersten Drittel abwärts wieder nicht zu lesen! Verflucht! Sie werden natürlich alle versuchen, Kapital daraus zu schlagen und wer weiß was für Summen ansetzen, die ihnen geraubt seien worden, und auf Entschädigung drängen.«
»Nichts da!«, sagte Giovanna. »Niemand wird sich bereichern. Im Gegenteil: Ich verbiete, dass sie von den kleinen Leuten Abgaben pressen. Steuerfreiheit für die Bauern ein Jahr lang. Dann sehen wir weiter.«
»Keine Steuern? Und womit soll das Land wieder aufgebaut werden? Von Gottes Gnade?«, murrte de Conca, aber ganz leise.
»Du!«, Giovanna winkte dem Kanzlisten: »Lass einen deiner Schreiber diesen Haufen durchsuchen und abschreiben, was noch an Daten zu entnehmen ist. Und sucht auch draußen im Hof und auf dem Abfallhaufen, ob sich noch irgendwelche Papiere auffinden lassen. Ich will so schnell wie möglich wissen, was im Säckel ist und wer der Krone etwas leihen kann.«
»Aber wenn es keine Aufzeichnungen mehr über die Staatskasse gibt – und der Schatzmeister ist umgekommen oder mit Lajos geflohen –, wie sollen wir da arbeiten? Wenn doch wenigstens d'Alife hier wäre. Der hat fast alles im Kopf!«
»Ich fürchte, dass Lajos ihn hat hinrichten lassen. Er wird sich nicht freiwillig unterworfen haben. Eher hätte er sich die Hand abgehackt, als Lajos zu helfen.«
Schließlich stellte sich aber heraus, dass auch Nicola d'Alife, Se-

kretär und Giovannas rechte Hand, nicht verschollen, sondern nur geflohen war, um dem Usurpator nicht dienen zu müssen. Er kam eines Morgens zurück und brachte auf zwei Mauleseln Akten, Listen, Rechnungsbücher, alles, was er in der Eile hatte forttragen können. Vieles blieb verschwunden, aber man konnte nun arbeiten. Verschwunden blieben Gegenschriften über Lehen und Privilegien und Briefe zwischen den Familien: Lajos wusste jetzt über Bündnisse Bescheid, über Ehen und Eheversprechen, über Seilschaften.

Der Bibliothekar der Königin beschwerte sich bitter: Alles war durcheinander! Es würde Monate dauern, die Rollen und Bücher wieder richtig einzuordnen. Ein neues Inventar musste angefertigt werden. Es fehlten kostbare Handschriften, Stundenbücher meist. Die Räuber hatten jedoch mehr nach schönen Bildern gesucht denn nach Weisheit. Platon und Plinius sowie eine Kritik Petrarcas an Aristoteles waren zu meiner Freude unberührt geblieben. Die Hauptleute, so schien es, hatten sich am Rosenroman des Jean de Meung erfreut. Mit so einem schweinischen Rosenroman hatte mein Vater mich einmal erwischt – und ihn mir um die Ohren gehauen. Das Buch warf er ins Feuer und hatte sicher Recht damit. Es entfachte in mir Gefühle, die ich damals noch nicht recht verstand. Mein Cousin Fabien hatte es mir geschenkt – aus Bosheit, um mir Schwierigkeiten zu machen.

Der Bibliothekar stürzte sich mit der grimmigen Freude eines Mannes auf die Arbeit, der nur dann froh sein kann, wenn Arbeit vor ihm liegt, je mehr, desto besser. Und er ließ nicht zu, dass man ihm mehr Gehilfen beigab als den, den er hatte. »Niemand berührt meine Bücher!«, rief er eifersüchtig, »außer natürlich Euch, Majestät.«

Das brachte Giovanna zum Lachen. »Tut, was Ihr für richtig haltet. Ich habe vollstes Vertrauen in Euch. Aber sucht mir etwas heraus, um mich abends abzulenken. Aesops Tierfabeln, wenn Ihr sie noch findet, Meister Bücherwurm!«

Nicola d'Alife und Andrea de Conca hatten, so gut es ging, eine

Aufstellung über das Vermögen der Krone gemacht, über Außenstände und die Vorratshaltung in der Stadt.

»Die Griva haben noch die Speicher voller Getreide«, berichtete Herr de Conca erbost. »Aber sie wollen es nicht an uns verkaufen, sondern an einen Händler aus Florenz. Er zahlt erheblich mehr.«

Die Preise für Getreide waren auf dem regulären Markt ins Unermessliche gestiegen. Giovanna hatte für das Königreich einen niedrigen Fixpreis bestimmt, damit das Volk ernährt werden konnte. Wer mehr verlangte, wurde für Wucher bestraft.

»Ist das so? Nun, mir liegen hier Briefe vor, die beweisen, dass die Familie Griva mit Lajos konspiriert hat und damit ganz gut gefahren ist. Sie haben sich auf seine Seite geschlagen, noch bevor ich weg war, und dann Geschäfte für ihn vermittelt. Ihr nehmt jetzt diesen Brief und sagt Francesco da Griva: Wenn er sein Korn verkauft zu unseren Preisen, dann vergesse ich das. Wo nicht, lasse ich ihn wegen Hochverrats enthaupten und seinen Besitz einziehen.«

Da Griva gab nach, murrend.

Nach und nach fanden sich all die Adligen und Würdenträger bei Giovanna ein, vorsichtig die, die kollaboriert hatten, freudig die Getreuen. Die meisten aber kamen, um zu klagen. Das Vieh war aufgefressen von den Soldaten, Pferde weggetrieben, Ölbäume umgehackt, Mühlen zerstört. Beinahe alle hatten Vermögen verloren, manche Angehörige. Da war ein alter Herr, der Graf von Ruffo. Sein einziger überlebender Sohn war ihm bei der Verteidigung von Aversa getötet worden. Ungarische Bogenschützen hatten ihn von seinem gepanzerten Streitross geschossen, und das Fußvolk hatte den Armen in Stücke gerissen, um an seine wertvolle Rüstung zu kommen.

»Das ist Eure Schuld«, warf der alte Herr der Königin vor, mit brüchiger Stimme und immer wieder mit seinem Gehstock auf die Marmorfliesen des Thronsaals klopfend. »Hättet Ihr Herrn Andrea mitregieren lassen, wie es das Recht eines Ehemannes ist, dann wäre das alles nicht geschehen und unser schönes Land wäre nicht ruiniert! Zu Roberts Zeiten wäre das nicht passiert!«

»Es war aber gerade Roberts Wille, dass Andrea keinen Teil an der Macht haben sollte. Und es war richtig so: Hätte ich Andrea Regierungsgewalt überlassen, dann hätte in Wahrheit Lajos hier gesessen. Es tut mir Leid um Euren Sohn, und ich habe diesen Krieg wahrlich nicht gewollt, aber so ist es nun einmal, dass man nicht in Frieden leben kann, wenn der böse Nachbar es nicht will. Hättet Ihr nachgegeben, wenn man Euch um ein Stück Eurer Rechte und Privilegien gefragt hätte?«
Aber er antwortete nicht, drehte sich fort und ging kopfschüttelnd hinaus. »Weiberherrschaft«, brummte er vor sich hin. »Das bringt nur Unglück.«
Einige eifrige Höflinge wollten ihm nach, weil er die Königin beleidigt hatte. Aber sie befahl ihnen, den Grafen Ruffo nicht zu belästigen.
Steife Brokatstoffe und Seiden wisperten über den Steinboden der großen Halle, Marmorfliesen mit Intarsien aus goldenem Siena Gialo, rosa Kalzit und Verde Alpi; eingeschlossener Feldspat schimmerte auf, wenn die Fackeln flackerten in der Zugluft der hohen Fenstergalerie. Intarsienfelder mit Weinlaub, Palmen und allegorischen Bildern zogen sich über die Böden der Seitengänge. Zwei Reihen mächtiger Säulen fassten den Mittelgang ein und leiteten den Blick auf den Thron hin; der Thron auf einem steinernen Podest, getragen von zwei marmornen Löwen, die jedem die Zähne zeigten, der näher kam. Giovanna, schmal und klein, füllte den Sitz nur halb aus. Sie saß darin wie ein Kind im Sessel seines Vaters. Dicke Kissen in Dunkelblau und Gold stützten sie von allen Seiten. Warum nur ließ sie dieses Monstrum nicht hinauswerfen und sich einen Stuhl machen, der ihr angemessener war? Das musste ja den Eindruck verstärken, dass sie Roberts Platz nicht auszufüllen vermochte.
Zu Giovannas Seiten und am Fuß des Podests standen die Berater. Hin und wieder sah ich, wie einer sich zu ihr herabbeugte und ihr etwas ins Ohr sprach.
Höflinge, Beamte, Prälaten bildeten Gruppen und Grüppchen, vielfarbige Inseln im Saal, nickten sich zu, wandten sich ab, wech-

selten zu einem anderen Kreis – ein gemächlicher, abgezirkelter Tanz. Sie verstummten und lauschten, wenn ihnen der Bittsteller, der gerade vorgelassen wurde, ihres Interesses wert erschien, schwatzten beim Auftritt anderer. Ein schweifender Blick, und sie wussten, wer bei der Königin war und was er wollte. Eifersüchtiger, so schien mir, beobachteten sie sich gegenseitig. Da ich neu war bei Hofe und in diesem Spiel, hielt ich mich zurück und verfolgte ihr Treiben, um daraus zu lernen.

»Sie müssen die neue Dame aus der Provence sein und die Braut von Messer Benevent«, hörte ich eine Stimme neben mir, eine angenehme Stimme, ruhig und tief für eine Frau. Ich drehte mich um und sah mich einer Matrone gegenüber im schwarzen Witwenkleid, dieses aber reich mit Silbergarn verziert. Das weiße Haar trug sie hochgesteckt unter einer gehörnten Kappe aus schwarzem Samt, Silber und Perlen. Eine tropfenförmige schwarze Perle, so groß wie ein Amselei, hing auf ihre Stirn. Mit diesem Schmuck allein hätte man wohl den Besitz meiner Eltern kaufen können.

»Alix de Simiane-Beaucourt, Madame«, stellte ich mich vor.

»Elena d'Ucelli, Gräfin von Avellino. Und wie gefällt Euch das Königreich Neapel? Nicht, dass es im Augenblick in gutem Zustand wäre ...«

»Ich habe noch nicht viel davon gesehen, aber was ich erblickte, ist wundervoll – oder wird es wieder sein.«

»Ist Euch etwas Besonderes aufgefallen? Möchtet Ihr irgendetwas wissen?«

Ich kannte bislang nur wenig von der Stadt selbst, die nach meinem Eindruck ausladender war, viel angenehmer als Avignon. Sie war luftig gebaut. Brisen vom Meer erreichten jeden Winkel und trugen die Ausdünstungen fort. Halbmondförmig lag sie an den Golf geschmiegt, während sie im Rücken von grünen Hügeln eingefasst war. Die Häuser schienen mir eleganter, die Kirchen waren Schatztruhen von Gold und Stuck, Marmor und Malerei. Da gab es weite Plätze und schattige Arkaden, wo die Bürger saßen und die Mittagshitze bei einem Schwatz und einem Becher

Wein herumbrachten. Das Castel Nuovo selbst war eine eher plumpe Angelegenheit, eine Festung mit massigen, runden Türmen und dicken Mauern. Oft, wenn die Königin meine Dienste nicht benötigte, stieg ich auf die Wachtürme und blickte von den Zinnen herab: Vor mir der Hafen mit seinen Kriegs- und Handelsschiffen, dazwischen die bunt bemalten Nachen der Fischer; dahinter breitete sich das weite dunkle Meer aus, das mich so anzog und zugleich mein Herz sich zu einem bleischweren Klumpen zusammenballen ließ. Die Weite freute mich, aber meine Phantasie führte mir beständig die Gefahren vor, die am Horizont lauern mochten: geflügelte, geschuppte, dorntragende, zahnbewehrte Seeungeheuer, die die Schiffe umschlangen, zermalmten und in die Tiefen zogen, und dann, am Ende, das Klebermeer, das die Unglücklichen erfasste, die ihm zu nahe kamen, sie nicht mehr losließ und über den Rand der Welt stürzte.
Zur Linken sah ich ein anderes Geheimnis, nicht weniger beängstigend: Im blauen Dunst ein seltsam toter Berg, ohne Baumbewuchs und von matten Farben: schwarz und rötlich und schwefelgelb. Kreisrund war er am Fuße wie von einem Kind angehäuft. Die Spitze fehlte teilweise; zum Meer hin klaffte ein schwarzer Rachen. Manchmal sah ich Rauch darüber aufsteigen. Wie er genannt war, wusste ich.
»Was hat es mit diesem Berg auf sich, dem Vesuvio?«, fragte ich. »Wie kann ein Berg brennen? Ist es seine Oberfläche, ein Wald, der brennt? Oder ist dort wirklich der Eingang zur Hölle?«
Die Gräfin Ucelli lachte: »Die Pfaffen sagen das, nicht wahr? Demnach wären die Neapolitaner schlechtere Menschen als andere auf der Welt, wenn der Teufel sein Hauptgelass bei ihnen eingerichtet hat. Ich denke nicht so. Im Altertum glaubte man noch, es sei ein Titan dort unten eingesperrt, der brächte in seinem Befreiungskampf den Berg zum Wackeln und Erglühen.«
»Riesen gibt es nicht«, warf ich ein.
»Ganz recht. Aber noch der weise Plinius verglich den Vesuv mit einem eingesperrten Giganten. Er war mit dem römischen Heer hier stationiert, 79 nach Christus, wusstet Ihr das? Gerade da gab

es einen Ausbruch, und Plinius wurde in Stabiae getötet. Das kann immer wieder geschehen.«
Ich war ganz entsetzt: »Wie könnt Ihr dann so leichthin davon reden? Wie kommt es, dass so viele Menschen sich trotz allem hier ansiedeln?«
»Ah-bah! Der Vesuv gehört eben dazu. Die Bucht ist günstig für den Handel, das Hinterland reich und fruchtbar – für den Rest hoffen wir auf den heiligen Gennaro.«
Ich dachte einen Moment darüber nach und fragte: »Und die Ursache, wenn es also nicht ein Werk des Teufels ist?«
Die Gräfin Ucelli lachte und scherte sich nicht, wer sie hörte: »Diejenigen unter meinen Gelehrten, die mir das versucht haben aufzutischen, habe ich davonjagen lassen! Solche Esel essen nicht mein Brot! Aber jetzt habe ich einen, der meint – und das finde ich höchst interessant –, dass es ein natürliches Phänomen ist. Der Berg ist kahl. Seine Flanken bestehen aus Asche und einem schwarzen Material, das er selbst ausgeworfen hat. Mein Magister ist der Meinung, dass unten im Berg eine Materie brennt und eine solche Hitze entsteht, dass ab und zu eine Explosion sich entlädt, eine alchimistische Reaktion, ähnlich wie beim Schwarzpulver. Vielleicht sind im Inneren des Berges Stoffe gelagert, die eine Art Schwarzpulver ergeben und so, wenn der Schwelbrand sie erreicht, gibt es einen Knall und Glut wird ausgeworfen wie Kugeln aus einer Kanone.«
Ein paar Köpfe hatten sich zu uns gewandt, zwei Mönche bekreuzigten sich. Die Ucelli ließ sich nicht beirren.
»Ja, Amen! Ich bin alt genug, meine eigene Meinung zu haben!«
»Wo sind Eure Güter?«, lenkte ich sie rasch ab.
»Im Landesinneren, östlich von hier, dort wo die besten Haselnüsse herkommen. Und Maronen! Die Konditoren unserer Provinz handeln alle mit kandierten Maronen und Nusskonfekt. Ich werde Euch ein Säckchen schicken lassen. Hier, probiert, ich habe immer ein paar dabei zum Knabbern. In meinem Alter kann man nicht so lange herumstehen, ohne etwas zu essen.«
Sie langte in das goldene Täschchen, das sie am Gürtel trug, und

hielt mir eine Hand voll prächtiger frischer Haselnüsse hin. Ich kostete.

»Sie sind sehr gut, Eure Nüsse. Und danke für das freundliche Angebot. Es wird mich an meine Heimat erinnern. In der Provence, am Luberon, werden auch Maronen gegessen, allerdings mehr von armen Leuten und ohne Zuckerbeigabe – als Ersatz für Korn.«

Sie schaute mich freundlich an. »So machen es die Armen hier auch. Ihr habt Heimweh, nicht wahr? Das vergeht, glaubt mir. Ich hatte auch Heimweh, als ich das erste Mal aus Atripalda fort musste als junges Ding.« Sie klopfte mir aufmunternd auf den Rücken. »Nur Haltung, junges Fräulein. Ich zweifle nicht daran, dass Ihr alles meistern werdet, was Ihr Euch vorgenommen habt. Wann werdet Ihr denn Benevent heiraten?«

»Wer kann das sagen«, antwortete ich verzagt. »Es ist immer noch Krieg. Ursoleone hilft Herrn von Taranto, die deutschen Söldner aus dem Land zu jagen.« Und ich betete jeden Tag, dass er unbeschadet zu mir zurückkäme.

Sie hatte eine Art, meine Gedanken zu lesen, diese Contessa Ucelli:

»Er wird bestimmt gesund zurückkehren. Er ist ein so geschickter und umsichtiger Mann. Und dann werdet Ihr eine prächtige Hochzeit feiern und viele *bambini* haben, so hübsch wie Ihr selber seid.«

Sie schmeichelte mir auf diese höfliche, unverbindliche Weise; ich wusste, dass es nichts als schöne Worte waren, aber sie taten mir wohl.

»Wenn es soweit ist, Signora Ucelli, dann müsst Ihr mir die Freude machen, zu unserer Feier zu kommen.«

»Mit Vergnügen. Und in der Zwischenzeit, wenn Ihr es hier im Palast nicht mehr aushaltet mit all diesen Gecken und ihren lächerlichen Ränkespielen, dann lade ich Euch ein, mich in Atripalda zu besuchen. Die Königin kann Euch sicher für ein paar Tage entbehren. Man muss Euch doch einmal zeigen, wie schön Eure neue Heimat ist. Dann werdet Ihr auch das Heimweh ver-

gessen. In Atripalda können wir zusammen auf die Falkenjagd gehen und uns in den römischen Thermen erholen.«
Ich zögerte. Ich hatte doch keine Möglichkeit, mich zu revanchieren.
»Versorgt mich mit dem neuesten Klatsch, wenn Ihr kommt. Damit würdet Ihr einer alten Frau eine große Freude machen.«
Da sagte ich ihr kurz entschlossen zu. Ihre Gegenwart war mir angenehm. Anders als die meisten Hofleute schien sie mir offen und angenehm ungekünstelt.
Doch später gesellte sich Lucchina zu mir und zischte: »Riskant, riskant, sich mit der Ucelli sehen zu lassen.«
»Warum denn das?«, fragte ich. »Sie war sehr freundlich.«
»Sicher ist sie freundlich. Ihr werdet ja praktisch Nachbarn sein, wenn du Benevent heiratest. Aber sie ist Albanerin von Geburt.«
»Albanien gehört doch zum Königreich.«
»Nur teilweise. Die Ucelli waren mit den Durazzo im Bund. Roberts Ansprüche auf *ganz* Albanien hat sie immer abgelehnt. Jetzt, da Carlo tot ist, kann man nicht sicher sein, mit wem die Ucelli sich verbünden wird. Vielleicht mit Taranto, andererseits mag sie Agnès nicht.« Lucchina zuckte die Achseln.
»Sie ist so eine freundliche alte Dame. Sie hat mich zu sich eingeladen.«
»Tsk! Kindchen! Natürlich ist sie nett, aber du solltest dir immer vor Augen halten, dass sie sich einen Leibarzt hält, der als Giftmischer gilt. Schon mehr als einem ist ihr Konfekt nicht bekommen.«
Entsetzt blickte ich Lucchina an und hielt mir unwillkürlich die Hand auf den Leib. Die Nüsse lagen mir plötzlich schwer im Magen.
Lucchina kicherte: »Du bist viel zu unwichtig, als dass sie dir etwas zuleide täte. Und wenn, täte sie es bestimmt nicht unter aller Augen.«
Bedauernd sah ich mich nach der Contessa d'Ucelli um. So hatte ich mich getäuscht! Sie sah eher nach Stickrahmen aus denn nach politischen Intrigen. Ich sollte sie mit ›Klatsch‹ versorgen, hm.

Ich würde den Besuch bei meiner künftigen Nachbarin wohl verschieben müssen. Ich kannte mich: Ich war nicht raffiniert genug, um einer geschickten Fragerin etwas vorzuenthalten.
»Da, sie schauen sich nach dir um und fragen sich, wer du wohl bist, und was es zu bedeuten hat, dass erst die Gräfin Ucelli und jetzt die Zwergin der Königin bei dir steht.«
»Kann man denn mit niemandem einfach nur reden?«
»Mit niemandem, nicht hier.«
Die Köpfe wandten sich rasch fort von mir. Nicht weit vom Thron, aber im Seitengang, erblickte ich einen älteren Edelmann, sehr gut aussehend und auf eine unauffällige Weise elegant, schlank, flacher Leib, schöne Beine in goldgewirkten Strümpfen. Sein grau durchzogenes Haar fiel ihm bis auf die Schulter; er hatte ein edles Gesicht. Ganz für sich stand er da und lauschte aufmerksam den Worten der Königin.
»Wer ist das? Der gut aussehende Herr dort drüben?«
»Nicola Acciaioli, er war Großseneschall, Leiter des Versorgungswesens, als Giovanna die Regierung übernahm. Sie hat ihn geschasst, als herauskam, dass er der Geliebte von Catharina von Taranto war. Er hatte die Stellung genutzt, um der Familie Taranto einige ... vorteilhafte Geschäfte zu vermitteln, das ist noch höflich ausgedrückt. Jedenfalls hat seine Art der Amtsführung Giovanna nicht gefallen. Sie hat ihm die Stellung eines Vogts von Lucera und dazu noch die frei gewordene Grafschaft Terlizzi gegeben, um ihn loszuwerden.«
»Graf Terlizzi, war das nicht der ...?«
»... der hingerichtet wurde wegen des Mordes an König Andrea.«
»Hat dieser Acciaioli immer noch Einfluss?«
»O ja, und du darfst raten, in wessen Gesellschaft er in letzter Zeit häufig zu sehen war.«
»In der von Loisi di Taranto.«
»Du lernst, Alix, mein provençalisches Schäfchen. Halt weiter die Augen und Ohren auf, dann überlebst du vielleicht bei Hofe.«
Nur ein paar Monate, so hoffte ich. Was für eine fürchterliche

Umgebung, was für ein Leben. Ich konnte nicht mehr begreifen, was Menschen veranlasst, so ein Leben führen zu wollen. Noch vor einem einzigen Jahr hatte ich von einem glanzvollen Leben bei Hofe geträumt. Schöne Kleider wollte ich haben und Einfluss – natürlich nur, um Gutes zu tun.
Doch schnell hatte ich gelernt, wie gute Absichten sich ins Gegenteil verkehren können in diesem teuflischen Reigen, in den sich jeder reiht, der Einfluss nicht nur haben, sondern auch halten will.
Und was die schönen Roben betrifft und die Juwelen: Ich spähte in die leeren Gesichter und fragte mich, ob diese Leute sich liebten, sich selbst, nackt, so wie der Herrgott sie geschaffen hat. Ich bezweifle es.
Missversteht mich nicht, ich meine nicht die eitle Eigenliebe, sondern ich meine das, was man im Auge seines Spiegelbilds erblickt. Nach der kurzen Begegnung mit Herrn Petrarca hatte ich mir von meiner Herrin seine Schriften geliehen und viel über das nachgedacht, was er da sagt: dass man versuchen soll, ein perfektes und tugendhaftes Leben zu führen. Und dass man sich selbst dabei und seinem Innersten Aufmerksamkeit schenken soll. Nur so kann es schließlich gelingen, dass äußerer und innerer Mensch eins sind, wie Herr Petrarca sagt: *ego unus et integer.* Aus all dem schließe ich nämlich, dass es nicht wahr ist, was die Kirche lehrt, dass der Leib der Seele Kerker sei. Hieße das nicht, Gottes Werk herabzusetzen? Man darf das Glück suchen, man darf sich an der Welt freuen, und die mönchische Flucht aus dem *barathrum,* dem Abgrund der Welt, ist falsch und unnötig. Meine Herrin bezeichnet sich als Schülerin Petrarcas, doch ihr Hof war angefüllt von Mönchen und schlechten Menschen, außen schön und innen verrottet.
Die Friedensverhandlungen mit Lajos liefen zäh. Nach längerem Zögern schickte er einen Abgesandten, Johannes von Böhmen, den man im Thronsaal fast auf der Stelle zerriss, als er die Forderungen seines Herrn verlas: Entfernung Giovannas von der Macht, ihre Verbannung aus Neapel, das Reich unter päpstliche

Verwaltung. Um den Frieden zu untermauern, solle Maria, die verwitwete Gräfin Durazzo – durch Lajos verwitwet, bitteschön! –, an Lajos' jüngsten Bruder Etienne vermählt werden, einen Jungen von elf Jahren.

Ein Aufschrei erschütterte die ehrwürdige Halle.

»Wie kann er es wagen?!«

»Frechheit!«

»Ergreift den Kerl!«

Man hätte Lajos den Kopf seines Abgesandten zurückgeschickt, hätte nicht auf Weisung der Königin Messer de Conca eingegriffen. Mit blankem Schwert stellte er sich vor Herrn Johannes. Die Königin war aufgesprungen und suchte den Tumult zu übertönen. Da überlegten die Hitzköpfe es sich anders. Knurrend traten sie zurück, gerade einen Schritt weit, sodass eine Gasse entstand. De Conca brachte den Botschafter zum Ausgang. Fäuste reckten sich und einige trafen ihn auch; der Hut wurde ihm heruntergeschlagen. Der arme Mann hatte Todesangst. Dabei war er nur ein Befehlsempfänger, ein Schreiberling und Diplomat. Am Ausgang schließlich übernahm ihn die Palastwache. Vier vor und vier hinter ihm und je einer zur Seite, so bildeten sie einen menschlichen Schild um ihn und geleiteten ihn zu seinen Gemächern.

»Pazzo!«, sagte ich zu Lucchina. »Was hat sich der ungarische König nur dabei gedacht?«

»Vielleicht weiß er mehr als wir ...«, sagte die schlaue Zwergin.

Wieder wurde ein Brief an den Papst geschrieben. Die Verhandlungen waren festgefahren. Er musste vermitteln.

Der schwerste Gang für meine Herrin führte ins Castel d'Ovo. Ich wusste, dass sie auf Maria gewartet hatte, ihre Schwester, Carlos Witwe. Doch Maria kam nicht. Die meisten Mitglieder der Familie hatten sich ohnehin nach Albanien zurückgezogen – um zu vergessen, vermutete die Capita, um Giovanna aus dem Wege zu gehen, sagte Lucchina. Nur Carlos Mutter Agnès war gekommen, abgemagert und ganz in Schwarz.

»Da bist du ja«, war alles, was sie zu Giovanna sagte. »Gib mir meinen Sohn wieder. Beschaff mir die Söhne, die mir geblieben sind. Bis dahin bin ich deine Feindin.« Loisi und Roberto Durazzo waren in Ungarn in Haft, ebenso wie Tarantos Brüder Filippo und Roberto.

Als alle Einladungen und Geschenke zurückgewiesen wurden, ließ sich Giovanna schließlich zu Maria bringen in einer Sänfte, getragen von vier weißen Maultieren. Als sie zurückkam, niedergeschlagen, fragten wir sie: »Was hat sie gesagt? Wie geht es ihr? Und den Kindern?«

Giovanna saß auf ihrem Bett, einige von uns Frauen hatten sich neben sie gesetzt und hielten sie umschlungen, andere saßen zu ihren Füßen.

»Was ist geschehen?«

»Gar nichts ist geschehen. Sie empfängt mich nicht. Meine kleine Maria will nicht mit mir sprechen.«

»Das kann sie doch nicht tun! Ihr seid die Königin. Wollt Ihr Euch das gefallen lassen?«

»Gewalt nützt wenig in Familienangelegenheiten. Soll ich meine eigene Schwester von Bütteln vorführen lassen? Dafür würde sie mich nicht mehr lieben.«

»Sie wird sich schon beruhigen, meint Ihr nicht? Ihr wart Euch doch so nah und hattet einander lieb«, meinte ich. Ich konnte mir nicht vorstellen, meine Brüder jemals so zu behandeln.

»Wir werden sehen. Vielleicht nimmt sie eines Tages Vernunft an.«

Eine endlose Kette von Bittstellern wurde von den Sekretären ausgewählt und vorbeigeschleust. Und immer saß Ligurio Zurlo dabei, Tarantos angeblicher Sekretär, eifersüchtig darauf bedacht, dass seinem Herrn ja kein Wort und keine Handlung Giovannas entging. Man wusste, dass er Depeschen ins Feld schickte, zweifellos, um haarklein Bericht zu erstatten. Ging sie mit dem Legaten Annibaldo di Ceccano im Garten spazieren, so folgte er den beiden auf den Fersen und scheute sich nicht, sich der Königin aufzudrängen.

»Loisis Hund«, nannte Giovanna ihn. Spielten wir Ball, so stand

er gelangweilt am Rande der Wiese herum; bei Tisch saß er nie weit von der Königin. Er war nicht loszuwerden.
Ich erhielt einen Brief von Ursoleone: ›*Liebste*‹, schrieb er mir. ›*Unsere Sache läuft gut. Wir haben die Kompanien zurückgetrieben bis in die Abruzzen, und sie haben die Feindschaft der Bevölkerung zu spüren bekommen. Sie haben große Verluste erleiden müssen, und der Winter steht vor der Tür. Wenn sie klug sind, ziehen sie vorher ab. Ich verabscheue diese Barbaren, weil sie zwischen uns stehen, und möchte sie fortscheuchen wie schwarze Wolken, sodass die Sonne deiner Zuneigung wieder auf mich scheinen kann.*
Ich hoffe, bald zurückzukehren. Ursoleone di Benevent.‹
Das Pergament faltete ich so klein zusammen, wie es ging, und trug es in meiner Tasche mit mir herum.
Giovanna hatte ihre Tage zwischen Thronsaal und Bibliothek verbracht, hatte Hunderte von Bittstellern, Bürgervertretern und Gesandten angehört und ließ die Klagen des Bibliothekars über sich ergehen – »Nein, Meister Bücherwurm, wir haben kein Geld für Illuminationen. Abschreiben und fertig!« –, hatte in der Kanzlei gesessen und sich mit de Conca und d'Alife beraten, hatte Waffenlager und Vorratskeller inspiziert, die Künstler empfangen, die die beschädigten Fresken erneuern sollten, mit den Näherinnen über die Muster neuer Vorhänge beraten, neue Teppiche, Überwürfe, Kissen, Trinkkelche, Obstschalen, Kandelaber, Kerzen bestellt und tausend Kleinigkeiten mehr.
Als sie das alles satt hatte, befahl sie einen Ausritt ins Umland. Doch der war auch nicht eben erheiternd. Es war Herbst, das Sonnenlicht sanft und golden, das Weinlaub entzündete sich zum alljährlichen Farbenfeuer. Die Ernte hätte in vollem Gang sein müssen, doch die Felder waren leer, viele Häuser verlassen.
In den Dörfern sah man Menschen am Straßenrand und in den Türrahmen ihrer Häuser stehen, mit teilnahmslosem Blick. Hier und da fehlten die Türen ganz, waren Dächer abgebrannt, Mauern geschwärzt. Die Königin verteilte Almosen und wusste: Es war nicht genug.

Die Jagd war unbefriedigend. Es gab kein Wild in den Wäldern. Alles, alles hatten die Söldner aufgefressen.
Danach ritt Giovanna eine lange Zeit nicht mehr aus. Stattdessen ließ sie Konzertabende und Theateraufführungen im Schlosshof organisieren. Wir sahen eine Vorführung von ›Pas Saladin‹, einem Stück über den dritten Kreuzzug, darin trat Gott auf mit einer goldenen Perücke und Engel mit Gänsefedern. Die Mohren starben höchst realistisch unter Zuhilfenahme von Schweine-Innereien.
»Man sollte meinen, es sei in diesem Land genug gestorben worden in letzter Zeit«, sagte die Gräfin Ucelli, meine Sitznachbarin, doch der Hofstaat applaudierte, besonders bei den Szenen mit den Schweinedärmen.
»Habt Ihr Euch etwas eingewöhnt?« Sie beugte sich zu mir herüber und bot mir von ihrem Nusskonfekt an. Es schmeckte köstlich und ich griff gern zu.
»An diese Art zu leben werde ich mich wohl nie gewöhnen«, flüsterte ich zurück. »Aber für eine gewisse Weile ist es … kurzweilig.«

18.

Die Nächte wurden kühler. In den Gemächern der Königin brannten Feuer von duftendem Obstbaumholz. Wir empfingen sie mit heißem Wein und hüllten sie in Decken, wenn sie aus dem Thronsaal kam, aus der eisigen Steinhalle und der Zugluft. Giovanna war schwanger.

Die Hofdamen, Lucchina und die Marquise von Altamura waren im Empfangszimmer der Königin und vertrieben ihr die Zeit mit einem harmlosen Glücksspiel – es ging nur um Silberstücke. Man trank Wein und naschte warme Plätzchen. Die grüne Seide, mit der die Wände bespannt waren, schimmerte im Licht zahlreicher Öllampen. Draußen wehte einer der ersten Winterstürme den Regen so dicht und grau an die Scheiben, dass man sich wie unter Wasser vorkam. Da wurde die Tür aufgerissen, und, von einem Blitz dramatisch beleuchtet, stand er im Türrahmen: Loisi di Taranto. Er hätte sich seinen Auftritt nicht besser einrichten können. Das Wasser lief an ihm herunter, tropfte auf die kostbaren Teppiche, rann aus seinen Stiefeln. Der Hut hing schlaff an seiner Hand, die Federn gemordet. Die schwarzen Locken klebten ihm auf der Stirn. Wir hatten gehört, dass die Deutschen abgezogen wären und unsere Truppen auf dem Heimweg. Aber so bald hatte man nicht mit der Heimkehr gerechnet.

»Giovanna!«

Sie stand halb auf, er stürzte zu ihr hin, nicht ohne im Vorbeigehen einen Blick in den Spiegel geworfen zu haben.

»Mein armer Lolo! Sofort musst du die nassen Sachen ausziehen! Wein! Ein Bad!«

Die Besucherinnen verabschiedeten sich höflich und rasch. Nur die unsichtbaren Diener blieben.

»Wo ist Zurlo?«, hörte ich ihn noch fragen.

Darauf Giovanna: »Ich bitte dich, doch nicht in meinen Privatgemächern! Jetzt lass dich anschaun …«

»Glaubst du, sie liebt ihn wirklich?«, fragte ich Lucchina. Die hatte sich auf dem Rückzug eine ganze Hand voll Gebäck gegriffen und gleich etwas in den Mund gesteckt.

»Liebe macht blind«, verkündete sie zwischen fliegenden Krümeln. Wir mussten beide lachen, und ich mopste ihr ein Stück Gebäck.

»Ich hege den Verdacht, dass *er* gegen diese Krankheit gefeit ist.«

»Oh, da bin ich mir ganz sicher.«

Kurz vor Weihnachten machten wir einen Ausritt im Schnee. Dass es überhaupt Schnee gab in diesen Breiten, erstaunte jeden. Mancher hatte in seinem ganzen Leben noch nie welchen gesehen, doch auch so weit im Süden hatte das Wetter sich verändert. Vermutlich gaben die Neapolitaner auch hierfür der Königin die Schuld.

Die Hufe unserer Pferde knirschten und hinterließen dunkle Abdrücke auf einer dünnen weißen Decke. Der Himmel war endlich wieder blau und die Sonne schien. Um jeden kleinen Ast hatte sich Reif gelegt, und alles funkelte wie von winzigen Edelsteinen.

Die Königin ritt auf einem weißen Zelter und trug einen weiten Umhang mit Kapuze ganz von Hermelin, unter dem roter Samt hervorsah, dazu weiße Handschuhe aus Saffianleder mit Perlenschnüren. An ihrer Stirn funkelte ein einzelner Rubin an einem Reif von Gold.

Otto von Braunschweig war bei ihr, einer der Hauptleute der königlichen Garde. Der Deutsche sah auf eine raue Art gut aus: groß gewachsen, breitschultrig und schmalhüftig, blond, mit einem ehrlichen Gesicht. Alle wussten, dass er unsere Herrin mit

einer Inbrunst verehrte, die eine bloße Treue zwischen Herrin und Diener weit überschritt. Man munkelte, er habe ihretwegen nie geheiratet. Da er sie nicht haben konnte, habe er keine andere gewollt.
Es war eine fröhliche Gesellschaft an diesem Tag. Den unmöglichen Ligurio Zurlo hatten wir überlistet. In letzter Minute, schon auf dem Pferd sitzend, hatte die Königin ihn gerufen: »Ach, Messer Zurlo: Wenn Ihr nun schon zu meinem Hofstaat gehört, wie es scheint, dann könnt Ihr mir auch einen Dienst erweisen: Ich habe mein warmes Tuch in meinen Gemächern vergessen. Es liegt dort über einer Stuhllehne. Seid so gut und holt es mir.«
Murrend stieg Zurlo von seinem Pferd wieder ab. Kaum war er im Palast verschwunden, lachte die Königin auf wie ein boshaftes Kind und ließ ihren Zelter antraben. Fort flog sie aus Neapel heraus, an der Küste entlang, unter dem coelinblauen Winterhimmel und den bepuderten Bäumen. Wir mussten uns beeilen um nachzukommen. Ihre inzwischen fortgeschrittene Schwangerschaft schien sie nicht zu behindern.
Atemlos straffte sie die Zügel und hielt an. Ihre Wangen waren gerötet, sie lachte und sah auf einmal so jung aus.
»Sind wir den alten Langweiler, die Petze, endlich los!«
»Herr Loisi wird ärgerlich sein«, wagte eine von uns zu sagen.
»Dazu hat er kein Recht. Giovanna ist die Herrin und hat zu bestimmen, wer ihr Gesellschaft leisten darf und wer nicht«, sagte Otto von Braunschweig mit einem drohenden Unterton. Dabei waren wir doch seiner Meinung.
»Recht haben und Recht kriegen sind zweierlei Schuhe«, flüsterte Lucchina mir zu, aber natürlich wollte niemand unserer Königin die Freude verderben.
Und was für ein herrlicher Tag es wurde. Wir entflohen dem finsteren Neapel, das sich noch immer von den Folgen der ungarischen Besatzung erholte und in dem die Angst vor einer neuen Pestwelle grassierte.
Hier draußen aber war die Welt, wie sie sein sollte. Wir ritten zum Vesuvio und kampierten auf seinen Flanken zwischen glä-

sern schimmernden, geschwärzten Felsen und gelb und rot gefärbten Aschen. Es war so warm hier oben in der Sonne, dass wir die Mäntel ablegten. Wir sahen auf das grüne Meer herab, während die Dienerschaft, die langsam mit dem Ochsenwagen nachgekommen war, Tischchen aufbaute und die Feldküche in Gang brachte. Wir speisten so gut wie im Palast und tranken Lacrima Christi, den süßen Wein, dessen Reben an den Hängen des Feuerbergs gedeihen und so von unten wie von oben gewärmt werden.

Später, unten an der Küste, entdeckten wir, dass der Schnee sich mit den Händen formen ließ. Wir machten Kugeln und bewarfen uns. Es war ein Spaß! Erst bei Einbruch der Dämmerung kehrten wir zum Castel Nuovo zurück.

Die Scherze flogen immer noch zwischen allen; die Augen der Königin strahlten. Doch an den Ställen empfing uns Taranto. Voller Wut lief er auf dem Hof hin und her, die Arme auf dem Rücken verschränkt.

»Wo warst du so lange?!«, schrie er, als er uns erblickte.

Giovannas Strahlen erlosch.

Einer der Stallknechte lief herbei, um der Königin aus dem Sattel zu helfen. Aber von Braunschweig kam ihm zuvor und streckte die Arme aus, um Giovanna aus dem Sattel zu heben. Augenblicklich war Taranto da und stieß ihn grob beiseite.

»Fort, Söldner! Wage es nicht, meine Frau anzufassen!«

Otto wollte aufbegehren, doch seine Freunde zogen ihn weg und beschwichtigten ihn.

»Was machst du denn für ein Geschrei?«, sagte müde Giovanna. »Ich bitte dich, Lieber, gib doch Frieden: Wir haben so einen schönen Tag gehabt. Verdirb mir nicht die Freude!«

Taranto hob sie aus dem Sattel und da fiel ihm ein neuer Beschwerdegrund ein: »Wie kannst du nur so verantwortungslos sein: Du bist hochschwanger und reitest den ganzen Tag! Willst du meinen Sohn gefährden?«

»Erstens bin ich nicht *hoch*schwanger und zweitens ist es auch mein Kind. Ich bin durchaus in der Lage zu reiten.«

»Das bist du nicht. Ich verbiete es!«
Giovanna ließ sich fortführen.
»Ach Lolo, nun zanke doch nicht.« Doch der Prinzgemahl zeigte sich in einem fort eifersüchtig.
An einem anderen Tag zum Beispiel saß Giovanna im Thronsaal auf dem Anjou-Thron, wie es ihr zustand, Taranto auf einem hohen, vergoldeten Stuhl neben ihr.
Zwei von Tarantos Leutnants wurden vorgelassen und näherten sich dem Thron. Schon dessen Größe und die Position im Zentrum, dieser große Steinblock, von purpurnen Vorhängen eingefasst, zieht ja den Blick sogleich auf denjenigen, der auf dem Thron sitzt. Die Leutnants machten auch ihren Kniefall vor der Königin, sprachen aber nur zu Taranto.
»Herr Capitano, wir haben 38 deutsche Ritter festgenommen, der Rüstung nach reiche Leute. Was soll mit ihnen geschehen?«
Loisi: »Werft sie in den Kerker.«
»Die Kerker sind überfüllt ...«
»Egal, wo immer ihr Platz schaffen könnt. Wir werden Lösegeld fordern.«
»Nein, nicht irgendwo!«, warf Giovanna ein. »Bringt sie ins Castel d'Ovo. Sie sind tapfere Männer und keine gewöhnlichen Verbrecher.« Sie hatte wohl nur allzu gut den elenden Kerkertod der Verschwörer im Gedächtnis. »Behandelt sie gut!«
Die Männer sahen fragend auf Taranto. Der zuckte die Achseln. »Von mir aus.«
Aber unter hängenden Lidern warf er der Königin einen giftigen Blick zu. Es passte ihm nicht, dass sie seinen Männern Befehle geben konnte, dass sie sich einmischte. Aber er würde sich damit abfinden müssen, vorerst.
So gab es ständig ein Zerren zwischen Herr und Herrin, und man hatte seinen Frieden nur, wenn er wieder auf einem seiner Feldzüge war.
An Weihnachten sah ich endlich Ursoleone wieder. Ein paar Tage vor dem Fest blickte ich aus einem Fenster in den Hof, als ein zweirädriger Karren vorgefahren kam, von einem Paar kräftiger

rundlicher Pferde gezogen, wie man sie eher für die Landwirtschaft einsetzt denn zum Reiten. Sie schüttelten den Schneegriesel aus ihren roten Mähnen und dampften in der Winterluft. Mit dem Karren waren vier Reiter gekommen. Einer stieg ab, um einer in Tücher gehüllten Frau vom Karren zu helfen. Gestalt und Bewegungen des Reiters kamen mir vertraut vor …!
Ich stürzte die Gänge entlang und Treppenfluchten herab, hinaus in den Hof, so wie ich war, und fiel ihm um den Hals.
»Urs!«
Er hob mich hoch und trug mich in den Palast.
»Wie kannst du so leicht bekleidet ins Freie gehen«, mahnte er mich streng. »Du wirst deine Lebenskräfte schwächen!« In der Stadt war nun ernstlich die Pest ausgebrochen. Wer nicht musste, verließ nicht das Haus. Schon hörten wir von Flagellanten in den Straßen, von Bußprozessionen, Feuern und Plünderungen.
»Und du?! Warum kommst du her? So sehr ich dich vermisse, so wenig will ich dich in Gefahr sehen! Bleib auf dem Land! Das raten alle Ärzte.«
»Ja, und du gehst mit.«
Ursoleone Benevent war gekommen, um mich abzuholen und seiner Familie vorzustellen. Ich sollte das Christfest mit ihnen verbringen.
»Darf ich dir meine Tante Helena vorstellen …«
Helena war eine winzige Frau, grauhaarig, mit lustigen schwarzen Brombeeraugen. Sie war dabei, damit ich eine weibliche Begleitung hatte. Damit nehmen es die Italiener sehr genau.
Giovanna ließ mich gehen, aber ich merkte, dass es ihr schwer fiel:
»Aber sicher sollst du gehen und Weihnachten mit deinem Verlobten feiern. Es wird ja längst Zeit, dass er dich holt.«
»Aber kann ich Euch denn allein lassen?«
Sie lachte, ein wenig schwermütig: »Dummes Ding, allein bin ich ja nun gerade nicht. Aber du wirst mir fehlen. Du bist so anders als die anderen Hofdamen, weil du hier keine Interessen hast. Du bist die Einzige, der ich tatsächlich trauen kann.«

»Lucchina könnt Ihr auch vertrauen«, sagte ich und schwupps, da war sie auch schon, kam von hinter dem Bett hervorgekugelt, sprang auf das Bett und umarmte Giovanna ungestüm.
»Das will ich wohl meinen! Geh schon, Landpomeranzchen! Ich werde unsere Königin beschützen.« Und sprang herab und schlug auf uns alle mit Kissen ein, bis wir lachten, statt trübe dreinzuschauen.
Also machten wir uns auf die Winterreise nach Benevento. Da sah ich eine weiche Hügellandschaft gemächlich vorüberziehen, ganz anders als in der Provinz Neapel.
»Wir nennen es Sannio«, sagte Urs von seinem Pferd herab, »denn mein Volk stammt nicht wie die Neapolitaner von griechischen Eroberern ab. Drei Schlachten haben unsere Vorfahren, die Samniter, gegen die Römer gewonnen, ehe wir unter das römische Joch kamen.« Er lächelte, als er es sagte. »Ich nehme an, römische Zucht und Kultur haben meinen wilden Vorvätern nur zu gut getan. Der Orienthandel lief einmal über unsere Hauptstadt, wusstest du das? Wir werden ein Stück weit auf der Römerstraße reisen, und dann wirst du sehen, dass sie alle heute gebauten Straßen übertrifft, und das nach über tausend Jahren.«
»Römerstraßen und Brücken, die gibt es in der Provence auch«, sagte ich, wobei mir wegen des Geholpers der hölzernen Räder auf dem steinhart gefrorenen Boden die Zähne aufeinander schlugen. Ich stützte mich mit beiden Händen, so gut es ging. Tante Helena hatte sich in ihre Decken vermummt und schlief an meiner Schulter. »Nur hat man die Straßen bei uns vielfach aufgerissen, die Brücken abgebrochen, um den Sarazenen das Einrücken zu erschweren. Bei uns weiß man, was man an den Römern hatte. Noch heute werden viele Jungen ›Marius‹ getauft, nach dem Feldherrn, der uns eroberte.«
So bescheiden wie Urs sich gab, hatte ich ein Städtchen erwartet, nicht größer als Lourmarin und ein ebensolches Schloss. Deshalb war ich überwältigt, als wir nach Benevento kamen. Es war eine große und belebte Stadt, wohlhabend sogar, mit einer reichen Kultur: Goten, Römer, Byzantiner, Ostgoten und Langobarden

hatten hier ihre Spuren und Bauwerke hinterlassen. Die Familie der Grafen von Benevent wohnte in einer Burg auf einem Kalksteinhügel oberhalb der Stadt, einer so großartigen Festung, wie sie auch einem König wohl angestanden hätte. Verblüfft schaute ich Urs von der Seite an.
Seine Familie, Mutter, Vater, zwei Brüder, deren Ehefrauen und Kinder, diverse Onkel und Tanten, Neffen und Nichten, nahm mich mit lärmender Herzlichkeit in Empfang. Sofort musste ich mich an den Kamin setzen und ein Glas mit feurigem Kräuterwein wurde mir in die Hand gedrückt. Ich sollte trinken, trinken und Torrone essen, ein Nougatgebäck aus Honig, Eiweiß, Haselnüssen, Mandeln und Zimt – fast wie das Nougat bei mir zu Hause, aber so hart, dass beim Abbeißen die Splitter sprangen. Unser Nougat ist weich und zergeht auf der Zunge. Ich bekam plötzlich furchtbar Heimweh und musste mit den Tränen kämpfen, und alles wegen dieses Geschmacks von Honig und Mandeln auf der Zunge. Das hier war jetzt mein Zuhause, sagte ich mir energisch, diese freundlichen, lauten Fremden. War das nicht dumm: Sie gaben sich solche Mühe, damit ich mich wohl und heimisch fühlen sollte, und ich schluckte an den Tränen.
Endlich scheuchte Urs sie alle hinaus, nahm einen Apfel aus einer Schale und setzte sich zu mir. Und wir erzählten uns, was uns alles widerfahren war in der Zeit, da wir einander nicht gesehen hatten. Ich schmiegte mich an ihn und genoss die Wärme, die von ihm ausging, die Festigkeit seiner Schultern und Arme und seinen Duft. Gleich fühlte ich mich weniger fremd.
Wir sprachen auch von der Königin.
»... und dann hat Loisi den da Griva ein Vorrecht auf den Weizenhandel mit Venedig eingeräumt, Handelsprivilegien für Verräter! Und um den alten Herrn Ruffo schwänzelt er herum, behandelt ihn wie einen Vater, fragt ihn dauernd um Rat. Hinter seinem Rücken, das habe ich selbst gehört, macht er grausame Scherze über den Alten. Und noch ein Dutzend mehr hat er um sich geschart mit Schmeicheleien und Geschenken, darunter viele ehemalige Anhänger von Carlo Durazzo.«

»Ich ahne schon, worauf das hinausläuft, Alix. Er will mehr Befugnisse, als ihm zustehen. Noch immer gilt: König Robert hat Giovanna zur Herrscherin gemacht und ausdrücklich verfügt, dass kein Ehemann mitregieren darf. Halt deine Ohren offen. Ich sehe es kommen, dass die Getreuen gegen Taranto vorgehen müssen.«

»Um Himmels willen, aber doch nicht so wie gegen Andrea von Ungarn?!«

Entsetzt rückte ich von ihm ab und starrte ihn an. Aber er zog mich wieder an sich.

»Nein, fürchte dich nicht. Wir sind keine Mörder. Aber es ist doch so, dass man die Königin unterstützen muss. Taranto und seine Mutter sind gierig und niemals zufrieden zu stellen. Giovanna hätte ihm nie so nachgeben dürfen, wie sie es bereits getan hat. Das regt nur seinen Appetit an. Wie steht es privat zwischen ihnen?«

»Das kann ich nicht beurteilen. Auf jeden Fall ist es eine Ehe, wie ich sie nicht haben möchte, Urs. Da bliebe ich lieber allein. Er tut sehr fürsorglich, aber ich habe auch gesehen, wie er ihr langsam jede Freiheit nimmt, sie bespitzeln lässt und schlimmer noch, wie oft er ihr aus Eifersucht die Freude verdirbt. Ach, er ist ekelhaft! Aber was soll man sagen: Sie ist wild entschlossen, ihn zu lieben. Weißt du, dass sie mir erzählt hat, sie hätte schon als Kind für ihn geschwärmt?«

»Das wundert mich nicht. Er war ein gut aussehender Bursche und hatte Charme, wenn er etwas erreichen wollte. Aber jetzt soll er nur nicht denken, dass er alles haben kann, was er begehrt, wie früher. Nichts da! Die Königin hat ihre Verteidiger, und wir werden darauf achten, dass ihr nichts genommen wird!«

Ängstlich schaute ich ihn an: »Urs! Mische dich bloß nicht ein, bleib ruhig!«

»Mich nicht einmischen?!«, rief er ärgerlich. »Willst du etwa einen Feigling heiraten?«

»Ich will *heiraten* und ich will einen Vater für meine Kinder.«

»Den wirst du haben. Ich passe schon auf, das verspreche ich dir.«

Doch ich bekam es mit der Angst und versuchte, Urs zuzureden: »Weißt du, vielleicht machst du dir auch ganz umsonst Sorgen: Dass Loisi Taranto nicht einfach ist, das wissen alle. Und ich hätte ihn gewiss nicht freiwillig genommen. Aber er hat ja nichts Schlechtes getan.«

»Bisher ...«

»Man muss ihn auch verstehen. Es ist sicher nicht einfach für einen Mann, hinter seiner Frau zurückzustehen. Er versucht, seine Stellung zu verbessern, Anerkennung bei Hof zu gewinnen. Das bedeutet noch lange nicht, dass er die Gesetze nicht achtet oder gar Giovanna stürzen will. Im Gegenteil: Zeigt seine Eifersucht nicht, dass er sie liebt?«

»Ich hoffe, dass du Recht behältst.«

Weihnachten 1350 war eine Wende. Das Leben Jesu hatte begonnen und so auch ein neues Jahr, ein Jahr wie kein anderes zuvor. Papst Clemens ließ verkünden, der Abstand zwischen den Heiligen Jahren sei wegen der Kürze des menschlichen Lebens und der Zufälle des Schicksals auf Fünfzig verkürzt.

1300 war das erste Heilige Jahr ausgerufen worden. Der Papst hatte allen, die zum Weihnachtstag nach Rom gepilgert waren, die Befreiung von ihren Sünden versprochen. Nun, wir waren nicht in Rom, aber wir traten auf den Wehrgang in der Nacht, als alle Glocken des Landes läuteten. Unter uns breitete sich die Stadt aus und man sah Feuer und Laternen in den Straßen. Diese Glocken! Alle auf einmal wurden geläutet, von den Armsünderglöckchen bis zu den schweren großen Bronzeglocken in den Kirchen und Kapellen und auf den Türmen. Aus den Tälern und von den Bergen schallte es zurück, ein erhebendes, tausendstimmiges Konzert, das mich weinen machte. Was ist es nur mit Glocken, dass sie das menschliche Herz so ergreifen? Als ich meinen Urs ansah, da drückte er meine Hand und weinte auch.

Nach glücklichen Tagen kehrte ich zurück ins Castel Nuovo. Dort hatte sich die Lage anscheinend entspannt. Alles sprach dafür, was ich gesagt hatte: Loisi war ein stolzer Mann – man durfte ihn nur nicht demütigen und in seinem Ehrgefühl kränken, dann beruhigte er sich schon. Lucchina berichtete mir von seiner Wandlung:

»Je stärker Giovanna unter der Schwangerschaft litt, desto fürsorglicher und aufmerksamer wurde er. Jeden Tag brachte er ihr eine schöne Überraschung: Blumen, die er im Treibhaus züchten ließ, ein besonderes Konfekt, einen Vogel, ein Gedicht …«

»Er kann doch gar keine Gedichte schreiben!«

»Aber er kann welche kaufen – und das ist doch schon was.«

»Und, hat er eine andere, jetzt …?«

»Na klar, die kleine Angelina B., aber immerhin macht er es diskret.«

Ich trat in Giovannas Empfangsraum ein, wo sie auf einem Diwan ausgestreckt lag, seidene Kissen in Rücken und Nacken, eine Pelzdecke über den Beinen. Als sie mich sah, streifte sie die Decke ab und versuchte, aufzustehen.

»Alix! Au!« Sie ließ sich wieder sinken.

»Bleibt liegen, ich bitte Euch, Majestät!«

»Nicht doch! Seit wann bin ich ›Majestät‹ für dich!«

»Giovanna.«

Sie hatte die Pfirsichhaut und das rosige Strahlen, das alle werdenden Mütter haben und das ich auch eines Tages zu haben hoffte. Es ging ihr offensichtlich gut. Der schöne Loisi war wieder einmal im Krieg, er begann das Heilige Jahr mit einem Heereszug gegen die sizilianischen Fürsten, die die Unruhen der letzten Jahre dazu genutzt hatten, sich selbständig zu machen. Die Regierungsgeschäfte erledigte der treue Kardinal Ceccano. Giovanna war zufrieden und entspannt.

Im Februar entband sie von einer hübschen kleinen Tochter, die die schwarzen Augen des Vaters hatte und schon viel Haar. Sie nannten sie Catarina.

Ich sollte im Frühjahr, wie geplant, nach Salerno auf das Kollegium gehen. Alles schien gut.

Doch im März ließ Taranto sich krönen – ja: *sich*. Wir hielten den Atem an. Es musste vorbereitet worden sein, ohne dass Giovanna auch nur ein Hauch davon zugetragen wurde. Das zeigt das

Ausmaß, das die Verschwörung schon damals angenommen hatte. Eine Krönungsfeierlichkeit lässt sich nicht aus dem Boden stampfen.

Er setzte Giovanna sieben Tage vorher davon in Kenntnis, sodass sie gerade noch Zeit hatte, sich eine passende Garderobe machen zu lassen. Ich hatte inzwischen einige Erfahrung und die passenden Ateliers an der Hand. Die Näherinnen und die Stickerinnen stachen sich die Finger wund in ihrer Hast.

»Die Königin braucht sieben Unterkleider aus reiner Seide, drei weiße, ein rosenfarbenes, zwei himmelblaue und ein goldenes. Die Ärmel macht ihr eng am Oberarm und ab dem Ellenbogen weit, in eine Spitze auslaufend, die bis zum Boden fällt. Und einen schönen Liebesknoten. Am Saum dann eine Passe von Edelsteinen passend zum jeweiligen Überkleid.

Ein Überkleid soll dunkelblau werden, mit goldenen Lilien und Löwen bestickt. Die Augen der Löwen aus Rubinen und die Lilien mit Staubgefäßen aus Topasen.«

Sieben Roben ließ ich entwerfen, eine prächtiger als die andere, um die Demütigung meiner Herrin auszugleichen.

»Wie sollen wir in dieser kurzen Frist so viele Edelsteine besorgen?«, riefen die Goldstickerinnen.

»Darum kümmere ich mich schon«, sagte ich und eilte weiter in die Goldschmiedegasse. Dort erfuhr ich, dass Loisi eine Krone für Giovanna in Auftrag gegeben hatte, höchstpersönlich. Ich war gespannt.

Und dann kam sein Tag. Seit dem frühen Morgen schon harrte das Volk in den Straßen aus und wir Edelleute an den Fenstern des Palastes und in den Wehrgängen, um nur ja eine gute Sicht auf das hohe Paar zu haben, wenn sie zur Krönung schritten. Loisi Taranto entstieg – es ist wirklich wahr – seinen Gemächern wie Venus aus der Muschel. Die Tür ging auf, er trat heraus und stand dort. Nein, er entfachte keinen Fächer wie ein Pfau, auch fuhr er sich nicht durch die Haare, aber irgendwie entstand der Eindruck, er täte es. Unterdrückte Ausrufe des Erstaunens und der Bewunderung entfuhren den Umstehenden, und er konnte sein sattes Lächeln kaum verbergen über den gelungenen Auftritt. Er war doch tatsächlich von Kopf bis zu den aufwärts gebogenen Schnabelschuhen in Gold gekleidet. Von den eng anliegenden Beinlingen war der eine rot, der andere grün. Das Unterhemd war rot wie die Gewänder römischer Kaiser. Über dem Wams trug er einen juwelengeschmückten Gürtel. Endlich setzte er sich in Bewegung auf die Gemächer der Königin zu, nicht ohne sich im Vorbeigehen einen bewundernden Blick in einen der hohen Spiegel zuzuwerfen.

Er holte meine Herrin ab und führte sie hinaus in den Hof, wo er sie in eine vergoldete Sänfte setzte und sie zum Palazzo Taranto bringen ließ. Die Krönung, so erfuhren wir jetzt, sollte nämlich dort stattfinden. Das war sehr ungewöhnlich, gegen alle Tradition. Aber noch dachte ich, es sei nur ein symbolischer Akt, um den Stolz seines Hauses zu befriedigen. Auf dem Hof fand mich Ursoleone, der in aller Eile von Benevento hierher geritten war.

»Welch ein Wahnsinn treibt den Mann«, schimpfte er. »Warum gerade jetzt? Die Pest geht um, und die Ärzte raten, Kontakte möglichst zu vermeiden. Und da lockt er das Volk in dichten Trauben auf die Straße! Alix, tu mir die Liebe und bleib hier bei mir!«

»Aber ich möchte es doch so gerne sehen!« Ich war genauso versessen auf das Spektakel wie alle anderen. Wann sieht man schon einmal eine Krönung? Und ich hatte doch die Robe der Königin selbst entworfen.

»Alix, ich bitte dich sehr: Verzichte! Bitte! Bleib hier! Du bist doch selbst eine halbe Heilerin und willst eine ganze werden. Du weißt doch, welches Risiko du eingehen würdest.«

Ich blieb. Wir stiegen in einen der vier Türme und schauten hinunter. Ich habe den Triumphzug von weitem gesehen, aber mehr nicht. Lucchina erzählte mir den Rest:

»Es war unglaublich, Kindchen«, sagte sie, »die nackte Unverfrorenheit! Alles ein abgekartetes Spiel. Als wir im Palazzo Taranto angekommen waren und das Paar zur Hauskapelle schritt,

die dafür vorbereitet worden war von einer triumphierenden Catharina de Valois, kam der nächste Schreck. Nicht Kardinal Ceccano nahm die Krönung vor, sondern Talleyrand. Natürlich! Er war aus Avignon angereist, angeblich um seine Schwester zu besuchen, und nun das. Sie schritten also gemeinsam über den ausgerollten Teppich – Giovanna an Loisis Arm –, unter feierlicher Musik und den Rufen der Höflinge. Sie knieten nieder, und Bruder Talleyrand sagte sein Sprüchlein. Und dann wurden sie gekrönt: *Erst* Loisi, *dann* seine Frau. Sich selbst hat er eine Krone machen lassen, du wirst sie ja noch zu sehen kriegen, ich schwöre es: er konnte kaum den Kopf aufrecht halten von dem Gewicht! Und für Giovanna gab es nur einen kleinen Reif mit ein paar Steinchen drin, ein mickriges Ding, sag ich dir. So. Jetzt wissen wir, wer der Herr ist.«
»Aber gab es denn keinen Widerstand, keine Proteste?«
»Nur schwache, und die wurden zum Schweigen gebracht. Er hatte es ja auch geschickt eingefädelt: Wer macht schon Skandal bei so einer Veranstaltung? Und wenn Giovanna selbst nicht den Mut aufbringt, ihm den schäbigen Reif vor die Füße zu werfen, wer dann? Drei Kardinäle und fünf Erzbischöfe waren dabei und verhielten sich stille angesichts dieser Farce.«
»Mein Gott! Das war sein Tag.«
»Nein, warte. Der Tag ist noch nicht zu Ende.« Lucchina griff in die Konfektschale und angelte sich eine kandierte Kirsche heraus. Genüsslich ließ sie sich tiefer in den Sessel sinken. »Dann ging es hinaus zum festlichen Umzug, sich dem Volke zu zeigen. Giovanna war kalkweiß, kannst du dir denken. Taranto bemerkte gar nichts, war sich seine eigene Sonne. Im Hof standen also Rösser bereit. Auch hier war an alles gedacht. Giovanna bekam eine zugegeben schöne und sicher wertvolle, aber doch recht kleine Araberstute. Taranto bestieg einen schwarzen Hengst, der von drei Männern festgehalten werden musste. Es war ein riesiges Ungetüm von einem Schlachtross, dagegen sah das von Giovanna wie ein Kinderspielzeug aus. Der schwarze Hengst war mit einer goldenen Satteldecke, goldenem Zaum-

zeug, Juwelen, Fähnchen und Flitterkram herausgeputzt. Das machte ihn aber nur nervös. Er tänzelte, warf den Kopf und war kaum zu halten.

So ging es nun durch die Straßen – reichst du mir mal das Zuckerwasser?«

Ich füllte ihr ein Glas mit gezuckertem Rosenwasser. Sie schlürfte es in tiefen Zügen.

»Ja, und dann folgte, was wir alle lieben: der Lohn der bösen Tat. Unser gnädiger Herr reitet also die Rua Capuana entlang, eine Hand am Zügel, die andere grüßend erhoben, da werfen Frauen Blumen aus den Fenstern der oberen Stockwerke. Das passt dem Hengst nicht, er scheut und huiii!, hast du nicht gesehen, haben wir einen König, der fliegen kann!«

Ich musste lachen. »Psst Lucchina, wenn dich einer hört!«

»Na und wenn! Ich bin die närrische Zwergin. Ich darf das.«

»Und, hat er sich verletzt?«

»Das hättest du wohl gern. Nein, nur sein Stolz war lädiert. Und seine kostbare Krone! Die hat es ihm nämlich vom Kopf gehauen. Drei Lilien sind umgeknickt, ausgerechnet drei! Es ging ein Raunen durchs Volk und keiner hat sich mehr zu jubeln getraut. Unser König – bäh, wie ungern ich ihn so nenne – verhielt sich sehr geschickt. Er stieg einfach rasch wieder auf und lächelte, als sei nichts gewesen. Weiter vorn, wo man nichts von dem Vorfall mitbekommen hatte, hob bald der Jubel wieder an.«

»Dann ist also alles vergessen?«

»Na, das nicht gerade. Das mit der verlorenen Krone und den drei Lilien wird ihm noch lange anhaften. Die Leute sagen, es sei ein schlechtes Zeichen und es würde Unglück bringen. Drei Todesfälle soll es bald im Königshaus geben.«

Ich sagte rasch leise ein Gebet. Wenn nur meiner Herrin nichts geschah!

»Sicher wird er den Hengst töten lassen.«

»Das hat meine Herrin verhindert. Sie hat ihn vor aller Augen um das Tier gebeten, da konnte er nicht nein sagen an seinem Krönungstag. Vielleicht sei er mit Liebe zu zähmen, hat sie sehr viel sagend hinzugefügt. Haha! So kann ich jeden Tag gehen und dem Tierchen Zucker bringen! Braver Hengst!«

»Hat er für seine Machtergreifung irgendeine Begründung gegeben?«

»O ja: die ›Zerbrechlichkeit des weiblichen Geschlechts‹!«

»Ha!«

Einstweilen schienen die schlimmen Vorhersagen nicht einzutreffen. Dem Herrn von Taranto ging es prachtvoll. Er ließ mich an den 37. Psalm denken: *»Ich habe gesehen einen Gottlosen, der war trotzig und breitete sich aus und grünte wie ein Lorbeerbaum.«*

Erst als ich schon in Salerno war, hörte ich, dass die kleine Prinzessin Catarina nach nur wenigen Monaten gestorben war. Sie war die Erste. Und Giovanna war wieder schwanger.

19.

Saft der brennenden Galle ist eigen den herrschenden Menschen,
dieses Geschlecht begehrt, die Übrigen zu übertrumpfen.
Leicht lernen sie, essen sehr viel und wachsen gar schnelle.
Seelische Größe bestimmt sie, in allem zum Höchsten zu streben.«

Ach ja, das war Herr Loisi, wie er leibte und lebte, ehrgeizig, gierig und gallig, wenn irgendetwas nicht nach seinem Willen ging. ›Seelische Größe‹, nun ja.

Endlich war es mir gelungen, die gewünschten Studien aufzunehmen. Ich saß auf halber Höhe des Mons Casinus und las … Hier hatte vor unvorstellbaren 800 Jahren der heilige Benedikt selbst das medizinische Kolleg von Salerno gegründet. Damals war es ein Kloster, dessen Mönche sich wissenschaftlich betätigten und Kranke pflegten. Daraus wurde eine auch Laien zugängliche Schule, gefördert von den Königen Siziliens. Seit etwa 60 Jahren waren am Kollegium Hippokratikum Frauen nicht nur als Schüler zugelassen, sondern wir hatten sogar eine zur Lehrerin: Frau Trotula di Ruggiero. Sie lehrte das, wovon Männer nichts verstehen wollen, sehr zum Unglück kranker Frauen, nämlich alle diejenigen Leiden, die Frauen befallen können, insbesondere vor, während und nach der Niederkunft.

Die Trotula war eine stattliche, hoch gewachsene Frau, brünett und auf eine energische Art ziemlich gut aussehend. Wir fürchte-

ten sie, weil sie viel verlangte. Aber wir liebten sie auch, wegen ihres Humors und ihrer Herzlichkeit.
»Die armen Frauen sind auf euch angewiesen mit ihrem Leben und dem ihrer Kinder! Es ist nicht zu fassen, was manche Quacksalber ihnen antun aus Unwissenheit, einfach weil Frauenleiden als zu unwichtig betrachtet werden, oder aus falscher Scham heraus. Also keine Ausreden. Morgen wiederholt ihr mir das Kapitel über Dammrissnähen! Und jetzt fort mit euch!« Und schon beugte sie sich wieder über eine Schrift, an der sie fieberhaft arbeitete, und nahm uns Schüler nicht mehr wahr. Regelmäßig unternahm sie mit den ortsansässigen Hebammen Rundgänge durch das Hospital und ging zu den Schwangeren nach Haus. Hebammen von weither kamen nach Salerno, um sie mit ihren dringendsten Fragen aufzusuchen und in der Bibliothek ihre Schriften zu kopieren. Sie war mein bester Lehrer. Ich will Euch allerdings nicht verschweigen, dass sie im Elend endete: Kurz nach meiner Zeit hier am Kollegium ist sie nach Frankreich gegangen, um als Ärztin zu praktizieren. Dort wurde sie von neidischen Kollegen angeschwärzt, verhaftet und der Kurpfuscherei angeklagt. Es half nichts, dass der Benediktinerorden für sie sprach. Man exkommunizierte, teerte und federte sie und konfiszierte ihre Habe. Ob sie dabei den Tod fand oder entkam, habe ich nie erfahren können. Aber hier und in dieser Zeit war sie glücklich und von allen geehrt. So werde ich sie in Erinnerung behalten.
Bei Fra Stefano bekamen wir mithilfe von Versen die Charaktere und die Ursachen von Krankheiten eingepaukt. Die Sammlung heißt ›*Die Kunst, sich gesund zu erhalten*‹. Da steht zum Beispiel zu lesen, dass übermäßiger Weingenuss Kopfschmerzen bereitet – das wusste ich schon vorher. Herrn Loisis üble Launen am Morgen waren bekannt. Aber ich musste der Königin schreiben, wie man dem vielleicht abhelfen konnte: Salbei und Rauke, die Schläfen und Stirn mit kaltem Wasser spülen, in das ein wenig Nachtschatten gegeben worden ist.
»*Si fore vissanus, ablue saepe manus.* – Willst du gesund bleiben, dann wasche oft Hände und Mund.« Wenn man die Leute nur

dazu bringen könnte! Aber sie glauben ja immer noch, dass Wasser schadet.

Bei Niccolo da Reggio, dem Leibarzt der Königin, hatten wir Diätkunde. Meine Herrin hatte mich ihm empfohlen, aber ich machte von dem Vorrecht keinen Gebrauch. Es erschien mir nicht angemessen, dem berühmten Gelehrten die Zeit zu stehlen mit meinen dummen Fragen. Die anderen Studenten beneideten mich so schon genug, weil er mich grüßte, wenn wir uns im Garten begegneten.

In der Diätkunde lernten wir – und darin folgte das Kollegium hippokratischen Ansichten –, dass die Ernährung die Gesundheit entscheidend beeinflusst. »*Ova tecentia, vina rubentia, pinguagura, cum simila pura … frische Eier, Rotwein, recht feiste Suppen, die Semmeln aus griffigstem Mehl, das ist der Natur bekömmlich.*« Meister da Reggio erzählte uns, welche Speisen für welchen Menschentyp geeignet sind: für den sanguinischen, den cholerischen, den phlegmatischen und den melancholischen, und schrieb manchen Speisen sogar Heilkraft bei ernsthaften Erkrankungen zu. Gegen tödliche Gifte solle der Genuss von Knoblauch, Birne oder Rettich wirken. Das bezweifelte ich und habe es sogar laut gesagt. Ich wäre da mehr für Brechmittel und stark spülende Kräuteraufgüsse. Wir probierten zwar vieles an uns selber aus, aber das wohl kaum. Der Beweis war also schwer zu führen.

Oder wie wäre es mit dieser Weisheit: »*Wenn mit zerquetschten Zwiebeln du kahle Stellen des Hauptes fleißig einreibst, kannst du die Zierde ihm wieder erstatten.*« Der Himmel bewahre! Lieber hätte ich meinen Angetrauten kahl!

Vieles ist zweifelhaft, aber immerhin besser als der Glaube, Krankheiten würden durch Dämonen verursacht. Diät und Kräuter sind in Salerno die Mittel der Wahl. Über die Pest zum Beispiel gibt es mehrere lange Abhandlungen, viele Vorschläge, während das Kollegium von Paris nur Folgendes zu sagen hatte: »*Olivenöl und Umgang mit Weibern ist tödlich.*« Die Narren! Die Frauen verachten, aber Amulette mit dem Menstruationsblut von Jungfrauen bei sich tragen!

Hier saß ich also, mit dem Rücken an den Stamm einer smaragdgrünen Schirmpinie gelehnt, und genoss diesen vollkommenen Ort, den schon Horaz gelobt hatte wegen seines Lichts, dem Glanz, der Reinheit der Luft und der außergewöhnlichen Farbe des Meeres. Der Strand ist steinig und das Ufer steigt steil an, aber an den Hügelflanken finden sich saftiges Grün und Quellen mit schwefelhaltigem Bergwasser, das ebenfalls zu den Kuren herangezogen wird.
Die Stille wurde durchbrochen von schwatzenden und lachenden Studenten, die die Stufen vom Benediktinerkloster hinunterstiegen. Aus der Gruppe löste sich eine Gestalt und kam auf mich zu: In wehende, weiße Gewänder aus ägyptischem Leinen gehüllt, sah ihr Gesicht noch dunkler aus. Bei unserer ersten Begegnung hatte ich einen Riesenschreck bekommen. Eine Mohrin! Ich hatte zwar schon gehört, dass solche Menschen existierten, aber noch niemals einen zu Gesicht bekommen. Ich wusste einfach nicht, was ich zu erwarten hatte. Es stellte sich heraus, das Constantia eine Königstochter aus Afrika war und im Rang weit über mir stand. Sie war es, die den Kontakt zwischen uns herstellte.
»Alix! Was machst du denn noch? Hörst du nie auf zu büffeln?!«
»Ich muss noch zehn Verse aus den Aphorismen lernen.«
»Kannst du doch auch morgen tun«, sie zog mich hoch und umarmte mich. »Komm mit mir ins Dampfbad!« Sie zog die Nase kraus. »Du kannst es gebrauchen. Ihr Christen mit eurem Hände- und Gesichtwaschen. Als ob das genügt!«
Constantia hatte sich gleich nach ihrer Ankunft, so war es mir erzählt worden, ein kleines Badehaus zu ihrem ausschließlichen Gebrauch gemietet. Sie badete jeden Tag, manchmal sogar zweimal. Und ich begann, mich daran zu gewöhnen. Dabei hatte ich gelernt, dass zu häufiges Baden schädlich sei.
Rasch brachte ich das Buch nach oben in die Bibliothek und sprang wieder die Stufen hinab, zwei auf einmal, so freute ich mich auf die Erfrischung.
»Du kannst mich ja in Kräuterkunde abfragen«, sagte Constantia gnädig. Ich gehörte zu den ältesten Studenten hier und stand hin-

ter den meisten zurück, weil mein Latein dürftig war. Von der Rente, die mir die Königin ausgesetzt hatte, nahm ich also abends noch Lateinstunden. Aber in Kräuterkunde war ich wohl gut. Ich hatte ja auch schon praktiziert im Gegensatz zu den anderen.
»Warum hältst du nicht ein paar Vorlesungen über Volksmedizin?«, hatte Donna Trotula mich gefragt. Ich war sehr geschmeichelt.
»Ich danke, aber das wäre doch arg vermessen, wenn ich mich unter die Lehrer reihen wollte.«
»Warum? In diesem Fach weißt du mehr als die meisten von uns.«
»Ich danke Euch, Ihr seid zu freundlich. Aber ich traue es mir doch nicht zu.«
Sie schüttelte den Kopf: »Ach, schade! Es ist doch zu vertrackt, wie man den Mädchen von Geburt an beibringt, dass sie nichts beizutragen haben – und weil sie daran glauben, ist es am Ende so. Willst du mir wenigstens einen Gefallen tun?«
»Ja, gern … wenn ich es kann.«
Sie lachte und gab mir einen leichten Stoß an die Schulter: »Hör auf, so zu denken! Ich will auch nichts Unmögliches von dir, Alix. Nur, dass du mir alle Heilpflanzen aufschreibst, die du kennst, möglichst mit genauer Beschreibung oder einer Zeichnung.«
»Ich werde es versuchen.«
»Tsk! Du kannst es! Und dazu schreibst du mir auf, wie die Pflanzen in deiner Heimat gebraucht werden. Das ist nämlich in jeder Region ein wenig verschieden, und wir können alle voneinander lernen. Lass dir von Fra Jacobus Tinte und Pergament geben und sag, dass ich es angeordnet habe, wenn er wieder knurrt!« Bruder Jacobus war so geizig bei der Ausgabe von Schreibmaterial, dass man meinen musste, er stelle alles eigenhändig her.
»Ja, Donna Trotula.«
Mein Stundenplan hatte sich also weiter ausgedehnt. Dennoch fand ich ein wenig Zeit, mit Constantia zu gehen.
Im Ort hatte ich für mich und meine Zofe ein Zimmer gemietet. Giovanna hatte darauf bestanden, dass ich ein Dienstmädchen haben müsse, und hätte mir am liebsten auch noch zwei Soldaten

zu meinem ständigen Schutz dagelassen. Das lehnte ich jedoch ab. Wer war ich denn? Eine Schweineprinzessin …
Wir gingen in das Bad hinein. Es war ein flaches Haus im römischen Stil, aus Kalksteinquadern, mit Marmor verkleidet. Durch ein enges, von schmalen Säulchen gerahmtes Portal ging es einige Stufen hinab ins Souterrain, wo man im Vorraum die Straßenkleidung ablegte und sich in vorgewärmte Tücher hüllte. Im eigentlichen Baderaum hatte Constantia befohlen, alle Zuber hinauszuschaffen bis auf vier, die ganz neu waren. Ein Badeofen erhitzte das Wasser, und über glühend heißen Steinen wurde Dampf hergestellt. Der ganze Raum war mit bunten Webereien aus Constantias Heimat zugehängt und durchdringend mit Jasmin parfümiert. In einem Nebenraum gab es zwei Diwane zum Ruhen, und wenn wir dort lagen und schwatzten, kamen Constantias Dienerinnen und reichten uns Minztee und ein klebriges Konfekt, das sie Lokum nannten.
»Ist es nicht ungewöhnlich, dass eine Prinzessin so einen Beruf erlernt?«, fragte ich sie.
»Ja. Aber ich wollte es so. Normalerweise lernen Töchter, wenn überhaupt etwas, Literatur, Musik oder Tanzen. Das hat mir nicht genügt«, sagte sie. »Natürlich werde ich kaum als Hebamme in die Zelte der Armen gehen, aber es ist doch gut, etwas zu lernen. Mir wird schon einfallen, wie es zu gebrauchen ist. Vielleicht gründe ich selber eine medizinische Schule.«
»Was kannst du denn hier lernen? Kommt nicht die medizinische Wissenschaft von den Arabern?«
»Ich bin keine Araberin. Ich komme aus Marokko. Nein, aber du hast Recht. Die großen Ärzte Rhazes, Ibn Sîna, Abulcasem und andere sind Araber, beziehungsweise Nordafrikaner gewesen. Aber jetzt holt der Okzident auf. Und hier in Salerno wird alles gelehrt, werden ohne Vorurteil alle Wege der Erkenntnis verfolgt, gleich, aus welcher Himmelsrichtung oder von welchem Gott sie kommen. Das ist gut. Ich lerne viel hier.«
»Mir scheint manchmal«, sagte ich leise und nicht, ohne mich vorher nach Lauschern umzuschauen, »dass die Araber, obwohl

doch Heiden, um vieles toleranter und kultivierter sind als wir Christenmenschen.«
Constantia lachte: »Die einzige Heidin hier bist du! Allerdings lassen die arabischen Gelehrten sich das Hirn nicht so wie ihr von Glaubensvorschriften vernebeln. Wir Muslime forschen, um etwas zu erfahren, und nicht, um zu bestätigen, was schon geschrieben steht.«
Ich schrieb oft an Königin Giovanna. Sie warnte mich davor, zurückzukommen, denn in Neapel wütete die Pest wie zuvor in Avignon. Sie selbst und der ganze Hof waren nach Aversa gezogen, um der schädlichen Luft zu entgehen. Ich berichtete ihr alles, was ich über die Pest erfahren hatte, auch was Constantia glaubte – dass sie eine Folge von Unsauberkeit sei –, und gab dem Boten Kräuterbriefchen mit. Außerdem betete ich jeden Tag für meine Königin.
Salerno blieb weitgehend von der Pest verschont, es gab nur wenige Fälle. Die frommen Brüder führten es darauf zurück, dass man auf ihren Rat hin eine Sperre über die Stadt verhängt hatte. Niemand durfte hinein und niemand hinaus. Und sie ließen Diätvorschriften aushängen und von Ausrufern verlesen, wie zu verfahren sei.
Doch dann, trotz aller Vorsichtsmaßnahmen, sahen wir uns plötzlich in Gefahr. Eines Tages kam aufgeregt der Bürgermeister ins Kloster – ich war natürlich nicht dabei, man hat es mir erzählt. Ich war zu der Zeit in dem Nebengebäude, das man für das Kolleg errichtet hatte, und wohnte einer Anatomiedemonstration bei. Constantia und ich sortierten eben unter den Argusaugen von Fra Marcus Leber, Milz und Blase aus dem geöffneten Bauch eines Schweins heraus, da kam Fra Stefano in den Saal. Er blieb im Türrahmen stehen und wischte sich den Schweiß von der Stirn. Dabei war es ein kühler Tag, und Fra Stefano war nicht rot im Gesicht, sondern kreidebleich.
Alle Gesichter wandten sich ihm zu.
»Es gibt einen Notfall«, sagte er. »Wie es scheint, ist über Nacht eine Gruppe Zigeuner nach Salerno gekommen. Nicht in die

Stadt hinein, dem Herrn sei Dank, sondern auf eine Wiese vor dem Tor. Sie sind alle krank oder sterben! Die Leute haben Angst. Es wird behauptet, diese Menschen wären die Ursache und der Ausgangspunkt der Seuche.«

»Wenn sie sie aus Bosheit verbreiten, dann würden sie wohl kaum selbst daran sterben«, sagte ich.

»Richtig.« Fra Marcus nickte mir zu. »Die Bewohner von Salerno sehen das leider nicht so. Sie rotten sich zusammen, mit Äxten und Hacken bewaffnet, mit Küchenmessern und Beilen, mit allem, was sie in die Finger kriegen, sogar Soldaten der Stadtwache sind dabei, heilige Mutter Gottes!« Er bekreuzigte sich flink. »Es gibt ein Blutbad. Sie wollen die Zigeuner umbringen und das Lager mit allen darin verbrennen. Wir müssen etwas tun!«

»Wollt ihr etwa hineingehen und sie behandeln, Bruder?«, fragte Fra Marcus ungläubig.

»Ja, das will ich. Der Prior ist einverstanden. Eben jetzt sind die Brüder dabei, Gepäck für mich zusammenzustellen.«

Atemlos schauten wir ihn an.

»Ich brauche Freiwillige, die mitgehen und helfen.«

Stille. Die meisten um mich herum senkten schamvoll den Blick. Niemand wollte sich dem Risiko aussetzen, dabei hatten wir es uns doch alle zur Aufgabe gemacht, den Kranken zu helfen. Aber die Pest?! Ein langes, unbequemes Schweigen entstand. Mir war plötzlich warm und sehr unwohl in meiner Haut.

Schweigen ...

»Um Jesu willen! Ich schaffe es nicht allein! ... Keiner?«

Ich hörte mich zu meinem eigenen Entsetzen sagen: »Ich gehe mit.«

Da sagte Constantia: »Auch ich.« Und leise zu mir: »Mein Vater bringt mich um, wenn ich nicht schon hier an der Pest sterbe.«

»Und mich bringt mein Verlobter um. Sie dürfen es eben nie erfahren.«

Binnen einer Stunde waren wir von den guten Mönchen ausgerüstet. Drei Maultiere trugen unsere Last: Heilmittel, Binden, Flaschen mit Essig und Wein, Decken, Brot. Eine Gruppe von

Brüdern und Studenten begleitete uns hinab und durch die Straßen, wo sich die Bürger zusammengerottet hatten. Die Benediktiner schwenkten Kreuze und beteten laut. Der Prior selbst ermahnte die Leute zu christlicher Nächstenliebe.
»Aber es sind doch Heiden!«, schrie es.
»Das bin ich auch und ich helfe!«, rief Constantia stolz zurück. »Seid ihr Christen etwa schlechtere Menschen als ich?«
Am Tor standen sie so dicht, dass unsere Prozession nicht durchkommen konnte.
»Macht Platz, ihr guten Leute, im Namen Jesu, unseres Herrn! Geht beiseite! Helft, und euch wird geholfen!«
»Geht, aber erwartet nicht, dass wir euch nachher wieder in die Stadt lassen! Schließlich war es Euer Rat, dass man die Stadt abriegeln soll. Geht Ihr jetzt hinaus, dann kommt Ihr nicht wieder herein!«
»Und wer soll euch dann pflegen, wenn ihr krank werdet?«, fragte der Prior in die Menge. »Wenn ihr uns behindert, dann werden wir keinen von euch mehr behandeln! Überlegt es euch gut. Ich sage euch, was wir tun: Drei von uns gehen hinein. Der Rest macht von außerhalb für die anderen Botengänge. Und es kommt nicht alles aus der Klosterkellerei. Ich rate euch, großzügig zu spenden!«
Sie schimpften zwar leise untereinander, aber getrauten sich nicht, sich die Benediktiner zu Feinden zu machen. Die Schule brachte dem Ort einiges an Einkommen.
»Sie sind doch aber vogelfrei!«, setzte einer noch nach.
»Nicht in Sizilien«, rief Fra Stefano. »Im Gegenteil: Sie haben einen Schutzbrief, der sie als Pilger ausweist!« Leise sagte er zu mir: »Der ist von einem vormaligen ungarischen König, uralt und das Pergament nicht wert, auf dem er geschrieben ist. Sie haben ihn für gewisse Dienste bekommen, heißt es. Aber das muss ja dieser Mob nicht wissen.«
Die Leute ließen uns passieren.
Unweit vom Stadttor, am Strand, hatten die *tsiganes* ihr Lager aufgeschlagen. Da standen sechs bunt bemalte Wagen in einigem

Abstand voneinander. Unrat lag überall herum, schmutzige Wäschestücke, Hunde balgten sich um Essensreste. So verwahrlost kannte ich Zigeunerlager eigentlich nicht. Mehrere Feuerstellen schwelten und qualmten vom feuchten Schwemmholz.
Die Stadtwache und bewaffnete Bürger hatten einen weiten Kreis um die Wagen gezogen und hielten gespannte Bogen und Pfeile auf uns und die Bewohner des Lagers gerichtet.
Eine Hand voll Männer saß an einem der Feuer. Einer von ihnen stand auf und stellte sich uns in den Weg.
»Was wollt ihr?«
»Wir sind Heiler«, sagte Fra Stefano.
Der Mann spuckte vor ihm auf den Boden.
»Wir brauchen keine *gadsche*-Medizin. Wahrscheinlich wollt ihr uns vergiften, damit ihr uns umso schneller loswerdet. Weg!«
Er stieß Bruder Stefano vor die Brust, dass dieser stolperte.
Stefano blieb stehen und fing an zu beten.
»Wir sind gekommen, euch zu helfen«, sagte Constantia, »und wir werden selbst getötet, wenn wir zurückgehen.«
»Das glauben wir nicht.« Auch die anderen Zigeunermänner waren aufgestanden und kamen in drohender Haltung auf uns zu.
»Wir sind euch nahe gekommen. Jetzt haben sie Angst, dass wir die Krankheit mit zurückbringen in die Stadt. Schaut selbst!«
Constantia drehte sich um und lief auf die Wachen zu.
»Zurück!«, schrie der Hauptmann. »Wir müssen sonst auf Euch schießen!«
Constantia machte noch einen Schritt. Und schon fuhr ein Pfeil vor ihren Füßen in den Sand. Sie wandte sich uns wieder zu.
»Glaubt ihr es jetzt? Wir dürfen erst zurück, wenn ihr alle tot oder geheilt seid.«
Der, der mit uns verhandelte, schüttelte ungläubig den Kopf: »Die *gadsche* sind noch schlechtere Menschen, als wir gedacht haben.«
Die Männer redeten miteinander in einer Sprache, die ich nicht verstand, obwohl mir schien, es war ein wenig Provençal dabei.
Eine Frauenstimme erscholl von einem der Wagen. Die Männer

unterbrachen ihren Disput und sahen respektvoll zu, wie eine alte Frau sich mühsam vom Trittbrett ihres Wohnwagens gleiten ließ und herankam, auf die mageren Schultern eines jungen Mädchens gestützt, während sie lauthals die Männer beschimpfte.

Die Männer wichen zurück, ließen die Alte durch. Sie war winzig, krumm, geschrumpft wie ein Winterapfel ohne Saft, die Schritte langsam, unsicher, Hände wie Klauen, eine Stimme wie eine Krähe auf dem Feld. Aber welch ein Gesicht: schwarz-glühende Augen, riesig über den hohen Wangenknochen, den ausgehöhlten Wangen, der prominenten Nase, gerade mit leicht nach oben gestellten Nasenflügeln. Tiefe Linien rahmten den Mund ein, der einmal sehr schön gewesen sein musste. Und sie war immer noch schön auf ihre eigene Art. Das war der Moment, da ich lernte, dass Schönheit nichts oder wenig mit Jugend zu tun hat, mit Unberührtheit und Frische, dass sie auch wachsen kann, vom Leben geschenkt und nicht genommen. Es war ein Gesicht voller Würde, mit einer so machtvollen Ausstrahlung, dass ich bäurisch starrte, den Blick nicht abwenden konnte.

Die Alte kam heran. Sie spähte uns in die Augen, einem nach dem anderen. Dann streckte sie die Hand aus, eine unerwartet kräftige, warme Hand, und berührte jeden von uns, lächelte uns an, ein Lächeln wie ein Sonnenstrahl, der durch finstere, dunkle Wolken bricht. Als sei alles Wissenswerte festgestellt, alles gesagt, wandte sie sich ab und ging davon.

Die Männer sahen uns jetzt mit anderen Augen an, fast ehrfürchtig, machten Fra Stefano Platz, luden uns in ihr Lager ein. Was hatte ihren Sinn so gewandelt?

»Was hat sie gesagt?«, fragte ich in die Runde. Ein Mädchen, vielleicht zwölf oder dreizehn Jahre alt, übersetzte.

»*Es fada.* Er ist berührt von den Feen. Nenn es Engel, Christin, wenn du willst. Eure Hilfe ist willkommen.« Der arme Stefano war in arger Verlegenheit, aufgrund eines Aberglaubens angenommen, ja sogar verehrt zu werden. Aber ich hatte schon mehrmals bemerkt, dass er eine außergewöhnliche Gabe im Umgang

mit Kranken besaß. Wenn einer diesen armen, stolzen Menschen helfen konnte, dann er.
Sie führten uns zu einem der Wagen. Die Alte redete, und das Mädchen übersetzte weiter für uns.
»Sara hat den Männern gesagt, sie seien Esel und Holzköpfe und Mörder ihrer Familien, wenn sie Hilfe ablehnen.« Am Gesichtsausdruck des Mädchens konnte ich ablesen, was für eine Ungeheuerlichkeit das war. Zigeunerfrauen, das wusste ich, hatten gehorsam und still zu sein und durften sich Männern gegenüber nichts herausnehmen. Diese alte Frau musste etwas Besonderes sein!
»Sara sagt, es ist nicht wahr, dass wir keine Hilfe brauchen. Unsere *phuri dai* war unter den Ersten, die gestorben sind. Ich sollte ihre Nachfolgerin werden, aber ich habe noch nicht genug gelernt von ihr. Ich bin noch zu jung, um *phuri dai* zu sein. Mein Name ist Pilar.«
Phuri dai, das musste etwas Ähnliches wie Heilerin bedeuten.
»Und du solltest nicht beleidigt sein, dass die Männer so unfreundlich waren. Sie haben Grund, zornig zu sein und misstrauisch. Wir sind schon oft schlecht behandelt worden. Unter anderen Umständen nehmen wir keine Hilfe von *gadsche* an.«
Die Alte unterbrach Pilar mit scharfen Worten. Das Mädchen kniff die Lippen zusammen und bedeutete uns, ihr zu folgen.
Erst Fra Stefano, dann ich kletterten hinter der Kleinen auf einen der Wagen. Die alte Sara blieb unten stehen.
Pilar hob die Plane hoch und winkte uns, über eine kleine hölzerne Trittleiter hineinzusteigen. Constantia sollte während der ersten Untersuchungen draußen bleiben, das hatten wir so abgemacht, damit im schlimmsten Fall wenigstens einer von uns übrig blieb.
Wir beiden anderen hatten Schutzkleidung angelegt: lederne Kittel und Gesichtsmasken, die im schnabelartigen Nasenfortsatz stark duftende ätherische Kräuter enthielten. Sogar durch diese Maske hindurch nahm ich noch den Gestank wahr, der uns im Wagen entgegenschlug.

Drinnen lagen zwei Frauen, ein junger Mann und drei Kinder verschiedenen Alters. Das kleinste von ihnen, es mochte drei Jahre alt gewesen sein, war schon steif.

Die Lebenden hatten heftiges Fieber, gerötete, teils vereiterte Augen, rötliche Pusteln von Kopf bis Fuß. Fra Stefano nahm sich des Mannes an. Ich nahm die Hand einer der Frauen, hob den schlaffen, heißen Arm hoch, schob den Ärmel zurück und sah mir die Armbeuge an – nichts, keine Beule, kein Geschwür. Die Kranke hustete heftig, ich wandte mich rasch ab.

Nach und nach sahen wir in alle Wagen. In einem lagen sieben Leichname, in Tücher gehüllt, alles Kinder. Sonst überall das gleiche Bild: Die Haut hitzig von Fieber, der Leib von kleinen Pusteln übersät, die Augen gerötet und entzündet, manchmal auch der Schlund. Diejenigen, die sprechen konnten, beklagten sich über starke Rückenschmerzen.

Nachdem wir alle Kranken angesehen hatten, gingen wir zu einem der Feuer, wo Constantia inzwischen heißes Salbeiwasser bereitet hatte, mit dem wir uns gründlich Hände und Gesicht wuschen.

»Und – wie steht es?«, fragte sie und schaute von einem zum anderen.

»Alix, was meinst du?«, wandte sich Fra Stefano an mich.

Ich war überrascht, dass er mich fragte, eine einfache Studentin, aber ich war mir meiner Sache sicher: »Es ist nicht die Pest.«

»Hm, hm! Und was stattdessen?«

»Die Kranken haben nicht die typischen Beulen, der Krankheitsverlauf ist anders, die entzündeten Augen, das Hautjucken ... Es passt alles auf die Beschreibungen: Blattern, die antoninische Krankheit!«

»Richtig, du bist eine gute Schülerin, Alix! Es ist beileibe noch nicht allgemein anerkannt, dass es sich bei den Blattern um eine eigene Krankheit handelt. Vielerorts hält man sie für eine Abart der Pest. Deshalb wollen wir auch die Ausdrücke ›Pustelpest‹ und ›antoninische Pest‹ vermeiden. Das hier ist heilbar, obwohl nicht weniger ansteckend. Wer von euch hatte schon die Blattern?«

»Ich nicht!« Constantia sah ängstlich aus. Vor dem Entstelltwerden hatte sie mehr Angst als vor dem Tod.
»Ich hatte sie.«
Wie viele andere, hatte auch ich die Blattern als kleines Kind gehabt. In diesem frühen Alter galten sie als Ausbruch einer Krise, die zu befördern sei, um eine Stärkung und Reinigung des Körpers herbeizuführen. Einige arabische Ärzte behaupteten sogar, die Blattern seien schon bei der Geburt durch das unreine Blut der Mutter an das Kind weitergegeben worden, sodass es unerlässlich sei, diese Fäulnis aus dem Körper zu entfernen, je früher desto besser.
Glücklicherweise hatte ich in der Bibliothek der Königin darüber gelesen: Rhazes und Galen, und eben auch jene fortschrittliche Lehre des französischen Arztes Gregor von Tours und des Italieners Giuliemus Varignano. Letzterer hatte die viel versprechendsten Arzneirezepte und sogar genaue Behandlungsvorschriften dazu geliefert.
»Was schlägst du vor?«, fragte mich Bruder Stefano.
»Varignano?«, sagte ich schüchtern und schaute fragend in die Runde.
»Hervorragend«, nickte der Mönch.
»Ach, ich bin nur zufällig in der königlichen Bibliothek auf die Schrift gestoßen«, wehrte ich ab.
»Was? Die haben Varignano?! Ich muss unbedingt eine Abschrift davon haben!« Er wurde ganz aufgeregt dabei.
»Ich werde die Königin darum bitten, Bruder. Sie wird dem sicher nur zu gern entsprechen. Hier«, ich zog mein Notizbuch aus der Tasche: »Ich habe mir die Grundzüge der Behandlung notiert.«
Constantia, so wurde es beschlossen, sollte sich vom direkten Kontakt mit den Kranken fern halten, stattdessen die Arzneien bereiten und unser Sprachrohr zur Stadtwache und wohlmeinenden Bürgern draußen sein.
Sie lief los und schwenkte die Arme, um Aufmerksamkeit zu erwecken. »Keine Pest!«, rief sie. »Es ist keine Pest, nur ein schweres Fieber, das sich heilen lässt! Wir brauchen mehr Lebensmit-

tel, besonders Brot und Hühner für Suppe, und Wein«, schrie sie unseren Bewachern zu. »Und saubere Decken! Und Feuerholz!« Die Soldaten, die es hörten, murrten leise, dass dieses Pack Forderungen stellte und über die guten Sachen, die an sie verschwendet werden sollten. Doch es kamen fromme Bürgersfrauen, und sie versorgten uns mit allem Nötigen.
Inzwischen versuchte ich, die verbliebenen Gesunden zur Arbeit zu treiben.
»Das Lager muss aufgeräumt werden, der Abfall muss fort. Schmutz fördert die Krankheit!«
Die Männer starrten mich finster an und rührten sich nicht.
»Das sind Frauenarbeiten«, sagte Pilar leise. »So etwas tun Männer nicht.«
»Aber eure Frauen sind zu wenige und viel zu erschöpft. Wir werden genug damit zu tun haben, uns um die Kranken zu kümmern. Die Männer müssen alle anderen Arbeiten tun!«
Pilar schüttelte nur den Kopf. Erst nach einer weiteren Beratung und ein paar scharfen Worten der alten Sara bequemten sich die jüngeren Männer schließlich dazu, mit anzupacken.
»Es ist nicht so, dass sie faul wären«, raunte Pilar mir entschuldigend zu. »Aber es gibt eben Dinge, die werden von uns *boria* getan. Die Männer machen die Geschäfte, schaffen herbei, was wir zum Leben brauchen. Es ist eine Frage der Ehre.«
»Jetzt ist es eine Frage des Überlebens«, sagte ich.
Zuerst mussten die Kranken von den Gesunden getrennt werden. Nur wenige Erwachsene waren gesund. Aber als die gesunden Kinder von ihren kranken Eltern und Geschwistern getrennt werden sollten, gab es Geheul. Die alte Sara bekam einen Wagen für sich, und dort sollten auch die gesunden Kinder schlafen. Sie sprach zu den Kindern, und die hörten auf zu greinen und gehorchten ihr. Die älteren unter ihnen schickte man los, Gras zu rupfen und junge grünblättrige Zweige zu sammeln, um die schmutzstarrenden Strohsäcke zu ersetzen. Damit waren sie für das Erste beschäftigt.
Die Männer übernahmen die traurige Aufgabe, die Toten in ei-

nen der Wagen zu schaffen und ihn zum Strand hinabzuziehen. Die Toten würden am Abend verbrannt werden.

»Wenn eine Familie gestorben ist, verbrennen wir ihren Wagen und ihren ganzen Besitz«, sagte Pilar. »Nicht wie die *gadsche*, die wie die Geier über die Hinterlassenschaft herfallen, kaum dass einer tot ist.«

Endlich kam Constantia mit Brot und Käse und einer Unmenge von Hanfbeuteln, die Kräuter enthielten, mit Salbengefäßen, Weinschläuchen und Essigkrügen, einem großen Kochkessel, Tüchern und Salben und neuen Decken. Ein weiterer Karren war bis zum Rand mit Feuerholz beladen.

Man hatte die Wagen bis an den Rand des Lagers gelenkt. Dort sprangen die Kutscher ab und rannten weg. Constantia führte die Maulesel bis zu uns heran. Die Zigeuner entluden die Sachen und trieben die Maultiere fort. Man konnte sich nicht auch noch um sie kümmern.

Constantia und zwei der jungen Männer verteilten Brot und Käse, zuerst an die Gesunden, um ihre Kräfte zu erhalten. Teilnahmslos stopften sie es in sich hinein, und nur, weil wir darauf bestanden.

»Was tun wir jetzt?«, fragte Pilar.

»Wir werden die Kranken waschen, die Fiebrigen kühlen, die anderen wärmen und allen Arzneien verabreichen.«

Ein wenig abseits der Wagen entfachten wir ein gutes, starkes Feuer. Dort warfen wir als Erstes die Decken und Strohsäcke hinein, auf denen die Kranken gelegen hatten.

Die Kranken wurden mit Essigwasser gewaschen und in neue Decken gehüllt, ihre Kleidung gesäubert und zum Trocknen ausgebreitet, die Wagen wurden gereinigt und ausgeräuchert.

Als das getan war, sanken wir erschöpft am Feuer nieder, zu müde, um uns noch zu regen, zu erschöpft, um etwas zu essen zu bereiten. Die Arme waren mir schwer, die Hände rau und die Handgelenke schmerzten. Ich trank etwas Kräutertee, Pilar immer neben mir. Aus irgendeinem Grunde hatte sie sich mir angeschlossen.

Jetzt begann die eigentliche Behandlung. Wir machten unseren

Rundgang durch die Wagen, Pilar und Constantia folgten uns und schleppten Körbe mit Arzneien.
Pilar sah mir besonders aufmerksam zu. »Was machst du?«, fragte sie.
»Diese hier bekommen eine Abkochung von Fenchelsamen und Eppich. Und diesem Kranken geben wir ein blutkühlendes Mittel: Lattichsaft.«
Fra Stefano verabreichte die Arzneien und ging weiter zu einem kleinen Jungen, der vor Fieber glühte.
»Er muss stündlich Gesicht und Beine mit kaltem Wasser gewaschen bekommen, und er soll viel trinken!«
So ging es von Patient zu Patient und von Wagen zu Wagen.
»Insbesondere«, dozierte der Mönch, »muss man auf Halsentzündungen achten. In diesem Fall sollen die Kranken mit Maulbeersaft gurgeln. Und die Augen müssen gepflegt werden, damit die Leute nicht erblinden. Manche Ärzte empfehlen, Granatapfelmus in die Augen zu träufeln. Ich halte davon wenig, weil es zu einer zusätzlichen Reizung führt. Ich verwende Augentrost oder, wenn die Entzündung fortgeschritten ist, eine Salbe aus Hornmohn, Bitteröl, Bocksdorn und Aloe …«
»Wir verwenden Pisse«, platzte Pilar dazwischen. »Das ist viel besser!«
Stefano schaute kritisch drein: »Und da bemühen *wir* uns, den Dreckapotheken den Garaus zu machen!«
In allen anderen Dingen folgte Pilar ihm, doch nicht hier: Ich erwischte sie dabei, wie sie unsere Läppchen entfernte und auf entzündete Augen Stofffetzen legte, die im Urin der Kranken getränkt waren.
»Pilar! Was tust du da? Du willst doch nicht, dass deine Leute blind werden. Pfui, wie scharf das riecht!«
»Das ist *rom*-Medizin, besser als *gadsche*-Medizin!«, verteidigte sie sich. »Das ist gut, du wirst sehen!« Ich nahm die zweifelhaften Verbände ab und ersetzte sie durch unsere Rezeptur, doch kaum hatte ich mich umgedreht, schlich Pilar in die Wagen und tauschte alles wieder aus. Schließlich gab ich auf und ließ es so.

Als Fra Stefano und ich unseren Rundgang beendet hatte, war es bereits dunkel geworden. Sara saß vor ihrem Wagen an ihrem Feuer. Jede Familie hatte ihr eigenes kleines Feuer, obwohl es einfacher gewesen wäre, nur eines zu unterhalten. Es war ein Rest von Alltäglichkeit, an den sie sich klammerten.
Unten am Strand hatten sich die anderen *tsiganes* um den Wagen mit ihren Toten versammelt. Einer der Männer hielt eine Fackel an die Plane. In der trockenen Hitze schlugen die Flammen in wenigen Augenblicken hoch.
Die Frauen fingen plötzlich und gleichzeitig zu schreien und zu jammern an, rauften sich die Haare und schlugen sich an die Brust. Sie schrien, bis sie heiser waren.
Sara schaute von weitem zu mit trockenen Augen, das Gesicht versteinert. »Ihr wundert euch, dass ich nicht weine, wenn so viele von unserem Clan gestorben sind, so viele Kinder«, sagte sie, als sie unsere Blicke auf sich spürte. »Ich kann nicht mehr weinen. Ich habe schon so viele *rom* sterben sehen, von Christen erschlagen. Sie reden ständig von Barmherzigkeit und Nächstenliebe, aber das gilt nur für ihresgleichen und nicht einmal da. Sie nennen uns Gesindel, Diebe, Nachkommen von Kain. Kain heißt nichts anderes als Schmied – wusstet ihr das? Zigeuner sind oft geschickte Schmiede. Sie sagen, ein Zigeuner hätte den vierten Nagel für Jesus' Kreuzigung gefertigt, als kein anderer dazu bereit war …«
»Aberglauben! Ich denke nicht so«, sagte Bruder Stefano fest.
»Ja. Verzeih. Ich bin manchmal bitter und dann vergesse ich, dass es unter *rom* wie unter allen anderen Menschen gute und schlechte Leute gibt. Ihr seid gute Leute. Ich danke euch im Namen meines Clans. Wir werden es nicht vergessen. Und du …«, sie blickte nach Constantia, »du hast afrikanisches Blut, wie wir. Was tust du in diesem Land, wo sie dich eine Mohrin nennen und angaffen?«
»Ich will lernen. Kein Volk ist so groß, dass es nicht bei einem anderen lernen kann.«
»Das ist wahr. Du bist weise, Schwester.«
Dann saßen wir schweigend. Ich dachte an meine Eltern und Ge-

schwister und hoffte, dass die Seuche sie verschont hatte. Eine leichte Brise vom Meer trieb mir Asche ins Gesicht. Es war vorbei.

»Das war eine unheimliche Totenklage«, sagte ich leise zu Pilar, die neben mir saß. »Sagt ihr keine Gebete, gebt ihr euren Toten keinen Segen?«

»Nicht so, wie du es kennst. Wir sind keine Christen, wir glauben an Gott, aber nicht so, wie es eure Kirche vorschreibt.«

»Aber ihr seid doch Pilger …?«

»Ja. Und?«

»Oh, ich verstehe: Ich nehme wohl an, mancher kleine Fürst lässt sich überreden, euch gegen Gold Passierscheine auszustellen?«

»*Si!* Aber wir haben uns auch taufen lassen.«

»Ohne zu glauben?«, fragte ich empört.

Pilar zuckte gleichgültig die Achseln.

»Wenn es unsere Sicherheit bedeutet …«

»Aber dann hat die Taufe doch keinen Wert! Das ist nicht recht.«

»Warum zwingt man uns dann dazu?«

Darauf wusste ich keine Antwort.

Fra Stefano und wir Frauen schliefen an Saras Feuer unter freiem Himmel, Constantia und ich aneinander geschmiegt unter einer Decke. Wir wagten uns in keinen der Wagen zu legen.

Am anderen Morgen hatte Pilar schon die Pflege für die Kranken organisiert: »Guten Morgen, Langschläfer, Faulpelze«, wurden wir von ihr begrüßt. »Die anderen sind schon bei der Arbeit. Sofia versorgt den ersten Wagen, Emilia den dort und Isabel diesen. Für euch bleiben der und der und dieser da! Und ich bin überall!«

»Aber wissen denn die anderen Frauen, was zu tun ist?«

Es erwies sich, dass Pilar gut aufgepasst hatte, sie wusste jede einzelne Arznei und die Behandlung eines jeden Kranken auswendig herzusagen.

»Sehr gut«, meinte Constantia. Sie ging zu ihren Vorräten und gab Pilar für jeden Wagen einen irdenen Topf.

»Das ist eine besonders gute und teure Arznei, die man nicht hätte kaufen können, wenn nicht der Leibarzt der Königin die Ausgabe genehmigt hätte! Davon soll jeder Kranke täglich morgens etwas bekommen.«

»Was ist das für ein Zeug, das nur eine Königin sich leisten kann? Was ist drin in der *gadsche*-Medizin, sie riecht so süß?«, fragte Pilar frech.

»Vier Drachmen rote Rosen auf neun Drachmen geschälte Linsen, zehn gelbe Feigen, drei Drachmen Tragant, zehn Drachmen weiße Rosinen, drei Drachmen Gummilack, Fenchelsamen und Eppich jeweils 5 Drachmen – das Ganze auf die Hälfte eingekocht und dazu einen halben Skrupel Krokus gemischt.«

»Pah«, machte Pilar. »Das ist doch nur ganz gewöhnliches Zeug. Aber wenigstens schadet es nicht. Die christlichen Pfeffersäcke trinken Gold und gemahlene Edelsteine und werden davon auch nicht gesünder. Sie glauben immer, je teurer eine Arznei, desto besser.«

»Aber was sie glauben, ist auch wichtig«, gab Constantia zurück. »Weil Gedanken die Wirklichkeit beeinflussen. Deshalb tragt ihr doch auch Amulette und Steine. Ich habe es selbst gesehen.«

»Schon. Das ist wahr. Aber es bringt nichts ein, seinen Körper mit teuren Sachen voll zu stopfen und einzuschmieren, wenn man ihm sonst nicht hilft, gesund zu bleiben. Und reiche *gadsche* leben sowieso ungesund!« Pilar schnaubte verächtlich, nahm die teure Medizin und stapfte davon.

Nach fünf Tagen hatten wir noch ein Kind und eine alte Frau verloren, aber dem Rest der Kranken ging es besser, und es war niemand neu erkrankt.

Täglich hatte Fra Stefano seine Runde gemacht und die passenden Maßnahmen vorgeschrieben: kühlen, wärmen, Dampfbäder, beruhigende Tränke bei Herzrasen, Wickel, Aufgüsse; Rachen, Nase, Augen und Gelenke pflegen, auch auf die Fußsohlen und Handinnenflächen achten.

»Jetzt kommt es darauf an, die Pusteln einzutrocknen und Narben vorzubeugen. Zum Trocknen verwenden wir Mehl, Salz und

Alaun, gegen die Narben Roteisenstein, Kalmus und Lattichmilch.«
Erstaunlicherweise war keiner an Pilars Urinverbänden erblindet.
»Siehst du?!«, triumphierte sie.
»Christenmedizin, *rom*-Medizin, warum sollte eines besser sein als das andere?«, fragte ich.
Pilar und ich saßen zusammen auf einem großen Stein im flachen Meer und kühlten unsere Füße. Wir verglichen Rezepturen und Überzeugungen.
»In jedem Fall gehört wohl Gottes Segen dazu, gleich, welchen Namen man seinem Gott gibt. Rhazes schrieb in seiner ›*kitab al-gadhari wa-l-hasba*‹: ›*Dem, der mir die Fähigkeit zu heilen verliehen hat, sei Lob sonder Ende, so wie er dessen würdig ist und es am meisten verdient.*‹«
»Von mir aus«, antwortete Pilar. »Aber es ist doch wahr, dass die reichen *gadsche* sich mehr und mehr auf ihr Geld verlassen. Sie vergessen, dass die besten Arzneien in ihren Gärten wachsen und in der freien Natur. Sie ignorieren die Gottesgeschenke und lassen stattdessen lieber fremde Gräber ausrauben.« Sie spielte auf die Mumienteile und Mumienbalsam an, der in den christlichen Apotheken hoch im Kurs stand.
»Und schlimmer noch: Sie kümmern sich nicht um die Harmonie der Welt, und um die Freude, die zum Gesundbleiben notwendig ist. Dein Volk schuftet und rafft und vergisst zu leben.«
Jetzt war ich empört: »Was soll das heißen? Schuftet und rafft? Das muss man doch, wenn man im Winter zu beißen haben will. Die einfachen Menschen haben ständig drei große Sorgen: nicht zu erfrieren im Winter, nicht zu verhungern und sich die Gesundheit zu erhalten, damit man nicht von anderen abhängig wird! Es kann nun mal nicht jeder so sorglos leben wie ihr *tsiganes*, durch die Lande ziehen wie Heuschrecken und statt zu arbeiten fremdes Korn fressen!«
Doch Pilar ließ sich nicht beeindrucken. Sie wurde nicht einmal wütend, lachte nur. »Was weißt du schon von uns.«

Ich wurde rot.
»Es tut mir Leid. Ich wollte dich nicht beleidigen.«
»Schon gut, das weiß ich. Und es ist mir viel lieber, du sagst, was du über uns gehört hast und fragst offen, als höflich den Mund zu halten und weiter denselben Schweinemist zu denken.«
»Hm«, ich überlegte einen Augenblick und nahm dann die Gelegenheit wahr. Das hatte ich immer schon wissen wollen: »Man sagt, ihr stehlt Kinder ...«
Pilar lachte wieder, laut diesmal und wies auf das Lager, in dem die gesunden Kinder herumtollten und Lärm machten für eine ganze Armee.
»Wozu sollten wir Kinder stehlen? Wir haben selbst genug! Weiter!«
»Man sagt, ihr stehlt und betrügt. Wovon lebt ihr eigentlich?«
»Wir üben Handwerk aus, wie andere Leute auch, nur dass wir herumziehen und keinen festen Ort haben, keine Werkstatt, keinen Laden. Manche Frauen nähen und sticken sehr geschickt. Die Christen reißen uns unsere Waren aus den Händen, können es kaum erwarten, bis wir wieder einmal vorbeikommen!
Manche unserer Männer sind Korbflechter, andere Schmiede und Kesselflicker. Wir betreiben Tauschhandel – *trampa.* Wir kommen und bieten an, was wir haben, und du kaufst es oder nicht, wie du willst. Und wenn sich einer übers Ohr hauen lässt, dann hat er es nicht besser verdient. Weiter!«
»Man sagt, ihr seid Rosstäuscher ...«
»Rosstäuscher! Pah! Wenn wir schlechte Ware verkaufen, warum sind dann alle Bauern so erpicht darauf, von uns Pferde zu kaufen, immer wieder? Nun ja, es kommt vor ... Weil du meine Freundin bist, sag ich dir wie: Wenn du ein Pferd oder ein Maultier verkaufen willst, das müde ist und nicht mehr viel taugt, dann gibst du ihm eine Woche lang Brennnesselsamen zu fressen. Hei! Und wie es dann Feuer zeigen wird, Fell und Augen glänzen, es wird unternehmungslustig, tänzelt, ha! Und wenn es dann ein paar Tage beim neuen Besitzer im Stall steht, wird es stumpf und müde wie zuvor.«

»Aber das ist doch Betrug!«
»Ja, und? Wir betrügen ja nicht die Armen, sondern nehmen uns nur manchmal ein wenig vom Überfluss. Und manche fordern es ja geradezu heraus, bestohlen oder betrogen zu werden, wenn sie so unvorsichtig sind – oder allzu gierig. Wenn jemand sieht, dass ein Zigeuner ein prächtiges Pferd billig verkauft, dann versucht er doch auch, seinen Vorteil zu nehmen und den armen *rom* übers Ohr zu hauen. Sag, hast du noch nie gestohlen, nie?!«
»Nein ...«
»Dann ist es dir immer gut gegangen.«
»Das stimmt eigentlich. Wir waren nicht gerade wohlhabend, aber nie hungrig. Aber in der Bibel steht: Du sollst nicht begehren deines Nächsten Hab und Gut.«
»Ach ja? Dann verstößt jeder von euch in jedem Augenblick gegen die Heiligen Gebote, denn was rafft ihr nicht alles zusammen! Dann sind wir die wahren Jünger, denn wir häufen keinen Besitz an. Wir hinterlassen keine Spuren auf der Erde. Wir hinterlassen keine Gebäude, keine Ruinen, keine Denkmäler, keine Schreine. Wir streben nicht nach Besitz, nach Ruhm, wir haben keine Helden und keine Geschichte.«
»Keine Geschichte? Aber habe ich nicht oft sagen hören, von deinen Leuten auf den Märkten, dass ihr Könige und Prinzen seid aus einem verlorenen Reich in Ägypten?«
Pilar kicherte verschmitzt.
»Ach das! Das ist doch nur, um uns interessant zu machen, um Käufer anzulocken, Schaulustige, um die *gadsche* an der Nase herumzuführen.«
»Aber dann ist es gelogen!«
»Gelogen – ach, was! Wir putzen die Wahrheit ein wenig heraus, wir fabulieren gern. Wer will schon wissen, wie es wirklich war? Wahrheit ist immer gerade im Augenblick, und wenn sie amüsant oder einträglich ist, dann ist es eine gute Wahrheit!«
Sie war nur ein kleines, mageres Ding von einem Mädchen, aber schlau und mit Argumenten schwer zu schlagen – vor allem wenn sie so windig waren wie die christlichen, Herr vergib mir.

Allmählich kehrte das Lachen zurück ins Lager, zuerst das der Kinder, die am schnellsten vergaßen, dann das der Erwachsenen. An einem Abend, als auch die letzten Genesenden wieder bei den anderen an den Kochfeuern sitzen konnten und allein und ohne Hilfe aßen, holten einige Männer ihre Instrumente aus den Wagen, die *gadulka*, eine birnenförmige Laute, die aber stehend und mit einem Bogen gespielt wurde, und *zurnas*, wie lang gestreckte Schalmeien, nur mit doppeltem Rohrblatt. Instrumente, die so viel raffinierter und sicher schwerer zu spielen sind als das *galubet* und das *tambourin* der provençalischen Märkte und Feste.
Der Clan gab ein Abschiedsfest für uns, die Helfer. Die Männer gingen auf die Jagd, da die Stadtwache abgezogen war, brachten Kaninchen und Fische, die sie mitsamt Haut und Innereien in Lehm packten und ins Feuer legten.
Es gab ein Fässchen Wein und Musik. Fröhliche Tanzmusik war das noch nicht – es war eine Musik, der sie ihre Traurigkeit aufbürdeten, die über die verlorenen Angehörigen und Freunde klagte, über das Schicksal und über die endlos lange Straße der *rom*.
Wir schliefen alle unter den Sternen in dieser Nacht, weil sie so schön waren und noch schöner erschienen im neu gewonnenen Leben.
Am nächsten Morgen packten wir drei unser Zeug auf den Karren. Der Clan kam, um sich von uns zu verabschieden, die Männer kühl, die Frauen mit Umarmungen, Tränen und lauten Klagen, obwohl die Klagen mehr Höflichkeit waren.
»Tsk! Tsk! Hüah!«
Die Maultiere zogen an. Ich war ein wenig stolz und fühlte mich wie eine richtige Heilerin. Endlich war ich einmal nützlich gewesen. Und da wusste ich, dass ein Leben am Hof für mich wirklich nicht geeignet war.

20.

Ich betrachtete es als meine Pflicht, meine Königin so oft wie möglich zu besuchen und ihr Gesellschaft zu leisten, doch sie selbst befahl mir, bis auf weiteres in Salerno zu bleiben wegen der Ausbreitung der Seuche. Dafür berichtete ich ihr in Briefen vom Leben unter den guten Heilern und von allem, was ich erfahren hatte.

Giovanna schrieb häufig zurück. Meine Königin liebte es, schöne Worte zu sprechen und Briefe zu schreiben, von sich und ihrem Tun in wohlgesetzten Worten Zeugnis zu geben. Das war eine neue und skandalöse Sitte. Die Kirche nennt es Eitelkeit und sagt, dass wir nicht stolz sein dürfen und das irdische Leben nicht überbewerten. Doch kann sie nicht verhindern, dass diese Sitte um sich greift, dass fromme und gebildete Menschen danach streben, sich auch im hiesigen Leben zu verwirklichen.

Auch mein Ursoleone schrieb mir Briefe, aber die waren kürzer und weniger gedrechselt.

Einige Wochen nach dem Vorfall mit den Zigeunern sah ich im Garten unterhalb des Hospizes eine mir bekannte Gestalt wandeln. Ich ging hin. Eine Frau stand mit einem Becher über eine der Heilquellen gebeugt, um das Wasser aufzufangen. Das Wasser riecht so recht abstoßend hier, nach Schlamm und faulen Eiern, und es schmeckt brackig und nach Eisen. Doch die Brüder behaupten, dass es sehr heilkräftig sei.

Die Gestalt richtete sich auf und sah mich an. Es war die Gräfin Ucelli.

»Kind! Wie schön, ein bekanntes und freundliches Gesicht zu sehen. Ich hatte schon gehofft, dich hier zu treffen, wenn du mich schon nicht besuchen magst. Giovanna sagte mir, dass du ein wenig Heilkunde studierst.«

»Ich hätte Euch schon besucht, aber ...«

Die Ucelli winkte ab. »Schon gut, ich verstehe. Und wozu soll das nun gut sein, dass eine Frau studiert? Heilkunde, ausgerechnet?«

»Ich habe mich immer schon dafür interessiert, und es kann ja nicht schaden, wenn einer in der Familie von diesen Dingen Kenntnis hat. Nicht immer ist ein Arzt zur Stelle, und nicht allen Ärzten kann man trauen.«

»Da hast du allerdings Recht. Komm, begleite mich ein wenig. Hast du Zeit?« Sie wartete meine Antwort nicht ab, hakte sich bei mir unter und entführte mich zum Strand, wo wir gemächlich spazieren gingen.

Alle paar Schritte trank sie einen Schluck aus ihrem Becher und schüttelte sich.

»Ah! Das schmeckt widerlich! Ich werde ja freiwillig gesund, nur um das hier nicht trinken zu müssen.«

»Weshalb seid Ihr hier?«

»Ach, nur die üblichen Altersgebrechen, nichts Ernstes!«

»Und was tut sich in der Welt, Gräfin? Ich erfahre hier so gut wie nichts.«

»Frankreich hat einen neuen König, Jean, dem man bereits den Beinamen ›*le Bon*‹ gegeben hat. Philipp VI. ist tot.«

»Und ist das von Vorteil für uns, für unsere Königin?«

»Ich bezweifle es. An Giovanna ist der Franzose wenig interessiert. Ich will dir nicht verhehlen, dass Taranto eine Gesandtschaft hingeschickt hat – nur in seinem Namen. Das hat Giovanna nicht gefallen.«

»Wird König Jean denn nicht Giovanna unterstützen? Sie ist doch die rechtmäßige Königin, und nicht Taranto.«

Die Ucelli nahm einen letzten Schluck Heilwasser aus dem Becher und verzog das Gesicht.

»Bah! Sein Vorgänger hat Frauen von der Erbfolge ausgeschlossen, und Jean wird daran nichts ändern, weil es ihm gegen die englischen Ansprüche nützlich ist. Von der Seite wird Giovanna keine Unterstützung erhalten. Und der Krieg mit England läuft schlecht. Er ist viel teurer und dauert länger, als Philipp gedacht hatte. Er hat ein unbequemes Erbe angetreten, der Franzose.«
»Und sonst?«
»Was willst du wissen? Boccaccio, der neue Poet aus Florenz, feiert Erfolge und redet schlecht über Giovanna, weil sie sich geweigert hat, ihn zu unterhalten. Der Papst kränkelt. Ach! Eins muss ich dir aber sagen! Warte, ich muss mich ein wenig setzen!«
Sie drehte sich halb um und schnipste mit den Fingern. Einer ihrer Diener, der in einigem Abstand gefolgt war, eilte herbei, um uns Stühle aufzustellen. Elena Ucelli ließ sich mit einem kleinen Schnaufer auf einen der geflochtenen Stühle fallen und wies mir den anderen zu.
Ein anderer Diener ließ wie von Zauberhand ein Tischchen erscheinen, das sich mit Weinkelchen aus venezianischem Glas und appetitlich angerichtetem Nusskonfekt deckte. Man schenkte uns ein, und die Gräfin nahm einen Schluck Wein, mit dem sie sich zuerst den Mund spülte, um auszuspucken, bevor sie genüsslich trank.
Wir saßen dem Meer zugewandt. Eine leichte, salzige Brise wehte uns die Haare aus dem Gesicht. Die Wellen rollten mit einem feinen Zischen und Rauschen heran, um mit den Muschelgehäusen zu spielen.
»Wovon sprachen wir? Ach! Höre, Alix: Du solltest deinen Zukünftigen ein wenig am Zügel nehmen. Er hat sich öffentlich mit Hugues de Baux eingelassen.«
Ich erinnerte mich noch gut an Hugues de Baux, den würdevollen, aber leidenschaftlichen alten Herrn. Er glaubte noch an Rittertugenden und Ritterehre, seltene Eigenschaften in unserem egozentrischen und wankelmütigen Zeitalter.
»Das ist eine gefährliche Freundschaft, die er sich da leistet.«
»Und wenn schon! Hugues de Baux gehört zu den wenigen, die

zu Giovanna halten. Wie soll das Recht triumphieren, wenn niemand dafür einsteht?«
Die Ucelli seufzte und tätschelte meinen Arm. »Ach, da spricht das Feuer der Jugend. Denke lieber daran, ob du nicht vor dem Witwendasein noch heiraten möchtest! Ich wünsche Euch beiden alles Gute, deshalb warne ich dich: Als ob die Beziehung zu Baux nicht schon gefährlich genug wäre, ist dein Benevent letzte Woche durch Neapel gezogen und hat die Neapolitaner dazu aufgefordert, Giovanna und nicht Taranto zu gehorchen.«
Ich konnte es mir deutlich vorstellen: Ursoleone in glänzender Rüstung zu Pferde, umgeben von seinen Getreuen. Sie hielten die Fahne von Benevent hoch und die des Hauses Anjou. Misstrauisch wichen die Neapolitaner zurück und glotzten. Auf jedem öffentlichen Platz, vor den Kirchen, ließ Ursoleone innehalten und entrollte ein Pergament, das er in seinem Wams an der Brust getragen hatte. Das Pferd tänzelte und stieg – gewiss hatte er den stattlichen Schimmel ausgewählt, um das Volk recht zu beeindrucken. Wieder und wieder verlas er seine Brandrede, gegen Taranto, und für Giovanna, die einzig wahre und legitime Königin. Es machte mir Angst, diese Vorstellung. Taranto war eitel und rachsüchtig. Dennoch antwortete ich aufgebracht: »Schlimm genug, dass man es ihnen sagen muss! In der Provence sind die Menschen ihrer Königin treu. Hier schimpfen sie und klagen in einem fort. An allem Schlechten soll sie Schuld haben, sogar am Wetter. Wie können sie nur Loisi Taranto anerkennen? Er ist ein Usurpator und ein Tyrann, das ist er.«
»Ach, Kind, überleg doch: Was macht es denn schon, wenn Giovanna ein wenig zurücksteht. Den Titel hat sie ja doch. So kann sie sich den schönen Dingen des Lebens hingeben, statt ständig zu kämpfen.«
»Es ist aber nicht recht! Sie ist Königin von Blut und Erbe und sollte auch regieren. Ist es ihre Schuld, dass man ihre Befehle umgeht, dass ihr Wille so wenig gilt?«
»Siehst du, das ist genau, was ich sage: Es ist nicht ihre Schuld, aber eine Tatsache. Ich mag Taranto auch nicht besonders, aber er

bringt es fertig, dass die notwendigen Dinge getan werden. Man gehorcht ihm. Das ist nun mal eine Qualität, die ein Herrscher braucht.«

Darauf fiel mir keine Erwiderung ein.

Kurz nach dieser Begegnung wurde mir erlaubt, nach Neapel zurückzukehren. Die Gefahr war vorüber. Seltsam still waren die Straßen, die meisten Fenster mit Trauerflor verhängt, manche Tür mit Brettern vernagelt, Häuser leer.

Im Palast, dem Castel Nuovo, war von Trauer nichts zu bemerken. Als ich ankam, eilte die Dienerschaft geschäftig hin und her. Ein Fest wurde vorbereitet. Ich bahnte mir einen Weg, die breite marmorne Treppe hoch, während rechts und links von mir die Domestiken vorbeiglitten, die Arme beladen mit Stühlen, Ballen und langen Bahnen von Stoffen, mit Kissen, Kandelabern, Armen voll blühender Zweige, Schalen und Kelchen. Sie schwatzten aufgeregt, und meine Stimmung stieg. Wie war es gut, endlich wieder fröhliche Gesichter zu sehen, Feststimmung, Freude und Leichtigkeit.

Ich gelangte zu den Gemächern der Königin. Die Wachen vor der Tür erkannten und grüßten mich. Ich klopfte.

»Herein!«, Lucchina riss die Tür auf. Ich umarmte sie und küsste sie auf die Wangen.

»Igitt!«, schrie sie. »Wasser! Seife! Man hat mich geküsst!« Aber sie strahlte mich an.

Giovanna lag halb ausgestreckt auf einem Diwan, wieder schwer von einer neuen Schwangerschaft.

»Alix! Komm zu mir und erzähle uns von deinen Abenteuern! Ist es wahr, dass du ganz allein sechzig Zigeuner vor dem sicheren Tod errettet hast?«

»Aber nein, wer sagt denn so etwas? Ich bin nur Fra Stefano ein wenig zur Hand gegangen. Der Heiler ist er und nicht ich.«

»Und hast du etwas Nützliches gelernt bisher?«

»O ja! Einiges über die richtige Ernährung, und dann habe ich mich besonders auf die Kunde der Heilkräuter spezialisiert.«

Ich zeigte meiner Herrin den Beutel, in welchem ich meine Heilkräuter aufbewahrte, um in der Not die wichtigsten zur Hand zu haben. Ich ließ sie schauen, berühren und riechen, während die Capita und die Mileto uns neugierig über die Schulter sahen.

»Das hier ist Poleyminze. In Wein eingenommen, reinigt sie die Galle. Als Aufguss zusammen mit Kamille und Melisse lindert sie Magenbeschwerden und reinigt den Atem.«

»Aha. Das gibt, glaube ich, Niccolo meinem Gatten. Der hat öfter Magenbeschwerden, aber das kommt nur davon, dass er sich immer so aufregt.«

»Sollte mich nicht wundern. Isst und trinkt er maßvoll?«

Lucchina ließ ein Schnauben hören.

»Ich fürchte: nein. Was ist dieses da?«

»Süßholz – zusammen mit Honig und Birnenmus ein gutes Mittel, um Diätfehler auszugleichen. Das da …«, ich wies auf ein orangefarbenes Häufchen, »sind Calendulablüten …«

»Hübsch«, machte die Mileto. Und Giovanna meinte: »Eigentlich alles harmlose, bekannte Pflanzen. Da kann man ja nichts falsch machen.«

»Die meisten sind ungefährlich, aber nicht alle, Herrin. Sogar mit den harmlos scheinenden Mitteln muss man vorsichtig sein. Überdosierung kann ihre gute Wirkung ins Schlechte verkehren. Dann wiederum sind manche Gifte, in geringen Mengen gegeben, heilsam. So wie dies …« Ich öffnete ein Briefchen mit einem roten Pulver darin.

»Ist das ein Gift?«, fragte die Capita mit aufgerissenen Augen.

»Nur, wenn es falsch angewendet wird«, antwortete ich. »Man nennt es ›Drachenblut‹ wegen seiner Farbe. Es wird aus dem Saft einer seltenen Pflanze eingekocht. Eine Prise davon kann einen Patienten von der Herztraurigkeit genesen lassen; gäbe man ihm aber viele Dosen über längere Zeit verteilt, so würde er dahinsiechen, ohne dass jemand zu sagen wüsste, woran.«

»Es ist also nötig, die Kräuter genau zu studieren, und es sollte nicht jeder damit herumfuhrwerken, dem es einfällt, sich Heiler nennen zu wollen.«

»Sehr richtig. Es ist gut, dass die Zulassung der Ärzte kontrolliert

wird. Man sollte sie allerdings zwingen, sich auch in der Frauenheilkunde stärker zu bemühen.«
»Ich weiß«, sagte Giovanna. »Ich habe die Trotula schon kennen gelernt, und sie hat es mir überzeugend dargelegt.«
In den nächsten Tagen kamen sie alle zu mir, nach und nach. Meinen Bauernkünsten in der Provence hatten sie nicht getraut, aber jetzt war ich ja eine Salernianerin. Die eine wollte etwas gegen Menstruationsschmerzen, eine andere etwas gegen Kopfweh, gegen unreine Haut, etwas, um die Haare zum Glänzen zu bringen, ein Mittel, um unerwünschter Schwangerschaft vorzubeugen. Sie ließen sich lieber von mir etwas geben, als damit zu Herrn da Reggio oder seinen Assistenten zu gehen. Die sprachen immer so verächtlich von ›Frauenleiden‹, als ob alles eingebildet wäre.
An diesem Abend blieb ich bei Giovanna, um für sie Kleidung und Schmuck zusammenzustellen. Loisi ließ ein Fest ausrichten. Das wollte sie sich nicht entgehen lassen. Als wir einmal einen Augenblick allein waren, fragte ich sie leise: »Wie kommt Ihr mit Herrn Loisi aus? Gelingt es Euch, ihn zu mäßigen und zu mildern, so wie Ihr es gehofft habt?«
Sie lächelte traurig. »Du wirst es ja erleben.«
»Aber warum«, mein Gerechtigkeitssinn ging wieder einmal mit mir durch, »habt Ihr Euch so viel von ihm gefallen lassen? Die Krönung, bei der er Euch zurückgestellt hat, und man hört so einiges, sogar in Salerno. Ist es wahr, dass er die Frechheit hatte, sich beim Papst über Kardinal di Ceccano zu beschweren?«
»Annibaldo versuchte auf seine ruhige Art das Gleichgewicht aufrechtzuerhalten. Es stimmt, dass er in einigen Angelegenheiten für mich und entgegen Loisis Interessen gehandelt hat.«
»Und da beschwert er sich beim Heiligen Vater?!«
»Es ist nichts dabei herausgekommen. Ceccano ist noch an seinem Platz.«
»Aber warum lasst Ihr Euch all das gefallen? Ihr habt genug Getreue, die bereit sind, für Euch …«
»Schhh!« Sie legte ihre Hand auf meinen Arm. »Nicht! Sprecht nicht so, meine liebe Alix, meine kleine Provenzalin!« Sie sah sich

unwillkürlich um, als könne jemand hinter dem Vorhang stehen. »Ich werde niemals vergessen, was mit Andrea geschah, meinem ersten Mann. Wie könnte ich da Loisi etwas vorenthalten? Nein, ich will davon nichts wissen. Ich vertraue darauf, dass sein Hunger nach Anerkennung einmal gestillt sein wird, dass er älter und ruhiger wird, einsichtiger.«

Ich lachte ungläubig und schüttelte den Kopf, sagte aber nichts mehr. Es war vielleicht besser, sie nicht noch mit meinen Reden gegen ihren Ehemann aufzustacheln. Am Ende hatte Elena Ucelli ja Recht: War es so wichtig, unter allen Umständen und mit jedem Mittel an der Macht zu hängen?

Meine Herrin war eine der schönsten Frauen, die ich je gekannt habe. Auch jetzt, während der Schwangerschaft, hatte sich daran nichts geändert. Bis auf den geschwollenen Leib hatte sie ihre schlanke Gestalt behalten. Ihre Haut schimmerte glatt und blass. Die Augen glänzten. Der Mund war voll und rot und wie eine Herzkirsche lackiert. Jede Frau versuchte auszusehen wie sie.

Ich half ihr in ein weißes Unterkleid, und darüber kam eines aus rosenfarbenem Silberbrokat. Dazu trug sie eine dunkelrote Kappe aus Avignoner Samt mit Silberstickereien und schönem Schmuck, Ringe an beiden Händen, edelsteinbesetzte Ketten um Handgelenk und Hals.

Am Arm von Loisi di Taranto hielt sie in den Festsaal Einzug. Rufe der Bewunderung wurden laut. Man warf Rosenblätter unter ihre Füße und trank ein ums andere Mal auf ihr Wohl.

Das Elend der Welt war ausgeschlossen. Vergoldete Pasteten wurden aufgetragen, von denen die größte wie eine Ritterburg gestaltet war. Als man sie anschnitt, flogen lebendige Stare heraus. Später gab es noch gebratene Schwäne, vergoldet, und als Augen hatte man ihnen funkelnde Rubine eingesetzt. So ging es weiter in allergrößtem Luxus und Bequemlichkeit.

Ursoleone, der zu dem Fest aus Benevento gekommen war, hatte am unteren Ende der königlichen Tafel Plätze für uns ergattert. Von hier aus beobachtete ich, wie der König – nein, es geht mir nicht über die Zunge, ihn so zu nennen –, Herr Loisi also, wie er mit großer Gier und Schnelligkeit seine Becher leerte. Es dauerte nicht lange, da war sein Gesicht von einem ungesunden dunklen Rot überzogen. Er war massig geworden, trug einen Bauch vor sich her, Fett unterm Kinn und einen Stiernacken zwischen den breiten Schultern. Die Haut war großporig und ölig.

»Wenn du je so aussiehst, bringe ich dich um«, raunte ich Ursoleone zu.

Urs wies mit dem Messer auf eine verbiesterte Hagerstange uns gegenüber: »Wenn du je *so* aussiehst, dann verlasse ich dich.« Aber dann lachte er und drückte mich an sich. »Dummes Ding! Mir ist es gleich, wie du aussiehst, wenn du nur dein fröhliches Herz behältst und dein großzügiges, mitleidiges Wesen!«

Am Kopfende der Tafel entstand ein Tumult. Ich reckte den Hals, um besser sehen zu können. Loisi Taranto brüllte gerade einen Pagen an, einen bildhübschen Jungen. Was hatte der arme Kleine nur angestellt? Wahrscheinlich die Kleider des Königs mit einem Tropfen Bratensaft benetzt oder etwas Ähnliches. Es wurde immer deutlicher, dass Loisi den Wein nicht mehr vertrug. Er lärmte wie ein Kutscher. Als nach dem Essen Akrobaten und Tänzerinnen auftraten, da zog er gar eine davon auf seinen Schoß.

»In Gegenwart der Königin!«, schimpfte Ursoleone leise. »Er sollte wenigstens warten, bis sie sich in ihre Gemächer zurückzieht.«

In letzter Zeit hatte es der liebestolle Taranto mehr und mehr an Diskretion mangeln lassen. Noch eine Frau am Tisch war nämlich schwanger und trug diesen Zustand zur Schau: die blonde, grünäugige Lella, gebaut wie eine Nymphe und dem Vernehmen nach ebenso schamlos. Sie war die Tochter eines kleinen Landadligen, ebenso wie ich, und hoffte wohl aufzusteigen, wenn sie dem König zu Gefallen war. Da kannte sie diesen König schlecht.

Giovanna hatte bald genug, und wir Hofdamen begleiteten sie hinauf.

»Sehe ich dich nachher noch?«, fragte Urs leise.

»Ich weiß nicht, ob ich mich freimachen kann. Die Königin

schläft nicht gut und erwartet, dass ich bei der Hand bin, um ihr im Notfall etwas einzugeben.«
»Dann morgen! Schlaf gut, Liebste!«
Wir küssten uns verstohlen, rasch. Ich lief hinter Giovannas Tross her. Unten ging die Feier weiter, vermutlich bis zum frühen Morgen, aber Giovanna war wegen ihrer fortgeschrittenen Schwangerschaft nicht in der Lage zu tanzen und behauptete, müde zu sein.
»Sie hat keine Lust, Loisis Szenen mit anzusehen«, flüsterte Lucchina mir zu.
Galgano half ihr, sich auszukleiden und Mariano reichte ihr ein frisches Hemd. Giovanna gab mir ihre Hand und ich stützte sie, als sie sich langsam und mühevoll auf das Bett sinken ließ. Die Capita hob ihre Beine hoch, und ich deckte sie zu. Wir blieben bei ihr, bis sie ihre heiße Milch mit Honig getrunken hatte und ihr die Augen zufielen. Dann löschten wir die Lampen bis auf eine und huschten hinaus. Nur ihre Kammerzofe blieb bei ihr. Sie schlief auf dem Boden vor dem Bett.
Ich war noch nicht müde. Es war früher Herbst, und die Nächte waren lau. Also warf ich mir einen Mantel über, um im Garten bei Mondschein spazieren zu gehen. Halb hoffte ich, Urs zu treffen. Es war ziemlich hell und man konnte, wenn sich die Augen an das Mondlicht gewöhnt hatten, ziemlich gut sehen.
Ich würde es sonst nicht erzählen, wenn ich mir nicht sicher wäre. Die Tanzerei war noch im vollen Schwang, ich konnte durch die offenen Türen Musik und Gelächter hören. Fast hinter jeder Hecke stieß ich auf Liebespaare. Ein Mann hielt mich am Handgelenk fest und versuchte, mich zu küssen und an sich zu ziehen: »Komm schon, du …«
Da sah ich ein, dass es eine dumme Idee gewesen war, gerade in dieser Nacht in den Garten zu gehen. Ich war schon auf dem Weg zurück, als ich um einen dichten Oleander herumging und Loisi di Taranto direkt vor mir erblickte. Zum Glück sah er mich nicht. Er war sehr beschäftigt, das Dekolleté der Tänzerin zu inspizieren. Ich wich zurück und wollte rasch fort, da tauchte von der

anderen Seite Lella auf. Sie fauchte ihn an, ob er sie schon abgeschoben habe.
»Und warum auch nicht? Du bist trächtig und mir nichts nütze. Geh hinein und lass mich in Ruh.« Er fing an, seiner Tänzerin unter den Rock zu fassen und wurde recht leidenschaftlich.
»Bist du immer noch da?«, verhöhnte er seine Geliebte. »Von mir aus bleib! Wenn dich das Zusehen freut.«
Da zog ihn Lella am Arm und beschimpfte ihn mit solchen Worten, dass ich sie hier nicht wiedergeben werde. Jedenfalls gab er ihr eine Ohrfeige, sodass sie auf die Erde fiel. Und wie sie dort auf der Erde lag und sich wieder hochrappelte, da zischte sie, dass es ihm Leid tun werde: »Ich werde einen Sohn gebären, Loisi di Taranto, einen Anwärter auf den Thron. Dann werden wir ja sehen ... Behandle mich nur nicht zu schlecht! Es gibt nämlich Interessenten an einem Prinzen von Geblüt, Bastard oder nicht!«
Es war helles Mondlicht, wie gesagt. Deshalb konnte ich den Ausdruck auf Loisis Gesicht genau erkennen. Und er machte mir Angst. Ich entfernte mich rasch.
Da ich dachte, dass meine Herrin von dieser Sache wissen solle, erzählte ich ihr alles – fast alles.
»Giovanna«, sagte ich, »das wird er sich nicht gefallen lassen.«
»Ach was. Ein Bastard, ein Säugling ist doch keine Gefahr für ihn. Du siehst Gespenster. Ich werde eben ein Auge auf das Mädchen haben.« Sie war ein Engel, meine Herrin. Ihre Sanftmut und Selbstbeherrschung erschienen mir übermenschlich: »Lass ihn doch seine Abenteuer haben. So quält er mich wenigstens nicht mit Launen in meinem Zustand.«
Ich ging zurück nach Salerno. »Nicht mehr lange!«, hatte Ursoleone beim Abschied in mein Ohr geflüstert. Ich konnte diesen Abschied kaum noch ertragen.
Das nächste Mal, dass ich meine Herrin Giovanna sah, war in Castellammare, in ihrem schönen, verwunschenen Schloss am Meer. Wir umarmten uns, und ich bewunderte das kleine Mädchen, das in der Wiege lag, Françoise oder ›Francesca‹, wie die Italiener sagten. Es war endlich wieder ein milder Winter. Die

Pinien leuchteten in ihrem hellen Grün, und bei klarem Himmel konnte man glauben, dass es Sommer sei. Wir saßen draußen in der wärmenden Mittagssonne, spazierten am Strand entlang.
Ein Meer von Opal, friedlich an diesem Tag, und davor eine Schar von Frauen, lachend und in bunte, flatternde Gewänder gehüllt.
Die Amme hatte den Säugling neben der Königin herzutragen. Sie mochte ihr Töchterchen nicht aus den Augen lassen und machte viel Aufhebens darum. Alle paar Schritte wandte sie sich um, schaute in das Körbchen, berührte und küsste das winzige blasse Gesicht.
»Ich benehme mich wie eine Glucke«, sie lächelte mich entschuldigend an. »Aber ich habe nun schon zwei Kinder verloren …«
In Neapel regierte Loisi Taranto ganz nach seiner Laune. Jetzt wurden sogar schon Proteste laut unter den treulosen Neapolitanern und den unsicheren florentinischen Verbündeten: Taranto wirtschafte zu viel in die Kassen seiner unersättlichen Familie und zu wenig zum Wohl des Landes. Recht geschah es ihnen. Sie hatten ihn ja haben wollen.
Die getreuesten Gehilfen Giovannas verschwanden aus ihren Ämtern, einer nach dem anderen: d'Alife – abgesetzt, de Conca – mit einem fragwürdigen Auftrag zum Kalifen von Bagdad gesandt, die Familie Raimundo – in alle Winde zerstreut.
Mancher, der das Feld nicht freiwillig räumte, sah sich drangvollen Überredungskünsten ausgesetzt. Nacht in Neapel: Der Nachtwächter hat ›drei‹ gerufen und ist seiner Wege gegangen mit der Laterne. Pferdehufe klappern auf dem Pflaster. Der ehrenwerte Giovanni Raymo ist auf dem Weg nach Hause von einem Gastmahl. Unterdrücktes Gelächter, es war ein schöner Abend. Man hat sich gut unterhalten, die Wachsamkeit ist vom Wein gedämpft.
Als die Gruppe um eine Ecke biegt, da fällt der Schein der Fackeln plötzlich auf eine dunkle Masse, die den Weg versperrt. Helme und Brustpanzer spiegeln schwach den Feuerschein.
»Wer seid ihr?«, ruft Giovanni Raymo.
Die Männer antworten nicht, sondern dringen mit gezogenen Schwertern auf die kleine Gruppe ein.

»Löscht die Fackeln!«
Raymo und seine Freunde, meist nur mit einem Zierdolch bewaffnet, weil sie mitten in Neapel keinen Angriff erwartet haben, können nicht bestehen. Zwei der Freunde entkommen in die Nacht. Raymo wird im Morgengrauen von einem Bäcker gefunden, in seinem Blut. Neapel gehört den Taranto.
Hugues de Baux bekam es mehr und mehr zu spüren, Taranto sagte es ihm sogar ins Gesicht, dass er die Gastfreundschaft Neapels überstrapaziere. Wann er endlich in die Provence zurückkehren wolle? Dort werde er gewiss mehr gebraucht. Doch der alte Hugues ließ sich nicht vertreiben.
Und meine Herrin Giovanna, in Castellammare, weitab des Geschehens, hielt einen *cour d'amour*, ein Liebesgericht.
Es hatten sich in einer Grotte am Meeresstrand viel schöne und hohe Herrschaften eingefunden. Ihr müsst Euch vorstellen: Da ging es vom höher gelegenen Schloss zum kiesigen Strand hinab, auf dem viele helle Muscheln lagen, die noch in der Dunkelheit zu leuchten schienen in ihrer Weiße. Zur rechten und zur linken Hand wuchsen ohne Übergang schroffe Felsen empor und umschlossen die Bucht, darin gab es Höhlen – kleine, in denen Vögel und Eidechsen ihre Nester bauten, und große, von Fluten hoch und weit in den Stein geschnitten.
Eine dieser Grotten also war zum Gerichtssaal erkoren worden. Ihr hättet es nicht gedacht, aber ich wusste, dass ein Dutzend Meister und ihre Gesellen wochenlang gearbeitet hatten, um eine Szenerie zu schaffen, zugleich erhaben und verfeinert. Eine geeignete Höhle musste gefunden werden, dann der enge Eingang geweitet und vom besten Steinmetz sorgfältig in das Abbild eines gotischen Bogens gemeißelt werden, hoch und elegant geglättet. Der Boden war mit dem weißesten Sand bedeckt worden und mit Blumen bestreut. Die Luft hier drinnen war mild und seltsam ohne Jahreszeit.
Einer der Junker rempelte mich an, wie ich ihm da den Weg versperrte und gaffte. »Verzeiht, meine Dame! Wie ungeschickt von mir«, murmelte er, ebenfalls von diesem Ort beeindruckt, nahm

aber die Gelegenheit doch wahr, mich um die Taille zu fassen und an sich zu drücken. Lachend entwand ich mich ihm. Wir liefen entlang an einem unterirdischen Bach, der in einen klaren, kalten See mündete. Die Wasseroberfläche schickte schlängelnde Lichter über die Wände und Säulen, sooft draußen die Brandung gegen den Fels anrannte. Hier weitete sich der Gang zu einer Kathedrale, hoch und weit. In Nischen und auf den Säulengebilden brannten hundert Fackeln und tauchten alles in ein ungewisses Licht, ein Unterwasserkönigreich.

Die Steinmetze hatten auch einige dicke Kalkquader genommen und sie in Abbilder von Nixen, Faunen und anderen Fabelgeschöpfen verwandelt. Sonst war aller Bruch beseitigt und die Natur selbst derart verbessert, dass ich sagen muss, die Meister hatten sich selbst übertroffen. Es war hier tatsächlich eine solche Harmonie erreicht worden, wie man sie in der Natur nie wirklich findet.

Sogar die abgefeimtesten der Höflinge konnten sich nicht enthalten, Ohs und Ahs hören zu lassen, und die Königin warf mir einen triumphierenden Blick zu, während sie sich auf den Richterthron niederließ, aus Stein geschnitten und mit einem goldenen Tuch bedeckt. In der Hand hielt sie eine goldene Rose. Wir anderen standen im Halbkreis herum oder hatten auf Kissen und niederen Bänken Platz genommen.

»Ihr Ritter und Ihr schönen Damen! Das Liebesgericht ist eröffnet. Welche Streitigkeit soll heute ausgetragen werden?«

Der Haushofmeister verbeugte sich. »Wir wollen, Euer Majestät, über die Frage entscheiden, ob ein alter oder ein junger Mann als Buhle vorzuziehen sei.«

»Wohlan, lasst hören …«

Der alte Matteo trat in den Kreis, grauhaarig, doch immer noch kräftig mit breiten Schultern und einem geraden Rücken. Ihm gegenüber sein Konkurrent: Aurelio, ein hochgeborener Knappe von vielleicht fünfzehn Jahren, von schöner Gestalt, doch kindlich-weichen Zügen, ein wenig jammerhaft, wenn Ihr mich fragt, so wie es allzu junge Männer oft sind.

Die brünette Agostina, mit hochroten Wangen, versuchte sich hinter ihren Freundinnen zu verstecken, doch diese schubsten sie nach vorn.
Matteo verbeugte sich tief vor der Königin, dann vor Agostina und sprach: »Gnädigste Herrin! Ich habe dieser schönen Dame viele Minnedienste geleistet, habe sie begleitet, ihr Ross geführt, in Kämpfen mich hervorgetan, sie in Gedichten verherrlicht ...«
»Ich auch! Ich auch!«, rief Aurelio. »Beim Turnier gab sie *mir* ihr Pfand, nicht ihm!«
Ein Lachen und Raunen ging durch die Runde.
»Du musst dich entscheiden, Agostina«, mahnte die Königin. »Es ist nicht recht, wenn du zwei ehrenwerte Buhlen leiden lässt.«
Oh, Agostina hatte es faustdick hinter den Ohren. Sie sonnte sich in der Verehrung, ohne die Absicht, auch nur das Geringste zurückzugeben. Und wenn es doch dazu käme, so wussten wir alle, dass sie dem Jungen den Vorzug gäbe.
»Nun, ich bin beiden gut«, sagte sie mit niedergeschlagenen Lidern. »Aber Matteo ist doch so viel älter als ich.«
Matteo lächelte: »Alter ist eine natürliche Sache. Kein Ding auf Erden kann dem entgehen. Deshalb sollte man das Alter nicht schmähen. Und was schadet es, dass ich alt – und vermögend – bin? Alter bringt Weisheit, und die soll mir helfen, Eure Liebe und Minne zu erringen. Ich habe in meinem Alter viele gute Taten angehäuft. Zu so etwas hatte ein Junger noch gar keine Zeit. Und wenn nun die Menschen nach dem Verdienst belohnt werden, dann bin es wohl ich, der ins Himmelreich Eurer Liebe gelangen sollte.«
»Aber sollten sich nicht Gleich und Gleich finden, damit die Lieb und Minne auch Beständigkeit hat?«
»Im Gegenteil«, sagte schlau Matteo, »was die Beständigkeit betrifft, so ist eine Dame mit einem alten Mann doch besser dran. Der Junge ist unstet, wankelmütig und kennt sich selbst noch nicht. Bei einem Alten findet Ihr Sicherheit und Treue. Deshalb soll man das Alter nicht nach den Haaren schätzen, sondern nach dem Herzen.«

Etliche von uns lachten und klatschten Beifall.
Agostina schaute auffordernd den Jungen an: »Wie steht es dann mit Euren guten Werken und wofür hättest du die Lieb verdient?«
Der junge Aurelio war auch nicht auf den Mund gefallen: »Edle Dame, ist es nicht so, dass alle guten Werke, Zucht und Männlichkeit auf der Welt von der Liebe herkommen; und was nicht der Liebe entspringt, aus dem bodenlosen Brunnen der Minne? Darum begehre ich ja Eure Liebe und Minne, dass ich dadurch geleitet werde, Lob und Tugend zu erwerben. Ihr würdet doch mehr gewinnen, wenn Ihr einen Ungelehrten zur Zucht brächtet, als wenn Ihr einen Gelehrten aufnähmt.«
»Da seht Ihr es: Ich würde den Alten erwählen, dächte ich nur an mich«, sprach Agostina süß lächelnd. »Ich fühle mich aber verpflichtet, meine Lieb und Minne dorthin zu geben, wo sie etwas Gutes ausrichten kann, und deshalb erwähle ich den armen Aurelio, der Zucht und Bildung nötiger hat als Ihr, ehrwürdiger Matteo!«
Schallendes Gelächter, das Mädchen wollte sich schon dem hübschen Knappen zuwenden, doch Giovanna hob die Hand.
»Ich aber urteile, dass die Dirne von der Buhlschaft nichts versteht. Wenn der mehr Lohn empfinge, der noch nichts getan hat, so kämen die geschehenen Taten nicht zur Anerkennung. Niemand gedächte der vergangenen Arbeit. Wie will man da den Männern die Notwendigkeit von minniglicher Zucht beibringen, wenn sie alles, was sie begehren, auch ohne Mühe haben können? Darum, Agostina, musst du jetzt gleich dem Matteo einen Kuss geben, und ich verleihe ihm die goldene Rose für die besseren Argumente und das feinere Auftreten.«
Der Junge schmollte, Agostina schmollte, und Matteo grinste sich eins. Natürlich, das müsst Ihr verstehen, schrieb die Königin keinem von uns vor, wohin er seine Liebe geben sollte. Es war nur ein Spiel und ein Wettbewerb in schönen Reden und wachem Geist. Aber es ist mir doch aufgefallen, wie alte Frauen zu ihrer Lust nur junge Männer begehren und alte Männer wollen junge

Frauen. Das scheint mir nicht recht und auch nicht klug, dass sie einander aufgrund ihres Alters verachten, denn so verachten sie sich selbst.
Und schon purzelte Lucchina auf den Sandfleck zu Giovannas Füßen. »Liebe, Liebe, Liebe! Welcher Teufel hat sich das ausgedacht!? Eine Krankheit ist das, sag ich, und für keinen ein Gewinn. Die Liebe ist ein angeborenes Leiden, das kommt von begehrlichem Schauen und ungeordneten Gedanken. Ein Blick und huiii! ist alles durcheinander! Das Gebäude der Vernunft, an dem man ein halbes Leben lang gemauert hat, wird mit leichter Bewegung eingerissen.« Die Zwergin schlug einen Purzelbaum. »Dass Lieb und Minne Leiden seien, das ist leicht zu beweisen. Wenn nämlich die Anziehung zwischen zwei Formen der geteilten Natur zutage tritt, von da an gibt es nichts als Zittern, heiß und kalt wie im Fieber, der Appetit ist uns verdorben und erst die Sorgen und die Angst! Ob auch die Liebe wiederliebt? Und wenn die Liebe wiederliebt, ob genauso oder etwa ein Gran weniger! Oder wenn gar die Liebe nicht vergolten wird, dann gibt es ein Geschrei. Schmerz, oh, Schmerz! Sie möchten sterben! Ist einer ungestalt, dann sorgt er sich, ob sie ihn drum verachtet; ist er reich, so beobachtet sie, ob er geizig sei, wo doch sein Reichtum vom Geiz nur kommen kann. Misstrauisch blickt man umher und sucht nach andren Buhlen. Keinen ruhigen Augenblick hat man mehr und alles Glück ist einem verdorben, kaum dass es eingetroffen! Freut Euch Aurelio, diesem Schicksal seid Ihr entronnen!«
Aurelio sah aber gar nicht erfreut aus und beobachtete missmutig, wie Agostina mit Matteo schäkerte. Ich vermutete allerdings, und mit Recht, dass sie den jungen Mann mit Absicht eifersüchtig machte. Dann, nachher im Schlosspark, da gäbe es eine heftige Szene und eine umso heftigere Versöhnung. Es ist ein gar zu altes Spiel und tut bis auf den heutigen Tag seinen Dienst.
Ich beobachtete meine Herrin beim Essen, wie sie mit Appetit aß und Wein aus ihrem rubinbesetzten Becher trank, wie sie über die Tafel hinweg scherzte; wir spielten und ritten auf die Falken-

jagd und übten uns im geistvollen Wortgefecht. Merkte sie nicht, wie es um sie einsamer wurde, wie die Höflinge sich um Taranto drängten? Doch sie schien heiter und von der Wahrheit unberührt.
Lucchina erzählte mir, was aus der Nymphe Lella geworden war. Sie hatte von einem gesunden Jungen entbunden, ganz so, wie sie es angenommen hatte. Loisi besuchte sie am Wochenbett und brachte ihr Rosen und ein Halsband aus Grünsteinen, passend zu ihren wundervollen Augen. Giovanna ließ der Mutter Konfekt schicken und ein kostbares Taufkleid für das Kind und sorgte dafür, dass beide die beste Pflege erhielten.
Sobald die Mutter aber reisefähig war, schickte Loisi sie nach Taranto, angeblich zu seiner Mutter, der immer noch intriganten Catharina de Valois. Er hatte Lella versprochen, dass sie dort in Ehren aufgenommen würde und ein eigenes Haus mit Dienerschaft erhielte.
Muss ich es Euch sagen? Sie kam nie an. Angeblich war ihr Wagen auf dem Weg von Banditen überfallen worden. Man hat nie wieder etwas von ihr oder dem Kind gehört.
Und Giovanna? Für sie stand völlig außer Frage, dass Loisi in die Sache verwickelt wäre. »Es ist traurig«, sagte sie. »Aber solche Dinge passieren eben. Gewiss hat Loisi nichts damit zu tun.« Sie wollte nichts sehen. Sie wollte nichts hören. Sie wollte es nicht wahrhaben.
Nachdenklich reiste ich nach Salerno, um meine Studien abzuschließen.
Ich wollte noch ein wenig Chirurgie erlernen, das Säubern und Vernähen kleinerer Schnitte und Wunden. Das sollte für meine Zwecke genügen. Für den Mai 1352 hatten Ursoleone und ich den Termin unserer Hochzeit festgelegt.
Ich machte mir nun doch Gedanken darüber, ob – wie Lucchina meinte – Liebe und Minne zwischen Eheleuten unmöglich sei, ja, manche taten sogar so, als sei so etwas unanständig. Was in der freien Buhlschaft wird gegeben und für den anderen getan, so sagen sie, das sei freiwillig gegeben. Was in der Ehe wird gegeben,

das sei Pflicht und habe deshalb nichts mit Liebe zu tun. Süß sei allein die geheime und verborgene Liebschaft.
Giovanna tröstete mich in einem Brief: »*Da ihr beide nicht von euren Eltern zusammengegeben wurdet, sondern sehr wohl die süße und geheime Buhlschaft kennen gelernt habt, so mag es auch in eurer Ehe Süßigkeit geben. Ich halte es damit nicht so streng. Wer sagt denn, dass man sich nicht auch dort viel Gutes tun kann, das mehr ist denn Pflicht, und dass man Verdienste und Ehre erwerben kann, ganz wie im Minnedienst.*«
Nun, ihre eigene Ehe war sicherlich nicht danach. Aber ich hoffte für meine.
Ach ja. Eins hätte ich fast vergessen. Das war seltsam:
Bei meinem letzten Besuch in Castellammare, da ist mir mein Kräuterbeutel gestohlen worden. Das hat mich doch recht geärgert. Wer konnte denn etwas damit anfangen?
Hatte eine Dienerin ein Abtreibungsmittel gesucht? Aber solcherlei Mittel besaß ich gar nicht.

21.

Au camin dis amourous
Un iè perd, l'autro iè gagno,
que regrèt!
Jamai digues toun secret.

Auf dem Weg der Liebenden
verliert der eine und der andere gewinnt.
Wie traurig!
Aber verrate nie dein Geheimnis.

Ich fühlte mich wie in einem langen und besonders deutlichen Traum. Ich saß auf einem weißen Zelter. Ein Meer von Gesichtern trieb unter mir, helle Flecken nur, in einem Strudel von Farben. Sie riefen mir etwas zu. Ich lächelte und winkte.

An den Weg von der Kapelle Annunziata zurück zum Palazzo Benevento kann ich mich kaum mehr erinnern.

Ursoleone und ich hatten uns für eine kleine, stille Hochzeit entschieden, da einer seiner Brüder vor kurzem gestorben war, ein letztes Opfer der Pest, als die Welle schon fast vorüber war. Aber es stellte sich heraus, dass eine ›kleine, stille‹ Hochzeit in der Familie Benevent etwas anderes bedeutete als bei mir zu Hause. Die Benevents sind, wie ich schon berichtet habe, keineswegs so unbedeutend, wie Ursoleone mich hatte glauben machen. Allein die engere Familie ist zahlreich, laut und bei allem zugegen. Ich fühlte mich ein wenig überwältigt.

»Nicht so schüchtern!«, rief eine der jüngeren Tanten mütterlicherseits. »Du gehörst jetzt zu uns!« Sie waren so stürmisch und liebevoll, dass ich mich am liebsten im Wandschrank eingeschlossen hätte. Natürlich ließ man das nicht zu. Mehrere Frauen kleideten mich aus und wieder an und putzten mein Haar mit Bändern heraus, als sei ich ein Preispferd. Ich bekam das Brautkleid meiner Mutter gereicht, das ich den langen Weg von St. Jean bis hierher gebracht hatte, seidene Schuhe übergezogen und ließ mir den Schmuck anlegen, den mir Königin Giovanna zum Hochzeitstag geschickt hatte: ein Halsband aus vergoldetem Silber, mit Topasen und Splittern von Bergkristall besetzt und passenden Ohrringen dazu. Sie hielten mir einen Spiegel vor, und ich errötete, weil ich mich schön fand. Ich fühlte mich selbst wie eine Königin, war plötzlich übermütig und sang, sang provençalische Lieder, die niemand verstand außer mir: *»Au camin dis amouros ...«*

Mein Bruder Alain war aus Neapel angereist, um mich stellvertretend für unseren Vater fortzugeben. Er empfing mich am Fuß der Treppe. Ich drehte und wendete mich, um ihm zu zeigen, wie schön ich war, und er schalt mich halb im Scherz wegen meiner sündigen Eitelkeit. Aber ich schlug mit meinem Brautstrauß nach ihm und sagte: »Geh, verdirb mir diesen Tag nicht, du sauertöpfischer Pfaffe!«

Er lachte, nahm meinen Arm und führte mich zur Sänfte, deren Vorhänge zugezogen waren, weil niemand die Braut vor der Hochzeit erblicken darf. Es war eine schön bemalte Sänfte mit dem Wappen von Benevento und samtenen Vorhängen. Wir stiegen hinein und wurden zur Kapelle getragen.

»Wie steht es zu Hause? Wie geht es den Eltern und Francis?«, fragte ich. Ich lupfte den Vorhang ein wenig und spähte hinaus. Draußen blieben die Bürger stehen und starrten: die Hausfrauen, die Brot in ihren Körben trugen; die Lieferanten mit ihren Karren, hoch beladen mit Gemüse, Wein- oder Ölkrügen, Wildbret und Käfigen mit lebendem Geflügel. Ladeninhaber traten aus dem Halbdunkel hinaus in die Sonne und blinzelten.

Die Laufjungen blieben wie angewurzelt stehen, die jungen Frauen, die Alten. Alles wies auf die Sänfte und tuschelte.
Alain schüttelte den Kopf, amüsiert über meine Neugier. »Gut geht alles. Die Eltern haben beide die letzte Pestwelle überstanden, dem Herrn sei es gedankt! Francis kämpft in Flandern gegen England, aber er fühlt sich mehr und mehr unwohl bei dem Geschäft. Er war einmal bei mir in Cavaillon und hat mir so einiges erzählt. Es scheint, dass dieser Capitaine Cervole kein guter Mensch ist.«
»Wie sollte auch einer, dessen Handwerk das Töten ist, ein guter Mensch sein? Obwohl Francis immer gut war und ehrlich ...«
»Wenn die Sache gerecht ist, dann ist auch das Kriegshandwerk Gott wohlgefällig, sagt die Kirche – aber lass uns an diesem Tag nicht über Krieg sprechen, Alix.«
»Dann erzähle mir von zu Hause, alles was du weißt, auch was dir unwichtig erscheint.«
»Gut: Als ich das letzte Mal dort war, da ist der alte Gerome gestürzt, als er Vater den Bart scheren sollte. Vater wollte ihn von seinen Pflichten entbinden. Das wollte der Alte aber gar nicht hören. Und so wird jetzt Gerome, wenn er Vaters Bart scheren soll, auf einen Stuhl gesetzt, und Vater kniet sich vor ihn hin, damit der klapprige Figaro auch heranreicht an den Bart ... Er wird ihm noch den Hals abschneiden, so zittrig ist er geworden.«
Ich kicherte. »Und der junge Stallknecht, der Rothaarige, wie hieß er noch?«
»Rambert. An dem hast du ein Wunder vollbracht! Vorher war er linkisch und schüchtern. Seitdem du ihm aber dein Tuch geschenkt hast, läuft und spricht er selbstbewusst, freundlich und immer hilfsbereit und ist den Eltern eine große Stütze. Er ist ein Mann geworden, kaum zu glauben.«
»Manchmal tut die Liebe auch ihr Gutes. Er hatte sich in den Kopf gesetzt, in mich verliebt zu sein.«
»Wie? Ach das – du meinst, das hat ihn so gebessert? Mireille hat übrigens verlangt, dass ich ihr Kochrezepte aus Neapel mitbringe, wenn wir in zwei Monaten zurückkehren, und dass ich auf-

passe, welche Gewürze hier verwendet werden, damit sie für unsere Eltern einmal etwas Neues zubereiten kann.«
»Ich werde ihr Verschiedenes aufschreiben und lege auch ein Päckchen Gewürze dazu. Und kannst du frische Zitronen mitnehmen und etwas Olivenöl? Es ist – ich muss das leider sagen – noch besser als unseres.«
So schwatzten wir, als ob gar kein besonderer Tag sei, und der gute Alain lenkte mich ab mit Geschichten aus unserem Dorf, all den kleinen Taten und Vorkommnissen, wie die Ziegen von Micheline dem *syndic* die jungen Ölbäume abgefressen hatten, wer sich mit wem verzankt hatte und wer geheiratet.
»Oh, Heilige Maria Mutter Gottes! Meinst du, Alain, ich habe das Richtige getan, hierher in die Fremde zu heiraten?«
»Sei nicht albern! Du hast doch Glück gehabt: Dein Mann ist ziemlich wohlhabend und er scheint dich zu lieben.«
»Ja jetzt, aber was ist, wenn er mich dann ein Weile hatte? Dann kühlen die Männer ab, heißt es.«
»Also, da kann ich dir wirklich nicht raten.«
Natürlich nicht. Wir kamen zur Kapelle, die bereits voll besetzt war. Die Zeremonie, auf die ich zwei Jahre gewartet hatte, sie ging so schnell vorbei. Und alles, was ich sah, war Ursoleones Gesicht; alles, was ich hörte, war seine Stimme, wie er mir Treue schwor. Es war sonst niemand da für mich. Dann kam der Auszug aus der Kirche und wir stiegen auf weiße Pferde und paradierten durch die Stadt. Das musste sein, denn das Fürstenhaus von Benevent war sehr beliebt und die Bürger nahmen Anteil an ihrem Leben. Niemals zuvor war ich Gegenstand von Jubel gewesen. Niemals zuvor hatte irgendjemand mir Blumen zugeworfen. Und Urs strahlte mich an. Ich glaube wahrhaftig, er war stolz auf mich.
Kurz darauf zogen wir nach Montesárchio, das von nun an unsere Heimat sein sollte. Ursoleone übernahm die Garnison in der mächtigen Burg, die auf der Spitze eines Hügels lag. Von den Türmen aus hatte man einen weiten Blick über ein bergiges Land mit Weinterrassen, Olivenhainen und Kornfeldern in den Tälern, hellgrün jetzt im Mai. Das Weiß und Grau der Felsen und Steine

auf den Feldern erinnerte mich an meine Provence. Solch fette, grüne Wiesen kannte ich nicht, und die Weinberge trugen süße Trauben. Doch wenn ich die Augen von den Ebenen zu den Bergen erhob, die uns umgaben, Monte Mauro, Monte Ciesco Alto, Monte Taburno und Monte Vergine, und wenn ich die Augen zusammenkniff, sodass alles unscharf erschien, mit Grün geflecktes Grau, dann konnte ich mir vorstellen, ich sei zu Hause.

Gleich nach der Hochzeit ließ ich den Haushofmeister kommen und die Haushälterin Ricarda. Ich ließ sie Platz nehmen, um mir von ihnen die Bücher zeigen und mich in den Stand der Dinge einweisen zu lassen. Ricarda war mir auf den ersten Blick angenehm, eine Frau um die vierzig, schätzte ich, mit einer zupackenden Art und Lachfältchen um die Augen.

Ich besichtigte die Küche – das Gespräch erstarb und alle Tätigkeiten. Sie sanken in die Knie, als sei ich eine Hochwohlgeboren, was ich ja streng genommen auch bin. Aber ich war solche Behandlung nicht gewohnt. Daher untersagte ich ihnen das Knien und bat sie, frei zu mir zu kommen oder zu Ricarda, wenn etwas fehlte oder sie Vorschläge hätten. Und ich ließ an das Personal Silberstücke verteilen wie Königin Giovanna – nur dass sie ganz Neapel beschenkt hatte zu ihrer Hochzeit und wir nur unseren Haushalt.

Dann ging es in die Nähstube, die Wäschekammer, den Vorratskeller, die Mühle und zum Brotofen. Ich ließ mich vom Sommelier durch die Gewölbe führen, wo der Wein gelagert wurde und zu einem kleinen Haus, abseits der anderen Wirtschaftsgebäude, wo unser eigener Wein hergestellt wurde. Das kannte ich von St. Jean, aber hier war der Vorgang reinlicher und raffinierter. So machte ich mich mit den Schlüsselfiguren meines großen Haushalts bekannt und fügte mich nach und nach in Pflichten und Routine ein.

Erst dann kümmerte ich mich um unsere privaten Gemächer, die zwar neu gebaut, aber roh und unwirtlich waren. Nachdem ich mit Urs den Etat besprochen hatte, ließ ich die Wände im Empfangszimmer vom Boden bis zur Decke mit Ranken, Vögeln und

Schmetterlingen bemalen, auf goldgelbem Grund, ganz ähnlich, wie ich es im Papstpalast von Avignon gesehen hatte. Für den Speisesaal wählte ich Grün mit Gold abgesetzt und für das Schlafzimmer heiteres Rosé. Für diese Arbeiten bestellte ich einen jungen Maler aus der Schule von Giotto und ließ ihn auch ein schönes Deckengemälde ausführen. Ich kaufte Wandteppiche, Kerzenhalter, Obstschalen und Kissen und ließ Möbel aus goldenem Pinienholz herstellen. Es hatte sich in den letzten Jahren ein feinerer, leichterer Stil als zuvor entwickelt. Ach, wie mich das freute, all diese schönen Dinge jetzt auch für mich selbst kaufen zu können!

Die Küche musste neu organisiert werden. Vorschläge waren von dort nicht gekommen. Es war eine raue Männerwirtschaft da unten. Sie kochten stets das Gleiche zusammen, riesige Kessel voller Eintopf mit Zwiebeln, Brotsuppe, Kornbrei, Graupensuppe. Statt mich dort lange mit Reformen zu plagen, trennte ich die Garnisonsküche von der herrschaftlichen und stellte eigens neue Leute für uns ein.

»Ah! Ein Wunder ist geschehen!«, seufzte Urs zufrieden. »Warum bin ich nicht schon früher auf die Idee gekommen? Ich danke dir, meine Schöne. Wie habe ich es nur bis jetzt ohne dich ausgehalten?«

Das war ein liebes Kompliment, aber ich wunderte mich über mich selbst: Pasteten, Kuchen, Konfitüren! Kissen, Decken, Obstschalen … Was war ich plötzlich für eine Nestbauerin geworden? Wo war meine Leidenschaft für Medizin, für Bücher und gelehrte Gespräche geblieben?

Nestbauerin? Das war es: Ich war bereits schwanger. Ich wartete, bis ich Gewissheit haben konnte, und als ich es Urs sagte, sprang er auf, ergriff mich um die Taille und schwenkte mich wie wild herum. Plötzlich setzte er mich ab in einen Sessel und schaute besorgt.

»Es ist gut! Ich bin nicht aus Marzipan, Urs!«, sagte ich. Aber er behandelte mich von nun an, als sei ich aus gesponnenem Glas.

Die Schwägerinnen, sämtliche Tanten, Großmütter und meine

Schwiegermutter besuchten mich. Dann saßen wir beisammen und stickten an erstaunlich winzigen Kleidungsstücken, tranken Zitronenlimonade und naschten Bonbons aus Apfelgelee und geröstete Nüsse. Und jede der Besucherinnen hatte ihre eigene Vorstellung von Schwangerschaft und Kinderpflege und tat sie mir ausführlich kund. Dann fielen die anderen ein und widersprachen; sie diskutierten über meinen Bauch hinweg, als sei ich gar nicht da. Oder sie brachten von ihnen selbst bereitete ›gesunde‹ Speisen, die ich auf der Stelle vertilgen musste, bis ich das Gefühl hatte zu platzen. Nach einem solchen Nachmittag fand mich Urs in einem hysterischen Lachanfall auf das Bett gesunken vor: »Die eine sagt, ich soll mich am ganzen Körper mit Mäusefett einschmieren! Die nächste meint, ich müsse unbedingt den zunehmendem Mond auf meinen Leib scheinen lassen! Hahaha! Das stell ich mir so vor, ich um Mitternacht auf dem Westturm, meinen Kürbis in den Mond streckend! Ich glaube, Monsignore Capelli ließe mich wegen Hexerei einsperren. Und höre: Ich soll nur rote Lebensmittel essen, das Zeichen gegen den bösen Blick auf mein Schlafzimmerfenster malen. Willst du mehr?«
Er setzte sich besorgt zu mir. »Um Himmels willen, beruhige dich, Alix. Wenn diese Weiber dich so aufregen, dann verbiete ich, dass sie herkommen!«
»Nein, bitte, sie amüsieren mich: Der Säugling, wenn er denn mal da ist, soll sofort in gesalzenen Rosenblättern gewälzt werden, wälzen(!) – hahaha! Ich soll unbedingt eine Amme suchen, die das gleiche Temperament hat wie das Kind – wie soll man denn das gleich nach der Geburt schon feststellen? Obwohl: So kräftig, wie es tritt, da muss man wohl eine feurige Milchamme finden!«
Ursoleone nahm mich vorsichtig in den Arm und lachte mit mir. Und ich richtete mich nach nichts von alledem, obwohl es herzensgut gemeint war. Mäusefett!
Das Leben war freundlich zu uns. Aber in Neapel ging es zu wie in einem Irrenhaus. Arme Giovanna.
»Mit Verlaub: Ich gehe«, sagte Hugues de Baux. »Wir sind unse-

rer Heimat lange genug fern geblieben. Nun, mit Eurer Erlaubnis, Herrin«, Hugues wandte sich demonstrativ nur an Giovanna, die einzige Autorität, die er akzeptierte, »möchte ich zurückkehren nach Les Baux, um mich um meine eigenen Angelegenheiten zu kümmern und die der Provence.«
Giovanna seufzte. Der alte Hugues und seine Söhne gehörten zu den wenigen, die noch offen zu ihr standen. Alle anderen hatte Loisi gekauft, vertrieben oder eingeschüchtert.
»Geht mit Gott, mein lieber Hugues, und grüßt mir meine Provence.«
»Ihr wisst, Ihr seid dort jederzeit willkommen.« Er wandte sich halb zu den umstehenden Höflingen und fuhr fort, so laut, dass alle es hören mussten: »Dort würde man Euch ehren, wie es Euch zusteht!« Hugues hätte es gern gesehen, wenn Giovanna mit ihm in die Provence gekommen wäre. Sollte doch Neapel zum Teufel gehen und das unbotmäßige Sizilien dazu.
»Die Provence!« Taranto machte mit den Lippen ein unanständiges Geräusch. »Geht endlich, alter Narr. Ihr habt Euer Willkommen längst aufgebraucht.«
Hugues sagte weiter nichts darauf. Er erhob sich von den Knien; sein Sohn Raymond stürzte herbei und half ihm, sich aufzurichten, was dem alten Mann schwer fiel in seiner Rüstung. Weshalb trug er Rüstung, fragte Loisi sich, tat es dann aber als Narretei eines alten Mannes ab. Sollte er doch.
»Wisst Ihr, Ihr solltet auf die Rüstung verzichten in Eurem Alter! Das Gehen ist doch so schon beschwerlich für Euch.« Loisi lachte höhnisch.
Raymonds Hand verirrte sich zum Griff seines Schwertes. Er versteifte sich vor Wut, doch Hugues legte seinem Ältesten die Hand auf den Arm und zog ihn mit sich. Er wandte sich nochmals um, sagte: »Gestattet Ihr, Majestät, dass ich Eurer Schwester einen Abschiedsbesuch abstatte?«
Giovanna: »Ja sicher, sie wird sich freuen, Euch zu sehen.«
Loisi winkt ab, eine Geste halb Zustimmung, halb Verachtung – er solle endlich verschwinden, wohin auch immer.

Eine halbe Stunde später, die provençalischen Galeeren waren beladen mit Gepäck und Proviant, die Ruderer fertig zum Ablegen, da erschien Hugues de Baux mit seinen beiden Söhnen Robert und Raymond vor dem Castel dell'Ovo. Das Castel dell'Ovo liegt ein paar Steinwürfe weit von Castel Nuovo entfernt. Es ist vor der Küste ins Meer gebaut, auf dem Fundament einer winzigen Insel wahrscheinlich, nur über einen aufgeschütteten Weg mit dem Land verbunden.
Seit Carlos Tod hatte Maria sich hier verschanzt und wollte niemanden sehen. Den alten Hugues wird sie empfangen, als harmlos eingestuft, da er zu keiner der rivalisierenden Parteien gehört: ein getreuer alter Hund, ein guter Onkel, Hugues.
Hugues und seine drei Söhne laufen über die lange Mauer. Hugues' weißes Haar weht im Wind so weich wie gekämmte Wolle. Unten branden die Brecher gegen den Steinsockel. Die Wellen klatschen auf, schäumen, ziehen sich zurück und das Spiel beginnt von neuem. Hugues hat die Festung erreicht und wird eingelassen.
Wir wissen nicht genau, was drinnen geschah. Hat Hugues erst im Guten versucht, Maria zu überzeugen? Hatte er es vorher schon einmal getan, Brautwerbung für seinen Sohn? Maria war verschwiegen in diesen Tagen, zog niemanden ins Vertrauen.
»Komm mit uns, Maria! Was gibt es für dich noch hier? Man respektiert dich nicht. Du nimmst nicht mehr am Leben teil. Komm mit uns nach Les Baux. In der Provence wird man dir Ehre erweisen, wie sie dir gebührt. Dort werden sie dich lieben, wie sie Giovanna geliebt haben! Heirate meinen Sohn Raymond, Maria. Er verzehrt sich nach dir. Dann wirst du wieder Fürstin sein, residieren, leben, lieben – komm!« Maria lehnt ab, so behauptet sie später.
Während Hugues mit ihr spricht, legen die Ruderer ab im Hafen. Raymonds schwarze Augen verschlingen sie, dann wieder streifen sie zu den Fenstern hinaus, auf das Ende der Mole, wo das Castel dell'Ovo seine Anlegestelle hat.
»Komm, Maria.«

Maria sagt nein.
Da packen sie sie und zerren sie mit sich. Als sie sich wehrt, und Maria kann sehr temperamentvoll und gewalttätig sein, da hebt Raymond sie kurzerhand hoch und legte sie sich über die Schulter wie irgendeine Marketenderin. Ein Klaps.
»Halt still, Weib, ich will dir nicht wehtun!«
Maria schreit, weniger angstvoll als empört. Sie kreischt und reißt Raymond büschelweise Haare aus. Er muss rasch seinen Helm aufsetzen, um sich zu schützen. Die Dienerschaft, die Leibgarde eilt herbei. Hugues und Robert ziehen die Schwerter. Es gibt ein kurzes Gefecht, zwei Männer sind verletzt, die anderen fliehen.
»Gut gemacht«, lobt Hugues seinen Sohn Robert. Maria strampelt, schlägt mit Fäusten auf Raymond ein. Der hat genug und gibt ihr eine saftige Ohrfeige. Endlich ist Ruhe. Sie fängt an zu weinen, hängt wie ein nasser Sack über seiner Schulter.
Die drei Männer eilen hinaus und auf den Bootsanlegeplatz zu, ein schmaler Streifen Mauerwerk, das in die See ragt. Die Galeere nähert sich. Von irgendwoher taucht noch einmal ein Diener auf und stürzt sich auf Raymond, zerrt an Marias Beinen. Ein Fausthieb von Robert lässt ihn das Gleichgewicht verlieren. Der Mann stürzt ins Wasser. Robert beugt sich über den Rand: »Kannst du schwimmen?«
»Ja!« Damit ist der Fall erledigt.
Und die Galeere kommt und trägt Maria davon. Kaum, dass sie auf See sind, erscheint wie der Teufel aus der Kiste ein Mönch an Deck, um Maria und Raymond zu trauen. Sie beißt die Zähne zusammen, kneift die Lippen zu einem Strich und sagt kein Wort. Der Pfaffe tut, als hätte sie ›ja‹ gesagt. Solche Pfaffen lassen sich immer finden.
Raymond versucht, seine geraubte Braut zu küssen.
»Spar dir das!«, faucht sie ihren neuen Ehemann an. »Ich bin Giovannas Erbin, und davon werde ich wohl niemals frei sein. Nur deshalb werde ich geheiratet.«
»Aber du bist auch hübsch. Wir könnten es doch ganz gut mit-

einander haben«, antwortet Raymond lächelnd und tut gleich seine eheliche Pflicht, damit die Sache auch Gültigkeit hat. Obwohl, wie das nachgewiesen werden soll bei einer Frau, die schon zwei Kinder hatte, das frage ich mich heute noch.

Als ein Knappe ins Castel Nuovo gerannt kam, so viel ist sicher, war Loisi Taranto außer sich vor Wut.

»Das ist deine Schuld«, schrie er die Königin an. »Du wolltest den alten Knattersack ja so lange hier behalten. Er hätte sofort umkehren sollen, sobald wir die Nachricht von Lajos' Abzug hatten! Ich habe es gleich gesagt! Aber du! Aber du …!« So schrie er immer weiter, während ihm Speicheltröpfchen aus dem Mund sprühten. Die Königin betrachtete ihren Gemahl mit distanziertem Blick.

»Es ist nicht recht und es tut mir Leid für Maria«, sagte sie, als Loisi einen Augenblick Atem holte. »Wir wissen aber nicht, ob sie nicht freiwillig mitgegangen ist. Du erinnerst dich: Sie hat so etwas schon einmal getan. Also ist es durchaus nicht sicher, dass die Baux Gewalt angewendet haben.«

»Der Diener sagt, sie hätte sich gewehrt!«

»Ja ja, aber das hat sie vielleicht zum Schein getan. Wir sollten auf jeden Fall erst einmal abwarten und mehr erfahren, ehe wir uns einmischen.«

»Einmischen? Wie kannst du so sprechen! Maria ist entehrt! Deine eigene Schwester«, tobte Loisi.

»Wenig genug habe ich davon gespürt in letzter Zeit. Außerdem geht es weder denen noch dir um meine Schwester, sondern um meine *Erbin*. Erstens ist meine und deine leibliche Tochter vor meiner Schwester dran, und zweitens ist es keine schlechte Wahl, Maria in die Provence zu geben. So ist wenigstens Ungarn aus dem Rennen, und das Hickhack zwischen dir und den Durazzo hat ein Ende.«

Loisis Gesicht nahm während dieses Vortrags eine blaurote Farbe an. Er antwortete gar nicht, sondern stürmte los, um seinen Hauptleuten Befehle zu erteilen. Es musste unbedingt losgeschlagen werden.

»Nein! Das will ich nicht«, rief Giovanna. »Höre Loisi: Ich verbiete jedes Blutvergießen!«
»Wer spricht von Blutvergießen«, antwortete Taranto. »Wenn sie deine Schwester freiwillig herausgeben, dann soll von mir aus weiter nichts geschehen. Ich habe nichts gegen den alten Narren.«
»Ich will ihn lebend hier vor mir sehen«, rief Giovanna und war aus ihrem Sessel aufgestanden. Schon lange hatte man sie nicht mehr so erregt gesehen. Noch nie hatte sie Taranto gegenüber diesen Ton angeschlagen. »Wage es ja nicht, ihn unter einem so windigen Vorwand umzubringen!«
Loisi aber war voll finsterer Vorfreude.
»Ach, so viel liegt dir an dem Provençalen? Glaubst du, ich weiß nicht, dass er allenthalben gegen mich wühlt und uns zu entzweien sucht?«
Giovanna wurde bleich und sank in ihren Sessel zurück.
»Jetzt wird aufgeräumt mit diesem Gesindel!«
Lange genug hatte Hugues ihm im Pelz gesessen wie ein quälendes, stechendes Insekt, hatte seine Pläne gestört, Leute aufgewiegelt.
»Loisi!«, rief die Königin, Schlimmes ahnend, aber es traf sie das Los aller Frauen. Sie wurde zurückgelassen, wartend.
Nun machte es sich bezahlt, dass der König solche Leidenschaft für den Krieg hegte, dass ein ständiges Heer bereitstand. In kürzester Zeit waren sechs Kriegsgaleeren besetzt, und schon flog Loisi über die Wellen, um Maria zu befreien. Nur Tarantos Anhänger waren an Bord, seine eigenen Truppen.
»Treibt die Rudersklaven an, peitscht sie! Es ist mir gleich, ob sie zugrunde gehen! Ich muss de Baux haben!«
Bei Gaeta holten die neapolitanischen Schiffe die Provençalen ein. Sie lagen am Strand, um Wasser aufzunehmen. Fünf der neapolitanischen Galeeren kreisten sie von See her ein. Loisi ließ sein Schiff landen und ging als Erster von Bord direkt zu dem Schiff der Baux. Maria war nirgends zu sehen.
»Hugues! Komm heraus!«

Es wird erzählt, dass Hugues de Baux die Laufplanke herunterkam, mit ausgestreckten und leeren Händen, um mit Taranto zu reden. Kaum sah er den Alten, soll Loisi angefangen haben zu schreien und ihn zu beleidigen.

»Verräter! Das Vertrauen der Königin hast du schlimm belohnt! Wo ist Maria?!«

Und ohne die Antwort abzuwarten, rammte Loisi Taranto ihm das Schwert in die Brust und stieß den Sterbenden von der Planke. Da lag Hugues mit dem Kopf auf dem Sand und dem Körper im Wasser, wo sein Blut sich mit dem grünen Meer vermischte und die Wellen ihn sacht schaukelten. So starb dieser tapfere, hochgebildete und weise Fürst der Provence. Ich habe sehr um ihn geweint, als ich von seinem Tod erfuhr. Taranto gab ihm nicht einmal Gelegenheit zur Rechtfertigung oder Gegenwehr. So viel gilt die Provence den Neapolitanern!

Die provençalischen Schiffe wurden nach kurzem Kampf eingenommen und in Brand gesteckt, Robert und Raymond de Baux gefangen und nach Neapel geschleppt. Dort brachte man die Brüder vor die Königin, gemeinsam mit Maria, die Zeugnis gegen sie ablegte.

Raymond und Robert wurden an Ketten in den Thronsaal gezerrt, vorbei an der Reihe der Marmorsäulen, den Wandteppichen mit Szenen der Ritterlichkeit und Fabelwesen in leuchtenden Farben, vor den Löwenthron. Man packte sie im Genick und drückte sie auf die Knie. Ihre Gesichter wiesen dunkle Flecken auf und blutige Abschürfungen.

Von einem hölzernen Stuhl neben der Königin stand Maria auf, in dunkle Gewänder gekleidet, bleich, mit irrem Blick. Sie zeigte mit ausgestrecktem Arm und Finger auf Raymond: »Dieser da hat mich entführt gegen meinen Willen und mir Gewalt angetan, und der andere hat ihm dabei geholfen! Wie ein Stück Vieh haben sie mich verschleppt! Ich verlange Genugtuung, Schwester!«

Giovanna sah die Brüder lange an, Mitleid im Blick. Hugues Tod war ein bitterer Schlag für sie gewesen, mehr als die Entführung ihrer Schwester, nehme ich an.

›Hugues, warum hast du das getan?‹, mag sie gedacht haben. ›Du hast unserer Sache sehr geschadet. Warum nicht warten mit Maria, bis Taranto ausgeschaltet war? Ich hätte sie nie nach Ungarn geschickt. Hast du mir nicht vertraut?‹

»Hat dieser dich rechtmäßig und vor Gott zur Frau genommen?«

Maria fuhr herum wie eine Schlange: »Vor einem gedungenen Pfaffen, ja, wenn man das rechtmäßig heißen will. Aber gegen meinen Willen, und dann …« Sie brach in wuterfüllte Tränen aus.

»Was habt Ihr dazu zu sagen, Messire de Baux?«

Raymond schwieg. Robert war in der Sache ohnehin nicht gefragt worden.

Loisi ließ beide in den Kerker werfen. Die Familie de Baux würde sie freikaufen, irgendwann. Hugues war ausgeschaltet, das war die Hauptsache.

»Ist das alles?! Und was ist mit mir? Verflucht sollt Ihr alle sein«, kreischte Maria. »Jetzt bin ich nicht Ehefrau noch Witwe! Was soll das für ein Leben sein?!«

Und als sie schließlich sah, dass die Sache noch ewig so weitergehen konnte, da schritt Maria zur Tat. Sie ließ sich sorgfältig schminken, kleidete sich in Rot und Gold – eine sizilianische Salomé – und ging, von vier Gardesoldaten begleitet, zur Festung, wo die Brüder de Baux gefangen waren.

Man ließ sie ein. Sie war die Schwester der Königin und Ehefrau eines der hochwohlgeborenen Gefangenen. Dem Kerkermeister wäre es nicht eingefallen, sie abzuweisen. Man geleitete sie durch die Gänge und mehrere Treppen hoch. Konversationsversuche ließ sie abprallen. Die Schritte zischten und hallten auf dem grauen Stein. Marias Miene war unbewegt, als sie vor Raymonds Verließ stand.

Der Gefangene hatte auf seiner Pritsche gelegen. Jetzt stand er auf. Maria betrachtete ihn mit zusammengezogenen Brauen, und ihre Lippen bildeten eine scharfe Linie. Mit einer Geste befahl sie dem Kerkermeister aufzuschließen.

Der lange eiserne Schlüssel schob sich ins Schloss und bewegte mit wenig Geräusch den Schließmechanismus, gut geölt. Die Gittertür schwang auf mit einer unerwarteten Leichtigkeit. Die Möwen kreischten in der klaren Luft vor dem schmalen Fensterspalt. Raymond sah dem allem zu ohne ein Wort. Eine weitere Geste Marias, und ihre Söldner ergriffen Raymond. Sie zerrten ihn aus seinem hellen Turmgemach auf den Gang, drückten ihn auf die Knie. Einer von ihnen zog sein Langschwert und holte aus. Zwei andere hielten ihn fest. Der Kerkermeister schaute entsetzt.

Das Schwert fiel schwer herab mit einer Wucht, die nicht nur den Kopf des Gefangenen vom Rumpf trennte, sondern den Arm des Scharfrichters nach sich zog, bis das Eisen auf dem Steinboden entlangscherte und zur Ruhe kam. Raymonds Kopf hing an einem Stück Haut und Bändern. Aus dem Hals sprudelte in rhythmischen Stößen das Blut.

»Werft seinen Körper auf die Straße«, befahl Maria kühl, »damit jeder sehen kann, was dem geschieht, der einer d'Anjou Gewalt antut.«

Man warf die Überreste von Raymond aus einem Fenster im ersten Stock und halb Neapel kam, sich das schaurige Bild mit Muße anzuschauen. Als Giovanna davon erfuhr am Abend desselben Tages, war der Leichnam schon stark beschädigt durch Fußtritte, Straßenköter und Ratten. Sie ließ ihn in Tücher schlagen und verfügte ein ehrenvolles Begräbnis.

Maria aber schloss sich im Castel dell'Ovo ein, ganz wie vorher, nur dass sie nun noch die Fenster verhüllen ließ, im Dunkeln saß und das Essen verweigerte. Nach Tagen ließ sich Giovanna hinbringen und redete ihrer Schwester ins Gewissen.

»Ich mache dir keine Vorwürfe, dass du Raymond hast umbringen lassen. Es tut mir in der Seele weh, denn du weißt, die de Baux waren unsere besten Freunde und Verbündeten. Aber ich mache dir keine Vorwürfe. Wenn einer Frau so etwas geschieht ...« Während dieser Rede lief sie im Raum herum und zog die Vorhänge auf, sodass Sonne hereinfallen konnte. Maria zuckte zusammen und bedeckte die Augen mit den Händen. »Da siehst du es. Du kannst schon nicht mehr richtig sehen. Maria, ich sage dir, du benimmst dich wie eine Wahnsinnige, und das werde ich nicht

dulden! Schon um deiner Kinder willen nicht! So kann man kleine Mädchen nicht aufwachsen lassen! Wo sind sie überhaupt?«
»Oben, bei ihrem Kindermädchen.«
»Du hast Kinder, du hast eine Verantwortung!«
Maria verzog den Mund.
»Deine Diener haben Angst vor dir, weißt du das? Halb Neapel erzählt sich Geschichten von der wahnsinnigen Prinzessin mit dem Schwert.«
»Und wenn schon!«
»Also, ich sag dir was: Du kommst und lebst eine Weile mit mir. Lass uns nach Castellammare gehen. Ist dir das recht? So lange, bis es dir wieder besser geht, ja?«
»Von mir aus. Du lässt mich ja doch nicht in Frieden.« Maria rührte sich nicht und verzog keine Miene. Wahrscheinlich genoss sie es, dass Giovanna sich so um sie bemühte. War sie nicht schuld an der ganzen Misere? Maria fühlte sich betrogen: Als Schwester einer Königin war man nur eine Figur im Spiel der Allianzen, aber ohne Teilhabe an der Macht. Sie hatte genug davon.
Ursoleone war niedergeschlagen über den Tod Hugues' de Baux. »Damit hat Taranto gewonnen. Warum musste Hugues ihm nur diesen Vorwand liefern!?«
»Was für ein Vorwand? Ging es denn nicht um Maria?«
»Auch. Wir haben natürlich befürchtet, dass sie Maria an Etienne von Ungarn verheiraten, um König Lajos zum Friedensschluss zu veranlassen. Das ist ja eine seiner Forderungen. Aber das kam schließlich nicht infrage, nachdem Lajos ihren Gatten ermordet hat!«
»Dann ging es doch um Maria?«
»Nein, nein! Das war eine Nebensache. Hugues war der Meinung, die Provence werde übergangen. Aber viel wichtiger noch: Er, die Brüder Caracciola, Otto von Braunschweig, die Sanseverino und wir Benevent hatten eine heimliche Allianz aufgebaut mit dem Ziel, Giovanna wieder an die Macht zu bringen und Taranto abzusetzen. Dazu wären viele Bestechungsgelder nötig gewesen und Geld für Söldner, vielleicht Attentäter.«

Ich schaute meinen Mann entsetzt an.
»Ja, so wird nun einmal Politik gemacht, mein Lieb, das mag uns nicht gefallen, aber so ist Taranto an die Macht gelangt und hat Giovanna von ihrem rechtmäßig angestammten Thron verdrängt. Wir wollten ihn mit seinen eigenen Mitteln schlagen. Hugues sollte in der Provence Geld auftreiben für den Widerstand. Das wäre viel wichtiger gewesen als Maria. Aber er wollte alles auf einmal erreichen! Und nun? Ohne Geld – ohne große Geldmengen können wir nichts ausrichten.«
»Meinst du, Taranto hat das herausbekommen?«
»Da bin ich sicher. Sonst hätte er nicht so zielsicher Hugues zum Schweigen gebracht. Die Sache mit Maria war der Vorwand, den er gesucht hatte.«
»Meinst du, er weiß, dass du an dem Komplott beteiligt bist?« Es passte mir, jetzt da wir verheiratet waren, noch weniger, wenn Ursoleone Risiken einging, aber ich sagte davon nichts, weil er sonst immer gleich ärgerlich wurde. Und er hatte ja Recht: Wenn man eine Sache gerecht findet und selbst nicht bereit ist, dafür einzustehen, dann kann man sich auch gleich damit abfinden, dass die Welt eben schlecht ist. Und das wäre doch eine erbärmliche Einstellung, oder?
»Ich glaube nicht, dass er alle Beteiligten kennt. Und wenn schon, ich bin ja schließlich kein beliebiger Soldat oder ein Federkratzer. Meine Familie ist schon viel länger in diesem Land als seine. Die Benevent wird er nicht anrühren.«
Ich hoffte, er hätte Recht damit.
Im Herbst hörten wir davon, dass der Papst kränkelte. Petrarca schrieb ihm einen Brief, um ihn vor den Ärzten zu warnen:
»Ich weiß, dass Euer Bett belagert ist von Ärzten. Das versetzt mich in die allergrößte Angst. Sie sind immer alle verschiedener Ansicht und der, der nichts Neues zu sagen weiß, hat die Schande, hinter den anderen herzuhinken. Sie lernen ihre Kunst auf unsere Kosten, und unser Hinscheiden bringt ihnen noch Erfahrung. Der Arzt allein darf in aller Straflosigkeit töten.«
Papst Clemens VI., der Beschützer und Freund Giovannas, ver-

schied im Dezember 1352. Es war ein großes Unglück für meine Herrin und für viele Menschen. Nach ihm kam Papst Innozenz, dem Giovanna gleichgültig war.

Wenigstens willigte Lajos von Ungarn endlich in den Friedensschluss ein. Er erkannte Giovanna und den Schiedsspruch des Papstes an, der ihr Unschuld bescheinigt hatte, und er schickte die neapolitanischen Prinzen heim: Loisi und Roberto Durazzo, Roberto und Filippo Taranto.

Roberto Durazzo unternahm, kaum, dass er auf freiem Fuß war, mit Billigung Loisi Tarantos eine Strafexpedition in meine geliebte Provence. Sie belagerten Les Baux und plünderten die ganze Gegend. Mein Bruder Alain schrieb mir davon. Sie müssen sich tatsächlich wie die Schweine aufgeführt haben, sodass sich schließlich Papst Innozenz genötigt sah, ihnen mit dem Kirchenbann zu drohen, wenn sie nicht auf der Stelle Ruhe gäben und sich nach Neapel zurückverfügten. Er verlangte auch die Freilassung Robert de Baux': *»Hat er nicht durch den Tod seines Vaters und Bruders genug gebüßt? Handelt wie Christenmenschen, vergebt Euren Feinden und lasst ihn frei!«*

So erbost war Taranto über die Einmischung des Heiligen Vaters, dass er nun gerade die Haftbedingungen verschärfen wollte.

»Was hat er mir denn vorzuschreiben!«, schrie Loisi. »Robert ist mein Gefangener und ich kann mit ihm machen, was ich will.« So etwas wie Mitleid oder Verzeihen kam ihm nicht in den Sinn. »Es steht auch in der Bibel: Gib dem Kaiser, was des Kaisers ist, und Gott, was Gottes ist. Der Papst soll seine Kirche regieren, da hat er genug zu tun!«

Aber Giovanna sorgte unverzüglich dafür, dass Robert aus dem Gefängnis entlassen und auf das nächste Schiff in Richtung Provence gesetzt wurde.

22.

Ich überspringe ein paar Jahre, in denen wenig Berichtenswertes geschah – was an sich eine gute Sache ist. Ich habe drei hübsche, gesunde Söhne: Marius-Francesco, Gianni und Ursoleone. Marius-Francesco ist 5 Jahre alt, also aus dem gefährlichen Alter heraus, in dem man so häufig Kinder verliert. Sie haben auch schon die gefährlichen Krankheiten gehabt und allein deshalb war es gut, dass ich etwas von der Heilkunde verstand, denn die Ärzte hier waren fürchterlich. Es fiel ihnen nichts Besseres ein als Aderlass und irgendwelche verdächtigen Tränke.
Ich praktizierte meine Heilkunde auch an unserer Dienerschaft, die darüber recht froh war. Aus meiner neuen Familie und aus der Stadt kamen nur Frauen zu mir und keine Männer, aber das war mir gerade recht. Diejenigen, die Interesse hatten, lehrte ich Kräuterkunde und gesunde Ernährung. Ich habe dazu die Berechtigung, weil ich in Salerno den Titel eines Magister erworben habe.
Monsignore Capelli, unser Dekan, hat versucht, dagegen vorzugehen. Das war nicht ganz leicht. Ich war schließlich die Ehefrau eines der angesehensten Männer in der Stadt Montesárchio und der Region. Zuerst war er also zu Ursoleone gegangen (da sein Vater nicht mehr lebt).
»Lieber Herr von Benevent, ich beglückwünsche Euch zu Euren wundervollen Kindern! Wundervoll!«
»Danke, Hochwürden, kann ich Euch etwas anbieten? Süßwein? Einen Strega?«

Monsignore entscheidet sich für den Strega, der wärmt besser durch als einfacher Wein.
Ursoleone gießt ein, ein starkes Gebräu aus Honigmet und 76 Kräutern, dessen Wassergehalt durch mehrmaliges Einfrieren vermindert wird: Man nimmt das Eis weg, und es bleibt ein Konzentrat. Ich überwachte den Prozess selbst.
»Auf Euer Wohl! Meine Frau macht diesen guten Strega selbst. Das überlässt sie nicht den Dienern.«
Monsignore wird ein wenig blass. Ist er nun verhext worden?
»Ja, äh, sie ist eine wundervolle Frau, nicht wahr, wundervoll. Aber deshalb bin ich ja da, wegen Eurer Frau und den Kräutern.«
»Was ist damit?«
»Nichts! Gar nichts! Nur: Die Leute reden ...«
Urs tut, als ob er nicht versteht: »Reden? Was denn?«
Monsignore stürzt seinen Becher herunter.
»Noch einen?«
»Nein! Äh, doch, danke. Salut! Ach, wie das so ist. Eure Alix ist eine wundervolle Frau! Wundervoll! Aber es gibt leider so viele schlechte Weiber. Und besonders diese Kräuterweiber, die sich ohne fachliche Kompetenz in die Arbeit der Ärzte mischen und so viel Unheil anrichten dabei! Unheil, sage ich!«
»Alix hat doch kein Unheil angerichtet, von dem Ihr wisst?«
»Nein, nein! Auf keinen Fall. Aber sie ist doch eine Frau von Stand, und da schickt es sich nicht, dass sie solch niederes Weibsvolk um sich schart. Sie bringt ihnen ihre Kräuterkunst bei! Kräuterkunst, ja ...«
Der wackere Kirchenmann hat sich den Finger an den linken Nasenflügel gelegt und schwankt leicht in seinen Schuhen ...
»Kräuterkunde!« Dumpf drohend klingt seine Stimme. War doch etwas im Strega? Nein, bestimmt nicht, ich schwöre! Nur Honigmet und 76 Kräuter und ziemlich wenig Wasser.
»Ja – Hochwürden?«
»Wenn nun eine von den Frauen was falsch verstünde, oder aus Bosheit einen vergiftete ... Seht Ihr nicht, wie gefährlich das ist.

Man würde sie verantwortlich ... Es wäre besser, wenn sie ihre Kunst nur im Kreis der Familie ... nicht wahr! Es macht keinen guten Eindruck. Wie gesagt: Die Leute reden ...«

»Vielen Dank, wie liebenswürdig von Euch, dass Ihr Euch herbemüht habt, um mir das zu sagen, Monsignore. Ich werde Eure Warnung weitergeben. Noch einen Becher auf den Weg?«

Urs erzählte mir von dem Gespräch, tatsächlich spielte er es mir sogar so haarklein vor, dass ich aus dem Lachen nicht herauskam. Natürlich gab ich meinen Unterricht nicht auf. Nur für einige Zeit gestalteten wir ihn diskreter. Wir Frauen trafen uns mal bei der einen, mal bei der anderen, meist bei der Hebamme von Montesárchio, und von der lernte ich wiederum einiges, was die Meister von Salerno nicht gewusst hatten. Und wir lästerten über die Männer, um unseren Herzen Luft zu machen. Wegen Urs hatte ich aber keinen Kummer.

Es wäre zu schön gewesen, wenn unser Leben weiterhin so angenehm verlaufen wäre. Urs unterhielt für die Benevent eine Garnison, die er in den letzten Jahren modernisiert hatte. Wie er mir erklärte, war die schwere, gepanzerte Reiterei ein alter Hut. Die Engländer hatten als Erste die Bogenschützen eingeführt und damit die Franzosen vernichtend geschlagen. Urs ließ Bogenschützen ausbilden und leichte Reiterei, die sich schnell auf dem Schlachtfeld von einem Platz zum nächsten bewegen konnten. Sie konnten dabei viel Schaden anrichten, ohne selbst ein sicheres Ziel zu bieten.

Eine weitere neue Waffe war die Kanone. Noch war dieses Gerät schwer, unhandlich und alles andere als treffsicher. Aber man verbesserte die Waffen ständig. Mir machte das Unbehagen, wie viel Geld, menschliche Anstrengung und Ehrgeiz in das Kriegshandwerk floss. Aber, wie man an Giovanna gesehen hat, muss auch der Friedliebende gewappnet sein.

König Loisi hatte kein Vertrauen in die Familie Benevent, da er sie als Parteigänger Giovannas kannte. Und so machte er von dem kleinen samnitischen Heer wenig Gebrauch. Immer wieder versuchte er, Sizilien zurückzuerlangen. Nur dazu wurde Ursoleone

gerufen. Aber Gott hielt seine Hand über meinen Mann und sandte ihn mir immer wieder gesund zurück.
Bis jetzt.
Es war ein heißer Tag Anfang Juli 1358, noch heißer für mich, da ich in meinem Arbeitsraum unter dem Dach stand. Ich hatte meine kleine Apotheke hier eingerichtet, weil es der luftigste, trockenste Platz im ganzen Haus war. Aber deshalb war er eben auch der heißeste.
Der Schweiß lief unter meiner Haube hervor und zog klebrige Bahnen über mein Gesicht.
Ich stand zwischen den Regalen, in denen ich die zubereiteten Pflanzen aufbewahrte in Krügen und Leinensäcken, in Tiegeln, Flaschen und dunklen Phiolen aus römischem Glas. Vor mir auf dem Arbeitstisch stand ein Mörser aus Basalt, der Stößel lag daneben auf dem rötlichen Pinienholz, nebst einem Strauß Malven und einer Hand voll Nelkenblüten, die ich für eine schmerzlindernde Salbe zerstoßen wollte. Der Geruch von Nelken wird mich von nun an immer an den Schrecken erinnern.
Ich sehe es noch vor mir, die Lichtstrahlen vom Fenster auf dem warmen Holz und die violetten Tupfer. Den ganzen Tag über hatte ich schon so ein seltsames Gefühl in der Magengrube verspürt. Schon seit dem Erwachen – was hatte ich nur Unheilvolles geträumt – kämpfte ich mit einer Vorahnung. Ich versicherte mir hundertmal: ›Urs ist nichts geschehen. Er lässt sich niemals zu unbedachten und vorschnellen Taten treiben. Er ist der Beste. Ihm geschieht nichts. Immer ist er unverletzt oder nur mit kleinen Blessuren zu mir zurückgekehrt. Nein. Ich bilde mir das alles nur ein.‹
Taranto hatte meinem Mann einen Befehl geschickt. Er sollte in Richtung auf die dalmatinische Küste reiten. Dort gäbe es eine Unruhe in der Stadt Spinazzora, auf Taranto-Gebiet, nichts Schwerwiegendes. Er solle nur ein Dutzend Männer mitnehmen und Gewalt nach Möglichkeit vermeiden.
Das hätte uns schon misstrauisch machen sollen. Loisi Taranto vermied niemals Gewalt. Und dass er Benevent-Truppen ins Tarantino rief!

Ich hörte Hufschlag im Hof und sah zwei von den zwölf Soldaten, die mit Urs geritten waren. Einer davon lag mit dem Gesicht nach unten quer über seinen Sattel gebunden. Männer rannten herbei und nahmen ihn vorsichtig herunter. Der andere hatte einen blutigen Fetzen um den Kopf gebunden. Mein Urs war nicht dabei.
Mein Herz schlug furchtbar laut. Ich stand da und presste einen Augenblick lang die Fäuste vor den Mund, dann nahm ich mich zusammen, fuhr mir mit der Hand über die Augen und eilte hinunter in den Hof.
Man brachte die zwei Überlebenden in die Quartiere, wo ich ihre Wunden waschen ließ, nähte und Verbände auflegte.
»Wein, so viel sie wollen«, befahl ich. Ich sah ihnen an, dass sie ihn nötig hatten. Was ich wissen musste, das hatte ich erfahren, während ich sie versorgte, und bin stolz, dass meine Hand nicht zuckte. Die Nachrichten trafen mich wie Keulenschläge.
Wie der Mann berichtete, war der kleine Trupp schon vor dem Ziel in einen Hinterhalt geraten. Banditen, viel zu gut bewaffnet, Banditen mit militärischer Disziplin – Soldaten? – hatten sie nach kurzem Gefecht besiegt und alle, derer sie habhaft werden konnten, mitleidlos erschlagen.
»Und Euer Herr? Ursoleone?«
»Ich weiß es nicht, Signora, tut mir so Leid. Verzeiht! Mein Kamerad hier und ich, wir haben was über den Schädel gekriegt und wurden für tot liegen gelassen.«
Ich fühlte, wie meine Knie weich wurden.
»Allerdings haben wir nachher unter den Toten gesucht. Euer Mann war nicht dabei. Sicher lebt er. Sie werden Lösegeld fordern.«
Das war meine große Hoffnung. Daran hielt ich mich fest. Der Bruder meines Mannes kam, und nach und nach die ganze Familie. Sie versuchten mich zu trösten und versicherten mir, dass jede Summe gezahlt werden würde.
Ich hatte Giovanna einen Brief geschickt durch einen berittenen Boten. Bald kam Antwort:

»Liebste Alix, ich teile dein Entsetzen, doch gib die Hoffnung nicht auf! Ich bete jeden Tag für Benevent und dich. Nie könnte ich vergessen, wie ihr euch gefunden habt. Weißt du noch? In dem verlassenen Schloss in der provençalischen Einöde, wo die Zikaden für uns gespielt haben, wo die wilden Rosen zum Fenster hineinwuchsen ... Am Johannisfeuer habt ihr euch gefunden, das bedeutet, dass eure Liebe unter dem Schutz des Heiligen steht. Irgendwie kommt es mir vor, dass ich euer Cupido gewesen bin und ich nehme Anteil an eurem Leben. Denke nur, wie die Prinzen von Taranto und Durazzo aus Ungarn zurückkehrten. Warte nur, alles wird gut! Ich schicke dir ...«
Sie schickte mir ein Kästchen von Ebenholz, gefüllt mit Goldflorins und Juwelen, ein fürstliches Lösegeld, dazu zwei der besten Ritter ihres Hofes, alte Freunde, Nicola und Enrico Caracciola, um es zu überbringen.
Allein: Niemand erhob Anspruch darauf.
Wochen vergingen. Ich wurde immer mutloser und schleppte mich nur mit Mühe durch den Tag. Es kam mir vor, als ob mein Herz und meine Füße in einem zähen Morast steckten. Ein Zentnergewicht drückte mich nieder. Enrico und Nicola blieben, so lange sie konnten, aber schließlich mussten sie zu ihren eigenen Angelegenheiten zurückkehren. Sie versprachen, sofort zur Stelle zu sein, falls die Entführer von sich hören ließen.
»Bestimmt tun sie das! Alix, verzage nur nicht. Die Benevent sind eine angesehene und wohlhabende Familie. Jeder weiß das. Die Lösegeldforderung wird kommen, schon bald.«
Sie kam nicht.
Dafür erschien eines Tages ein Bote der Gräfin Elena Ucelli.
»Madonna Alix, die Gräfin Ucelli entbietet Euch ihre Grüße.«
Er reichte mir eine Rolle Pergament, die ich gleich öffnete, da er vor mir stehen blieb und das zu erwarten schien. Eine eilige Botschaft, die ich sofort beantworten sollte? Ich erbrach das Siegel, die Rolle knisterte, als ich sie ausbreitete. Nur wenige Sätze:
»Liebe Alix. Ich muss dich sprechen. Kannst du mir einen Besuch abstatten? In Erwartung: deine Elena.«

Wir waren jetzt seit vielen Jahren Freundinnen. Sie war die Patin meines zweiten Sohnes. Ich kannte sie als eine formidable Persönlichkeit. Sie sprach und schrieb normalerweise frei heraus und kümmerte sich nicht darum, wer es hörte oder las. Was für Nachrichten konnte sie haben, die sich nicht einmal ihrem eigenen Boten anvertrauen, nicht zu Papier bringen ließen?

»Sag der Gräfin, dass ich morgen komme!« Geistesabwesend gab ich dem Boten ein Goldstück; er grinste erfreut, bestieg sein Pferd und stob davon.

Ich regelte meine Angelegenheiten und brach noch vor Tagesanbruch nach Atripalda auf, das einen guten Tagesritt weit von Montesárchio entfernt lag, in Avellino, der Nachbarprovinz des Benevento.

Noch war die Luft frisch. Der Duft von Blüten und Gräsern stieg auf, wo die Pferde die Kräuter unter ihren Hufen zertraten. Mit mir ritten vier von Ursoleones Männern, schweigend. Ich lauschte auf die Vogelstimmen, die später, wenn die Tageshitze sich über die Landschaft senkte, verstummen würden.

Wir überquerten einen der vielen kleinen Flüsse, die diese Ebene durchziehen und in denen sich der Himmel spiegelt. Das Land ist so grün hier, selbst im Sommer, und die Erde ist dunkel und fruchtbar. Auf den Hügeln hängen die Trauben schwer an den Reben. Unten steht das Korn hoch, hellgelbe Flächen, unterbrochen von Zitronenhainen und Ölbäumen. Es ist ein Garten Gottes.

Mittags erreichten wir den Sábato und rasteten. Die Männer hatten in ihren Satteltaschen weißes Brot mitgebracht und einen halben Schinken, von dem sie herzhafte Scheiben abschnitten, dazu Käse, Pfirsiche und Wein. Ich holte meinen Zinnbecher aus dem Beutel, nahm aber nur ein wenig Wein und füllte ihn mit Wasser aus dem Fluss auf.

Die Männer hatten begonnen, untereinander zu reden und zu scherzen, aber unterließen es wieder, als ihr Blick auf mich fiel. Ich lächelte ihnen zu, damit sie sich weniger gehemmt fühlten. Mein Kummer war mein eigener Kummer allein. Er würde nicht geringer werden, indem ich anderen das Lachen verdarb.

Die Rast war kurz. Mein Rücken und meine Beine schmerzten, doch ich würde keine Ruhe finden, bevor ich nicht die Nachrichten der Gräfin erfahren hatte.
Es war früher Abend, als wir nach Atripalda kamen. Elena Ucelli hatte sich hier ihren Alterssitz eingerichtet, abseits dem Treiben in der Provinzhauptstadt Avellino. Sie bewohnte mit ihrer Dienerschaft ein kleines Schlösschen mitten in einem Zitronenhain. Es besaß eine heiße Quelle, die man schon in römischer Zeit in ein Becken gefasst hatte, ein weites marmornes Becken unter alten Bäumen. Elena behauptete, die Bäder täten ihren steifen Gliedern gut.
Das Palais selbst war im römischen Stil gebaut, aber so von wildem Wein überwuchert, dass von den ursprünglichen Strukturen kaum etwas zu sehen war.
Elena trat mir entgegen aus einem bewachsenen Portikus, in dem hier und da weiße Säulen durch das Grün schimmerten.
»Ah! Bist du wirklich gekommen, so schnell wie der Wind, ha! Als ich so jung war, wie du es jetzt bist, da bin ich jedem davongeritten! Aber jetzt kann ich leider gar nicht mehr reiten und musste dich bitten, dich zu mir zu bemühen. Komm! Komm! Tritt ein!«
Als ich abstieg – ein junger Offizier half mir vom Pferd – da entfuhr mir ein unterdrücktes Stöhnen. »Au!« Ich hatte das Gefühl, ich könne weder gerade stehen noch die Schenkel zusammenbringen. »Nehmt ein Bad in der heißen Quelle«, riet mir der Offizier lächelnd. »Dann spürt Ihr morgen nichts mehr davon.«
Elena war der gleichen Ansicht und verordnete uns beiden ein ausgiebiges Bad. Bald lagen wir beide in dem Marmorbecken, in Badekittel aus Leinen gekleidet und in dem dampfenden Wasser ausgestreckt. Über uns bildeten mächtige Platanen ein dichtes Blätterdach. Ich schloss die Augen und fühlte, wie meine Muskeln sich lockerten.
»Besser?«, fragte Elena. »Gut, dann will ich dir etwas sagen, was dich noch mehr freuen wird: Ich weiß, wo man deinen Mann gefangen hält. Er lebt. Es geht ihm gut.«

Ich schoss hoch: »Das sagst du jetzt erst? Wo? Wieso weißt du das? Gefangen? Wie ...?«
»Warte nur, ich erzähle dir ja alles. Der Reihe nach. Loisi Taranto hat ein gutes Gedächtnis für Beleidigungen. Ich habe dich ja gewarnt, damals, als Benevent unbedingt durch die Straßen von Neapel ziehen musste und die Leute aufrief, sich hinter Giovanna und gegen Taranto zu stellen. Siehst du: Das hat er nicht vergessen.«
Trotz des warmen Wassers, in dem ich saß, lief mir ein Schauer über den Nacken.
»Ja. Er hat lange gewartet, um sich zu rächen, vielleicht, weil er keine Unruhe in der Provinz haben wollte. Und nun war wohl der Zeitpunkt gekommen. Nach dem furchtbaren Tod des alten Hugues ist Giovanna müde geworden, und Taranto räumt unter seinen Gegnern auf.
Dieser kleine Auftrag für Benevent war eine Falle. Es gab keine Unruhe in der Provinz Taranto. Dein Mann wurde erwartet und in einen Hinterhalt gelockt, wo man fast alle seine Männer abgeschlachtet und ihn selbst gefangen genommen hat.«
»Wo ist er? In Taranto?«
»Wo denkst du hin?! Loisi kompromittiert sich doch nicht! Er ist gefangen in Schengjin, das ist in Albanien.«
»Albanien? Wieso dort?«
»Das ist Durazzo-Gebiet, und seitdem Filippo Durazzo die Thronerbin Maria geheiratet hat, sind Durazzo und Taranto wieder gute Freunde, schau, schau. Mit seiner Treue zu Königin Giovanna, so scheint es, hat sich dein Mann bei beiden Häusern unbeliebt gemacht, und da haben sie ihn gemeinsam verschwinden lassen.«
»Aber wenn sie nicht vorhaben, Lösegeld zu fordern, warum haben sie ihn nicht umgebracht?«
»Das kann ich nicht sagen, mein Kind. Vielleicht, weil Loisi weiß, dass er deinen Mann mehr quälen wird mit einer langen Gefangenschaft, in der er nach und nach alle Hoffnung verliert, als mit einem schnellen Tod. Das wäre so recht Taranto! Aber es ist auch euer Glück, wenn du es geschickt anstellst.«

»Und wie kommt es, dass du davon erfahren hast?«
»Ich bin Albanerin, wie du weißt. Als ich Wind davon bekam, dass Taranto deinen Mann hat verschwinden lassen, habe ich mich in meiner Heimat erkundigt. Es hat ein wenig gedauert, aber ich wollte dir keine unnützen Hoffnungen machen. Vor ein paar Tagen erhielt ich dann die Nachricht: Ursoleone Benevent ist in der Festung von Schengjin. Er wird dort festgehalten, aber – soweit ich weiß – gut behandelt. Der Kommandant der Festung hat zwar den Befehl, den Gefangenen nicht freizugeben, aber man sagt, er sei ein Mann, der den Luxus liebt ...«
»Also wäre er mit einem hohen Lösegeld vielleicht umzustimmen.«
»Sehr gut möglich. Die Taranto und Durazzo sind weit. Wie man hört, hat dir Giovanna erhebliche Mittel zur Verfügung gestellt« – was sie so alles hörte! Blieb denn nichts geheim? – »und die Benevent sind auch keine armen Schlucker! Und jetzt haben wir hier genug geweicht. Hilf mir hoch, meine Liebe! Ich habe einen Appetit bekommen!«
Ich wäre am liebsten sofort aufgebrochen, aber natürlich gab es endlose Diskussionen mit Ursoleones Bruder Marcello, der nicht zulassen wollte, dass ich mich selbst in Gefahr brachte, mit dem Hauptmann der Garnison, und mit Ricarda, die fand, ein solches Unternehmen schicke sich nicht für eine Edelfrau. Das solle ich lieber den Männern überlassen.
Endlich aber befand ich mich auf dem Weg zur adriatischen Küste. Durch Apulien ging es nach Bari, wo wir hofften, uns nach Albanien einzuschiffen: ich und vier von Elena Ucellis Männern, alles Albaner. Es waren schwarzhaarige, dunkelhäutige Männer mit harten Gesichtern, die wenig sprachen und niemals lachten. Das war mir gerade recht. Zum Lachen war mir auch nicht zumute. Wir hatten zusammen neun Pferde, dazu vier Packesel.
Ich hatte mir die Haare schulterlang abgeschnitten, während Ricarda neben mir stand und lamentierte: »Oh, nicht doch! Oh nein! Die schönen Haare! Was wird der Herr dazu sagen! Die schönen Haare!« Runter damit, ich konnte schließlich keinen

Pferdeknecht geben mit einem Zopf, der mir bis auf die Hüften fiel. Da ich nicht zu fechten verstand, hatten wir uns auf diese Rolle geeinigt. Die verbliebenen Haare fasste ich im Nacken mit einem Lederband zusammen und band mir die Brust ein. Ich trug weite Hosen aus ungefärbter, grober Wolle und einen unförmigen Kittel dazu. Der Wollstoff juckte wie der Teufel bei dieser Hitze. Erst war beraten worden, dass ich kein Pferd haben sollte, sondern auf einem Maultier reiten, aber ich hatte mich geweigert. Also saß ich nun auf einem struppigen, kleinen Wallach, den kein Ritter je beachtet hätte. Aber er war freundlich und hatte einen weichen Gang.

Abends, nach einem langen Tag im Sattel, versorgte ich die Reittiere. Wenn niemand weiter zugegen war, halfen mir die Männer, aber es war besser, dass ich eine gewisse Übung darin erlangte, sonst konnte ich später entlarvt werden. Wenn ich meine Aufgaben erledigt hatte, dann fiel ich wie tot nieder und rollte mich in meine Schlafdecke ein.

Mehr als eine Nacht verbrachte ich in Angst, weil Räuber unser Lager umkreisten. Doch es waren nur zerlumpte Elendsgestalten, die sich an vier gut bewaffnete Männer nicht herantrauten, und so blieben wir ungeschoren. Meine Verkleidung erwies sich als voraussehend und nützlich: Die Anwesenheit einer Frau hätte uns zusätzlich in Gefahr gebracht.

Da wir Pferde zum Wechseln hatten, konnten wir ein gutes Tempo machen und gelangten in nur fünf Tagen nach Bari. Dort fanden meine Begleiter ein Handelsschiff, das uns und die Tiere aufnahm. Der Preis war exorbitant, aber ich hatte den Männern gesagt, sie sollten nicht lange feilschen.

Wir hatten eine sanfte Überfahrt. Sooft man es mir erlaubte, kauerte ich im Bug oder saß rittlings auf dem Bugspriet, und wie jedes Mal, wenn ich mit dem Meer in Berührung kam, schlug mich das ungeheure Wasser in seinen Bann, wie es unter mir dahinflog, blau und grün, ein flüssiger Edelstein, auf dem silberne Funken tanzten.

Die Seeleute waren eine raue Sippschaft, und ich ging ihnen aus

dem Weg. Sie beobachteten mich lauernd, und einer fragte meine Begleiter, wessen Liebchen ich sei, da sie in Abwesenheit von Weibern gewohnt waren, Knaben zur Buhlschaft zu nehmen. Daraufhin zogen meine Begleiter die Messer und es kam fast zu einer Schlägerei, die ich aber mit einem stillen Kopfschütteln verbot.
Was für eine harsche Küste dies war! Sie kam heran und wurde größer im stetigen Rhythmus der Ruderschläge. Nackte weiße Felsen leuchteten in der Sonne, das Skelett der Erde unbarmherzig freigelegt, scharfkantig, karstig und zerfressen. Es gab Stein und Fels in meiner Heimat, der Provence, doch sie waren gerundet und geglättet wie gewaltige Skulpturen, grau und ockerfarben gefleckt, mit blaugrünen Sträuchern gesprenkelt und violetten Schatten.
Diese Felsen aber lagen in einer Weise frei wie Knochen oder Zähne eines geschlachteten Tiers. Sie waren grausam und wunderschön.
Die Stadt Shengjin erschien, dann Zeng; ein ungeordneter Haufen Steine zog sich vom Wasser bis zu den umgebenden Felsen hoch, und an einer Seite erblickte ich eine klobige, trotzige Struktur, die nur eins sein konnte: die Festung von Shengjin, der Kerker meines Geliebten. Oh, könnte ich nur ein Zeichen geben, mich ihm bemerkbar und ihm Hoffnung machen!
Mit von Salzluft brennenden Augen stand ich am Bug und starrte auf diesen Berg von Menschenhand.
Boote schwärmten aus, um uns herum, emsig wie die kleinen Fische, die im Hafen die hölzernen Stege benagen. Wir gingen von Bord und suchten Quartier in einer Herberge. Sie war billig und nicht gut. Der Dunst von altem Fett und vergossenem Wein schlug uns entgegen, als wir die Tür öffneten. Vassilij, einer der Männer, schritt zum Tresen und hieb mit der flachen Hand auf den Tisch. Er rief etwas in einer kehligen Sprache wie Hundegebell. Der Wirt erschien und musterte uns abschätzig. Dann rief er nach einer Magd, die uns unsere Zimmer zeigte. Ich betrachtete sie beim Hinaufgehen. Sie sah müde aus und man hatte sie misshandelt, glaube ich.

Zwei Zimmer hatten wir genommen, eines für meine Begleiter, eine Kammer war für mich allein. Die Magd hatte den Betrug gleich bemerkt. Sie blinzelte mir zu und gestikulierte auf meine Brust, Brüste und lange Haare, zeigte sie. Ein Lächeln verwandelte für einen Augenblick ihr Gesicht. Ich lächelte zurück.
»Kann ich ein Bad nehmen?«, fragte ich sie und zeigte pantomimisch: waschen, Haare bürsten, schön machen. Nun lachte sie und nickte und sprudelte etwas in dieser Sprache hervor – bei ihr klang es angenehmer, weniger wie eine Kriegserklärung, mehr wie ein Gebirgsbach, in dem Steine rollen.
Die Männer schleppten das Gepäck herauf, die Truhe mit dem Schatz und meinen Schmuck und Kleider. Wenig später hatte ich mich zurückverwandelt. Ach, tat das gut, aus diesen fürchterlichen Hosen heraus und in mein eigenes, weiches Unterzeug zu kommen – und mich waschen zu dürfen.
Vassilij schaute mich mit großen Augen an, als ich bei den Männern an die Tür klopfte und auf dem Gang stehen blieb: »So einen Pferdeknecht lass ich mir gefallen!« Die anderen stießen sich an und lachten. Ich stimmte in das Gelächter ein. Ich fühlte mich so leicht jetzt, Ursoleone nah, so glücklich, als hätte ich meine Aufgabe schon erfüllt. Ich war voller Zuversicht. Morgen, morgen würde ich ihn in meinen Armen halten!
Vier von uns gingen, die Festung in Augenschein zu nehmen. Einer blieb im Zimmer zurück, um den Schatz zu bewachen. So eine Menge Gold war doch eine arge Versuchung, und die Türen ließen sich nicht einmal verriegeln.
Als ich die Festung von nahem sah, sank meine Stimmung wieder beträchtlich. Dies war nicht irgendeine kleine Burg in der Provinz. Es war eine starke und gut geführte Garnison. Ich stand davor, sah an den hohen, ellendicken Mauern hoch, ohne Lücken, ohne Vorsprünge, hoch und immer höher, unüberwindlich. Dort oben, in einer Kerkerzelle, saß mein Urs. Oder hatten sie ihn etwa im Keller eingesperrt, wo es feucht und dunkel sein musste – ich hoffte doch nicht! Pünktlich mit dem Glockenläuten der nahe gelegenen Kirche erfolgte die Wachablösung. Die Soldaten

wirkten wohlgenährt und alert. Ihre Kleidung war tadellos. Da war keine Nachlässigkeit, kein Poussieren mit den Weibern, keine Trunkenheit.
Voller Zweifel gingen wir zurück zu unserem Quartier. Am Abend füllte sich die Wirtsstube mit Fischern, Markthändlern und Handwerkern. Wir setzten uns in eine Ecke, von wo aus wir alles beobachten konnten. Die Magd kam und sprach mit Vassilij, woraufhin sie fortging und bald zurückkehrte mit irdenen Bechern, einem Krug Wein, dunkel, fast schwarz, und vier dicken Scheiben Brot, die uns als Teller dienen sollten. Ein Junge von vielleicht neun Jahren brachte Messer und schleppte eine Schüssel an mit einer Art Schafsragout, fetten geschmorten Fleischstücken und Zwiebeln.
Wir packten unsere Vorlegemesser aus und bedienten uns aus der gemeinsamen Schüssel. Zu meinem Erstaunen stellte ich fest, dass ich trotz allem hungrig war. Wir langten alle zu, aßen die ganze Schüssel leer und zum Schluss die Brotstücke, die mit Fett und Bratensaft durchtränkt waren. Um uns herum an den anderen Tischen saßen nur Männer, und ich wäre ganz sicher belästigt worden ohne meine Begleiter. So wurden mir nur verstohlene Blicke zugeworfen. Ich konzentrierte mich auf das Essen.
An den anderen Tischen wurde zum Essen Wasser oder Tee getrunken und ein Brettspiel gespielt. Anders als in den Wirtshäusern bei uns ging es hier ruhig und sittsam zu. Ich machte eine entsprechende Bemerkung.
»Die meisten Leute hier sind Moslems. Sie trinken nicht. Der Prophet hat es verboten«, sagte ein anderer der Männer, Skanderbeg.
»Aber habt ihr nicht vor kurzer Zeit das Türkenjoch abgestreift?«, fragte ich.
»Ja, aber dass die Besatzer schlecht waren, bedeutet nicht, dass ihr Glauben nicht gut war. Viele von uns haben den Islam freiwillig angenommen. Albanien ist mehrheitlich islamisch. Dafür hassen uns die Serben, weil sie christlich geblieben sind.«
»Und ihr?«

»Wir sind Christen«, lächelte er.
Ich war müde zum Umfallen und zog mich bald zurück.
Meine Kammer war klein und stickig. Es gab einen Strohsack auf der Erde, eine Holztruhe für Kleidung und einen wackligen Schemel, auf den ich mich stellte, um aus dem winzigen Fenster zu schauen. Es gab aber nichts zu sehen außer der Hausmauer gegenüber und ein paar Tauben, die sich im rötlichen Licht der untergehenden Sonne plusterten und gegenseitig mit den Schnäbeln kraulten. So legte ich mich angekleidet auf den Strohsack und war wider Erwarten gleich eingeschlafen.

23.

Ein hoher Raum aus grauem Stein, der Boden ohne Teppiche, kahl. Rüstungen und Mordwerkzeuge an den Wänden: Hellebarden, Lanzen, Schwerter, Streitäxte, eiserne Keulen, Morgensterne und ein paar Instrumente, die ich nicht erkannte – Gott, der Mann liebte seinen Beruf! Auf dem schweren Eichentisch häuften sich Pergamente, eines war aufgerollt und mit einem darüber gelegten Krummdolch in diesem Zustand gehalten. Der papierne Krieg einer Verwaltung fand hier statt, die Verwaltung einer Garnison.

Der Gouverneur saß hinter dem Tisch auf seinem Lehnstuhl, einem prächtig geschnitzten Möbel, dessen Armstützen und Füße in Löwenpratzen endeten. Er lehnte sich zurück, schaukelte gelangweilt auf den hinteren Stuhlbeinen, während Vassilij unser Anliegen vortrug.

Ja, er war hier. Ursoleone war hier, das gab er unumwunden zu. Und was weiter?

Auf mein Zeichen zogen Skanderbeg und Durdja das Tuch von der Schatulle, mit der wir sie bedeckt hatten, brachten sie zum Tisch und stellten sie mit Schwung und dumpfem Aufprall dort ab. Es war die Schatulle der Königin Giovanna, aus kostbarem Ebenholz, über und über mit kunstvollen Schnitzereien bedeckt, den Lilien von Anjou, dem Löwen von Kalabrien; Bänder und Schloss waren aus vergoldetem Kupfer. Ich stand auf und zog den Schlüssel dazu aus meinem Dekolleté. Seine Augen blitzten amüsiert.

Ich schloss auf und hob den Deckel der Schatulle, griff hinein und ließ einen funkelnden Wasserfall durch meine Finger regnen: Silber- und Goldmünzen blinkten hell, rote, grüne und blaue Juwelen, versteinertes Licht, prasselten auf den Tisch.
Der Gouverneur war nicht mehr amüsiert. Fasziniert schaute er auf die Schätze. Die Zunge fuhr über plötzlich trockene Lippen. Seine Hand schlich sich zu dem Kästchen hin, nahm einen großen eiförmigen Rubin und hielt ihn gegen das Fenster, in einen staubigen Schaft Sonnenlicht. Er war so rein wie Wasser und wert, den Schatz eines Großmoguln zu zieren. Wohl noch niemals war eine solche Summe für einen einzelnen Ritter bezahlt worden. Es war ein ungeheurer Schatz für einen einfachen Militärgouverneur. Ich dachte, ich hätte ihn in der Hand. Jeden Augenblick würde er meinen Ehemann aus dem Kerker holen lassen. Was zögerte er noch?
Er saß und spielte mit dem Rubin in seiner Hand, schaute auf das Kästchen aus Ebenholz, auf mich. Endlich legte er den Edelstein zurück in den Kasten, nahm alle Münzen und Steine auf, die vor ihm lagen, und legte auch sie zurück. Er schloss den Deckel darüber.
»Ich bedaure, Madonna Benevent.« Er schaute mich traurig an, tatsächlich, Gefühl bei einem Soldaten. »Ich kann nicht tun, worum Ihr bittet.«
»Warum? Ist es zu wenig? Ich lasse mehr bringen!«
»Es ist leider keine Frage von Gold. Bei allen anderen, aber nicht bei diesem Gefangenen. Ich habe Anweisung, Euren Mann hierzubehalten. Kein Lösegeld.«
»Aber wer gibt Euch solche Befehle? Wer?!«
»Das darf ich Euch nicht sagen. Es tut mir wirklich Leid, Madonna, aber ich kann nichts für Euch tun. Fahrt wieder nach Hause und hofft, dass die Angelegenheit sich nach einiger Zeit von selbst regelt. Oder findet heraus, wen Euer Gatte verärgert hat und bittet diese Persönlichkeit um Gnade.«
Persönlichkeit, oh ja! Ich wusste schon, welche Persönlichkeit das war und wie viel Gnade von ihm zu erwarten war. Dafür war

diese Persönlichkeit nicht bekannt. Der Himmel verfluche Loisi di Taranto!

»Ihr seid doch ein mächtiger Mann, kein winselnder Federkratzer. Könnt Ihr nicht bestimmen in Eurem Land?«

Ich versuchte, ihn an seinem Stolz zu packen. Er schüttelte den Kopf.

»Und wenn Ihr behauptet, mein Mann sei gestorben? Dann hättet Ihr den Schatz ganz für Euch allein. Wir würden Euch bestimmt nicht verraten.«

Er schüttelte den Kopf. »Bitte, Madonna, es tut mir aufrichtig Leid und ich missbillige die Gefangenschaft eines tapferen Soldaten. Das Einzige, was ich für Euch tun kann, ist, Euch einen Besuch zu gestatten. Auch das ist mir verboten, aber ich halte es für grausam und nehme es deshalb auf mich, den Befehl zu missachten. Wollt Ihr Euren Mann sehen?«

Ich nickte unter Tränen. Vassilij und Skanderbeg nahmen die Schatulle und bedeckten sie wieder mit dem Tuch. Der Kommandant der Festung geleitete mich selbst zu meinem Urs. Wir gingen durch eine lange Halle, die Treppen hinunter und auf den Hof. Dort wandte der Gouverneur sich nach rechts und führte mich zu einem der vier Türme. Über dem Eingang war ein Wappen eingemeißelt: Es zeigte einen Wolf. Wir gingen eine Wendeltreppe hoch. Auf jedem Treppenabsatz standen Wachen, in jedem Stockwerk schienen Verliese zu sein, die meisten davon leer. Hoch oben, im fünften Stockwerk, saß Ursoleone gefangen, in einem luftigen Raum, mit einem glaslosen Fenster zum Meer hinaus. Ich wischte mir rasch die Tränen fort und kämpfte darum, eine zuversichtliche Miene zu zeigen.

Ursoleone stand mit dem Rücken zu uns an dem winzigen Fenster und drehte sich auch nicht um, als er unsere Schritte hörte. Er schaute hinaus.

»Urs!«

Er fuhr herum, sah mich, glaubte nicht, was er sah. Und stürzte zu mir, fasste meine Hände durch das Gitter hindurch, berührte meine Wangen, mein Haar.

Der Kommandant zog sich zurück und befahl dem Wachhabenden, auf Abstand zu bleiben.
»Madonna Benevent«, sagte er. »Ich vertraue auf Euer Ehrgefühl, dass Ihr diese Gelegenheit, die ich Euch biete, nicht ausnutzt, dass Ihr keine Feile oder eine Waffe verborgen bei Euch tragt. Vertrauen gegen Vertrauen.« Er ging und ließ uns in verhältnismäßiger Zweisamkeit.
»Was zur Hölle tust du hier? Wie bist du hergekommen?«
»Ich habe von der Gräfin Ucelli erfahren, wo du bist. Ist es wahr, dass Taranto dir das angetan hat?«
Er ließ ein kurzes, bitteres Lachen hören. »Wer sonst. Der Kommandant hat so etwas angedeutet. Wir spielen Schach miteinander und unterhalten uns. Er ist ein gelehrter Mann. Er behandelt mich gut. Aber Alix! Wie konntest du dich in solche Gefahr begeben, mein Lieb, mein Herz, meine ganze Welt! Wenn dir etwas geschähe, dann ...«
»Aber Urs, siehst du, mir geht es ganz genauso: Ich könnte es nicht ertragen, wenn dir ein Leid geschieht. Ich musste versuchen, dir zu helfen. Ich habe ein großes Lösegeld mitgebracht. Es stammt zum Teil von der Königin!«
»Aber ...?«
»Aber dieser Gouverneur, er scheint strikten Befehl zu haben, dich festzuhalten, egal was passiert. Er hat das Lösegeld abgelehnt.«
Urs sah mich durch die Gitterstäbe hindurch melancholisch an. »Hier haben alle Angst vor Taranto. Er hat ihnen beigebracht, ihn zu fürchten.«
»Dann muss mir eben etwas anderes einfallen. Ich gebe so schnell nicht auf!«
Er zuckte die Achseln: »Dies ist eine uneinnehmbare Festung. Da gibt es nichts, was du tun könntest. Bitte fahr nach Hause, Liebes. Vielleicht lässt man mich nach einiger Zeit frei, wenn Taranto meint, dass ich meine Lektion gelernt habe. Ich komme gewiss bald zurück. Geh! Hast du Begleitung?«
Ich sagte es ihm. Er schien damit zufrieden, aber verlangte, dass

ich sogleich aufbrechen solle und nach Montesárchio heimkehren.
»Wenigstens dich muss ich in Sicherheit wissen! Nur das erhält mich am Leben!«
Wir berührten uns durch die Gitterstäbe hindurch und ich hatte große Mühe, ein heiteres Gesicht zu wahren.
Nach einiger Zeit kam der Wachhabende heran und bedeutete mir, dass die Besuchszeit zu Ende sei. Ich ging hinaus, jeder Schritt eine Last, als seien meine Füße und mein Herz aus Blei.
Dafür also die entbehrungsreiche Reise – für nichts. All meine Vorfreude, all meine Hoffnungen waren vernichtet. Wir kehrten in die Herberge zurück. Ungeachtet der missbilligenden Blicke umsitzender Moslems bestellte ich Wein. Da saß ich und starrte trübe in meinen Becher.
Wir würden abreisen, ohne unser Ziel erreicht zu haben. Ich sah mich in Montesárchio ankommen und Marius-Francesco und Gianni erklären, dass der Papa nicht kommen würde, heute nicht, morgen nicht, vielleicht nie wieder. Das konnte ich nicht. Ohne Ursoleone konnte ich unmöglich zurückkehren.
»Was nun, Herrin?«, fragte Skanderbeg.
»Wir bleiben.«
»Um was zu tun?«
»Etwas wird sich ergeben. Ich weiß es ganz genau.«
Er zuckte die Achseln.
Wir blieben viele Tage und taten wenig. Irgendwie hatten die Händler in den Gassen von meinem Schicksal erfahren. Sie luden mich in ihre Läden ein und servierten mir Tee. Ich tat ihnen Leid. Manchmal sprach ich auch fremde Leute an – einer der Männer übersetzte meine Fragen –, doch war alles ohne rechtes Ziel und Vorstellung.
Die Läden und Gassen kannte ich inzwischen gut. Wir hatten auch die umliegenden Berge besichtigt und Schäfer auf ihren Wiesen besucht, auf denen die weißen Felsbrocken herumlagen wie halb geschmolzener Schnee. Vassilij hatte, wenn auch widerstrebend, auf meinen Wunsch sogar Verbindung zu einem örtli-

chen Banditen aufgenommen, ob er mit seinen Leuten nicht die Festung überfallen könnte, doch der Mann lachte ihn nur aus. Dann wieder ließ ich mich in einem Boot auf das Wasser hinausrudern, um das Fenster zu beobachten, hinter dem ich meinen Geliebten wusste. Nein. Niemals. Ich würde nicht gehen ohne ihn!

»Könnt ihr nicht dort hinaufsteigen, das Gitter durchfeilen und Urs an einem Seil herablassen?« Wir saßen auf einem Mäuerchen am Hafen, Vassilij, Skanderbeg und ich. Die Leute hatten sich wohl an unseren Anblick gewöhnt.

»Man kommt nicht hinauf«, versicherte mir Skanderbeg wohl zum hundertsten Mal. »Es ist zu hoch und das Mauerwerk zu glatt. Nicht einmal eine Eidechse könnte dort Halt finden.«

Also saßen wir und schauten auf das Meer hinaus. Als das Schweigen zu drückend wurde, erhob ich mich und schlenderte in Richtung der Straße der Teppichknüpfer. Jemand rempelte mich an. Ich spürte einen Ruck an meiner Taille, da wo ich meine Gürteltasche trug. Ehe ich recht verstanden hatte, was geschehen war, sah ich aus den Augenwinkeln einen Schatten rennen – und stolpern und … schon war sie gefasst, die kleine Diebin.

»Wir haben sie! Hier! Sie hat Euch Eure Börse abgeschnitten!«, riefen meine Helfer. Sie hielten die Arme eines Zigeunermädchens fest. Sie sträubte sich und versuchte zu beißen. Aber das half ihr nichts.

Ein paar Gaffer gesellten sich dazu: »Ab zum Richter mit ihr!«

»Mit solchen wie der machen wir hier kurzen Prozess!«

»Nehmt Eure Börse, Madonna! Es ist doch Eure, oder?«

Ich konnte nur das Mädchen anschauen und rief: »Pilar!«

»*Phuri dai!*«, kam es zurück.

»Meine Herren, ich danke Euch für Eure Geistesgegenwart, aber bitte lasst das Mädchen frei. Es war nur ein Scherz.«

Sie schauten mich ungläubig an. »Ihr kennt dieses Balg?«

»Ja ja, es ist alles in Ordnung. Lasst sie nur los. Wir kennen uns gut, nicht wahr, Pilar?«

»Ja, *Phuri dai*!«

Ich nahm meine Börse entgegen und zog die junge *rom* an der Hand mit mir fort. Die Männer, die sie eingefangen hatten, waren nicht zufrieden: »Wie Ihr meint. Merkwürdiger Scherz, jemandem die Tasche vom Gürtel zu schneiden! Das kleine Biest hatte ein richtiges Messer. Sie hätte Euch verletzen können.«
Die Umstehenden murrten.
»Eine professionelle Diebin. So was gehört an den Pranger oder Hand ab! Verdammte Zigeuner!«
Sie entfernten sich unter aufgebrachtem Gemurr.
Auch Pilar war unzufrieden: »Teufel! So was ist mir noch nie passiert, dass solch lahme *gadsche* mich erwischen.«
»Pilar«, sagte ich streng, »es passiert alles zum ersten Mal. Irgendwann erwischen sie dich und schlagen dir eine Hand ab oder Schlimmeres, was dann?«
»Ich werd einfach von heut ab noch viel flinker sein«, verkündete das Zigeunermädchen. Sie war größer und hübscher geworden, seit wir uns das letzte Mal gesehen hatten.
»Was tust du denn hier?«, fragte ich sie.
»Ach, wir reisen – weißt du ja. Überall hin, wo es uns gerade gefällt und wo man gute Geschäfte machen kann. Im Herbst sind hier viele Jahrmärkte, und die klappern wir ab. Danach geht's nach Bulgarien. Dort werden wir den Winter verbringen. Und du? Wie geht es dir? Nicht gut?«
Sie hatte es gleich erkannt. »Nein, mir geht es nicht gut, Pilar. Ich habe geheiratet und habe drei Söhne inzwischen. Aber böse Menschen haben mir meinen Mann entführt. Er wird in der Festung gefangen gehalten.«
»Kannst du ihn nicht freikaufen? Du hast doch bestimmt viel Geld.«
»Ich habe es versucht, aber sie wollen kein Lösegeld. Er hat einen mächtigen Mann verärgert und der will ihn bestrafen, verstehst du?« Und jetzt brach ich doch noch in Tränen aus. Ich weinte und weinte und Pilar ließ mich. Als die Tränen versiegten, reichte sie mir ein Stück Stoff, das sie rasch in den Brunnen getaucht hatte.
»Danke.« Ich versuchte, mein Gesicht wieder herzurichten.

»Kann man ihn nicht befreien?«, fragte Pilar.
Ich wies auf die hohen, glatten Mauern: »Unmöglich. Dazu bräuchte man eine Armee. Das wäre ein richtiger Krieg.«
Pilar warf mir einen schlauen Blick zu, sagte aber nichts weiter. Wir saßen noch eine Weile so nebeneinander und dann trennten wir uns. Ich warf ihr ein Silberstück zu.
»Damit du nicht wieder stehlen musst!«
Sie fing es auf und ihre weißen Zähne leuchteten in dem dunklen Gesicht.
»Danke. Aber ich klaue trotzdem.« Sie wackelte mit allen zehn Fingern. »Ich muss in Form bleiben! Wo wohnst du?«
Ich nannte ihr die Herberge. Sie nickte und verschwand.
Am Nachmittag sah ich sie schon wieder. Ich saß vor der Wirtschaft im Schatten eines Baumes, wo man Tische und Stühle aufgestellt hatte. »Alix!« Ich winkte ihr, sie solle sich zu mir setzen und bestellte frischen Pfefferminztee für uns. Die Bedienung schenkte Pilar einen finsteren Blick, und ich hörte sie leise ›Gesindel‹ murmeln. Doch sie brachte das Verlangte.
Pilar beugte sich zu mir über den Tisch: »Pass auf, *Phuri dai*«, sagte sie leise. »Ich habe mit Sara gesprochen und sie hat mit unserem neuen *chèfe* geredet. Sie haben sich etwas ausgedacht, um dir zu helfen. Weil du uns einmal geholfen hast.«
Ich war gerührt, doch nicht beeindruckt. »Meine Güte, Pilar, das ist … liebenswürdig von euch …«
Sie grinste frech. »… aber was können ein paar arme *tsiganes* schon ausrichten?«, vollendete sie meinen Satz und meine Gedanken. »Komm heute Abend mit deinen Männern in unser Lager. Dann wirst du hören, was wir uns ausgedacht haben.« Sie lachte. »Du unterschätzt uns. Man unterschätzt uns oft. Das ist unser Vorteil. Du wirst sehen. Komm! Lach wieder! Sei fröhlich. Alles wird gut.«
Alles wird gut! Den Satz hatte ich schon so oft gehört, von Giovanna, von unseren Freunden, von der Ucelli, und am häufigsten hatte ich ihn mir selber vorgebetet. Nur glauben konnte ich es nicht.

Erst wollten Contessa Ucellis Soldaten nicht mitkommen ins Zigeunerlager.
»Was schadet es? Wir können sie doch wenigstens anhören.«
Wenn ich da gewusst hätte, zu was uns meine *Rom*-Freunde überreden würden …
Eine sanfte, zauberhafte Sommernacht an der dalmatischen Küste: die Luft warm und feucht, eine Andeutung von Jasminduft wehte aus irgendeinem Garten. Das Meer ließ sein ewig unbeteiligtes Rauschen hören und ein riesiger Honigmond malte eine Straße von Lichtflecken über das Adriatische Meer.
Aber heute übertönten wir das alte Meer mit unserem Singen und Rufen, mit den Lauten und Handtrommeln und Tambourins. Wir gingen in einer großen Gruppe von *rom* zur Festung hin, um die Soldaten zu unterhalten. Wie Sara es geschafft hatte, den Gouverneur zu einer Vorstellung innerhalb der Mauern zu überreden, würde ich nie erfahren.
Der Mond konnte sich im Meer spiegeln, so viel er wollte, wir machten ihm schwere Konkurrenz. Man hatte mir die Haare gefärbt und das Gesicht so grell geschminkt, dass ich mir vorkam wie eine Avignoner Straßenhure. Ich hatte ein Kopftuch mit einem Saum von vergoldeten Glöckchen, darunter quollen rabenschwarze Locken hervor. Ohrringe trug ich, die mir die Ohrläppchen bis zu den Schultern herabzogen. Sie hatten mir einen kurzen roten Rock angezogen, der die Knöchel sehen ließ, und dazu ein Mieder mit einem wahrhaftigen Höllenfenster: Bei jedem Schritt hüpften meine Brustwarzen heraus, heilige Maria Magdalena, steh mir bei, ich war ein Landsknechts-Traum! Ich hielt meine Hände über meinem Busen und versuchte, das Schlimmste zu verhindern. Eine der Frauen stieß mich an: »He du, lass ruhig deine Äpfel sehen. Dann schauen sie nur darauf und kriegen nicht mit, was du sonst so vorhast!« Meine Albaner waren ebenfalls herausgeputzt, mit Todesverachtung hatten sie alles über sich ergehen lassen und hätten sich wohl lieber in ein Gefecht gestürzt. Mit uns führten wir einen Bären und zwei Affen, die Tambourin spielen und vermutlich auch blitzschnell zu stehlen vermochten.

Unser bunter Zug erreichte die Festung.
»Was für ein irrsinniger Einfall, worauf habe ich mich nur eingelassen«, dachte ich. Ich fühlte mich unsicher und unwohl in den fremden Kleidern und dem falschen Schmuck, wie ein trauriger Possenreißer. Der Angstschweiß brach mir aus, und der Zinnober zerfloss auf meinen Wangen. Zum Glück war es dämmerig, und in der Nacht sind alle Weiber schön, wie die Soldaten sagen.
Die Tore standen weit offen. Wir wurden sehnsüchtig erwartet. Gellende Pfiffe und Rufe empfingen uns im Burghof, wo für den Kommandanten und seine Offiziere ein langer Tisch gedeckt war. Die Soldaten standen im Kreis oder hockten auf Kisten und Pulverfässern, was gerade zur Hand war.
Das Spiel begann. Zuerst ließen meine Freunde den Bären tanzen. Danach traten zwei der jungen Männer als Jongleure auf und warfen Fackeln in den samtblauen Abendhimmel. Die Soldaten klatschten und pfiffen, doch das war nicht, was sie sehen wollten:
»Die Weiber vor!«, schrien sie. »Weiber, Weiber!«
»Ja! Die Weiber sollen tanzen!«
»Hebt die Röcke, los!«
»Ks, ks!«
Und der alte Mozes ließ seine Viola einen feurigen Tanz spielen, die Häute der Handtrommeln schwangen unter den geschickten Fingern der Musikanten. Hatte ich mich vorher gefürchtet mitzutun, so war es mir jetzt ganz unmöglich, still zu stehen. Wir Frauen bewegten uns zur Mitte des Hofes, lupften die Röcke an, drehten uns, stampften, warfen die Köpfe in den Nacken, dass es eine Lust war – für uns mindestens so wie für die Zuschauer. Ich habe Giovanna später alles gestanden und sie war nicht zufrieden, bis ich einen roten Rock angezogen und ihr einen Zigeunertanz vorgeführt hatte! Ein paar der Söldner hielten es nicht mehr aus und versuchten, sich Frauen zu greifen, hielten uns am Ärmel fest, versuchten uns zu umarmen und zu küssen. Doch der Gouverneur stand auf und rief ein strenges Wort. Sofort ließen sie uns in Ruhe.

Nach diesem Tanz gab es für uns eine Pause. Die Jongleure traten wieder auf, und die alten Frauen gingen ins Publikum, um aus der Hand zu lesen. Die Äffchen kletterten auf den Offizierstisch und stahlen Obst aus einer Schale, woraufhin sie sich auf die Tischdecke setzten und possierlich ihre Beute verspeisten. Der Kommandant holte eine Hand voll Nüsse aus einem Beutel und lockte die Tierchen zu sich heran. Sie fraßen ihm aus der Hand. Ich schüttelte für mich den Kopf: Er schien mir ein ungewöhnlicher Mann zu sein, doch ich hatte keine Zeit für ihn. Mein Einsatz war gekommen. Mir war flau im Magen vor Angst.

Während die Soldaten und der Gouverneur so abgelenkt waren, huschte ich in den Turm, in dem sich die Verliese befanden. Vassilij und Skanderbeg folgten mir wie Schatten.

Wie wir es gehofft hatten, waren nur zwei Wachen im Turm, die übrigen nahmen an dem Fest teil. Und besser noch: Die beiden Gardisten waren in verschiedenen Stockwerken. Langsam und aufreizend schlenderte ich die Treppe hoch. Die erste Wache sah mich kommen und stellte sich mir in den Weg.

»Tsk, tsk!«, machte ich. »Hast du Angst vor einem einzelnen Weib? Ich dachte, du möchtest vielleicht auch dein Vergnügen haben«, rieb meine Schulter an seiner Brust, sodass sein Blick in mein Höllenfenster fallen musste. Er blickte an mir vorbei, ob es jemand sah, und griff dann rau zu, zog mich an sich, knetete meine Brüste und versuchte, mich zu küssen.

›Oh alle Götter‹, dachte ich, ›wo bleibt Vassilij? Der Kerl stinkt aus dem Mund, ich werde gleich ohnmächtig!‹

Dabei drehte er dem Aufgang den Rücken zu, sein Pech. Im Atemzug waren meine stillen Begleiter zur Stelle, hielten ihm das Maul zu und schlugen ihn nieder, wo wir ihn banden und geknebelt in einen Gang schleppten.

»Er hat die Schlüssel nicht«, flüsterte ich und befürchtete schon, die Schlüssel habe der Gouverneur selbst. Was dann? Ob die Zigeuner sich auf das Öffnen von Schlössern verstanden? Und wie viel Zeit uns wohl blieb?

Weiter! Oben traf ich auf die zweite Wache und das Spiel wieder-

holte sich. Ich wackelte mit den Hüften und bot meine Äpfel feil. Allmählich machte mir die Rolle Vergnügen.
»Schöner Mann!«, gurrte ich leise. »Wie wär's ...«, und so weiter. Ha! Ihr glaubt es nicht? Ja, ich fand das Schauspiel, das ich bot, auch mehr als dümmlich, und ich kann selbst nur staunen, wie derart krude Mittel immer wieder wirken. Sosehr ich meinen Urs achte und liebe, so sicher muss ich doch sagen, dass Männer wie Uhrwerke funktionieren. Tust du das, tun sie dies. Bewegst du dich auf diese Weise, so vergessen sie augenblicklich alles, was vorher wichtig war, und hören auf zu denken. Sie sind so vorhersehbar, die armen Kerle.
Wie dem auch sei, ich erreichte mein Ziel, Vassilij und Skanderbeg waren zur Stelle, wenn auch nach meinem Geschmack zu langsam, der Kerl wollte gleich zur Sache kommen. Doch – heureka! –, dieser hatte die Schlüssel am Gürtel. Ich merkte es gleich, weil die Schlüssel mich drückten.
Wir liefen zu Urs hin und schlossen auf. Er konnte es kaum fassen, aber geistesgegenwärtig zog er gleich die Gefängniskleider aus und stieg in die Zigeunergarnitur, die wir ihm mitgebracht hatten. Kopftuch und Ohrringe! Fett und Ruß für sein blondes Haar. Vor lauter Aufregung ging es mit mir durch und ich musste lachen, konnte nicht aufhören, bis mir Urs eine Ohrfeige gab. Das half. Er küsste mich gleich drauf auf dieselbe Wange, und ich drückte seine Hand, dass es gut sei.
Wir schlichen die Wendeltreppe hinab und ich steckte vorsichtig den Kopf aus der Tür, ein Zeichen für den alten Mozes, zu einem feurigen Tanz aufzuspielen, bei dem die Zigeunerfrauen alles gaben. Die Soldaten klatschten mit, lachten, pfiffen und gerieten in einen solchen Taumel der Begeisterung, dass es uns leicht fiel, uns unter unsere Freunde zu mischen. Kurz darauf verabschiedete sich die ganze Gruppe. Langsam und spielerisch verließen wir die Festung. Wir Frauen winkten den Soldaten, blieben gar stehen und wechselten letzte Worte mit ihnen, obwohl ich unsagbare Ängste ausstand und am liebsten gerannt wäre.
Als wir außer Sichtweite waren, fiel ich Urs um den Hals, aber

nur kurz, denn nun musste alles schnell gehen. Wir verabschiedeten uns von unseren Freunden, den Zigeunern, die von Belohnung nichts wissen wollten.

»Ihr seid Freunde«, sagte Pilar. »Wenn wir wieder einmal in eurem Land sind, dann erlaubt ihr uns vielleicht, dort unser Lager aufzuschlagen.«

»Ihr seid uns immer willkommen«, antwortete Urs.

Die beiden Albaner, die nicht mit in der Burg gewesen waren, warteten schon mit gesattelten Pferden, und wir verließen die Stadt in großer Eile. Die Hufe unserer Reittiere klipp-klappten in den gepflasterten Straßen, und das Geräusch hallte von den Hauswänden wieder. Es kam mir jetzt so vor, als mache der Mond ein erschrecktes Gesicht: fort, schnell! Sie sind euch auf den Fersen!

Wir verließen die Stadt Shengjin und ritten, so schnell es ging, an der Küste entlang nach Ragusa, wo wir uns einschifften. Im Hafen fanden wir eine *fusta*, ein schnelles kleines Segelschiff. Es war nicht schwer, den Besitzer zum sofortigen Aufbruch zu bewegen: Wir hätten sein ganzes Schiff kaufen können. Die Pferde mussten wir allerdings in Ragusa zurücklassen.

Endlich hatte ich meinen Urs zurück und er mich. Ich zweifle nicht daran, dass wir dem Kapitän und seiner Mannschaft ein staunenswertes Schauspiel geliefert haben mit Küssen und Schwüren, Lachen, Weinen und allem, was die Sprache der Liebenden sonst zu bieten hat. Ursoleone saß auf Kissen, die man ihm gebracht hatte, den Rücken an den Mast gelehnt und schaute seiner Heimat entgegen. Und ich kauerte neben ihm und ließ ihn, glaube ich, die ganze Reise lang vielleicht zwei- oder dreimal los.

Ohne größere Zwischenfälle gelangten wir nach Montesárchio zurück. Ein Bote wurde ausgeschickt nach Benevento zu Urs' Bruder Marcello. Die vier Albaner wurden reich entlohnt: Ich fragte sie, was sie sich wünschten, und sie sagten: ›nichts‹. Doch ich war ja lange genug mit ihnen zusammen gewesen. Ich wusste, wovon sie träumten und sie sollten es haben: für jeden ein erstklassiges Ross, dazu die beste Ausrüstung, die Urs in seiner

Waffenkammer finden konnte. Sie kehrten zur Gräfin Ucelli zurück.
Der Sommer war inzwischen vorüber. Violette Wolken türmten sich über den hellen Kalkfelsen und den grünen Hügeln. Herbststürme fegten über das Land. Und an den schönen, ruhigen Tagen ernteten die Bauern den Wein. Es war eine Jahreszeit, die ich wegen ihrer dramatischen Wechsel liebte. Wenn meine Pflichten es erlaubten, legte ich ein altes Kleid an und ging in unseren Weinberg und gesellte mich zu den Pflückern. Es wird viel gescherzt und gelacht bei der Lese. Meist fängt einer an, ein Tempo vorzulegen. Dann eifern alle ihm nach und man rennt mit den Körben, und es wird noch mehr gelacht. Wenn eine Frau Trauben übersieht, dann muss sie den *padrone* küssen. Die Trauben wiegen so schön schwer, wenn man sie schneidet und sie in die ausgestreckte Handfläche fallen. Bald sind die Finger blau gefärbt vom Saft der reifen Trauben, und niemals schmeckt ein Essen so gut wie im Kreis der anderen Pflücker nach einem Tag in den Reben.
Zu Beginn des Winters gab das Königspaar ein Fest. Wir begaben uns nach Aversa. Zwei Packpferde hatten allein an unserer Garderobe zu tragen. Die Familie Benevent besaß ein Stadthaus nahe dem Schloss Quisisana. Dort erfrischten wir uns und ließen uns umkleiden: Ursoleone sah prachtvoll aus in seiner weiten kurzen Hose und dem Wams aus violettem Samt, dazu hellgelbe Beinlinge, eine Kette von Gold und ovalen, schimmernden Amethysten auf der Brust, Ringe an beiden Händen und einen juwelenbesetzten Zierdolch am Gürtel.
Ich selbst hatte mein Kostüm den Zigeunerinnen nachempfunden: ein rotes Kleid mit weitem Rock und grünseidenem Unterkleid, dazu eine kurze Weste aus schwarzem Samt, mit Hermelin gesäumt.
Das Königspaar empfing im Festsaal. Wir kamen spät – um den Effekt zu mehren. Ich steckte dem Hofmeister ein Goldstück zu und bat ihn, nur mich anzukündigen.
Die Menge teilte sich vor uns, alles starrte. Das Tuscheln begann.

»Aber ist das nicht ...«
»Er soll doch ...«
»Was zum Teufel ...?«
Unsere Freunde bei Hof schauten erst verblüfft, lächelten dann, freuten sich mit uns. Hände streckten sich uns entgegen, man schlug Urs auf die Schulter. Die Menge gab die letzten Schritte frei auf den Platz, wo das Königspaar in ihren vergoldeten Sesseln Hof hielt.
Giovanna schaute, sah Urs, sprang auf und ergriff seine Hand, dann meine. Sie umarmte mich.
»Messer Benevent! Alix! Wo hast du ihn gefunden? Wie ist das alles geschehen? Oh, ich freue mich so für euch!«
Wer sich nicht freute, war Loisi, aber er besaß eine meisterhafte Selbstbeherrschung. Er nickte kühl.
»Wo habt Ihr Euch herumgetrieben, *Messire*? Hattet Ihr nicht einen Auftrag?«
»Ich wurde aufgehalten, von Banditen, Majestät, sehr merkwürdigen Banditen. Vielleicht werde ich ein Lied über meine Abenteuer schreiben.«
»Verschont uns«, Loisi winkte ab.
Und die Königin nahm mich beiseite.
»Was hat das alles zu bedeuten, Alix? Merkwürdige Banditen? Wovon sprechen diese beiden? Was ist da vorgegangen?«
Ich sagte es ihr in wenigen Sätzen und erwartete nicht, dass sie mir glauben würde. Doch diesmal widersprach sie nicht, beschwichtigte und beschönigte nichts, sondern drückte nur meine Hand und nickte. Ein finsterer Blick traf den König, doch kurz darauf schien sie wieder in bester Laune. Sie klatschte in die Hände: »Der Tanz soll beginnen!«
Wir blieben einige Tage. Ursoleone ging mit den Herren auf die Jagd, und ich saß mit den Frauen im Solar der Königin, wie in alten Zeiten. Ich musterte die anderen aus den Augenwinkeln: Mirella, Mariano, Galgano, Margherita Mileto, Anna di Pisticci und Laura di Capue ... Natürlich wollte ich sehen, ob sie älter geworden waren, ob die Lachfalten sich vertieft, neue Spuren der

Unzufriedenheit Einzug gehalten hatten. Wer war dicker geworden? Was trug man jetzt? Ich nehme an, dass sie mich genauso betrachtet haben unter gesenkten Wimpern, scheinbar auf ihr Stickzeug schauend. Wir stickten an einem Hochzeitskleid für die kleine Abbondanza d'Ischia, die mit dem Marquis Vitelli verheiratet werden sollte auf ›Anregung‹ der Königin. Giovanna hoffte auf diese Weise eine unruhige Provinz zu befrieden.

»Was schreibt Messer Petrarca, der Dichterfürst?«, fragte Margherita Mileto.

Giovanna ließ die Perlenkappe sinken, an der sie arbeitete. »Er scheint voller Gram und Weltschmerz neuerdings. *›Das Leben‹*, schrieb er mir, *›zu Traum und Schatten verflüchtigt es sich‹*, und die Liebe zu Gott sei der weltlichen Leidenschaft vorzuziehen. Laura sei nur eine Ablenkung gewesen.«

»Ach! Jetzt spricht er so und schmäht die Frauen. Es ist leicht, auf die Liebe zu verzichten, wenn ein Mann so alt ist, dass er sie ohnehin nicht mehr genießen könnte! In seiner Jugend hat er ja kein Vergnügen ausgelassen.«

»Ganz recht! Könnt Ihr ein paar von den krapproten Seidenfäden entbehren, meine Liebe? Die Farbe ist mir gerade ausgegangen.«

Lucchina saß neben mir, als Einzige die Finger müßig, tief in die Kissen gelehnt.

»Nun«, stieß sie mich an, »was werdet ihr unternehmen?« Die wahre Geschichte von Urs' Entführung und Gefangenschaft hatte schnell die Runde gemacht.

»Nichts.«

»Nichts?«

»Er ist der König. Wir werden uns still verhalten und hoffen, dass er so etwas nicht noch einmal versucht unter Giovannas Augen.«

»Ach, Giovanna ...«

24.

Die Welt war ganz verrückt geworden. Was sollte nun noch kommen? Der Krieg mit England wäre zu Ende, sagte man. Aber war davon eine Besserung der Verhältnisse eingetreten? Im Gegenteil: Der französische König Jean, den man ›den Guten‹ nennt, saß im Kerker in England. Er war freiwillig dort hingegangen, hatte sich selbst als Geisel gegeben in seinem großen Ehrgefühl. Und wie immer, wenn die Katze aus dem Haus ist … Der Kronprinz wurde in Paris vom Volk belagert. Zwei seiner Marschälle sollen sie vor seinen Augen erschlagen haben. Der Pöbel lachte über das Bild des Dauphins, wie er auf seinem Bett kauerte. Als ob da nicht jeder Mensch Angst gehabt hätte.

Das Midi wurde von Söldnerbanden ausgeplündert, die sich nun, da der profitable Krieg ein Ende hatte, an der Bevölkerung schadlos hielten. Mein Bruder Francis schrieb mir einen langen Brief, in dem er erzählte, was für ein Bandit sein ehemaliger Hauptmann geworden war.

Dieser Arnaud de Cervole, von seinen Kumpanen als ›Erzpriester‹ betitelt, war reicher als ein König, hieß es. Er speiste von goldenen Tellern, seine Gefolgschaft hatte silberne Gürtel, Hüte von Samt, Wämser von Brokat. Sie waren umgeben von einem Schwarm käuflicher Dirnen und führten auf ihren Maultieren mehr Waren mit als eine Handelskarawane: kostbare Stoffe, Juwelen, Gewürze, Teppiche aus Damaskus und Alexandria. Dabei hatten sie noch nicht genug und plünderten ohne Mitleid und Unterschied, töteten und vergewaltigten.

Francis hatte diese Horde schon seit langem verlassen. Und, man stelle sich vor, statt dass die Armee des Papstes oder eines Königs gegen sie losgeschickt wurde, lud Papst Innozenz sie auch noch zu sich ein ins *Palais des Papes* von Avignon.
»Mein verehrter Herr Bandit, wollt Ihr nicht noch ein wenig mehr plündern? Hier, bitte sehr. Auf dieser Landkarte sind für Euch die reichsten Flecken eingezeichnet. Ich sehe, Ihr wisst die schönen Dinge zu schätzen. Darf ich Euch meine Gemäldesammlung zeigen? Meinen neuen Orcagna?«
»Eure Heiligkeit, das ist ja alles sehr schön und nett, aber ich schätze doch mehr die Kunstwerke, die meinem körperlichen Wohl dienen, so wie der weiche Orientteppich zu meinen Füßen oder das Seidenkissen unter meinem Hintern.«
Und dann schwelgen sie in einem Menü von dreißig Gängen Fleisch und Fisch, gewürzt mit allem, was teuer ist. Die Finger spülen sie sich in Rosenwasser. Musikanten und Sänger sorgen dafür, dass man das Rülpsen und Schmatzen nicht hört.
Innozenz bot dem Schurken 40 000 Goldecu und die Absolution an, nicht, damit er mit dem Morden aufhörte, sondern damit er weitermachte, nur anderswo: Er sollte mit seiner Horde gen Paris ziehen, um dem Kronprinzen gegen die Stände zu helfen, so hatte es Jean le Bon von seinem englischen Kerker aus angeordnet.
Unser Herr Loisi de Taranto ist auch in die Provence gereist, angeblich, um meinem Volk zu helfen, obwohl ihm der *Vice-Sénéchal* gesagt hat: ›Vielen Dank, *Sire-le-Roi*, aber wir halten es für besser, wenn wir uns selbst helfen zum Vorteil und zur Ehre unseres Landes.‹ Wir Provençalen sind auf unsere Unabhängigkeit bedacht. Wir sind gewohnt, dass unsere Könige weit weg sind, und das soll auch gern so bleiben.
Das hat Taranto nicht geschmeckt. Urs sagte, es sei dabei um Steuern gegangen. Die neapolitanischen Truppen hatten nämlich Kriegssteuern ausgehoben und der Grand Sénéchal ebenfalls. Erbarmen, wo sollten denn meine Landsleute noch mehr Gelder hernehmen. Zuerst hatten ihnen die Ablassprediger alles fortge-

schleppt, sogar Stoffe, Rohwolle und Möbel, wenn nichts anderes da war. Dann waren die Söldnerbanden gekommen, und nun die Königlichen. Ich sehe vor mir, wie Mutter die Mägde antreibt, Mehl, getrocknete Linsen, Schinken, Schmuck und das gute Geschirr im Keller zu verstecken. Da gab es früher ein Loch in der Wand hinter dem Weinbottich, wo es gärt und man sich nicht lange aufhalten kann, weil man sonst leicht in Ohnmacht fällt von den Dämpfen.

Gut, dass Francis zu Hause war. Er würde unsere Eltern beschützen.

Papst Innozenz hatte davon genug. Zum wiederholten Mal exkommunizierte er Taranto. Der brüllte vor Wut, jedes Mal, wenn so ein Dokument eintraf, warf es ins Feuer und betrank sich dann. Enrico war dabei, er hat es mir erzählt. Dennoch gab der König schließlich nach, ließ seine Zelte abbrechen und schiffte sich nach Neapel ein.

Dort saß er eine Weile gelangweilt und schlecht gelaunt herum, schlug einen Stalljungen tot, der das Zaumzeug nicht auf Hochglanz geputzt hatte, und terrorisierte Giovanna mit seinen Launen und Ansprüchen.

Dann kam es ihm in den Sinn, wenn schon die Kurie in Avignon ihm widrig gesonnen war, dann wollte er einmal Rom besuchen. Die Römer hielten von Zeit zu Zeit Aufstände und tobten brüllend durch die Stadt, wobei sie forderten, dass der Hof des Heiligen Vaters zurückzukommen habe. Die italienischen Kardinäle, die am Tiber residierten, stimmten dem Volk zu.

»Loisi! Geh nicht!«, flehte Giovanna. »Vergiss nicht, dass wir unser Lehen vom Papst in Avignon haben. Du gefährdest alles, wofür Robert und ich gearbeitet haben.«

Es war leicht vorherzusehen, dass Taranto nicht auf seine Frau hören würde. Das tat er nie. Wenn sie ihn gebeten hätte zu gehen, dann wäre er vielleicht geblieben, nur um zu beweisen, dass sie nichts zu sagen hatte. Ich war zu der Zeit im Palast, dem Castel Nuovo in Neapel, um der Königin meinen ältesten Sohn vorzustellen. Marius-Francesco war jetzt sieben, fast acht. Wir hatten ihm eine neue Garnitur machen lassen, in der er aussah wie eine Miniatur seines Vaters, einschließlich eines kleinen Schwerts, und er verbeugte sich artig vor der Königin. Er küsste ihr sogar die gnädig hingestreckte Hand, wie wir es mit ihm geübt hatten. Doch dann geschah es: Plötzlich musste er fürchterlich lachen. Er bemühte sich tapfer, das unstatthafte Gekicher zu bezwingen, doch es entfuhr ihm ein kleiner Grunzer. Da ließ er die Hand der Königin unsanft fallen und rannte davon.

Er erzählte mir später am Abend, dass er, als er sich über die Hand der Königin beugte, das Gesicht eines Pagen sah, der hinter ihr stand. Und dieser habe die Zähne gefletscht und das Hineinbeißen mimisch vorgeführt. Ganz kurz nur. Danach sei das Gesicht des Pagen wieder ernst gewesen, nur um Marius-Francesco war es geschehen. So ein Bengel!

Wir verbrachten einige angenehme Tage in Giovannas Gesellschaft, aber der Frieden war schnell vorüber. Loisi kam zurück mit seinem Tross von Söldnern und Schranzen. Kurz vor Rom war er krank geworden. Er hatte einen Schwächeanfall erlitten. Seine Ärzte liefen zusammen.

»Was hat er, was meinst du, Alix?«, fragte mich die Königin.

»Nach allem, was man hört, hat er seiner Gesundheit selbst geschadet. Seine rote Gesichtsfarbe, sein böses Temperament und der übermäßige Genuss von Vergorenem und fetten Speisen ... In diesem Fall wäre Aderlass einmal angemessen. Aufgüsse von Salbei und Ysop wären zu trinken, Rauke zu essen. Er müsste die Finger vom Wein lassen und streng Diät halten.«

Doch auf den Wein mochte er keinesfalls verzichten. »So gierig ist er nach einem guten Tropfen«, sagte Giovanna, »dass es im Keller ein Fass gibt, das ist nur für ihn allein. Von diesem Wein lässt er sogar für seine Reisen etwas abfüllen, sodass er ihn niemals entbehren muss.«

Keiner der Ärzte konnte Loisi helfen. Finster blickte er um sich, ließ aus jeder der Schüsseln vorkosten, die man ihm vorsetzte, und wartete noch eine Weile ab, ehe er von den Gerichten aß. So bekam er nur kalte Speisen, Breie mit Haut, Braten, auf denen

das Fett erstarrt war. Eines Abends reichte er Giovanna seinen Weinpokal. Die Gespräche erstarrten. Verdächtigte er die Königin, ihn zu vergiften? Welch ungeheure Beleidigung! Wir alle hielten die Luft an.
Giovanna aber nahm den Kelch und leerte ihn zur Hälfte. Lächelnd gab sie ihn zurück. Loisi starrte sie an, doch als nichts geschah, trank er ihr Salut, als sei es ein Scherz gewesen. Erleichtert lachte der Hof, doch heimlich schauten wir uns an.
Nachdem das zwei Wochen so gegangen war, sah der König ein, dass es sich nicht um eine vorübergehende Unpässlichkeit handelte, sondern um eine Revolte seines unbotmäßigen Körpers gegen den Willen seines Herrn. Loisi hatte sein Leben lang keine Rücksicht auf den Leib genommen und ihm alles abverlangt. Jetzt bekam er es mit der Angst zu tun.
Er ging auf Pilgerfahrt. Der Tross des Königs brach auf, eine schier endlose Zweierreihe edler Reiter zog durch das Land. Fahnen und bunte Bänder wehten. Fünf Karren folgten, darauf lagen frische Brote, ausgesuchtes Obst in seinen Körben, Schinken, geräuchertes Geflügel und allerlei Leckereien – und dort stand auch das berühmte Fass, falls seine Majestät unterwegs Durst verspüren würde.
Die Gesichter der Höflinge wurden jedoch lang und länger. Es wurde nicht angehalten. Der König hatte keinen Appetit. Nur von seinem Wein ließ er sich reichen, davon trank er ständig.
Er besuchte St. Barthelemy di Benevento, erbat, dass ein Gottesdienst für ihn gehalten würde, versprach, eine neue Glocke zu stiften, und übernachtete im Kloster. Diesen Rest von Ehrgefühl hatte er wohl doch, dass er die Gastfreundschaft der Benevent nicht strapazierte – oder es war Angst. Die Mönche tischten auf, was Speicher und Keller hergaben. Der König aber aß kaum, sprach wenig und ging bald zu Bett.
Der Doge von Amalfi empfängt den König mit viel Gepränge, doch dieser kann sich kaum auf dem Ross halten. Mühsam lässt er sich von seinem Rücken auf das Pflaster vor der Basilica del Crocifisso gleiten. Auf zwei seiner Ritter gestützt, humpelt der

König durch das romanische Portal. Zu seiner Seite hebt ein Apostel mahnend die Hand, doch der Arm, der die Schriftrolle hielt, ist abgefallen. Schau, König, sogar der ewige Stein zerfällt, und da glaubtest du, unvergänglich zu sein?
Die himmelhohen Deckengewölbe, gigantischen Säulen machen ihn klein. Unwirsch schüttelt er die Arme seiner Helfer ab und schleppt sich weiter. Verflucht seien diese Knie, die ihm nicht gehorchen, diese Beine, die ihn nicht tragen wollen, verflucht sei diese unselige Schwäche! Gerade war er doch noch jung! Verflucht!
Langsam setzt der König einen Fuß vor den anderen, das bunte Licht der Fenster fällt auf ihn, färbt seine Kleider allerleirau: grün, gelb, marienblau und rot. Die schlurfenden, müden Schritte wispern auf dem Stein. Das Flüstern seiner Ritter hallt, doch man kann es nicht verstehen. Tuscheln sie über seine Schwäche? Ärgerlich blickt sich der König um.
Er gelangt endlich aus eigener Kraft zu der schmalen Treppe, die abwärts führt. Der Küster folgt ihm, in einigem Abstand. Es riecht hier nach feuchtem Fels, nach Salpeter, Staub und Weihrauch. Die Gebeine des heiligen Andreas sind hier aufbewahrt in einem juwelenstrotzenden Reliquiar. Der König winkt dem Küster. Der eilt herbei, bekreuzigt sich und schließt den Kasten auf, den gläsernen Sarg, in dem gelbe Knochen in kostbare Tücher gehüllt ruhen. Des Königs Hand ist gelb und mit Flecken überzogen, sie zittert. Er legt seine Hand auf den heiligen Schädel, schließt die Augen und betet inbrünstig, hält inne, schaut dann den Schädel lange an. Der Tod macht ihm Angst, auch in so schönen Gewändern. Er zieht seine Hand zurück.
Loisi Taranto besuchte jede Reliquie und jeden Wallfahrtsort im Umkreis von fünf Tagen von Neapel. Es half ihm alles Beten nicht. Kardinal Orsini erteilte ihm die Absolution von all seinen Sünden. In der Nacht des 24. Mai 1362 starb ein König, über den Boccaccio schrieb: *»Ein König, wenig ernsthaft, ohne Wissenschaft, ohne Bindung an seine Familie, ohne Treue an seine Schwüre, in Gesellschaft von Schurken der Niederträchtigste, ver-*

liebt nur in Geld, lächerlich eitel, ein schlechter Gatte, undankbar und ungerecht.«

Ich gab nichts auf alle die Tiraden, die jetzt folgten von denen, die sich dazu berufen fühlten. Wohlfeil ist es, auf dem Grab des Tyrannen zu tanzen.

Giovanna zeigte weder Schrecken noch Bedauern, als man sie weckte. Selbst im Tod machte er ihr noch Schwierigkeiten: In aller Eile ließ sie den Leichnam waschen und in seine besten Gewänder kleiden.

»Bringt ihn rasch zum Friedhof! Aber zündet keine Fackeln an und geht durch den Küchenausgang! Bahrt ihn im Totenhaus auf, zündet Kerzen an und dann kommt zurück, so schnell ihr es vermögt! Fort!«

Sechs seiner Knappen schafften ihn heimlich und in aller Eile aus dem Haus. War er ihr so widerwärtig, dass sie ihn keinen Atemzug länger als nötig bei sich behalten mochte?

Die Knappen kamen zurück von ihrem unheimlichen Auftrag. Durch dunkle Gassen waren sie gelaufen, den zugedeckten Leichnam auf einer Bahre tragend. Einmal hatten sie dem Nachtwächter ausweichen müssen auf seiner Runde. Endlich kamen sie zum Friedhof. Das Tor ächzte, als sie es aufzogen. Wie Geister huschten sie über den stillen Totenacker bis hin zur Kapelle, wo sie ihre Last ablegten und alle Kerzen entzündeten, die sie finden konnten.

»Vergib uns, Herr Loisi, es ist beileibe keine Respektlosigkeit! Vergib! Die Königin hat es befohlen.«

Sie rannten aus der Kapelle wie gehetztes Wild und durch die Gassen, und kaum hatten sie das Castel erreicht, da verriegelte und verbarrikadierte man hinter ihnen die Tore und Türen. Die Königin selbst empfing sie voll Ungeduld.

»Rasch, herein mit euch! Habt ihr alles ausführen können? Ja? Dann kommt. Die Männer sollen sich bewaffnen und Wache halten durch die ganze Nacht. Es waren gewiss Spione im Schloss. Ein paar Leute fehlen. Ich fürchte, wenn mein Schwager Filippo von Loisis Tod erfährt, dann wird er das zum Vorwand nehmen,

um in den Palast einzudringen. Und wer weiß, was dann geschieht.«
Wer die Durazzo kannte, brauchte nicht viel Phantasie, um sich das auszumalen. Ich glaube, keiner von uns schlief in dieser Nacht, bis hinunter zum kleinsten Topfschrubber und Kübelträger.
Lucchina und ich leisteten Giovanna Gesellschaft. Die ganze Nacht saßen wir in ihrem Schlafgemach beisammen. Die Königin hatte trotz des milden Wetters im Kamin ein kleines Feuer entzünden lassen. Die Scheite knackten leise. Ab und zu sprang ein Funken, ein Stück glühender Asche davon ab. Man konnte den Geist damit beschäftigen, in die Flammen zu schauen. Nach einiger Zeit hielt ich es nicht mehr aus, ich musste sie fragen: »Wart Ihr es, die damals meine Kräuter genommen hat?«
Lucchina puffte mich in die Seite, halblaut, entsetzt: »Halt's Maul!«
Meine Herrin sah mich ruhig an: »Du hast ein Recht, es zu erfahren, Alix. Ja, ich war es.«
»Aber was … der Wein?«
Sie nickte.
»Ihr habt doch selbst davon getrunken und es ist Euch nichts geschehen. Dann war es nicht der Wein …«
»Doch. Das rote Pulver, erinnerst du dich nicht?«
»Ah!« Es fiel mir wieder ein: Drachenblut, harmlos bei einmaliger Gabe, aber tödlich in kleinen Dosen über eine längere Zeit. Es war der Wein, den er niemandem sonst gönnte. Sehr geschickt. Selbst wenn doch einmal ein Fremder davon einen Trunk bekam, würde es ihm nicht schaden.
»Es war nicht, weil er mich verdrängt hat oder mich mit seiner Eifersucht zum Wahnsinn trieb. Nein, er fing an, den politischen Verstand zu verlieren. Ständig musste er Krieg führen, seine Gegner demütigen, Stärke zeigen, statt zu verhandeln, mein Mars. Er verstand nicht zu regieren. Zu viel Gold wurde von seiner Armee verschlungen, zu wenig für die Menschen ausgegeben. Das Reich steht am Abgrund. Da musste ich etwas tun.«

Gegen Morgen hörten wir Schreien, Poltern und Hämmern gegen die Tore. Doch an jedem Fenster zeigten sich bewaffnete Edelleute und die Soldaten der Leibgarde. Ich habe nie erfahren, ob es Filippos Männer waren oder die Brüder von Taranto. Wer immer uns bedrohte, sie kamen nicht herein.

Dann brach ein Morgen an mit goldenem Licht und rosigen Wolken. Giovanna war in ihrem Sessel eingeschlafen. Lucchina und mir kam es vor, als wären wir aus einem Grab aufgestiegen. Die Last von Loisis harter Hand war endlich von uns genommen.

Der König hatte kein Testament hinterlassen – es wurde keines gefunden, und so lag alle Macht wieder bei Giovanna: »Endlich Autorität und Freiheit, zu handeln«, sagte sie und machte sich daran, das von ihr erträumte Friedensreich zu schaffen. Voller Kunst und Anmut sollte es sein, voll Schönheit im Geist und in allen weltlichen Dingen.

Kaum dass Loisi in der geweihten Erde lag, beim Kloster Montevergine, so wie er es gewünscht hatte – die Königin trug noch Trauer –, da drängten sich ihr schon die neuen Freier auf. Roberto Taranto umwarb sie erneut, ebenso Loisi Durazzo, und eine Hand voll kleinerer Fürsten schickte ihre Söhne vor, um sich und ihr Haus zu avancieren. Jean le Bon, der König von Frankreich, eben aus englischer Gefangenschaft zurück, bot ihr die Verbindung mit seinem Sohn, Philippe de Tourraine. Das war schmeichelhaft, doch zweifellos hoffte er auf diese Weise, sich die Provence einverleiben zu können.

Meine Herrin wies alle zurück. Nach all diesen schweren Jahren hatte sie nicht vor, sich das Heft wieder aus der Hand nehmen zu lassen.

25.

Wimpel und Fahnen wehten über dem Palast. Ganz Neapel hatte sich herausgeputzt, farbige Bänder und grüne Zweige schmückten jedes Haus. In den Gassen drängten sich die Menschen. Sie gafften aus den Fenstern, saßen rittlings auf den Dächern, hingen wie gigantische Früchte in den Bäumen.
Seit dem Morgengrauen harrten sie auf diese Weise aus, um ihre Königin mit dem neuen Gemahl zu sehen.
»Sie kommen! Sie kommen!«, ging ein Aufschrei wie eine Welle durch die wartende Menge. Die hinten drängten, wo es doch nichts mehr zu gewinnen gab, die vorn wehrten sich und drängten zurück, die in der Mitte schrien und lachten.
»Hee! Zurück! Ihr zerquetscht uns ja!«
Väter hielten ihre Kleinkinder hoch. Taschendiebe nutzten die Gunst der Stunde.
Da kam Giovanna in Gold und Rot und Madonnenblau, eine Krone aus Saphiren auf dem Kopf, das Kleid mit Demanten bestickt, sodass sie aussah wie ein wandelnder Sternenhimmel. Sie lächelte und grüßte, scherzte mit dem Hauptmann der Garde, lachte und war bester Laune.
Neben ihr ritt der Bräutigam, Jayme III., König von Mallorca, ein finsterer junger Mann. Er war in Schwarz und Silber gekleidet, saß kerzengerade auf seinem schwarzen Ross und wirkte sichtlich eingeschüchtert.
Eingeschüchtert? Was war das denn für ein König? Ursoleone und ich waren zur Hochzeit eingeladen. Wir ritten im Festzug

mit, und auf dem Weg in den Dom hatte Urs mir die Geschichte erzählt.
»Er soll sein halbes Leben lang ein Gefangener gewesen sein?«
»Allerdings: Jaymes Vater, Jayme II. von Mallorca, befand sich in einem lange währenden Krieg mit dem grausamen König von Spanien, seinem Schwager Pedro IV. Als König Jayme besiegt und die Insel eingenommen war, da wurde er als Untertan der spanischen Krone in seinem Amt belassen, unter der Bedingung, dass er seine beiden kleinen Kinder Isabelle und Jayme als Geiseln gäbe. Schweren Herzens willigte er ein und musste zusehen, wie seine Kinder von den Soldaten auf die Schiffe geschleppt wurden und verschwanden.«
»So etwas würde ich nie zulassen! Eher würde ich auf ein Königreich verzichten!«
Urs lächelte mir zu. »Ich weiß. So bist du, mein Sonnenlicht. Aber ein König muss eben an mehr denken als an sich und seine Familie. So gab er die Kinder her. Wer hätte auch gedacht, dass sie nicht in Ehren gehalten würden. Normalerweise wachsen solche Geiseln ja mit den Kindern des Geiselnehmers auf und haben es gut. Aber diese beiden …«, er schüttelte den Kopf und schnalzte mit der Zunge. »Sieben Jahre verbrachten die Kinder auf dem spanischen Festland in einer Festung, wie gewöhnliche Gefangene.«
»Hat man denn nicht versucht, sie zu befreien?«
»Schon. Es gab einen Aufstand mallorquinischer Edler. Die segelten nach Spanien und befreiten die Kinder. Aber die Wiedersehensfreude dauerte nicht lange. Pedro schlug bald zurück. In der entscheidenden Schlacht, sagt man, habe Jayme II. gekämpft wie ein Löwe, doch am Ende besiegte ihn ein maurischer Zauberer und schlug ihm den Kopf ab. Er schleppte ihn als blutige Trophäe vor seinen Herrn. Der Junge war dabei. Das wird nicht eben zur Bildung eines heiteren Charakters beigetragen haben, ebenso wenig wie das, was folgte: zwölf Jahre Festungshaft, diesmal an einem geheimen Ort. Von dort wurde er erst nach Vermittlung des Papstes freigelassen und nach Avignon gebracht.«

»Der arme Junge! Und dort erreicht ihn dann plötzlich der Heiratsantrag einer Cousine, die er noch nie gesehen hat.«
Jayme hatte eigentlich nichts zu bieten. Mallorca war dem Vernehmen nach nur ein steiniges Inselchen, und mit dem Katalanen mochte sich niemand einlassen. Jayme brachte weder Schätze noch Machtgewinn mit in die Ehe. Was hoffte sie, damit zu erreichen?
»Oh, einen lenkbaren Ehemann auf jeden Fall«, sagte Lucchina. »Der hat von Kämpfen und Intrigen für sein Lebtag genug, möchte man meinen. Außerdem findet Giovanna sein Schicksal anrührend. Man hat ihr ein gemaltes Porträt gezeigt und sie fand ihn – ich zitiere: ›so tragisch‹!«
»Hoffentlich wird sie nicht enttäuscht!«
Margeritha Mileto hat mir von seiner Ankunft in Neapel berichtet: »Wie schade, dass du nicht dabei warst. Es war einfach ergreifend. Alle Umstehenden haben geweint. Die Galeeren glitten über das spiegelglatte Meer. Man hörte nur die dumpfen Trommelschläge. Am Bug stand eine schwarz gekleidete Gestalt. Die Boote kamen näher, und wir erkannten, dass es sich nur um den jungen König handeln konnte, Jayme. Er stand so starr, wie aus dem Holz des Schiffes geschnitzt. Eine Strähne Haar legte sich über seine Augen, er tat nichts, um sie fortzustreichen. Und als er von Bord ging, so langsam, ach, so zögerlich!, da war sein Gesicht blass und still, ganz unbewegt. Die Königin hatte am Kai gewartet und ging ihm entgegen. Das war eine schöne Geste, dass sie ihn nicht zu sich in den Palast bringen ließ. Sie ergriff seine beiden Hände und strahlte ihn an: ›Jayme! Mein lieber Cousin!‹, sagte sie. ›Es ist mir eine große und süße Freude, Euch zu sehen!‹ Ah! Das hättest du erleben sollen. Wie sein Gesicht sich erhellte, wie er lächelte, als ob er es eben erst wieder lernte. Uns allen wurde ganz warm ums Herz!«
Der Hof hatte Jayme augenblicklich angenommen, fast wie einen verlorenen Sohn. Es schien, dass meine Herrin auf ganzem Feld gewonnen hatte. Eine Gefahr war er kaum, denn er hatte unterzeichnet, dass er keinerlei Rechte auf die Krone von Neapel hat-

te. Nur Mallorca blieb sein, sollte es einmal von Spanien zurückgewonnen werden. Und nun ritt ich im Hochzeitstross durch Neapel. Die Frauen warfen Blumen aus den Fenstern, die meisten auf das Königspaar, ein paar fielen auch auf mich.
Es gab ein Defilee im Schloss, demselben Castel Nuovo, in dem schon Andrea von Ungarn und Loisi Taranto sich als Hausherren gefühlt hatte. Im Thronsaal wurden nach und nach die Namen aufgerufen, und alle kamen aufgeputzt und würdevoll geschritten, um vor dem Königspaar auf die Knie zu gehen, ihre Glückwünsche zu sagen und ihre Loyalität zu versichern.
Giovannas Augen strahlen glücklich, sie blinzelte mir zu, als wolle sie mir sagen: ›Habe ich es nicht gut getroffen?‹ Und dann stand ich vor Jayme, dem Prinzgemahl. Ich konnte nicht anders, ich musste ihn einfach anstarren: Schmal, fast asketisch war er, glänzende blauschwarze Haare, die bis auf die Schulter fielen, so glatt und kräftig wie Pferdehaar, hohe Wangenknochen, die Nase fein und gerade, die Lippen voll und schön geschwungen und die Augen ... wie soll ich sie beschreiben? Stellt Euch zwei tiefe Brunnen vor und am Ende ein glimmendes Feuer. Ich errötete und wandte rasch meinen Blick von ihm ab.
Urs nahm meinen Arm und wir machten Platz für die nächsten Gratulanten.
»Wenn du ihn noch mal so anschaust, meine Liebe, dann werde ich eifersüchtig. Und dann müsste ich ihn töten«, flüsterte er mir ins Ohr. Er lächelte dabei, aber ich bin mir bis heute nicht sicher, ob er es damals nicht ernst gemeint hat.
Ich drückte seinen Arm und legte meinen Kopf an seine Schulter.
»Verzeih! Aber er *ist* doch wirklich schön.«
»Verteufelt schön!«
Er war, um es genau zu sagen, der schönste Mann, den ich in meinem Leben je gesehen hatte.
Nachdem das Paar die Glückwünsche des Hofes empfangen hatte, gab es ein leichtes Mahl im Garten, woraufhin sich die ganze Gesellschaft zum Turnierfeld begab.
Die Turniere nach der alten Art sind umstritten: Als Übung für

den Krieg taugen sie nichts mehr, weil heute anders gekämpft wird. Das Töten geschieht oft auf Entfernung: mit der Kanone, mit gigantischen Schleudern, die es Pech, Steine oder Eisensplitter regnen lassen, und besonders mit den Pfeilen von Armbrust und englischem Langbogen, die selbst eiserne Rüstungen durchschlagen. Es ist nicht mehr die Zeit für Lanzengänge Mann gegen Mann. Doch zur Feier dieses hohen Tages sollten sich die Ritter nach alter Tradition messen.

Das Feld war abgesteckt, Wimpel und Wappen leuchteten fröhlich, als sei es ein Jahrmarkt. Ich schlenderte mit Urs zwischen den Zelten herum, er kannte die meisten der Ritter und ein paar von ihren Schildknappen. Dort, wo die Königin und ihr Gemahl saßen, machten die Spielleute Musik, doch hier hörte man nur das Schnauben und Stampfen der großen Schlachtrösser, die Rufe der Knappen, die die Ausrüstung schleppten, metallische Geräusche und Ächzen, da wo die Rüstungsteile übergezogen und mit ledernen Riemen festgeschnallt wurden.

Urs zog mich zum Zelt von Benevent, wo ein Sohn Marcellos die Familienehre verteidigen würde. Urs selbst hatte ich zum Glück vor Jahren schon davon überzeugen können zurückzustehen. Niemand, der ihn kannte, würde es ihm vorwerfen.

»Es ist zu gefährlich, Urs«, hatte ich gesagt. »Du hast jetzt Frau und Kinder!«

»Krieg ist auch gefährlich.«

»Ja, Lieber, aber Krieg muss sein. Dies hier ist ein frivoles Spiel. Es hat keinen Sinn, dafür zu sterben.«

Er gab mir Recht, war ohnehin dieser Meinung. Ich glaube, er hatte es nur fortgesetzt, weil er meinte, ich erwartete es von ihm. Als ich jünger war, pochte mir das Herz in der Kehle vor Stolz, wenn ich sah, wie er – mit meinem Brusttuch an der Lanze – einen Gegner nach dem anderen aus dem Sattel hob. Doch dann sah ich auch, wie starke und geschickte Ritter bei diesem Spiel ihr Leben ließen, mit zermalmten Gliedern im Gras lagen, mit durchstochenem Auge oder zerschmettertem Brustkasten qualvoll starben. Die Kirche hat das Turnier geächtet und behandelt

die darin Gefallenen als Selbstmörder, doch das hinderte niemanden, dem gefährlichen Plaisir weiterhin nachzugehen.
Der junge Marcello stand in seinem Zelt und ließ sich verschnüren. Urs ging vor ihm auf die Knie, prüfte sämtliche Riemen und Verschlüsse. Marcello stand, die Augen geschlossen, die Fäuste geballt, seine Lippen bewegten sich in flüsterndem Gebet. »*Madonna! Madonna mia, ajuda me!*« Er hatte eine jämmerliche Angst. Sein Atem ging flach; sein blutjunges Gesicht war bleich und angespannt. Es war sein erster Kampf.
Mein Mann, der Soldaten kennt, nahm seine Hand.
»Hör zu, mein Kleiner. Du hast keine Angst. Sag es!«
Er lachte schwach. »Du hast gut reden, Onkel.«
»Tief durchatmen, ja! Sag es mit fester Stimme!«
»Ich habe keine Angst.«
»Richtig! Du hast gar keine Zeit dafür, denn gleich wirst du deine ganze Aufmerksamkeit für den Gegner brauchen. Hör mir zu: Schau genau hin! Schau hin! Konzentriere dich. Schau nicht auf sein Ross oder auf seinen Helmschmuck – sondern beobachte die Lanzenspitze, die auf dich zukommt. Ist das klar!«
Der junge Mann atmete zittrig ein und wieder aus. »Ja, Onkel.«
»Konzentriere dich. Angst kannst du hinterher haben! Und jetzt raus mit dir. Schau auf die Lanze! Die Lanzenspitze!«
Und er schob den jungen Marcello aus dem Zelt, hinaus ans Licht, wo er Haltung zeigen musste. Und da kam auch schon das Zeichen, ein Page rannte herbei: »Herr von Benevent! Ihr seid dran!«
Ich gab ihm mein Tuch, weil ich wusste, dass er mich mochte.
»Du wirst uns stolz machen!«, sagte ich und lächelte, als hätte ich nicht den geringsten Zweifel.
Es brauchte Urs und noch zwei andere starke, ausgewachsene Männer, um Marcello in den Sattel zu hieven.
»Alle Heiligen, bist du schwer geworden, Junge! Hilf mit, hoch mit dir!«
»Das macht das viele Eisen, Onkel! Ich tue ja, was ich kann!«
Das Pferd stand ruhig und ließ es mit sich geschehen. Urs hatte ein schlachterfahrenes Ross ausgesucht für seinen Neffen.

»Den alten Klepper? Kann ich nicht den schönen Schwarzen haben?!«, hatte Marcello aufbegehrt.
Dieses Vieh hatte hässliche braune Zähne, mit denen es nach Rivalen zu schnappen pflegte, es trug Narben, struppige Fellwirbel, hatte einen breiten Rücken und die Kehrseite eines Erntewagens. Ich musste lachen, wenn ich es sah: Das Ross sah aus wie eine Festung auf Beinen.
Nun wurde dem Jungen die Stoßlanze gereicht, und er legte sie ein. Am heutigen Eröffnungstag wurde *à plaisance* gekämpft, mit stumpfen Lanzen und in Gruppen zu je drei Dutzend Teilnehmern.
Jetzt: Die Königin erhebt sich und winkt mit dem roten Tuch. Die Kämpfer stürmen aufeinander los; es packt mich trotz aller Vernunft die alte Aufregung. Da! Schaut! Rasensoden werden in die Luft geschleudert, die Pferde schnauben, Hufe trommeln nieder, die schweren Muskeln arbeiten unter dem Harnisch; Reiter mühen sich, einen guten Sitz für den Aufprall zu erlangen – jetzt! bringen sie die Lanzen in Position, nehmen den Gegner ins Visier, den sie sich ausgesucht haben, wo ist Marcello?! Dort! Marcello galoppiert auf einen Pulk von Fünfen zu, pass auf, Marcello! Sie krachen zusammen mit voller Wucht! Zwei der Rösser stolpern, die Reiter wanken im Sitz! Fallen! Ein Aufschrei geht durch die Zuschauermenge und ich schreie mit. Einen Augenblick wird mir die Sicht durch andere Zuschauer verstellt, die Pagen hüpfen hoch, schwenken ihre Kappen. Ein ohrenbetäubender Lärm! Aber da – da ist Marcello, noch im Sattel, ja! Und er hat einen Gegner vom Pferd gehoben mit seiner Lanze und während er sich aus dem Gedränge befreit, fällt noch einer, bravo! Marcello! *Avanti* Marcello! Marcello für Benevent!
Urs hatte mich amüsiert beobachtet. »Ich glaube, ich muss nächstens doch wieder mitmachen«, sagte Urs spöttisch neben mir.
»Untersteh dich!«
Aber ich konnte nicht anders: Es war ein verabscheuungswürdiges Spiel mit Leben und Gesundheit, doch es hatte mich wieder

in den Bann gezogen. Marcello kam zurück zu uns und klappte sein Visier hoch.
»Gut gemacht, Neffe!«, rief Urs mit erhobener Faust. Ich küsste den struppigen Pferdeveteranen auf die Nase vor Freude darüber, wie gut er sich gehalten hatte und wie er unseren Neffen sicher durch sein erstes Turnier getragen hatte.
Am Abend gab es ein großes Diner für die Edlen, die aus allen Teilen des Landes gekommen waren, Besucher aus Florenz, Genua, Venedig, aus Marseille und Avignon, sogar Vertreter des abgewiesenen französischen Königs waren da.
Sorgenvoll rechnete ich durch, was uns das alles kosten würde: dreimal täglich umziehen, ein Kleid kostbarer als das vorige. Wir wohnten in einem Haus in der Stadt – unter diesen Umständen konnte keine Rede davon sein, im Palast unterzukommen. Die Königin hatte so viele hoch gestellte Gäste, dass das Castel Nuovo bis unter die Dachbalken mit ihnen voll gestopft war. Tatsächlich bot ich in unserem Stadthaus noch einigen meiner Freundinnen Unterschlupf.
Wir kleideten uns gemeinsam an. Es macht einfach so viel mehr Freude, sich unter Frauen schön zu machen. Urs floh vor unserem Gelächter und den groben Scherzen.
»Galgano: Zitronenlimonade oder Pfefferminzsirup?«
Mariano schob ein Konfekt in den Mund, während sie vor dem Spiegel ein Kleid nach dem andern vor sich hielt. »Oder doch grün, was meint ihr?«
»Darin siehst du aus wie etwas, was die Katze hereingetragen hat.«
»Bäh!« Sie warf das grüne Kleid nach der Capita.
»Was macht eigentlich die … na? Wie hieß sie doch, die mit den Haaren …«
Und so tratschten wir, dass ich bald wieder auf dem Laufenden war.
Eine Woche lang gingen die Turniere. Nach jedem Waffengang, den er überstanden hatte, ging Marcello aufrechter, lächelte er selbstbewusster die jungen Damen an. Es schien, als wüchse er

mit jedem Tag ein Stück. Vier Tage hielt er durch, dann begannen die Zweikämpfe und er hatte das Pech, gleich im ersten Gang an den jungen Marquis von Altamura zu geraten. Er hatte keine Chance.

Und dann kam er angeschlichen, ohne Rüstung und ohne Pferd. Er hatte beides als Lösegeld an seinen Gegner verloren, wie es Sitte ist, und erwartete nun, von Urs ausgescholten zu werden.

Urs nahm den Jungen in die Arme.

»Ich bin sehr zufrieden mit dir. Ehrlich gesagt, bist du weiter gelangt, als ich es erwartet hatte. Bravo! Du hast einen kühlen Kopf behalten. Weiter so.«

Marcello richtete sich förmlich wieder auf unter diesen Worten.

»Nächstes Mal mache ich es besser!«

Mir wäre es lieb gewesen, er hätte es bei einem Mal bewenden lassen.

Eine Woche Festlichkeiten, Turniere, Diners, Tanz, Schauspiele. Und als die Woche um war, da: »Sie haben sich in Giovannas Gemächer eingeschlossen und sind sieben Tage lang nicht daraus hervorgekommen. Der junge Mann hatte Nachholbedarf«, lästerte Lucchina. »Nein, was für ein Paar von Turteltäubchen!« Hatte meine Königin nun endlich die Liebe gefunden? Die Gäste verabschiedeten sich diskret, auch wir.

Aber schon bald wurde ich wieder zu Giovanna gerufen.

»Die Ärzte sagen, er sei mondkrank! Kaum, dass die erste wunderbare Woche unseres Zusammenseins vorüber war, bekam er plötzlich Anfälle von Melancholie, dann schreckliche Wut mit Schaum vor dem Mund. Er hat mich nicht erkannt. Dann wieder hat er verrückte Einfälle, geht mit dem Dolch auf seinen Kammerdiener los, nennt ihn einen Teufel, befiehlt, ihn nicht länger zu quälen und zu verfolgen. Alix, ich weiß nicht mehr ein und aus mit ihm. Schau ihn dir an und sage mir, was du denkst.«

»Aber ich bin nur ein Kräuterweib, Ihr habt doch hier die besten Ärzte.«

»Ja, ja, aber ich traue ihnen nicht. Jeder sagt etwas anderes!«

»Welche Behandlung haben sie angeordnet?«

»Aderlass und kalte Bäder, Theriak, zerstoßene Perlen in Wein. Er widersetzt sich allem, und ich kann es ihm nicht verdenken. Wenn er nur nicht solche Wutanfälle bekäme. Jetzt beschuldigt er mich des Gattenmords, schließt sich in seine Räume ein und lässt mich nicht mehr an sich heran! Da habe ich nun endlich einen gefunden, der mir gefällt ... und jetzt das. Es ist grausam!«
Ich ging, den schönen Wahnsinnigen zu sehen. Er empfing mich, war ruhig und höflich. Ich schlug ihm eine Diät vor, um das Blut zu erneuern und die Wallungen im Zaum zu halten.
»Es soll mir recht sein, Signora Benevent, oder darf ich Alix sagen?« Er lächelte so schön, dass es mich schmerzte. »Ich will gern essen und trinken, wie Ihr es für richtig haltet, wenn aber wieder einer dieser Quacksalber mir mein Blut stehlen will«, und hier wurde er plötzlich heftig und seine Miene finster, »dann, ich schwöre es, durchbohre ich ihn mit meinem Schwert.«
Er beugte sich zu mir und winkte, als habe er mir ein Geheimnis mitzuteilen: »Sie versuchen mich zu schwächen, damit ich nicht mehr nach Mallorca zurückkehren kann. Und Giovanna will mich ermorden, so, wie sie ihre anderen Gatten umgebracht hat!«
»Aber nein, Sire, warum sollte sie so etwas tun? Sie liebt Euch herzlich. Ihr könnt ihr vertrauen.«
»So?«, fuhr er mich an, »Ihr seid also auch von der Partie. Schert Euch fort!«
Ich gab Anweisungen in der Küche, eine besänftigende und ausgleichende Diät zu beachten, aber Jaymes Zustand entwickelte sich derart, dass die Königin sich gezwungen sah, ihn in seinen Räumen einschließen zu lassen. Wachen wurden vor der Tür postiert. So war der arme Mann wieder eingesperrt – wenn auch in einem goldenen Käfig.
»Aber was soll ich denn tun? Er ist mitten in der Nacht mit dem Schwert auf mich losgegangen!«
Sechs Monate lang hielt Giovanna Jayme in dieser Art gefangen. Jegliche Bemühungen um Heilung waren vergebens. Ich nehme an, dass er durch die furchtbaren Erlebnisse seiner Kindheit für immer verdorben war. Wieder und wieder ging Giovanna zu ihm

hin, sprach mit ihm und versuchte, ihn von ihrer Liebe und Treue zu überzeugen.
Er aber beschuldigte sie, Liebhaber im Palast zu beherbergen. Es war zum Verzweifeln.
»Schön oder nicht, er ist *pazzo*, komplett verrückt!«, sagte Lucchina. »An so was soll man sein Herz nicht hängen. Sie hat aber auch ein Pech mit den Männern, unsere Herrin!«
Jayme verlangte, freigelassen zu werden und nach Mallorca zurückzukehren, wo er doch nur kurze Zeit seines Lebens verbracht hatte. Schließlich stimmte Giovanna zu. Königliche Galeeren brachten ihn in seine Heimat, wo er Truppen aushob und zum Festland aufbrach, um seinem Hass gegen König Pedro von Aragon freien Lauf zu lassen.
Eine Weile hatte Giovanna gehofft, schwanger zu sein, hatte es sich so fest eingebildet, glaube ich, dass man ihren Leib sich wölben sah. Doch es kam zu nichts. Ihr Töchterchen Francesca war tot. Um ein Kind um sich zu haben, adoptierte sie den Sohn ihres Vetters Loisi Durazzo: Carlo Durazzo.
Ich hielt mich zufällig in Neapel auf und begleitete meine Herrin auf diesem Gang. Das Palais der Durazzo war ausgestorben, menschenleer. Viele Zimmer waren geschlossen. Leintücher lagen über den Stühlen im Empfangsraum.
Er verbarg sich in seinem eigenen Zimmer hinter einem Vorhang, als wir ihn holen kamen. Carlo, sein Namensgeber, war tot, erschlagen vom ungarischen König, Vater und Mutter waren gestorben, und sein Onkel Roberto hatte kein Interesse an dem Jungen.
»Endlich begehrst du mal einen von uns. Nimm ihn, wenn du willst«, sagte er ihr. Es ärgerte ihn, dass sie ihn mehrfach abgewiesen hatte.
Giovanna und ihre Begleiter wurden zu dem kleinen Carlo geleitet von seinem Kindermädchen, einer herzlosen Person mit einem Krähengesicht. Ich glaubte bald, sie verabscheute Kinder. Wir traten durch die hohe, geschnitzte Tür, Giovanna, ich und eine Hand voll Lakaien, und schauten uns neugierig um. Carlo war nirgends

zu sehen. Bis jemand die Auswölbung an dem Vorhang auffiel. Er zeigte darauf, und unsere Begleiter kicherten spöttisch.
»Junger Herr!« Die Kinderfrau war mit wenigen langen Schritten dort und zerrte den Jungen hinter dem Stoff hervor, wobei sich ihre Finger in seine Schulter eingruben. So schob sie ihn vor die Königin. Kein Wort zu ihm, nur: »Hier ist er, Majestät.« Ein magerer kleiner Bursche, die Haare blond wie bei allen Durazzo, die Augen blaugrau, ein wenig fade.
Er wand sich und versuchte zu entkommen. Es schnitt mir ins Herz, weil ich mir vorstellen musste, meine eigenen Söhne würden so behandelt. Er war gut angezogen, auserlesen sogar. An Geld wurde nicht gespart. Aber ich bezweifle, dass er seit dem Tod seiner Mutter eine einzige Liebkosung erfahren hatte.
Giovanna kniete sich vor ihn auf die Erde, sodass sie sich Aug in Aug gegenüber waren. Die Amme verscheuchte sie mit einer Handbewegung.
»Es ist gut. Wir brauchen dich nicht mehr«, sagte sie. Die Frau ging mit giftiger Miene. Sie hatte wohl erwartet, in Giovannas Dienste zu kommen.
»Guten Tag, Carlo. Ich bin deine Tante Giovanna. Möchtest du mit mir kommen?«
Er schaute sie an, ohne eine Regung.
»Ich will mit dir spielen und dich lieb haben. Und bei mir im Palast sind eine Menge lustige Leute und andere Kinder, die dich kennen lernen möchten – wenn du das willst. Du musst aber nicht. Und, was sagst du?«
Er zuckte wortlos die Achseln.
So kam der Junge ins Castel Nuovo. Die Königin hielt ihr Wort und spielte täglich mit ihm. Wenn sie nicht da war, bemühten sich die besten Lehrer um ihn. Er bekam alles, was er wollte, war nie mehr allein.
Im Alter von zehn war er ein reizender Bengel. Mit zwölf brachte er seine Erzieher zur Verzweiflung und mit vierzehn die Damen zum Seufzen. Und mit sechzehn ... Carlo Durazzo: den Namen solltet Ihr Euch merken.

Der schöne finstere Jayme aber stob in einer Wolke von rotem Staub und blitzenden Rüstungen über das Angesicht der Erde und zahlte der Welt mit Schwerthieben seine grausame Kindheit zurück. Erst verlor er gegen seinen Onkel und Erzfeind, floh nach Frankreich. Giovanna schickte Boten und bat ihn, an ihre Seite zurückzukehren. Stattdessen verbündete er sich mit Henry Trastamare, dem Schwarzen Prinzen von England. Voller Zorn und Todessehnsucht fiel das Duo nun über Spanien her. Doch trotz Mut und Wahnsinn: Pedro gewann, und Jayme war zum dritten Mal sein Gefangener.

Es war, als ob die Götter ein grausames Spiel mit ihm trieben. Jetzt, in seinem Unglück, dachte er an seine verstoßene Gemahlin und schrieb ihr einen glühenden Brief.

Ist es unser Mitleid, was uns Frauen schwach macht? Dann ist es keine Gabe, sondern ein Fluch. Giovanna brachte ein fürstliches Lösegeld auf, leerte die Truhen, verschacherte Häuser, Privilegien, Juwelen. Man kaufte Jayme III. von Mallorca zurück und brachte ihn nach Neapel.

»Er ist mir wiedergegeben«, schrieb mir Giovanna. *»Ich verzeihe alles. Er hat zwar immer noch diese Anwandlungen von Melancholie und er erzürnt manchmal über Nichtigkeiten. Doch er hat gelernt, mit seinem heftigen Gemüt zu leben und zügelt sich. Wir verleben gute Tage miteinander.«*

»Glaubst du, das hält?«, fragte ich Ursoleone.

»Ich würde es ihr sehr wünschen, aber ich bin nicht zuversichtlich.«

Ein paar Wochen, oder waren es Monate, ich erinnere mich kaum, dann war er schon wieder fort, führte einen neuen Krieg gegen den Katalanen. Seine Schwester Isabelle, noch rachsüchtiger und verrückter als er, hatte ihn aufgehetzt. Und dort, in Katalonien, starb dieser seltsame, gemarterte Mensch. Seine letzten Worte sollen ein Gruß gewesen sein: »Grüßt mir Giovanna und sagt ihr, dass ich sie liebe!«

Schöne Worte. War das etwa Liebe, dass er ihr so lange fernblieb? Hat er da an sie gedacht? Die Troubadoure freuten sich:

Das war einmal eine saftige Tragödie, über die sie schluchzen konnten!
Die Königin saß im Garten auf einer steinernen Bank. Der junge Carlo vor ihr, das Gesicht gerundet und die Wangen glühend vor Begeisterung: »Schau, Tante Giovanna, schau her! Gregorio sagt, ich bin richtig gut für mein Alter. Da! So mache ich es, wenn mich zwei Schufte auf einmal angehen …«
Und er stach mit seinem Holzschwert in der Luft herum.
»Da! Und so! Ich geb's ihnen!«
Plötzlich ließ er das Spielzeug sinken und schaute mit großen Augen auf das Meer, zeigte auf die Felsen des Posilippo, hinter denen eben zwei Schiffe hervorglitten.
»Tante Giovanna! Schiffe mit schwarzen Segeln! Warum haben sie schwarze Segel?«
Und so brachten sie Jayme nach Haus.

26.

Ihr seht gut aus.«
»Schmeichlerin!«, antwortete mir die Königin, aber ich hatte ihr nur die Wahrheit gesagt. Wir gingen zusammen durch den Garten, umgeben von den Damen des Hofstaats und den Töchtern der Edlen, ein Schwarm bunter Vögel mit Flügeln aus Seide. In der Nacht hatte es geregnet, und nun roch es nach feuchter Erde. Scharen von Gärtnern waren dabei, Veilchen zu pflanzen.
Giovanna blieb stehen und unterhielt sich mit einem von ihnen, einem alten Mann in grober Arbeitskleidung, mit einem breitkrempigen Hut auf dem Kopf und von der fruchtbaren Vulkanerde schwarz gefärbten Händen.
»Ziegenmist!«, sagte er gerade mit großer Autorität. »Es gibt überhaupt nichts Besseres, Majestät. Damit bringt Ihr sowohl Blumen als auch Gemüse zu prachtvollem Wachstum. Und Ziegenmist riecht überhaupt nicht, da!« Er hob eine Hand voll von dem wunderbaren Mist auf und zerkrümelte ihn mit den Fingern. Einige Damen wandten sich angeekelt ab, andere kicherten verlegen. Den alten Gärtner beeindruckte das nicht.
»Das reinste Gold! Es muss nur gut abgelagert sein.«
Giovanna schnupperte pflichtschuldigst: »Tatsächlich, Ihr habt ganz Recht, Meister Bartholomo. Ihr macht meinen Garten zu einem blühenden Paradies, und ich danke Euch.«
»Herrin, wenn ich so frei sein darf, um etwas zu bitten?«
»Aber ja, was kann ich tun?«
»Es … es geht um die jungen Herren, die Reiter, wisst Ihr, Euren

Neffen Carlo und seine Freunde. Sie treiben ihre Rösser kreuz und quer durch den *parco*. Und dabei zertrampeln sie die Beete und springen über Hecken ohne Rücksicht und Verstand. Wir dürfen uns dann hinterher sputen, den Schaden unsichtbar zu machen, bevor Ihr hier spazieren geht! Warum muss er denn ausgerechnet im Garten reiten, wo doch am Strand so viel Platz ist? Schlimm sieht das manchmal aus und macht uns eine Menge Mühe, unnötige Mühe.«

»Das wusste ich nicht, mein guter Batholomo. Es war recht, dass Ihr es mir gesagt habt. Ich werde es ihnen verbieten.«

Bartholomo legte sein Gesicht in ein zufriedenes Grinsen, verbeugte sich und widmete sich wieder mit Eifer der Ausbringung des segensreichen Ziegenmists.

Giovanna, die früher Abstand zum niederen Stand gehalten hatte, ging jetzt ganz natürlich und vertraut mit den Leuten um. Sie war aufmerksamer und gelassener geworden. Und man liebte sie dafür. Ein Gärtnerjunge kam angesprungen und drückte Giovanna schüchtern ein Sträußchen frischer Veilchen in die Hand, mit einer ungeschickten Verbeugung. Dabei schaute er sie mit tief empfundener Bewunderung an.

Ich betrachtete meine Herrin verstohlen: 49 Jahre war sie alt. Da gab es winzige Fältchen um ihre Augen und eine leichte Schlaffheit am Kinn, doch ihre Haut war fein und hatte die durchscheinende Blässe von Alabaster bewahrt. Ihre Figur war fest; es schien, als könnten weder die ausufernden Festmähler noch die Versuchungen der Hofpatissiers ihr etwas anhaben. Ich beneidete sie darum. Sie wirkte heiter und zufrieden. Wir alle vermuteten, dass sie einen Liebhaber hatte.

»Ihr spannt uns alle auf die Folter! Ich habt dieses gewisse Lächeln … Wer ist es?«, fragte Margherita, die zur Rechten der Königin ging. Giovanna lachte spitzbübisch und wackelte mit dem Zeigefinger.

»Das wüsstet Ihr gern. Aber ich sage es nicht. Endlich einmal steht mein Bett nicht auf der Bühne des Königreiches! Und so soll es bleiben.«

Die Letzte, die ihr Augenmerk auf das Bett der Königin gerichtet hatte, war die gefürchtete Heilige gewesen, Brigitte von Schweden. Erst hatte sie den neuen Papst derart verfolgt, bis Urban, um seinen Frieden zu haben, nach Rom gegangen war: Die Kurie kehrte zurück in den Vatikan. Dort hatte er aber nicht viel Freude, denn die Römer, statt nun zufrieden zu sein, schimpften ihn als Ausländer. Er ist 1370 gestorben. Dem nächsten Papst, Gregor XI., auch ein Franzose, ging es nicht besser: »*Barbaro*!«, wurde er gerufen, wann immer er sein Gesicht in Rom blicken ließ. Und Brigitte, wenn sie keinen Papst zu schurigeln und zu belehren hatte, suchte andere hohe Persönlichkeiten heim. Ganz Europa duckte sich unter der Geißel ihrer scharfen Zunge und ihrer düsteren Weissagungen.
Mon dieu! Ich werde es nie vergessen, wie diese Person in Neapel ankam. Sie ritt auf einem Esel durch die Straßen und rief ein ums andere Mal: »Was für ein Ort, verschwenderisch und überbordend von Abscheulichkeiten«, besonders wenn sie gut gekleidete Frauen sah, Schmuck, stolze Fahnen und die Auslagen der Putzmacher. »Eitelkeit! Eitelkeit! Mit glühenden Eisen müssen diese Scheußlichkeiten ausgebrannt, dann mit reinigendem Feuer verbrannt und dann eingeebnet werden.«
Ihre Begegnung mit Giovanna, die sie demütig und freundlich empfing, war eine einzige Katastrophe.
Brigitte war eine hagere, kleine Person im Nonnenhabit und einfachen Sandalen. Sie war nicht einmal hässlich, nur so wuterfüllt und verkniffen, dass man kaum hinschauen mochte. Mitten während der Ratssitzung war sie einfach in den Thronsaal geplatzt. Man machte ihr ehrfürchtig Platz. Der ganze Hof schaute mit aufgerissenen, erschreckten Augen, und sie marschierte zum Thron, ein hölzernes Kruzifix in der Hand.
Giovanna fing sich rasch, erhob sich, machte Anstalten, vom Podest herunterzusteigen und auf die Frau zuzugehen – die Königin in reichen Gewändern, steif von Stickereien, mit goldenem Gürtel, Juwelen um den Hals und auf der Stirn, Ringen an beiden Händen und schön, schön und strahlend, meine Herrin. Sie wirk-

te wie ein Erzengel, und die Heilige wie eine höllische Kreatur neben ihr.
Da blieb Brigitte von Schweden wie angewurzelt stehen, streckte den Zeigefinger der rechten Hand aus und tat so, als habe sie einen Anfall, eine göttliche Eingebung. Ich habe ihr das nicht abgenommen, denn ich bin Heilerin und weiß ganz gut, wie Anfälle sich äußern. Mit halb geschlossenen Lidern und nach oben gerollten Augäpfeln schrie sie: »Hexe! Abtrünnige! Undankbare! Ich sage dir: Ich habe dich gesehen, inmitten eines Feuers stehend, einen Kelch mit Blut trinkend! Hexe! Hure! Nie wieder wird eine Frucht deinem Leibe entsprießen!«
Sie sagte noch eine ganze Menge solcher Dinge und sie hatte nur Glück, dass Giovanna so fromm und gut ist, sonst wäre es ihr vielleicht schlecht ergangen. Giovanna war nach dieser Weissagung sehr niedergeschlagen, und wir mussten uns tagelang mühen, um sie wieder zum Lächeln zu bringen.
Nach dem Besuch verbreitete Brigitte überall, Giovanna führe nicht das Leben einer Königin, sondern das einer Hure; dass man sie von Kopf bis Fuß peitschen solle und dass ihr Ende nah sei.
Doch das war zum Glück nicht der Fall. Es ging uns allen gut, und der Grund dafür war ein unerwartetes Ereignis – eigentlich ein Unglück, das sich entgegen allen Chancen und Wahrscheinlichkeiten in Glück verwandelt hatte. Die Milanesen hatten Neapel angegriffen. Mailand ist reich und mächtig, seine Herrscher skrupellos, seine Armeen gefürchtet. Die neapolitanische Armee dagegen war ein schlechter Scherz: ein zusammengewürfelter Haufen, mangelhaft ausgerüstet und schlecht geführt, seit Loisi Taranto aus Eifersucht ihren Hauptmann vertrieben hatte: Otto von Braunschweig. Den geliebten und bewunderten Anführer zu verlieren, das hatte die Moral der Truppe vollkommen vernichtet. Giovanna hatte sich, das muss leider gesagt werden, wenig für das Militär interessiert und der Bequemlichkeit halber unerfahrene junge Männer als Offiziere eingesetzt, deren Familien mit Ämtern bei der Stange gehalten werden mussten. »Wer soll uns angreifen?«, sagte sie. »Mit Ungarn haben wir einen dauer-

haften Frieden erreicht. Die Römer sind mit sich selbst beschäftigt. Die Kompanien sind aufgelöst. Wir haben allen Nachbarn deutlich gemacht, dass wir Frieden und Handel wünschen und niemand uns zu fürchten hat.«

Sie verließ sich auf die Größe des Königreichs Neapel und gab lieber Geld für Architekten und für schöne Bauvorhaben aus als für ihre Soldaten. Da war es nur natürlich, sagte mein Mann, dass ein böser Nachbar diese Ruhe störte.

Ursoleone mit seinen Bogenschützen zog wieder in den Krieg, und ich hatte diesmal große Angst. Jeden Tag ging ich zu Fuß in die Annunziata-Kirche und betete um seine gesunde Wiederkehr. Sechs Wochen später hörte ich den Hufschlag vieler Pferde vor dem Haus, den metallischen Klang von Kettenhemden und Waffen, Männerrufe, Lachen. Als ich in den Hof stürzte, stieg mein Urs gerade von seinem Streitross. Ich lief auf ihn zu, er breitete die Arme aus, hob mich von den Füßen und wirbelte mich durch die Luft. Giovanna kam angerannt auf ihren kurzen, dicken Beinchen, unsere vierjährige Tochter. Sie schlug lang hin und schrie und musste ebenfalls hochgehoben und herumgeschwenkt werden.

Mein Blick fiel auf die Säcke, die sich beulten über den Sattelknäufen und den Kruppen der Pferde. Kostbare Schwerter und Dolche sahen aus den Tüchern hervor, in die sie eingewickelt waren: Kriegsbeute.

»Ihr habt gewonnen?«, sagte ich fassungslos. »Aber wie …?«

»Erst ein Bad und zu essen«, befahl Urs, »dann erzähle ich dir alles!«

Ich ließ den Zuber füllen und schickte das Mädchen weg. Den Rücken wollte ich ihm selbst schrubben.

Und später, als er eine gewaltige Portion kalte Pastete, Brot, Käse und Trauben verzehrt hatte und einen ganzen Krug Wein ausgetrunken, berichtete er. »Daran kannst du sehen, dass der Wille doch Berge versetzen kann. Die milanesische Armee kam anmarschiert, ganz frech und siegessicher. Unsere Soldaten verloren jeden Mut. Da – es ist immer noch wie ein Traum – da kam ein un-

bekannter Ritter in einer goldenen Rüstung mit einem wehenden roten Federbusch auf dem Helm daher. Sein schwarzes Schlachtross trug eine Satteldecke aus roter Seide und sein Schwert war mit Rubinen und Smaragden besetzt. Er lenkte sein Ross zum Hauptmann hin und öffnete das Visier und – du glaubst nicht, wer es war! Giovanna, die Königin selbst, war gekommen, uns anzuführen in dieser verzweifelten Lage.
Du hättest die Männer sehen müssen: ›*Viva! Viva la riggina!* Es lebe die Königin‹, schrien sie. Danach versuchte keiner von uns, sie von ihrem Vorhaben abzubringen. Denn die Männer stürzten sich mit einem solchen Stolz und einer solchen Lust in die Schlacht, dass wir obsiegten. Sie zog nicht einmal das Schwert – ich bezweifle, dass sie es hätte heben können – es genügte, dass sie dort war! Alix: Wir haben eine großartige Königin!«
Man hatte Visconti, den ›Bastard von Mailand‹, gefangen genommen. Giovanna verlangte ein märchenhaftes Lösegeld und bekam es.
»Endlich ist Geld in der Staatskasse«, frohlockte meine Herrin. Sie ließ die Stadtmauer reparieren und im ganzen Königreich Kirchen, Gärten und schöne Gebäude anlegen. Künstler und Architekten strömten an den Hof, Maler, Sänger und Literaten. Sie förderte die Bettelorden und empfing die Mönche wieder bei Hofe, zum Ärger des Papstes.
»Ja, so macht das Regieren Freude. Höre, Alix: Das Volk soll etwas haben, aber nicht einfach Geld, das sie sofort verbrauchen, etwas, das sie an mich erinnert. Fällt dir da etwas ein?«
»Was am nötigsten gebraucht würde, das wären Hospitäler, mit genügend Mitteln und Personal, um die Kranken richtig zu pflegen. Bei den Reichen ist es meist mit gelegentlichen Besuchen der Ärzte getan und die Angehörigen pflegen sie dann mehr schlecht als recht. Und die Armen haben überhaupt keine Hilfe.«
»Da hast du Recht. Das machen wir! Es sollen Hospitäler in allen Städten gebaut werden, und sie sollen Raum für die Wohlhabenden als auch für die einfachen Leute haben.«
Sie wollte mir sogar die Leitung dieses Unternehmens anver-

trauen, doch ich überzeugte sie davon, dass es weitaus besser sei, sich in dieser Sache an die Benediktinermönche zu halten, was sie auch tat.

Wer aber denkt, sie habe es bei Verschönerung und frommen Stiftungen bewenden lassen, der irrt. Giovanna unternahm eine große Säuberung des Rechtswesens. Die Richter, die Vögte und die großen Landbesitzer hatten sich seit Loisi angewöhnt, alles zu ihren eigenen Gunsten auszulegen. Sie taten Unrecht, hielten die Hand auf und richteten viel Schaden an.

Giovanna nun entließ bekannte Übeltäter und ermahnte ihre Lehnsleute. Sie drohte, sie ihrer Pfründe und Ämter zu entheben, wenn sie nicht Mäßigung übten.

Sie hätten sich gern aufgelehnt. Es war aber niemand da, der die Unzufriedenen anzuführen im Stande war. So blieb es bei maliziösen Reden, Geflüster auf den Gängen. Es war eine glückliche Zeit für das Königreich Neapel, ich sollte sagen: für die ehrlichen Leute.

Ach, aber wie undankbar sind doch die Menschen! Das Gedächtnis des Volkes reicht nur von einer guten Mahlzeit bis zum nächsten Tag.

»Was soll ich nur mit diesem Jungen anfangen«, beklagte sich Giovanna eines Tages bei uns. »Hat er von mir nicht alles bekommen, was er brauchte und wünschte, alles was zu vertreten war?«

»Er ist ein kleines Ungeheuer und das Beste wäre, ihn zu ersäufen«, brummte Lucchina von ihrem Sessel her. Die Zwergin war alt und krank geworden, viel zu beleibt. Ihre Gelenke bereiteten ihr solche Schmerzen, dass ich ihr täglich Abkochungen aus Weidenrinde verabreichen ließ.

Lucchina stöhnte und rieb sich Hüften und Arme. Ich war gerade dazugekommen und ging zu ihr hin. »Was ist denn? Was hast du?«

»Was werde ich schon haben: blaue Flecken. Mein Körper ist ein einziger blauer Fleck!«

»Zeig mal her.« Kaum, dass ich sie berührte, zuckte sie zusammen und zog ihren Arm weg. »Au! Du bringst mich ja um!«

»Das war dieser Taugenichts von Durazzo!«, sagte Mariano Vulcano erbost. »Aber diesmal ist er zu weit gegangen!«
Aus dem verschreckten, stillen Kind war ein Raufbold geworden. Um sich versammelte er eine Schar von arroganten und boshaften jungen Leuten, die schlechtesten, die man bei Hofe fand. Wir alle waren an seine Streiche gewöhnt.
Er schlug die Diener mit der Reitpeitsche, malträtierte seine Pferde, war mutwillig und zerstörerisch. Es konnte geschehen, dass er und seine Kumpane den Leuten Kaktusstacheln unter die Satteldecke, tote Mäuse und Unrat in den Wein, ein Übermaß an Salz oder Essig ins Essen praktizierten. Besonders hatten die Mägde unter ihm zu leiden. Seine Erzieher hatten keinerlei Macht über ihn und Giovanna führte alles auf seine traurige Kindheit zurück.
»Was hat er denn diesmal angestellt?«
»Er hat die Stufen zu Lucchinas Kammer mit Fett bestrichen. Sie ist Hals über Kopf die ganze Treppe heruntergefallen, und die herzlosen Flegel standen unten und haben sich krumm gelacht.«
Ich sah Giovanna an. »Das ist kein Scherz mehr. Lucchina hätte sich den Hals brechen können. Und Carlo weiß, wie krank sie ist und dass ihr das Treppensteigen so schon schwer fällt.«
»Ich verlange, dass er bestraft wird!«, krächzte Lucchina aus ihrer Ecke.
»Ja. Das wird er«, sagte Giovanna.
Ich nahm einen Teller mit weichem Quittenbrot und brachte ihn der Zwergin.
»Hier meine Liebe, das hast du doch gern! Stärke dich ein wenig nach dem Schrecken. Ich mache dir nachher eine Salbe, die dir gut tun wird.«
Lucchina langte zu und kaute mit finsterer Miene. »Es wird wieder nichts geschehen!«, raunzte sie mir zu. »Der Bengel gehört in einen Sack gesteckt und ersäuft. Das wird noch ein schlimmes Ende nehmen! Merk dir meine Worte!«
Kluge Zwergin! Doch man hörte nicht auf sie. Giovanna ließ den jungen Carlo zu sich holen und hielt ihm eine Predigt. Er musste

zu Lucchina gehen und sich vor dem gesamten Hof bei ihr entschuldigen. Das machte er so übertrieben und so salbungsvoll, dass ich aus den Reihen der Höflinge spöttisches Gelächter hörte.

»Es liegt sicher daran, dass er nicht weiß, wo sein Platz ist. Er ist sechzehn. Es ist Zeit, ihn zu verheiraten.« Und Giovanna vermählte den Rüpel mit seiner Cousine, Margherita Durazzo, der einzigen überlebenden Tochter ihrer Schwester Maria. Ich beneidete das junge Mädchen nicht und sagte es Giovanna.

»Ach, Alix, hast du denn schon vergessen, wie es ist, jung zu sein? Die beiden mögen sich. Sie wird er besser behandeln als seine Spielkameraden. Margherita ist ein sehr gebildetes und charakterstarkes Mädchen. Sie wird ihn zügeln, sie wird ihn bessern.«

›So wie Ihr es mit Loisi Taranto gemacht habt?‹, dachte ich.

Es dauerte kein Jahr, da waren die beiden durchgebrannt, nach Ungarn, zu Onkel Lajos.

»Aber warum denn nur?«, klagte meine Herrin. »Er hatte doch alles. Ich habe ihn mit meiner Erbin vermählt. Er wird ohnehin eines Tages König.«

Offenbar hatte er keine Lust, darauf zu warten. Und Lajos hatte seinen Hass auf Giovanna nie begraben.

Einstweilen ging das Leben weiter und niemand fand Carlos Verschwinden bedauerlich, außer vielleicht die Hand voll jugendliche Schufte, deren böse Spiele nun nicht mehr geduldet wurden.

»Alix, der Palast ist so leer. Er ist natürlich voller Menschen, aber doch ...«

Ich verstand, was Giovanna sagen wollte und legte ihr den Arm um die Schulter. »Ihr wollt wieder heiraten?«

»Soll ich ihm schreiben?«, überlegte meine Herrin. »Ob ich noch einmal versuche, Liebe zu finden, einen Menschen, der mich um meiner selbst willen mag?«

»Der Hof wird es nicht gut aufnehmen. Er ist ein Heerführer, ein Mann, der mehr den Umgang mit Söldnern pflegt als mit verfeinerten Höflingen.«

»Das würde ihnen gut tun. Ein Mann, der dieser ganzen intriganten Bagage etwas entgegenzusetzen hat. Außerdem stammt er aus einem bedeutenden deutschen Fürstenhaus. Er steht ihnen im Rang nicht nach. In der schönen Rede und höfischem Benehmen kann er es mit jedem hier aufnehmen, wenn er will. Nur ist er gradlinig, sagt offen seine Meinung, das werden sie nicht schätzen. Er ist keiner von diesen parfümierten Lakaien.«

»Das ist gewiss richtig. Ein Lakai ist er nicht.«

Ich erinnerte mich nur undeutlich an Otto von Braunschweig: hoch gewachsen, schwer von Statur, blond und grauäugig, ruhig, aber kraftvoll im Wesen. Er hatte Giovanna verehrt, so sehr, dass Loisi von Taranto ihn aus Neapel vertrieben hatte. Und nun waren Nachrichten von ihm gekommen.

»Meine Quellen sagen, dass er dem französischen König gedient hat und danach dem Marquis von Montferrat. Jetzt soll er in Armut gefallen sein. Glaubst du, er liebt mich noch?«

Wie konnte man das wissen, aber ich sagte ihr, was sie hören wollte. Schließlich war sie meine Königin. »Er hat sich nie verheiratet …«

Wenigstens wären es klare Verhältnisse: Er könnte niemals Ansprüche auf die Krone stellen. Und es würde keine Erben mehr geben, die das Gefüge durcheinander brächten.

»Vielleicht ist es keine schlechte Lösung. Und es wäre sicher gut, wenn Neapel wieder ein gut geführtes Heer bekäme. Man weiß ja nie.«

Meine Herrin schickte eine Abordnung nach Frankreich, um Otto zu finden.

An einem Spätnachmittag im Herbst kamen zwei Pagen in den Palast gerannt, ganz außer Atem. Man hatte ihnen aufgetragen, auf der Hafenmauer zu sitzen und nach ankommenden Schiffen Ausschau zu halten. »Sie kommen! Sie kommen!«, riefen die Jungen schon in der Eingangshalle und hörten nicht auf zu rufen und zu schreien, bis sie im Vorzimmer der Königin standen.

Giovanna sprang auf und stieß in ihrer Hast den Kartentisch um, an dem wir um Juwelen gespielt hatten. Verlor ich meine, dann

gab sie sie mir immer zurück, aber wie sie sagte: »Es macht einfach mehr Spaß zu spielen, wenn es um etwas geht.«
»Wie weit sind sie, wie lange Zeit habe ich noch?«
»Sie sind gerade hinter dem Posilippo hervorgekommen.«
»Raus!«, sie verscheuchte die Pagen, »halt!« Sie warf jedem ein Goldstück zu. Die Jungen fingen das Gold aus der Luft und entfernten sich jauchzend.
»Alix, hilf mir aus dem Kleid! Beatrice, hol mir das hellblaue Kleid, das mit den silbernen Blumen drauf und die Saphirkrone, nein, keine Krone! Lieber den Reif mit dem Bergkristall!«
Und so, bei widersprüchlichen Befehlen und in aller Hast, kleideten wir unsere Herrin an und schmückten sie mit nur wenig Prunk. Sie wollte sich schlicht geben, um ihren Bräutigam nicht in Verlegenheit zu bringen.
Als wir die Außentreppen hinunter und durch den Garten liefen, aus dem Tor und zum Hafen, strömte schon der Hofstaat zusammen und eine große Menschenmenge folgte uns. Die Galeeren waren so nahe, dass man einzelne Gesichter an Bord erkennen konnte. Giovanna verfiel in einen langsamen, würdevollen Schritt, die Hofdamen nestelten an ihren Kleidern herum.
»Genug jetzt«, sagte sie ungeduldig. »Ist alles in Ordnung, Alix?«
Ich betrachtete meine Freundin mit kritischem Blick: »Ja. Es ist perfekt.« Ihre Wangen überzogen sich mit einer leichten Röte. Wir warteten.
Drei Galeeren unter königlicher Flagge näherten sich dem gemauerten Kai und legten an. Laufplanken polterten auf den Stein. Die Menge hinter uns winkte und klatschte. Otto von Braunschweig ging als Erster von Bord. Er sah nur Giovanna, und sie stand und schaute ihm so aufgeregt und ängstlich entgegen, als sei sie das erste Mal Braut.
Er muss um die sechzig gewesen sein und wirkte gedrungener, als ich ihn Erinnerung hatte. Sein Haar war silbergrau, aber er hielt sich gut, und sein Gesicht vermittelte dieselbe Vertrauenswürdigkeit, die wir alle an ihm bewundert hatten. Ich dachte, dass meine Herrin gut gewählt hatte. Und dort, in der Herbstsonne auf den

gischtfeuchten Steinquadern, die Schiffe knarrten und tanzten auf dem Wasser und die Wellen schlugen gegen den Kai, da beugte er vor ihr ein Knie und sagte: »Mein Leben lang habe ich auf diesen Augenblick gewartet, ohne je zu hoffen. Nun aber schwöre ich, Euch zu dienen. Für Euch würde ich mich bis zum Tod schlagen.«

Giovanna reichte ihm ihre Hand und richtete ihn auf. Zusammen gingen sie ins Castel Nuovo. Am nächsten Tag schon war die Trauung, aber es war ein vergleichsweise bescheidenes Fest dieses Mal.

Es blieben den beiden zwei sorglose Jahre. Und dann zog sich die Schlinge zusammen. Der Streit zwischen Avignon und Rom war auf dem Höhepunkt. 1378 starb Papst Gregor in Rom, ungeliebt. Entlang des Tiber und in den Gassen, zwischen den Resten antiker Säulen, Foren und Theatern wütete der Pöbel. Sie schwangen Fackeln und Fäuste und skandierten:

»Romano lo volemo!
O almeno italiano!«
»Römisch soll er sein.
Oder mindestens Italiener!«
»Romano lo volemo
Sino si fara carne!«
»Römisch wollen wir ihn,
oder es gibt ein Schlachtfest!«

Die Römer hatten genug von den Avignoner Päpsten und dem Niedergang, den die ›Babylonische Gefangenschaft‹ dem ehrwürdigen Rom bereitet hatte. Es fehlten die Pilger und das Gold, das die Prälaten so freigebig ausgaben. Die ewige Stadt war in Chaos versunken, und die Bürger hatten genug davon.

Sie belagerten das Haus der Konklave. Durch die hohen Fenster drang der Fackelschein und tanzte an der gegenüberliegenden Wand. Durch die dicken Mauern hörten die Kardinäle die wütenden Chöre und mussten um ihr Leben fürchten. Und so wählten sie in aller Hast den Erzbischof von Bari zum neuen Papst, einen Neapolitaner: Urban VI.

Die französischen Kardinäle ließen sich das nicht bieten. Sie bestimmten einen Gegenpapst: Clemens VII., Giovannas Lehnsherr.
In dieser Konstellation konnte meine Königin nichts richtig machen: Fiel sie vom Avignoner Papsttum ab, verlor sie ihr Königreich. Hielt sie zu Clemens, machte sie sich ihren eigenen Bürgern verhasst, deren Patriotismus gebot, den neapolitanischen Papst in Rom zu lieben. Es war gewiss nicht Giovannas Wunsch, dass die christliche Welt nun geteilt war, nicht einmal ihre Schuld, obwohl man ihr sonst gern alles in die seidenen Schuhe schob. Sie versuchte auf beiden Hochzeiten zu tanzen: Giovanna hielt ihrem Lehnsherrn die Treue und schickte gleichzeitig Schiffe mit Abgaben nach Rom, Korn, Wein und Pökelfleisch.
Otto von Braunschweig sollte die Grüße der Königin überbringen. Urban ließ den Abgesandten, immerhin Prinz von Neapel, lange vor seinem Stuhl knien, während er sich mit den umstehenden Kardinälen unterhielt: »Von Königin Giovanna kommt Ihr?«, sagte er dann abfällig. »Die sollte man in ein Kloster stecken, damit sie erst mal lernt, Wolle zu spinnen.«
Otto von Braunschweig war ein gläubiger Mann und bis zu diesem Zeitpunkt ebenso entsetzt und verwirrt ob des doppelten Papsttums gewesen wie der Rest der Christenheit. Nun aber sprang er auf. Es kostete ihn alle Mühe, seinen Ärger im Zaum zu halten. Empört und enttäuscht verließ er Rom: »Das ist kein Papst, das ist ein unverschämter, grober Klotz und Usurpator!«, berichtete er Giovanna. Die fühlte sich umso mehr in ihrer Treue zu Avignon bestätigt.
Die Armeen der Heiligen Väter trafen in den Alpen aufeinander. Der Franzose verlor, und es fiel ihm nichts Besseres ein, als nach Neapel zu fliehen. Dort versteckte er sich im Castel Nuovo zusammen mit dem Herrscherpaar, während draußen das Volk brüllte:
»Da, schaut, was die Königin gemacht hat!
Nieder! Nieder mit dem Karnevalspapst!«
»*Maschio Angioino*!

Auf den Scheiterhaufen mit der Anjou-Hexe!«
So wütend bedrängten sie den Palast, dass die Wache einige von ihnen töten musste, sonst wäre Giovanna ihres Lebens nicht sicher gewesen. So schnell waren die fetten Jahre vergessen.
Doch die Verhältnisse wurden noch verwickelter.
Papst Clemens fuhr in die Provence zurück, auf einer Galeere, die die Königin ausgestattet hatte. Dafür erklärte Urban, der Römer, sie für illegitim und machte den Rotzlöffel Carlo Durazzo zum König. Auf diese Gelegenheit hatte Lajos, der Ungar, lange gewartet. Nun hatte meine Königin halb Italien und die Ungarn an der Kehle.
In ihrer Not schickte sie Eilboten zum französischen König und setzte dessen Bruder, Louis d'Anjou, zu ihrem Erben ein. (Und ersetzte damit Carlo Durazzos Frau: Margherita Durazzo in der Erbfolge.) Giovanna bat Louis d'Anjou um Hilfe, und er rüstete auch sofort ein Heer aus. Doch Ihr erinnert Euch: Die Zwiebackbäcker und die Waffenschmiede und die Zimmerleute, die Kugelgießer und Gerber, die Sattler, die Seiler und die Weber von Hanfsäcken für das Futtergetreide, die Küfer, die Käsemacher und die Räucherer von Schinken – die alle brauchten ihre Zeit.
Für mich kam wieder eine Zeit des Bangens um meinen Mann. Ursoleone wurde gerufen, um Neapel auf eine Belagerung vorzubereiten. Im Hof der Festung Montesárchio nahmen wir Abschied. Mein ältester Sohn Marius-Francesco ritt mit seinem Vater. Was sollte ich da sagen? ›Passt auf euch auf?‹
Als ich ihnen von der Mauer hinterherschaute, dachte ich: ›Ich hasse Krieg. Alle vernünftigen Leute hassen Krieg. Warum dürfen wir nicht endlich in Ruhe unserem Leben nachgehen? Kaum ist der eine Konflikt geschlichtet, kaum der eine Schurke erledigt, schon stehen hundert neue auf. Sie alle sagen: Es geht um den wahren Glauben, sie sagen: Es geht um Gerechtigkeit, sie sagen: Es ist zum Wohle des Volkes. Es ist alles gelogen.‹
Das sind Gesichter des Teufels, die wir da sehen. Ach, wird denn niemals Ruhe sein?

Einer, der seinem Nächsten aus Wut die Faust ins Gesicht schlägt, tut es ohne Berechnung. Derjenige aber, der Krieg vorbereitet, weiß genau, was er anrichten wird, und es ist ihm gleichgültig. Kalten Herzens setzt er seine Interessen über die seiner Nächsten. Er sei verflucht.
Um Neapel schloss sich ein Ring. Ungarische Söldner und aufständische Neapolitaner flossen über die Festwiesen heran – die Festwiesen, auf denen so schöne Turniere stattgefunden hatten zur Ehre der Königin, auf denen die Zelte der Hochzeitsgäste gestanden hatten; die Belagerer zertrampelten die Kornfelder und die Weinberge. Immerhin war Carlo Durazzo so klug, das Plündern und Brennen zu verbieten. Es war schließlich, dachte er, sein Besitz.
In Benevent blieben wir weitgehend verschont. Die Heere kamen von Dubrovnik und zogen mitten durch unsere Provinz bis vor Neapel. Sie stahlen ein wenig Vieh und es gab ein paar Vergewaltigungen. Doch nachdem sie vorbei waren, kehrte Ruhe ein. Eine trügerische Ruhe.
Ich bemühte mich, vor meinen Kindern und der Dienerschaft keine Sorge merken zu lassen. Gianni, mein Zweiter, beklagte sich: »Warum darf ich nicht mit in den Krieg?! Ich bin doch schon groß!«
»Jemand muss doch hier bleiben und deine Mama beschützen!«
»Gut, Mama, ich beschütze dich«, versicherte er mir. »Hab keine Angst!« Er packte sein Holzschwert und marschierte auf dem Wehrgang herum. Die kleine Giovanna folgte ihm wie ein Gänslein. Urs hatte mir eine Hand voll Soldaten gelassen, die spielten ›Belagerung‹ mit den Kindern. In Stadt und Land war es ganz still, man hörte einen Hahn krähen und die Stimmen der Soldaten, die mit den Kindern spielten – eine seltsame Idylle. Ich schaute fort, damit sie meine Tränen nicht sahen.
Neapel fiel. Wieder mussten seine Bürger die Grausamkeit der Ungarn erleiden. Einige hundert von ihnen flohen bis zum Castel Nuovo, wo sie um Hilfe flehten. Noch nicht so lange war es her, dass man in den Straßen den Ruf gehört hatte: ›Anjou-Hexe

auf den Scheiterhaufen!‹ Aber ich bin ungerecht. Es waren wohl nicht dieselben.
Die Königin ließ sie ein. Sie öffnete das Tor selbst, da die meisten ihrer Diener und Höflinge geflohen waren, die Taschen voller Gold und kostbarer kleiner Gegenstände.
Otto von Braunschweig wurde gefangen genommen. Von meinem Mann hatte ich wochenlang keine Nachricht. Man erzählte mir, wie Königin Giovanna bis zuletzt die Hoffnung nicht aufgab und geheime Depeschen an Louis d'Anjou schickte. Die Briefe erreichten niemals ihr Ziel.
Eines Morgens hörte ich im Hof, worauf ich so gehofft hatte: Hufschlag und vertraute Stimmen.
»Urs!« Ich flog ihm in die Arme. Und dann lief ich zu meinem Sohn und drückte ihn an mich, ganz die tränenreiche Mama.
»Ach, Mama!«, sagte er. Er schämte sich vor den Männern. Ich hatte sie beide wiederbekommen, Santa Anna sei Dank! Aber es war eine traurige Kompanie, die Montesárchio erreichte.
»Alix, ich habe mehr als die Hälfte der Männer verloren. Durazzo hatte Unterstützung aus Rom. Feiner Engelspapst, der einen Krieg unter Verwandten ausrüstet!«
»Und Giovanna?«
»Giovanna ist tot.«
Ich hielt mir die Hände vor den Mund, konnte nicht glauben, was er mir sagte. Das Gesinde eilte herbei, um die Pferde zu versorgen und die müden Soldaten. Urs legte seinen Arm um meine Schulter und zog mich mit sich.
»Durazzo hat Neapel eingenommen und wenig später das Castel Nuovo. Verräter haben ihm ein Tor geöffnet. Giovanna wurde auf seinen Befehl hin im Castel dell'Ovo eingesperrt, sie in einem Zimmer, Otto in einem anderen. Nicht einmal diesen Trost haben sie ihr gelassen. Und dann, als die Nachricht kam, dass sich die französischen Truppen nähern, da hat ihr eigener Neffe die Königin ermorden lassen, erstickt zwischen zwei Kissen. Otto wurde in seinem Kerker erschlagen und die Leiche fortgeschafft.«
»Erstickt? Genau wie Andrea?«

»Ja. Und dann hat er sie in die Kapelle Santa Chiara legen lassen vor Roberts Sarkophag, weniger aus Ehrfurcht, denke ich, als um deutlich zu machen: Die Königin ist tot – es lebe der König! Ich habe sie gesehen, ich war da! Verkleidet als lehmbeschmierter Bauer habe ich mich unter die Menge gemischt. Sie lag dort, als ob sie schliefe. Sie war so schön, unsere Königin. Es gab ein großes Gedränge vor der Kapelle. Alle wollten sie sehen und die, die herauskamen, weinten. *Maschio Angioino!* Jetzt tat es ihnen Leid.«

»Ja, wo blieb denn nun der Franzose?«

»Er war bis in die Lombardei gelangt, als er vom Tod Giovannas hörte. Es heißt, dass ihn auf dem Weg viel Missgeschick getroffen hat. Sein Proviant war aufgebraucht und er hatte kein Geld, neuen zu kaufen. Was hat der nur für Hauptleute, frage ich mich. Wie kann man sich so verrechnen? Wie dem auch sei: Giovannas neuer Erbe hat den Schwanz eingekniffen und ist zurück nach Paris geschlichen. Und Carlo hat sein Ziel erreicht!« Er ballte die Fäuste. »Niemals werde ich diesem verräterischen, feigen Wechselbalg die Treue schwören.«

»Aber du musst …« Es klopfte an der Tür. Eine Magd brachte den Imbiss herein, um den ich gebeten hatte, Brot und Wein und kaltes Fleisch. Urs riss sich ein Stück Brot ab, mit einer Gewalt, als sei es ein Glied von Carlo Durazzo. Er kaute, ohne zu schmecken, und schüttete den Wein nur so herunter.

»Ich muss gar nichts«, sagte er mir zwischen zwei Bissen. »Und selbst, wenn ich mich dazu überwinden könnte, vor diesem pickligen Jüngling das Knie zu beugen, glaubst du, er würde mich leben lassen, oder dich? Nein! In Neapel hat das Morden schon begonnen. Durazzo ist viel zu jung und zu unsicher, als dass er treue Gefolgsleute Giovannas um sich dulden würde.«

»Glaubst du nicht, dass die Dinge sich beruhigen werden, jetzt, da seine Position unangefochten ist?«

Urs lachte bitter. »Nicht, bevor er eine gründliche Säuberung hat vornehmen lassen. Das muss er tun, weil er den Thron unrechtmäßig erworben hat.«

Ich ließ es zu, dass er sich gründlich betrank.
»Und was tun wir jetzt?«, fragte ich ihn am nächsten Tag.
Er hatte den halben Tag am Fenster gestanden, war um die Burg herum gestapft, durch Felder geritten, und hatte alles lange betrachtet.
»Wie gut verstehst du dich mit deinem Bruder?«, fragte er mich.
»Francis?«

27.

Ich fand mich auf einem Ochsenkarren wieder. Urs saß mit Marius-Francesco auf dem Kutschbock, ich hinten bei den jüngeren Kindern und unserem Gepäck.
Viel hatte ich nicht mitnehmen dürfen.
»Keine feinen Kleider, nur praktische Reisegarderobe. Vergiss nicht: Du bist jetzt keine Hofdame mehr, sondern die Frau eines fahrenden Händlers.« Wir hatten zum Schein Tuche und Färbemittel geladen.
»Wir spielen Kaufmann!«, hatte ich meinen Kindern erklärt. »Mal sehen, wer länger durchhält: Ihr dürft auf keinen Fall unseren wirklichen Namen sagen. Wir spielen Verstecken, ja? Am besten ihr tut so, als wäret ihr blöde.« Das fanden sie prächtig, dass sie vom Wagen herunter Grimassen schneiden und Passanten die Zunge herausstrecken durften.
Niemand hielt uns an, um uns zu kontrollieren. Einmal kamen uns ›königliche‹ Reiter entgegen, die ritten wie der Wind an uns vorbei und warteten nicht einmal, dass Urs den Karren zur Seite lenkte. »Platz, Bauer!«, schrie einer und schlug mit der Peitsche nach ihm. Waren das die neuen Sitten?
Staub wirbelte auf von den Hufen der Rösser, die uns überholten, und viele andere Karren waren unterwegs. Es war Anfang Juni. Die Sonne strahlte herzlos wie jeden Tag und die Zitronenbäume blühten. Dieses Land war strahlend schön, dennoch hatte ich immer ein wenig Heimweh gehabt nach meiner Provence. Nur wie unser Willkommen dort sein würde, das wusste ich nicht.

»Ich habe mich gut mit Francis verstanden, mit beiden Brüdern. In unserer Familie war man sich nah«, hatte ich Ursoleone gesagt. »Aber ich bin schon so viele Jahre fort. Ich habe keine Rechte, das weißt du. Francis erbt Hof und Lehen. Meine Mutter ist tot ...«
Menschen ändern sich, dachte ich. Francis wird geheiratet haben, jetzt, da er sesshaft ist. Wer weiß, ob er uns bei sich haben will und wie seine Frau darüber denkt. Ich hatte schon lange nichts von meinen Brüdern gehört.
»Wenn alle Stricke reißen, kann ich mich in der päpstlichen Armee verdingen. Ich habe gehört, Clemens hilft Flüchtlingen aus Neapel. Wir sind auch nicht ganz mittellos.«
Im doppelten Boden des Wagens befanden sich Goldbarren und viel Silber, Juwelen, ein vergoldetes Kettenhemd, Schwert und Schild, ein Sack Pfeffer und anderes kostbare Gewürz, Kerzenhalter, silbernes Geschirr, das edelsteinbesetzte Vorlegemesser – ein Geschenk von Giovanna, eines von vielen, die sie mir über die Jahre gemacht hatte.
Meine arme Königin! Wie mir ihr Ende wehtat. In einem ihrer letzten Briefe hatte sie geschrieben: *»Ich habe versucht, ein schönes Leben zu führen, innerlich und äußerlich, und siehe: Wie wird es mir verdorben und ins Gegenteil verkehrt.«*
Unser Weg führte in weitem Bogen um Neapel herum, wir sahen seine Mauern aus der Ferne. Der Vesuvio, meinte ich, müsse Feuer speien, Höllenglut und Asche auf die mörderische Stadt herniederschleudern, doch er war friedlich und still.
Bei Caserta hatte man eine Straßensperre errichtet. Ich schärfte den Kindern mit leiser Stimme ein, ruhig zu sein und zu den fremden Männern nicht zu reden.
Es waren Söldner des neuen Herrschers – ich konnte ihn nicht als König betrachten. Sie hießen uns in heftigen, unhöflichen Worten vom Karren steigen und durchwühlten unser Gepäck. Sie schlitzten mit ihren Schwertern die Stoffballen auf, die wir zur Tarnung bei uns hatten, und sie warfen den Inhalt der Truhen in den Staub der Straße. Was ihnen gefiel, das nahmen sie sich. Wie

der Herr, so ’s G’scherr! Urs war so wütend, dass er beinahe losgeschlagen hätte, ich sah es an seiner Haltung und daran, wie die Muskeln seiner Wangen zuckten. Aber ich schaute ihn an und auf die Kinder: »Nicht! Die Kinder hätten darunter zu leiden.«
Die kleine Giovanna beobachtete alles mit aufgerissenen Augen. Tränen liefen über ihr Gesicht, aber sie gab keinen Laut von sich. Endlich durften wir den Rest unserer Habe auflesen, aufsteigen und wurden weitergewinkt, gescheucht wie Vieh. Wir fuhren mit dem Karren weiter.
In Capue herrschte eine gedrückte Stimmung, und ich sah viele schwarze Bänder hängen, dem Mörder Durazzo zum Trotz.
»Schau, Urs, deine Landsleute haben doch Ehrgefühl«, rief ich.
»Zu spät!«, knurrte er.
»Woher kommt ihr?«, riefen uns die Leute in den Straßen zu. »Kommt ihr aus Neapel? Ist es wirklich wahr, dass die Königin tot ist?« Sie wollten es nicht glauben.
»Ja! Ich habe ihren Leichnam gesehen!«, rief Urs.
»Wo? Wie sah sie aus? Was hat man ihr angetan?«, wollten die Leute wissen. Daran kann man sehen, wie wenig sie den Ausrufern von Carlo Durazzo trauten.
An diesem Tag brach uns ein Rad: In einem Moment hatten wir noch oben gesessen – ich spielte mit den Kindern ›Schere, Stein, Papier‹ – da gab es plötzlich ein schabendes Geräusch, ein Krachen, einen Ruck, und der Wagen sackte an einer Seite ab, sodass die Kinder und ich mitsamt dem Gepäck gegen die Wagenwand geworfen wurden.
Ein Rad rollte in den Graben.
»Jemand verletzt?«, fragte Urs nach hinten.
»Alles noch dran, Kinder? Ja? Gut. Dann runter mit euch. Ihr Jungs helft eurem Vater.« Francesco und Urs junior packten mit an, auch ich griff zu, aber wir schafften es nicht. Keiner von uns kannte sich schließlich mit Ochsenkarren aus. Das machten normalerweise die Knechte.
Nach endlosen Versuchen tat mir der Rücken weh, und jetzt plötzlich fing ich an zu heulen. Ich sank in den Staub und saß

da, mit dem Rücken an den Wagen gelehnt. Da brach der Damm und ich musste über alles weinen: über Giovanna, über den verrückten Jayme, über Otto von Braunschweig, Giovannas tote Kinder, meine verlorene Heimat, über alles. Das Leben kam mir wie eine endlose Kette von Verlusten vor. Ich konnte nicht aufhören. Meine Familie stand um mich herum und schaute entsetzt.

Am Ende war es heraus. Ich putzte mir die Nase an meinem Rockzipfel wie ein Marktweib und stand wieder auf. Ein anderer Karren hielt. Zwei Landsleute sprangen herunter und halfen Urs, unser Gefährt notdürftig zu flicken, sodass wir damit das nächste Dorf und eine Schmiede erreichen konnten.

»Gibt es dort auch eine ordentliche Herberge?«, erkundigte sich Urs.

»Es gibt den Goldenen Löwen. Wie die Zimmer sind, wissen wir nicht, aber das Essen und der Wein sind annehmbar«, war die Antwort.

Als wir in das Dorf kamen, sahen wir den Goldenen Löwen gleich. Die Herberge stand im Zentrum des Dorfplatzes zwischen hohen Bäumen, ein zweistöckiger, ausladender Bau, über dessen Tür ein Brett mit einem gelb gemalten Tier baumelte. Es sollte wohl einen Löwen darstellen, sah aber mehr wie ein Wildschwein aus. Immerhin: Im Ort wusste jeder, was gemeint war. Auswärtige mögen später vielleicht das ›Goldene Wildschwein‹ empfohlen haben. Konkurrenz gab es ohnehin nicht.

»Brrr!« Urs ließ das Gespann im Schatten einer Platane halten und gab Francesco die Zügel in die Hand. Er klopfte sich den Staub von den Beinkleidern, als er auf den Eingang zuging, etwas steifbeinig von der langen Fahrt. »Ho! Wirtschaft! Ich brauche Unterkunft für meine Familie!«

Ein untersetzter Mann kam heraus, kniff die Augen zusammen, als er aus dem Dunkel der Wirtsstube ins helle Licht der Straße kam. Er trocknete sich die Hände an einem Tuch, das er sich um die fetten Hüften gebunden hatte.

»Fünf Personen?«, fragte er.

»Drei: nur meine Frau und zwei Kinder. Meine Ältesten und ich schlafen auf dem Wagen.«
Der Wirt kratzte sich den Schädel.
»Dann wird es gehen. Die größeren Zimmer sind alle belegt, der Stall ist zum Bersten voll – ein Kontingent von Prälaten aus Rom.«
»Sie ziehen wohl zum neuen König, um ihm Rat zu spenden.«
»Kann schon sein. Jetzt wird ein anderer Wind wehen in Neapel, wo doch wieder ein Mann die Geschäfte führt, und mit einem italienischen Papst ... hm, na, was ich sagen wollte: Ich habe nur noch eine winzige Kammer, die würde reichen für Euer Weib und die Kleinen. Sie lässt sich sogar abschließen.«
»Gut, wir Männer schlafen also draußen«, sagte Urs. »Aber essen wollen wir alle.«
»Selbstverständlich, mein Herr. Wir haben im ersten Stock einen Waschraum, den dürft Ihr gern benutzen. Das kostet Euch nur ein Kupferstück, Seife und Handtücher noch eins.«
»Einverstanden.« Mein Mann machte sich auf die Suche nach dem Schmied.
Wir gingen mit einer Magd, die mir die Kammer zeigte. Sie war wirklich winzig. Zwei Strohsäcke lagen auf der Erde, das weitere Mobiliar bestand aus einem Schemel und einem Haken an der Wand. Doch der Boden war sauber gefegt, das Stroh darauf frisch. Es würde gehen.
»Ich würde die Kinder und mich vor dem Essen gern ein wenig frisch machen«, sagte ich zu der Magd.
»Kann ich mir denken«, lachte sie. Wir waren allesamt von einer dicken Schicht Staub überzogen. »Es ist auch besser, den Waschraum jetzt gleich zu benutzen, später wird ordentlich Gedränge herrschen. Warmes Wasser? Das kostet zwei Kupferstücke, kaltes nur eins.«
»Kalt«, sagte ich. Wir mussten unser Geld zusammenhalten. Ich wusste nicht, was auf uns zukam. Als wir alle mit dem Baden fertig waren, hätte man in dem Zuber einen Baum pflanzen können.

Wir trafen uns in der Wirtsstube, einem großen Raum mit einem Boden aus gestampftem Lehm, Tischen und Stühlen aus roh behauenem Holz. Ohne weiter nach unseren Wünschen zu fragen, brachte man uns Brot, eine Schüssel mit Gemüsesuppe und Speck darin, dazu einen Krug Wein und einen mit Wasser.
»Schau, wie hässlich!« Ich hielt meinen Becher in die Höhe, ein klumpiges, schiefes Ding aus Ton mit Blasen in der Glasur.
»Sie machen sie absichtlich so, damit sie nicht gestohlen werden«, sagte Urs ungerührt. Ich schüttelte den Kopf.
»Hier Kinder!« Ich zog aus meiner Gürteltasche für jeden einen Hornlöffel vor, wie es üblich war in solchen Herbergen.
Die Kinder beschwerten sich zuerst über die Suppe, sie waren Besseres gewohnt. Doch dann langten sie zu, und da sie ordentlich Hunger hatten, war die Schüssel bald leer. Zum Nachtisch gab es Kirschen. Was sollte man mit den Kernen tun? Ich sah mich nach den anderen Gästen um: Die spuckten sie einfach auf den Boden, also taten wir es ihnen nach. Die Kinder amüsierten sich prächtig dabei. Zu Hause hätte ich ihnen dafür eine Kopfnuss verpasst. Hier sollten sie ruhig spucken.
Ich sah mich um in dem halbdunklen Raum. Eine Gruppe Prälaten saß in einer Ecke. Sie hielten sich fern vom gewöhnlichen Volk und gaben vor, uns nicht zu bemerken. Dafür musterte uns ein Soldat umso aufmerksamer. Ich hob den Kopf und sah ihn direkt an, da wandte er seinen Blick ab und studierte aufmerksam seine Suppe. War er besonders an uns interessiert? Warum? Aber ich bildete es mir sicher nur ein. In so einer Gaststube schaut doch jeder sich die anderen Leute an.
Wir waren auch erschöpft genug, um fest zu schlafen. Am Morgen gab es Brot und Milch, dann wollten wir uns wieder auf den Weg machen.
Wir waren gerade dabei, auf den Wagen zu steigen, Urs reichte mir die kleine Giovanna hoch, da kam der Soldat aus der Herberge und zielsicher auf uns zu.
Urs stand ruhig und blickte ihm entgegen, aber seine Hand wanderte zu dem Dolch, den er unter dem Hemd trug.

Der Soldat hob beide Hände: »Lasst Euren Dolch stecken, Kommandant! Ich komme in friedlicher Absicht.«
»Ihr kennt mich?«
»Ja, Messer Benevent. Ich habe unter Euch gedient in Sizilien. Und weil ich Respekt vor Euch habe, will ich Euch etwas sagen.«
»Was gibt es?«
»In Gaeta liegen Marseiller Galeeren. François de Baux hat sie geschickt, um Flüchtlinge aus Neapel aufzunehmen. Aber bei Formia ist die Straße gesperrt. Durazzos Truppe soll die Flüchtigen abfangen und sie am Verlassen des Landes hindern.«
»Ist das die einzige Sperre?«
»Soweit ich weiß, ja, Kommandant.«
»Ich danke Euch!«
Urs stieg auf und trieb die Ochsen an: »Hüah!«
»Viel Glück Kommandant – und Donna Alix!«
Die Kinder winkten ihm, als er am Straßenrand hinter uns zurückblieb.
»Der Schmied hat sich von den Ereignissen nicht sonderlich betroffen gezeigt«, erzählte mir Urs, als wir im Halbschatten eines knorrigen, alten Olivenbaums unsere Mittagsmahlzeit aßen, Brot und Käse.
»Warum sollte er?«
»Ja, warum sollte er. Das hat er auch gemeint. Vielleicht sei nun endlich Schluss mit den ewigen Kriegen. Das Volk hätte genug gelitten unter dem mörderischen Bruderzwist.«
»Hat er nicht Recht?«
»Ich dachte, du seiest Giovanna treu?«
»Das war ich, weil ich sie kannte. Aber für die einfachen Leute ist es doch gleich, wer auf dem Thron sitzt. Wenn nur nicht die Soldaten losgelassen werden, wenn nur die Steuern erträglich sind.«
»Aber Durazzo ist ehrlos!«
»Ja. Doch er hat die Unterstützung des Papstes in Rom und Ungarn auf seiner Seite. Wenn die Menschen jetzt ruhigere Zeiten erleben dürfen, werden sie froh sein und Giovanna vergessen. Es

mag sogar einmal Zeiten geben, in denen man über Giovanna schlecht schreibt und Carlo Durazzo erhebt.«
»In solchen Zeiten möchte ich nicht leben.«
Wir umgingen die Sperre auf fürchterlich buckligen Wegen und kamen nach Gaeta. Was der Soldat uns berichtet hatte, entsprach der Wahrheit. Eine der Galeeren war fort, voll geladen mit Flüchtlingen, die sich mehr vom Leben in der Provence versprachen.
Auf dem letzten Boot fanden wir noch Platz im Zwischendeck. Jeder verfügbare Raum war voll gestellt mit Kästen und Truhen, Bündeln, Körben, Satteltaschen. Dazwischen breiteten wir unsere Decken aus. Wagen und Ochsen hatte man uns abgekauft um ein geringes Entgelt. Wir waren nicht in der Position zu handeln. Ich blieb in der bäuerischen Kleidung, es wäre schade gewesen, die wenigen guten Sachen zu verderben. Urs trug offen Kettenhemd und Giovannas Schwert am Gürtel.
Die Seefahrt war lang und eintönig, nur von kurzen Landgängen unterbrochen, wenn Proviant und Wasser aufgenommen wurden. Gianni war es ununterbrochen übel, er wurde mager und seine Augen lagen tief in den Höhlen. Die neunjährige Giovanna dagegen freundete sich mit den Seeleuten an und verkündete: »Ich werde Kapitän.«
In Marseille kaufte Ursoleone einen neuen Karren mit Gespann und für sich selbst ein gutes Pferd. Ich lenkte nun den Wagen und hätte singen und tanzen mögen, seit eine Welle von vertrauten Tönen über mir zusammengebrochen war. Kaum balancierten wir den Laufsteg herunter, da war ich plötzlich umgeben und förmlich eingehüllt von dieser Sprache, dem Klingen und Rollen meines *provençou*, den weichen, alles offen lassenden Endungen, den schwelgerisch kostenden Vokalen, den trägen Konsonanten, dem tänzerischen ›oc‹ und dem zärtlichen ›ou‹.
Gianni und Giovanna blickten ängstlich zu mir hoch: »Wir verstehen ja gar nichts, Mama!«
Aber ich drehte mich mit trunkenen Augen zu ihnen um und versprach: »Bald, bald werdet ihr alles verstehen. Es ist ganz leicht. Hört ihr nicht: Es klingt fast wie Neapolitanisch!«

In den Straßen herrschte Gedränge und die Karren kamen kaum voran. Straßenhändler benutzten die Gelegenheit, um ihre Waren aufzuschwatzen. Doch wir wollten nichts kaufen. Wir verkauften die mitgeführten Gewürze an einen Apotheker um gutes Geld und hatten es eilig, aus der großen, menschenwimmelnden Stadt herauszukommen.
Und dann, als ich über vertraute rote Erde fuhr, erkannte ich alles wieder: den herbsüßen Geruch von Lavendel, Salbei und Pinien, die sonnenverbrannten Felder und die schwarzen Flammen der Zypressen an den Wegen, die Olivenhaine und in weiter Ferne noch die Berge, im blauen Dunst den *croix de Provence*, den Luberon, schroffe, graue Felsen mit hellblauen Schatten und dazwischen blassrosa und violette Tupfer blühender Kräuter. Das war meine Provence! Ich wischte mir mit dem Handrücken über die Augen. Plötzlich war all meine Sorge verschwunden. Hier war Frieden. Hier würden wir einen Platz zum Leben finden.
»Urs, ich überlege gerade, es ist so viel Platz in der alten Burg! Und ein paar Hände mehr zum Zupacken werden sie sicher brauchen.«
»Ein paar Münder mehr sicher nicht«, brummte Urs.
»Und wir haben ja auch Gold. Damit könnte man die alte Burg reparieren.«
»Kommt drauf an, was dein Bruder vorhat.«
»Ach, Francis war selber Soldat. Ihr werdet euch gut verstehen.«
»Hm.«
Er hatte Recht. Es lohnte kaum zu spekulieren, aber meine Gedanken schlugen Purzelbäume in meinem Kopf. Die Vorstellung, Urs müsse sich noch einmal als Soldat verdingen, gefiel mir nicht. Es musste doch etwas anderes geben.
Ende August trafen wir endlich in St. Jean ein. Der Ochsenkarren rumpelte über die Lehmstraße. Leute kamen aus den Türen gerannt.
»Wer ist das?«
»Ist das die kleine Alix?«, hörte ich sie wispern.
»Sie soll einen Italiener geheiratet haben.«

»Das muss er sein!«
Ich winkte ihnen zu. Zwei ältere Frauen grüßten zurück, über die Schulter, reserviert. Die jungen kannten mich nicht.
Mein Herz klopfte. Ich blickte mich um mit hungrigen Augen: »Da schau, da habe ich mit meiner Schwester gespielt. Dort in dem alten Schuppen, da hat sich einmal ein Räuber versteckt. Da ist Fabien vom Pferd gefallen – hat der sich geärgert!« Ich hatte alles ganz vergessen, lange nicht mehr daran gedacht, und nun fielen die Einzelteile wieder zusammen. Es war wie ein Bild, das zerstört war und Stück für Stück wieder zusammengesetzt neues Leben gewann.
Urs saß schweigend auf seinem Pferd. Wie würde man ihn empfangen?
»Du!«, ich warf einem halbwüchsigen Jungen ein Kupferstück zu. »Lauf zur Burg, sag, dass Alix zurück ist!«
»*Oc! Oc!*«, schrie er und rannte los, die Münze in der Faust.
Der Weg nahm die steile Kurve um einen Felsblock herum, durch die ich immer geritten war wie ein *mistral*. Die Burg meiner Eltern ragte vor uns auf, hässlich wie immer und baufälliger denn je. Sie war mir in der Erinnerung mächtiger vorgekommen.
Ich lenkte die Ochsen über den Graben und unter der Falltür hindurch in den Hof. Gänse kreischten und Schweine machten protestierend Platz – alles wie früher.
Einen Moment lang saßen wir, die Kinder, still; Urs mit ausdrucksloser Miene, ich atemlos.
Und dann kam Francis aus der Tür, so viel älter geworden, eine lange weiße Narbe vom Kinn bis zum Auge, schwer in sich zusammengesackt.
Neben ihm eine blonde Frau, seine? Sie half mir vom Wagen. Drei Kinder unterschiedlichen Alters lugten kichernd hinter der Tür hervor. Meine schauten ernst zurück. Aber das machte mir keine Sorgen. Kinder haben keine Vorurteile. Heute Abend schon würden sie zusammen durch die Burg toben, dass einem von dem Geschrei die Ohren gellten.
Urs war vom Pferd gestiegen. Die beiden Männer schauten sich

an. Etwas ging zwischen ihnen vor. Sie nahmen voneinander Maß. Ihre Haltung entspannte sich. Francis nickte und umarmte Ursoleone.

»Ihr seid willkommen, Bruder.«